Anna Rosina Fischer
SONGBIRD

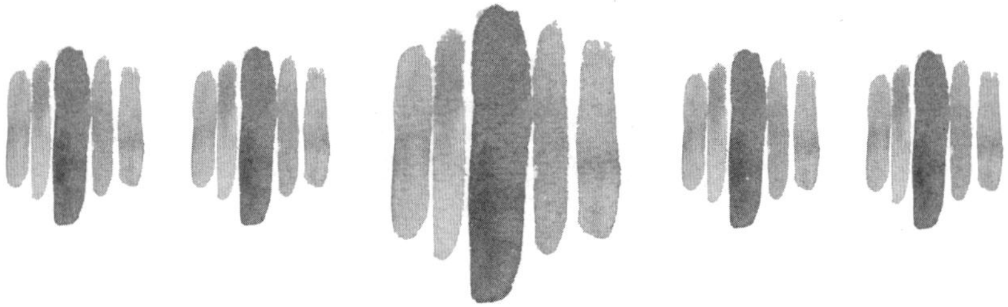

Anna Rosina Fischer

SONGBIRD

Roman

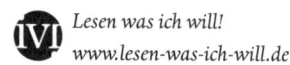
Lesen was ich will!
www.lesen-was-ich-will.de

Originalausgabe
ISBN 978-3-492-70508-0
2. Auflage 2019
© ivi, ein Imprint der Piper Verlag GmbH, München 2018
Satz: Satz für Satz, Wangen im Allgäu
Gesetzt aus der Dante
Druck und Bindung: CPI books GmbH, Leck
Printed in the EU

*Für Lisa Ghislaine
zum siebzehneinhalbten Geburtstag*

*LIFE IS FOR
DEEP KISSES,
STRANGE ADVENTURES,
MIDNIGHT SWIMS
&
RAMBLING CONVERSATIONS*

(Anonym)

Ich musste in der Hölle sein. Ganz klar. Anders konnte ich mir nicht erklären, warum ich nach Speck roch. Und warum die Spice Girls sangen. Ganz leicht kam noch der Geruch von Zwiebeln durch. Das wunderte mich ein wenig, und ich fragte mich, warum sich die Stimme meiner Mutter zu Mel B dazugesellte. Allerdings sang meine Mutter so falsch und schräg, dass ihr auf jeden Fall schon mal für alle Zeiten ein reservierter Platz im ewigen Fegefeuer sicher war.

Schweißgebadet wachte ich auf. Es war hell, viel zu hell und schon jetzt am frühen Morgen zu heiß, um weiterzuschlafen. Stöhnend wälzte ich mich im Bett herum, denn eigentlich wollte ich mein letztes Ferienwochenende so richtig mit Gammeln und Nichtstun vergeuden. Das hatte ich zwar schon die letzten sechs Wochen gemacht, aber ich fand, wenn man etwas anfängt, sollte man es auch richtig zu Ende bringen. Müde torkelte ich zum Fenster und zog die Gardinen zu, nur um mich dann wieder, völlig erschöpft von der Anstrengung, ins Bett fallen zu lassen.

Dies waren mit Abstand die längsten Sommerferien meines Lebens, und obwohl die Stadt vor lauter Touristen aus allen Nähten platzte, war sie für mich wie ausgestorben. Alle waren weg gewesen. Meine Eltern, meine Freunde, sogar mein Bruder. Nur ich entschied mich dafür, in Berlin zu bleiben. Im Nachhinein eine schlechte Wahl. Die Stadt war stickig und heiß, aber da sowieso niemand da war, musste ich auch nicht oft vor die Tür. Es sei denn, ich ging in die Bibliothek oder hatte Lebensmittel zu besorgen. Doch da kam ich mit weit weniger aus, als meiner Familie lieb war.

Aus dem Wohnzimmer drang Musik, und ich hörte meine Eltern in der Küche herumhantieren. Genervt schob ich den Kopf unter das Kissen, um die widerlich gute Laune meiner Eltern auszublenden. Es half nichts – an Schlaf war nicht mehr zu denken. Mühsam kroch ich aus dem Bett, schlurfte in Unterwäsche ins Bad, wusch mir den Schlaf aus den Augen und versuchte das Chaos auf meinem Kopf zu bändigen. Vergeblich. Zurück in meinem Zimmer, zog ich mir schnell ein viel zu langes und schon völlig ausgeblichenes *Tenacious D*-T-Shirt von meinem Bruder über und ging in die Küche, wo ich den Auslöser für meinen Albtraum entdeckte. Mein Vater stand am Herd und machte sein obligatorisches Wochenendrührei, während meine Mutter mit der neuen Kaffeemaschine kämpfte, die merkwürdigerweise bei jedem funktionierte – nur bei ihr nicht.

»Morgen, Süße«, sagte sie, als sie mich erblickte, und wandte sich an meinen Vater. »Ist es nicht toll, wie sie es immer wieder hinkriegt, genau dann aufzustehen, wenn das Frühstück fertig ist, Schatz?«

»Ja, Wahnsinn! Ich bin auch immer wieder aufs Neue über so viel Talent erstaunt«, flötete mein Vater, ging mit der Pfanne voll Rührei an mir vorbei und drückte mir einen Gutenmorgenkuss auf die Wange.

»Und ich bin jedes Mal über eure abartig gute Laune am Morgen erstaunt. Die ist echt kaum zum Aushalten.« Ich verdrehte die Augen, holte mir eine Schüssel aus dem Schrank, kippte eine kleine Handvoll Haferflocken hinein, kramte einen sauberen Löffel aus dem Geschirrspüler und setzte mich an den Esstisch.

Nun war es an meiner Mutter, die Augen zu verdrehen. »Du meine Güte, Ella! Wir haben frische Brötchen und Rührei, und du würgst jeden Tag dieses trockene Zeug runter.«

»Ist doch gar nicht trocken, siehst du?«, antwortete ich grinsend, schnappte mir die Frischmilch und ließ sie über mein mageres Frühstück schwappen.

Kaum hatte ich den ersten Löffel in den Mund geschoben, sprang mir auch schon unsere Katze auf den Schoß und versuchte ihre Pfote in die Milch zu tunken.

»Hey, Pixie, hörst du wohl auf!«, stöhnte ich, hob sie auf ihren Hocker neben meinem Stuhl und goss ihr etwas Milch auf eine Untertasse.

Ja richtig, unsere Katze durfte mit uns am Tisch sitzen oder vielleicht eher wir mit ihr. Der Name unserer Katze Pixie war – wie die meisten Namen in diesem Haushalt – auf dem Mist meiner Mutter gewachsen, denn die Pixies zählten schon seit den Achtzigern zu ihren Lieblingsbands. Ich bekam den Namen Ella, weil sie das Lied *Ella elle l'à* von France Gall liebte und fand, jede Frau müsse ein bisschen so sein wie die Ella im Song. Ich mochte meinen Namen; es hätte mich durchaus schlimmer treffen können. So wie meinen über drei Jahre älteren Bruder. Kurt. Ich meine, was hatten sich meine Eltern dabei nur gedacht? Bloß weil ihr Jugendheld Kurt Cobain war? Obwohl, Kurt konnte wirklich froh sein, dass sie ihn nicht Buzz oder Ozzy oder DeeDee genannt hatten. Bei meiner Mutter war alles vorstellbar. Mittlerweile fand mein Bruder seinen Namen aber doch ziemlich gut. Seitdem er mit seinem besten Kumpel Sam eine eigene Band hatte und Schlagzeug spielte, war er der Meinung, der Name sei so selten und deswegen überhaupt nicht Mainstream, dass er schon wieder cool sei. Ich versuchte ihn immer vom Gegenteil zu überzeugen. Meiner Meinung nach konnten nur dicke, bärtige, schmerbäuchige ältere Männer Kurt heißen.

»Ist denn eigentlich die versprochene Postkarte von Kurt schon angekommen?«, fragte ich kauend meine Eltern.

Mein Vater schmunzelte. »Ja, kaum zu glauben, aber wahr. Er hat tatsächlich eine Karte geschickt. Und obwohl er erst seit einer Woche wieder in Berlin ist, ist sie schon heute angekommen.« Augenblicklich sprang er vom Tisch auf und holte die Karte aus dem Flur.

Das Motiv darauf war wahnsinnig originell. Es zeigte Meer.

Na toll, das konnte doch echt überall sein, und auf der Rückseite stand geschrieben:

Liebe Grüße aus Cold Hawaii sendet euch KURT.

Das sah ihm ähnlich, aber ich musste zugeben, dass es für ihn glatt eine Meisterleistung war, überhaupt eine Karte aus dem Urlaub zu schreiben. Wahrscheinlich hatte er sie persönlich in unseren Briefkasten geschmissen.

Kurt war mit Sam drei Wochen in Dänemark surfen. Das hatten sie sich vorgenommen, seit wir vor sechs Jahren zusammen mit meinen Eltern auf dem Fahrrad die dänische Nordseeküste abgefahren waren, und diesen Sommer hatten sie endlich nach langem Sparen und einer großzügigen Finanzspritze meiner Eltern ihren Plan verwirklicht. Meine Eltern waren währenddessen wieder auf einer ihrer Rucksacktouren gewesen, und ich hockte hier fest; aber ich wollte es ja eigentlich auch so.

Kopfschüttelnd legte ich die Karte auf den Tisch und beobachtete, wie meine Eltern wieder ihr Lieblingsspiel spielten – Songtitel und Interpret aus dem Radio erraten. Meistens verlor mein Vater, denn meine Mutter hatte ein riesengroßes unnützes Musikwissen angesammelt, das ihr nur beim Wochenendfrühstück etwas brachte.

Auch heute hatte sie wieder haushoch gewonnen.

»Tja, Liebling, mein Gehirn besteht zu drei Prozent aus Namen, zu zwei Prozent aus Telefonnummern, zu fünf Prozent aus Schulwissen und zu neunzig Prozent aus Songtexten«, erklärte sie triumphierend und zog ihn wie üblich damit auf.

Meine Eltern waren schon fast ihr ganzes Leben zusammen und immer noch schwer ineinander verliebt. Ich wusste echt nicht, wie sie das machten, denn mein Bruder und ich waren bis heute nicht fähig, uns richtig zu verlieben, geschweige denn eine Beziehung mit jemandem zu haben. Ich pflegte keine oberflächlichen Freundschaften und ging so gut wie nie auf Partys. Da lernte man nur schwer jemanden kennen. Ich hing lieber mit meinen besten Freunden Emma und Milo ab.

Emma und Ella. Wir zwei waren seit der fünften Klasse praktisch unzertrennlich, und seit vier Jahren gehörte Milo, nachdem er neu in unsere Klasse gekommen war, auch noch mit zu uns.

Leider hatte ich unser unschlagbares Trio in den letzten zehn Monaten irgendwie gesprengt. Zum einen, weil ich nicht genau wusste, wie die Dinge zwischen mir und Milo standen, und zum anderen, weil ich das vergangene Schuljahr in England verbracht hatte. Ermöglicht hatte das Tante Cordula. Genauer gesagt – ihr Ableben und die damit verbundene kleine Erbschaft, die meinen Eltern zugute kam. Und während sie meinen Bruder mit dem Geld in Sachen Wohnung und Urlaub unterstützten, dachten sie sich, ihre Tochter solle ihren Horizont am besten bei einem Auslandsjahr erweitern und so das restliche Geld auf den Kopf hauen. Leider hatte ich, als die Idee Gestalt annahm, G-8 nicht auf dem Schirm und erst mitten in der Planung geschnallt, dass ich die dort erbrachten Leistungen in Berlin nicht anrechnen lassen konnte und somit ein Jahr verlor. Darauf hatte ich überhaupt keinen Bock, doch meine Eltern überzeugten mich, die Chance zu nutzen und das Abenteuer zu wagen. Im Nachhinein konnte ich immer noch nicht sagen, ob ich ihnen für diese Erfahrung dankbar sein sollte. Auf jeden Fall hatte ich gelernt, dass meine Vorstellungen und die des Reiseunternehmens bezüglich sorgfältig ausgewählter Gastfamilien stark voneinander abwichen. In Brighton fühlte ich mich wie Harry Potter bei den Dursleys, und ich merkte genau, dass es dieser Familie einzig darum ging, an mir Geld zu verdienen. Als ich nicht mehr ohne Erlaubnis die Küche nutzen durfte, um mir ab und an einen Tee zu kochen, reichte es mir, und ich setzte alle Hebel in Bewegung, die Gastfamilie zu wechseln. Danach wurde alles besser. Ich fühlte mich willkommen, und die

Gegend war traumhaft, nur mein Heimweh ließ sich nicht abstellen.

Ab morgen musste ich also die elfte Klasse wiederholen, während meine Freunde schon ihr Abschlussjahr begannen. Es war eigentlich nicht so schlimm, da wir sowieso nicht so viele Kurse zusammen gehabt hätten, aber ich fühlte mich trotzdem ein bisschen abgehängt.

»Hast du heute noch was Schönes vor, Ella?«, fragte mein Vater. »Triffst du dich endlich mit Emma?«

Manchmal fragte ich mich wirklich, ob sich andere Väter auch so für das Sozialleben – oder besser gesagt, das nicht vorhandene Sozialleben – ihrer Töchter interessierten.

»Nö, Emma ist übers Wochenende bei ihrem Vater, und Milo ist erst heute Nacht mit dem Flieger aus Spanien zurückgekommen. Bestimmt pennt er den ganzen Tag. Ich sehe die beiden also erst übermorgen in der Schule wieder – falls überhaupt.«

Milo ... keine Ahnung, wie ich ihm gegenübertreten sollte. Wir hatten uns seit der letzten Silvesternacht nicht mehr gesehen. Und jetzt war Anfang August.

Ich schob meine halb volle Schale beiseite. »Ich bereite heute einfach ganz gemütlich mein Schulzeug vor, nehme ein Bad, und vielleicht kämme ich mir sogar noch die Haare«, antwortete ich breit grinsend.

»Na, wenn das nicht nach einem gut durchdachten und ausgefüllten Tagesplan klingt, findest du nicht auch, Jenny?«, amüsierte sich mein Vater.

Meine Mutter fand das natürlich überhaupt nicht. Sie konnte nie verstehen, dass ich gern zu Hause blieb. Und noch viel weniger fand sie, dass eine erwachsene Frau Jenny heißen sollte. Nicht mal zu einer Jennifer hatte es gereicht, was sie meiner Großmutter schon seit Jahren immer wieder aufs Butterbrot schmierte. Da mein Vater aber Jens hieß, fand ich, dass das wunderbar zusammenpasste. Jenny und Jens. So wie Susi und Strolch. Romeo und Julia.

Nachdem mein Vater uns noch einen zweiten Kaffee gemacht hatte, der auch trinkbar war, räumten wir zusammen den Tisch ab.

»Weißt du, Süße, wahrscheinlich fällt es morgen gar nicht weiter auf, dass du wiederholst. Es gibt doch in der Kursphase sowieso keine Klassen mehr«, sagte meine Mutter, nachdem sie meine Sorgenfalte auf der Stirn bemerkt hatte.

»Schon möglich, dass es die meisten anderen gar nicht bemerken, aber mir fällt es auf. Immerhin muss ich ein Jahr länger in der Schule sein. Und wenn Emma und Milo fertig sind, bin ich immer noch dort.« Diese Aussicht frustrierte mich.

»Jetzt kommt dir so ein Jahr vielleicht unglaublich lang und vergeudet vor, aber später zählt das nicht mehr, und deine Freunde werden mit ihrem Leben nicht weiter voraus sein, als du es bist.« Sie nahm mich in die Arme und drückte mich ganz fest an sich. Es war in dem Moment genau das, was ich brauchte.

»Okay, ich geh mir mal die Zähne putzen«, sagte ich leise.

Meine Mutter ließ mich los und verfluchte das saubere Geschirr im Geschirrspüler, welches erst noch ausgeräumt werden musste, damit das dreckige reinkonnte. Wäre es nach ihr gegangen, hätte es noch einen Geschirrspülausräumapparat geben müssen.

Nachdem ich mich im Bad fertig gemacht hatte, zog ich mich in mein Zimmer zurück. Tja, was hatte ich zu tun? Stifte anspitzen, zwei Blöcke heraussuchen. Fertig. Das war also meine Tagesaufgabe. Nicht gerade berauschend. Ich ließ mich auf mein Bett fallen, verschränkte die Hände hinter dem Kopf und starrte an die Decke, bis Pixie auf mich draufsprang, an meinen Achseln schnupperte und mich ableckte. Diese Katze kam immer im richtigen Moment. Ich kraulte sie am Ohr, woraufhin sie sich so richtig auf mir niederließ und laut schnurrte. Pixie verstand mich immer und wusste genau, wann es mir nicht gut ging und ich sie brauchte. Obwohl ... wahrscheinlich war es ihr egal, wie es mir ging, Hauptsache, sie wurde den ganzen Tag gestreichelt.

»Hey, Ella!« Meine Mutter steckte den Kopf zum Zimmer herein.

O Mann, ich war tatsächlich bei der Hitze und mit der Katze auf dem Bauch wieder weggedöst! Ich musste schon sagen, ich hielt mich sehr gut an meinen Gammeltagplan.

»Hast du Lust, bei Kurt vorbeizufahren und ihm seine frisch gewaschenen Klamotten zu bringen?«

»Was? Warum sollte ich zu so etwas Lust haben? Ich bin doch kein Lieferservice. Wenn er schon nicht selbst wäscht, kann er die Wäsche doch wenigstens abholen.«

Kurt war vor über zwei Jahren ausgezogen und hatte mit Sam eine WG gegründet, aber sie hielten es trotzdem nicht für nötig, sich eine Waschmaschine zuzulegen. Meine Mutter war bestimmt froh darüber; so konnte sie sicher sein, dass er wenigstens regelmäßig vorbeikam.

»Ja, du hast ja recht. Ich dachte nur, falls du nichts zu tun hast, könntest du doch ein bisschen raus an die frische Luft.«

»Frische Luft? Bei der Hitze? In Berlin?«, warf ich ein.

Sie setzte ihren Bettelblick ein.

Leicht genervt gab ich nach. »Meinetwegen. Ich wollte mich sowieso noch um mein Fahrrad kümmern, das kann ja dann Kurt übernehmen.«

»Super! Danke, Liebes. Ich stopfe dir die Wäsche in die Fahrradtasche.«

Damit war sie verschwunden. Lustlos rappelte ich mich auf, was Pixie gar nicht gefiel, denn nun musste sie sich einen anderen Schlafplatz suchen. Ich kramte eine schwarze Jeans und ein T-Shirt, das auch passte, aus meinem Schrank und zog mich an. Im Flur schnappte ich mir die Fahrradtasche, verabschiedete mich kurz von meinen Eltern und rannte die Treppe hinunter. Im Hof schloss ich mein uraltes Rad ab, ein seegrünes Dusika. Mein Vater hatte es mir zum dreizehnten Geburtstag restauriert, nachdem es vier Jahre lang herrenlos in unserem Gemeinschaftskeller herumgestanden hatte. Es klapperte und schepperte und schien jeden Moment auseinanderfallen zu können, aber irgendwie passte es einfach zu mir.

Nicht ein Luftzug erfrischte die Stadt, als ich die sechs Kilometer unter der grellen Sonne zu Kurts und Sams Wohnung fuhr. Das Haus lag in einer abgelegenen Seitenstraße, direkt hinter dem S-Bahnring und war das einzige Mietshaus zwischen unzähligen Autowerkstätten und Garagen. Schräg gegenüber stand ein altes Fabrikgebäude, in dem ihre Band einen Probenraum hatte und dessen Keller einen kleinen Klub beherbergte, der mittlerweile nicht mehr nur Insidern bekannt war. Ich fuhr an den graffitibesprühten Mauern vorbei, unter der S-Bahnbrücke hindurch und geradewegs in den offen stehenden Hauseingang hinein. Nachdem ich die Fahrradtasche umständlich abgezerrt hatte, stieg ich ins erste Obergeschoss. Die Wohnungstür stand wie meistens offen, und laute Musik drang aus ihrem Innern nach draußen. Hier konnte echt jeder ein und aus gehen, wie er wollte. Zumindest hatten Kurt und Sam keine Waschmaschine, die geklaut werden konnte. Und auch sonst nicht viel. Kurt saß auf dem Fensterbrett, rauchte eine selbst gedrehte Zigarette und las ein Buch. Seine langen blonden Locken hingen ihm vor dem Gesicht, und anscheinend ließ er sich einen Bart wachsen. Wie konnte er sich bei der lauten Musik nur konzentrieren?

»Hey, Kurt, Wäscheservice!«, rief ich und ließ die Tasche auf den Boden fallen.

»Schwesterherz, super! Mir mangelt es an frischen Boxershorts.«

»Ja, das dachte sich unsere Mutter auch schon. Wir wissen ja, dass du clever bist, aber unfähig im Lösen von Alltagsproblemen«, stichelte ich lachend und ließ mich in den abgeranzten alten Sessel plumpsen. »Und deswegen kommt der Pöbel mit deiner Wäsche zu dir.«

»Ich glaube eher, unsere alten Herrschaften wollten dich nur loswerden, damit sie die Bude endlich mal für sich allein haben«, konterte er, und ich schätzte, dass er damit gar nicht so unrecht hatte.

»Ich finde, zur Wiedergutmachung und damit du dich nicht völlig nutzlos fühlst, darfst du mir mein Rad aufpumpen und die Bremsen nachziehen, damit ich Montag unbeschadet zur Schule komme.«

»Stets zu Diensten«, kommentierte er geschwollen. »Was würdest du nur ohne mich machen, Ella?«

»Dito. Und wann hast du zum letzten Mal was Nahrhaftes gegessen und nicht nur Tiefkühlpizza?«, meinte ich mit Blick auf seine hängenden Jeans.

»Ich glaube, das war in Dänemark. Hotdogs.«

»Ich sagte, was Nahrhaftes und kein labberiges Fast Food. Apropos Dänemark! Da du immer noch so blass bist wie an Weihnachten, nehme ich mal an, dass Cold Hawaii seinem Namen alle Ehre gemacht hat.«

»Jip, wir haben uns echt den Arsch abgefroren, aber so bleich wie du bin ich nicht. Hast wohl den Sommer hinter zugezogenen Gardinen verbracht.«

Obwohl er damit voll ins Schwarze getroffen hatte, streckte ich ihm die Zunge raus und marschierte zum Kühlschrank. Gähnende Leere. Nichts außer einem seit drei Wochen abgelaufenen Becher Joghurt, einer Milchtüte und einer braunen Banane. Na, wenigstens kauften sie sich Obst. Mit hochgezogenen Augenbrauen sah ich zu Kurt hinüber.

»Ist ja schon gut«, entschuldigte er sich. »Bender ist gerade zum Späti.«

Ich konnte einfach nicht verstehen, warum sich Jungs ständig mit dem Nachnamen anreden mussten. Für mich jedenfalls blieb Sam Sam und Kurt Kurt. In diesem Moment polterte Sam auch schon mit seiner dümmlich kichernden Freundin Sarah zur Tür herein. Wir zwei hatten das unangenehme Vergnügen gehabt, uns bei einem Familienessen zwischen den Feiertagen kennenzulernen, bei dem Sam wie immer nicht fehlen durfte. Damals hatte er sie zum ersten Mal mit angeschleppt.

»Hi, Ella«, sagte er schon fast schüchtern.

Sarah und ich nickten uns nur stumm zu. Wir konnten uns nicht leiden. Ich fand sie einfach nur oberflächlich und langweilig und viel zu hübsch. Einfach öde perfekt. Bis auf ihre Augenbrauen. Die sahen so aus, als seien sie von Nike gesponsert worden. Sie fand mich anscheinend auch nicht besonders toll, und so beruhte unsere Ablehnung auf Gegenseitigkeit.

»Okay«, sagte sie an Sam gewandt. »Ich mach mich los, aber keine Sorge, ich komme heute Abend noch mal vorbei.« Sie zog ihn an sich und küsste ihn. Sehr intensiv.

Mussten sich die Leute eigentlich immer in aller Öffentlichkeit so abschlabbern? Ich drehte mich weg und sah Kurt an, der die Augen verdrehte.

»Alter, wenn ich jetzt was im Magen hätte, müsste ich glatt kotzen«, unterbrach er die beiden ungeniert.

Sarah bedachte ihn noch mit einem giftigen Blick, bevor sie endlich die Wohnung verließ.

Nachdem sie gegangen war, kratzte sich Sam verlegen am Hinterkopf.

»Und, Alter, was gibt' s zu futtern?«, fragte mein Bruder.

Sam packte seine Beute aus dem Späti auf den Küchentisch. »Hm … Also, wie wär's mit Spiegelei auf Salami mit Schmelzkäsescheiben?«

»Igitt!«, entfuhr es mir. Es war Samstag, alle Geschäfte waren geöffnet, und die zwei schafften es trotzdem tatsächlich meistens nur bis zum Spätkauf um die Ecke. Ich kramte im Küchenschrank herum und fand eine volle Packung Mehl. Neben dem Herd stand noch eine Flasche Öl. »Okay, Jungs, wie wär's damit? Ihr pfeift euch die Wurst und den Käse so rein oder wartet, bis noch ein Brot den Weg in eure Bude findet, und ich hau euch ein paar Eierkuchen in die Pfanne.« Ich kochte und backte ziemlich gern. Das Essen überließ ich den anderen.

Mein Bruder kam zu mir und verstrubbelte mir das Haar. »Super Idee. Ist sie nicht wie eine Mutter zu uns?«

»Ja, ist sie«, sagte Sam knapp und suchte mir eine Schüssel heraus.

Kurt rollte die Salami- und Käsescheiben zusammen und schob sie sich so in den Mund. Dann setzte er sich wieder aufs Fensterbrett und widmete sich seinem Buch.

Sam half mir unterdessen und schlug die Eier auf, während ich das Mehl abwog. Wir kannten uns jetzt schon so lange, und im Prinzip war er fast wie ein Bruder für mich. Aber wenn ich ehrlich zu mir selbst war, schwärmte ich für ihn, seit ich zwölf war. Und daran hatte sich bis heute nichts geändert. Seit der siebten Klasse waren Kurt und er die besten Freunde, und Sam ging fast täglich bei uns ein und aus. Mein Bruder war schon immer total lebhaft gewesen und in Sam hatte er irgendwie seinen Ruhepol gefunden. Sie ergänzten sich einfach super, hatten aber auch wahnsinnig viel gemeinsam.

Ich kippte die Eier, die Milch und das Mehl zusammen, gab noch einen Löffel Zucker und einen großen Schluck Öl hinzu und streckte die Hand nach Sam aus. »Schwester, den Mixer bitte!« Gehorsam reichte er mir den Schneebesen.

Ich rührte wie eine Besessene, und weil es sowieso schon so heiß war, geriet ich dabei richtig ins Schwitzen. »Tupfer, bitte!«, scherzte ich.

Sam nahm ein Küchenhandtuch, strich mir die langen Haare aus dem Gesicht und tupfte mir sanft die Stirn ab. Ich vergaß völlig, den Teig weiterzurühren.

»Äh, danke«, sagte ich leise.

»Keine Ursache, Doktor.« Er trat ein Stück zurück und lehnte sich gegen die Arbeitsplatte. »Ella ...«, druckste er herum. »Du weißt doch, dass ich im Zuge meines Studiums ein Referendariat absolvieren muss, oder?«

Klar wusste ich das. Was ich jedoch nicht wusste, um genau zu sein, überhaupt nicht verstehen konnte ... wieso übersprang

Sam eine Klasse, besuchte währenddessen als Schülerstudent die Uni und ließ sich seine Leistungen anrechnen, absolvierte mit siebzehn sein Abi mit Eins, nur um dann wieder auf einer Schule als Lehrer zu enden? Irgendwie dachte ich immer, er habe Größeres vor.

»Ja, und?« Ich zuckte mit den Achseln.

»Es kann sein, dass du dieses Jahr ein paar Kurse bei mir hast.«

»Oh.« Ich hielt mit dem Rühren inne. »Du hast dich an deiner alten Schule beworben? Muss ich dich dann siezen?«

Mehr fiel mir dazu im Moment nicht ein.

Ein leichtes Lächeln umspielte seine Lippen, und er hob die Schultern. »Ich weiß nicht, darüber habe ich mir bisher noch keine Gedanken gemacht.«

Natürlich nicht. So etwas Profanes konnte auch nur mir einfallen.

»Aber ich denke schon. Du kannst mich ja in den Pausen duzen.«

»Als ob ich in den Pausen mit Lehrern rumhänge!« Ich schluckte.

Das klang jetzt wahrscheinlich fieser, als ich es beabsichtigt hatte, aber ehrlich gesagt, ich war fassungslos. Ich hatte bisher noch nie darüber nachgedacht, doch jetzt fand ich es irgendwie erniedrigend, dass er als Lehrer vor mir stehen sollte und mich anhand meiner Leistungen bewertete. Das wollte ich nicht. Ich wusste nicht weshalb, aber es war mir total unangenehm. Plötzlich hatte ich das dringende Bedürfnis, auf der Stelle abzuhauen. Nur noch raus und so schnell wie möglich verschwinden. Warum ich stets so handelte, konnte ich nicht einmal genau sagen, aber meistens ging ich Konflikten aus dem Weg und machte mein Gefühlschaos mit mir selbst aus.

Nervös wischte ich mir die Hände an der Hose ab. »Kurt, kannst du mal bitte mein Rad flott machen? Ich muss langsam nach Hause.«

Kurt blickte abwesend von seinem Buch hoch, stand dann

aber doch auf und schlurfte zur Tür. Ich setzte mich auf den Tisch, knabberte an meinen Fingernägeln und beobachtete schweigend, wie Sam den Teig in die heiße Pfanne goss. Wie konnte jemand wie er nur Lehrer werden? Wenn ich den Querschnitt meiner Lehrer betrachtete, dann fiel mir nur alt, unattraktiv, uncool und langweilig ein. Okay, mein Vater war auch Lehrer, und auf ihn trafen die meisten Punkte in meinen Augen natürlich nicht zu, aber erst recht nicht auf Sam. Er war gerade mal zweiundzwanzig, schlank und muskulös, und seine zerzausten braunen Haare fielen ihm auf die Schultern. Er war Musiker, und ich konnte ihn mir absolut nicht als öden Lehrer vorstellen. Aber das passte gut zu seiner öden Freundin. Wahrscheinlich hatte ich auch einfach ein falsches Bild von ihm.

Wir schwiegen uns weiter an. Vielleicht hatte er ja mit einer anderen Reaktion gerechnet. Hatte er wirklich gedacht, ich sei über seine Neuigkeit begeistert? Möglicherweise verwirrte ihn meine Reaktion genauso wie mich; er wollte mich nur informieren, und ich verhielt mich wie eine Grenzdebile.

»So, erledigt«, sagte Kurt, als er wieder zur Tür hereinkam und sich die dreckigen Hände an der Jeans abwischte. »Wann gibt's was zu futtern?«

»Ehrlich, Kurt, es ist einfach unfassbar! Wie konnten wir nur bei den gleichen Eltern aufwachsen, und trotzdem hast du keine Ahnung, was zu tun ist, um nicht zu verhungern?«

»Tja, mir haben unsere alten Herrschaften eben Talent, Intelligenz und gutes Aussehen mit auf den Weg gegeben und dir das Wissen darüber, wie man ein Ei in die Pfanne schlägt.« Er grinste und legte mir einen Arm um die Schultern.

Ich kniff ihn in die Seite, drückte ihm einen Kuss auf die Wange und ging zur Wohnungstür.

»Isst du nicht mit uns?«, fragte Sam.

»Nein, ich glaube, ihr braucht es dringender. Ihr seht schon ganz unterernährt aus.« Dass dies eher auf mich zutraf, verschwieg ich lieber. Außerdem war mir jetzt wirklich nicht mehr nach Gesellschaft zumute und erst recht nicht nach den überheblichen Sticheleien meines Bruders. Meine Laune war schon ganz tief im Keller und mein Ego sowieso.

»Okay, dann bis morgen«, sagte er.

»Ja«, antwortete ich knapp und rannte die Stufen hinunter.

Als ich auf meinem Rad die Straße entlangfuhr, kramte ich umständlich mein Handy aus der Jeans und wählte Emmas Nummer. Die Mailbox ging ran. »Ruf mich an!«, sagte ich nur und legte auf.

Erst am Abend, nachdem ich aus der Dusche herauskam, klingelte endlich das Telefon.

»Hi, Em«, sagte ich, kaum dass ich den Hörer in der Hand hielt.

»Hi, El, wie geht's dir? Nicht zu fassen, dass die Ferien schon wieder vorbei sind. O Gott und Montag wieder Scheißschule, und du verlässt mich einfach so, ich meine, ich hab mich immer noch nicht dran gewöhnt, dass du im Unterricht nicht neben mir sitzt, und nun soll es so weitergehen? Wie soll ich das bloß ohne dich aushalten?« Sie redete mal wieder ohne Punkt und Komma. »Und jetzt das Neueste, halt dich fest! Mein Vater kriegt ein Baby.«

»Dein Vater ist schwanger?«, lachte ich los. Ich spürte durch den Hörer, wie Emma tief durchatmete, und sah förmlich, wie sie mit den Augen rollte.

»Nein, natürlich nicht. Seine Freundin ist schwanger, im vierten Monat. Sie hat schon fünf Kilo zugenommen und betet, dass sich alles auf ihre Brüste verteilt.«

»Und? Wie fühlst du dich damit?«, fragte ich vorsichtig.

»Eigentlich ganz gut. Ich bekomme ja keine geschwollenen Füße und eine Riesenwampe.«

»Emma, du weißt schon, wie ich das meine.«

Emmas Familienverhältnisse waren nicht ganz so geordnet wie meine. Ihre Mutter verliebte sich vor vielen Jahren auf einer langen Reise Hals über Kopf in einen Thailänder. Normalerweise war es ja eher umgekehrt, deutsche Männer schnappten sich thailändische Frauen. In diesem Fall war die Liebe aber auch nicht von Dauer und endete mit dem Datum auf dem Rückflugticket. Zu Hause angekommen, stellte Emmas Mutter fest, dass sie schwanger war, und fand, dass dies das beste Souvenir aller Zeiten war. Irgendwann heiratete sie, und ihr Ehemann adoptierte Emma; sie war für ihn wie die eigene Tochter. Zwar hatten sich ihre Eltern mittlerweile scheiden lassen und neue Partner, aber er blieb Emmas Vater, und sie besuchte ihn regelmäßig.

Emma seufzte. »Ich finde es schon toll, ich wollte doch schon immer Geschwister haben, aber es hätte ruhig ein bisschen eher sein können. Am liebsten wäre mir ja, wenn ich auch so einen heißen älteren Bruder hätte wie du.«

Ich schüttelte mich. »Mein Bruder ist absolut nicht heiß!«, erwiderte ich mit gespielter Entrüstung, denn Emma schmachtete Kurt schon seit Jahren an.

»Ja, und das ist auch eine absolut gesunde Einstellung«, kicherte sie.

Wir alberten noch eine Weile herum und verabredeten uns dann für Montag in der ersten großen Pause an unserer üblichen Stelle. Ich hatte völlig vergessen, mit ihr über Sams Referendariat zu sprechen, aber es kam mir auch nicht mehr so wichtig vor. Wahrscheinlich hatte ich einfach überreagiert. Stand es mir überhaupt zu, seinen Weg zu kritisieren, nur weil ich mich bei der Vorstellung, er würde mein Lehrer, unwohl fühlte? Ich beschloss, der Sache nicht so viel Platz einzuräumen.

Am letzten Abend der Ferien veranstalteten meine Eltern immer ein opulentes Familienmahl. Das hatte schon lange Tradition bei uns und fand wahrscheinlich auch noch statt, wenn keins ihrer Kinder mehr zur Schule ging und mein Vater längst

Rentner war. Sie hielten an ihren Ritualen fest, und ich musste zugeben, dass ich einige davon sehr genoss.

Ich half meiner Mutter schon am frühen Nachmittag bei den Vorbereitungen. Sie hatte sogar einen richtigen, echten Lachs besorgt. Nicht in Blöcken tiefgefroren, sondern frisch. Der musste ein kleines Vermögen gekostet haben. Mein Vater hatte sich warmen Schokoladenkuchen mit flüssigem Kern zum Dessert gewünscht; dafür war ich zuständig. Ich hackte die dunkle Schokolade und schmolz sie, zusammen mit unfassbar viel Butter, über dem Wasserbad, während meine Mutter mit einer Pinzette über dem toten Fisch hing. Ich ahnte schon, dass es die gleiche war, mit der sie uns sonst die Splitter aus den Fingern zog.

Der Teig war schnell vorbereitet, und ich füllte ihn in Souffléförmchen, die am Abend nur noch in den Ofen geschoben werden mussten.

»Mach eins mehr!«, bat mich meine Mutter, nachdem ich den gesamten Teig auf fünf Schälchen verteilt hatte.

»Das sagst du mir erst jetzt? Wieso denn das?«

»Sam bringt Sarah mit.«

Leicht genervt knallte ich ziemlich unsanft die große Plastikschüssel auf die Arbeitsplatte. »Sie kann meins haben.«

Meine Mutter musterte mich vorwurfsvoll. Ich wusste genau, was dieser Blick zu bedeuten hatte, aber ich wollte nicht darauf eingehen. Ich aß zu wenig. Definitiv.

»Kannst du nicht bei jedem etwas rausnehmen, damit es für sechs reicht?«

»Nein, außerdem haben wir seit dem letzten Mal nicht mehr genügend Förmchen.«

Damals hatte ich mir so die Finger verbrannt, dass ich alles fallen gelassen hatte und nur noch zusehen konnte, wie das Förmchen in tausend Stücke zerbrach. Ich stemmte die Hände in die Hüften. »Entweder sie bekommt meins, oder wir müssen die dreizehnte Fee wieder ausladen.«

Meine Mutter lachte. »Das wäre ein schlechtes Omen, Dornröschen.«

»Warum muss Sarah – die Augenbraue – überhaupt mitkommen?«

»Ich weiß, du kannst sie nicht leiden.« Sie seufzte. »Ich finde Sarah auch nicht so prickelnd, aber sie ist Sams Freundin, und er gehört schließlich zur Familie.«

Sie hatte recht. Sam gehörte zu uns. Schon seit Langem. Er war Kurts bester Freund und im Lauf der Jahre für meine Eltern wie ein zweiter Sohn geworden. Mir stand er fast so nahe wie ein echter Bruder. Obwohl er mich – im Gegensatz zu Kurt – nie bevormundete oder über mich herzog.

Am frühen Abend deckten wir den Tisch auf dem Balkon. Es war heute zum Glück nicht ganz so heiß wie die letzten Tage, und man konnte es draußen ganz gut aushalten. Meine Mutter sorgte dafür, dass alles so perfekt wie im IKEA-Katalog aussah. Außerdem hatte mein Vater einen grünen Daumen, sodass unser Balkon einer kleinen grünen Oase glich. Der Oleander wucherte, und unsere Klematis kletterte schon zu den Nachbarn. Leider hatte ich nichts von diesem Talent geerbt. Bei mir starben sogar Kakteen.

Irgendwann kam mein Vater aus seinem Arbeitszimmer geschlurft. Er war schon wieder voll im Schulmodus, da er bereits seit Mittwoch mit seiner Anwesenheit glänzen, an irgendwelchen Konferenzen teilnehmen und den Unterricht vorbereiten musste. Er übernahm eine neue siebte Klasse als Klassenlehrer. Gerade erst hatte er seine Zehnte in die Kursphase entlassen und erlebt, wie aus einer wilden Horde denkende Menschen wurden. Nun ging das Ganze wieder von vorn los. Müde rieb er sich die Augen, hatte die Brille in die Haare geschoben und legte meiner Mutter die Hände um die Hüften.

»Mmh, das riecht aber lecker! Ich hoffe, es gibt heute kein Schwein oder so, sonst würde mich der Fischgeruch jetzt etwas verunsichern.«

Mit zwei Fingern tauchte er in die Salatschüssel ein und angelte sich ein Stück Mozzarella.

Meine Mutter gab ihm einen Klaps auf die Finger. »Aus! Jens! Die Jungs sind noch nicht mal da.«

»Aber ich hab Hunger«, maulte er. »Wann kommen sie denn?«

Sie sah auf die Uhr. »Vor zehn Minuten. Aber wir räumen unserem Klugscheißer mal das akademische Viertel ein.«

In dem Moment klingelte es auch schon an der Tür. Obwohl mein Bruder immer noch einen Schlüssel hatte, ließ er sich trotzdem fast jedes Mal persönlich empfangen. Mein Vater stürmte zur Tür – er musste echt tierischen Hunger haben –, während ich die letzten Gläser auf dem Tisch verteilte. Ich vernahm, wie sich alle fröhlich begrüßten und sich freuten, vor allem mein Vater, dass es endlich was zu essen gab. Kurt kam durchs Wohnzimmer raus auf den Balkon. Meine Mutter stürmte hinterher und wollte den Tisch abdecken.

Ich sah sie fragend an. »Was machst du da? Passt dir meine ...«

»Mehr Dessert für alle!«, flötete sie.

Aah, ich verstand. Sarah war also nicht mitgekommen.

Irgendwie freute mich das.

Das Essen war einfach nur lecker; obwohl meine Mutter und ich etwas fassungslos mit ansehen mussten, wie das Ergebnis unserer fast vierstündigen Arbeit in der Küche von den drei ausgewachsenen Männern in weniger als fünfzehn Minuten weggeputzt wurde.

»Ich dachte, du bist aus dem Fressalter raus«, sagte ich und schob meinem Bruder meinen Nachtisch herüber.

»Ich brauche eben nicht nur geistige Nahrung«, sagte er mit vollem Mund.

»Also gut, wer ist dafür, dass Kurt den Abwasch macht?«

Alle hoben ohne Zögern die Hand und grinsten ihn breit an.

»Warum ich?«, fragte er voller Entrüstung.

»Na, weil du der Einzige bist, der morgen nicht früh rausmuss und noch schön seine Semesterferien genießen kann.«

Ich konnte die ganze Nacht kaum schlafen, und der Wecker klingelte unbarmherzig früh. Wer hatte sich bloß ausgedacht, dass die Schule acht Uhr beginnen musste? Nachdem ich mich nur noch einmal kurz umdrehen wollte, war ich natürlich sofort wieder eingeschlafen und nun viel zu spät dran. Während ich mir die Zähne putzte, zog ich mich nebenbei an und machte mir einen Kaffee. Mein Spiegelbild war nicht sehr vielversprechend. Blass, dünn und mit dunklen Augenringen sah es mich an. Ich trug mir etwas Lipgloss auf und kniff mir in die Wangen, um wenigstens ein bisschen Farbe zu bekommen. Gegen meine langen, langweilig hellbraunen Haare war ich machtlos und knotete sie mir schnell im Nacken zusammen. Vielleicht sollte ich doch mal zum Friseur gehen.

Als ich vor dem Schulgebäude stand und die anderen Schüler von allen Seiten herbeiströmten, war meine Laune richtig im Keller. Jetzt begann er wieder, der ewig gleiche Trott.

In der Aula fand die Einführung für die neue Kursphase statt. Allein und etwas verloren lehnte ich hinten an der Wand und kritzelte versunken in mein Notizbuch. Irgendwann bekamen wir unsere Stundenpläne, und ab dem zweiten Block sollte nach diesem auch der Unterricht stattfinden. Bis dahin hatte ich noch ein wenig Zeit. Ich setzte mich auf die Wiese am Pfuhl und hoffte, dass Emma bald auftauchte. Vor unserer Schule lag ein kleiner Park mit einem winzigen Teich, und die einzigen Bewohner waren ein schwules Entenpärchen, die wir auf die Namen Horst und Heinz getauft hatten. Plötzlich hielt mir jemand von hinten die Augen zu, aber diese rauen Hände erkannte ich immer und überall.

»Milo!« Ich sprang auf. Kurz zögerten wir beide, doch dann umarmten wir uns so fest, dass es schon fast wehtat. Ich hatte mir völlig umsonst Sorgen gemacht.

Milo war total braun gebrannt, und im Gegensatz zu mir war er beim Friseur und offensichtlich auch beim Optiker gewesen.

»Mensch, Milo, du bist ja kaum wiederzuerkennen! Neue Frisur. Neue Brille. Wer bist du?«

»Tja, wenn ich das selbst wüsste, könnten sich meine Eltern das Geld für meinen Psychotherapeuten sparen«, witzelte er. »Und du, Ella, immer noch ganz die Alte. Auf dich ist eben Verlass.«

Mir fiel ein Stein vom Herzen, dass zwischen uns alles wie früher war.

Von Weitem erblickte ich Emma, die über die Wiese schwebte. Sie glich wie immer einer Elfe. Ihre langen schwarzen Haare reichten ihr fast bis zur Taille, und mit ihrer Größe von eins achtzig hätte sie glatt als Model durchgehen können. Zu dritt lagen wir uns in den Armen, bis wir umfielen und auf der Wiese liegen blieben.

»Ich finde es toll, dass ihr euch mit so einem Kleinkind aus der Elften abgebt«, sagte ich.

»Ja, wir haben schon überlegt, lieber so zu tun, als würden wir dich nicht kennen, aber Milo ist sich nicht so sicher, dass er sein Abi schafft, und dachte sich, es wäre praktisch, schon Kontakte zu haben, wenn er das Jahr wiederholt«, spottete Emma, während Milo ihr einen vernichtenden Blick zuwarf.

»Stimmt, Milo. Was machst du überhaupt hier?«, fragte ich ihn.

Gewöhnlich verbrachte er seine Pausen im Physiklabor. So viel Enthusiasmus für ein Unterrichtsfach war mir absolut fremd, aber er hatte einfach eine große, wenn auch für mich nicht nachvollziehbare Leidenschaft dafür.

»Hast du es noch nicht gehört?«, platzte es buchstäblich aus Emma heraus.

Milo versuchte ihr den Mund zuzuhalten. »Dabei kann es auch bleiben!«, zischte er sie an.

Jetzt wurde ich neugierig. »Ist schon gut, Em. Du kannst es mir nachher ganz in Ruhe und ausführlich am Telefon erzählen.« Ich lächelte sie verschwörerisch an.

Milo gab sich geschlagen. »Na schön, ihr Klatschtanten! Wenn ihr euch dann besser fühlt ... macht euch ruhig auf meine Kosten lustig.«

»Das tun wir«, sagte sie trocken. »Also, wo fange ich an ...«

»Am besten überhaupt nicht, da du den Vorgang physikalisch gar nicht erklären kannst.«

Sie streckte ihm die Zunge raus. »Was ich aber durchaus mit meinem beschränkten Verstand begriffen habe, ist die Tatsache, dass unser lieber Milo fast den Physikraum in die Luft gejagt hätte.«

»Die Betonung liegt auf *fast,* und außerdem handelte es sich um eine Implosion und keine Explosion.«

»Ach, du Scheiße, wie hast du das angestellt? Dir ist doch hoffentlich nichts passiert!« Ich checkte schnell ab, ob er noch alle Finger besaß.

»Nee, alles halb so schlimm. Emma übertreibt mal wieder. Mein Druckexperiment hat nur größere Ausmaße angenommen als geplant ... und ...«, fügte er kleinlaut hinzu, »... ich hätte wohl vorher meinen Lehrer in Kenntnis setzen sollen.«

»Mir war schon immer klar, dass du dort nur Blödsinn treibst«, stichelte Emma.

»Im Gegensatz zu euch bin ich nicht nur extrem schlau, sondern weiß auch noch, worin der Unterschied zwischen grobem Unfug und Wissenschaft besteht.«

»Aha, und der wäre?« Sie verschränkte die Arme.

»Datenerfassung!« Er sah uns ernst an und brach dann urplötzlich in schallendes, ansteckendes Gelächter aus.

Es dauerte eine Weile, bis wir uns endlich wieder zusammenreißen konnten.

»Okay, okay, das reicht!« Ich wischte mir die Lachtränen aus den Augen. »Erzählt mir lieber was aus eurem Urlaub, denn ich möchte mal bemerken, dass keiner von meinen angeblich besten Freunden mir auch nur eine Postkarte aus der großen weiten Welt geschickt hat und ich deshalb dringend ein Update benötige.«

Beide wechselten schuldbewusste Blicke.

»Du weißt doch, dass ich nicht schreibe«, meinte Emma.

»Und ich ... ich habe was zu erzählen, was ich unmöglich auf so eine hässliche Postkarte mit Sonnenuntergangsmotiv schreiben könnte.« Milo trommelte mit den Fingern auf die Oberschenkel, räusperte sich und holte tief Luft. »Hiermit verkünde ich: Ich bin verliebt. Und offiziell nicht mehr zu haben, falls sich eine von euch noch Hoffnungen gemacht haben sollte.« Er zwinkerte uns vielsagend zu.

»Aber Milo, wir dachten, du liebst nur uns!«, säuselte Emma gespielt.

»Also, zuallererst liebe ich natürlich mich, dann meine Freundin, und ihr dürft euch Platz drei teilen. Aber keine Sorge, es ist genug Milo für alle da!« Gönnerhaft breitete er die Arme aus.

Wir lachten laut los und stürzten uns auf ihn. So viel Überheblichkeit musste bestraft werden.

»Alles klar, wer ist sie? Und denk dran, deine Cousine zählt nicht«, sagte ich.

»Also, sie heißt Lina, und wir haben uns in Spanien kennengelernt.«

Emma griff sich übertrieben ans Herz und schaltete ihre Betroffenheitsreporterstimme ein. »O nein, ein Mädchen in dreitausend Kilometern Entfernung! Große Liebe oder doch nur ein Urlaubsflirt?«

»Nicht dreitausend, sondern dreihundert Kilometer. Lina kommt aus Hamburg. Und weil wir nicht ohneeinander können, sehen wir uns auch schon nächstes Wochenende wieder. Bis dahin skypen wir.«

»Ach, junges Glück«, seufzte Emma. »Apropos, wie alt ist denn deine Angebetete?«

Milo zögerte. »Fünfzehn.«

»O krass, ist sie nicht'n bisschen jung für dich, Milo? Du bist bald achtzehn, dann machst du dich glatt strafbar«, sagte Emma.

»Das ist doch Schwachsinn. Hör nicht auf sie!«, beruhigte ich ihn. »Meine Mutter war auch sechzehn und mein Vater zwei Jahre älter, als sie sich verliebten. Das interessiert doch kein Schwein, Milo ist ja nicht fünfunddreißig.«

»Ich dachte, ihr freut euch für mich, aber da hab ich wohl falsch gelegen.«

»Natürlich freuen wir uns.« Und zugleich war ich einfach nur froh, dass sich an unserer Freundschaft nichts verändert hatte.

Aber er murrte nur. »Die Pause ist gleich zu Ende, wir müssen los.«

Er war beleidigt. Das ging bei Milo immer ziemlich schnell und lag wahrscheinlich an seinem Verwöhntes-Einzelkind-Syndrom.

»Jawohl, Milosevic«, scherzte Emma, aber er funkelte sie nur böse an und stiefelte los. Er hasste es, wenn sie ihn so nannte. Sie rappelte sich auf und rannte hinter ihm her. »Bis nachher, El!«, rief sie zu mir zurück, hakte sich bei ihm unter und war sich sicher, dass er bestimmt nicht lange auf sie sauer war.

Im ersten regulären Block hatte ich Leistungskurs Bio und danach Leichtathletik. Super, also an Sportzeug hatte ich echt nicht gedacht. In Bio setzte ich mich ganz hinten ans Fenster. Frau Auerbach gewann mit Sicherheit nicht die Wahl zum Lieblingslehrer des Jahres, aber ich konnte mit ihr klarkommen. Sie besprach heute nur die Kursfahrt, die zu meinem Leidwesen schon in zwei Wochen stattfinden sollte. Eigentlich hatte ich keine Lust, schon wieder wegzufahren, aber meine Eltern nötigten mich dazu und hatten die Reisekosten schon vor Ferienbeginn bezahlt. Als Lehrertochter hatte ich es wirklich nicht leicht. Frau Auerbach reichte einige Formulare und Belehrungen herum, welche von den Eltern unterschrieben werden sollten. Da ich seit Juli achtzehn war, unterschrieb ich einfach alles selbst und legte die Zettel beim Rausgehen wieder vorn auf den Tisch.

Als Nächstes hatte ich Sport. Kurz überlegte ich, diesen Block ausfallen zu lassen und gleich nach Hause zu fahren, beschloss dann aber doch, mit den anderen zur Turnhalle zu gehen. Wie sich herausstellte, war ich nicht die Einzige ohne Sportsachen und dass die Mädchen im Leichtathletikkurs eindeutig in der Überzahl waren; wahrscheinlich rannten die Jungen lieber irgendeinem Ball hinterher. Ich stellte meine Tasche ab, zog mir die Schuhe aus, ging barfuß in die Halle und setzte mich zu den anderen auf die harte Holzbank. Einige tuschelten und kicherten miteinander.

Und dann sah ich ihn.

Er stand mit unserem alten Sportlehrer, Herrn Feldmann, im Fußballtor und unterhielt sich. So konnte unmöglich ein Lehrer sein. Sam sah sogar in Sportsachen unverschämt gut aus, nur sein Lippenpiercing fehlte, das ich so sehr an ihm mochte. Du meine Güte, was war eigentlich mit mir los? Mir wurde unerträglich heiß, und ich bereute augenblicklich, die Stunde nicht doch geschwänzt zu haben. Wahrscheinlich hatte ich schon einen hochroten Kopf. Das konnte ja prima werden. Die beiden redeten noch einen kurzen Moment miteinander, während ich mir meine verschwitzen Hände an der Jeans abwischte. Dann kamen sie herüber und richteten das Wort an uns.

»Hallo, mein Name ist Samuel Bender, und ich übernehme ab sofort diesen Sportkurs. Vor nicht allzu langer Zeit war ich selbst noch Schüler an dieser Schule und wurde jahrelang von Herrn Feldmann gequält, aber...«

»... aber«, mischte sich dieser ein, »ich bleibe euch immer noch erhalten, sozusagen als Herrn Benders rechte Hand, wenn zum Beispiel mal Hilfestellung beim Hüftaufschwung geleistet werden muss.« Er grinste breit.

Der Feldmann war klein, stämmig, und das Brusthaar kroch ihm den Hals entlang direkt ins Gesicht. Den Mädchen war anzusehen, dass sie lieber von Sam Hilfe beim Hüftaufschwung haben wollten. Sam blickte zu mir herüber und lächelte mich an, aber ich starrte an ihm vorbei. Ich, für meinen Teil, wollte weder von ihm noch vom alten Feldmann irgendeine Form der Hilfestellung.

War das der einzige Kurs, den Sam hatte? Möglicherweise konnte ich ja noch wechseln. Obwohl ... irgendwelche Ballsportarten kamen nicht infrage; ich warf, fing und zielte wie ein Mädchen, und die Ski- und Surfkurse waren eh voll und sowieso viel zu teuer. Vielleicht sollte ich erst mal herausfinden, was er nicht unterrichtete.

»So, und weil heute so schönes Wetter ist, joggen wir jetzt noch eine Runde im Park.«

Alle stöhnten auf, einige beschwerten sich, dass sie nicht die richtigen Klamotten dazu hätten und in ihren Ballerinas sowieso nicht laufen könnten, aber es half alles nichts. Na klasse.

Ich stöpselte mir meine Kopfhörer in die Ohren, rannte in meinen Chucks los und wusste, dass ich morgen tierische Blasen haben würde. Irgendwann bemerkte ich, dass Sam neben mir lief. Kein bisschen außer Atem, während ich mich fühlte, als würden meine Lungen jeden Moment kollabieren.

»Nimm bitte deine Kopfhörer raus! Mir persönlich ist es ja egal, aber aus versicherungstechnischen Gründen ist es nicht erlaubt.«

Ich blieb unvermittelt stehen. »Also, mir persönlich ist es ja egal, aber ich weiß nicht, was Ihre Versicherung dazu sagt, wenn sich die Grazien dahinten in ihren Schühchen die Knöchel verstauchen, Herr Bender. Vielleicht sollten Sie sich lieber denen widmen, da wird bestimmt bald Ihre helfende Hand benötigt.«

»Schon gut, Ella. Krieg dich wieder ein, war nur ein Scherz. Du darfst natürlich Musik hören, ich wollte doch nur deiner Vorstellung als spießiger Lehrer gerecht werden.« Er grinste mich herausfordernd an.

»Weißt du, eigentlich mochte ich Sport immer. Bis heute.« Ich drehte meine Musik wieder laut und zog es vor, den Rest der Strecke zu gehen.

Nach der Stunde sprühten sich alle mit süßlichem Deo ein; ich verzog mich in die oberen Waschräume und spülte mir den Schweiß mit eiskaltem Wasser ab.

Auf dem Hof hielt ich Ausschau nach Emma und Milo, konnte beide aber nirgends entdecken. Ich hätte sie vorhin fragen sollen, wann sie heute Schluss hatten, vielleicht hatten sie ja noch einen Block. Enttäuscht setzte ich mich auf mein Rad und machte mich auf den Heimweg. Ich beschloss, noch kurz bei der Bibliothek anzuhalten und danach Abendessen zu besorgen, als neben mir ein uralter schwarzer Mercedes T2 sein Tempo drosselte. Es war Sams und Kurts klappriger *Tourbus*, und Sam kurbelte gerade umständlich das Beifahrerfenster herunter.

»Halt an, Ella! Ich fahr dich nach Hause.«

Ich dachte gar nicht daran. »Findest du es nicht etwas unökologisch, die kurze Strecke mit diesem Diesel fressenden Monstrum zurückzulegen?«

»Ich war heute morgen spät dran. Genau wie du.«

Hä? Woher wusste er das denn nun schon wieder? Stoisch stierte ich geradeaus und fuhr weiter. Er überholte mich, zog vor mir auf den Radweg und hielt an, sodass ich eine Vollbremsung machen musste. So ein Arschloch. Kurz überlegte ich, einfach weiterzufahren, aber dann dachte er womöglich, dass mir vielleicht doch ein paar Gehirnzellen fehlten und ich in den Kindergarten zurückgestuft werden sollte. Ich blieb auf meinem Sattel sitzen und verschränkte bockig die Arme.

Sam stieg aus dem Bus. Er trug seine schwarze Jeans und ein ausgeblichenes schwarzes T-Shirt; sein Piercing hing wieder seitlich in der Unterlippe. Er lehnte sich an die Hintertür und nahm die gleiche Körperhaltung ein wie ich. Offensichtlich war er sauer. Wir starrten uns an, bis er endlich tief durchatmete und seufzte. »Ich muss schon sagen, du bist wirklich zurückhaltend in deiner Euphorie über meine Qualitäten als Lehrer.«

Ich schnaubte. »Zurückhaltend in meiner Euphorie? Das ist echt noch wohlwollend ausgedrückt.«

»Ehrlich, Ella! Soll das jetzt immer so weiterlaufen? Ich wüsste wirklich gern, was dein Problem ist.«

Ich biss mir auf die Unterlippe. So richtig wusste ich das auch nicht, ich wusste nur, wie es sich anfühlte. Nämlich scheiße. Ich umklammerte mit verschwitzten Händen meinen Fahrradlenker.

»Keine Sorge, es wird nicht so weiterlaufen. Morgen frage ich nach, ob ich den Kurs noch wechseln kann. Du wirst ja wohl nicht sämtliche Sportstunden leiten.« Wäre es nach mir gegangen, hätte ich Sport ganz abgewählt, nur leider erlaubte das unser Schulsystem nicht.

Er zog eine Augenbraue hoch. »Nein, aber sämtliche in der Oberstufe. Das ist mein Job.«

Ich verzog das Gesicht.

»Mann, Ella, das ist doch albern! Ich kapier echt nicht, was dich so stört. Denkst du, ich bin ein schlechter Lehrer? Oder warum machst du es mir so schwer?« Er blickte mich fragend an und kaute auf dem Ring in seiner Lippe herum. Ich hätte ihm stundenlang dabei zusehen können.

Ich war echt durch den Wind.

»Das ist es doch gar nicht.«

»Nein, was denn dann?«

»Ich weiß nicht«, druckste ich herum. »Ich will einfach nicht von dir unterrichtet werden und kann mir dich als meinen Lehrer, als Respektsperson, nicht vorstellen.«

Ich fand nicht die richtigen Worte, denn ich konnte selbst kaum deuten, warum ich mich so schräg verhielt.

»Das ist doch lächerlich, und außerdem musst du es dir auch gar nicht vorstellen, denn ich *bin* dein Lehrer.«

»Dann bin ich eben lächerlich«, sagte ich leise, trat in die Pedale und ließ Sam stehen.

Ich war wütend, und anscheinend heulte ich, denn der Weg verschwamm vor meinen Augen. Verdammt, was war nur los mit mir? Wir hatten noch nie Streit gehabt, und ich wusste noch nicht mal so richtig, worüber wir uns eben gezofft hatten. Ich hielt vor der Bibliothek, setzte mich erst mal auf die Treppe, um durchzuatmen, und beruhigte mich langsam. Vielleicht sollte ich mich einfach einkriegen, die Situation akzeptieren und in Zukunft büffeln wie ein Tier, damit ich nicht wie eine Idiotin vor ihm dastand. Aber dafür war es wahrscheinlich schon zu spät.

In der Bibliothek suchte ich im Regal nach meinem derzeitigen Lieblingsbuch, konnte es aber nicht finden. Am PC gab ich es in die Suchmaschine ein, und mir wurde angezeigt, dass es noch für drei Wochen anderweitig verliehen war. Heute lief echt alles scheiße. Ich hatte keine Lust, mir was anderes zu suchen, und fuhr weiter zum Supermarkt.

Zu Hause legte ich mich erst mal auf mein Bett und machte, passend zu meiner Stimmung, Radiohead an. Irgendwann klingelte das Telefon. Emma war dran.

»Lass uns mal unsere Stundenpläne vergleichen ... also Milo und ich haben Montag vier Blöcke, Dienstag habe ich vier und Milo drei, Mittwoch ... he, El, alles okay? Du bist ja nicht gerade gesprächig.«

Das sagte die Richtige. Bei ihr kam sowieso kaum jemand zu Wort.

Ich seufzte. »Ach, Emma, ich weiß auch nicht, was mit mir los ist. Vielleicht kriege ich ja 'ne mittelschwere Depression«, versuchte ich zu scherzen, obwohl mir nicht nach Witzen zumute war.

Depressiv zu sein, war ein Fulltime-Job, und ich fühlte mich langsam überarbeitet.

Emma spürte das. »Okay, rück raus mit der Sprache, nein warte, ich komm gleich vorbei, bin in fünfzehn Minuten bei dir!«

Bevor ich noch etwas sagen konnte, hatte sie auch schon aufgelegt.

Genau vierzehn Minuten später klopfte es an der Wohnungstür, und Emma stürmte herein, als ob es keine Zeit zu verlieren galt.

»Was ist'n los, Ella? Ich weiß, es war doof, dass ich, kaum dass du wieder da warst, in den Urlaub gefahren bin und wir uns so lange nicht gesehen haben, aber das wird sich ab sofort wieder ändern, in Ordnung?« Sie drückte mich an sich.

Es fühlte sich gut an, denn während meines Auslandsjahrs hatte ich ganz schön mit mir zu tun gehabt und mich immer mehr zurückgezogen. Das Heimweh hatte mich fast aufgefressen und war mir extrem aufs Gemüt geschlagen. Mir fehlte das ständige Aufeinanderhocken mit Emma und Milo.

»In Ordnung«, sagte ich. »Aber eigentlich bin ich so mies drauf, weil ich ... ach, na ja, wegen meiner eigenen Blödheit. Ich hatte vorhin Streit mit Sam.«

Auf Emmas Gesicht zeichnete sich ein Fragezeichen ab.

»Oder besser gesagt – mit Herrn Bender.« Ich verzog den Mund. »Ach, ich weiß auch nicht«, jammerte ich und ließ mich rücklings auf mein Bett fallen. »Ich komm einfach nicht damit klar, dass er mein Lehrer sein soll.«

»Aah, daher weht der Wind.« Ihre Miene hellte sich auf.

»Woher weht welcher Wind?«

»Na, wie cool wäre das denn, wenn dein heißer Bruder mein Lehrer wäre!« Sie starrte verträumt an die Decke. »Verbotene Liebe«, seufzte sie. »Ich könnte es kaum noch erwarten, zur Schule zu gehen.«

Ich schüttelte den Kopf und kniff die Augen zusammen.

»Echt, Emma, du spinnst total. Erstens, was hat das mit Sam zu tun? Zweitens bist du nicht mit Kurt zusammen, und drittens weiß ich nicht mal, ob mein Bruder überhaupt auf Mädchen steht.« Wir prusteten los.

»Man wird ja wohl noch träumen dürfen … und wenn er mein Lehrer wäre und wir uns täglich begegnen würden, könnte er mir früher oder später nicht mehr widerstehen.«

»Ich wette dagegen! Er kennt dich jetzt bestimmt schon seit acht Jahren und ist dir immer noch nicht verfallen.«

»Abgemacht, die Wette gilt.« Sie spuckte in die Hand und reichte sie mir.

»Bäh, ich wusste doch, dass du einen Knall hast!«, lachte ich, spuckte ebenfalls in die Hand, und wir schlugen ein.

»Ich hab vielleicht einen Knall, aber das bedeutet nicht, dass du nicht in Sam verknallt bist, jedenfalls so ein klitzekleines bisschen.«

Mir stockte der Atem. »Ich bin … auf gar keinen Fall … überhaupt nicht … nicht mal ein klitzekleines bisschen … in ihn verliebt. Unmöglich. Nein. Niemals.« Ich regte mich total auf.

»Okay, okay, ist ja schon gut, El, versuch dich ruhig selbst davon zu überzeugen, denn so klingt es nämlich für mich.«

Wir verstummten. Ich fand Sam süß und sehr, sehr gut aussehend. Sehr sogar. Sagte ich das schon? Und ich mochte seine ruhige Art. Und ich liebte es, wenn er Gitarre spielte. Und … Emma hatte möglicherweise recht. Ein klitzekleines bisschen. Aber nie im Leben wollte ich das zugeben.

»Scheiße.« Ich lehnte den Kopf an ihre Schulter. »Und was mache ich jetzt?«

Sie lachte. »Nichts. Er hat eine Freundin und ist dein Lehrer. Wenn ich es mir recht überlege, bin ich doch ganz froh, dass Kurt nicht mein Lehrer ist.«

Wir schmissen wieder die Radiohead-CD an, studierten die Lehrerkürzel auf meinem Stundenplan, wobei ich erleichtert feststellte, dass ich nur Sport bei Sam hatte und nicht noch irgendein anderes Fach. Später machten wir uns in der Küche ans Abendessen. Emma kümmerte sich um den Salat, und ich schnippelte an der Hühnerbrust herum, weil sie Vegetarierin war und auf keinen Fall mit Fleisch in Berührung kommen wollte.

»El, es gibt kein Fleisch von glücklichen Tieren, nur von toten.« Sie versuchte mich regelmäßig zu bekehren. Dafür bekam sie immer einen Anfall, wenn Pixie sich auf ihren Schoß setzen wollte. So viel zum Thema Tierliebe.

Meine Eltern freuten sich total, dass wir schon alles erledigt hatten, als sie nach Hause kamen.

»Na, Süße, wie war dein erster Schultag auf einer Skala von langweilig bis superanstrengend?«, fragte mich meine Mutter.

»Totale Katastrophe, würde ich sagen.«

»So schlimm? Na dann kann es ja ab jetzt nur noch bergauf gehen.« Sie war ein Meister darin, in allem etwas Positives zu sehen.

Emma blieb natürlich zum Essen, und wir hatten zusammen noch einen lustigen Abend. Irgendwann war es so spät, dass sie keine Lust mehr hatte, nach Hause zu gehen, und lieber bei mir schlief. Das war schon so lange nicht mehr vorgekommen, und ich merkte, wie sehr es mir gefehlt hatte.

3

Die nächsten drei Tage verliefen ohne größeres Gefühlschaos, denn unser Schulgebäude war groß genug, dass Sam und ich uns nicht über den Weg liefen. Nachmittags traf ich mich mit Emma und Milo, und wir hingen zusammen an der Spree ab. Milo war echt schwer verliebt und starrte alle zwei Minuten auf sein Handy, um auch ja keine Nachricht von seiner Lina zu verpassen. Die beiden konnten es kaum noch bis zum Wochenende aushalten, und wir freuten uns total für das junge Glück.

»Sag mal, wie kommt Lina eigentlich nach Berlin? Wird sie von ihren Eltern gefahren?«, fragte ich ihn.

»Nö, sie kommt ganz früh mit dem Zug. Ich glaube, das geht auch schneller, als auf der Autobahn im Stau zu stecken.«

»Und ihre Alten haben überhaupt kein Problem damit ... ich meine, sie wird ja wohl auch bei dir übernachten, oder?«, mischte sich Emma ein.

»Ach die, die sind eigentlich ganz locker drauf. Sie haben mich und meine Family ja schon in Spanien kennengelernt, und außerdem ...«, fügte er hinzu, »... welche Eltern würden sich nicht glücklich schätzen, wenn ihre Tochter solch ein Prachtexemplar wie mich abbekommt?«

Seine Überheblichkeit war mal wieder nicht zu übertreffen. Emma und ich sahen uns an und lachten laut los, während Milo ein Foto von sich schoss und es sofort an Lina sendete. Diese antwortete augenblicklich mit einem Selfie von sich. Er hatte es echt verdient, so eine süße Freundin abzukriegen, und ich hoffte, dass es trotz der Entfernung mit den beiden funktionierte.

Viele Beziehungen waren ja heutzutage nicht von Dauer, aber ich glaubte fest an die große, wahre Liebe, denn ich hatte das beste Beispiel dafür, dass es klappen konnte, immer vor Augen. Meine Eltern waren seit ihrer Jugend unzertrennlich gewesen und hatten sich ihre Liebe zueinander bewahrt. Klar, sie stritten sich auch, aber nie so, dass sie danach tagelang kein Wort mehr miteinander wechselten. Hoffentlich fand ich auch irgendwann jemanden, der mich so liebte, wie ich war und mit dem ich alles teilen konnte.

Freitagmorgen überlegte ich, ob ich nicht einfach im Bett liegen bleiben sollte. Ich konnte ja Migräne vortäuschen oder Regelschmerzen. O Mann, was war ich nur für ein Feigling! Ich atmete tief durch und zwang mich aus dem Bett. Mein Herz schlug mir jetzt schon bis zum Hals, und meine Finger zitterten, als ich mich anzog. Was sollte das nur nachher im Sportunterricht werden, wenn ich jetzt schon so fahrig war, dass ich besser keinen Kaffee trinken sollte?

Ich hatte gleich im ersten Block Leichtathletik und fuhr mit dem Rad direkt zur Turnhalle. Wie üblich war ich spät dran, und die Umkleide war voller schwatzender Mädchen in Unterwäsche. Mittlerweile kannte ich schon die Namen der meisten und begrüßte alle.

Marlene, die gerade ihre beneidenswert üppige Oberweite in ein enges Sportshirt zwängte, schwärmte laut. »Gott, der Bender ist so heiß, da muss ich noch nicht mal Sport machen, um ins Schwitzen zu kommen.«

Die anderen lachten laut, stimmten ihr aber alle zu.

Ich wurde ein wenig eifersüchtig. »Macht euch bloß keine Hoffnungen, er hat 'ne Freundin und die ist mindestens ebenso heiß.« Fand ich natürlich nicht, allerhöchstens lauwarm, aber das musste ja keiner wissen.

»Verdammt«, sagte Marlene. »Warum müssen die Guten immer vergeben sein?«

»Na, weil's die Guten sind«, antwortete ein Mädchen mit

roten Locken und Sommersprossen. »Die anderen will doch niemand.«

»Also, das ist mir zu einseitig«, mischte sich Cora ein, mit der ich mehrere Kurse gemeinsam hatte. Sie war leicht übergewichtig, hatte aber wunderbar lange dunkle Locken, und wenn sie lachte, zeichneten sich wunderschöne Grübchen auf ihren Wangen ab. »Ich lass mich doch nicht danach bewerten, ob ich einen Freund habe oder schon Sex hatte.«

»Weise Worte, Schwester. Du sprichst mir aus der Seele«, sagte ich, und wir klatschten uns ab.

Unten in der Turnhalle stand nur der alte Feldmann in seinem lila Sportanzug, der noch ein Relikt aus den Achtzigern zu sein schien. Als er uns verkündete, dass wir heute nur mit ihm vorliebnehmen müssten, weil Herr Bender krank sei, machte sich in der gesamten Bankreihe Enttäuschung breit. Auch bei mir. War er wirklich krank, oder hatte er die gleiche Idee gehabt wie ich heute Morgen? Na ja, ohne die Regelschmerzen. Ach, was redete ich mir da eigentlich ein? Warum sollte Sam wegen mir krank machen? Er vergeudete wahrscheinlich keinen einzigen Gedanken an mich.

Nun gut, dann konnte ich ja beruhigt die Sportstunde hinter mich bringen und endlich diese nervöse Anspannung abschütteln.

Doch irgendwie fühlte ich mich noch schlechter als vorher. Wie in Trance ließ ich den restlichen Schultag an mir abperlen, vier Blöcke, acht Stunden. Zäh wie alter Kaugummi zog sich der Tag dahin.

In den Pausen versuchte Emma, Milo davon zu überzeugen, zu viert am Wochenende etwas zu unternehmen. Der aber wollte davon gar nichts hören und die wenige Zeit, die er mit Lina hatte, in Zweisamkeit genießen. Ich fand das nur verständlich und hatte selbst mittlerweile so schlechte Laune, dass ich mir kaum vorstellen konnte, überhaupt am Wochenende das Haus zu verlassen.

»Ruf doch einfach deinen Bruder an und frag nebenbei nach, wie es *ihm* geht«, sagte Emma, die meine miese Stimmung nicht mehr ertragen konnte.

Milo musterte uns fragend. »Hab ich irgendwas verpasst?«

»Nein, nicht wirklich. Unsere Ella hat nur schlechte Laune, weil der Mann ihrer Träume heute nicht in der Schule ist.«

Ich hätte ihr das vorhin echt nicht erzählen sollen und bereute zutiefst, meine Klappe nicht gehalten zu haben.

Milo sah mir das an. »Okay, ich hab da wohl doch was verpasst, aber am besten erzählst du mir vom Mann deiner Träume, wenn du Lust dazu hast.« Er zog mich von der Wiese hoch, und wir gingen zurück ins Schulgebäude, um die letzten Unterrichtsstunden hinter uns zu bringen.

Als ich gegen vier nach Hause kam, waren meine Eltern schon da und wirbelten in der Küche herum, um das Wochenende mit ihrer Freitagabendlasagne einzuläuten.

»Eigentlich wollte Kurt heute mit uns essen, aber Sam ist wohl ziemlich krank, und er möchte ihn nicht alleinlassen«, sagte meine Mutter.

Oh, Sam ging es wirklich nicht gut!

»Was hat er denn? Äh ... also ... ich meine Sam«, stotterte ich zusammen.

»Das wissen sie auch nicht so richtig, wahrscheinlich nur eine Erkältung mit ein bisschen Fieber«, antwortete sie und holte das Essen aus dem Ofen.

»Ich könnte den beiden doch nachher etwas von der Lasagne vorbeibringen«, bot ich an. »So wie ich die zwei kenne, ist der Kühlschrank bestimmt wieder leer.«

Mein Vater zog eine Augenbraue hoch. Wahrscheinlich war er über so viel Hilfsbereitschaft von mir erstaunt, aber meine Mutter fand die Idee klasse und trennte gleich die Hälfte in der Auflaufform ab, damit mein Vater sich nicht auch noch über diesen Teil hermachen konnte.

Um neunzehn Uhr machte ich mich, voll beladen mit einem

Carepaket, auf den Weg. Meine Mutter hatte alles Mögliche zusammengepackt, und so stand ich mit Lasagne, Milch und verschiedenster Medizin inklusive Pflaster vor Kurts Wohnung. Meine Mutter meinte, das könne nicht schaden, und früher oder später bräuchten die Jungs bestimmt mal welches. Na ja, wo sie recht hatte ...

Die Tür war ausnahmsweise verschlossen. Was machte ich hier eigentlich? Meine Hände fingen schon wieder an zu zittern und waren ganz feucht. Ich sollte mich echt beruhigen. Seit wann konnte ich nicht einfach meinen Bruder besuchen? Ich atmete tief durch und klopfte an die Tür.

Nach wenigen Sekunden stand Kurt vor mir. »Hi, Ella, komm rein!« Er lächelte und drückte mich mit einem Arm an sich.

In der Wohnung war es absolut still, nicht einmal Musik lief.

»Wie geht's Sam?«, wollte ich wissen.

»Nicht gut, er ist total heiß.«

Stimmt, unterbrach ich ihn in Gedanken. Ich sollte mich langsam wirklich zusammenreißen.

»Aber ich hab überhaupt keine Ahnung, was ich machen soll.«

»War er schon beim Arzt?«

Kurt schüttelte den Kopf.

Ich packte meinen Rucksack aus. »Hier, was zu essen.« Ich reichte ihm die Lasagne.

»Und vielleicht finde ich ja auch noch irgendwas, was Sam hilft, vielleicht ein fiebersenkendes Mittel. Voilà«, sagte ich und zog eine Packung Ibuprofen aus dem Rucksack. »Unsere Mutter denkt einfach an alles.«

Ich goss ein Glas Wasser ein, ging zu Sams Tür und klopfte an. Obwohl er nicht antwortete, trat ich ein. Noch nie zuvor war ich in seinem Zimmer gewesen und sah mich etwas um. Unter dem gardinenlosen Fenster stand ein großer, völlig zugemüllter Schreibtisch. An der Wand hingen zwei E-Gitarren, darunter stand ein Verstärker. Überall auf dem Dielenboden stapelten sich Bücher. Er hatte keinen Schrank, dafür aber eine große, alte, ziemlich wurmstichige Holztruhe, die wahrscheinlich seinen Klamotten als Aufbewahrung diente. Sams Bett war lediglich eine Matratze, an deren Fußende eine Akustikgitarre lag. Er schlief. Ich sollte ihn lieber in Ruhe lassen und nur das Wasser und die Tabletten abstellen. Ich hockte mich neben ihn und versucht seinen nackten Oberkörper zu ignorieren. Er glühte geradezu, und ich spürte die Hitze, die von ihm ausging, auf meiner Haut. Als ich wieder gehen wollte, stöhnte er leise und öffnete die Augen. Sie waren ganz glasig.

»Hi«, krächzte er.

»Hi«, flüsterte ich zurück. »Ich hab dir ein paar Schmerzmittel mitgebracht«, sagte ich und versuchte die Packung mit zittrigen Fingern zu öffnen. Ich hielt ihm eine Tablette hin und reichte ihm das Wasser. Da er aber zu schwach war und noch mehr zitterte als ich, stützte ich seinen Kopf ein wenig und hielt ihm das Glas an die Lippen.

»Danke«, sagte er leise.

Ich stand auf und ging in die Küche, wo sich Kurt, nur mit einer Gabel bewaffnet, schon über die Lasagne hermachte.

»Wir müssen unbedingt das Fieber senken, oder du musst die ganze Nacht neben ihm liegen und auf ihn aufpassen. Besorg mir mal ein kleines Handtuch! Und bitte ein sauberes, wenn es möglich ist.«

Er ging ins Bad und brachte mir, worum ich gebeten hatte.

»Braucht er sonst noch irgendwas? Soll ich was zu essen warm machen?«

»Nein, ich glaube nicht, dass er jetzt etwas runterkriegt.« Ich ließ eiskaltes Wasser in die Spüle laufen und tauchte das Handtuch hinein. »Wo ist eigentlich seine tolle Freundin, wenn er sie mal braucht?«, fragte ich mit möglichst unbeteiligter Stimme.

Kurt strich sich durch die Haare. »Die hatte irgendwelche Theaterkarten und geht danach wohl immer noch mit ihren Alten schick essen.«

Ich schüttelte nur den Kopf, aber eher, weil ich nicht verstehen konnte, warum Sam und sie zusammen waren. Die hatten doch überhaupt nichts gemeinsam.

Mit dem tropfenden Handtuch kehrte ich in sein Zimmer zurück und kniete mich neben ihn. Er öffnete die Augen und versuchte zu lächeln.

»Also«, sagte ich im Krankenschwestermodus, »das wird jetzt im ersten Moment etwas unangenehm, aber wir müssen das Fieber senken.« Ich strich die Haare beiseite, die ihm am Gesicht klebten, und legte ihm das Handtuch auf die heiße Stirn. Er stöhnte leise auf und atmete schnell, schloss danach aber die Augen und entspannte sich langsam. Vorsichtig tupfte ich ihm die Stirn ab, den verschwitzten Nacken und fuhr, fast wie in Zeitlupe, an seiner Brust entlang. Hoffentlich fiel ihm nicht auf, wie sehr ich dabei zitterte. Ich konzentrierte mich auf sein Gesicht. Er hielt die Augen weiterhin geschlossen, und seine Lippen bebten, aber es schien ihm nicht unangenehm zu sein.

Schnell hatte das Handtuch seine ganze Kälte abgegeben. Ich ging in die Küche und tauchte es erneut in der Spüle unter.

Zurück in Sams Zimmer, blieb ich an der Tür stehen und blickte ihn an. Er hatte die Augen auf und sah schon etwas wacher aus. Er versuchte sich aufzurichten, um nach dem Wasserglas zu greifen.

»Warte, ich helfe dir!«, sagte ich und lief schnell zu ihm hinüber.

Ich fasste mit einer Hand an seinen Nacken und stützte ihn. Meine Finger an seiner Haut – ich hätte ewig so dasitzen können.

Er trank einen kleinen Schluck und lehnte sich wieder zurück.

»Soll ich dich noch mal abkühlen?« Ich blickte auf das Handtuch, das meine Jeans schon völlig durchnässt hatte.

»Ich glaube, das ist unmöglich, aber du kannst es ruhig versuchen«, sagte er mit einem schiefen Lächeln.

O Gott, wahrscheinlich hatte ich mich längst angesteckt! Mir wurde ganz heiß, und ich fühlte mich irgendwie fiebrig.

Jetzt bloß einen kühlen Kopf bewahren.

Ich fuhr mit dem Handtuch an seinen Unterarmen entlang, weiter hoch über die Schultern bis zum Hals. Sein Blick traf mich. Ich hielt ihm stand, während ich seinen Oberkörper vom Schweiß befreite. Ich bewegte mich immer langsamer, bis meine Hand auf seinem Bauch erstarrte und ich mich völlig in seinen Augen verloren hatte.

Komm zur Besinnung!, rauschte es in meinem Kopf.

Ich blinzelte und biss mir leicht auf die Unterlippe. »Ich glaube, du wirst die Nacht überleben«, sagte ich leise und erhob mich.

Sam hielt mich am Handgelenk zurück und sah mir in die Augen. Prompt wurde mir wieder schwindelig.

»Ist zwischen uns wieder alles in Ordnung?«

Hm, mal überlegen ... wie ließ sich diese Frage wohl beantworten? Er war immer noch mein Lehrer, und ich konnte überhaupt nicht damit umgehen. Zu allem Überfluss spielten meine Gefühle total verrückt, und ich hätte mich am liebsten zu ihm gelegt, obwohl er eine Freundin hatte. Was sagte das wohl über mich aus?

Also entschied ich mich für ein eindeutiges »Ich weiß es nicht«. Ich konnte ihn nicht länger ansehen und verließ das Zimmer.

Lange schob ich mein Fahrrad durch die Stadt; ich war einfach zu durcheinander, um aufzusteigen. Als ich endlich zu Hause ankam, hockten meine Eltern aneinandergeschmiegt auf dem Sofa und schauten zum zwanzigsten Mal *The Big Lebowski*.

»Komm her, Süße!« Meine Mutter klopfte auf den Platz neben sich.

Das war besser, als mich in meinem Zimmer verwirrenden Gedanken hinzugeben. Ich kuschelte mich an sie und knabberte Studentenfutter, während meine Eltern den gesamten

Film mitsprachen. Meine Mutter war natürlich der Dude, und mein Vater übernahm wie immer den Part von Walter. Sie waren ein eingespieltes Team, und ich wusste nicht, wem ich lieber zusah – dem Film oder ihnen.

Am Samstag besuchte ich Emma. Sie hatte so lange auf mich eingeredet, bis ich schlussendlich nachgab und mich zu einem Horrorvideoabend überreden ließ. In Emmas Keller hatte die gesamte Hausgemeinschaft vor Jahren ein gemütliches kleines Kino eingerichtet, und so veranstalteten sie in schöner Regelmäßigkeit alle zusammen Mottokinonächte. Heute war Peter Jacksons *Braindead* dran. Keine Ahnung, wer den Film besorgt hatte; ich wusste nur, dass er schon seit Jahren auf dem Index stand und nur noch in einer stark geschnittenen Fassung zu kaufen war. Ich machte mich jedenfalls auf das Schlimmste gefasst.

Emma erwartete mich schon im Hof mit einer gigantischen Schüssel Popcorn im Arm.

»Vergiss es! Davon esse ich bestimmt nichts. Ich möchte mir echt nicht vorstellen, jedes Popcorn nachher wieder einzeln auszukotzen.«

»Sei nicht so empfindlich!« Sie steckte sich genüsslich eine Handvoll in den Mund. »Hierbei handelt es sich um ein cineastisches Meisterwerk«, nuschelte sie, als wir die Kellertreppe hinabstiegen.

»Es würde mich nicht wundern, wenn hier gleich ein Kettensägenmörder um die Ecke gesprungen käme.«

Sie warf den Kopf in den Nacken. »Wart's nur ab, außerdem ist das tausendmal besser, als sich zu Hause zu Tode langweilen.«

»Ich weiß nicht, das kommt mir weniger schmerzhaft vor.«

Emma nötigte mich natürlich dazu, mit ihr in der ersten Reihe zu sitzen, und ich konnte mal wieder kaum glauben, wie so ein elfengleiches Wesen wie sie nur so blutrünstig sein konnte.

Noch nie zuvor hatte ich so viel Filmblut gesehen. Es war so schrecklich, dass es schon wieder zum Kaputtlachen war, aber mein Magen rebellierte trotzdem, und Emma musste das gesamte Popcorn allein vertilgen.

Danach saßen alle Nachbarn und Freunde zusammen auf dem Hof, machten ein Feuer und redeten, sangen und tranken bis tief in die Nacht.

Montag hatte ich Mathe, Bio und natürlich Sport. Sam war nicht da. Ich hatte nicht mal Kurt angerufen, um nachzufragen, wie es Sam ging, also verschwand ich noch mal kurz in der Umkleide und sendete ihm eine SMS.

Um unsere Ausdauer zu konditionieren, wurden wir wieder durch den Park gejagt. Meine war gut, und mit den richtigen Schuhen und Musik im Ohr konnte ich ewig laufen.

Nach der Stunde sah ich Kurts Antwort.

sam geht's schon besser, der arzt sagt, es ist ne sommergrippe, und man kann nix machen. Nur abwarten und tee trinken :)

Beruhigt fuhr ich nach Hause. Sollte sich doch seine Freundin um ihn kümmern!

Die restliche Woche plätscherte so dahin. Es war immer noch tierisch heiß, Milo noch verliebter als zuvor, und ich hing irgendwie in der Luft und wusste nicht, wohin mit meinen Gefühlen.

»Ich wette, sie haben es getan«, durchbrach Emma meine Gedanken.

»Wer hat was getan?« Ich war mal wieder schwer von Begriff.

»Na unser Milosevic und Lina. Sex!«

Milo schüttelte den Kopf. »Ich glaube, da kennst du mich schlecht, Em. Ich gehöre nicht zu der Sorte Typ. Ich kann warten.«

Emma lachte, aber Milo und ich sahen uns etwas verschämt an.

Wir teilten ein Geheimnis, von dem wir ihr bisher nichts erzählt hatten.

Emma war von uns dreien die Einzige, die öfter mal einen Freund hatte. Sie blieb nicht lange allein. Viele Jungen auf unserer Schule waren in sie verliebt, und das war ihnen auch nicht zu verdenken, denn sie war eine großartige Person. Schön von innen und von außen.

Immer wenn Emma mal wieder eine Beziehung hatte, hingen Milo und ich allein ab und scherzten darüber, wahrscheinlich noch mit vierzig jungfräulich zu sein. Mich störte es nicht wirklich, ich hatte keine Eile mit dem ersten Mal, aber Milo wollte es unbedingt noch vor seinem achtzehnten Geburtstag *erledigt* haben. Deswegen schenkte ich ihm, eigentlich nur scherzhaft gemeint, zu Weihnachten einen Gutschein, der dieses *Problem* beheben sollte. Einzulösen bis zu seinem achtzehnten Geburtstag. Bei mir. Er fand die Idee total lustig, und ich glaubte fest, dass er nie in Betracht ziehen würde, ihn zu nutzen. So, wie es eben generell mit Gutscheinen üblich ist.

Aber dann kam Silvester.

Wir waren in einer großen Gruppe auf einer Brücke und beobachteten das Feuerwerk über der Spree. Emma verzog sich irgendwann mit ihrem damaligen Freund, und ich ging noch mit zu Milo, dessen Eltern irgendwo in den Alpen waren. Er wohnte in einem dieser modernen Townhouses, die auf den letzten brachliegenden Grundstücken der Stadt hochgezogen worden waren und die letzten grünen Inseln der Stadt verbauten, die noch übrig waren. Wir gingen in seine durchgestylte Küche, wo er mir etwas zu trinken reichte. Er wirkte leicht nervös, und ich ahnte so langsam, woran das lag und worauf das hinauslief.

»Ähm, Ella ...« Er kratzte sich verlegen am Arm.

»Du willst deinen Gutschein einlösen«, brachte ich es auf den Punkt. Schon den ganzen Abend hatte er sich irgendwie merkwürdig verhalten, und ich spürte, wie unruhig er war.

»Ich … ich weiß nicht. …willst du?«

»Puh …« Ich fuhr mir nervös durch die Haare. »… keine Ahnung … ich dachte eigentlich, der würde bei dir rumliegen, bis er seine Gültigkeit verliert.«

Nie im Leben hatte ich damit gerechnet, dass er nach gerade mal sieben Tagen zum Einsatz kommen sollte, geschweige denn überhaupt jemals zum Einsatz kam.

»Mir ist schon klar, dass das eigentlich nur als Witz gemeint war, aber ich hab jetzt eine Woche darüber nachgedacht … und wir könnten es doch als Experiment betrachten …«

»Wie romantisch. So stellt sich bestimmt jedes Mädchen ihr erstes Mal vor.«

Er kratzte sich verlegen am Kopf. »… oder als so ein Freundschaftsplusding.«

Ich atmete tief durch. »Bist du betrunken und kannst dich danach an nichts mehr erinnern?«

»Nein.« Er sah mir ernst in die Augen.

»Ich glaube fast, mir wäre lieber gewesen, du hättest mit Ja geantwortet.« Ich stellte mein Glas ab, dann nahm ich es schnell wieder, um mich an irgendetwas festzuhalten, nur um es gleich wieder zitternd beiseitezustellen. »Also …« Ich nahm meinen ganzen Mut zusammen, ging einen Schritt auf ihn zu und griff nach seinen Händen. »Wir sind Freunde, und wir bleiben Freunde. Richtig?«

Er nickte nur noch, und ich merkte, dass er genauso aufgeregt war wie ich. War das wirklich eine gute Idee? Hundertprozentig nicht!

Langsam beugte er sich zu mir herunter und berührte mit seinem Mund meine Lippen. Der Kuss war sanft und zurückhaltend. Es war merkwürdig, ihn so zu spüren, seine Lippen zu fühlen. Und es war schön.

Also nur noch neunundneunzig Prozent.

»Na, das fühlt sich doch vielversprechend an.« Ich verschränkte meine Hände mit seinen.

Schweigend stiegen wir die Treppen hoch in sein Zimmer, welches die gesamte Dachetage einnahm. Ich wusste nicht, was er dachte; in meinem Kopf war jedenfalls nicht mehr viel los, außer dass ich das Gefühl hatte, die Stufen würden immer mehr werden.

»Ihr hättet euch vielleicht noch einen Aufzug einbauen lassen sollen«, scherzte ich, als wir endlich oben angekommen waren.

»Ja, das haben wir auch überlegt, aber dann hätte es für den Pool im Keller nicht mehr gereicht.«

»Ihr habt einen Pool im Keller?« Das wusste ich noch gar nicht.

Er schüttelte breit grinsend den Kopf, und ich musste selbst über mich lachen. Wie leicht ich doch zu beeindrucken war.

»Okay, da wären wir…« Er zitterte ein wenig.

»Ja.« Ich nahm ihm die Brille ab und legte sie auf eine Kommode. Dann knöpfte ich langsam sein Hemd auf. Meine Finger waren eiskalt und unbeholfen. Ich versuchte nicht darüber nachzudenken, was wir hier gerade taten.

Milo war mein bester Freund, und ich liebte ihn. Auf irgendeine Weise. Und es war doch gut, wenn man es mit jemandem tat, den man gernhatte, oder? Und außerdem sah er gut aus, ziemlich gut sogar. Unter seinem T-Shirt spannten sich leicht seine Arm- und Brustmuskeln. Den Kopf abzuschalten, klappte auf jeden Fall schon mal super.

Er zog den Reißverschluss von meinem Kapuzenpullover auf. Ich ließ ihn fallen, und er warf sein Hemd hinterher. Dann öffnete ich meinen Zopf und schüttelte mein Haar. Das musste ihm wohl den Rest gegeben haben.

Energisch hob er mich hoch. Ich wickelte meine Beine um seine Hüften, und wir stürzten kichernd auf sein Bett. Ich riss ihm sein T-Shirt runter, während er an den Knöpfen meiner Jeans herumfingerte. Da er sich fast noch unbeholfener anstellte als ich, zog ich mir die Hose lieber selbst aus, und Milo schlüpfte schnell aus seiner. Dann zog er mir mein Shirt über den Kopf und wirkte leicht überrascht. Wahrscheinlich hatte er eine weitere Schicht erwartet, aber ich trug keinen BH. Niemals.

Ich grinste ihn an, und seine Augen leuchteten. Seufzend legte er seine Lippen auf meine, diesmal fordernder. Ich nahm all meinen Mut zusammen, fuhr mit den Fingern unter den Bund seiner Boxershorts und zog sie ein Stück runter. Den Rest übernahm er und befreite mich danach von meiner Unterhose.

Alle Grenzen waren beseitigt.

»Bist du dir ganz sicher?«, fragte er mich mit rauer Stimme.

»Das fragst du mich jetzt? Nein, natürlich nicht, aber wenn wir schon mal dabei sind ...«

Wir waren total aufgeregt. Ich hatte keine Angst vor dem, was passieren würde, aber ich fragte mich still, ob es nicht besser wäre, wenn Milo jetzt hier mit einem Mädchen mit mehr Erfahrung läge, die ihm zeigen würde, wo es *langgeht*.

Er griff ein Kondom vom Schrank und streifte es sich über. Zum Glück; ich hätte das mit Sicherheit nicht hinbekommen.

Wir sahen uns an, dann legte er sich langsam auf mich und nach ein paar Anläufen fand er seinen Weg. Ich zitterte und schwitzte gleichzeitig; ihm entwich ein leises Stöhnen. Ich spürte, wie er langsam eindrang. Es war so ... fremd. Ein vollkommen unbekanntes Gefühl, das sich nun doch mit ein wenig Angst vermischte. Schnell stieß er auf Widerstand. Wir sahen uns an, und mit einem leichten Nicken gab ich ihm still meine Zustimmung. Vorsichtig bewegte er sich weiter. Mich durchfuhr ein kurzer, stechender Schmerz. Er hielt inne.

Ich lächelte mit zusammengebissenen Zähnen. »Alles okay.«

»Sicher?«

Ich nickte und strich ihm mit den Fingern über den Rücken. Er war schweißnass. Schwer atmend und immer intensiver bewegte er sich in mir.

O Mann, wir taten es wirklich! Meine Aufregung verdrängte

total meine Erregung, aber das war wahrscheinlich üblich beim ersten Mal. Milos Augen waren geschlossen. Ich tat es ihm gleich und ließ mich voll und ganz auf den Rhythmus seiner Bewegungen ein. Meine Anspannung ließ nach, und ich fand Gefallen daran, seinen drahtigen Körper auf meinem zu spüren.

Und dann war es auch schon vorbei.

Erschöpft glitt er von mir runter und sah mich an.

Ich konnte nicht anders und musste lachen. »Du siehst aus, als hättest du gerade den Mount Everest bestiegen.«

»Ja, so fühle ich mich auch.« Er war immer noch leicht außer Atem.

»Auf jeden Fall kannst du jetzt den Punkt Sex auf deiner To-do-Liste abhaken.«

»O Gott, war es so mies?« Er sah mir ernst in die Augen. »Ich fand es nämlich ziemlich schön … Ich hoffe, das war es für dich auch.«

Ich verschränkte meine Finger mit seinen. »Sehr sogar«, flüsterte ich. »Ich bereue es nicht.« Und in diesem Moment meinte ich es auch genauso.

Als ich danach in seinem Bad vor dem Spiegel stand, waren meine Wangen leicht gerötet. Aber das war auch die einzige Veränderung. Ich war immer noch dieselbe, fühlte mich wie vorher.

Am nächsten Tag musste ich wieder nach England fliegen, und da wir im letzten halben Jahr kein Wort über diese Nacht verloren hatten, war ich mir bis zu unserem Wiedersehen nicht sicher, wie sich unser Intermezzo auf unsere Freundschaft auswirken würde.

Doch jetzt, wenn er so von Lina schwärmte, machte ich mir Sorgen, dass ich die Falsche für sein erstes Mal gewesen war.

»Ich mach mich mal los«, seufzte Emma. Sie hatte Englisch. Milo und ich hatten beide eine Freistunde.

Nachdem sie gegangen war, sah ich ihm in die Augen. »Bereust du es, nicht auf sie gewartet zu haben?«

Er zupfte einen Grashalm aus der Wiese und erwiderte meinen Blick. »Nein, niemals.« Er wusste sofort, wovon ich sprach. »Ich bin sogar froh, es hinter mir zu haben. Und wenn Lina irgendwann so weit ist, wird es wunderschön.«

»Ja, das wird es bestimmt.« Da war ich mir sicher. Ich lehnte mich zu ihm hinüber, und wir nahmen uns in die Arme.

Über Milos Schulter hinweg, erblickte ich Sam. Er starrte uns von Weitem an. Er sah müde und blass aus, unter seinen Augen lagen tiefe Schatten, und er wirkte noch dünner als sonst. Ich hob eine Hand und wollte ihm zuwinken, doch er drehte sich weg und ging zur Turnhalle. Wahrscheinlich war er vor fast einer Woche so im Delirium gewesen, dass er sich gar nicht mehr an meine super Krankenschwesterqualitäten erinnern konnte. Das war auch besser so. Zum Glück hatte ich noch Schonfrist bis morgen, dann musste ich ihm im Sportunterricht wieder unter die Augen treten.

Nachmittags versuchte ich mich irgendwie von dem Gedanken an den morgigen Tag abzulenken. Ich sammelte alle Klamotten in meinem Zimmer auf und stopfte sie in die Waschmaschine, damit ich für diese elende Kursfahrt etwas zum Anziehen mitnehmen konnte. Kaum zu glauben, dass ich an dieser Reise teilnehmen musste. Der Skikurs fuhr im Winter in die italienischen Alpen, der Surfkurs an die portugiesische Atlantikküste. Wo die Tour für die Englisch- und Französischklassen hinging, war auch klar, und der Informatiklehrer hatte nur zwei Bedingungen – er wollte fliegen, und am Zielort musste die Sonne scheinen. Nur der Biokurs fuhr Jahr für Jahr in die Fränkische Schweiz; zwei Tage in ein Kaff namens Pottenstein, und dann ging es noch für drei Nächte in einen Wald in der Nähe von Muggendorf, einem Ort, der außer einem Modellbahnmuseum anscheinend nichts zu bieten hatte. Mit Schlafsack. Meine Eltern fanden das natürlich total toll. Da ich mich für meinen Teil aber nicht daran erinnern konnte, je einen

Urlaub ohne Zelt und Isomatte verbracht zu haben, hielt sich meine Begeisterung in Grenzen.

Pixie verbrachte die Nacht in meinem Bett, und da ihr warmer, kuscheliger Katzenkörper fast den gesamten Platz für sich beanspruchte, war an Schlaf kaum zu denken. Ich ließ meinem Kopfkino freien Lauf. Was war, wenn Sam sich besser an meinen Besuch erinnern konnte, als mir lieb war? Vielleicht war es ihm unangenehm oder möglicherweise sogar peinlich, weil er gemerkt hatte, wie sehr er mir gefiel. Aber von mir musste er nichts befürchten; ich würde ihn ignorieren, so gut es ging, und nur noch als das sehen, was er war. Nämlich mein Lehrer.

Mein schöner, intelligenter, talentierter, verträumter Lehrer. Verdammt, ich sollte endlich schlafen!

Freitag, bei Sport, lief alles wie geplant. Ich ignorierte Sam weitestgehend, boykottierte aber nicht seinen Unterricht, und er sprach mich kein einziges Mal an. Offensichtlich war ich auch nur eine Schülerin wie alle anderen für ihn. Ich konnte allerdings nicht abstreiten, dass das meinem Herzen einen leichten Stich versetzte. Ich hasste den Freitag. Acht Stunden musste ich wieder mit diesem kleinen Brennen in der Brust überstehen. Im Moment wusste ich wirklich nicht, wofür ich morgens überhaupt noch aufstand.

Abends brachten Emma und ich Milo noch zum Bahnhof, der dieses Wochenende dran war und nach Hamburg zu Lina fuhr. Emma hatte vor, ihren Vater zu besuchen, und so blieb ich mir die nächsten zwei Tage selbst überlassen. Ich war ein wenig enttäuscht, dass ich die beiden erst nach über einer Woche wiedersehen sollte.

Samstag und Sonntag verbrachte ich größtenteils damit, meinen Eltern dabei zuzusehen, wie sie voller Tatendrang meine Reiseausrüstung zusammenstellten. Im Flur türmten sich neben einem riesigen Rucksack eine Isomatte, ein Schlafsack, eine Stirnlampe, Wanderschuhe, mehrere Trinkflaschen, eine kleine Reiseapotheke und ein GPS-Gerät.

Ich verdrehte die Augen. »Mensch, Papa, das brauch ich echt nicht, und wenn, dann kann mein Handy das auch.«

»Ist ja schon gut.« Er legte das Teil beiseite. »Aber Bücher kannst du wahrscheinlich wieder gar nicht genug mitschleppen, oder? Dabei kann das dein Handy auch. Soll ich dir noch einen Roman runterladen?«

Ich schüttelte den Kopf. Bücher, das war etwas anderes. Da musste ich die Seiten beim Umblättern fühlen. Ich ging in mein Zimmer und suchte mir Jon Krakauers *In die Wildnis* aus dem Regal. Ich fand es war die richtige Lektüre für meine Reise in die deutsche *Wildnis* und legte es auf mein Bett, neben Notizbuch, Federtasche und Handyladekabel. Ich stemmte die Hände in die Hüften. So, fertig, mehr brauchte ich nicht zum Leben. Was zum Lesen, was zum Schreiben und Musik. Okay, ein paar Klamotten konnten auch nicht schaden.

»Aber das riesige Rucksackmonstrum nehme ich auf keinen Fall mit, das könnt ihr gleich wieder wegstellen!«, rief ich aus meinem Zimmer. »Und in die Bergsteigerstiefel passe ich schon lange nicht mehr rein.«

Meine Mutter kam und reichte mir die nächstkleinere Ausgabe. Ich stopfte eine zerrissene alte Jeans, einen Kapuzenpullover, ein paar T-Shirts und Unterwäsche hinein.

Meine Mutter lachte. »Wo hast du nur so packen gelernt?«

»Das hat mir alles meine Mama beigebracht«, sagte ich mit stolz geschwellter Brust.

»Warte.« Sie ging kurz ins Bad. »Du hast das Wichtigste vergessen.« Sie warf eine Reisezahnbürste, Zahnpasta und ein Duschbad lose in den Rucksack. Dann hielt sie noch jeweils eine Packung Tampons und Kondome hoch. »Die oder die?«, fragte sie lächelnd.

»Weder noch!« Ich schüttelte verständnislos den Kopf.

»Ach, die Jugend heutzutage«, seufzte sie. »Wir waren früher anders und haben jede Gelegenheit genutzt, die sich uns bot.«

Das war wieder typisch meine Mutter.

»Echt, Mama, da gibt es für mich keine Gelegenheit. Die sind alle jünger als ich, und die meisten davon kenne ich noch nicht mal.«

Meine Mutter schob schmollend die Unterlippe vor.

Ich atmete durch. »Ist ja schon gut, gib her!« Ich nahm ihr die Kondome aus der Hand. »Vielleicht bietet sich ja für jemand anderen die Gelegenheit, dann kann ich die gegen 'ne Schachtel Zigaretten eintauschen.« Grinsend warf ich die Packung oben auf den Rucksack.

»So ist's richtig, Süße. Safety first.« Sie verwuschelte mir die Haare. »Und denk dran – Rauchen kann tödlich sein.«

Damit verließ sie mein Zimmer und hatte mir wahrscheinlich alles, was ihr wichtig erschien, mit auf den Weg gegeben.

Ich vermisste sie jetzt schon.

4

Montagmorgen stand ich, voll bepackt, mit meinen Eltern unten auf der Straße. Ich konnte sie gerade noch davon abhalten, mich persönlich zum Bahnhof zu bringen. Mein Vater fummelte umständlich an meinem Rucksack herum und befestigte die unhandliche Isomatte, so gut es ging. Als er mit seinem Werk zufrieden war, gab er mir einen Abschiedskuss auf die Stirn. »Viel Spaß, Kleene, und lass dich nicht ärgern!« Er drückte mich fest an sich.

Meine Mutter schlang die Arme um uns beide. »Bis bald, Süße, und ärger die anderen nicht!« Sie zwinkerte mir zu.

»Wenn ihr mich nicht loslasst, komme ich noch zu spät«, beschwerte ich mich und befreite mich von ihnen. »Macht's gut und treibt's nicht zu wild«, sagte ich, langsam rückwärtslaufend und winkte ihnen zu. Dann drehte ich mich um und stiefelte los.

Natürlich war ich mal wieder die Letzte. Alle anderen, viel mehr als ich erwartet hatte, standen mit ihrem Gepäck vor dem Bahnhof auf dem Parkplatz. Unsere Biolehrerin, die Auerbach, mochte es nämlich besonders ökologisch und verzichtete deswegen auf die Anmietung eines Reisebusses, und somit begann meine Tortur schon bei der Anreise mit der Deutschen Bahn. Da es aber ein Wochentag war und die Ferien vorbei waren, hatte ich die Hoffnung, dass es nicht so schlimm werden würde.

Ich ging zu Cora. »Wer sind denn die alle?«, fragte ich mit Blick auf die mir zum Teil unbekannten Gesichter. »So viele sind doch gar nicht in unserem Kurs.«

»Das ist die Geoklasse, die fahren mit uns zusammen. Hast du dir denn nicht die ganzen Infoblätter durchgelesen?«

»Offensichtlich nicht sehr genau.«

In dem Moment kam ein mir sehr bekanntes Fahrzeug vorgefahren. Ein schwarzer Mercedes T2.

»Was will der denn hier?« Ich schnappte hörbar nach Luft.

Cora sah mich leicht verwirrt an. »Na, die Auerbach fährt mit uns im Zug, und der Bender transportiert unser Gepäck mit dem Auto. Die perfekte Symbiose, falls die Klapperkiste es überhaupt so weit schafft.«

Scheiße. In meinen Ohren begann es zu rauschen, und in meinem Schädel pochte es.

»Ist euch schon mal aufgefallen, dass alle Sportlehrer auch Geografie unterrichten. Kann man das nur im Doppelpack studieren?«

»Ich glaube, ich wechsle in den Geokurs«, seufzte Marlene neben mir. »Ob er vielleicht auch mich transportiert und nicht nur meinen Koffer?«

Ich hockte mich auf den Bordstein. Das war doch alles nicht zu glauben.

Sam stieg aus, und mein Herz flatterte irgendwo in der Magengegend. Ich fühlte mich, als müsse ich mich auf der Stelle übergeben. Er trug, wie meistens, eine schwarze Jeans und ein ärmelloses schwarzes T-Shirt. Bis zu diesem Moment hatte ich keine Ahnung gehabt, wie anziehend Oberarme sein können. Seine zerzausten Haare verbarg er unter einem verkehrt aufgesetzten Basecap.

Er öffnete die Türen vom Laderaum, und alle scharten sich mit ihren Rollkoffern um ihn. Ich war anscheinend die Einzige mit einem praktischen Rucksack. Den konnte ich durchaus mit in den Zug nehmen.

»Komm schon, Ella!« Cora zog mich an beiden Händen vom Bordstein hoch und schleppte mich hinter sich her. Sie reichte Sam ihren Koffer und gesellte sich zu den anderen. Ich war wie erstarrt und machte keine Anstalten, meinen Rucksack abzunehmen.

»Hi.« Sam sah mir direkt in die Augen.

Ich bekam keinen Ton heraus.

Er griff unter meinen Schultergurt und nahm mir das schwere Teil vom Rücken.

»Geht's dir wieder besser?«, fragte ich und nagte an der Unterlippe.

Er rieb sich den Nacken. »Viel besser. Danke, dass du für mich da warst, das hat echt geholfen. Sonst hätte vielleicht jemand anders die Kursfahrt übernehmen müssen.«

Verdammt.

»Willst du bei mir mitfahren, ich hab noch einen Platz frei.«

Ja, gern.

Ich schüttelte den Kopf. »Ich glaube, das ist keine so gute Idee. Aber frag doch mal Marlene, die würde dafür töten.« Hatte ich das wirklich gerade gesagt? Was war ich nur für ein Trottel. Ich schloss die Augen, atmete tief ein, drehte mich um und ließ ihn stehen.

Da mein ganzes Zeug jetzt im Auto war, kaufte ich mir im Bahnhof noch eine Flasche Wasser und eine Packung Kaugummi.

Im Zug fand jeder einen Platz; ich lehnte den Kopf ans Fenster und stöpselte mir meine Kopfhörer in die Ohren. Nach vier Stunden Fahrt mussten wir umsteigen; es war mittlerweile dreizehn Uhr und furchtbar heiß. Im nächsten Zug wurde es richtig schlimm. Die Klimaanlage funktionierte nicht, und wir flossen alle nur so dahin. Die Hose klebte mir an den Beinen, und auf meinem grauen Shirt bildeten sich dunkle Flecken. Ich bereute, mein Wasser schon längst ausgetrunken und mir auf dem letzten Bahnhof keinen Nachschub besorgt zu haben. Zum Glück dauerte die Fahrt nur eine halbe Stunde, bis wir in den nächsten Zug umsteigen mussten. Und weil wir dann immer noch nicht am Ende der Welt angekommen waren, setzten wir unsere Reise in einem unklimatisierten Bus fort. Eigentlich war Pottenstein ein idyllischer Ort, ein Städtchen, umgeben von beeindruckenden Felsformationen und überthront von einer Burg, aber im Moment konnte das keiner so richtig würdigen. Auf dem Weg zu unserer Unterkunft kamen wir an einem Felsenbad vorbei, woraufhin schon im Bus die gesamte schweißtriefende Leidensgemeinschaft bestimmte, sofort nach unserer Ankunft dort hinzugehen.

Sam war noch nicht da, und so wurde beschlossen, erst die Zimmer aufzuteilen. Ich bekam ein Vierbettzimmer, zusammen mit Cora, Marlene und einem Mädchen mit pinkfarbenen Haaren namens Maya aus dem Geokurs. Nach einer Weile wurden alle ungeduldig; sie hatten keine Lust mehr, auf ihr Gepäck mit den Badesachen zu warten, und beschlossen, in Unterwäsche ins Freibad zu gehen. Die Auerbach war so fertig von der Reise, dass ihr alles egal war und sie sich in ihr Zimmer zurückzog. Ich blieb draußen auf der Wiese liegen und sah den anderen hinterher, wie sie Richtung Straße marschierten. Ich sollte mir wirklich langsam einen BH zulegen. Meine Brüste waren zwar nicht sonderlich groß, aber oben ohne ins Freibad war auch nicht drin.

Irgendwann hielt ich es draußen nicht mehr aus. Ich ging rein, besorgte mir bei einer Mitarbeiterin ein Handtuch und suchte die Waschräume. Es gab nur einen großen Gemeinschaftsduschraum. Der andere wurde gerade saniert. Na super. Er war zum Glück wie ausgestorben. Ich hoffte, dass die Auerbach nicht auf die gleiche Idee kam, aber die hatte wahrscheinlich ein Einzelzimmer mit eigenem Bad gebucht. Ich suchte mir eine trockene Duschkabine und legte meine klebrigen Klamotten auf einem Hocker ab. Eine halbe Ewigkeit lang ließ ich mir das Wasser auf den Körper prasseln. Erst kalt und erfrischend, dann wieder heiß wärmend. Das war eindeutig besser, als sich mit Hunderten Kindern im vollgepinkelten Freibad zu drängen.

Plötzlich hörte ich jemanden eine Melodie pfeifen.
»Ella?«, fragte eine vertraute Stimme.
»Ja ... woher weißt du, dass ich es bin?«
»Ich erkenne doch deine Klamotten«, sagte Sam.
O Gott.
»Apropos Klamotten, du hast nicht zufällig meinen Rucksack dabei?«
»Warte kurz! Ich hol ihn dir.« Und damit hörte ich ihn den Raum verlassen.

Schlagartig wallte eine unerträgliche Hitze in mir auf. Ich schwitzte und drehte den Hahn auf ganz kalt. So konnte es mit mir wirklich nicht weitergehen. Ich war nicht mehr zurechnungsfähig, wenn ich ihm begegnete oder wie jetzt nur seine Stimme hörte. Ich fing an zu zittern und drehte die Wärme kurz wieder hoch und schaltete dann das Wasser ab. In das Handtuch gewickelt, trat ich aus der Dusche. Der gesamte Raum war in nebligen Wasserdampf gehüllt. Ich hatte es wohl ein wenig übertrieben. Sam stand schon mit meinem Rucksack da und hielt ihn mir hin.

»Danke. Wie war deine Fahrt?«

»Lang und ereignislos.« Er versuchte den beschlagenen Spiegel frei zu wischen.

Völlig ungeniert sah er mich durch den Spiegel an, bis dieser die Sicht wieder trübte. Ich kramte nach frischen Sachen; wenn ich weiter solch einen Verschleiß hatte, kam ich damit nicht über die Woche. Sam machte keine Anstalten, den Raum zu verlassen. Dann eben nicht. Ich drehte mich um, wickelte mir das Handtuch um die Hüften und schlüpfte in ein sauberes T-Shirt. Danach zog ich mir umständlich die Jeans hoch und drehte mich wieder um. Er sah mich immer noch an. Bei jedem anderen hätte ich das nicht durchgehen lassen, aber ich musste zugeben, ich genoss jede einzelne Sekunde, die ich mit ihm zusammen sein konnte.

»Gibst du mir dein Handtuch?«

»Ähm ... ja. Es ist nicht meins, du kannst es behalten.« Ich reichte es ihm, schnappte mein Zeug und stolperte zur Tür raus. Ich musste möglichst viel Abstand zwischen uns bringen, sonst hüpfte ich womöglich noch zu ihm unter die Dusche.

In meinem Zimmer packte ich mich auf mein Bett und kritzelte in meinem Notizbuch herum. Ich malte Sams Spiegelbild, sein Lippenpiercing war auf der falschen Seite. Als die Tür aufsprang und meine drei Zimmergenossinnen hereinplatzten, klappte ich es schnell zu und verbarg es unter meinem Kopfkissen. Sie lachten und schüttelten die nassen Haare aus.

»Du hast wirklich was verpasst. Das Felsenbad war der Wahnsinn, nicht zu vergleichen mit unseren hässlichen Freibädern.«

Mir war es egal; ich ging nie in Schwimmhallen oder Freibäder. Wenn ich badete, dann nur in Seen oder im Meer. »Ach, übrigens, eure Koffer sind da.«

Zusammen holten wir das Gepäck aus dem offenen Transporter. Da es auch das Auto meines Bruders war und in der oberen Hälfte eine Holzkonstruktion als Reisebett diente, wollte ich nicht, dass sich die anderen darin aufhielten, und reichte allen ihre Sachen raus. Während sie sich in den Zimmern häuslich einrichteten, kletterte ich im Bus auf die Schlafebene und streckte mich neben einem ausgerollten Schlafsack aus. Auf diesem lag ein Buch, *Adios, Nirvana* – mein derzeitiges Lieblingsbuch – im Bibliothekseinband. Ich blätterte darin herum.

»Du kannst es ruhig lesen, es ist nicht meins.« Sam stand mit nassen Haaren in der Tür und lächelte mich an.

»Ich weiß. Ich wollte es mir letztens ausleihen, aber es war nicht da. Weil du es hast.«

»Ja, Kurt hat es mir empfohlen.«

»Ich liebe dieses Buch.«

Er setzte sich neben mich. »Ich hab's vorhin zu Ende gelesen, als ich im Stau stand. Ein sehr inspirierendes Buch.«

»Ja, finde ich auch. Ich stehe total auf diesen Stilbruch zwischen Jugendsprache und Poesie. Ich glaube, die meisten Menschen sind der Meinung, das eine schließt das andere aus, aber das finde ich zu eindimensional. Und ich fühle mich total mit Jonathan verbunden.«

»Inwiefern?«

»Na ja, nicht weil wir das gleiche Schicksal teilen, aber ich fühle mich irgendwie mit seiner Orientierungslosigkeit verbunden ... verstehst du? Wenn du nicht weißt, wo du hingehörst, wer zu dir gehört und wohin dein Weg dich führen soll. Eigentlich ist man frei, alles zu tun oder zu lassen, aber man sitzt in einem Käfig. Und obwohl man weiß, dass er nicht verschlossen ist und dass es an einem selbst liegt, sich daraus zu befreien, traut man sich nicht, weil man keine Ahnung hat, wo man hingehen soll ...« Ich schluckte. Meine Ängste hatte ich schon lange nicht mehr preisgegeben, und ich redete definitiv zu viel und zu schnell. »... und außerdem bekommt man totale Lust, Gitarre spielen zu lernen, aber leider hab ich zwei linke Hände, was das angeht.«

»Also, wenn ich zwei linke Hände hätte, wäre ich ein Genie an der Gitarre.«

»Das bist du doch auch so schon.« Ich wusste, dass er sich das Spielen autodidaktisch beigebracht hatte.

»Mich hat das Buch total an früher erinnert, als Kurt und ich immer bei euch den Kühlschrank leer gefressen und danach in seinem Zimmer gejammt haben.«

»Ja, daran kann ich mich noch gut erinnern; ich glaube, ich hab drei Jahre lang kein Nutella abgekriegt. Aber sag mal, hast du eigentlich auch so eine liebevolle, fast schon sexuelle Beziehung zu deiner Gitarre? Ich meine, hat sie vielleicht einen Namen? Ist sie mehr als ein Gegenstand?«

»Nein, keinen Namen, aber sie ist eindeutig weiblich. Vor Kurzem habe ich mir eine neue E-Gitarre gekauft, da weiß ich noch nicht so genau, wie sie tickt, aber sie ist auf jeden Fall heiß.« Er grinste und zog eine Augenbraue hoch. »Ich hab lange drauf gespart, eine dunkelblaue Fender Mustang für Linkshänder. An meiner Akustikgitarre hab ich nur die Saiten andersherum gespannt. Das finden die Leute immer merkwürdig und denken erst, ich würde nicht selbst spielen.«

Wir redeten noch eine Weile über das Buch und diskutierten heiß darüber, wie viel Red Bull man in Verbindung mit Schlafentzug überleben konnte, als sich die Auerbach vor uns aufbaute und laut räusperte.

»Dürfte ich Sie vielleicht einen Augenblick sprechen, Herr Bender?«

Sam sprang auf, und zusammen entfernten sie sich ein Stück vom Bus.

»Ich hoffe«, sagte sie in pikiertem Ton, »Sie wissen, in welcher Funktion Sie hier sind und dass Sie eine Aufsichtspflicht für alle haben und nicht, um einzelnen Schülerinnen schöne Augen zu machen.«

Er hatte wirklich unfassbar schöne Augen, sie waren faszinierend blau und stachen im Kontrast zu seinen braunen Haaren besonders hervor. Ich hätte in seinem Blick versinken können.

»Natürlich weiß ich das«, beschwichtigte er sie. »Ich mache ihr auch keine schönen Augen oder sonst irgendwas, wir kennen uns schon so viele Jahre. Sie ist wie eine Schwester für mich.«

Ja, das musste mir eigentlich klar sein, trotzdem stach dieser Satz in meiner Brust.

»Na schön, ich erwarte Sie jedenfalls in zwanzig Minuten im Speisesaal, damit wir noch ein paar organisatorische Dinge besprechen können.«

»Geht klar, ach, und ich bringe Ihnen dann gleich noch Ihren Koffer mit.«

Nachdem sie gegangen war, kletterte ich aus dem Bus und ging an Sam vorbei. »Tut mir leid, dass ich dich von deinen Pflichten abgehalten habe. Ich wollte wirklich nicht, dass du wegen mir Ärger bekommst.«

»Die kriegt sich schon wieder ein. Außerdem sind wir ja nicht mit einer Bande Siebtklässler unterwegs!«, rief er mir hinterher, aber ich ging weiter und suchte mir hinter dem Haus ein schattiges Plätzchen unter einem Baum.

Ich war drauf und dran, mich zu verlieben. Aber ich musste vernünftig bleiben und Abstand halten, obwohl mein Herz und mein Körper mit jeder Faser zu ihm strebten. Ich konnte die nächsten sieben Tage nur überstehen, wenn ich mein Herz verschloss und mich den fünfundzwanzig anderen Leuten um mich herum widmete.

Nach dem Abendessen, welches aus trockenem Brot, ranzigem Aufschnitt und labberigen Salat bestand, spielten die meisten von uns noch stundenlang Billard. Es machte totalen Spaß und hielt mich vom Grübeln ab, außer wenn Sam dran war und ich mich dabei erwischte, wie ich ihn, zusammen mit etlichen Mädels, heimlich anschmachtete. Wie peinlich, ich sollte dieses Groupieverhalten schleunigst abschalten! Ich erkannte mich ja selbst kaum wieder.

Als es Zeit war, den Tag zu beenden, gingen Cora und ich zusammen hoch in unser Zimmer. Kaum waren wir drinnen, machten wir auch schon wieder kehrt und knallten dabei fast zusammen. Auf dem unteren Bett rollte sich Maya herum, wild knutschend mit einem Jungen, den ich aber unter ihrer pink gefärbten Haarpracht nicht erkennen konnte. Wir verließen schnell wieder das Zimmer und hielten uns die Hände vor den Mund, damit wir nicht laut loslachten. Dann riss ich mich zusammen, ging noch mal rein und kramte in meinem Rucksack. Ich hockte mich neben die beiden, und da sie mich nicht wahrnahmen, räusperte ich mich geräuschvoll. Maya blickte auf.

»Hier ...«, grinste ich sie an und reichte ihr die ganze Packung Kondome. »Wir sind in einer halben Stunde wieder zurück. Und denkt dran – Kondome schützen.«

Da es draußen immer noch mollig warm war, legten Cora und ich uns in die Wiese und beobachteten den Sternenhimmel. Ich fand es immer wieder wunderschön, aus der Stadt rauszukommen. In Berlin sah man so wenige Sterne, es war immer hell, aber hier lagen wir unter einem himmlischen Sternenzelt und konnten uns kaum sattsehen.

Cora war unglaublich nett, und langsam war es nicht mehr so schlimm für mich, die Elfte wiederholen zu müssen.

Nach über einer Stunde wollten wir doch langsam ins Bett und wagten uns zurück in unser Zimmer. Marlene war mittlerweile da und schien schon zu schlafen, dafür fehlte von Maya jede Spur. Wahrscheinlich waren sie und ihr Freund auf der Suche nach einem ungestörten Fleckchen.

Am nächsten Tag hatten wir ein volles Programm zu absolvieren. Zuerst trafen wir uns mit irgendeinem Landkreisbetreuer vom Landesamt für Umwelt, der uns ausführlich und äußerst trocken über die Artenhilfsprogramme für Fledermäuse informierte. Mir war heiß, und ich fürchtete, dass mein Hirn dehydrierte, so wenig kam von dem Gesagten bei mir an. Zum Schluss überhäufte er uns noch mit Unmengen an Infobroschüren, die, sehr ökologisch, auf zigfach recyceltem gräulichem Papier gedruckt waren.

Danach stand eine dreistündige Wanderung mit Besichtigung der Teufelshöhle an. Leider musste ich feststellen, dass meine Docs nicht das geeignete Schuhwerk darstellten; aber diese Lektion lernte ich nicht allein, auch Sam hatte sichtlich Mühe, mit seinem ausgelatschten Profil auf dem felsigen Weg Halt zu finden.

Vor der Höhle zogen wir uns alle Pullover oder Jacken über, und mir taten jetzt schon die leid, die trotz der Vorwarnung in Shorts losgewandert waren.

Sofort beim Betreten hatte ich das Gefühl, durch einen eisigen Vorhang gegangen zu sein. Von der Wärme da draußen war nichts mehr zu spüren. Nach einem großen Raum mit einer kleinen Bergbauausstellung führte uns der Weg durch riesige Säle und enge Gänge, vorbei an unzähligen Kerzenstalagmiten, Stalaktiten und einem gigantischen Gebilde, das mit seinen Wurzeln aus Tropfstein aussah wie ein Baum. Zum Ausgang gelangten wir durch eine malerische Schlucht. Es war absolut beeindruckend, schon fast magisch. Draußen angekommen, knallte uns die Hitze sofort wieder ins Gesicht. Wir ließen uns nieder, bevor wir den Rückweg antraten, und ruhten uns aus. Viele schossen Fotos, entweder von der Umgebung oder affige Selfies von sich selbst. Ich suchte mir einen Platz abseits, versuchte alles auszublenden und die klammartige Schlucht in meinem Notizbuch festzuhalten.

»Du malst wunderschön.« Ich hatte gar nicht bemerkt, dass Sam sich neben mich gesetzt hatte.

»Nein, nur das Motiv ist wunderschön. Es ist leicht, Schönes zu zeichnen, wenn man Schönes sieht. Schwieriger wird es, in augenscheinlich Hässlichem Schönes zu sehen und es zu Papier zu bringen. Aber ich arbeite dran.«

Du meine Güte, was redete ich da eigentlich? Ich sollte wirklich die Klappe halten!

Er saß weiter im Schneidersitz neben mir, und wir schwiegen uns an, aber es war nicht unbehaglich. Im Gegenteil, ich fühlte mich sehr wohl und hätte die nächsten Stunden so mit ihm verbringen können – nur mit dem Zeichnen wollte es nicht mehr so richtig klappen.

Auf dem Rückweg lief er die ganze Zeit hinter mir, und seine permanente Anwesenheit löste bei mir ein intensives Kribbeln im Nacken aus. Angestrengt gab ich mir Mühe, nicht auszurutschen oder irgendwie anders eine dämliche Figur abzugeben, und atmete tief durch, als wir endlich wieder an unserer Jugendherberge ankamen. Diese ständige Anspannung machte mich echt fertig. Mein Körper reagierte so extrem auf seine Nähe, das konnte einfach nicht gesund sein. Mein Kopf wusste, dass es nicht gut war, und versuchte sich jeden Tag gegen meine Gefühle zu wehren, aber er schaltete sich automatisch ab, wenn ich Sam sah.

Und die Chancen, ihm aus dem Weg zu gehen, wurden ab

morgen minimal, denn dann verbrachten wir drei Tage im Wald unter freiem Himmel, nur um am letzten Tag noch mal in der Jugendherberge einzukehren, um aus uns Wilden wieder zivilisierte, wohlriechende Menschen zu machen, damit wir ohne größeres Auffallen die Rückfahrt antreten konnten.

Abends überließen wir Maya und – wie sich herausstellte – Victor abermals unser Zimmer und legten uns wieder unter den Sternenhimmel auf die Wiese.

»Sag mal, was läuft da eigentlich zwischen dir und dem Bender?«, platzte es irgendwann aus Cora heraus.

Ich lief knallrot an, was aber zum Glück in der Dunkelheit nicht zu erkennen war. »Nichts. Wie kommst du denn da drauf?«

»Na, das sieht doch ein Blinder, was für eine Anziehungskraft zwischen euch herrscht.«

»Was?« Ich konnte nicht glauben, dass ich mich so auffällig verhielt. »Nein, da ist nichts. Wir sind nur gute Freunde und kennen uns schon unser halbes Leben. Sam ist der beste Freund von meinem Bruder, und sie wohnen auch zusammen in einer WG. Er gehört praktisch zur Familie; vielleicht gehen wir deshalb vertrauter miteinander um.«

»Vielleicht.« Sie klang nicht sehr überzeugt, aber ich hatte auch überhaupt keine Lust, näher auf dieses Thema einzugehen. Cora schien das zu bemerken und beließ es dabei.

Am nächsten Morgen sprang ich ein letztes Mal unter die Dusche und dachte jetzt schon mit Unbehagen an die spinnenverseuchte Ökotoilette, die uns erwartete. Wir packten unsere Sachen zusammen, und meine drei Zimmergenossinnen warfen alles, was sie für lebensnotwendig hielten, in meinen Rucksack. Lipgloss, Mascara, Bikinis, Ladekabel, die ich gleich wieder auspackte und ihnen riet, ihre Handys hier vollzuladen. Außerdem Ersatzschuhe und Unmengen an Wechselwäsche. Ich packte dafür alles, was ich nicht brauchte, und das war so ziemlich alles außer meiner Stirnlampe und meinem Notizbuch, in ihre Koffer, und wir lagerten diese in einem Abstellraum. Dann ging es mit dem Bus nach Muggendorf, wo wir uns mit dem Survivaltrainer einer Wildnisschule trafen. Dieser stellte sich als »der Flori« vor und war von Kopf bis Fuß in Jack-Wolfskin-Klamotten eingekleidet. Der Ort schmiegte sich sanft an einen Fluss, und nachdem wir diesen überquert hatten, führte uns der Flori auch schon tief in den Wald hinein. Vor uns lag eine knapp einstündige Wanderung.

Der Wald war märchenhaft. Sonnenstrahlen bahnten sich ihren Weg zwischen den Schatten spendenden Bäumen hindurch, und der Pfad führte uns vorbei an riesigen moosbewachsenen Felsblöcken. Ich saugte alles in mich auf – das Rascheln der Blätter unter meinen Füßen, den Duft der Bäume und den sanften Windhauch. So könnte ich ewig weiterlaufen. Den anderen schien es genauso zu gehen; sie schalteten alle total ab, und keiner hätte gemerkt, dass sich hier gerade fast dreißig Mann tummelten. Die Natur wirkte sich auf uns Stadtkinder total beruhigend aus.

Bis wir unseren Lagerplatz erreichten.

5

Ich weiß zwar nicht, was die anderen erwartet hatten, jedenfalls ging sofort ein Jammern und Gestöhne los, und die Beschwerden, wie man dafür auch noch Geld bezahlen konnte, häuften sich. Unser Lager bestand aus einem großen Steinkreis, der für ein Feuer gedacht war, umgeben von Baumstämmen, die als Sitzgelegenheiten dienten. Als sehr, sehr unbequeme Sitzgelegenheiten.

»Und wo, bitte schön, sollen wir schlafen?«, fragte ein blond gelocktes Mädchen.

»Gut, dass du fragst«, antwortete der gut gelaunte Flori. »Damit kommen wir nämlich schon zu unserer ersten Lektion für heute. Wie baue ich mir eine natürliche Schutzbehausung, um eine Nacht in der Wildnis zu überstehen. Und das Wichtigste ist natürlich, dies vor Einbruch der Dunkelheit erledigt zu haben.«

Jeder folgte den Anweisungen von unserem Survivalflori und suchte sich zwei lange Äste mit einer Gabelung. Diese bohrten wir dann im Abstand unserer Körperlänge mit der Gabel nach oben in den Boden und legten in diese jeweils einen weiteren Ast schräg hinein.

»Victor, warum baust du dir keine eigene Schlafstätte?«, wollte die Auerbach wissen, als sie bemerkte, dass er und Maya sich nur um eine Behausung kümmerten.

»Wir brauchen nur eine. Die bauen wir ein bisschen größer, dann passen wir locker zusammen rein.«

»Nichts da, jeder schläft allein.«

Maya zog eine Schnute, aber Victor zog sie an sich und flüsterte ihr ins Ohr, dass er sie auf keinen Fall in dieser feindlichen Umgebung voller Spinnen und Ameisen allein schlafen ließ.

Ich war mit meinem Unterschlupf schnell fertig, legte noch blätterbehangene Zweige darüber und half Cora, die schon am Grundgerüst verzweifelte.

»Mach dich mal nicht fertig, Cora! Im Grunde genommen ist diese Aktion völlig sinnlos und eher für verregnete Nächte gedacht. Aber dann weißt du wenigstens, wie's funktioniert, falls du mal in solch eine Situation geraten solltest.« Die jahrelange Outdoorurlauberin sprach aus mir.

»Da ich meine Reisen immer als All-inclusive-Paket buche, werde ich wohl kaum jemals wieder in so eine Situation geraten. Hätte ich doch nur Französisch gewählt, dann würde ich jetzt gemütlich durch Paris flanieren und Café au Lait schlürfen.«

Als alle Unterkünfte mehr oder weniger standen, sollten wir trockenes Holz für unser Feuer sammeln. Da es seit Wochen kaum geregnet hatte, war auch das schnell erledigt. Bis zur Dämmerung unternahm der Flori mit uns noch eine Wildpflanzenwanderung, wobei die Ausbeute zum Teil in unseren Eintopf sollte. Marlene traute dem Wissen unseres Naturburschen nicht und wollte mit ihrem Handy die gesammelten Pflanzen googeln, um keinen grausamen Tod sterben zu müssen. Sie hatte immer noch nicht akzeptiert, dass der Empfang im Wald gleich null war.

Wieder im Lager, fühlten sich die Jungen für das Entfachen des Feuers verantwortlich, und die Mädchen wurden natürlich zum Gemüseschnippeln degradiert. Als wir alle Kartoffeln, Möhren und den Sellerie geschält hatten, war noch nicht die Spur eines Funkens zu sehen. Die Raucher wollten mit dem Feuerzeug nachhelfen, aber da hatten sie bei Survivalflori keine Chance. Es dauerte bestimmt eine Stunde, bis Leon es endlich schaffte, mit einem Magnesiumstab ein kleines Stück Zunder zum Glühen zu bringen. Die Jungen legten die kleine Flamme in ein Nest aus trockenen Hölzchen und dann in die Feuerstelle. Alle scharten sich ganz wild drumherum und bemühten sich, das Feuer am Leben zu erhalten.

Stolz trommelte sich Leon auf die Brust. »Ich Feuer gemacht«, gab er den Neandertaler. »Weib, mach mir Essen!«

»O je!«, stöhnte ich. »Diese Reise bedeutet einen herben Rückschlag für die Emanzipation.«

Wir hängten den riesigen Suppentopf übers Feuer, woraufhin lautstark die fehlende Fleischeinlage bemängelt wurde. Es hätte mich nicht gewundert, wenn sich spätestens am nächsten Tag alle männlichen Exemplare unter uns nur noch durch Grunzlaute miteinander verständigt hätten. Die Suppe schmeckte nach Wasser mit Gemüse, da halfen auch die gesammelten Kräuter nichts. Da aber anscheinend alle ziemlichen Hunger hatten, blieb am Ende kein Tropfen davon übrig. Als Dessert gab es für die ganz Mutigen Regenwürmer und Larven; ich lehnte dankend ab. Um so etwas hinunterzukriegen, musste ich schon sehr verzweifelt sein. Nach dem Essen versammelten wir uns um das gemütliche Feuer, es war eine schöne Stimmung. Wir redeten und lachten viel, und niemand hatte es eilig, sich in seine Blätterbehausung zurückzuziehen. Außer Maya und Victor, die schon wieder nicht zu sehen waren. Ich war mir nicht so sicher, ob den beiden die Packung Kondome reichte. Irgendwann, als die Gespräche ruhiger wurden, holte Sam seine Gitarre hervor und untermalte den Abend wunderschön akustisch. Er hatte recht, es sah merkwürdig aus, der Anschlag war oben, die Gitarre verkehrt herum, aber die Töne erklangen perfekt und zum Dahinschmelzen.

»Stimmt es, dass Sie in einer Band spielen?«, fragte Marlene und nutzte die Gelegenheit, während er eine Saite nachzog.

»Ja, zusammen mit Ellas Bruder.« Er sah mich an.

»Und singen Sie auch? Oder spielen Sie nur Gitarre?«

»Beides.«

Ich merkte deutlich, wie unangenehm es ihm war, über sich zu sprechen.

»Och, können Sie uns nicht etwas singen? Bitte!«, bettelte Marlene ihn an, und die anderen unterstützten sie dabei.

Er seufzte. »Okay, einen Song.« Konzentriert stimmte er seine Gitarre. »Es ist ein sehr altes Lied, aber ich schätze mal, der eine oder andere wird es kennen.«

Schon beim ersten Akkord erkannte ich das Lied, und mich überlief eine Gänsehaut.

Er spielte das kurze Intro, dann begann er zu singen.

»My girl, my girl, don't lie to me, tell me where did you sleep last night.«

Ich war so verzaubert von seiner Stimme, dass ich kaum mitbekam, wie ich leise für mich mitsang. Jede einzelne Zeile davon kannte ich in- und auswendig.

»In the pines, in the pines, where the sun don't ever shine, I would shiver the whole night through.«

Sein Blick wanderte zu mir. Er nahm sich ein wenig zurück und nickte mir ermutigend zu, doch es war mir unglaublich unangenehm, dass alle zuhörten. Ich verstummte, und Sam sang die nächste Strophe allein. Währenddessen ließ er mich keine Sekunde lang aus den Augen und signalisierte mir, dass ich gleich wieder mit einsetzen sollte. Die folgende Strophe überließ er mir und begleitete mich nur auf der Gitarre. So wechselten wir uns ab, bis wir den Song gemeinsam ausklingen ließen.

»My girl, my girl, where will you go, I'm going where the cold wind blows.

In the pines, in the pines, where the sun don't ever shine, I would shiver, the whole night through.«

Totenstille. Ich hatte alle anderen komplett ausgeblendet. Es gab nur ihn und mich und diesen Song. Bis der Applaus einsetzte. Sam lächelte mich schief an, und ich zitterte vor lauter Gänsehaut und weil mir das Ganze irgendwie auch wahnsinnig peinlich war.

Danach musste er als lebendige Jukebox herhalten und sämtliche Musikwünsche entgegennehmen. Da er die meisten Texte nicht draufhatte, spielte er auf seiner Gitarre, und die anderen sangen zusammen.

Mein Herz flatterte, und ich wusste, dass meine Gefühle gerade wieder die Oberhand gewannen. Ich brauchte Abstand und machte mich stillschweigend aus dem Staub. Kurzerhand schnappte ich mir meine Kapuzenjacke, suchte meine Stirnlampe und mein Notizbuch und ging ein Stück in den Wald hinein. Mir war durchaus bewusst, dass es dumm war, im Dunkeln allein durch den Wald zu laufen, aber ich brauchte das jetzt. Keine einzige Minute länger konnte ich da noch herumsitzen und so tun, als ob nichts wäre. Nach ungefähr fünfzehn Minuten erhoben sich zu meiner Rechten riesige moosbewachsene Felsböcke, zum Teil gefesselt von knorrigen Wurzeln emporwachsender Buchen. Das musste der Druidenhain sein, von dem ich schon gelesen hatte. Die Felsen waren bestimmt bis zu fünf Meter hoch und so aneinandergereiht, dass ich sie wie ein Labyrinth durchschreiten konnte. Ich streifte mit meinen Fingerspitzen daran entlang, während die Stille mich vollkommen einnahm. An einem der niedrigeren Felsen kletterte ich vorsichtig hoch und suchte mir die höchste Stelle, die ich erreichen konnte, ohne in einen Spalt zu rutschen. Ich knipste die Lampe aus, legte mich hin und starrte durch die Bäume hindurch in den Himmel. Wie sehr wünschte ich mir, in diesem Moment zusammen mit Sam hier zu sein, doch es konnte nicht sein, es durfte nicht sein. Ich verstand nicht, wie sich etwas so richtig anfühlen konnte und doch so falsch war. Ich wollte ihn. Es war schon so weit mit mir, dass ich mich geradezu krank und unvollständig fühlte, wenn er nicht in meiner Nähe war. Obwohl ich gestehen musste, wenn er da war, ging es mir auch nicht viel besser. Dann raste mein Herz, mir wurde heiß, und ich zitterte zugleich. Ich seufzte und richtete mich wieder auf. Die Stirnlampe auf mein kleines Buch gerichtet, zeichnete ich mir das eben Erlebte vom Herzen. Mit dem Bleistift brachte ich die mir so vertrauten Augen zu Papier. Nach und nach nahm Sam, verborgen hinter Flammen, Gestalt an. Dann schrieb ich noch den gesamten Songtext nieder und atmete tief durch. Es war für mich wie Tagebuchschreiben; so konnte ich meine Gedanken und Gefühle freilassen.

Ich kletterte vom Felsen hinunter und machte mich lieber wieder auf den Rückweg, bevor ich noch vermisst wurde. Doch nach einer Weile merkte ich, dass ich die falsche Richtung eingeschlagen hatte. Mithilfe meiner Lampe versuchte ich mich zu orientieren und den Weg zu rekonstruieren, aber es gelang mir nicht. Ich beschloss, zum Druidenhain als Ausgangspunkt zurückzukehren und von dort noch mal neu zu starten, damit ich mich nicht total verlief. Doch das war bereits geschehen. So eine Scheiße, typisch Stadtkind, konnte noch nicht mal drei Meter in den Wald hinein, ohne sich hoffnungslos zu verirren. Ich versuchte, Ruhe zu bewahren. Was konnte denn schlimmstenfalls schon geschehen? Ich konnte auch hier schlafen – viel ungemütlicher als im Lager würde es bestimmt nicht sein – und morgen im Hellen den Rückweg suchen. Aber was, wenn schon jemand mein Fehlen bemerkt hatte? Das gab mit Sicherheit richtig Ärger. Ich ging lieber noch ein Stück weiter, in der Hoffnung, dass mir irgendetwas bekannt vorkam. Um mir einen Überblick zu verschaffen, kraxelte ich auf eine Anhöhe und suchte nach irgendwelchen Anhaltspunkten, nach irgendetwas, das mir bekannt vorkam, doch für mich sah ein Baum aus wie der andere. Selbst wenn es hell gewesen wäre, hätte ich wahrscheinlich nicht wieder zurückgefunden. Frustriert drehte ich mich langsam im Kreis. *Schön blöd, Ella. Schön blöd*, verfluchte ich mich selbst. Ich wollte gerade wieder hinuntersteigen – und trat ins Leere. Panisch ließ ich mein Buch fallen und riss die Arme hoch, um noch irgendwie Halt zu finden, aber vergebens. Ich verlor völlig den Boden unter den Füßen und fiel direkt in einen offenen engen Schlund. Mit dem Hinterkopf stieß ich unkontrolliert gegen die felsige Wand und schürfte mir sämtliche Haut ab, bevor sich der Schlund ausdehnte und ich im freien Fall abstürzte. Ich krachte auf den Boden, und ein stechender Schmerz fuhr mir durch den rechten Knöchel. Regungslos blieb ich liegen, spürte nicht, ob ich tot oder lebendig war, bis totale Dunkelheit über mich kam.

Ich wusste nicht, wie lange ich ohnmächtig war, aber als ich langsam wieder zu mir kam, erblickte ich durch die lange Öffnung den mondbeschienenen Nachthimmel. Stöhnend wollte ich mich aufrichten, aber alles tat mir tierisch weh. In meinem Schädel hämmerte es, mir war schlecht, und ich wollte den Fuß nicht bewegen. Vorsichtig kramte ich in meiner Hosentasche nach meinem Handy. Es funktionierte noch. Mit dem erleuchteten Display – es war zwei Uhr sechzehn – suchte ich den Boden nach meiner Lampe ab, entdeckte sie aber nirgends. Dann leuchtete ich, auf dem Boden kriechend, die Wände ab. Offensichtlich befand ich mich in der großen Halle einer Höhle. Verdammt. Wie konnte ich nur in eine so ausweglose Lage geraten? In der Fränkischen Schweiz gab es Tausende Höhlen, und nur ein Bruchteil davon war bekannt und erschlossen. Ohne Seil kam ich auf keinen Fall da wieder hoch, und ob es noch einen anderen Ausgang gab, ließ sich im Dunkeln nicht sagen. Panik stieg in mir auf. O Gott, ich könnte hier in drei Tagen verdursten, ohne dass mich jemand fand! Aber ich hatte mein Telefon bei mir, und obwohl ich keinen Empfang hatte, konnte man es vielleicht trotzdem orten. Leise Hoffnung keimte in mir auf. Doch dazu musste man mich erst einmal vermissen, und wenn ich Pech hatte, wurde mein Fehlen erst am nächsten Morgen bemerkt. Kraftlos sank ich zusammen, alles schmerzte, und ich fror bitterlich. Ich zog mir die Kapuze tief ins Gesicht. Meine Hände waren total abgeschürft, und am Hinterkopf lief mir ein feuchtes Rinnsal in den Nacken. Mit schmerzenden Gliedern legte ich mich langsam auf die Seite und presste die Hände zwischen die Schenkel. *Wenn die Nacht doch nur schon vorbei wäre!,* dachte ich.

Die Stunden zogen sich unendlich lang hin, die Kälte war unerträglich, und ich wollte nicht einschlafen, weil ich nicht wusste, wie schwer meine Verletzungen waren. Ich sah auf mein Handy – die Akkuleistung betrug noch dreiundachtzig Prozent – und erlaubte mir einen Song, nur einen einzigen zur Ablenkung. Meine Playlist runterscrollend, stoppte ich bei *Songbird* von Oasis. Die ersten Akkorde erklangen, doch ich unterbrach das Lied sofort. War ich jetzt total bescheuert? Ich konnte doch nicht meine einzige Chance auf Rettung wegen ein bisschen kurzweiliger Unterhaltung aufs Spiel setzen. Ich fuhr alle aktiven Programme herunter und legte das Handy neben mir auf den Boden.

Immer wieder döste ich langsam weg, nur um gleich darauf mit rasendem Herzen aufzuschrecken. Mein Puls pochte mir unerträglich in den Ohren. Irgendwann fiel ich doch noch in einen unruhigen, traumlosen Schlaf, denn als ich das nächste Mal zu mir kam, wurde die Höhle schwach vom Tageslicht erhellt. Diese Nacht hatte ich jedenfalls überlebt; hoffentlich wurden es nicht mehr. Ich rappelte mich auf und sah mich um. Meine Stirnlampe lag nur zwei Meter von mir entfernt. Ihr Glas war zersplittert, und zu meiner großen Enttäuschung funktionierte sie nicht mehr. Ich schüttelte daran herum, nahm die Batterien heraus und legte sie wieder ein. Nichts.

Vielleicht wurde ich schon gesucht.

»Hilfe!«, krächzte ich mit rauer Stimme.

Man hätte mich nicht einmal gehört, wenn man direkt über der Öffnung gestanden hätte. In meiner Hosentasche fand ich die Packung Kaugummis von der Bahnfahrt. Mit zitternden Händen riss ich sie auf und steckte mir einen halben Streifen in den Mund.

»Hilfe! Ich bin hier unten!«, schrie ich, so laut ich konnte. »Hilfe!« Immer und immer wieder, bis ich nicht mehr konnte und mein Hals völlig ausgetrocknet war.

Verzweifelt sank ich zu Boden. Mein Kopf dröhnte und schien jeden Moment zu zerspringen.

Nach einer Weile wurde es hell genug, sodass ich den Ort meines Verderbens genauer in Augenschein nehmen konnte. Die Felswände waren feucht, und das Tageslicht befand sich schätzungsweise unüberwindbare vier bis fünf Meter über mir. Im Moment empfand ich es noch als Glück, dass die Höhle nicht tiefer lag und ich nicht tot auf dem Boden aufgeklatscht war. Falls aber keine Hilfe kam, war das, was mich erwartete, auch nicht besser. Auf der gegenüberliegenden Seite entdeckte ich einen Spalt im Felsen. Humpelnd schleppte ich mich hinüber. Er war sehr schmal, aber vielleicht passte ich ja hindurch. Doch das kam jetzt noch nicht infrage. Ich würde einen Teufel tun und noch tiefer in den Fels vordringen. Die Chancen, einen Ausgang zu finden, waren gering, und in meiner derzeitigen körperlichen Verfassung kam ich sowieso nicht weit. Also schrie ich mir weiter die Seele aus dem Leib. Mit der Zeit schwanden jedoch meine Hoffnungen. Ich befürchtete, hier unten elendig zu verrecken. Auf dem Boden zusammengerollt, ließ ich meinen Tränen freien Lauf und schlief völlig erschöpft wieder ein. Als ich hochschreckte, musste ich zu meinem Entsetzen feststellen, dass es schon dämmerte. Panisch rappelte ich mich auf. Was, wenn jemand in der Nähe gewesen war und ich hatte ihn verpasst? Ich war so dämlich, dämlich, dämlich. Da konnte ich mir mein Grab auch gleich selbst schaufeln. Tränen der Verzweiflung stiegen wieder in mir hoch; ich weinte und schrie gleichzeitig um Hilfe.

Doch dann hörte ich Stimmen. Sie riefen nach mir.

»Ella!«

Oder war es nur Einbildung?

Nein, schon wieder. »Ella! Ella!«

Wie eine Wahnsinnige brüllte ich. »Ich bin hier! Ich bin hier unten! Ich bin hier! Hilfe!«

Plötzlich erschien weit über mir ein Kopf, und eine Taschenlampe strahlte mir direkt ins Gesicht, sodass ich die Hand vor die Augen halten musste.

»Wir haben sie! Sie ist hier unten!« Es war Victor. »Wie geht's dir, Ella? Bist du in Ordnung?«

»Ja.« Jetzt war alles in Ordnung. Meine Schmerzen nahm ich vor Erleichterung kaum wahr.

Kurz darauf erschienen weitere Köpfe über der Öffnung. Cora, Maya und ... Sam.

Cora schrie auf, als sie mich sah. »Sie braucht unbedingt einen Arzt! Wir müssen sofort Hilfe holen.«

Victor stimmte ihr zu.

Nur Maya schüttelte ihr pinkfarbenes Haupt. »Mensch, Ella, was machst'n du da unten?«

»Ich genieße die Aussicht, was denkst du denn? Komm runter, dann zeig ich sie dir!«, versuchte ich zu scherzen.

Sam ergriff das Wort. »Okay, Leute, ihr macht euch jetzt auf dem schnellsten Weg zurück ins Lager. Wir brauchen unbedingt einen Arzt, am besten gleich mit Rettungswagen. Feuerwehr, THW oder zumindest ein zehn Meter langes Seil.«

»Gut, und was machen Sie? Wäre es nicht besser, Sie kommen mit, während Cora oder Maya hier so lange die Stellung halten?«

»Nein«, widersprach er energisch. »Ich klettere zu ihr runter. Jemand muss sich um ihre Verletzungen kümmern.«

»Hast du 'nen Knall?«, platzte es aus mir heraus. »Wenn du das machst, kannst du gleich noch einen Krankenwagen für dich mitbestellen!«

Doch er achtete nicht auf meine Einwände. »Ihr wartet noch, bis ich unten bin«, sagte er zu den anderen. »Dann werft ihr mir meinen Rucksack runter und macht euch sofort los!«

Ohne weiter Zeit zu vergeuden, setzte er sich an den Rand, rutschte mit den Beinen so weit wie möglich nach unten, stemmte die Füße gegen die eine Wand und presste sich mit dem Rücken an die gegenüberliegende. So kletterte er langsam nach unten, bis es nicht mehr weiterging und sich die Höhle etwa drei Meter über mir öffnete. Kurz hielt er inne, dann stieß er sich ab, landete weich auf den Füßen und rollte sich ab. Sogleich war er wieder auf den Beinen, geschmeidig wie eine Raubkatze. Unfair. Und ich schmierte hier ab wie so ein Trampeltier. Sofort kam er auf mich zu und nahm mich in die Arme.

»Was machst du hier?«, schluchzte ich.

»Na, diese Aussicht kann ich mir ja wohl schlecht entgehen lassen.« Er sah sich kurz um und entdeckte auch gleich den Spalt in der einen Ecke. »Okay, Victor, pack mal noch Floris Taschenlampe in meinen Rucksack, und dann wirf ihn runter! Hier unten ist ein schmaler Gang, vielleicht finden wir einen anderen Ausgang.«

Victor ließ den Rucksack fallen, und Sam fing ihn auf. Die Wucht des Aufpralls haute ihn fast selbst um. Er schnaufte. »Macht euch los! Und beeilt euch!«

Die drei verschwanden, und er wandte sich wieder zu mir um und nahm mich abermals in die Arme. Ich klammerte mich an ihn, und seine Wärme durchströmte mich. Jetzt war alles gut. Okay, fast alles. Er ließ mich langsam los, und sofort fror ich wieder.

»Ella, du siehst furchtbar aus.«

»Danke, so was hört wirklich jedes Mädchen gern. Unfassbar, dass du mit dem Charme überhaupt eine Freundin abgekriegt hast.«

»Ich meine es ernst.« Besorgt betrachtete er mich.

»Ehrlich gesagt tut mir auch alles weh, aber es geht schon.«

»Lass mal sehen!« Er umfasste meine blutverkrusteten kaputten Hände. »Völlig zerschunden, aber nichts gebrochen. Was ist mit deinem Fuß?« Offensichtlich hatte er mein Humpeln bemerkt.

»Ich bin doof aufgekommen. Meine Landung war nicht so perfekt wie deine.«

Er hockte sich hin und machte sich an meinem Schuh zu schaffen.

»Was zum Teufel soll denn das werden?« Ich zog den Fuß weg. »Ich friere mir auch so schon den Arsch ab.«

»Bleib ruhig, Ella! Du darfst ihn auch gleich wieder anziehen.«

Unbeirrt schnürte er meine Dr. Martens bis ganz unten auf und zog sie mir langsam aus. Ich biss die Zähne zusammen, aber der stechende Schmerz trieb mir Tränen in die Augen. Vorsichtig rollte er meine Socke herunter, und zum Vorschein kam ein dick angeschwollener blauer Fuß.

Sam atmete scharf ein. »Eine Sportbefreiung ist dir mit dem Ding jedenfalls sicher.«

»Prima, das war auch alles, was ich mit der Aktion beabsichtigt habe.«

»Wir müssen deinen Fuß irgendwie kühlen.«

»Nein danke, mir ist schon kalt genug.«

Er wollte mir die Socke wieder anziehen, aber ich nahm sie ihm aus der Hand.

»Lass mal, das mache ich lieber selbst.« Jammernd streifte ich mir die Socke wieder über. Wäre es nicht so kalt gewesen, hätte ich mir das gern erspart, aber ich fror einfach entsetzlich. Dann quälte ich mich zurück in meinen Schuh, der anscheinend in der Zwischenzeit eingelaufen war.

Sam stand neben mir. »Ella, bleib sitzen!« Der Schock stand ihm ins Gesicht geschrieben.

»Was ist denn?« Sein Ton machte mir Angst.

»Du bist am Kopf verletzt, es ist alles voller Blut.«

»Ach das, ja, ich weiß.« Ich war erleichtert, dass sich kein wildes Tier in unserer Mitte befand. Aragog oder so.

Aus seinem Rucksack kramte er eine Flasche Wasser hervor.

»Halt still! Ich muss die Wunde säubern, um zu sehen, wie schlimm es ist.«

»Du hast Wasser? Und willst es zum Waschen vergeuden?«

Vorwurfsvoll riss ich ihm die Flasche aus der Hand und setzte sie gierig an die Lippen. Erfrischend rann es meine trockene Kehle hinunter, und gleich fühlte ich mich besser. »Tschuldigung.« Ich reichte ihm das Wasser. »Ich war schon fast am Verdursten.«

»Nein. Mir tut es leid, dass ich nicht gleich dran gedacht habe. Willst du noch etwas?«

Ich schüttelte den Kopf, worauf mir gleich wieder schwindelig wurde. »Wir sollten es uns einteilen, wer weiß, wann wir hier wieder rauskommen.«

»Das wird nicht mehr lange dauern.« Er setzte sich neben mich, legte mir einen Arm um die Schultern und zog mich zu sich heran. »Leg dich ein bisschen hin und ruh dich aus!«

Ich gehorchte und legte den Kopf in seinen Schoß. Wäre es nicht dermaßen kalt gewesen, hätte ich am liebsten ewig so dagelegen. Sam schien meine Gedanken lesen zu können, denn er holte einen dieser mikrodünnen, ultraleichten, superklein verpackten, extrem teuren Schlafsäcke aus seinem Rucksack und breitete ihn über mir aus.

»Danke«, flüsterte ich. »Dein Rucksack ist ja eine wahre Wundertüte. Was hast du denn noch so da drin?«

»Bedank dich bei Survivalflori … von dem ist auch diese krasse Taschenlampe. Ich kann dir leider nur zwei Äpfel anbieten. Möchtest du einen?«

»Nachher vielleicht«, nuschelte ich schläfrig. Die Kopfverletzung setzte mir ganz schön zu.

Sams Finger strichen mir sanft über die Wange und klemmten mir eine Haarsträhne hinters Ohr.

Als ich erwachte, war ich allein und nichts als Dunkelheit um mich herum. O Gott, ich hatte alles nur geträumt! Aber dann bemerkte ich, dass mein Kopf auf einem Rucksack gebettet lag, und Erleichterung durchströmte mich. »Sam?«, rief ich vorsichtig. Keine Antwort. Ich wurde lauter. »Sam?« Panik ergriff mich. Stöhnend rappelte ich mich auf. In dem Moment erblickte ich einen Lichtstrahl. Er kam aus der Ecke mit dem schmalen Gang.

»Ich bin gleich bei dir«, beruhigte mich seine tiefe Stimme.

»Was hast du vor?«, fragte ich, während er sich durch den Spalt hindurchzwängte.

»Ich wollte nur nachsehen, ob man da weiterkommt.«

»Und?«

»Also, der Gang wird irgendwann breiter, einen Ausgang konnte ich noch nicht entdecken, aber ich bin auch nicht sehr weit gekommen.«

»Wäre ja auch zu schön, um wahr zu sein. Wieso dauert das überhaupt so lange? Hätte nicht schon längst Hilfe hier sein müssen?«

»Ja, das frage ich mich ehrlich gesagt auch schon.«

»Ach, du Scheiße! Was ist, wenn sich die drei genauso verlaufen haben wie ich? Victor hatte recht, du hättest bei ihnen bleiben sollen. Du trägst die Verantwortung für sie.«

»Und für dich etwa nicht?«

»Na ja, bei mir ist das Kind ja wohl offensichtlich schon in den Brunnen gefallen«, maulte ich. »Ich könnte es mir nie verzeihen, wenn Cora, Maya oder Victor etwas zustößt.«

»Es wird schon nichts passiert sein«, versuchte er mich zu beruhigen. »Wir werden bestimmt bald hier rausgeholt, aber meine größte Sorge gilt im Moment deiner Kopfverletzung. Bist du jetzt bereit, dass ich sie mir mal näher ansehe?«

Ich seufzte, setzte mich dann aber doch im Schneidersitz auf den Boden, schob die Kapuze nach hinten und beugte den Kopf nach vorn.

Sam hockte sich hinter mich, in der einen Hand die Taschenlampe, während er mit der anderen sacht in meinen Haaren herumfingerte. »Deine Haare sind total mit der Wunde verklebt.«

»Na toll, das bedeutet wohl, dass meine Chancen auf einen Sieg beim Schönheitswettbewerb heute eher gering ausfallen.« Ich zog mir meine Kapuze wieder über die Ohren.

»Wir sollten versuchen, einen Ausgang zu finden. Das wäre für dich vielleicht besser, als da oben umständlich aus dem Loch herausgezogen zu werden.«

»Ja, als ob man seine eigene Geburt noch einmal durchleben müsste. Also gut, wenn uns morgen früh immer noch niemand hier rausgeholt hat, suchen wir uns einen anderen Weg.« Ich blickte auf mein Handy, es war kurz vor Mitternacht. Mittlerweile war ich schon seit vierundzwanzig Stunden hier gefangen. Aber wenigstens war ich nicht mehr allein.

Mein Magen knurrte hörbar.

Sam holte einen Apfel aus seinem Rucksack, schnitt ihn in der Mitte auf und hielt ihn mir hin. »Welche Hälfte willst du, Schneewittchen?«

»Die mit dem schnellen, schmerzlosen Tod.«

»Wenn wir hier wieder raus sind, mit deinem Kopf und deinem Fuß alles in Ordnung ist, willst du dann nicht mal wieder auf ein Konzi von uns kommen?«

»Gern. Wann spielt ihr denn mal wieder?«

»Im September.«

»Und unter welchem Namen?« Ich wusste, dass sie ständig ihren Bandnamen änderten. »Ich meine, wie heißt ihr denn im Moment?«

Sam verzog sein Gesicht. »Kurt ist immer noch für *Failfaces*, aber ich finde, das passt überhaupt nicht zu uns.«

Das fand ich auch. *Pretty Faces, Beautiful Faces, Hot Faces*, das passte. Ich sollte mich wieder einkriegen, bevor ich noch zu sabbern anfing.

»Euch wird noch der richtige Name einfallen. Sagt mir dann einfach, wann und wo. Ich komme, wie immer ihr euch auch nennt.« Vorsichtig biss ich ein kleines Stück vom Apfel ab und kaute ganz langsam. Danach fühlte sich das Loch im Magen größer an als je zuvor.

Im Laufe der Zeit fing meine Blase mächtig an zu drücken, und ich humpelte unruhig hin und her.

»Was ist los? Willst du dich nicht lieber hinlegen?«

»Ich hab schon lange genug hier herumgesessen und muss mir die Beine vertreten ... und außerdem«, fügte ich kleinlaut hinzu, »muss ich mal.«

Sam lachte. »Tu dir keinen Zwang an, oder soll ich dir dabei helfen?«

Bloß nicht.

»Ich kann ja wohl unmöglich in unser wunderbares Wohnzimmer pinkeln.«

»Was ist schon dabei? Aber such dir eine Ecke aus, die nicht so abschüssig ist, und versuch mal ausnahmsweise, dich dabei nicht noch mehr zu verletzen.«

Ich streckte ihm die Zunge raus und suchte einen Platz, der so weit wie nur möglich von Sam entfernt war.

»Dreh dich um!«, befahl ich und zog mir die Jeans runter. Männer hatten es in dieser Hinsicht auf jeden Fall viel leichter, und mein kaputter Knöchel machte die ganze Angelegenheit noch komplizierter.

»Na? Erleichtert?«, fragte mich Sam, als ich mich wieder neben ihn setzte.

»Sehr sogar.«

Er breitete seinen Schlafsack auf dem Boden aus. »Hier, leg dich richtig rein und schlaf eine Runde!«

»Ich bin nicht müde.«

»Dann wärm dich wenigstens darin auf!«

»Nimm du ihn lieber, du hast ja nicht mal einen Pullover an.« Er harrte hier tatsächlich schon seit Stunden bei wahrscheinlich konstanten neun Grad im T-Shirt aus.

»Das ist nicht so wichtig, und außerdem bin ich nicht so eine Frostbeule wie du.«

Er kannte mich gut. Vielleicht zu gut. »Na gut, wir teilen ihn uns«, sagte ich, zog mir vorsichtig die Schuhe aus, kroch in den Schlafsack und ließ Sam so viel Platz wie möglich.

»Bist du dir sicher?«

»Natürlich. Du wirst ja wohl kaum meine hilflose Situation schamlos ausnutzen, oder?«

Er lächelte schief und knipste als Antwort die Taschenlampe aus.

Tiefe Dunkelheit umhüllte uns. Er schlüpfte aus seinen Schuhen und legte sich neben mich. Mein Herz pochte so laut, dass ich fürchtete, er könne es hören. Vorsichtig schob er einen Arm unter meinen Kopf, und ich schmiegte mich an ihn. Ich tastete nach seiner anderen Hand, verschränkte sie mit meiner und presste sie, um meine Hüfte herum, eng an den Oberkörper. So lagen wir, seine Brust an meinem Rücken, und wohlige Wärme umfing mich.

Das war er. Der Moment, in dem ich mir selbst nichts mehr vormachen konnte. Auch wenn er mich einfach nur wärmen wollte, ich wollte Sam spüren, ihm ganz nah sein. Und wenn es dreißig Grad gewesen wären, hätte ich so mit ihm daliegen wollen. Nur mit ihm.

Obwohl ich mich dagegen wehrte, schlief ich dennoch irgendwann ein. Nach einer Weile schreckte ich jedoch wieder auf. Wir lagen immer noch in unveränderter Position; das einzige Geräusch war sein unregelmäßiger Atem in meinem Nacken. Er schlief nicht.

»Weißt du, was ich überhaupt nicht verstehe?«, flüsterte ich.

»Was?«, wisperte er in mein Ohr.

»Warum du mit einem Mädchen wie Sarah zusammen bist.«

Er schwieg. Verdammt, warum konnte ich den Mund nicht halten? Einfach mal die Klappe halten? Er musste doch denken, dass ich total bescheuert war. Leider ließ sich die Frage jetzt nicht mehr zurücknehmen, sosehr ich mir auch auf die Lippen biss. Doch ich hielt weiter seine Hand in meiner, und er machte auch keine Anstalten, sich zu befreien.

»Ich weiß es nicht«, sagte er nach einer Weile leise. »Vielleicht, weil sie mich ausgesucht hat.«

»Und da hattest du nicht auch noch ein Wörtchen mitzureden?«

O bitte, halt doch endlich die Klappe!!!

»Es ist ja nicht so, dass sie mich gezwungen hätte. Ich glaube, ich wollte endlich nicht mehr allein sein.«

»Das klingt irgendwie nicht sehr romantisch.« Doch eigentlich konnte ich ihn nur zu gut verstehen. Ich hatte Freunde, eine intakte, völlig chaotische, liebevolle Familie, und trotzdem erfasste mich oft solche Traurigkeit, und ich fühlte mich völlig allein auf der Welt.

»Irgendwie nicht. Und selbst wenn Sarah bei mir ist, fühle ich mich immer noch einsam. Du hast schon recht … wir passen nicht wirklich zusammen. Sie weiß nicht, was mich bewegt, und andersherum ist es genauso.«

»Fühlst du dich gerade einsam?«

Er presste sich fester an mich und vergrub das Gesicht in meinem Haar. »Nein.«

6

Der Morgen verlief zwischen Sam und mir frostiger als die Temperatur in der Höhle. Als ich aufwachte, lag er nicht mehr neben mir.

»Wird Zeit, dass wir hier endlich rauskommen. Bist du so weit?«, brummte er. Er war offensichtlich kein Morgenmensch.

Ich sprang sofort auf und zog mir die Schuhe an. In meinem rechten fehlte der Schnürsenkel. Suchend blickte ich mich um.

»Ich habe ihn rausgenommen«, erklärte er, »und zu einem Pfeil in Richtung Gang ausgelegt, damit die Rettungskräfte Bescheid wissen, falls sie denn irgendwann erscheinen sollten. Da du mir sowieso nicht erlaubst, deinen geschwollenen Fuß zu stabilisieren, brauchst du ihn wohl vorerst nicht.« Währenddessen packte er den Schlafsack ein.

Ich trank einen Schluck Wasser; die Zähne putzten wir uns mit Kaugummi.

Sam ging mit der Taschenlampe voran, und ich humpelte hinterher. Zuerst mussten wir uns seitlich durch die Öffnung zwängen. Der Boden war sehr uneben, und ich musste höllisch aufpassen, wo ich mit meinem verletzten Fuß hintrat. Sam wartete immer wieder auf mich; wahrscheinlich war er von meiner Langsamkeit jetzt schon angenervt. Er sprach kaum mit mir, und wenn, dann rief er höchstens mal »Vorsicht!« oder »Nicht ausrutschen!«. Doch irgendwann verbreiterte sich der Gang, und ich musste nicht mehr so blöde hinter ihm herstolpern. Gelegentlich hielt er an und lauschte auf Geräusche aus der Richtung, aus der wir kamen. Aber es war nichts zu hören. Ich hatte ein ungutes Gefühl und befürchtete, nicht zu einem Ausgang zu gelangen, sondern nur immer tiefer in die Höhle vorzudringen. Hoffentlich zweigten nicht noch weitere Gänge ab. Bei meinem Orientierungssinn wäre das mein Ende gewesen. Es war nie so breit, dass wir nebeneinander gehen konnten, und sein Schweigen machte mich fast wahnsinnig. Irgendwann reichte es mir, und ich blieb stehen.

»Sam, was ist los mit dir? Bist du sauer auf mich?«

Er drehte sich um und kam einige Schritte zurück. »Nein, ich bin nicht sauer auf dich, sondern auf die vertrackte Situation, in der wir uns befinden … und ich muss nachdenken.«

Das war eindeutig zweideutig. Meinte er die Höhlensituation oder meinen offensichtlichen Gefühlszustand? Ich war ihm letzte Nacht zu nahegekommen, und jetzt wollte er wieder Abstand gewinnen. Wer konnte ihm das verdenken? Trotzdem fing ich augenblicklich an zu zittern. Schon allein der Gedanke, seine Nähe nicht mehr spüren zu dürfen, machte mich krank. Aber auf gar keinen Fall wollte ich ihm eine unangenehme Last sein. Und wenn wir erst mal hier raus wären, würde ich ihn in Ruhe lassen; da brauchte er sich keine Sorgen zu machen.

Ich riss mich zusammen. »Na, dann kann's ja weitergehen. Wir finden hier bestimmt bald raus, und dann bist du mich auch wieder los.«

Er blieb stehen und kam mir ganz nahe. Sein Blick war unergründlich. »Warum sagst du so etwas? Ich will hier endlich rauskommen, und ich will, dass du ärztlich versorgt wirst. Aber ich will dich mit Sicherheit nicht loswerden.«

»Es ist nur … ich will nicht … ich weiß auch nicht …«

»Ich glaube, du hast dir den Kopf schlimmer verletzt, als ich dachte.« Er nahm eine Strähne meiner Haare zwischen die Finger und steckte sie mir behutsam hinters Ohr.

Mein Herz begann zu tanzen.

Und mein Magen knurrte laut. Na toll.

Sam grinste. »Komm schon, wird Zeit, dass wir einen Ausgang finden, sonst ist bald gar nichts mehr an dir dran.« Mit diesen Worten riss er mich von den Füßen und warf mich über die Schulter. Wäre mein Magen nicht total leer gewesen, hätte ich gekotzt.

»Lass mich sofort runter!« Ich strampelte wie wild mit Armen und Beinen, während mir das Blut in den Kopf schoss. »Ich bin nicht behindert!«

»Aber schwer verletzt und geschwächt. Und das Allerschlimmste – du bist dem Hungertod nahe.«

Ich verdrehte die Augen, was er leider nicht sehen konnte.

»Ich meine es ernst, Sam. Lass mich runter, oder ich muss kotzen!«

Vorsichtig setzte er mich wieder ab, griff nach meiner Hand und umschloss sie mit seinen Fingern. Wärme durchströmte meine eiskalte Hand, und wir gingen schweigend weiter, aber diesmal war mir seine Stille nicht mehr unerträglich. Mein Kopf hatte eh schon abgeschaltet, und alles, was ich von mir gegeben hätte, wäre sinnloses Geplapper gewesen. Auf einmal hatte ich es gar nicht mehr so eilig, aus der Höhle rauszukommen. Zwar war mir arschkalt, ich hatte Hunger – ein mir vertrautes Gefühl – und riesigen Durst, aber zum ersten Mal seit Monaten war ich nicht mehr einsam. Ich fühlte keine Leere mehr in mir, obwohl ich wusste, dass die Nähe zwischen Sam und mir draußen jäh enden würde. Enden musste. Ich schob den Gedanken beiseite. Was dachte ich mir auch? Wahrscheinlich stellte mein Hirn langsam seine Funktionen ein. Sam war ein Teil meiner Familie, hatte eine wunderschöne, wenn auch total langweilige Freundin. Und das Schlimmste – er war Lehrer. Mein Lehrer.

Schlag ihn dir aus dem Kopf!

Wir gingen ewig. Ich kam mit meinem Fuß nur langsam voran und hatte höllische Kopfschmerzen, aber jammern kam nicht infrage. Zwischendurch machten wir immer wieder kurze Pausen und tranken einen Schluck Wasser. Für die eigentlich schöne Kargheit des Ortes hatte ich kaum einen Blick übrig.

Irgendwann wurde der Gang wieder schmaler, und wir fanden nur mit Mühe einen ordentlichen Halt unter den Füßen. Und dann endete der Weg plötzlich. Sackgasse.

»Scheiße!«, fluchte Sam. Er leuchtete die Umgebung ab.

»Da oben geht's vielleicht weiter.« Ich deutete auf einen Spalt in ungefähr zwei Metern Höhe.

»Okay, du wartest hier! Ich klettere hoch und sehe nach. Wenn es dort irgendwie weitergeht, hole ich dich ab.«

Ich nickte und nahm ihm seinen Rucksack ab. »Pass auf dich auf!«

Leichtfüßig erklomm er die Wand. Es war zwar nicht so steil, aber er musste aufpassen, wohin er die Füße setzte und wo seine Hände Halt fanden. Oben angekommen, zwängte er sich seitlich durch die Öffnung hindurch und verschwand.

Unendlich lange Sekunden verstrichen.

»Sam! Alles in Ordnung?«, rief ich angespannt.

»Das musst du dir ansehen! Das ist der Wahnsinn!«, hallte seine Stimme zu mir herüber. »Warte, ich hol dich ab!«

Nach einer Weile erschien er wieder, und seine Augen leuchteten.

»Was ist? Hast du einen Ausgang entdeckt?«

»Nein, das nicht. Aber etwas anderes. Du musst es sehen, es ist ... wunderschön.« Er nahm meine Hand und zog mich mit sich. Er lief voraus und zeigte mir jede einzelne Stelle, wo ich hintreten oder mich festhalten sollte. Oben angekommen, war mir schon fast angenehm warm. Wir quetschten uns durch den Spalt – und mir stockte der Atem.

Vor uns eröffnete sich eine Halle mit scheinbar gigantischen Ausmaßen. Sam leuchtete so viel wie möglich aus. Die Felsen leuchteten rot, überall ragten hell schimmernde Stalaktiten aus der Decke, und Stalagmiten wuchsen aus dem Boden empor. Zu unseren Füßen, in vielleicht sechs Metern Tiefe, lag ein grün und blau leuchtender See. Dieser Ort musste direkt Jules Vernes Roman *Die Reise zum Mittelpunkt der Erde* entsprungen sein.

»Wow!«, entfuhr es mir.

»Nicht wahr?«, stimmte Sam mir andächtig zu. »Und erst diese Taschenlampe ... phänomenales Raumlicht«, grinste er. »Du willst gar nicht wissen, was die kostet.«

»Dann halt sie lieber gut fest und gib sie niemals mir!« Ich hatte keine Lust, mich für meine restliche Schulzeit bei Survivalflori zu verschulden.

»Was meinst du, schaffen wir es da runter?«

Da war ich mir nicht so sicher. »Du schon, aber ich breche mir wahrscheinlich den Hals, und wenn es unten nicht weitergeht, muss ich auch irgendwie wieder hochkommen«, sagte ich unsicher.

»Wir machen es so wie eben, ich probiere es aus, und wenn es gut klappt, hole ich dich. Gib mir mal die Wasserflasche, die kann ich auf jeden Fall nachfüllen.«

Er machte sich links von unserem Plateau an den Abstieg. Die Felsen waren glatt und rutschig, und ich bezweifelte, dass ich da heil runterkäme, geschweige denn wieder hoch. Ich fand mich mit dem Gedanken ab, einfach noch ein bisschen die Aussicht zu genießen, dann den Rückweg anzutreten und weiter auf Hilfe zu hoffen. Ich versuchte, mir so viele Details wie möglich einzuprägen. Vielleicht konnte ich diesen atemberaubenden Ausblick ja irgendwann zu Papier bringen.

In dem Moment geschah es.

Sam verlor mit seinem abgenutzten Profil total den Halt und rutschte fast ungebremst die Felswand hinab. Unten prallte er mit dem Rücken auf, wobei ihm ein erstickter Schrei entfuhr. Panik ergriff mich. Dass ich meinen Retter retten sollte, hatte ich nicht auf dem Schirm. Ich schmiss den Rucksack hinunter, und ohne darüber nachzudenken, rutschte ich, mit Händen, Füßen und Hintern auf dem Boden, so gut es ging in die Tiefe. Ich befürchtete, dass ich mir spätestens jetzt alle Knochen brechen würde. Die Wunden an meinen Händen rissen erneut auf, und neue kamen hinzu. Immer wieder schlug ich mit dem

Rücken gegen den harten Stein. Unten kam ich unsanft auf, stolperte aber gleich zu Sam. Er lag auf der Seite und stöhnte leise.

Ich kniete mich hin und legte seinen Kopf in meinen Schoß. »Scheiße, Scheiße, Scheiße. Was machst du nur für 'ne Scheiße, Sam?!« Tränen liefen mir über die Wangen.

Na toll, ich heulte. Auf mich sollte man im Notfall wohl besser nicht zählen.

Mühsam öffnete Sam die Augen. »Ella«, stöhnte er, »du hast wirklich einen beschränkten Wortschatz.«

»Blödmann.« Ein wenig erleichtert blinzelte ich die Tränen weg.

Er versuchte sich aufzurappeln.

»Kommt nicht infrage. Liegen bleiben! Du könntest dir sonst was gebrochen haben, vielleicht das Rückgrat.«

»Hab ich nicht. Siehst du?« Er wackelte mit den Füßen. »Ich spüre jeden einzelnen Knochen. Mehr, als mir lieb ist.«

»Kein Wunder, du hättest mal sehen sollen, wie du da eben abgeschmiert bist.«

»Das nächste Mal kannst du ja ein Video mitdrehen, dann analysieren wir hinterher noch mal alles zusammen.«

»Ja, und geben dir Haltungsnoten.«

Lachend, keuchend und stöhnend halfen wir uns gegenseitig hoch. Mit unseren geschundenen Körpern bewegten wir uns wie Hundertjährige und schleppten uns langsam zum felsigen Ufer des Sees.

»Na, dafür hat sich doch die ganze Aktion gelohnt.«

»Also, ein Strand wäre mir jetzt lieber gewesen.« Ich hockte mich hin und tauchte beide Hände in das eiskalte Wasser. »Und Badetemperaturen sind das auch nicht gerade.« Ich wusch mir das Gesicht und schlürfte das Wasser aus den Händen.

Sam tat es mir nach. Dann berührte er sanft meinen Nacken, legte mir die Haare über die linke Schulter und wusch mir das fast zwei Tage alte Blut ab.

»Zieh deine Jacke aus, damit sie nicht nass wird! Dann kann ich endlich deine Wunde am Kopf säubern.«

Mit schmerzenden Bewegungen schälte ich mich aus der Jacke.

Sam hockte sich hinter mich. »Das T-Shirt am besten auch noch.«

Ich zog eine Augenbraue hoch.

Er bemerkte mein Zögern. »Keine Angst, ich beiße nicht.«

O bitte, beiß mich!

Ich seufzte. »Ich weiß.«

Ich zog mir das T-Shirt über den Kopf und nahm mir fest vor, wenn ich je wieder lebend hier rauskommen sollte, würde ich mir als Erstes einen BH kaufen.

Sam hielt inne. Was hätte ich jetzt nur dafür gegeben, seinen Blick zu sehen, aber umdrehen kam nicht infrage. Ich löste mein Haargummi und ließ die Haare wie einen langen Schleier über meine Brüste fallen. Schon besser.

»Leg los!« Ich zitterte. Keine Ahnung, ob vor Kälte oder vor Aufregung.

Er beugte sich über mich, und mit ebenso zittrigen Händen goss er mir Wasser über den Kopf, entfernte die Haare, die mit der Wunde verklebt waren, und säuberte sie sorgfältig, während ich tapfer die Zähne zusammenbiss. Dann arbeitete er sich über meinen Nacken, die Schultern entlang zum Rücken und strich sanft darüber. Ich genoss jede einzelne Berührung seiner sanften Hände.

Er seufzte. »Ich hätte nicht zulassen dürfen, dass du dich auch noch hier runterstürzt. Morgen siehst du wahrscheinlich aus, als wärst du in eine Kneipenschlägerei geraten.«

»Du siehst bestimmt auch nicht besser aus ... ich glaube, eher noch schlimmer.«

Ich drehte mich zu ihm um. Seine Augen leuchteten auf, aber ich überging seinen Blick.

»So, du bist dran.«

Er wandte das Gesicht von mir ab. »Nicht nötig, es geht schon.«

»Unsinn, du brauchst vor mir nicht den Helden zu spielen! Oder hast du Angst, dass ich dir nur noch mehr Schmerzen zufüge? Jetzt lass mich schon nachsehen, ob dir irgendwo ein Knochen aus dem Körper ragt!«

Kurz zögerte er, dann atmete er tief ein und befreite sich in einer fließenden Bewegung von seinem T-Shirt.

Wahnsinn. Ich schnappte hörbar nach Luft.

Nie im Leben hätte ich vor drei Tagen geglaubt, dass Sam und ich uns heute halb nackt in einer dunklen Höhle gegenüber stehen würden. Ich schätzte, ihm ging es genauso. Die ganzen Verletzungen hätte es meinetwegen nicht gebraucht, aber ohne sie wären wir wohl kaum in diese Situation geraten.

Ich starrte ihn an – seine sehnigen Arme, die breiten Schultern, die leichten Brustmuskeln, den flachen Bauch …

Seine Hose saß unterhalb seiner Hüftknochen, und ein feiner Haarstreifen zog sich zum Bauchnabel. Ein leichtes Lächeln umspielte seine Lippen.

Der Arsch wusste genau, wie gut er aussah.

Ich riss mich zusammen. »Okay, also das ist bis morgen mit Sicherheit ein richtig fetter Bluterguss.«

Als ich kurz seine Rippen betastete, zuckte er zusammen. Tief einatmend, schloss er die Augen. Mein Blick wanderte über seinen Körper; soweit ich feststellen konnte, war er halbwegs unversehrt.

Langsam ging ich um ihn herum und erschrak.

Sein Rücken war stark in Mitleidenschaft gezogen. Entlang seiner Wirbelsäule hatte er mehrere große Beulen und fast überall aufgerissene Haut und Schürfwunden. Was mich aber wirklich schockierte, waren die Narben, die seinen Rücken über und über bedeckten. Alte Narben. Eine davon war groß und wulstig und zog sich vom rechten Schulterblatt bis zur linken Hüfte. »Sam …« Mir versagte die Stimme.

Ich nahm mein T-Shirt und tauchte es ins Wasser. Sam stand regungslos da. Vorsichtig tupfte ich ihm die Wunden ab und kühlte seine Wirbelsäule, damit die Schwellungen zurückgingen.

Er schien die ganze Zeit den Atem anzuhalten, doch dann brach er sein Schweigen. »Jeder hat Narben, wir tragen sie nur nicht alle nach außen.«

»Was ist passiert?«, flüsterte ich kaum hörbar.

»Mein Vater ist passiert. So hat er mir seine Liebe gezeigt.«

Ich war fassungslos. Wir kannten uns schon so lange, aber ich wusste nichts über ihn. Nichts. Tränen stiegen in mir hoch und suchten sich freie Bahn, doch ich schluckte sie hinunter. Was konnte ich schon mit meinen dummen Tränen oder Worten gegen das Leid ausrichten, welches Sam zugefügt worden war? Es machte nichts besser.

Behutsam und ganz langsam zeichnete ich mit den Fingerspitzen jede einzelne Narbe nach. Sam erschauerte unter meinen sanften Berührungen. Dann ergriff er meine Hände, führte sie um seine Taille herum und presste sie gegen den Bauch. Ich schmiegte mich eng an ihn und legte den Kopf zwischen seine Schulterblätter.

So standen wir. Schweigend. Ich fror nicht, verspürte keine Schmerzen, keinen Hunger. Nie zuvor hatte ich mich einer anderen Seele so nahe gefühlt. Mein ganzes Leben änderte sich in diesem einen kurzen Moment.

Ich. Liebte. Sam.

Bedingungslos.

Er drehte sich um, verschränkte unsere Finger ineinander und sah mir in die Augen. Ich verlor mich in ihrem Blau. Sie leuchteten wie der See.

»Ella«, flüsterte er.

Langsam näherte er sich mir. Mein Herz tanzte irgendwo in meinem Innern, doch der Rest meines Körpers erstarrte. Ganz zart legte er seine Lippen auf meinen Mund. Mit der linken

Hand strich er mir über die Wange. Ich erwachte aus meiner Bewegungslosigkeit, wollte mehr von ihm und presste mich fester an ihn. Seine Finger fuhren mir durch das Haar im Nacken. Seine Zunge zu spüren, ihn zu schmecken, seinen Atem, seine Zähne, die ganz leicht an meiner Unterlippe knabberten, das brachte mich fast um den Verstand. Mein ganzer Körper prickelte, stand wie unter Strom. Seine Hände fuhren an meinem nackten Rücken hinab. Mit einem Mal hob er mich hoch und ich schlang ihm die Beine um die Hüften. Unser Kuss wurde immer gieriger, drängender.

Nie wieder wollte ich etwas anderes machen als das hier. Wie konnte ich nur vorher existieren, ohne das hier? Seine Lippen waren mir so fremd und doch so vertraut, als seien sie nur für mich bestimmt.

Plötzlich hielt er inne, legte mir schwer atmend seine Stirn an meine und schloss die Augen. Dabei hielt er mich immer noch fest. »Ella ...« Er schluckte. »Wir ...«

Ich spürte den Schmerz in seiner Stimme und berührte mit den Fingern vorsichtig seine Lippen. »Ich weiß. Aber das kann alles hier unten bleiben. Es ... es ist okay.«

Ich wusste, dass das nicht für meine Gefühle galt, aber Sam war mir zu wichtig. Er durfte wegen mir keine Schwierigkeiten bekommen. Ich würde ihm keine bereiten.

Er sah mich an und küsste mich ein letztes Mal. Lang und voller Gefühl. Dann setzte er mich vorsichtig ab, gab mich aber noch nicht frei. Der Gedanke, auch nur einen Zentimeter von ihm entfernt zu sein, bereitete mir fast körperliche Schmerzen.

»Du solltest dir etwas anziehen, sonst erkältest du dich noch«, sagte er leise.

»Ein Schnupfen ist wohl gerade mein geringstes Problem.«

Er schien mit sich zu hadern, dann löste er sich von mir, reichte mir meine Jacke und zog sein Shirt über. Mir war total schwindelig, und das lag bestimmt nicht an meinem Kopf oder am Hunger.

Mit angewinkelten Beinen setzte ich mich ans Wasser und seufzte. »Ich hätte so gern mein Buch hier, dann könnte ich diesen Ort festhalten.«

Sam kramte in seinem Rucksack, hockte sich hinter mich und reichte mir ein schwarzes Notizbuch, das mit einem dicken Gummiband zusammengehalten wurde.

»Aber das ist ja meins! Woher …«

»Ich hab's draußen entdeckt. Ohne das Buch hätten wir dich womöglich gar nicht gefunden.«

»Hast du reingeschaut?«

Sein Kopf lag auf meiner Schulter; er zögerte, dann nickte er.

Blut schoss mir in den Kopf. Wie peinlich. Hoffentlich hatte er sich nicht die letzten Seiten angesehen. Da mein Bleistift wie ein Lesezeichen in der letzten Seite steckte, brauchte ich mir da allerdings keine großen Hoffnungen zu machen.

»Ich glaube nicht, dass ich so gut aussehend bin.«

Klasse. Die Röte stieg mir ins Gesicht. »Ich zeichne so, wie ich es sehe oder empfinde.«

»Da wusstest du aber noch nicht, wie ich wirklich aussehe.«

»Du meinst deine Narben? Offensichtlich wusste ich bis jetzt überhaupt nichts über dich. Und das, obwohl wir uns schon so lange kennen.«

»Was willst du wissen?«

Ich zögerte. »Warum hat dir dein Vater das angetan?«

Er schwieg.

»Weiß Kurt davon?«

Ich spürte ein Nicken auf meiner Schulter. »Nachdem meine Mutter uns verließ, flüchtete sich mein Vater in den Alkohol, und das machte ihn unberechenbar. Erst hat er getrunken, um einen schlechten Tag zu vergessen. Dann hat er getrunken, um einen guten Tag zu feiern. Und irgendwie war jeder Tag gut oder schlecht. Als Kind dachte ich, ich sei schuld an seinem Handeln. Ich hab lange gebraucht, um zu erkennen, dass es nicht so ist. Eure Eltern haben mir sehr dabei geholfen.«

Meine Eltern wussten davon und hatten ihn nicht da rausgeholt. Wie konnten sie nur dabei zusehen, wie ein Kind misshandelt wurde?

»Nachdem ich Kurt kennengelernt hatte, wurde alles besser. Ich war bei euch immer willkommen und konnte meinem jähzornigen Alten aus dem Weg gehen. Und ihr wart wie eine Familie für mich.«

Ich lehnte mich an ihn, und er schlang die Arme um mich. Als er weitersprach, spürte ich seine Lippen an meinem Hals.

»Kurt hat ziemlich schnell gemerkt, dass etwas nicht stimmt, und mich darauf angesprochen. Ich stritt natürlich alles ab. Eines Tages stand er bei mir vor der Wohnungstür und erlebte meinen Alten in Aktion. Er klingelte so lange Sturm, bis mein Vater die Tür aufriss und auch noch auf ihn losging. Wir rannten, so schnell wir konnten, zu euch nach Hause; damals waren wir zwölf oder dreizehn. Von diesem Tag an war ich nicht mehr allein. Dein Bruder sorgte dafür, dass ich so selten wie möglich bei mir zu Hause war und an den Wochenenden praktisch schon bei euch wohnte. Eine Zeit lang lief es mit meinem Vater sogar ganz gut, er trank nicht mehr und fand einen neuen Job, aber das hielt nicht lange. Als ich fünfzehn war, ging er mit einer leeren Whiskeyflasche auf mich los, aber mittlerweile war ich ihm körperlich gewachsen und wehrte mich. Seitdem hat er mich nicht mehr angerührt.«

Still kullerten mir Tränen die Wangen hinunter. Es war für mich kaum zu ertragen, dass Sam so viel Leid zugefügt worden war, und das ausgerechnet von dem Menschen, der ihm Liebe und Geborgenheit hätte geben müssen.

»Ich will nicht, dass jemand dir wehtut. Niemals wieder.«

Sam küsste mir eine Träne weg, dann erhob er sich. Offensichtlich wollte er nicht weiter über das Thema reden. »Ich sehe mal nach, ob es hier irgendwo weitergeht«, lenkte er ab. »Schließlich fühle ich mich kaum in der Lage, heute noch dort hochzuklettern.« Er deutete auf die Felswand, von der wir so elegant abgestürzt waren.

»Ich auch nicht.« Ich öffnete mein Buch, wischte die Tränen weg und stellte die Lampe so hin, dass ich möglichst viel von der Umgebung einfangen konnte. Dann fing ich an zu zeichnen. Die rötlich schimmernden Felsen, die aussahen wie gigantische Kleckerburgen. Die Tropfsteine, die über dem See hingen und sich im Wasser spiegelten, riesige Gebilde aus miteinander verbundenen Stalaktiten und Stalagmiten. Wie auf einem fernen Planeten.

»Wahnsinn!« Sam stand über mir. »Das sieht bei dir so leicht aus.«

»So wie bei dir das Gitarrespielen.« Ich klappte das Buch zu. »Und? Hast du irgendeinen Weg entdeckt?«

Er schüttelte den Kopf. »Nein, nichts.« Er hielt mir einen halben Apfel hin und biss in die andere Hälfte. »Mehr habe ich leider nicht. Ich schlage vor, wir bleiben heute Nacht hier, ruhen uns aus und wagen uns morgen an den Aufstieg. Wir müssen auf jeden Fall endlich hier raus.«

»Ja, ich habe schon jegliches Zeitgefühl verloren und weiß kaum, ob es Morgen, Mittag oder Abend ist.«

»Wir nehmen uns nur so viel Zeit, bis wir wieder genug Kraft haben, um da hochzukommen. Aber ich mache mir echt Sorgen; du hast keine Reserven, bist eh schon zu dünn, und als Letztes hast du diesen grausamen Gemüseeintopf gegessen.«

»Hey, sag nichts gegen unsere Kochkünste! Soweit ich weiß, ist kein Tropfen davon übrig geblieben.«

Er grinste. »Und du meinst, das hatte damit zu tun, dass die Suppe so lecker war?«

Am liebsten hätte ich den Apfel nach ihm geworfen, biss dann aber doch herzhaft hinein. Sam setzte sich auf einen Felsvorsprung, was mir definitiv zu weit weg war. Ich ging zu ihm hinüber, wollte seine Nähe, aber er hielt mich mit abwehrenden Handflächen auf Abstand.

»Nicht, Ella!«

»Wieso nicht?«, fragte ich mit flehender Stimme.

»Wir dürfen das nicht, es ist einfach nicht richtig.« Er fuhr sich nervös durch die Haare.

»Aber es wird niemand davon erfahren.« Ich ging wieder einen Schritt auf ihn zu.

»Das wäre nicht fair, für keinen von uns. Bitte, Ella, mach es mir nicht so schwer! Es ist für mich so schon kaum auszuhalten, dich nicht zu berühren.«

Diese Offenbarung machte es mir unmöglich, mich zurückzuhalten. Ich schmiss den Apfelgriebsch hinter mich und kletterte auf seinen Schoß. Kurz blickten wir uns an, doch sofort prallten unsere Lippen aufeinander wie zwei Magnete. Mit den Fingern fuhr ich unter sein T-Shirt und strich ihm über den Bauch. Sam riss meinen Reißverschluss auf und entblößte meine rechte Schulter. In seinem Blick lag etwas Wildes. Er küsste mein Schlüsselbein, während ich mit den Lippen an seinem Hals und Nacken entlangfuhr. Unsere Körper immer enger aneinander gepresst, spürte ich seine Erregung. Ich wollte ihm gerade sein T-Shirt ausziehen, als er mich abrupt von sich runterhob.

Keuchend und schwankend fuhr ich mir völlig benommen durch das zerzauste Haar. Sam stand vor mir und rieb sich den Nacken.

»O Gott, Ella, du treibst mich noch in den Wahnsinn!«

»Ist das jetzt gut oder schlecht?«

»Versteh doch, es darf nicht sein! Und mach deine Jacke zu, bevor ich dir die Klamotten vom Leib reiße!«

»Tu dir keinen Zwang an!« Im Moment wollte ich alles andere als vernünftig sein, doch dann zog ich mir die Kapuzenjacke wieder richtig an und zog den Reißverschluss hoch.

Ich ging zum See, denn ich brauchte dringend eine Abkühlung. Dort tauchte ich das erhitzte Gesicht ins eiskalte Wasser. Es passierte heute schon zum zweiten Mal, dass Sam mich so wild gemacht hatte, nur um mich dann im Bruchteil einer Sekunde auf den Boden der Tatsachen zurückzuholen. Ich fühlte mich, als stünde ich kurz vor einem Herzinfarkt.

Ohne ihn anzusehen, was ich hauptsächlich tat, um nicht gleich wieder über ihn herzufallen, holte ich mir den Schlafsack und rollte ihn aus. Dann zog ich meine Dr. Martens aus – die weltschlechtesten Wanderschuhe – und glitt mit dem rechten Fuß ins Wasser. Vielleicht bekam ich die Schwellung ja doch noch in den Griff. Ich starrte hoch und ließ den Blick über das Deckengewölbe schweifen, von dem Tausende Tropfsteine wie spitze Dolche herabhingen. Es sah wunderschön aus, und langsam beruhigte ich mich wieder.

Doch damit gewannen auch meine anderen Bedürfnisse die Oberhand. Mein Magen knurrte, ich fror und musste pinkeln. Stöhnend erhob ich mich und suchte mir eine verborgene Stelle, wo ich meine Notdurft verrichten konnte.

Währenddessen suchte Sam nach einer Stelle, von der aus wir am einfachsten wieder hochkamen.

Ich beschloss, den Tag für meinen geschundenen Körper und mein aufgeregtes Herz zu beenden, und kroch in den Schlafsack. Ein paar Minuten später legte Sam sich neben mich auf den kalten, nackten Boden.

Ich zog eine Augenbraue hoch. »Sei nicht albern und komm schon zu mir!« Ich machte ihm Platz.

»Ich weiß nicht, ob das gut geht, Ella.«

»Tja, das muss es wohl, Sam. Wenn es dir so wichtig ist, reiße ich mich zusammen.« Ich war tatsächlich fest entschlossen, meinen Gefühlen diesmal nicht nachzugeben.

Er schluckte. »Das meine ich nicht. Ich bin mir nicht sicher, ob *ich* mich beherrschen kann.«

Warum musste er bloß schon wieder so etwas sagen? Seine Worte lösten abermals Herzrasen bei mir aus. Kurz haderte er noch mit seiner Entscheidung, doch dann gab er nach und schlüpfte zu mir unter die Decke. Er schob mir einen Arm unter den Kopf, und ich schmiegte mich an seine Brust. Die Wärme seines Körpers umhüllte mich. Ich atmete tief durch und versuchte mich zu entspannen, aber es war unmöglich. Jeder Teil meines Körpers reagierte auf seine Nähe. Mein Herz raste, meine Finger zitterten; wahrscheinlich war ich ein Fall für den Notarzt. Ich wollte ihn so gern küssen, noch mehr von ihm spüren. Ich hatte das Gefühl, jeden Moment zu explodieren. Keuchend rappelte ich mich auf.

»Du hattest recht, es geht nicht gut.« Ich stand auf, setzte mich ans Wasser, kramte mein Handy aus der Hosentasche und klickte meine Playlist an. In dem Moment hockte sich Sam hinter mich und umhüllte uns mit dem Schlafsack. Wie sollte ich mich so bitte schön ablenken? Er nahm mein Telefon, starrte auf den letzten Song und schaltete es aus.

»Ohne Akku nutzt es uns nichts.«

»Ich weiß, ich wollte nur ein wenig abschalten ... und runterkommen.«

Er schlang die Arme um mich und zog mich mit dem Rücken an seine Brust. Seine Lippen berührten sanft mein Ohr, und er begann zu singen.

»Talking to the songbird yesterday, flew me to a place not far away, she's a little pilot in my mind, singing songs of love to pass the time ...«

Beim Klang seiner Stimme überlief mich eine Gänsehaut und machte es mir noch schwerer, ihn nicht zu wollen. Als er das Lied beendet hatte, schnappte ich hörbar nach Luft. Mir war gar nicht bewusst gewesen, dass ich die ganze Zeit den Atem angehalten hatte. Ich drehte mich zu ihm um.

»Wer macht es hier wem wohl schwer?« Eine einzelne Träne rollte mir über die Wange.

»Das wollte ich nicht.« Mit dem Daumen wischte er mir die Träne weg. Dann zog er mich an sich und vergrub das Gesicht in meinen Haaren. »Ella«, seufzte er.

Irgendwie waren wir doch noch eingeschlafen. Als ich hochschreckte, lag ich in Sams Armen. Ich richtete mich auf, fuhr mir durch die mittlerweile verfilzten Haare und betrachtete sein Gesicht. Als hätte er meinen Blick gespürt, öffnete er die Augen und grinste mich schief an.

»Okay, lass uns gehen! Sofort. Ich halte es hier keine Sekunde länger mehr mit dir allein aus.«

Oh.

Er zog mich auf die Füße und sah mich eindringlich an.

»Und du weißt, wie ich das meine.«

Wortlos nickte ich.

Ich wusste, wie es mir ging, aber ich konnte nicht verstehen, wieso er für mich genauso empfinden sollte. Vielleicht lag es daran, dass ich hier unten augenscheinlich das einzig weibliche Wesen war, was meinen Attraktivitätsgrad wahrscheinlich ungemein steigerte. Wenn wir erst mal wieder draußen wären, würde er sich schon noch fragen, was wohl in ihn gefahren war.

Wir entschieden uns, den Aufstieg genau an der anderen Seite zu wagen. Ich biss die Zähne zusammen und gab mir Mühe, den Schmerz in meinem Knöchel auszublenden. Sam kletterte voraus und sagte mir genau, wo ich Füße und Hände hinsetzen sollte. Wir kamen tatsächlich ganz gut voran. An manchen Stellen reichte er mir eine Hand und unterstützte mich, damit ich nicht mein ganzes Gewicht auf den rechten Fuß verlagern musste. Es dauerte ewig, doch irgendwann hatten wir es tatsächlich geschafft. Auf dem letzten Stück stemmte ich mich mit den Oberarmen hoch und ließ mich erschöpft auf den Rücken fallen. Sam legte sich keuchend neben mich, griff nach meiner Hand und küsste sanft meine Knöchel.

»Wahnsinn, ich wusste gar nicht, was für Kraft in dir steckt!«

»Ich dachte, das hätte ich dir vorhin schon ausreichend bewiesen.«

Wir grinsten uns an, und Sam half mir auf die Füße. Dann brachten wir noch den kurzen Abstieg hinter uns und kehrten durch den Tunnel zurück, durch den wir gekommen waren.

Irgendwann verließen mich aber die Kräfte, und mit meinem Fuß wollte ich am liebsten gar nicht mehr auftreten.

»Sam, ich brauch eine Pause und was zu trinken.« Mir war total schwindelig.

»Na klar, komm setz dich kurz hin und ruh dich aus!«

Ich rutschte an der Wand hinunter und setzte mich auf den Boden. Sam reichte mir die Wasserflasche und musterte mich besorgt. Ich fragte mich, was ihm wohl am meisten Sorgen machte. Meine miserable körperliche Verfassung? Die Angst, hier vielleicht nicht gefunden zu werden? Oder dass ich ihm wie ein verliebtes Groupie hinterherlief und seinen Job gefährdete?

Ich sah ihn an. »Du brauchst dir keine Gedanken zu machen. Ich verspreche dir, alles, was hier unten geschehen ist, bleibt hier unten.« Und in meinem Herzen.

Er sagte nichts und starrte mich mit unergründlichem Blick an. Seufzend rappelte ich mich wieder auf und musste feststellen, dass die kurze Pause meine Schmerzen auch nicht mindern konnte, aber ich riss mich zusammen. Nach einer Weile blieb Sam plötzlich stehen und reichte mir seinen Rucksack. Ich sah ihn fragend an.

»Setz ihn auf!«, befahl er, und bevor ich mich versah, schnappte er mich und trug mich huckepack durch den schmalen Gang. Bald wurde der Weg immer enger und unebener, und wir wussten, es war nicht mehr weit. Nicht mehr weit zum Ausgang, nicht mehr weit zu unserer Rettung und nicht mehr weit zum Ende unseres kurzen leidenschaftlichen Abenteuers.

Plötzlich hörten wir Stimmen. Sam setzte mich ab und nahm mir den Rucksack vom Rücken.

»Ich laufe schon mal voraus. Lass dir Zeit, damit du dich nicht noch mehr verletzt!« Er nahm meine Hand und küsste mir zart die Fingerspitzen. Mein Atem setzte wieder aus, und als ich nach Luft schnappte, war er auch schon weg und rannte den Tunnel entlang. Wie in Trance setzte ich einen Fuß vor den anderen.

Ich wollte hier raus ... ich wollte hierbleiben. Mit Sam.
Sei nicht albern, er hat eine Freundin. Er ist dein Lehrer. Er ist zu gut für dich.

Ich beschloss, mein Herz zu verschließen. Irgendwie würde ich das schon überstehen. Für ihn.

Nach und nach drangen die Stimmen zu mir durch. Sam rief irgendwas, und andere antworteten, aber ich konnte sie nicht verstehen. Erschöpft schleppte ich mich zu dem Spalt, wo Sam mir schon eine Hand hinhielt. Ich zwängte mich hindurch und bemerkte, dass die gesamte Höhle durch Scheinwerfer von oben ausgeleuchtet wurde. Ich nahm Köpfe mit Helmen wahr, konnte aber keine Gesichter erkennen. Draußen war es dunkel. Als die Helfer mich erblickten, hörte ich erleichtertes Gemurmel.

»Sind Sie transportfähig?«, fragte mich eine unbekannte Stimme.

Ich nickte. »Ja.«

»Gut, ich komme gleich zu Ihnen hinunter, und dann holen wir Sie da raus.«

Ich fühlte mich wie ein verschrecktes Tier. Das grelle Licht, die vielen Menschen. Und das alles nur wegen mir, weil ich nicht richtig aufpassen konnte, wo ich hintrat. Ich sah mich um und entdeckte eine Ecke, die nicht beleuchtet wurde. Sam folgte meinem Blick.

»Wir sind gleich so weit!«, rief er nach oben. »Wir suchen nur noch schnell unsere Sachen zusammen.« Dann griff er nach meiner Hand und zog mich in die dunkle Ecke, die für niemanden einsehbar war. Alles um uns herum verschwand. Die Stimmen, das Licht. Ich nahm nur noch ihn wahr. Seine Augen, seinen Mund, seinen Ich-weiß-nicht-wie-viel-Tage-Bart. Ich legte ihm eine Hand an die Wange. Er seufzte leise und küsste meine Handfläche. Zärtlich nahm er mein Gesicht in die Hände und zog mich an sich. Kurz hielt er inne, bevor unsere Lippen miteinander verschmolzen. Dieser Kuss war sanft; nicht drängend und fordernd. Immer wieder suchten seine Lippen meinen Mund. Seine Hände strichen mir über die Wangen. Die Erkenntnis, dass dies ein Abschiedskuss war, tat mir weh. Ein letztes Mal berührten sich unsere Lippen, wir blickten uns in die Augen, dann wandte ich mich wieder der Realität zu.

Ein Mann seilte sich bereits ab. »Ich bin Marco und hole Sie hier raus«, sagte er nur knapp, als er unten angekommen war.

Ich nickte stumm. Dann half er mir beim Anlegen eines Gurts und befestigte ihn mit einem Karabinerhaken am Seil. Nachdem er alles festgezurrt hatte, streckte er einen Daumen nach oben. »Okay, alles in Ordnung. Wir sind so weit. Ab nach oben mit ihr!«, rief er.

Langsam wurde ich hochgezogen und schloss die Augen. Ich wollte gar nicht wissen, was mich jetzt erwartete! Wahrscheinlich bekam ich einen Riesenärger, und meine Eltern erhielten die Rechnung für den Einsatz. Warum tat sich die Erde unter mir nicht auf und verschlang mich?

Aber das hatte sie ja bereits einmal getan.

Es dauerte nicht lange, und ich spürte eine angenehme Wärme auf dem Gesicht.

Endlich war ich draußen.

7

Erleichterung durchströmte mich, und ich nahm nur noch am Rande die vielen Menschen und Gerätschaften wahr. Nachdem man mir den Gurt abgenommen hatte, wurde ich auf eine Trage gelegt und in eine goldene Decke eingewickelt. Jemand leuchtete mir in die Augen und maß meinen Blutdruck. Ich ließ alles geschehen, war zu schwach, um Einspruch zu erheben. Doch als man mich zum Krankenwagen tragen wollte, regte sich Widerstand in mir.

»Nein, lassen Sie mich wieder runter! Mir fehlt nichts.« Ich wurde panisch und wollte auf Sam warten, musste wissen, dass es ihm gut geht. Und ihn bei mir haben.

»Wir fahren mit Ihnen ins Krankenhaus, dort werden Sie noch mal richtig durchgecheckt, und Ihr Fuß wird geröntgt.«

»Ich will nicht ins Krankenhaus. Ehrlich, ich hab mir bestimmt nur den Knöchel verstaucht. Bitte, nehmen Sie mich nicht mit!«

»Keine Sorge, wir kümmern uns gut um Sie. Sie stehen bestimmt unter Schock und sind dehydriert, aber das kriegen wir wieder hin. Ihr Lehrer wird auch gerade nach oben gezogen, es ist also alles in Ordnung«, versuchte mich die blonde Ärztin zu beruhigen.

»Ella? Ella?« Die Stimme war mir so vertraut, aber ich konnte nicht glauben, sie hier zu hören.

Doch dann streckte meine Mutter ihr verheultes, besorgtes Gesicht in den Krankenwagen.

»O Gott, Süße! Geht es dir gut? Wir haben uns solche Sorgen

gemacht. Schatz, sie ist hier. Darf ich reinkommen?« Ohne eine Antwort abzuwarten, war sie auch schon bei mir und schloss mich in die Arme. Alle Anspannung fiel von mir ab, von ihr offensichtlich auch.

»Was machst du hier? Ist Papa auch da?«

»Na, was denkst du denn? Dass wir gemütlich zu Hause sitzen, während unsere Lieblingstochter vermisst wird?« Ich blickte in das erleichterte Gesicht meines Vaters.

»Obwohl ich auf den Kopf gefallen bin, ist mir durchaus bewusst, dass ich eure einzige Tochter bin. Und ich bin so froh, dass ihr hier seid! Wisst ihr, ob Sam auch schon rausgeholt wurde?«

»Ja, mit Sam ist alles in Ordnung. Kurt ist gerade bei ihm.«

»Kurt ist auch hier?«

»Ja, und aus irgendeinem Grund wollte auch Emma unbedingt mitkommen.«

Wahnsinn. In diesem Moment fühlte ich mich so richtig geborgen und geliebt. Ich wollte sofort raus aus dem Krankenwagen und nur noch mit meiner Familie und meinen Freunden zusammen sein.

»Könnt ihr bitte dafür sorgen, dass ich nicht ins Krankenhaus muss?«

Meine Mutter wandte sich fragend an die Ärztin.

»Tut mir leid«, sagte diese, »aber der Fuß Ihrer Tochter muss auf jeden Fall behandelt werden. Wir können nicht ausschließen, dass er gebrochen ist.«

»Ich darf doch aber mitfahren und bei Ella bleiben, oder?«, fragte meine Mutter.

»Aber sicher, Sie können sich schon nach vorn setzen. Wir fahren jeden Moment los.«

»Schatz«, sagte sie zu meinem Vater, »kommst du mit dem Auto hinterher?«

Was denn für ein Auto, wir haben doch gar kein Auto?!

»Wir haben uns in Berlin einen Mietwagen besorgt, damit wir

schneller hier sind«, beantwortete meine Mutter meine ungestellte Frage.

Zum Glück fuhren wir ohne Blaulicht ins Krankenhaus. Dort angekommen, wurde ich ohne weitere Umwege zum Röntgen gebracht, danach noch mal von einem Arzt untersucht und intravenös mit einer Elektrolytlösung versorgt. Meine Mutter wich mir währenddessen nicht von der Seite.

»Hast du Hunger, Süße? Ich kann dir was am Automaten besorgen. Du bist noch dünner als sonst.« Besorgt betrachtete sie mich.

»Danke, Mama, aber ich bin versorgt«, sagte ich und deutete auf den Infusionsbeutel.

Ich bezweifelte, dass ich im Moment irgendetwas runterkriegen würde.

Die Tür zum Untersuchungszimmer öffnete sich, und eine kurzhaarige Schwester betrat den Raum. »Draußen warten Ihre übrigen Familienangehörigen. Wenn Sie möchten, lasse ich sie kurz zu Ihnen. Aber nicht länger als zehn Minuten. Dann kommt Frau Doktor und wird entscheiden, wie es mit Ihnen weitergeht.« Sie bedachte uns mit strengen Blicken.

»Ja, danke.« Ich nickte lächelnd.

Kaum war sie draußen, streckte auch schon Emma ihren schwarzen Schopf zur Tür rein.

»El!« Sie stürmte durchs Zimmer, hielt aber inne, als sie mich am Tropf hängen sah und sich offensichtlich bewusst wurde, dass sie sich in einem Krankenhaus befand.

»Em!« Ich streckte einen Arm nach ihr aus, und wir drückten uns. »Was machst du denn hier?«

»Nein, die Frage lautet: Was machst *du* denn hier? Kann man dich nicht mal drei Tage allein lassen, ohne dass gleich eine mittelschwere Katastrophe geschieht? Außerdem musste sich ja jemand um deine Eltern und um Kurt kümmern.« Sie lächelte meine Familie an, und ich beobachtete, wie mein Bruder sich verlegen am Nacken kratzte.

Er kam zu mir herüber und gab mir einen Kuss auf die Wange. »Ich bin so froh, dass es dir gut geht!«, flüsterte er, nahm meine Hand und hielt sie fest.

Mir fiel auf, wie mitgenommen er aussah; eigentlich wirkten sie alle total fertig. Ich hatte gar nicht darüber nachgedacht, dass meine Familie sich solche Sorgen um mich machen könnte. In meinem Kopf war in den beiden letzten Tagen nur Platz für meine vertrackte Situation und für Sam gewesen. *Sam.* Ich spürte, wie mir schon beim Gedanken an ihn die Hitze ins Gesicht schoss. Das war definitiv ungesund. Ich wollte wissen, wie es ihm ging und wo er gerade war, aber ich befürchtete, meine Stimme könnte meine Gefühle verraten.

»Mama, besorgst du mir am Automaten doch was zu trinken? Egal was, nur kein Wasser. Und vielleicht treibt ihr irgendwo auch eine Zahnbürste auf. Ich müsste mir wirklich dringend mal die Zähne putzen.«

»Na klar, alles, was du willst.« Meine Mutter wandte sich an meinen Vater. »Kommst du mit, Schatz?«

»Ja, ich glaube, ich brauche einen Kaffee.«

»Oh, dann komme ich auch mit!«, sagte Kurt, der es anscheinend kaum erwarten konnte, das Zimmer zu verlassen.

Emma schüttelte den Kopf und setzte sich an den Rand meiner Liege. »Ich glaube, dein Bruder hat Angst vor mir.«

Ich lehnte den Kopf an ihre Schulter. »Das sollte er auch, du männerfressender Vamp. Sag bloß, du hast dein Netz nach meinem hilflosen Bruder ausgeworfen!«

»So ist es … und ich bin kurz davor, es einzuziehen.«

Wir grinsten uns an.

»Und ich dachte, du bist nur meinetwegen hier.« Ich spielte die Enttäuschte.

»Natürlich.« Emma wurde wieder ernst. »Du kannst dir gar nicht vorstellen, wie schlimm die letzten achtundvierzig Stunden für deine Familie waren. Die waren echt kaum wiederzuerkennen, wie Zombies.«

Ich bekam ein schlechtes Gewissen. Allein im Dunkeln loszulaufen, mit dem Orientierungssinn einer Nachtblinden, war einfach nur unüberlegt und verantwortungslos von mir gewesen und grenzte schon fast an pure Dummheit. Meine Eltern waren wahrscheinlich um zehn Jahre gealtert, und ich war schuld daran.

Emma fuhr fort. »Und als wir dann hörten, dass Sam bei dir ist, waren sie zuerst erleichtert und dann, je länger die Suche dauerte, doppelt besorgt.«

»Weißt du, wie es Sam geht?« Meine Hände wurden ganz feucht.

»Gut. Wir haben ihn vorhin bei eurer Jugendherberge abgesetzt. Zum Glück konnte er die Sanitäter davon abhalten, ihn mitzunehmen.«

Na toll, und ich wurde hierher abtransportiert wie ein hilfloses, unmündiges Kleinkind.

»Aber er hat unaufhörlich nach dir gefragt. Kurt musste ihm versprechen, sich sofort bei ihm zu melden, wenn er weiß, wie es dir geht.« Sie zwinkerte mich vielsagend an. »Also …?« Emmas Augenbrauen zuckten verschwörerisch.

»Also … was?« Auf den Zug wollte ich nicht mit aufspringen. Ich hatte es Sam versprochen. Und mir. Niemand sollte erfahren, was zwischen uns geschehen war. Nicht einmal Emma, schon gar nicht Emma. Obwohl ich mich so gern bei ihr ausgeheult hätte.

»Ach, komm schon! Du kannst mir doch nicht erzählen, dass da unten nichts zwischen euch gelaufen ist.«

»Ehrlich, Emma, so ist es aber. Da war nichts. Wir wollten einfach nur aus dieser Höhle raus. Ist doch klar, dass wir jetzt wissen wollen, wie es dem anderen geht.«

Verständnislos schüttelte Emma den Kopf und seufzte.

»Ella, du und ich, wir beide brauchen dringend jede einen Mann. Ich meine, was ist denn los? Die können doch nicht alle vergeben sein oder sich nicht für uns interessieren, obwohl wir doch gerade in der Blüte des Lebens stehen. Machen wir uns nichts vor, jetzt sind wir jung und knackig. Besser wird's nicht mehr.«

»Blödsinn. Der Alterungsprozess setzt bei Frauen erst mit circa fünfundzwanzig Jahren ein.«

Emma schnappte nach Luft. »Was?! Du willst behaupten, ich hab keine acht Jahre mehr, bevor ...«

»... bevor du pünktlich an deinem fünfundzwanzigsten Geburtstag vertrocknest wie ein welkes Blatt und augenblicklich zu Staub zerfällst. Ja, das wollte ich damit ausdrücken.«

Wir lachten los. In diesem Moment betrat die Ärztin das Zimmer.

»Also, Fräulein Winter, die Röntgenbilder weisen keinerlei Fraktur auf, da haben Sie wirklich Glück gehabt. Ihre anderen Werte sind so weit auch in Ordnung, abgesehen von Ihrem erhöhten Blutdruck, aber der wird sich schon wieder beruhigen.«

Da war ich mir nicht so sicher.

»Aus meiner Sicht spricht nichts dagegen, dass Sie das Krankenhaus verlassen dürfen.«

»Aus meiner auch nicht.« Ich war total erleichtert und wollte so schnell wie möglich wieder zur Normalität zurückkehren. Obwohl ich nicht wusste, wie normal ich mich gegenüber Sam verhalten sollte.

Während die Schwester mich vom Tropf befreite, machte sich Emma auf die Suche nach meinen Eltern, um sie über den neuesten Stand zu informieren.

Kurz darauf verließ ich humpelnd und mit einer kalten heißen Schokolade im Plastikbecher das Krankenhaus. Zu fünft quetschten wir uns in den Mietwagen, wobei ich natürlich vorn sitzen durfte. Emma genoss sichtlich die Enge hinten im Wagen. Mittlerweile war es fast sechs Uhr morgens.

Die vier hatten sich in einer kleinen Pension eingemietet und wollten mich davon überzeugen, mich dort auszuruhen.

Aber ich wollte nur an meine Sachen, duschen und dann schlafen. Und ich hoffte insgeheim, Sam zu sehen.

In der Jugendherberge war es noch ruhig, abgesehen vom Geklapper im Speisesaal, wo das Frühstück vorbereitet wurde. Ich schlich die Treppe hinauf und hoffte, dass wir immer noch dieselbe Zimmeraufteilung hatten. Als ich vorsichtig die Tür öffnete, erblickte ich gleich die pinkfarbene Haarpracht von Maya und daneben mein unbenutztes Bett. Mein Rucksack war auch da, und auf meinem Kopfkissen lag mein Skizzenbuch. Sam musste es dort hingelegt haben. Wahrscheinlich wollte er keinen Anlass haben, mich noch mal persönlich sehen oder sprechen zu müssen. Ich seufzte. Dann kramte ich mir frische Klamotten zusammen und begab mich zum Waschraum. Nachdem ich mir endlich die Zähne geputzt hatte, stellte ich mich unter die Dusche. Erschöpft stützte ich mich an der gefliesten Wand ab und ließ das Wasser an mir herunterregnen. Doch ich konnte mich einfach nicht entspannen. Keine Ahnung, warum ich nicht abschalten konnte, aber die letzten achtundvierzig Stunden schwirrten mir im Kopf herum, und ich begann regelrecht zu verkrampfen. Es war, als läge mir ein schwerer Stein auf der Brust. Meine Kehle war wie zugeschnürt, und trotz des heißen Wassers fror ich jämmerlich.

Schmerzlich wurde mir bewusst, dass ich durch mein kopfloses Handeln vielen Menschen geschadet hatte. Meine Familie war krank vor lauter Sorge, und ich hatte praktisch die komplette Kursfahrt ruiniert. Wie sollte ich der Auerbach je wieder unter die Augen treten? Und wer weiß, welche Kosten durch die Rettungsaktion auf uns zukamen! Und ich hatte auch noch Sams Leben in Gefahr gebracht. Und mein Herz. Aber damit musste ich jetzt klarkommen. Ich holte mehrmals tief Luft und versuchte mich zu beruhigen.

Irgendwann stieg ich aus der Dusche, trocknete mich ab und kämmte mir die verfilzten Haare. Nachdem ich wieder einigermaßen vorzeigbar war, schlich ich zurück ins Zimmer und hoffte, die anderen würden noch schlafen. Ich hatte keine Lust, jetzt irgendwem Rede und Antwort zu stehen. Alles war noch ruhig, und so schlüpfte ich schnell unter meine Decke und schlief sofort ein.

Irgendwann wurde ich durch sanftes Rütteln am Arm wach, wollte die Augen aber nicht öffnen.

»Spinnst du? Lass sie schlafen!« Das war Coras Stimme, und ich war ihr dankbar dafür, dass sie alle aus dem Zimmer rausscheuchte und ich noch ein bisschen weiterschlafen konnte.

Als ich erwachte, war ich allein. Ich hatte nicht die geringste Ahnung, wie spät es war, und mein Handy hatte mittlerweile den Geist aufgegeben. Umständlich kramte ich nach meinem Ladekabel und schloss es an die Steckdose an. Es war 18:53 Uhr. Ich hatte über zehn Stunden geschlafen. Was für ein vergeudeter Tag! Ich setzte mich im Schneidersitz hin und vergrub das Gesicht in den Händen. Ich konnte immer noch nicht glauben, was in den letzten Tagen geschehen war. Fassungslos schüttelte ich den Kopf über mich selbst. Mein Blick fiel auf das Fenster, und ich erschrak. Denn ich war nicht allein.

»Was machst du hier?«, flüsterte ich.

Sam kam zu mir und hockte sich vor mein Bett. »Ich wollte dich sehen. Immerhin stehe ich jetzt seit über fünfzehn Stunden unter Entzug.«

Mein Herz hüpfte, doch ich riss mich zusammen.

»Ich will nicht, dass die anderen dich sehen. Die könnten jeden Moment reinkommen, und dann löchern sie mich mit Fragen, auf die ich keine Antwort geben will.«

»Keine Sorge, alle sind unten beim Essen. Und eigentlich wollte ich dich nur fragen, ob du mit runterkommst, du siehst nämlich völlig verhungert aus.«

Das war ich auch, aber es lag nicht am mangelnden Essen. Er roch verführerisch.

»Okay, geh schon mal vor. Ich ziehe mir noch schnell was an

und komme gleich nach.« Ich musste ihn loswerden, bevor ich mich auf ihn stürzte.

»Ich kann warten.« Er grinste mich schief an.

Aah, es war zum Aus-der-Haut-Fahren! Ich atmete tief durch, sprang aus dem Bett und zog mir schnell meine Shorts über. Das T-Shirt, das ich im Bett trug, ließ ich gleich an. Sicher war sicher. Barfuß schlüpfte ich in meine Docs.

»So, fertig. Können wir?«, fragte ich leicht gereizt.

»Jederzeit.« Sam sah mir tief in die Augen, und ich schmolz dahin.

Als wir den Speisesaal betraten, fingen augenblicklich alle an zu jubeln. Cora und Maya stürmten zu mir und umarmten mich heftig. Sogar die Auerbach schenkte mir ein verkniffenes, aber erleichtertes Lächeln. Alles in allem war es einfach nur furchtbar peinlich. Ich hatte ja nicht die Welt gerettet oder ein Allheilmittel entwickelt. Ich war einfach nur zu blöde, um aufzupassen, wo ich hintrat.

Ich setzte mich zu den anderen an den Tisch. Wie sich herausstellte, war ich nicht das einzig unfähige Stadtkind gewesen, denn Maya, Victor und Cora hatten sich genauso verlaufen, und als sie das Lager endlich wieder erreicht hatten, waren sie nicht in der Lage gewesen, den Weg zurück zur Höhle zu finden. Die Auerbach hatte in der Zwischenzeit mit ihrer vorzeitigen Pensionierung geliebäugelt, nachdem nun vier Schüler und ein Lehrer vermisst wurden.

Sam kam an unseren Tisch und stellte einen voll beladenen Teller vor mir ab. »Iss!«, sagte er eindringlich und setzte sich wieder zu unserer Biolehrerin.

Entsetzt starrte ich auf den Teller. Eine riesige Backkartoffel, zwei Würstchen, ein Batzen Nudelsalat und Brot. Wer sollte das alles essen? Also, ich bestimmt nicht. Lustlos stocherte ich in der Backkartoffel herum und zwang mir einige Bissen hinunter, größtenteils nur, weil ich Sams prüfende Blicke spürte. Aber mein Magen war so an die Leere gewöhnt, dass ich unmöglich mehr schaffte. Cora brachte mir einen Tee, den ich ihr dankbar abnahm.

Der letzte Abend stand zur freien Verfügung. Die meisten Jungen wollten unbedingt in irgendeine Brauerei mit Bierkeller einkehren, und die Mädchen zogen in Ermangelung an Alternativen mit. Ich lehnte dankend ab, obwohl Sam die Gruppe begleitete. Weder mochte ich Bier, noch hatte ich Lust, in einer Kneipe herumzuhocken. Cora wollte bei mir bleiben, aber nachdem ich ihr versichert hatte, dass ich keine Nachtwanderung im Wald zu unternehmen gedachte, ging sie mit den anderen mit.

Zurück in meinem Zimmer, sah ich, dass ich mehrere Anrufe und Nachrichten von meiner Mutter und Emma verpasst hatte. In einer SMS stand, dass sie heute Abend im Ort in ein Restaurant gehen wollten und ich mitkommen solle. O nein, nicht schon wieder essen! Ich rief schnell zurück; meine Mutter meldete sich.

»Ella, ist alles in Ordnung? Wir hatten uns schon Sorgen gemacht, aber Kurt hat mit Sam gesprochen, und er meinte, du schläfst schon den ganzen Tag. Geht's dir wirklich gut, Süße?« Sie klang leicht beunruhigt.

»Ja, es ist alles okay. Mein Akku war leer, deswegen habe ich eure Anrufe nicht bemerkt.«

»Sollen wir dich noch abholen?«

»Nein, lasst mal! Ich hab schon gegessen, und eigentlich will ich nur wieder ins Bett.«

»Na gut, leg dich hin und ruh dich aus, wir sehen uns morgen. Ich hoffe, Emma ist nicht allzu enttäuscht, dass du nicht mitkommst.«

Ich musste kichern. »Sag Kurt einfach, er soll sich um sie kümmern. Dann merkt sie gar nicht, dass ich nicht da bin.«

Meine Mutter lachte. »Ah, alles klar! Na, ich sehe mal, was sich machen lässt. Bis morgen, Süße.«

»Ja, bis morgen.«

Ich legte auf und ließ mich aufs Bett fallen. Ich wäre gern

mitgegangen, aber mir fehlte einfach die Energie. Und obwohl ich wusste, dass Sam recht hatte und ich mehr essen musste, konnte ich einfach nicht. Ich nahm mein Buch, ging runter in den Speisesaal, holte mir noch einen Tee und setzte mich draußen auf die Wiese. Es war kurz nach acht, und die Sonne ging langsam unter. Ganz allmählich breitete sich zum ersten Mal seit Tagen ein entspanntes Gefühl in mir aus. Allen ging es gut, mir ging es gut, und solange Sam nicht in meiner Nähe war, konnte ich sogar gleichmäßig atmen. Ich genoss das Rauschen der Bäume, den Wind, der mir um die Nase wehte, und den rot gefärbten Himmel. Es war ein perfekter Abend, und es tat gut, allein zu sein.

»Ella«, flüsterte mir eine wunderschöne Stimme ins Ohr.

Ich schreckte hoch. Verdammt, ich war schon wieder eingeschlafen. Was war ich nur für eine Schlaftablette? Neben mir lag Sam, den Kopf auf einen Arm gestützt.

»Wie spät ist es?«, fragte ich.

»Dreiundzwanzig Uhr.«

Schweigen.

Ich wollte nicht wissen, wie sein Abend war; ich wollte nicht mit ihm reden und ihn erst recht nicht ansehen. Ich fühlte mich zu schwach, und meine Gefühle waren zu stark, um es in seiner Nähe auszuhalten. Ich sollte lieber gehen.

Als ich aufstehen wollte, hielt er mich zurück.

»Ich wollte dir noch etwas zeigen, bevor wir morgen abfahren. Kommst du mit?«

Ja. Natürlich. Jederzeit. Wohin du willst. Solange du willst.

»Ich sollte lieber schlafen gehen. Offenbar hab ich ganz schön was nachzuholen.«

»Bitte … komm mit mir!« Er hielt meine Hand fest.

»Na schön.« Mein Herz flatterte, und ich verfluchte mich innerlich, weil ich so schnell nachgegeben hatte.

»Gut.« Er atmete tief durch. »Aber lass dich vorher noch mal bei deinen Freundinnen blicken und denk dir irgendwas aus, damit nicht wieder Katastrophenalarm ausgelöst wird! Ich warte im Bus auf dich.«

Kurzzeitig war ich versucht, ihm die Zunge rauszustrecken. Erst bettelte er, und dann schmiss er mit irgendwelchen Anweisungen um sich.

Was glaubte er eigentlich, wer er war?

Ich kehrte zum Haus zurück, und sobald ich angekommen war, rannte ich wie wild die Treppe hoch. Erst als ich oben war, sandte mein Fuß Schmerzsignale an mein Hirn, dass es mir fast Tränen in die Augen trieb.

Dumm. Verliebt. Verloren.

Cora, Maya und Marlene lagen leicht angetrunken auf ihren Betten und kicherten albern.

»Ella«, lallte Cora, »da bist du ja! Wir haben gerade überlegt, ob wir einen Suchtrupp nach dir aussenden sollen.«

O nein, die nicht auch noch!

»Ja, aber einen, bei dem wir nicht mit drin sind. Sonst brauchen wir noch einen Suchtrupp, der den Suchtrupp sucht«, kicherte Maya.

»Leute, macht bitte das Licht aus!«, stöhnte Marlene. »O Gott, ich glaube, ich trinke nie wieder Bier!«

Ich knipste das Licht aus. »Schlaft schön, Mädels! Ich gehe noch duschen, und danach setze ich mich in den Gemeinschaftsraum und lese noch ein bisschen.«

»Soll ich dir Gesellschaft leisten?«, nuschelte Cora schlaftrunken.

»Nein, brauchst du nicht. Im Gegensatz zu euch hab ich heute schon mehr als genug geschlafen.«

Ich kramte nach meiner Zahnbürste, ging zum Waschraum und putzte mir schnell die Zähne. Skeptisch betrachtete ich mein Spiegelbild. Blass, Augenringe, eine große Schramme am Wangenknochen, ungekämmte lange Haare. Egal. Ich knotete das Haar im Nacken zusammen und rannte wieder die Treppe runter, nur um dann ganz langsam zu Sams Bus zu schlendern.

Er öffnete mir von innen die Tür, und ich setzte mich auf den Beifahrersitz.

»Alles klar, wohin geht's?«

»Das siehst du gleich. Schnall dich an!«

Ich musterte ihn misstrauisch von der Seite. »Kannst du überhaupt noch fahren? Also, die Mädels in meinem Zimmer wären dazu nicht mehr in der Lage. Abgesehen davon, dass sie keinen Führerschein haben.«

»Keine Sorge, ich habe nur Cola getrunken.« Er startete den Motor und grinste mich an. »Mit Rum.«

O Mann! Ich krallte mich am Gurt fest und rechnete mit meinem baldigen Ableben. »Fahr los!«, wies ich ihn an.

»Als würde ich saufen, wenn ich die Aufsicht über zwanzig Teenager habe …« Verständnislos schüttelte er den Kopf und raste den kurvigen Feldweg bis zur Hauptstraße hinunter.

Währenddessen hielt ich die Luft an. Dann fuhren wir noch gefühlte dreißig Sekunden, bis Sam den Bus auf einen dunklen Parkplatz steuerte und anhielt. Na, jetzt war ich aber echt gespannt, was es hier wohl so Tolles zu sehen gab.

Wir stiegen aus, und ich folgte ihm über die verlassene Straße. Auf der gegenüberliegenden Seite verlief quer dazu ein Zaun, welcher an ein Waldstück grenzte. Schweigend nahm er meine Hand. Allein durch diese harmlose Berührung raste mein Herz wie wild. Ich wusste wirklich nicht, wie ich damit umgehen sollte. Wie sollte ich ihm aus dem Weg gehen, wenn er es nicht tat? Wir gingen am Waldrand entlang; Sam sagte immer noch nichts.

Ich brach das Schweigen. »Also, falls du vorhast, mich im Wald zurückzulassen, stehen deine Chancen, wie du weißt, ganz gut, dass du mich nie wiedersiehst. Aber das ist wirklich nicht nötig. Von mir aus können wir die ganze Geschichte vergessen und da weitermachen, wo wir vor dieser verdammten Fahrt standen.«

Das sagte sich so einfach, doch ich wusste, dass es tatsächlich das genaue Gegenteil war. Mir würde das Herz brechen.

Sam sah mich an, als hätte ich nicht mehr alle Latten am Zaun, was aber auch nicht groß verwunderlich war. »Und wo bitte sollen wir deiner Meinung nach weitermachen? An welchem Punkt, Ella? Meinst du, unsere Gefühle waren vor zwei Wochen anders? Meine sind seit über zwei Jahren für dich unverändert geblieben.«
Oh.
Wie hatte er das gemeint? Er fühlte das Gleiche wie vor unserem Kuss, aber ging es ihm wie mir oder …
»Und jetzt rüber mit dir!« Er unterbrach meine Grübeleien und deutete auf den Zaun.
»Ähm, also Herr Bender, falls Sie es noch nicht wussten, aber ich habe eine Sportbefreiung.« Ich lächelte leicht und wies auf meinen Knöchel.
»Du bist damit einen Felsen hochgeklettert, also dürfte dieser Zaun für dich kaum ein Hindernis sein. Und noch etwas …« Seine Stimme war kaum hörbar. »Ich bin mit dir hier, weil ich mit dir zusammen sein will, und nicht, weil ich dich loswerden möchte. Aber wenn du das nicht willst, dann bringe ich dich sofort wieder zurück.«
Ich seufzte und wusste, das einzig Richtige wäre die Rückkehr zur Herberge gewesen … und kletterte über den Zaun. Natürlich kletterte ich über den Zaun; es war mir egal, wo ich war, Hauptsache Sam war bei mir. Behände folgte er mir. Ich bemerkte, dass ich schon wieder den Atem anhielt, und holte tief Luft.
»Was ist?« Er sah mich fragend an, doch ich schüttelte nur den Kopf.
Wieder ergriff Sam meine Hand. Wir liefen quer über eine Wiese, ließen Zaun und Wald hinter uns. Vor uns, auf der rechten Seite, erhob sich ein Felsmassiv.
In dem Moment schnallte ich endlich, wo wir uns befanden. Wir waren gerade mitten in der Nacht in das Felsenbad eingestiegen. Ich blieb stehen. Das durfte doch nicht wahr sein! Hatte

ich mir in den letzten drei Tagen nicht schon genug Ärger eingebrockt?

»Wer als Erster im Wasser ist, hat gewonnen.« Sam zog sein T-Shirt aus.

Wäre es nach mir gegangen, hätte er es nie wieder anziehen dürfen. Ich bekam das dringende Bedürfnis, seine Schultern zu berühren.

»Ich hab keine Badesachen dabei.«

Ich versuchte, meine Gedanken zu ordnen, und das war alles, was mir einfiel?

»Ich weiß.« Sogar in der Dunkelheit erkannte ich das Aufleuchten seiner blauen Augen.

Er befreite sich von seinen Schuhen.

Okay, wir sollten hier sofort verschwinden, bevor wir noch erwischt wurden.

Ich schlüpfte aus meinen Schuhen und stellte fest, dass ich eindeutig nicht bei Trost war. Mein Kopf wusste doch, was richtig war, und trotzdem machte mein Körper genau das Gegenteil.

Sam zog seine Jeans aus, behielt mich aber unverwandt im Blick. Ich konnte meine Augen genauso wenig von ihm abwenden. Er stand nur noch in Boxershorts vor mir. Hatte mich sein Anblick früher auch derart durcheinandergebracht? Wir waren zwar schon zusammen im Urlaub gewesen, aber ich konnte mich nicht daran erinnern, je so viel von seiner Haut, von seinem perfekten Körper gesehen zu haben.

Ich ließ meine Shorts fallen.

Sam kam auf mich zu; sein Brustkorb hob und senkte sich. Er war genauso aufgeregt wie ich. Dann fasste er in mein Haar und löste meinen Zopf, bevor er nach dem Saum meines T-Shirts griff. »Darf ich?«

Ich nickte stumm und sah ihm in die Augen. Seine Finger zitterten, während er mir das Shirt auszog.

Ich atmete tief durch. »Wenn wir wieder in Berlin sind, kaufe ich mir einen BH.«

»Tu's nicht.«

Und bevor ich mich versah, riss er mich von den Füßen, rannte mit mir, als wäre ich leicht wie eine Feder, über den Steg und sprang ins Wasser.

Nach Luft schnappend tauchten wir wieder an der Wasseroberfläche auf. Das Wasser war seidig weich und überraschenderweise ohne Chlor. Und wir hatten es für uns allein. Allein.

»Gewonnen.«

»Nein, ich!« Sam schloss den Abstand zwischen uns, und wir zögerten keine einzige Sekunde.

Unsere Lippen fanden sich und verschmolzen zu einem wundervollen Kuss. Ich schmeckte seinen Atem, spürte seine Haut. Er zog mich wieder unter Wasser, und wir küssten uns, bis die Luft knapp wurde und wir wieder auftauchen mussten. Schwer atmend legte ich den Kopf in den Nacken, aber meine Beine gaben ihn nicht frei. Groß und rund stand der Mond am Nachthimmel, und ein Meer aus Sternen glitzerte auf der Wasseroberfläche.

Ich verlor mich völlig in den Sternen. Und in Sams Berührungen. Jede Faser meines Körpers sehnte sich nach ihm, wollte ihn. Und er wollte mich. Als ob ich meine Gedanken laut ausgesprochen hätte, hielt er plötzlich inne und betrachtete mich mit hungrigem Blick. Wie zwei Ertrinkende, die ohneeinander nicht atmen konnten, fanden sich unsere Lippen. Sam bewegte sich währenddessen auf das Ufer zu und trug mich aus dem Wasser. Vorsichtig legte er mich auf der Wiese ab. Über mich gebeugt und tropfend, fuhr er mit den Lippen an meinem Unterkiefer entlang. Unter seiner sanften Berührung prickelte mein ganzer Körper.

Er sah mir in die Augen. »Ich will dich, Ella.«

»Ich will dich auch«, flüsterte ich. Das ließ sich jetzt auch schlecht noch verheimlichen.

»Ich will mit dir schlafen. Jetzt. Hier.« Seine Lippen wanderten über meinen Bauchnabel zu meinen Beckenknochen. Ich hatte das Gefühl, vor Verlangen gleich zu explodieren.

Er stöhnte – es klang für mich schon fast verzweifelt – und sah mich wieder an. In seinem Blick lag tatsächlich Verzweiflung. Seine nassen Haare kitzelten mein Gesicht, und die Wassertropfen glitzerten auf seiner Haut.

»Aber wir haben nur diese eine Nacht, und wenn dir das nicht reicht, kann ich das verstehen.«

Ich wusste genau, was er meinte. Diese Nacht würde sich nicht wiederholen, wir durften nicht zusammen sein. Aber obwohl mir schmerzlich klar war, dass mir das niemals reichen würde, konnte ich jetzt unmöglich aufhören. Ich sehnte mich nach seinen Berührungen, wollte ihn spüren. Um mein Herz musste ich mich später kümmern.

Ich zog Sam an mich heran und knabberte an dem Ring in seiner Unterlippe. Seine Zunge glitt in meinen Mund, als er meine Antwort verstand. Mein Unterleib kribbelte, und mir völlig unbekannte Empfindungen gewannen die Oberhand. Voller Begierde strich ich ihm mit den Händen über den flachen, harten Bauch und fuhr mit den Fingern unter den Bund seiner Boxershorts. In dem Moment riss er mir das letzte Stück Stoff, das ich trug, vom Leib und befreite sich von seiner Unterhose. Er tastete nach dem Klamottenhaufen, der neben uns auf der Wiese lag, und holte ein Kondom aus seiner Jeans. Aha, der Mann hatte alles im Griff und war bestens vorbereitet! Ich konnte mir ein Lächeln nicht verkneifen und legte meine Lippen wieder auf seinen Mund. Sam ließ sich mit seinem ganzen Gewicht auf mich herabsinken, und ich spürte die Wärme, die von ihm ausging, seinen Atem, seine Erregung. Ich wollte ihn. Jetzt.

Und als wäre ich ein offenes Buch für ihn, richtete er sich kurz auf und zog sich das Kondom über.

Er wusste genau, was er tat. Es war anders als mein erstes Mal. Noch intensiver. Keine Sekunde lang ließen wir uns aus den Augen. Sein Blick war wild und erregt, sein Mund leicht geöffnet. Ich schob meine Zunge zwischen seine Lippen und entlockte ihm ein leises Stöhnen. Kurz hielt er inne und biss in meine Unterlippe; es war zum Verrücktwerden. Als ich es nicht länger aushielt, presste ich mich fest an ihn. Mein Inneres erzitterte. Wir waren eins, und mein ganzer Körper vibrierte, als wir gemeinsam den Höhepunkt erreichten.

Erschöpft und ineinander verschlungen lagen wir auf der Wiese.

»Hier könnte ich für immer mit dir bleiben«, flüsterte er.

»Ich weiß nicht … das stell ich mir ganz schön nervig vor, wenn lauter Gören um uns herumspringen, und im Winter wird es bestimmt ziemlich unangenehm.« Ich grinste ihn an.

»Du weißt, wie ich das meine.« Zärtlich küsste er meinen Bauch.

»Ja, ich weiß.« Ich schluckte.

In ein paar Stunden musste ich so tun, als wäre das alles hier nie passiert. Unvorstellbar, ihn nicht berühren, ihn nicht spüren zu dürfen. Ich bekam Atemnot.

»Alles in Ordnung, Ella? Habe ich etwas falsch gemacht? Also, abgesehen davon, dass ich gerade meinen Job aufs Spiel setze …«

»Sam, solange die Auerbach nicht auftaucht und plötzlich vor uns steht, brauchst du dir keine Sorgen zu machen. Das hab ich dir schon mal gesagt. Ich werde niemandem davon erzählen, nicht mal Emma.«

Ich wollte nicht, dass er das hier bereute, und noch weniger wollte ich ihm irgendwelche Steine in den Weg legen. Das hatte er nicht verdient. Ich streichelte ihm über den Rücken und spürte die Narben. Mir war klar, dass er sie nicht nur äußerlich trug, und ich wollte zu den Menschen gehören, denen er vertrauen konnte.

»Was ist es dann?«

Ich vergrub die Hände in seinem Haar und atmete tief durch.

»Ich musste nur daran denken, dass wir … also, dass ich …«
O Gott, was stotterte ich hier bloß zusammen?

»Ich weiß nicht … die Vorstellung, so zu tun, als wäre nichts passiert, fällt mir eben schwer … aber ich bekomme das schon hin.«

Er küsste sich langsam vom Bauch über das Kinn bis zum Mund. Das Kribbeln in meinem Innern stieg wellenartig an.

»Ich weiß. Mir geht es genauso«, hauchte er gegen meine Lippen. »Aber diese eine Nacht ist noch nicht vorbei.«

Sam stand auf, reichte mir die Hand und zog mich hoch. Meine Beine zitterten und fühlten sich an wie Wackelpudding. Wir gingen über den Steg und sprangen gleichzeitig mit dem Kopf voran ins Wasser. Es war wie in Seide einzutauchen. Ich liebte es. Der Mond spiegelte sich auf der Wasseroberfläche und verschwamm durch unsere Bewegungen. Sam tauchte vor mir auf, zog mich zu sich heran und küsste zart meine Mundwinkel. Seine Hände fuhren langsam meinen Rücken hinunter und ruhten schließlich auf meinen Hüften. Ich erschauerte unter seinen sanften Berührungen, und voller Begierde suchte ich seine Lippen. Seine Hände umklammerten meinen Po und meine Oberschenkel. Langsam bewegte er sich mit mir vorwärts und setzte mich auf eine Holzplattform, die ins Wasser ragte.

»Warte kurz!« Er tauchte ab und schwamm zurück ans Ufer.

Mir war klar, was er machte, und kurz überlegte ich, wie viele Kondome er für diese Nacht wohl dabeihatte. Schon merkwürdig, heute Morgen lag ich noch im Krankenhaus, und jetzt saß ich nackt im Mondschein und hatte Sex. Mit Sam. Mich störte nicht einmal meine Nacktheit. Ich fühlte mich durch die Dunkelheit geschützt, und Sam gab mir das Gefühl, schön und begehrenswert zu sein.

Das Blau seiner Augen leuchtete, als er wieder vor mir stand. Ich zog ihn an mich. Sanft schob er mir das Haar hinters Ohr. Er lehnte sich vor und küsste ganz vorsichtig mein Ohrläppchen, meinen Hals, mein Kinn. Es war Wahnsinn, zu sehen und zu spüren, was ich in ihm auslöste. Und er in mir.

Kurz hielt er inne, dann riss er die Packung auf.

Es war 3:50 Uhr, als wir wieder in seinem Bus saßen. Mit der einen Hand hielt er das Lenkrad, mit der anderen umklammerte er meine Finger. Ich grinste wahrscheinlich ununterbrochen dümmlich, aber ich war einfach nur glücklich. Das war die schönste Nacht meines Lebens, und auch wenn es unsere einzige gewesen sein sollte, konnte sie mir niemand mehr nehmen.

Viel zu schnell erreichten wir die Jugendherberge. Alles war dunkel, nur im Foyer brannte Licht.

»Wir sollten getrennt voneinander reingehen.« Ich befürchtete, dass die Rezeption Tag und Nacht besetzt war, und wollte keine lästigen Fragen beantworten müssen.

»Ich schlafe im Bus. Willst du nicht lieber bei mir bleiben? Du weißt, wie gut wir zusammen in einen Schlafsack passen.« Ein Lächeln umspielte seine Lippen.

Nichts wollte ich mehr, als bei ihm zu bleiben, aber ich konnte unser Glück nicht weiter herausfordern. Wenn ich meinem Verlangen nachgab, war es nur eine Frage der Zeit, bis irgendjemand dahinterkam, und dann würde er die Nacht mit mir bereuen. Das wollte ich auf keinen Fall.

»Die ganze Nacht mit dir in einem Schlafsack?! Ich glaube nicht, dass deine Kondome dafür reichen.«

Er grinste, lehnte sich zu mir herüber und kramte aus der Ablage eine Schachtel hervor.

Okay, die Packung würde auf jeden Fall reichen.

»Meinst du nicht, deiner Freundin fällt auf, wenn da welche fehlen?« Kaum hatte ich die Worte ausgesprochen, bereute ich sie auch schon.

Sam zog scharf die Luft ein. »Ella, für wen hältst du mich eigentlich? Glaubst du, ich wäre jetzt mit dir hier, wenn ich eine andere Beziehung hätte?« Er fuhr sich mit beiden Händen durch die Haare und kaute auf seinem Piercing herum.

»Aber ...?« Ich verstand nicht.

»Sarah und ich haben Schluss gemacht.«

Oh.

»Wann?«

»Seitdem du für mich da warst, als es mir schlecht ging, und sie nicht. Da wurde mir bewusst, dass diese Beziehung keinen Sinn hatte.«

Er beobachtete meine Reaktion.

Oh.

Hatte er meinetwegen mit ihr Schluss gemacht? Mein Herz raste. Nein, das ergab keinen Sinn. Ich war nur ein Auslöser, nicht der Grund. Trotzdem war ich froh, dass Sam sie nicht mit mir betrogen hatte. So fühlte es sich irgendwie besser an.

Ich beugte mich zu ihm hinüber, legte ihm eine Hand auf die Brust, dicht über seinem Herzen, und küsste ihn ein letztes Mal.

Dann stieg ich aus, ging an der unbesetzten Rezeption vorbei und schlich in mein Zimmer. Ich hörte friedliches Schnarchen. Leise zog ich mir die Schuhe aus und schlüpfte in meinen Klamotten unter die Bettdecke.

8

Der nächste Morgen begann natürlich viel zu früh. Ich war unfassbar müde und vor allem nicht bereit, wieder zur Normalität zurückzukehren. Obwohl ... was war im Moment noch normal? Immerhin war ich das Mädchen, das eine ganze Kursfahrt gesprengt hatte, von Dutzenden Helfern aus einer Höhle gerettet werden musste und dessen komplette Familie, inklusive bester Freundin, angereist war. Das hatte ich in dem Gefühlschaos um Sam fast vergessen. Stöhnend zog ich mir die Decke über den Kopf. Am liebsten wäre ich unsichtbar gewesen. Ich fühlte mich einfach nicht in der Lage, mit irgendwem auch nur drei Worte zu wechseln, doch Cora rüttelte unbarmherzig an meiner Schulter, um mich zum Aufstehen zu bewegen.

»Komm schon, Ella, wach auf!« Sie zog mir die Decke weg.

»Spinnst du? Lass mich bloß in Ruhe!« Ich war total genervt von dem hektischen Treiben um mich herum.

»Nein, geht nicht. Wir müssen alles zusammenpacken und das Zimmer räumen. In anderthalb Stunden geht unser Zug, und frühstücken müssen wir auch noch.« Sie stand vor mir und stemmte die Hände in die Hüften. Ihr Dutt wackelte aufgeregt hin und her.

Ich verdrehte die Augen, sprang aus dem Bett und schnappte mir meinen Rucksack.

»Fertig, siehst du?« Ich deutete auf meinen komplett bekleideten Körper, griff mir meine Schuhe und verließ das Zimmer.

Ich ging zum Waschraum, putzte mir die Zähne, fuhr mir mit den Fingern durch die ungekämmten Haare und schlüpfte in meine Schuhe. Eigentlich hätte ich mich bei Cora entschuldigen sollen, aber dann hätte sie mich wieder vollgequatscht, und dazu war ich echt nicht in der Stimmung. Ich wollte Sam sehen. Nur sehen.

Nach der letzten Nacht war ich sogar ein bisschen hungrig und beschloss, mit den anderen zum Frühstück zu gehen. Ich sah mich im ganzen Speisesaal um, konnte ihn aber nirgends entdecken. Mein Appetit schwand. Ich holte zwei Tassen Kaffee, setzte mich neben Cora und schob ihr eine Tasse hinüber.

»Tschuldigung, aber ich fühle mich in den letzten Tagen ein bisschen so, als hätte ich Jetlag«, sagte ich kleinlaut und verbrannte mir die Zunge an dem heißen Kaffee.

»Schon gut, ich bin nicht beleidigt. Ich hab die fieseste kleine Schwester, die man sich nur vorstellen kann, da bin ich echt hart im Nehmen.« Sie klopfte mir tröstend auf die Schulter.

Ich mochte Cora, aber ich wusste auch, dass sie ohne Punkt und Komma reden konnte, und das auch noch in ihrer hohen Stimme. Ich war mir nicht sicher, ob mir die Schwester nicht doch eher leidtun sollte. Das Nervigste war außerdem, dass sie nicht nur ununterbrochen redete, sondern einem ständig Löcher in den Bauch fragte und man nicht einfach auf Durchzug schalten und nicken konnte, sondern auch antworten musste.

»Ella?« Sie blickte mich fragend an.

»Äh, was?« Gedankenverloren sah ich aus dem Fenster, wo ich Sam erblickte und ihn dabei beobachtete, wie er das gesamte Gepäck im Bus verstaute.

»Ob ich mir dein Ladekabel ausborgen kann, meins ist schon im Koffer.«

»Äh ... ja, klar«, nuschelte ich. »Ich muss nur schnell meinen Rucksack zu Sam ... äh, zu Herrn Bender bringen.«

Ich schob meinen Stuhl geräuschvoll zurück und wollte gerade losgehen.

»Okay, aber das Kabel ist in deinem Rucksack. Willst du es mir nicht vorher geben?!«

»Oh, natürlich! Ich bin heute echt ein bisschen verpeilt.« Hektisch kramte ich das Kabel aus dem Rucksack und reichte es Cora, die nur grinsend den Kopf schüttelte. »Bis nachher.«

Auf dem Weg nach draußen überlegte ich, wie Sam sich wohl verhalten würde. So als wäre nichts zwischen uns gewesen? Freundlich? Abweisend? Und wie trat ich ihm am besten gegenüber? Vielleicht sollte ich diesmal wirklich meinen Rucksack behalten und irgendwo in einer stillen Ecke darauf warten, dass wir zum Bahnhof fuhren. Mein Körper entschied mal wieder gegen meinen Kopf und trat zur Tür hinaus. Sam sah mich und hielt mit dem Verladen des Gepäcks inne. Seine Augen strahlten, und er lächelte mich schief an. Er war immer noch unrasiert und sah unverschämt gut aus. Hätten wir in einem Film mitgespielt, wäre ich mit wehendem Haar auf ihn zugerannt, er hätte mich aufgefangen, und wir hätten uns leidenschaftlich geküsst. Aber leider war das hier kein Film und schon gar nicht mit Happy End. Zu allem Überfluss hielt in diesem Moment auch noch der Mietwagen neben dem Bus, und meine Eltern, Kurt und Emma stiegen fröhlich aus. Mein Bruder gesellte sich gleich zu Sam, und ich wurde von den drei anderen gedrückt.

Meine Mutter schob sich die Sonnenbrille ins Haar und legte mir einen Arm um die Taille. »Ella, Schatz, Papa und ich gehen kurz rein und sprechen noch mit Frau Auerbach.«

»Alles klar, aber worum geht's denn?« Ich hoffte, dass es meinetwegen nicht noch mehr Schwierigkeiten gab.

»Ach, nichts Wichtiges. Wir wollten uns nur kurz verabschieden und mit ihr regeln, dass du mit uns im Auto und nicht in der Bahn nach Hause fährst.«

Zu fünft im Auto. Mir wurde schon bei dem Gedanken daran schlecht. Ich fuhr nicht gern Auto, und von dem Neuwagengeruch bekam ich immer Kopfschmerzen.

»Nehmt's mir nicht übel, aber da fahre ich doch lieber mit dem Zug. Und außerdem ist heute Sonntag, da steht ihr bestimmt irgendwo im Stau, und dann kotze ich euch in den Mietwagen. Das wollt ihr sicher nicht.«

Mein Vater kratzte sich am Kopf und stellte sich das wahrscheinlich gerade bildlich vor.

»Na gut, Ella, bist du dir wirklich sicher? Wir dachten, Kurt kann bei Sam mitfahren, dann ist es nicht so eng im Auto.«

»Was?« Jetzt mischte sich Emma ein. »Dann fahre ich auch im Bus mit.«

Kurt hatte die Hände in den Hosentaschen vergraben und grinste verlegen. Sam hingegen musterte mich die ganze Zeit mit ernstem Blick.

»Okay, okay!«, winkte meine Mutter ab. »Macht, wie ihr denkt! Komm, Schatz, wir trinken noch einen Kaffee. Wie ihr euch auch entscheidet, wir fahren in spätestens einer halben Stunde los.«

Sie hakelte sich bei meinem Vater unter und ging mit ihm ins Gebäude.

»Hi!« Zögernd begrüßte ich Sam, denn dazu hatte ich bisher noch keine Gelegenheit gehabt.

»Hi.« Ich konnte seinen Ausdruck in den Augen kaum deuten. Sehnsüchtig? Entschuldigend? Zurückhaltend? Keine Ahnung, aber ihn nur zu sehen, machte mich schon ganz hibbelig.

»Hey, Sam!« Emma nickte ihm zu, und er nickte stumm zurück. Schon fast abweisend. Vielleicht befürchtete er, ich hätte sie eingeweiht, und sie könne sich verplappern.

Mein Bruder stand immer noch mit den Händen in den Hosentaschen herum und pfiff vor sich hin. Langsam wurde es peinlich. Zwischen Kurt und Emma lief eindeutig was, und sie versuchten es auch zu verheimlichen. Ich hoffte nur, dass es mir und Sam besser gelang, aber im Moment sah es nicht so aus. Ich musste hier weg.

»Ich mach mich lieber mal los, Leute. Wir sehen uns in Berlin.« Ich nahm meine beste Freundin und meinen Bruder in den Arm und wollte gerade losgehen, als Sam mich zurückhielt.

»Hast du nicht irgendwas vergessen?«

»Äh, nein! Nicht dass ich wüsste.« Außer vielleicht mich auf dich zu stürzen und deine Lippen zu spüren. Aber das konnte er wohl schlecht meinen. Fragend sah ich ihn an.

»Du hast mir deinen Rucksack noch nicht gegeben.«

»Ach so.« Die Enttäuschung stand mir höchstwahrscheinlich in mein hochrotes Gesicht geschrieben.

»Darf ich?« Er drehte mich um.

»Bender, was is'n nun? Können wir bei dir mitfahren?«, drängelte Kurt.

Sam schob meine Haare beiseite und strich mir kurz über den Nacken, bevor er mir den Rucksack von den Schultern hob. Ich schmolz dahin.

»Noch mal vier Stunden mit unserer singenden Mutter im Auto halte ich echt nicht aus.«

Das konnte ich nachempfinden. Meine Mutter hatte die schreckliche Angewohnheit, bei so ziemlich jedem Song mitzusingen. Sie beherrschte immer die Texte, egal, wie schrecklich das Lied war, sogar wenn sie es selbst nicht mochte. Und erschwerend kam hinzu, dass sie einfach nicht singen konnte. Keiner von uns hatte je ein Blatt vor den Mund genommen. Wir stöhnten und protestierten immer, was das Zeug hielt, aber sie ließ sich einfach nicht vom Mitsingen abbringen.

Ich musste lachen und freute mich umso mehr aufs Zugfahren.

»Nein, der Bus ist voll bis obenhin. Da hilft wohl nur Ohren zu und durch.« Sam klopfte Kurt ermutigend auf die Schulter.

»Ihr schafft das schon.« Ich winkte und ließ die drei stehen.

Ich vergaß fast, dass ich mit meinem Biokurs hier war. Meine Familie war hier, Emma und Sam. Das sollte so nicht sein, obwohl ich nicht abstreiten konnte, wie sehr ich es mochte.

Drinnen verabschiedeten sich meine Eltern gerade von der Auerbach und überschütteten sich gegenseitig mit Entschuldigungen. Das war peinlich, denn eigentlich war ich die Einzige, die sich entschuldigen sollte. Vielleicht fand ich ja nachher im Zug die Gelegenheit, allein mit meiner Lehrerin zu sprechen.

Mein Vater kam zu mir herüber. »Na, hat sich das junge Volk entschieden, wie die Platzverteilung sein soll?«

Ich zuckte mit den Schultern. »Ich glaube, die drei knobeln es noch aus, aber ich fahre mit meiner Klasse mit. Und das hat nichts mit Mamas Gesang zu tun«, fügte ich flüsternd hinzu.

»Aah, verstehe. Wieso auch, deine Mutter singt einfach wundervoll.« Er zwinkerte mir zu.

»Was ist mit mir?«

»Nichts, Liebling. Ella wollte sich nur noch von dir verabschieden.«

»Und du fährst also wirklich nicht mit uns?« Sie zog eine Schnute.

»Nein, du weißt doch, dass ich nicht so gern Auto fahre, und außerdem sollte ich mich nicht noch mehr zur Außenseiterin machen, als es ohnehin schon der Fall ist. Und wir sehen uns ja heute Abend wieder. Ich bin bestimmt vor euch zu Hause.«

»Na schön, wer zuerst in Berlin ist, besorgt Pizza für alle. Abgemacht?« Sie drückte mich ganz fest an sich.

»Abgemacht«, presste ich hervor.

Nachdem meine Eltern – inklusive Kurt und Emma – vom Hof gefahren waren, rannte ich schnell noch zur Toilette, um den Kaffee loszuwerden. Als ich wieder hinunterkam, herrschte allgemeine Aufbruchstimmung, und ich war froh, dass die anderen nicht schon mit dem Bus losgefahren waren. Das hätte ich mir bei meinem Glück gut vorstellen können. Als sie mich sah, nahm die Auerbach mich beiseite.

»Ella, Herr Bender und ich haben entschieden, dass Sie mit ihm in seinem ... äh ... Auto zurückreisen. Im Zug wäre es wohl zu strapaziös für Ihren Fuß. Sind Sie damit einverstanden?«

Vier Stunden allein mit Sam. Ob ich damit einverstanden war? Ich lief knallrot an.

»Also, wegen mir müssen Sie und Herr Bender sich keine Umstände machen. Aber wenn Sie es für richtig halten …«

»Ja, normalerweise halte ich nichts von einer Eins-zu-eins-Betreuung, aber im Nachhinein betrachtet wäre das in Ihrem Fall wohl besser gewesen.«

Meinte sie das jetzt ernst, oder machte sie Witze? Ich jedenfalls hatte nichts gegen diese Art der Betreuung einzuwenden, vorausgesetzt, es war Sam, der auf mich aufpasste. Ich gab mir Mühe, ein unaufgeregtes Gesicht zu machen und so zu tun, als ob ich mich wohl oder übel meinem Schicksal fügte. Die Auerbach ließ mich stehen, zählte noch mal ihre Schäfchen und marschierte dann voraus zum Bus. Die anderen folgten ihr schnatternd, und niemandem fiel auf, dass ich nicht mitkam, nicht einmal Cora. Ich wartete noch, bis alle eingestiegen waren und der Bus losfuhr. Seufzend drehte ich mich um. Sam stand hinten an die Wand gelehnt und beobachtete mich. Langsam ging ich auf ihn zu.

»Soso, Eins-zu-eins-Betreuung also.« Ich stellte mich dicht vor ihn.

»Du schienst mir nicht sehr glücklich darüber zu sein.« Er verschränkte seine Finger mit meinen.

Hatte er eine Ahnung … »Hm, ich weiß nicht. Ich hatte die Wahl zwischen meiner schief singenden Mutter, stundenlangem Stehen im überfüllten Zug oder dir. Das war schon eine sehr, sehr schwere Entscheidung.«

»Gut, dann sorge ich dafür, dass du deine Entscheidung nicht bereust.«

Er zog mich zur Tür hinaus, und wir gingen zu seinem klapprigen alten Mercedes. Das Auto hatte den Vorteil, dass es höchstwahrscheinlich total langsam war und uns daher noch mehr Zeit allein blieb. Sam öffnete mir die Tür, und ich kletterte hinein.

»Du hast gelogen, Kurt und Emma hätten hier auf jeden Fall noch reingepasst.«

»Nein, dass du bei mir mitfährst, habe ich gestern Abend schon mit Frau Auerbach geklärt, also wäre nur noch ein Platz frei gewesen. Und es sah nicht so aus, als ob sich Kurt und deine Freundin freiwillig voneinander getrennt hätten, oder was meinst du?« Er sah mich vielsagend an.

»Stimmt, es war kaum zum Aushalten. Ich hoffe nur, du und ich sind nicht auch so kläglich gescheitert. Ich habe die ganze Zeit das Gefühl, man könnte mir an der Nasenspitze ansehen, dass ...« Ich stockte.

»Was?«

»Das!« Ich beugte mich zu Sam hinüber und küsste ihn. Erst sanft und zurückhaltend, doch dann spürte ich seine Hand in meinem Haar, und alles ringsum war vergessen, wie ausgelöscht. Es gab nur uns. Wie sehr hatte ich seine Berührungen in den letzten Stunden vermisst, seine Lippen, seinen Geruch. Ich wollte alles von ihm in mich aufsaugen. Es fehlte nicht mehr viel, und ich wäre ihm auf den Schoß gesprungen, aber ich hielt mich gerade noch zurück.

»Okay!«, stieß ich außer Atem hervor. »Wir sollten jetzt entweder losfahren oder uns ein Zimmer mieten.«

Kurz machte er den Eindruck, als wolle er Letzteres in Erwägung ziehen, startete dann aber den Motor.

»Ich glaube nicht, dass wir es bis ins Zimmer schaffen würden.« Er hob grinsend eine Augenbraue.

Wir fuhren los, und im Radio erklang Led Zeppelins *Whole Lotta Love*. Es war perfekt.

Wir fuhren etwa zwanzig Minuten, und Sam ließ keine Sekunde lang meine Hand los. Dann bogen wir auf die Autobahn ab, die uns direkt nach Berlin führte. Anderthalb Stunden kamen wir ganz gut voran, und ich sah unsere gemeinsame Zeit schon schwinden, doch dann wurde der Verkehr immer dichter, und zu meiner großen Freude ging irgendwann gar nichts mehr, und wir standen im dicksten Stau. Aus dem Radio kam nur noch ein Rauschen, und Sam schmiss eine CD ein.

Come, come, we go up to church and ring the bell of happiness ..., erklang es aus den alten Boxen.

»Oh, die mag ich!« Ich liebte diesen Song.

»Ehrlich gesagt ist die CD noch von Sarah, aber ich dachte mir schon, dass sie dir gefällt. Ist irgendwie Mädchenmucke.«

»Klingt fast wie eine Beleidigung. Egal ...« Ich zuckte mit den Schultern. »Ich mag sie trotzdem.«

»Okay, ich gebe ja zu, sie sind wirklich nicht schlecht.«

Ich legte meine nackten Füße auf das Armaturenbrett und lehnte mich zurück. So konnte es meinetwegen weitergehen.

Keiner von uns sprach aus, dass es so nicht weitergehen konnte. Ich wählte mal wieder meine Verdrängungstaktik und wollte es einfach nur genießen, dass uns nach letzter Nacht doch noch ein bisschen mehr vom Hier und Jetzt blieb.

»Wenn wir weiter so gut vorankommen, muss ich wohl allen die Koffer einzeln nach Hause fahren.« Er trank einen Schluck Wasser und reichte mir die Flasche.

»Oh, daran hatte ich gar nicht gedacht! Aber ich glaube, mit der Bahn dauert es über sieben Stunden, oder?«

»Ja, aber auf der Hinfahrt habe ich auch länger gebraucht, nur dass es da nicht so wichtig war. Wenn es hier nicht weitergeht, wechseln wir eben auf die Landstraße. Ich hoffe, du bist gut im Kartenlesen.«

»Also, ich hab Zeit.« Von mir aus konnten wir hier die ganze Nacht stehen.

»Ich glaube nicht, dass die anderen bis Mittwoch auf ihr Gepäck warten wollen.« Er streichelte über mein Bein und löste damit sofort ein Kribbeln in meinem Bauch aus.

»Wieso bis Mittwoch?«

»Na, theoretisch musst du ja erst wieder Donnerstag in Berlin sein, wenn du die nächsten drei Tage freihast.«

Ich verstand mal wieder nur Bahnhof. »Was? Davon weiß ich ja gar nichts.«

»Ich aber. Deine Eltern haben dich noch für drei Tage vom Unterricht befreit, damit du dich ausruhen kannst.«

»Das ist ja mal wieder typisch! Wieso wissen alle anderen mehr über mich als ich selbst? Und warum wird ständig über meinen Kopf hinweg entschieden? Ich bin schließlich achtzehn, da kann ich selbstständig entscheiden, ob ich eine Schulbefreiung brauche oder nicht.«

Das musste wirklich aufhören; manchmal fühlte ich mich wie eine Nebendarstellerin in meinem eigenen Leben.

»Also, erstens dachte ich nicht, dass ich zu *allen anderen* zähle, und ich möchte noch viel mehr über dich wissen. Und zweitens solltest du dich vielleicht mehr mit den Menschen um dich herum unterhalten und dich nicht ständig so zurückziehen.« Er warf mir einen ernsten Blick zu.

»Na toll, nur zwei Stunden mit mir im Auto, und schon geht die Kritik an meiner Person los. Ich finde, du weißt genug über mich, schließlich kennst du mich, seit ich neun bin. Jetzt bin ich dran.«

»Na schön … mal überlegen … hm … wusstest du schon, dass ich das Abi geschafft habe, obwohl ich jedes Komma auf gut Glück gesetzt habe?«

Ich rollte mit den Augen.

Er atmete tief durch und drehte die Musik leiser. »Okay, was willst du wissen?«

Ich wollte wissen, was er für mich empfand, wie es seiner Meinung nach ab morgen mit uns weitergehen sollte, ob er seine Mutter vermisste, ob er seinen Vater hasste, welche Bücher und Filme er mochte, ob er die letzte Nacht genauso magisch fand wie ich …

»Warum willst du Lehrer werden? Ich meine, du könntest dir doch mit deinem Abitur alles aussuchen, wozu du Lust hast.«

Er sah mich an und schien nicht zu verstehen, was ich damit sagen wollte.

»Okay, also angenommen, du begegnest deinem jüngeren Ich, sagen wir mal ... deinem fünfzehnjährigen. Was würde dieses Ich dazu sagen, dass du Lehrer werden willst?«

»Ich glaube, mein jüngeres Ich wäre absolut zufrieden, dass wir die Pubertät ohne größere Peinlichkeiten überstanden haben und dass aus uns ein lebensfähiger Mensch geworden ist.« Er sah mich herausfordernd an. »Aber ich wüsste zu gern, was dein jüngeres Ich zu unserer letzten Nacht sagen würde.«

»Sie wäre absolut angewidert, dass ich mit meinem Lehrer ins Bett gegangen bin. Und wenn ich ihr dann sage, um wen es sich handelt, steht sie mit offenem Mund da und glaubt mir kein Wort.« Ich grinste ihn an. »Und dann gibt sie mir High Five.«

Er lächelte schon fast verlegen und wurde dann ernst. »Mein jüngeres Ich würde mir nie glauben, was letzte Nacht geschehen ist, weil du schon immer zu gut für uns warst. Er wäre aber komplett mit unserer Berufswahl einverstanden. Schließlich kennt er unsere Beweggründe.«

Jetzt verstand ich. »Das ist es, was du immer werden wolltest, oder? Aber warum?«

Er lehnte den Kopf gegen die Nackenstütze und schloss kurz die Augen. »Du weißt, wie ich aussehe.«

Ich nickte stumm.

»Und dir ist somit auch klar, dass ich nicht die schönste Kindheit hatte. Ich habe Kurt und dich immer um eure Eltern beneidet, auch dann noch, als sie mich praktisch schon als Familienmitglied zählten.« Er sah mich an, als wolle er sich für diese Gefühle entschuldigen, aber das musste er nicht. »Ich konnte früher keinem Erwachsenen vertrauen, bis ich deinen Vater kennenlernte ... und Frank Feldmann.«

»Frank Feldmann? Du meinst den Feldmann? Unseren alten Sportlehrer?«

»Genau den. Jens und Jenny haben ja ziemlich schnell gecheckt, dass bei mir zu Hause etwas nicht stimmt, also eigentlich gar nichts stimmt. Sie haben immer und immer wieder auf mich eingeredet. Ich sollte begreifen, dass mir Unrecht geschah, und mit ihnen zum Jugendamt gehen. Sie wollten sogar meine Pflegeeltern werden.«

Ich schluckte. Das hätte ja bedeutet, dass wir jetzt so was wie Geschwister gewesen wären. Sam warf mir einen Blick zu und nickte, als habe er meine Gedanken erraten.

»Na, jedenfalls konnte ich das meinem Vater nicht antun. Egal, wie viel er falsch gemacht hatte, als Kind hältst du einfach zu den Eltern. Deine Eltern haben irgendwann aufgehört, mich zu bedrängen, und wohl beschlossen, einfach immer für mich da zu sein, wenn ich sie brauchte. Sie haben auch die Wohnung für Kurt und mich angemietet, damit ich so früh wie möglich von zu Hause ausziehen konnte. Ich bin ihnen sehr dankbar … und habe Angst, dass sie sich hintergangen fühlen, wenn herauskommt … was ich für dich empfinde.« Seine Stimme war nur noch ein raues Flüstern.

Was er für mich empfand? Ich starrte auf die Straße. Ein Auto reihte sich an das nächste, so weit das Auge reichte.

»Und was ist mit dem Feldmann?« Ich versuchte, meine Gedanken zu ordnen und meine Gefühle unter Kontrolle zu halten.

»Der ist aufmerksam geworden, als ich mich weigerte, am Schwimmunterricht teilzunehmen. Niemand sollte meine Narben sehen. Er lud meinen Vater mehrmals zum Elterngespräch ein; der ging aber nie hin. Ich machte mir Sorgen, dass Frank eines Tages vor unserer Tür stehen würde, und deswegen zeigte ich ihm meinen Rücken. Hab mir irgendeine Geschichte dazu ausgedacht, die er aber nicht geschluckt hat. Damals hat er mich auch nicht weiter darauf angesprochen. Er wusste nur eins – ich war ein Hänfling und brauchte Hilfe. Von da an hat er zweimal die Woche mit mir Krafttraining gemacht und mich in einem Selbstverteidigungskurs untergebracht. Ich hatte keine Ahnung, was er sich alles zusammenreimte, doch im Laufe der Jahre sind wir so was wie Freunde geworden. Lange nachdem ich endlich volljährig war, habe ich ihm die ganze Wahrheit anvertraut und erfahren, dass er immer dachte, ich hätte Stress mit irgendwelchen Jugendlichen in meiner Gegend. Dein Vater und er sind große Vorbilder für mich, und ich hoffe, dass ich das, was ich von ihnen bekommen habe, eines Tages einem anderen Kind zurückgeben kann, wenn es Hilfe braucht. Deswegen will ich Lehrer werden.« Er sah mich nicht an. Den Kopf immer noch nach hinten gelehnt, starrte er an die Decke.

Ich spürte, dass er seine Geschichte wohl zum ersten Mal in Worte gefasst hatte. Seine Entscheidung, diesen Beruf zu ergreifen, hatte so eine Tiefe, war ihm ein so starkes Bedürfnis, damit hatte ich nicht gerechnet.

»Wir dürfen uns nicht mehr sehen.«

Er blickte mich immer noch nicht an und schloss die Augen. »Ich weiß. Es tut mir leid, dass ich dich damit belastet habe, aber ich wollte, dass du mich verstehst und erkennst, wie kaputt ich bin. Zu kaputt für dich.«

»So meinte ich das nicht. Sieh mich an! Bitte.«

Er wandte sich zu mir um. Seine Haare waren ungekämmt, sein Gesicht mit den blauen Augen glänzte. Ein Schweißtropfen lief ihm am Hals hinunter. Sein Blick war flehend.

Ich schnallte mich ab, setzte mich auf seinen Schoß und nahm sein Gesicht in beide Hände.

»Was ich damit meine … ich will doch nicht daran schuld sein, dass du deinen Job verlierst. Und das wird passieren, wenn wir uns nicht zurückhalten. Dann wirst du die Sache mit mir bereuen. Also gibt es nur eins … wir dürfen uns nicht mehr sehen … denn wenn du in meiner Nähe bist, fällt es mir unfassbar schwer, die Finger von dir zu lassen.«

Aus den Lautsprechern erklang *Loveland*. Sams Finger glitten unter mein T-Shirt und fuhren meinen Rücken entlang.

»Nein, mir fällt es schwer«, flüsterte er und legte seine Lippen auf meine.

Meine Gedanken flogen davon, alles Gesagte war vergessen,

denn es gab nur Platz für dieses berauschende Gefühl, das von mir Besitz ergriff, sobald Sam mich berührte. Ich wollte ihn spüren. Nichts war für mich in den letzten Tagen lebensnotwendiger geworden, als seinen Mund auf meinen Lippen zu fühlen, seine rauen Hände, die meinen Körper erkundeten. Wie konnte ich mir nur einreden, dass ich irgendwie damit klarkäme, ihn nicht mehr zu sehen? Es war unmöglich. Ohne Nahrung zu überleben, erschien mir im Moment einfacher, als auch nur vierundzwanzig Stunden von ihm getrennt zu sein. Er war alles, was ich brauchte.

Mit den Fingern strich ich ihm über den Bauch. Er umklammerte meinen Po und zog mich fest an sich heran. Ich spürte, wie erregt er war. Er biss mir in die Unterlippe, mein Atem ging schwer, und mir wurde schon fast schwindelig.

Plötzlich ertönte eine laute Hupe. Erschrocken ließen wir voneinander ab und blinzelten benommen aus dem Fenster. Im Wagen neben uns saß eine Familie. Der Mann schaute peinlich berührt weg, aber die Frau hatte einen erbosten Ausdruck im Gesicht. Auf dem Rücksitz saßen zwei etwa zwölfjährige Jungen mit offenen Mündern und grinsten breit. Wir grinsten zurück, während ich mein zerzaustes Haar wieder einigermaßen in Ordnung brachte.

Sam hob mich von sich runter und wandte sich durch die heruntergekurbelte Scheibe an die Frau. »Ihre Jungs sehen wirklich traumatisiert aus!«, rief er. »Sie sollten unbedingt mit ihnen darüber reden, damit die armen Seelen keinen Schaden nehmen.« Dann legte er den Gang ein, rangierte ein wenig hin und her, zog mit dem Bus auf den Standstreifen hinüber und fuhr langsam an der Autokolonne vorbei.

»Was hast du vor?« Er konnte ja wohl schlecht vorhaben, auf diese Weise den Stau zu umgehen.

Er deutete auf ein Schild – in einem Kilometer gab es eine Ausfahrt.

»Wir fahren ab. Da wir offenbar beide nicht zurechnungsfähig sind und du mich kaum davon abhalten wirst, dir hier an Ort und Stelle die Klamotten vom Leib zu reißen ...«

»Wahrscheinlich nicht«, gab ich zu und sah, wie seine Augen aufleuchteten.

»... deswegen muss ich jetzt der Vernünftige von uns beiden sein ... wer hätte das gedacht ... und dafür sorgen, dass sich unser Verstand nicht weiter im Leerlauf befindet.«

Ich war ein wenig enttäuscht, denn ich mochte das Gefühl, dass sich mein Verstand im Leerlauf befand, dafür unsere Körper aber auf Hochtouren liefen.

Als wir endlich zu der Ausfahrt gelangten, lachten wir gleichzeitig los.

»*Lederhose*? O Mann, das muss ich sehen! Meinst du, der Name ist Programm?« Er schüttelte sich, als müsse er ein Bild aus dem Kopf kriegen.

Leider sahen wir in dem thüringischen Örtchen keine Lederhosen tragenden Dorfbewohner. In kürzester Zeit waren wir auch schon hindurchgefahren und wussten nicht, ob sich Lederhose im Dornröschenschlaf befand oder schon ausgestorben war und in *Tote Hose* umbenannt werden sollte. Wir ließen die Kirche im Dorf und schlängelten uns einen malerischen Weg entlang, der von grünen Wiesen mit knorrigen Obstbäumen gesäumt war. Auf einer leichten Anhöhe wendete Sam den Bus und hielt rechts an, sodass wir ins Tal hinabblicken konnten.

Er verschränkte die Arme hinter dem Kopf und starrte nach draußen. »Ich würde gern da weitermachen, wo wir eben unterbrochen wurden ...«

Ich auch.

»... aber im Wagen neben uns hätte auch deine Familie sitzen können. Und wie hätte ich das erklären sollen? Ich habe sie schon genug enttäuscht und ihr Vertrauen missbraucht.«

Sein Blick war schmerzerfüllt. »Sie würden das nicht wollen.«

»Sie lieben dich wie ihren eigenen Sohn.« Es tat mir weh, dass er sich so schuldig fühlte. Das wollte ich nicht.

»Aber sie können bestimmt nicht verstehen, dass ich ihre Tochter und Schwester liebe. Wie sollten sie auch?«

O Gott! Hatte er gerade gesagt, dass er mich liebte? Konnte das sein? Ich wusste, was ich für ihn empfand. Wusste, dass es Liebe war. Ich spürte es einfach, ich musste mich nicht fragen, was meine Gefühle für ihn bedeuteten und wie tief sie waren. Dieses Gefühl hatten meine Eltern vom ersten Moment an gespürt, und es hatte bis heute angehalten. Egal, ob man sich erst einen Tag kannte oder schon sein halbes Leben. Ich liebte alles an Sam. Und für ihn wollte ich stark sein – und die Notbremse ziehen.

Er sah mich an, und ihm war offenbar bewusst, wie sehr er sich gerade mir gegenüber geöffnet hatte. »Ella, sag doch bitte etwas!«

Ich setzte mich wieder auf seinen Schoß, den einzigen Platz, an dem ich sein wollte, und küsste ihn sanft.

»Sam.« Meine Stimme war nur ein Flüstern. »Ich bin in dich verliebt, seit ich zwölf war, und deswegen kann ich auch weiter auf dich warten. Vielleicht, bis ich mit der Schule fertig bin. Ich weiß zwar noch nicht, wie, aber irgendwie kriegen wir das hin, und ich bereue es jetzt mehr denn je, dass ich die Elfte wiederholen muss. Meine Eltern und Kurt werden das mit Sicherheit verstehen, weil sie wissen, was für ein toller Mann du bist.«

Sam schmiegte sein Gesicht in meine Hand und küsste die Fingerspitzen.

»Ich will, dass du mich ein letztes Mal küsst. Und es soll nicht damit enden, dass wir hinten im Bus landen und du mir die Klamotten vom Leib reißt.« Ich verschränkte meine Finger mit seinen, damit unsere Hände erst gar nicht die Möglichkeit dazu bekamen. »Und dann fahren wir nach Hause.«

Das war doch mal ein Plan. Liebe gestehen, küssen und dann

weiterfahren, als sei nichts gewesen. Mir war klar, dass dieser Plan nicht aufgehen konnte, aber ich hatte keinen anderen.

Sam strich mir mit den Lippen über den Kiefer. Ich schloss die Augen und spürte wieder dieses wohlige Kribbeln im Bauch. Er fuhr über mein Kinn zur Unterlippe, und mein Verlangen steigerte sich ins Unermessliche. Ich inhalierte seinen Atem. Meine Zunge fuhr zwischen seine geöffneten Lippen. Unsere ganze Leidenschaft und Begierde und den Schmerz darum, dass es unser letzter sein sollte, legten wir in diesen einen Kuss. Außer Atem hielten wir inne, bevor wir unserer Lust völlig nachgaben.

Langsam und völlig benommen stieg ich von ihm runter. »Okay ... lass uns nach Hause fahren!«

Tief durchatmend rieb er sich das Gesicht. »Gleich, aber vorher müssen wir noch unbedingt etwas erledigen. Komm!« Er stieg aus, ging nach hinten und öffnete die Türen zum Laderaum.

Wollte er doch noch mehr? Würde ich Nein sagen? Wahrscheinlich nicht. Ganz sicher nicht.

Doch zu meiner Enttäuschung und Erleichterung zog er sein altes und völlig abgenutztes Longboard hervor. Ich blickte ihn fragend an. Mit einer ausladenden Bewegung deutete er auf die gewundene Straße vor uns.

»Da müssen wir unbedingt runterfahren.« Seine blauen Augen strahlten vor Begeisterung.

»Was meinst du mit *wir*? Ich fahr da ganz sicher nicht runter, ich kann auf so einem Teil nicht mal stehen. Und was ist, wenn ein Auto kommt?«

»Hast du in den letzten zehn Minuten hier irgendjemanden vorbeifahren sehen?«

»Nein, aber ich hab auch nicht darauf geachtet, und außerdem ist ja dann jetzt wohl die Chance größer. Wahrscheinlich kommt gleich ein Traktor um die Ecke oder so ein riesiger Mähdrescher.« Ich verschränkte die Arme vor der Brust.

»Ella, ich passe auf dich auf, versprochen. Aber ich will unbedingt, dass wir da zusammen runterfahren.«

»Wie? Zusammen?«

»Na ja ... Also, du setzt dich einfach vorn auf das Board, es ist groß genug für uns beide. Die Füße musst du immer auf dem Brett lassen und darfst sie auf keinen Fall runternehmen. Und ich stelle mich hinter dich.«

Ehe ich mich versah, saß ich schon auf dem Longboard und hielt mich mit verkrampften Fingern an den Seiten fest. Ganz sicher, wir waren des Todes!

Sam stellte sich hinter mich und legte mir die Hände auf die Schultern. »Seit du zwölf bist, ja?«

Ich hörte sein breites Grinsen und wagte ihn nicht anzusehen. »Jip, und jetzt vergiss das ganz schnell wieder, sonst muss ich vor Scham im Boden versinken.«

»Ella ...« Er beugte sich leicht vor, und seine Finger wanderten von meinen Schultern zum Hals und strichen mir über den Nacken. Dann stieß er sich mit dem linken Fuß ab, und wir rasten die Straße hinunter.

Das Gefühl, das seine Haut auf meiner auslöste; die Geschwindigkeit, fünf Zentimeter über dem Asphalt; der Duft der Wiesen, die an uns vorbeirauschten – es war der Wahnsinn. In den Kurven wies er mich an, das Gewicht zu verlagern. Ich schrie und musste mich beherrschen, meine Füße nicht als Bremse zu benutzen. Wie sollten wir anhalten? Wollte ich überhaupt anhalten? Meine Angst war wie weggeblasen; das Adrenalin hatte übernommen, und ich genoss den warmen Wind auf der Haut. Als sich die Straße ebnete, wurden wir langsamer und rollten aus. Ich war total erleichtert, dass wir unten angekommen waren, ohne zu stürzen oder mit einem Traktor zusammenzustoßen.

»Und?« Sam sah mich freudestrahlend an.

»Das war unglaublich, ich hab mir vor Angst fast in die Hosen gemacht. Können wir das noch mal machen?«

Er grinste und legte mir einen Arm um die Schultern. Ich umschlang seine Hüften, und wir schlenderten langsam wieder hoch zum Bus.

Oben angekommen, verstaute er sein Longboard wieder und seufzte. »Wir müssen weiter.«

»Ich weiß.« Mir versagte die Stimme. Ich wollte nicht nach Berlin, meine Gefühle nicht leugnen.

Es war einfach unfair.

Aber wir wussten beide, dass zu viel auf dem Spiel stand. Sams Zukunft.

Sam schaltete einen regionalen Radiosender an und lauschte den Verkehrsnachrichten. Ich leitete ihn anhand der Landkarte, und nach einer halben Stunde wechselten wir in Eisenberg wieder auf die fast leere Autobahn. Der Stau lag hinter uns. Keine drei Stunden mehr, und ich wäre wieder zu Hause.

Sam legte die nächste CD ein. Ich kannte die Band nicht, aber er erklärte mir, dass diese – genau wie ihre Band – nur aus einem Schlagzeuger und einem Gitarristen bestand. Dafür konnten sie ordentlich Krach machen, der Sänger schrie sich die Kehle aus dem Leib, und der Drummer spielte sich fast zu Tode. Es war, als würden sie um ihr Leben spielen.

Ich entspannte mich langsam und ließ mich auf die Musik ein. Im völlig zugemüllten Fußraum kramte ich zwischen leeren Wasserflaschen, Katalogen für Musikequipment und Zeitschriften nach irgendwas Lesbarem, bis mir ein bekanntes, völlig zerlesenes Buch in die Hände fiel. *Into the Wild*.

»Deins?« Ich strich über den zerknickten Buchrücken.

»Ja, eins meiner Lieblingsbücher. Ich hab's immer im Bus und lese drin, wenn ich unterwegs bin.«

»Das gleiche Buch liegt in meinem Rucksack, allerdings die deutsche Ausgabe.«

Sam lächelte mich schief an, aber sein Blick war traurig. »Wir passen gut zusammen, oder?«

Darüber wollte ich nicht nachdenken. Er passte nicht nur zu

mir, er gehörte zu mir, und nun konnten wir zusehen, wie wir damit klarkamen.

»Ich bin nur froh, dass wir nicht geendet sind wie Alexander Supertramp«, lenkte ich ab.

»Stimmt. Obwohl wir in der Höhle wahrscheinlich nichts gefunden hätten, um uns zu vergiften. Aber langsames Verhungern wäre gut möglich gewesen. Apropos verhungern, hast du heute überhaupt schon was gegessen?«

Mist. Ich schüttelte den Kopf. »Nur Kaffee.«

Er sah mich ernst an und zog eine Augenbraue hoch. Eine Viertelstunde redete er kein Wort mit mir, und als die nächste Tankstelle angekündigt wurde, zog er rechts rüber. Nachdem er den Bus vollgetankt hatte, ging er zum Shop und kramte in seinen Hosentaschen nach Geld. Ich konnte mich einfach nicht an ihm sattsehen. Das chaotische braune Haar ging ihm fast bis zu den Schultern, die schwarze Jeans saß lässig auf seinen Hüften, über dem schwarzen T-Shirt trug er ein dunkelblaues Hemd, dessen Ärmel er hochgekrempelt hatte, seine Stiefel waren offen. Ich bemerkte, dass mir sein Anblick schon wieder den Atem verschlug, denn als sich die automatische Tür hinter ihm schloss, schnappte ich hörbar nach Luft. Ich atmete tief durch und drehte die Musik lauter. Die Two Gallants sangen *Darling please don't hesitate, can I get you now or must I wait*. Ich schloss die Augen und versuchte den Text zu verstehen, bis die Fahrertür aufging und Sam eine große braune Papiertüte auf meinem Schoß abstellte.

Er nahm sich eine Coladose heraus und hielt mir ein Schokocroissant hin. »Iss! Bei dem anderen Zeug wusste ich nicht, was du magst. Deswegen hab ich dir eine kleine Auswahl zusammengestellt.« Mit lautem Zischen öffnete er die Cola.

Ich biss von meinem Croissant ab. »Danke.«

In der Tüte lagen mehrere Schokoriegel, Gummibärchen, Chips und noch eine Cola. »Ich mag die hier«, sagte ich und zog einen Beutel M & Ms hervor.

Er lächelte, und während er trank, fädelte er sich wieder in den Verkehr ein.

Berlin kam näher, und mit jedem Kilometer wurde ich hibbeliger. Vielleicht lag es an dem ganzen Zucker, aber ich fühlte Panik in mir aufsteigen, wenn ich daran dachte, mich von Sam trennen zu müssen. Ich wollte keine Nacht mehr ohne ihn sein. Der Verkehr wurde immer dichter, und ich hoffte insgeheim, dass sich noch mal ein Stau bildete, aber leider kamen wir – wenn auch manchmal sehr zähflüssig – viel zu schnell voran und hatten am frühen Nachmittag den Berliner Ring erreicht.

Im Verlauf der Fahrt wurde er immer schweigsamer. Erst dachte ich, er müsse sich auf den Verkehr konzentrieren, aber wenn ich ihn mal etwas fragte oder sagte, reagierte er nur noch sehr einsilbig. Es musste an mir liegen. Vielleicht hatte er ja schon genug von mir und war froh, wenn er mich zu Hause absetzen konnte. Ich saß im Schneidersitz, starrte aus dem Fenster und sah den vorbeirauschenden Autos hinterher. Wie konnte sich seine Stimmung so schnell ändern?

»Weißt du, Sam, es war nicht meine Idee, mit dir zurückzufahren. Es wurde – wie so viel anderes auch – für mich entschieden. Von dir«, platzte es aus mir heraus.

Er sah mich an und öffnete den Mund, als wolle er darauf etwas erwidern, entschied sich aber dagegen. Sein Blick war düster.

Es lag also eindeutig an mir. Immerhin hatte er sich während der ganzen Fahrt nicht einmal über die anderen Autofahrer aufgeregt, während ich sie alle innerlich für ihren Fahrstil verfluchte. Sam war die Ruhe selbst, nur mit mir schien er ein Problem zu haben.

Mittlerweile hatten wir die Stadt erreicht, und langsam war ich froh darüber. Ich wollte nicht länger neben ihm sitzen und darüber nachgrübeln, was mit mir oder ihm nicht stimmte.

»Du kannst ruhig gleich zum Bahnhof fahren, ich finde von dort aus den Weg nach Hause.«

»Sei nicht albern! Das ist kein großer Umweg, und außerdem bleibt noch genug Zeit, bis der Zug kommt.« Er sah mich nicht an.

Jetzt war ich also wieder albern. Ich hatte keine Lust, von ihm wie ein kleines Kind behandelt zu werden. Am liebsten wäre ich an der nächsten roten Ampel ausgestiegen, aber das wäre dann wahrscheinlich auch in die Kategorie *albern* gefallen.

Endlich bogen wir in meine Straße ein. Immer wenn ich von einer Reise zurückkam, versuchte ich in meiner Umgebung etwas Neues zu entdecken, frisch gesprühte Graffiti, einen Laden, der aufgab und schloss, ein neuer, der eröffnete, eine Baustelle … Diesmal jedoch war alles so, wie es gewesen war, als ich vor einer Woche abfuhr. Seltsam, nachdem sich doch in mir so viel verändert hatte, war hier alles gleich geblieben.

Sam hielt vor meiner Haustür und stellte den Motor ab. Er atmete tief durch und sah mich endlich an. Sein Blick war verschlossen.

»Hör zu, Ella, es ist das Beste, du vergisst, was zwischen uns war.« Seine Stimme klang ruhig.

Ich verstand nicht. »Was meinst du?«

Er seufzte. »Aus uns wird nie etwas werden. Es … es tut mir leid, ich weiß auch nicht, was in den letzten Tagen in mich gefahren ist.«

Da war ich wieder. Auf dem Boden der Tatsachen. Ich fühlte mich, als hätte mir jemand einen Schlag in den Magen versetzt. Konnte man etwas eine Enttäuschung nennen, wenn man es eigentlich erwartet hatte? Ich konnte.

»Okay«, flüsterte ich. Mir schossen Tränen in die Augen. Ich musste so schnell wie möglich hier weg. »Mach's gut, Sam.« Mir brach die Stimme.

Ich stieg aus und riss meinen Rucksack hinten von der Ladefläche. Sam stand plötzlich neben mir, um mir zu helfen, aber ich wollte ihn nicht mehr sehen.

»Ella, versteh doch!«

»Keine Sorge, ich verstehe.« Ich wischte mir die Tränen aus dem Gesicht, und ohne mich umzudrehen, schloss ich die Haustür auf und ging hinein.

Ich lehnte mich an die Wand im kühlen Hausflur. Natürlich verstand ich. Warum sollte er mich auch lieben? Wer war ich schon? Ich rutschte an der Wand nach unten und saß auf dem gefliesten Boden. Wie konnte ich ihn nur so tief in mein Herz lassen? Ich wusste, warum. Weil ich es wollte, weil es sich so richtig angefühlt hatte und weil er mir die ganze Zeit das Gefühl gegeben hatte, er empfinde genauso. Aber da hatte ich mich anscheinend getäuscht. Ich starrte an die Decke und schluchzte. War etwa alles nur gespielt gewesen? Vielleicht hatte er ja gar nicht mit seiner Freundin Schluss gemacht, und ich war nur ein kleines Abenteuer für zwischendurch. So hätte ich ihn niemals eingeschätzt. Ich fühlte mich richtig scheiße, total verarscht. Verzweifelt blieb ich noch ein paar Minuten im Hausflur sitzen, um mich zu beruhigen, bevor ich meinen Eltern unter die Augen trat. Jetzt war ich wirklich froh, dass mir noch drei Tage blieben, um wieder klarzukommen. Nach einer Weile rappelte ich mich auf und nahm mir vor, meinen Gefühlen nicht mehr so nachzugeben, wie ich es in der letzten Woche getan hatte. Das hatte mich nur verletzlich gemacht.

Ich wischte mir die Tränen weg und stieg langsam die Stufen zu unserer Wohnung hinauf. Ich schloss auf und rechnete schon damit, dass sich meine Eltern jeden Moment auf mich stürzten, aber außer Pixie, die mir gleich schnurrend um die Beine strich, war niemand da. Wahrscheinlich brachten sie gerade das Auto weg. Ich ließ den Rucksack fallen, ging ins Bad und wusch mir das Gesicht mit eiskaltem Wasser. Im Spiegel überprüfte ich, ob sich mein innerer Zustand von außen ablesen ließ. Ich sah fertig aus, aber das konnte ich auf die Erschöpfung durch die letzten Tage schieben. Was ja irgendwie auch stimmte. Als ich aus dem Badezimmer trat, drehte sich ein Schlüssel in der Wohnungstür, und mit drei Pizzaschachteln beladen, standen meine Eltern im Flur.

»Ella, Schatz, du bist ja schon da! Wir wollten dich eigentlich gleich vom Bahnhof abholen.« Meine Mutter nahm mich in den Arm.

»Äh ja ... nein. Ich bin dann doch bei Sam mitgefahren.«

»Ach was. Ich dachte, er hatte keinen Platz mehr.«

»Ja, es war auch ganz schön eng.« Was faselte ich da eigentlich?

»Umso besser.« Mein Vater stellte die Kartons ab. »Dann können wir die Pizza ja essen, solange sie noch warm ist. Wir hatten deinen Bruder und Emma noch eingeladen, aber sie haben noch irgendwas *Wichtiges* zu erledigen.« Er betonte seine Worte übertrieben und malte Anführungsstriche in die Luft. »Nicht zu fassen, Kurt und Emma! Wer hätte das gedacht?«, seufzte er kopfschüttelnd.

Also war es jetzt schon offiziell. Das ging ja schnell. Obwohl, eigentlich auch wieder nicht, wenn ich bedachte, dass Emma meinem Bruder bestimmt schon seit drei Jahren schöne Augen machte. Und eigentlich sollte ich mich ja für beide freuen, aber das fiel mir im Moment nicht so leicht. Ich nahm mir vor, wenn Emma mir von ihrem frischen Glück erzählte, sie nicht mit meiner Laune runterzuziehen. Hoffentlich war sie zu schwer mit Kurt beschäftigt und verschonte mich noch die nächsten drei Tage mit ihrer *Lovestory*.

Wir gammelten im Wohnzimmer auf der Couch, und während mein Vater sich über meine verschmähte Pizza hermachte, musste ich widerwillig einige Details von meinem Sturz und der Zeit in der Höhle erzählen, die meine Eltern mir mühsam aus der Nase zogen. Da ich alles von Sam und mir ausließ, gab es nicht so viel zu berichten, und auch über den riesigen Saal mit dem See gab ich nichts preis. Wir hatten beschlossen, niemandem davon zu erzählen, in der Hoffnung, der Ort werde nie erschlossen und nur uns gehören, was natürlich albern war.

Mittlerweile erkundete wahrscheinlich schon ein Trupp Geologen die Höhle.

Nach dem Essen schloss ich mich im Bad ein und legte mich so lange in die mit heißem Wasser gefüllte Wanne, bis meine Haut wie ein schrumpeliger Apfel aussah. Um siebzehn Uhr legte ich mich ins Bett und schlief einfach ein. Ich war total fertig. Irgendwann, es war schon dunkel, wurde ich durch das Klingeln unseres Telefons geweckt. Ich hörte, wie meine Mutter Emma abwimmelte, und schlief sofort weiter. In meinem Traum saß ich in einer Grube, aus der ich einfach nicht herauskam. Immer wieder rutschte ich an der steilen sandigen Wand ab. Sam stand oben und sah auf mich herab. Einen Arm hatte er um die Schultern seiner Freundin gelegt. »Vergiss, was war!« Leidenschaftlich küsste er Sarah, dann drehten sich die beiden um und ließen mich zurück.

Ich schreckte hoch. Es war kurz nach drei und an Schlaf nicht mehr zu denken. Pixie trappelte in mein Zimmer und freute sich, dass sie jemanden gefunden hatte, der wach war. Sie sprang auf mein Bett und kroch zu mir unter die Decke. Ihr kuscheliger warmer Katzenkörper tröstete mich. Doch schon bald hielt ich es im Bett nicht mehr aus und stand auf. Ich stöpselte mir die Kopfhörer von meinem MP3-Player ins Ohr. Die Violent Femmes sangen *Cause it's gone Daddy gone, the love is gone.* Wie passend. Ich sah auf mein Handy. Keine Nachricht. Nichts.

Schluss mit dem Selbstmitleid! Ich raffte mich auf und packte meinen Rucksack aus. Jon Krakauers *In die Wildnis* stellte ich ins Regal zurück. Meine Stifte und mein Notizbuch legte ich auf den Schreibtisch. Ich schlich mich ins Bad und stopfte meine dreckigen Klamotten in den Wäschekorb. Dabei fiel mir das T-Shirt in die Hände, mit dem ich Sams Wunden sauber gemacht hatte. Sein – und wahrscheinlich auch mein – Blut klebte daran. Das bekam ich nie wieder sauber. Wütend warf ich es in den Mülleimer, nur um es sofort wieder rauszuholen. Ich roch daran, faltete es ordentlich zusammen und packte es nach ganz hinten in meinen Kleiderschrank. Mittlerweile war ich total wach. Ich saß an meinem Schreibtisch und starrte nach draußen. Die Straße wurde durch die Laternen hell erleuchtet. Ich blätterte in meinem Notizbuch und blieb auf der letzten Seite hängen. Sie zeigte die Höhle in ihrer ganzen Pracht. Als ich diesen Ort zeichnete, war ich überwältigt von seiner Schönheit und Magie; jetzt aber kam es mir viel zu kitschig vor. Ich nahm mir einen von meinen etlichen schon mit Leinwand bespannten Keilrahmen, kramte in einer alten Holzschachtel nach Kohlestiften und zeichnete drauflos. Wenn man mit Kohle auf Leinwand zeichnete, musste jeder Strich sitzen, Fehler ließen sich nur schwer wieder ausradieren. Doch mir ging alles leicht von der Hand. Es war, als würde das Bild aus all meinen Poren nach außen drängen, wie bei einem Dichter die poetischen Worte, bei einem Komponisten die Melodie. Den klaren See verwandelte ich in ein schwarzes Loch. Die Schatten der Felsen wirkten bedrohlich, und die Spitzen der Tropfsteine funkelten gefährlich. Als ich fertig war, ging die Sonne langsam über der Stadt auf, und ich hörte gedämpft den Radiowecker meiner Eltern. Zufrieden betrachtete ich mein Werk. Ja, das war ein guter Abschluss für diese alberne, romantische Kitschgeschichte. Das war meine Art der Therapie; ich sprach nicht gern über meine Gefühle, ich verarbeitete sie in meinen Bildern. Schnell fixierte ich nur noch die Farbe, dann legte ich mich zufrieden wieder ins Bett, und während die Welt da draußen heller wurde und erwachte, schlief ich wieder ein.

9

Als ich aufwachte, war es ganz ruhig in der Wohnung. Endlich allein. Doch im selben Augenblick traf mich meine Einsamkeit mit voller Wucht. Ich rollte mich zusammen, und alle Tränen, die ich seit gestern Nachmittag unterdrückt hatte, bahnten sich ihren Weg und flossen unaufhaltsam aus mir heraus. Es tat so weh, seine Worte brannten in meiner Brust. Mir war ja bewusst, dass es für uns beide kaum eine Chance gab, aber ich liebte ihn, und er hatte das ausgenutzt. Ich konnte es immer noch nicht fassen. Sein Blick war so kalt gewesen, das Blau seiner Augen nicht strahlend, sondern eisig. So kannte ich ihn nicht, und tief in meinem Innern spürte ich, wie sehr mein Herz sich nach ihm verzehrte. Ich konnte nichts an meinen Gefühlen ändern.

Ich atmete tief durch, stand endlich auf und schleppte mich ins Bad. Im Spiegel entdeckte ich ein blasses, lebloses Gesicht. Ich sah echt kaputt aus. Kein Wunder, dass Sam mich nicht wollte. Doch allein der Gedanke an ihn versetzte mir erneut einen Stich, und es war mir nicht möglich, ihn beiseitezuschieben. Ich putzte mir die Zähne, wusch mir die Tränen aus dem Gesicht, kämmte mein Haar endlich mal wieder so gründlich, dass kein einziger Knoten mehr vorhanden war, und flocht es seitlich zu einem Zopf. Ich suchte mir eine frische Jeans aus dem Schrank und schlüpfte in ein kariertes Hemd. In der Küche machte ich mir einen Kaffee. Ich konnte einfach nichts anderes runterkriegen, denn durch meine Heulerei saß mir ein dicker Kloß im Hals. Mit meiner Tasse setzte ich mich auf den Balkon, lauschte dem Rauschen des Verkehrs im Hintergrund, dem Zwitschern der Vögel und überlegte, was ich mit dem Tag anfangen sollte. Ich wollte auf keinen Fall in meinem Zimmer liegen, an die Decke starren und mich selbst bemitleiden. Ich erlaubte mir nicht, in ein noch tieferes Loch zu fallen, hatte Angst, da nicht mehr rauszukommen. Ich wollte nicht lesen, nicht fernsehen, und Musik ertrug ich im Moment auch nicht. Damit kam es schon mal nicht infrage, in die Bibliothek zu gehen. Eigentlich wollte ich mir ja Unterwäsche kaufen, aber das hielt ich nicht mehr für nötig, und in Zukunft würde ich dafür sorgen, dass ich nicht wieder in solch prekäre Situationen geriet.

Ich entschied mich, meiner Mutter einen Besuch im Blumenladen abzustatten. Ich sah ihr gern dabei zu, wie sie kunstvoll die einzelnen Blüten miteinander verband. Es beruhigte. Ihr Laden befand sich vier Querstraßen von unserer Wohnung entfernt, und ich konnte zu Fuß hingehen. Sie konnte das Geschäft gerade so erhalten, obwohl die Miete mittlerweile ziemlich hoch war. Ihre einzige Mitarbeiterin war Evelyn, die am Monatsende wahrscheinlich mehr Lohn bekam als meine Mutter. Am besten verdiente sie an ihren Hochzeitsgestecken, die sie meistens aus Seerosen oder Lotusblüten band, die unverschämt teuer, aber wunderschön waren. Sie fuhr extra immer zu einer Seerosenfarm in Brandenburg, um sich die schönsten Exemplare auszusuchen.

»Hallo, Mama!« Ich betrat den Laden.

»Oh, Ella!« Sie lugte hinter einem riesengroßen Blumenstrauß hervor. »Ich wollte eigentlich nachher mal kurz den Laden schließen und mit dir zu Mittag essen, aber schön, dass du zu mir kommst. Fühlst du dich schon fit genug?«

»Na klar, mir geht's gut. Ich musste mich nur mal richtig ausschlafen.« Ich setzte ein Lächeln auf und hoffte, dass es echt wirkte.

»Na prima, dann kannst du mir ja helfen und die Kundschaft bedienen. Ich habe hier nämlich noch einige Bestellungen zu erledigen, und Evelyn hat heute frei. Aber essen gehen wir nachher trotzdem.«

»Okay, aber bitte nicht schon wieder Pizza!«

Meine Mutter sah mich schmollend an, denn sie wollte immer nur zu ihrem Lieblingsitaliener. Dort war es laut, voll, die Tischdecken hatten Löcher, und die Pizzen waren so riesig wie Wagenräder.

»Na gut.« Ich verdrehte die Augen. »Ich kann mir ja auch was anderes bestellen.«

»Kluge Entscheidung.« Sie klatschte in die Hände und freute sich wie ein kleines Kind.

Gern wäre ich mehr so wie meine Mutter gewesen, aber ich neigte oft dazu, mich zurückzuziehen. Gern hätte ich etwas von ihrer positiven Energie gehabt, denn ihr Motto lautete stets: Es läuft, zwar bergab und rückwärts – doch es läuft. Aber es tat gut, mal wieder im Laden mitzuhelfen. Das war im letzten Jahr so gut wie nie vorgekommen. Zügig arbeitete meine Mutter ihre Bestellungen ab, und ich kümmerte mich um die Handvoll Kunden. Mich störte nicht mal die Musik, die ununterbrochen im Hintergrund dudelte, denn ohne konnte meine Mutter praktisch nicht existieren. Um halb eins schlossen wir den Laden ab. Wir nahmen ihr Fahrrad, und ich setzte mich wie früher, als ich noch ein Kind war, auf den Gepäckträger. Wir fuhren über das holperige Kopfsteinpflaster zu ihrem Leib- und Magenitaliener. Es war zum Glück nicht allzu voll, und wir mussten uns nicht anschreien, um uns zu verständigen, so wie es abends durchaus vorkommen konnte. Ich bestellte mir das Tagesgericht, Linguine mit Zucchini und Parmesan, meine Mutter eine gigantische Pizza mit Rucola.

»Also, ich weiß noch gar nicht so richtig, was ich von der Sache mit Kurt und Emma halten soll.« Meine Mutter kaute auf einem Stück Pizza herum. »Eigentlich hatte ich mittlerweile fest damit gerechnet, dass Kurt mit dreißig noch Jungfrau ist.«

Ich verschluckte mich an meinen Nudeln. »Mama, also echt!

Bloß weil er nie eine Freundin anschleppt, heißt das doch noch lange nicht, dass er noch nicht ... okay, doch, ich glaube, du hast recht.« Wir prusteten beide los, wobei uns das Essen fast im Hals stecken blieb.

Ich nahm mir vor, Emma irgendwie zu verklickern, dass sie es mit meinem Bruder behutsam angehen sollte.

»Findest du denn, Emma ist nicht die Richtige für ihn?«, fragte ich.

»Schatz, da bin ich nun wirklich die Letzte, die sich jemals ein Urteil darüber anmaßt. Deine Großeltern fanden auch nicht, dass ich die Richtige für deinen Vater sei, und nach all den Jahren muss ich es ihnen immer noch beweisen. Ich mag Emma, sie ist schließlich deine beste Freundin. Aber wie fühlst du dich denn dabei?«

»Keine Ahnung, darauf kommt es aber auch nicht an, oder? Und außerdem muss ich mir schon seit Jahren anhören, wie sehr sie auf Kurt steht, also kommt es für mich jetzt nicht unerwartet. Wenn Emma sich was in den Kopf setzt, dann kriegt sie es auch.« Ich schüttelte leicht den Kopf. »Ich hoffe nur, Kurt ist ihr gewachsen.«

Wir grinsten uns an. Mein armer Bruder! Wenn er wirklich mit Emma zusammen sein wollte, würde sich sein Leben ganz schön verändern.

Nach dem Essen verabschiedeten wir uns, und meine Mutter raste mit dem Fahrrad zurück zum Laden. Eigentlich konnte sie es sich nicht erlauben, ihn mittags für eine Stunde zu schließen, aber wahrscheinlich waren ihr dadurch höchstens zwei oder drei Kunden entgangen, und wir machten so was ja sonst nie. Ich hatte noch keine Lust, wieder zu Hause rumzuhängen, und spazierte zum Einkaufszentrum. Eine Weile vertrieb ich mir die Zeit im Buchladen und setzte wieder einige Bücher auf meine innere Liste. Die konnte ich mir zu Weihnachten wünschen. Und dann – ich konnte es selbst kaum glauben – ging ich mir einen BH kaufen. Zuerst dachte ich, ich fände gar keinen in meiner Größe, aber da lag ich falsch, es gab mittlerweile sogar schon welche in jeder Kinderabteilung. Ich entschied mich für einen bügellosen schwarzen, an dessen unterem Rand ein weißer Streifen verlief; der wirkte etwas sportlich. Und für einen in schwarzer Spitze, das genaue Gegenteil.

Leider musste ich feststellen, dass Shoppen nicht glücklich machte und mein Herz immer noch wehtat. Ich vermisste ihn.

Auf dem Weg nach Hause meldete sich mein Handy. Insgeheim hoffte ich auf eine Nachricht von ihm, aber es war Emma, die sich zusammen mit Milo für den Nachmittag bei mir ankündigte. Ich sah auf die Uhr, der letzte Block war bald vorbei, aber ich würde es wahrscheinlich zu Fuß schaffen, noch vor ihnen zu Hause zu sein.

Gegen vier klingelten sie an meiner Tür. Sie kabbelten sich noch vor der Türschwelle darum, wer mich zuerst drücken durfte. Ich musste grinsen und fühlte mich gleich etwas leichter ums Herz.

»Aus dem Weg, Emma! Du durftest schon mit in dieses Kuhkaff fahren.« Milo stürmte auf mich zu und nahm mich fest in die Arme. »Mann, Ella, ich bin so froh, dass es dir gut geht!« Dann hielt er mich von sich weg und blickte mich strafend an. »Kannst du nicht mal langsam auf dich selbst aufpassen? Wie kann man sich nur vom Erdboden verschlucken lassen?«

Er hatte ja recht, dennoch verdrehte ich die Augen.

»Aber ein Gutes hat die Sache ja …«

»Ach ja, und das wäre?«

»Du bist jetzt *das* Thema in der Schule, und mein kleines Implosionsunglück ist schon so gut wie vergessen.«

»Klasse, ich bin jetzt also für alle der Tollpatsch des Jahrhunderts.«

»Nö, kein Tollpatsch. Ich hab allen erzählt, dass deine Gliedmaßen unterschiedlich schnell wachsen und du deshalb deine Bewegungen so schlecht koordinieren kannst«, mischte sich Emma ein.

Ich streckte ihr die Zunge raus. »So, wer mich jetzt weiter verarscht, fliegt raus.«

»Okay, okay.« Beschwichtigend versiegelte Emma die Lippen und schmiss sich augenblicklich im Wohnzimmer aufs Sofa.

»Fühl dich ruhig wie zu Hause!«, lachte ich, während Milo sich wenigstens die Schuhe auszog.

»Mach ich schon, wie du siehst.« Sie legte die Füße auf dem Couchtisch ab und seufzte tief. »Ich hasse Montage, die gehören echt abgeschafft. Und Montage mit vier Blöcken und im letzten auch noch Mathe sollten generell verboten werden.«

Da konnte ich ihr nur zustimmen. Ich hielt jedem eine Cola vor die Nase.

»Das Gleiche sagt Lina auch immer, nur dass es sich bei ihr um Dienstage handelt.« Milo lächelte, als er das sagte, aber irgendwie erreichte es seine Augen nicht.

»Ist alles in Ordnung mit euch beiden?«, fragte ich ihn.

Er hockte sich im Schneidersitz auf den Holzfußboden. »Ja ... nein, ach, keine Ahnung! Ich weiß auch nicht. Seit ich bei ihr in Hamburg war, ist es nicht mehr so wie vorher.«

»Habt ihr etwa ...«

»Nein!« Milo fiel mir ins Wort, bevor ich den Satz beenden konnte. »Sie war einfach anders als sonst. Es war ihr irgendwie unangenehm, dass ich da war, und letztes Wochenende kam sie mir auch mit irgendeiner Ausrede, um nicht nach Berlin fahren zu müssen.«

»Meinst du, sie hat einen anderen?«, fragte Emma.

Milo schüttelte den Kopf. »Irgendwie hatte ich das Gefühl, sie hat sich geschämt.«

»Doch nicht etwa für dich?!« Das glaubte ich nicht. Milo war einfach zu gut, um wahr zu sein. Ich wollte nicht, dass mein bester Freund verletzt wurde. Es reichte doch schon völlig, wenn einer von uns Trübsal blies.

»Irgendwie ja und nein. Eigentlich wohl eher, weil sie in ziemlich ärmlichen Verhältnissen lebt. Sie wohnt in so 'ner Plattenbausiedlung, und das schien ihr peinlich zu sein. Andererseits mochte sie auch nicht mit mir rausgehen ... als wollte sie mit so 'ner Bonze wie mir nicht in ihrem Viertel gesehen werden.«

»Ach, Quatsch! Du kannst doch nix dafür, dass du so 'ne Bonze bist.« Ich verstrubbelte ihm die Locken. »Du verstehst da bestimmt irgendwas falsch. Wir Frauen sind nicht so oberflächlich.«

»Na klasse, da hänge ich nun Tag und Nacht mit euch zwei Grazien herum, jeder hält mich für schwul, und ich versteh die Frauen trotzdem nicht.«

»Ihr Männer werdet uns nie verstehen.« Emma gab sich theatralisch wie eine Diva. »Denn wir sind geheimnisvoll, unnahbar ...«

»Genau. Wir furzen nie, und wenn wir auf dem Klo waren, riecht es immer nach Rosenblüten«, unterbrach ich sie.

Milo schoss vor Lachen die halbe Cola aus der Nase.

»Ts, ts, ts! Nicht sehr fein. Haben dir deine Eltern kein Benehmen beigebracht?« Tadelnd holte ich einen Schwamm aus der Küche, während Milo sich das klebrige Zeug aus dem Gesicht wusch.

Emma rührte sich nicht vom Fleck und beobachtete mich dabei, wie ich die Cola aufwischte.

»Und???«

»Was *und?*« Sie grinste breit.

»Ach, komm schon! Ich weiß doch, dass du gleich platzt, wenn du mir nicht augenblicklich, bis ins kleinste Detail von deinen letzten drei Tagen berichten kannst.«

»Vier.«

»Okay, nun schieß schon los und lass ja nichts aus! Es sei denn, es ist irgendwas, was ich als Schwester lieber nicht über meinen Bruder erfahren will.«

Milo gesellte sich wieder zu uns und schüttelte den Kopf.

»Nicht zu fassen, dass du dir Ellas Bruder geschnappt hast, oder?

Ich meine, habt ihr nicht erzählt, dass damals alle Mädchen hinter ihm und Sam her waren? Und keine war ihnen gut genug.«

Der Klang seines Namens traf mich mit voller Wucht. Mein Herz raste, und in meinen Ohren rauschte es. Ich versuchte, mich zusammenzureißen und Emmas Erzählungen zu folgen, aber es gelang nicht richtig. Mein Mund war trocken, und ich holte mir ein Glas Wasser. In der Küche schüttelte ich über mich selbst verständnislos den Kopf. Ich war doch echt zu bescheuert! Wie konnte ich, wenn nur jemand seinen Namen erwähnte, fast zusammenbrechen? *Krieg dich wieder ein und vergiss ihn!*

Im Wohnzimmer erklärte Emma gerade, dass Kurt nur noch nie eine andere gewollt hatte, weil sie füreinander bestimmt waren.

»Und du glaubst also, diese Beziehung hält länger als ein halbes Jahr. Immerhin hast du noch jedem Typen nach sechs Monaten den Laufpass gegeben.« Milo guckte skeptisch.

»Nach fünf«, berichtigte sie ihn. »Und erstens – ja ich glaube fest daran. Und zweitens – nimm deine verdammten Finger aus meinem Kuchen!«

Sie verschränkte die Arme und bedachte ihn mit einem finsteren Blick.

»Nicht streiten, Leute! Emma, ich freue mich für dich, und egal, wie das mit euch beiden läuft, du bist meine Freundin, und Kurt bleibt immer mein Bruder. Das sind unveränderbare Tatsachen. Und Milo, das mit dir und Lina ist bestimmt nur ein Missverständnis. Das renkt sich schon wieder ein. Am besten, du rufst heute Abend bei ihr an und fragst sie direkt, was los ist. Dann musst du nicht weiter Rätselraten und dich in irgendwas verrennen.«

»Ella, du solltest echt als Kummerkastentante beim Sorgentelefon anheuern. Dafür wärst du perfekt geeignet«, stichelte Emma.

»Ich kümmere mich eben lieber um das Seelenheil meiner Freunde als um mein eigenes.«

Entschlossen sprang Emma vom Sofa auf. »So, jetzt brauch ich aber wirklich deine Hilfe! Kurt kommt nachher hier vorbei und holt mich ab. Und du musst mir unbedingt meine Haare machen.«

»Wieso kommt er denn hierher?«

»Weil ich ihm gesagt habe, dass ich dich heute besuche, und außerdem will ich nicht zu ihm.«

»Warum nicht?«

Also, so schlimm war seine Bude nun auch wieder nicht.

»Ich war doch gestern Abend noch bei ihm. Hatte ich das nicht erwähnt?«

Ich schüttelte den Kopf.

»Na ja, irgendwann ist dann Sam aufgetaucht, und der war echt schräg drauf. Also, entweder kann er mich nicht ausstehen, oder er hat irgendwelche wirklich schwerwiegenden Probleme am Hals.«

Weiter hakte ich gar nicht nach. Ich wollte es nicht wissen und nicht über ihn nachdenken. Und eins war klar – mich hatte er nicht mehr am Hals.

Ich flocht Emmas langes schwarzes Haar seitlich zu einem wunderschönen Fischgrätzopf. Das dauerte ziemlich lange, und Milo durchforstete unterdessen die CD-Sammlung meiner Mutter. Manchmal tat er mir leid, wenn wir irgendwelchen Mädchenkram machten, und ich fragte mich, warum er außer uns keine anderen Freunde hatte. Aber immer wenn ich ihn darauf ansprach, meinte er nur, wir seien ihm genug, und mehr Freunde würde er gar nicht verkraften. Das konnte ich gut nachvollziehen. Ich brauchte ja auch nicht mehr.

Er versorgte uns die ganze Zeit musikalisch mit Lynyrd Skynyrd und The Clash, und während wir gerade nach *Rock the Casbah* durch die Wohnung hüpften, stand plötzlich Kurt mit einem Sack voll Wäsche in der Tür. Emma errötete kurz, sprang ihm dann aber sofort in die Arme und küsste ihn stürmisch. Sie sahen aus wie Yin und Yang. Emma mit ihren langen schwarzen

Haaren und Kurt mit den blonden Locken, eng umschlungen. Als sie mit ihm fertig war, war mein Bruder rot und kratzte sich verlegen am Kopf. Ich hob eine Augenbraue und grinste ihn breit an.

Er grinste zurück. »Hi, Schwesterherz. Wie geht's?«

»Offensichtlich nicht so gut wie dir.«

Wahnsinn, mein Bruder war verliebt. Daran hätten unsere Eltern und ich fast gar nicht mehr zu glauben gewagt.

»Gib schon her!« Ich nahm ihm den Wäschesack ab. »Dann hast du beide Hände frei«, fügte ich hinzu und brachte die Schmutzwäsche ins Badezimmer.

Aber Kurt folgte mir und schloss die Tür hinter uns.

»Was denn jetzt? Du willst doch nicht etwa von mir wissen, was Emma so über dich erzählt!«

»Nein, ich wollte dich was fragen.« Er stockte kurz. »Was erzählt sie denn über mich?«

Ich schüttelte den Kopf. »War das deine Frage?«

Er schien zu überlegen, was er eigentlich wissen wollte. Nur der Gedanke an Emma brachte ihn schon aus dem Konzept. Darin waren wir beide uns wohl ziemlich ähnlich.

»Nein, ich wollte wissen, ob du eine Ahnung hast, was mit Bender los ist.« Er sah mich fragend an. »Seit er gestern Abend nach Hause gekommen ist, ist er total mies drauf. Einfach nur ätzend. Meinst du, er hat ein Problem mit Emma und mir? Er ist auch gleich wieder wütend abgerauscht, als er uns zusammen gesehen hat. So kenne ich ihn überhaupt nicht. Hat er dir gegenüber irgendwas erwähnt? Denn wie ich hörte, bist du mit ihm zurück nach Berlin gefahren.«

»Keine Ahnung.« Ich zuckte mit den Schultern. »Ich glaube nicht, dass er was dagegen hat, dass du mit Emma zusammen bist. Wieso sollte er auch?« Ich wollte nicht mehr weiter über ihn reden. »Vielleicht ist er auch einfach nur erschöpft. Die Rückfahrt war total anstrengend, von den letzten Tagen ganz zu schweigen.«

»Meinst du? Das erklärt aber nicht, warum er unsere Bandprobe heute Abend abgesagt und außerdem noch kein einziges Wort mit mir gewechselt hat. Und dabei haben wir bald einen Gig.«

»Ach ja? Unter welchem Namen?« Ich versuchte ihn abzulenken.

»Hm, das ist noch geheim.« Die Sorgenfalte zwischen seinen Augen glättete sich.

»Ich wette, wahrscheinlich so geheim, dass du ihn selbst noch nicht kennst«, zog ich ihn auf.

»Damit könntest du durchaus richtigliegen.« Kurt zwinkerte mir zu, öffnete die Tür, und wir gingen wieder zu den anderen. Ich war froh, dass mein Ablenkungsmanöver funktioniert hatte.

Nachdem Kurt und Emma gegangen waren, hingen Milo und ich noch eine Weile in meinem Zimmer herum. Wir lagen auf meinem Bett und quatschten dummes Zeug. Mit Milo war alles so einfach. Bei ihm hatte ich keine Panik, ich würde mich irgendwie blöd verhalten oder lächerlich machen. Als mein Vater den Kopf zur Zimmertür hereinstreckte, sprang Milo wie von der Tarantel gestochen von meinem Bett auf.

»Okay, Ella, bis morgen dann! Äh, ich meine, bis übermorgen«, verabschiedete er sich hastig. »Du kommst doch Mittwoch wieder, oder?«

»Donnerstag.« Ich unterdrückte ein Lachen.

»Tschüss, Herr Winter.« Er reichte meinem Vater schon fast förmlich die Hand.

»Tschüss, Milo.«

Als er zur Tür verschwunden war, blickte mein Vater mich fragend an. »Was hast du denn mit dem angestellt?«

Ich lachte laut los. »Wieso ich? Das sollte ich wohl eher dich fragen, immerhin war er ganz normal, bis du aufgetaucht bist.«

»Tja, ich hab eben diese ganz besondere Ausstrahlung.«

»Papa, wie oft denn noch? Er ist nicht schwul!«

»Nicht? Dann weiß ich nicht, was er in deinem Bett verloren hat.« Er sah mich herausfordernd an.

Meine Mutter kam zur Tür herein. »Wer hat was in deinem Bett verloren?«

Ich rollte mit den Augen. »Ehrlich, Leute, ich bin doch keine vierzehn mehr! Ach, und Mama, Milo hat sich drei CDs von dir ausgeliehen, das ist doch okay, oder?«

Sie seufzte. »Ja, setz sie auf meine Liste.«

Meine Mutter hatte eine Liste, wo alle Alben draufstanden, die sie unbedingt in ihrer Sammlung besitzen musste. Immer wenn sich jemand eine CD ausborgte, setzte sie diese auch wieder auf ihre Liste, weil sie ahnte – und damit lag sie meistens richtig –, dass sie sie nie wiedersehen würde. Aber sie brachte dieses Opfer gern, denn sie hielt es für ihre Pflicht, der Jugend in Sachen gute Musik auf die Sprünge zu helfen.

Am nächsten Morgen kam meine Mutter noch kurz in mein Zimmer, bevor sie in ihren Laden ging. Ich lag noch im Bett.

»Ella, du langweilst dich doch heute bestimmt ganz schrecklich. Kannst du bitte die Wäsche übernehmen?« Sie klimperte mit den Wimpern. »Und mach zuerst die von Kurt, damit der arme Junge wieder was zum Anziehen hat.«

Ich seufzte und gähnte gleichzeitig. »In Ordnung. Aber ich bring sie ihm auf keinen Fall nach Hause.« Ich bemerkte selbst, dass meine Stimme schon fast hysterisch klang.

Meine Mutter legte den Kopf schief. »Das hab ich ja auch gar nicht von dir verlangt. Sag mal, kann es sein, dass es für dich doch nicht so einfach ist, dass Kurt und Emma zusammen sind?«

»Quatsch, ich hab echt kein Problem damit! Ich … ich will ihm nur nicht ständig sein Zeug hinterherschleppen. Er sollte sich endlich mal eine Waschmaschine zulegen.«

»Ist ja gut. Er holt sich seine Sachen sowieso übermorgen ab. Papa und ich dachten nämlich, wir könnten noch mal grillen, bevor der Sommer endgültig vorbei ist. Sam und Emma sind natürlich auch eingeladen.«

Ehrlich, das durfte doch nicht wahr sein! Ich zog mir die Bettdecke über den Kopf. Hoffentlich war Sam schlau genug, sich eine Ausrede einfallen zu lassen und nicht hier aufzutauchen.

»Und was ist mit Milo? Darf der etwa nicht kommen?«

»Na klar, sag du ihm Bescheid. Und vergiss die Wäsche nicht!«

Sie verließ mein Zimmer, ich schlug die Decke zurück und stützte den Kopf in die Hände. Er fühlte sich jetzt schon schwer wie Blei an. Ich konnte meiner Mutter unmöglich sagen, was ich für Sam empfand, und fragte mich, wie oft sie mich wohl noch in solche Situationen bringen würde. Aber Sam wollte mir sicher auch nicht über den Weg laufen; also brauchte ich mir darüber erst mal keine Sorgen zu machen. Und irgendwann konnte ich vielleicht wieder normal mit ihm umgehen oder mich zumindest in seiner Gegenwart normal verhalten, zum Beispiel *mit* Atmen und *ohne* Herzrasen.

Von wegen. Es war noch nicht mal neun Uhr, und ich hatte nur ihn vor Augen und erinnerte mich an seinen Geschmack auf meinen Lippen. Schluss jetzt.

Ich sprang aus dem Bett, stolperte dabei fast über Pixie, die sich auf meinen Klamotten am Boden zusammengerollt hatte, und machte mir einen Kaffee. Es wurde höchste Zeit, dass ich wieder zur Schule ging und einfach mit der Situation umzugehen lernte. Ach, was machte ich mir eigentlich vor? Ich würde kläglich daran scheitern. Kurz verspürte ich den Wunsch, auf eine andere Schule zu wechseln, verwarf diesen Gedanken aber sofort. Ich ließ mich nicht verdrängen.

Nachdem ich eine kleine Schale Müsli hinuntergewürgt hatte, kippte ich im Bad Kurts Wäschesack aus. Ich war froh, dass er immer noch barfuß herumlief und ich keine stinkenden Socken anfassen musste. Ich stopfte seine Klamotten nach und nach in die Waschmaschine, als mir ein ausgeblichenes schwarzes T-Shirt in die Hände fiel. Mein Bruder trug immer nur bedruckte Shirts von irgendwelchen Bands oder Filmen, also konnte das hier nur von Sam stammen. Kurt musste es versehentlich mit eingepackt haben, denn Sam brachte seine Wäsche nie zu uns. Ich vergrub mein Gesicht darin und atmete tief ein. Es roch sogar noch nach ihm. Sofort zog ich es mir über. Ich wollte ihn auf meiner Haut spüren und entschied, dass Sam ab sofort ein T-Shirt weniger besaß. Okay, mir war wirklich nicht mehr zu helfen, vielleicht nur noch durch einen sehr, sehr guten Psychologen.

Ich verbrachte den ganzen Tag lesend auf dem Sofa. In Sams T-Shirt. Ich bewegte mich nur zum Wäscheaufhängen und um die Maschine mit einer neuen Ladung zu befüllen.

Mittwoch tat ich nicht mal das.

Mein Vater kam ziemlich früh nach Hause und musterte mich stirnrunzelnd.

»Du liegst da rum wie retadiert«, sagte er vorwurfsvoll.

»Na und? Ich atme – produktiver wird's heute nicht.« Meine Laune war auf dem absoluten Tiefpunkt.

Zum Glück verkroch er sich aber gleich in seinem Arbeitszimmer, um die anstehenden Klassenarbeiten vorzubereiten. Irgendwann kam meine Mutter nach Hause, vollgepackt mit Einkaufstüten.

»Ich hab gerade Nikos und Ria im Treppenhaus getroffen. Sie kommen morgen auch zum Grillen.«

Mein Vater streckte seinen Kopf aus dem Arbeitszimmer.

»Mmh, lecker! Hast du Ria gleich gesagt, dass sie es ja nicht wagen soll, ohne ihre leckeren Souvlaki zu erscheinen?«

Ich verdrehte die Augen. Wahrscheinlich endete der morgige Abend damit, dass meine Eltern und unsere Nachbarn Ouzo trinkend im Hof Sirtaki tanzten.

Am nächsten Morgen riss mich der Wecker unsanft aus meinen Träumen. Ich hatte lange gebraucht, um überhaupt einzuschlafen. Das war nicht verwunderlich, schließlich hatte ich gestern fast den ganzen Tag in der Horizontalen verbracht. Eigentlich musste ich mich wieder fit für die Schule fühlen, aber um diese Uhrzeit konnte ich nicht mal behaupten, mich wie ein Mensch zu fühlen. Ich sah an mir hinunter und stellte fest, dass ich immer noch Sams T-Shirt trug. Ich zog es aus und stopfte es unter mein Kopfkissen. Mein Vater hatte das Haus bereits verlassen, und meine Mutter lag noch im Bett, da Evelyn die Frühschicht übernahm. Ich duschte, zog mir eine blaue Jeans und ein langärmeliges T-Shirt an, trank schnell einen Kaffee und machte mich mit meinem Rad auf den Weg zur Schule. Als ich mich in den Strom einfädelte, der sich ins Hauptgebäude ergoss, fühlte ich mich wieder so richtig fehl am Platz. Wenn dieser Tag doch nur schon vorbei wäre! Zu allem Überfluss hatte ich auch noch im ersten Block Biologie. Angespannt betrat ich den Raum. Cora erblickte mich und winkte mich zu sich.

»Ich hab beschlossen, dass wir ab sofort nebeneinandersitzen, okay?«, verkündete sie mit strahlendem Lächeln.

Ich nickte und lächelte zurück. Eigentlich saß ich lieber allein, aber ich wollte sie nicht vor den Kopf stoßen. Zum Glück sprach mich niemand mehr auf die Kursfahrt an; offensichtlich waren in der Zwischenzeit andere interessante Dinge passiert. Auch die Auerbach registrierte meine Anwesenheit nur mit einem Kopfnicken. Ich ließ die nächsten anderthalb Stunden und Coras ständiges Flüstern an mir abperlen, und als es endlich klingelte, stürmte ich so schnell wie möglich aus dem Raum. Ich hatte keine Lust, mir auch noch in der Pause ein Ohr von ihr abkauen zu lassen.

Am Pfuhl warteten schon Emma und Milo auf mich. Emma biss von einem üppig belegten Baguette ab, und Milo zupfte ein Stück von seiner Brezel ab. Seufzend ließ ich mich neben ihnen auf der Wiese nieder. Nicht mehr lange, und es wäre zu kalt und zu feucht, um hier zu sitzen.

»Hast du Lust, heute Abend zu uns zum Grillen zu kommen?«, fragte ich Milo. »Emma kommt auch.«

»Ich weiß nicht, ich glaube, ich bin im Moment keine gute Gesellschaft.« Seine Augen wirkten traurig.

»Wieso? Was ist'n los?«

»Wir haben Schluss gemacht.« Er legte sich auf den Rücken und starrte in den Himmel.

Ich sah Emma an, die mit mitleidigem Blick nickte, um Milos Worte zu bekräftigen. Ich wollte ihn gern trösten, wusste aber, dass dadurch nichts besser wurde. Also legte ich mich rechtwinklig zu ihm und lehnte den Kopf an seine Brust. Emma tat das Gleiche auf ihrer Seite. So lagen wir fünfzehn Minuten da, ohne ein Wort zu sagen.

Als die Pause vorbei war, drückte ich ihn an mich. »Du solltest trotzdem heute Abend kommen. Unsere griechischen Nachbarn eignen sich perfekt gegen schlechte Laune.«

»Ich überlege es mir noch, in Ordnung?« Er seufzte, und jeder von uns ging seiner Wege.

Langsam stieg ich die Treppe zu meinem Mathekurs hinauf. Es war wirklich ein mieser Tag, um wieder mit der Schule zu starten. Ich hatte vier Blöcke, darunter Bio, Mathe und Chemie. Physik hatte ich zum Glück abgewählt, das hätte ich gern auch noch mit Mathe gemacht, aber leider musste man sich mit diesem Fach bis zum Abitur herumquälen. Mein einziger Lichtblick war die Doppelstunde Kunst im letzten Block, aber da hatte ich wahrscheinlich schon solche Kopfschmerzen, dass ich nur noch nach Hause wollte.

Als dieser grässliche Schultag endlich zu Ende war, ging ich zu den Fahrradständern. Sam war mir den ganzen Tag nicht ein einziges Mal über den Weg gelaufen, und ich stellte zufrieden fest, dass ich auch kaum an ihn gedacht hatte. Es bestand also noch Hoffnung für mich.

Ich schloss mein Rad ab und wollte gerade aufsteigen, als ich bemerkte, dass mein Vorderrad völlig platt war. »So eine Scheiße!«, fluchte ich laut.

Das hasste ich an dieser Stadt. Man konnte sich hier keine

drei Meter fortbewegen, ohne durch Scherben zu fahren. Ich hatte natürlich kein Werkzeug und auch nichts zum Flicken dabei. Nicht mal eine Luftpumpe. Das hieß wohl, dass ich mein Rad nach Hause schieben musste. Am liebsten hätte ich es vor der Schule stehen gelassen, aber dann stand ich morgen vor dem gleichen Problem. Wütend lief ich los. In dem Moment piepte mein Handy. Ich blieb stehen und las die Nachricht. Sie war von Milo. Offensichtlich hatte er sich überlegt, doch zu uns zu kommen, und fragte nach, um wie viel Uhr er da sein sollte. Ich tippte kurz die Antwort.

gegen 19 uhr, freu mich auf dich :)

Als ich von meinem Telefon aufblickte, stand Sam mit seinem Fahrrad neben mir.

»Hi.« Ein kurzes Lächeln huschte über sein Gesicht.

»Hi.« Ich schob mein Rad weiter und wagte ihn nicht noch mal anzusehen.

»Alles in Ordnung?« Er fuhr neben mir her.

»Ja, ich hab 'nen Platten, aber sonst ist alles okay.« Ich war gereizt und hatte schon gar keine Lust, mit ihm Small Talk zu halten. Konnte er nicht einfach weiterfahren und mich in Ruhe lassen?

»Hast du Flickzeug dabei?« Fragend sah er mich an.

Diese Augen, diese Lippen … ich schüttelte mich kurz.

»Äh … nein.« Demonstrativ tastete ich meine Hosentaschen ab. Was glaubte er eigentlich? Dass ich einen Werkzeugkoffer mit mir herumschleppte?

Er hielt an und stieg vom Rad. »Halt mal da vorn bei der Bank! Ich repariere es dir schnell.«

Da war er wieder – sein Befehlston.

»Nein, lass nur! Ich bekomme das schon irgendwie allein hin. Und so weit muss ich ja auch nicht laufen.«

Was ich sagte, interessierte ihn anscheinend nicht, denn er hielt an der Bank, legte seinen Rucksack ab, nahm mein Rad und stellte es mit Sattel und Lenker nach unten ab.

»Ehrlich, Sam, das ist wirklich nicht nötig.« Sein Name auf meinen Lippen brachte mich völlig durcheinander. Resigniert setzte ich mich auf die Bank und sah ihm schweigend zu. Durch den Schnellspanner konnte er das Vorderrad im Handumdrehen abmontieren. Aus seinem Rucksack kramte er einen Reifenheber und ein Kästchen mit Flickzeug. Geschickt löste er den Mantel von der Felge und zog den platten Schlauch hervor. Während er nach dem Loch suchte, beobachtete ich ihn. Das Haar hing ihm strähnig ins Gesicht und klebte ihm am Nacken. Sein Piercing fehlte. Offensichtlich kam er gerade aus der Turnhalle und hatte dringend eine Dusche nötig. Dabei hätte ich ihm nur zu gern Gesellschaft geleistet.

Reiß dich bloß zusammen!!!

Ich holte tief Luft, was ihm nicht entging. Der Blick seiner blauen Augen durchbohrte mich. Dann setzte er sich ganz dicht neben mich und begann mit dem Flicken des Reifens. Ab und zu berührte mich sein Arm, und jedes Mal verspürte ich ein Kribbeln im Nacken, und alle Härchen stellten sich auf. Wir sprachen währenddessen kein Wort. Ich war mittlerweile der Überzeugung, dass wir nur körperlich miteinander kommunizieren konnten. Oder vielleicht war auch nur ich es, die bei seinem Anblick völlig aus der Fassung geriet und keinen geraden Satz mehr herausbrachte. Viel zu schnell stand er wieder auf, baute alles zusammen und pumpte mein Rad noch auf.

Er wischte sich die schwarzen Hände an der schwarzen Jeans ab. »So, fertig. Das hält nicht für die Ewigkeit, aber eine Weile kannst du damit fahren. Du solltest dir auf jeden Fall demnächst einen neuen Schlauch zulegen.«

Ich nickte. »Danke. Ähm ... ich mach mich mal los. Und ... du hättest das nicht machen müssen, echt nicht, aber trotzdem danke.«

Sam lächelte und packte sein Werkzeug ein. »Kein Problem. Jederzeit gern.«

Puh, bloß weg hier, bevor ich mich komplett zum Horst machte! Ich stieg auf und fuhr los.

»Bis nachher, Ella.«

Abrupt bremste ich und drehte mich um. »Was?« Ich blickte ihn ungläubig an. »Soll das heißen, du kommst heute Abend zu uns?«

»Na sicher. Ich kann mir euer Sommerabschlussgrillen doch nicht entgehen lassen. Immerhin findet das Ereignis in diesem Jahr nur noch höchstens fünfmal statt.«

Da hatte er recht. Meine Eltern grillten öfter im Jahr ein *letztes Mal*. Manchmal sogar noch im November – wenn das Wetter mitspielte.

»Aber wenn du nicht willst, dass ich komme, sag ich einfach ab.«

Ich wusste nicht, was ich wollte. Ich wollte ihn in meiner Nähe haben, aber ich konnte ihn nicht in meiner Nähe haben. Offensichtlich war es ihm mehr oder weniger egal, ob ich nun da war oder nicht. Und ich versuchte krampfhaft, ihn aus meinem Kopf und meinem Herzen zu bekommen. Wie erbärmlich.

Ich straffte die Schultern und gab meiner Stimme einen möglichst gleichgültigen Klang. »Nein, schon gut. Warum sollte das für mich nicht okay sein? Außerdem gehörst du ja praktisch zur Familie.«

Seine Gesichtszüge verhärteten sich.

Eigentlich wollte ich ihn nur berühren, ihn spüren, den ganzen Tag mit ihm zusammen sein, doch ich drehte mich um und fuhr weg. Wie sehr hätte ich mir gewünscht, dass er mir folgte, mich zurückhielt, mir sagte, dass es für ihn genauso unerträglich war wie für mich! Aber er tat nichts dergleichen. Und Fakt war – jede Minute, die ich ohne ihn verbrachte, kam mir unerträglich vor.

Zu Hause schloss ich die Zimmertür hinter mir und legte mich auf den Boden. Die Stille der leeren Wohnung war geradezu ohrenbetäubend. Ich war einsam, und zum ersten Mal in meinem Leben spürte ich das in seiner ganzen Schmerzhaftigkeit. Ich konnte nichts an meinen Gefühlen ändern. Sam hatte voll und ganz von mir Besitz genommen. Ich mochte alles an ihm, so wie er war. Ich liebte seine stille, zurückhaltende Art, er war nie überheblich, so wie ich es von Kurt kannte, und ich fand, er sah unverschämt gut aus. Verdammt gut.

Also, was sollte er an mir mögen? Ich war nicht schlecht in der Schule, aber ich hatte ja auch genug Zeit zum Lernen. Ich las und zeichnete viel, und das war auch schon das Interessanteste an mir. Mein Aussehen war nicht der Rede wert. Ich war zu dünn, zu blass, und mein langes Haar hing leblos an mir hinunter. Ich zog immer an, was im Schrank ganz vorn lag. Es war hoffnungslos. So war ich. Jeder sah zuerst das Äußere und blickte nicht ins Innere. Im Moment fühlte ich mich innerlich jedoch genauso trostlos, wie es mein augenscheinlich defizitäres Erscheinungsbild nach außen spiegelte. Auf dem Boden liegend, rollte ich mich zusammen und machte mich ganz klein. Ich vermisste Sam. Ich fühlte mich unvollständig.

Ohne anzuklopfen, polterte meine Mutter ins Zimmer.

»Ella!«, rief sie panisch. »Was ist passiert?« Sie hockte sich neben mich.

»Nichts, es ist alles in Ordnung.« Ich blieb weiter liegen.

»O…kayyy«, erwiderte sie gedehnt. »Und warum liegst du dann wie ein Häufchen Elend am Boden?«

»Weiß nicht.« Ich wusste es wirklich nicht. »Ich glaube … ich … ach, Scheiße … Es war in letzter Zeit einfach ein bisschen viel für mich.« Mir brach die Stimme, und ich spürte, wie sich Tränen in meinen Augen sammelten. Ich schniefte laut und versuchte sie aufzuhalten.

Meine Mutter legte sich neben mich und schlang einen Arm um meine Hüfte. Sie sagte nichts, hielt mich einfach nur fest, bis ich mich wieder beruhigt hatte.

»Also, ich bereite jetzt das Essen und den Hof vor«, sagte sie nach einer Weile leise. »Ich wollte dich eigentlich nur fragen, ob du Lust hast, mir zu helfen. Aber wenn du gerade nicht in Stimmung bist, verstehe ich das.« Sie rappelte sich vom harten Holzboden auf. »Und weißt du, was ich noch glaube? Du bist verliebt, aber so was von …« Sie lächelte mich verschwörerisch an.

Bingo.

»Wer ist der Glückliche? Milo?«

»Nein, doch nicht Milo!«, rutschte mir heraus.

»Aha. Aber du bist verliebt. Wusste ich's doch.« Sie triumphierte, als hätte sie die einmalige Kombinierungsgabe von Sherlock Holmes.

Ich nickte nur, setzte mich in den Schneidersitz und starrte auf den Boden.

»Schatz, wer auch immer es geschafft hat, dein Herz für sich zu gewinnen, muss ein ganz besonderer Mensch sein. Ich kenne dich wahrhaftig lange genug und weiß, dass du es nicht leichtfertig verschenkst. Aber du siehst unglücklich aus, und das gefällt mir nicht. Also, falls der Betreffende deine Gefühle nicht erwidert oder möglicherweise von seinem Glück noch nichts ahnt, möchte ich, dass du eins weißt – du bist toll, so wie du bist. Und das sage ich nicht nur, weil ich deine Mutter bin. Wer das nicht sieht, hat dich nicht verdient.«

»Danke, Mama«, schniefte ich.

Sie gab mir einen Kuss auf die Stirn und wirbelte zur Tür hinaus. Das mochte ich so an meiner Mutter. Sie war immer für mich da, aber sie bedrängte mich nie. Ich wusste auch, dass sie mich nicht noch einmal fragen würde, in wen ich verliebt war. Sie würde geduldig warten, bis ich bereit war, es ihr zu verraten. In diesem Fall musste sie jedoch sicher ewig warten. Ich konnte es ihr einfach nicht sagen.

Ich ging ins Bad, machte mich kurz frisch und ging dann runter auf den Hof, um zu helfen. Ich hatte für heute genug Trübsal geblasen und wollte den anderen auf keinen Fall den Abend verderben. Und außerdem war es auch völlig sinnlos, mich so in dieses Leiden hineinzusteigern. Ich hatte ja keine unheilbare Krankheit oder so, ich war einfach nur unglücklich verliebt. Damit musste ich mich abfinden. Es war nicht der Weltuntergang.

Ria und meine Mutter saßen am großen Gartentisch, bereiteten das Essen vor, und Ria versorgte meine Mutter mit dem neuesten Klatsch und Tratsch aus der Nachbarschaft. Mein Vater und Nikos bauten den Grill auf und fachsimpelten bei einem Ouzo über die beste Grillkohle. Wahrscheinlich war die Flasche schon leer, bevor der Grill überhaupt angezündet wurde. Ich war für die Deko zuständig, hängte Lichterketten in den Essigbaum und stellte Kerzen auf. Im Dunkeln sah es dann immer wunderschön aus.

Nach und nach stießen immer mehr Nachbarn dazu, und jeder steuerte noch irgendetwas zum Essen oder Trinken bei. Gegen sieben trudelte Milo ein. Er machte immer noch einen geknickten Eindruck.

»Ich glaube zwar nicht, dass Alkohol die Lösung ist, aber hier ...« Ich drückte ihm zur Begrüßung gleich ein Bier in die Hand.

»Nicht? Zu irgendwas muss es doch gut sein, oder warum trinken alle? Prost.« Er setzte die Flasche an und nahm einen beherzten Schluck. »Ah, schon besser! Siehst du, es wirkt. Wenn es nicht so schnell schal werden würde, sollte man Sterni als Allheilmittel vermarkten.« Er grinste mich an, aber seine Augen waren so traurig wie zuvor.

Ich hakte mich bei ihm unter und führte ihn zu meinem Vater und Nikos an den Grill. Die beiden hatten schon ordentlich einen im Tee, und das, obwohl nicht mal die ersten Steaks gar waren.

»Na, Milo, mein Lieber? Komm, trink einen Ouzo mit uns!« Mein Vater lallte schon leicht. »Du bist doch schon achtzehn, oder?«

»Fast ... am einunddreißigsten Oktober.«

Da fiel mir ein, dass ich mir langsam mal Gedanken über ein Geschenk machen sollte.

Mein Vater befand Milo für alt genug und schenkte ihm ein Glas Schnaps ein.

»O Mann, ich bete für eure armen kleinen Organe!« Damit überließ ich die drei Männer sich selbst, denn ich sah, dass Emma über den Hof auf mich zuschwebte. Ich fand, dass sie einfach wundervoll aussah. Sie trug ein cremefarbenes kurzes Kleid, das am Rücken nur aus Spitze bestand. Ich sah an mir hinunter. Schwarzes T-Shirt, Jeans, Chucks.

»Findest du, ich bin overdressed?«, fragte sie verunsichert.

»Niemals, du lenkst mit deinem Outfit wunderbar von den Mülltonnen ab. Wir hätten uns alle so kleiden sollen, und ich wette, Kurt fallen bei deinem Anblick die Augen aus dem Kopf.«

»Ja, das ist der Plan.« Sie lächelte mich verschwörerisch an.

»Ich würde sagen, der Plan ist perfekt aufgegangen.« Ich sah an Emma vorbei und erblickte meinen Bruder, der mit offenem Mund neben Sam stand.

»Geh lieber zu ihm, bevor er noch zu sabbern anfängt!«

Das ließ sie sich nicht zweimal sagen und eilte ihm entgegen wie in einem schlechten Liebesfilm, um ihn so stürmisch zu küssen, als hätten sie sich seit einem Jahr nicht gesehen. So hatte ich Emma noch nie erlebt – und Kurt erst recht nicht. Ich wusste nicht mal, dass er zu solchen Gefühlsausbrüchen fähig war.

Ich seufzte, wandte den Blick ab und sah direkt in Sams Augen. Er starrte mich intensiv an, und irgendwie war ich in diesem Moment froh, dass ich nicht so aufgehübscht war wie Emma. Und irgendwie auch wieder nicht.

Ich ging an ihm vorbei, sagte kurz Hallo und setzte mich zu den anderen. Sam gesellte sich zu den Männern am Grill. Wir erfüllten mal wieder sämtliche Klischees. Die Frauen hingen über den Salatschüsseln, während die Männer ums Feuer herumstanden und fachmännisch die Würstchen wendeten. Irgendwann brachte man die ersten müden Kinder ins Bett, und die Musik wurde leiser gedreht. Ich erlaubte mir hin und wieder einen Blick zu Sam hinüber. Er nippte schon den ganzen Abend an einem einzigen Bier und unterhielt sich – wenn überhaupt – nur gelegentlich mit meinem Vater. Milo hingegen war total ausgelassen, was ich allerdings seinem immensen Alkoholkonsum zuschrieb. Ich ging zu ihm und brachte ihm ein Glas Wasser, bevor Nikos ihn endgültig in Ouzo einlegen konnte.

»Früher, da hatten wir keine Piercings, da haben wir uns noch Ahornflügel auf die Nase geklebt.« Mein Vater hickste und schwankte gleichzeitig.

»Hier, Milo.« Ich reichte ihm das Wasser. »Ich weiß ja, dass Alkohol konservierend wirkt, aber das hast du wirklich noch nicht nötig. Überlass das lieber den alten Männern!« Ich grinste meinen Vater an und nippte an meiner Cola.

»El, du bist so gut zu mir«, lallte Milo. »Dafür musst du unbedingt dieses vegane Würstchen probieren.« Er hielt mir eine Gabel unter die Nase. »Das schmeckt, als würdest du in die Rückseite von 'nem Collegeblock beißen.«

»Nein danke. Verzichte«, lachte ich. Auch wenn ich noch nie in einen Schreibblock gebissen hatte, spürte ich den Geschmack anhand der Beschreibung geradezu auf der Zunge.

Milo schwankte verdächtig. Ich nahm ihm die Gabel aus der Hand, reichte sie meinem Vater und schüttelte tadelnd den Kopf. Wie konnten er und Nikos Milo nur so abfüllen? Ich legte einen Arm um ihn, stützte ihn leicht, und er senkte den Kopf auf meine Schulter. Sam stand die ganze Zeit daneben und beobachtete uns schweigend. Ich hatte echt keine Ahnung, warum er überhaupt gekommen war, nachdem er doch offenbar nicht die geringste Lust auf Gesellschaft hatte. Milos Kopf rutschte langsam ab und schmiegte sich an meine Brust. Ich befürchtete, er würde jeden Moment im Stehen einschlafen.

»Seitwannnträgstndunbh?«, nuschelte er.

Ich verschluckte mich an meiner Cola.

»Also, als ich das letzte Mal nachgesehen habe, hattest du

keinen.« Sein breites Grinsen wurde durch ein Hicksen beendet.

Verlegen blickte ich in die Runde. Mit hochgezogenen Augenbrauen sah mich mein Vater fragend an. Ich schüttelte den Kopf und zuckte mit den Schultern, als wüsste ich auch nicht, worüber Milo da sprach. Sams Blick war düster, schon fast wütend. Seine Lippen waren nur noch ein schmaler Strich.

Ich tätschelte Milos Rücken. »Komm schon, ich bring dich nach Hause. Ich glaube, du bist fertig für heute.«

»In Ordnung.«

Wahrscheinlich war er zu betrunken und zu müde, um Widerstand zu leisten.

»Ich fahre euch«, mischte Sam sich ein.

»Es geht schon. Danke für dein Angebot.« Meine Stimme klang gereizt, denn es hörte sich so gar nicht wie ein Angebot, sondern eher wie ein Befehl an.

Zu Fuß brauchten wir bestimmt eine halbe Stunde, bis wir Milos Haus erreichten. Er war so betrunken, dass er sogar beim Schieben vom Fahrrad gefallen wäre. Er torkelte mächtig und hielt unterwegs zweimal zum Pinkeln an. Bei ihm angekommen, schloss ich die Tür auf, nachdem er mehrmals das Schlüsselloch verfehlt hatte. Ich hoffte für ihn, dass seine Eltern schon schliefen und ihm keine Szene machten.

»Nacht, Milo.« Ich gab ihm einen Kuss auf die Wange, schob ihn durch seine Haustür und zog sie von außen zu.

Ich atmete tief durch, drehte mich um und … mir stockte der Atem.

Mit verschränkten Armen an seinen Bus gelehnt, stand Sam am Ende der Straße.

10

Langsam ging ich auf ihn zu.

»Ich brauche echt keinen Babysitter mehr«, sagte ich pampig.

»Dürfte ich dich trotzdem nach Hause fahren?« Sams Stimme klang ruhig.

Ich seufzte. »Du darfst. Aber nur, weil du mich ausnahmsweise mal gefragt hast.«

In seinen Augen blitzte ein kurzer Moment der Erleuchtung auf.

Ich ging zur Beifahrertür, stieg ein und schnallte mich an – bevor er mich dazu auffordern konnte.

Sam setzte sich neben mich, startete den Motor und holte tief Luft. »Also, was hatte das vorhin zu bedeuten? Bist du mit ihm zusammen?«

Unfassbar, was glaubte er eigentlich, wer er war?

»Ich wüsste zwar nicht, was dich das angeht, aber nein.«

»Und woher weiß er dann ...« Er stockte.

Das konnte doch wohl nicht wahr sein! Ich fand, dass weder Milo noch Sam irgendwelches Interesse an meiner Unterwäsche bekunden durften.

»Das geht dich doch echt einen Scheißdreck an.« Jetzt war es an mir, die Arme zu verschränken.

»Also, das sagst du. Ich bin da anderer Meinung.« Ein leichtes Lächeln umspielte seine Lippen.

Hä? War ich irgendwie im falschen Film gelandet?

»Sag mal, reden wir hier beide über das Gleiche?« Verständnislos starrte ich ihn an.

Er fuhr langsam los, wandte mir den Blick aber immer wieder zu.

»Ella, ich frage dich, ob du mit Milo zusammen bist oder nicht und warum, zum Teufel, er weiß, dass du keinen BH trägst?« Er sprach ganz langsam, als wäre ich geistig zurückgeblieben.

»Sam ...« Ich liebte es, seinen Namen auszusprechen. »Sam, ich wüsste wirklich nicht, wieso dich das in irgendeiner Weise zu interessieren hätte. Und jetzt sieh lieber auf die Straße, ich will nämlich in einem Stück zu Hause ankommen!« Ich funkelte ihn an. »Außerdem seid ihr beide offenbar nicht auf dem neuesten Stand, was den Status meiner Unterwäsche betrifft.«

»Dann sollten wir unbedingt ein Update machen.« Er achtete schon wieder nicht auf die Straße, sondern sah mich herausfordernd an.

»Spinnst du? Nein, warte! Diese Frage musst du nicht beantworten, ich weiß, dass du eindeutig nicht mehr alle Latten am Zaun und alle Nadeln an der Tanne hast.«

Nicht zu fassen! Ich war doch nicht sein Spielzeug, das er aus irgendeiner Ecke hervorkramen konnte, wenn ihm langweilig wurde.

»Okay, das bedeutet wohl, dass ich einen guten Gärtner brauche. Und das ist für dich Grund genug, nichts mehr mit mir zu tun haben zu wollen?«

»Das ist doch nicht der springende Punkt.«

»Nein? Was ist es dann?«

»Wie kommst du überhaupt darauf, dass ich nichts mehr mit dir zu tun haben will? Du warst doch derjenige, der eindeutig klargemacht hat, dass unser Zusammensein für dich nur ein bedeutungsloser Ausrutscher war. Vielleicht ist es ja auch deine neue Masche für die nächsten Klassenfahrten. Immerhin muss dir doch bewusst sein, wie du auf die ganzen Mädchen wirkst.«

Mich eingeschlossen.

»Ja genau, ich hab an dir nur mein zukünftiges Standardpro-

gramm getestet. Und, war es wenigstens zufriedenstellend?«
Seine Stimme klang bitter.

»Sehr sogar«, flüsterte ich, mehr zu mir selbst.

Sam bog nicht in meine Straße ein, sondern fuhr daran vorbei. Ich erhob keinen Einspruch, denn auch wenn er mich auf hundertachtzig brachte, genoss ich jede einzelne Sekunde mit ihm. Wir fuhren durch die hell erleuchtete Stadt in Richtung seiner Wohnung, und tatsächlich bog er in die dunkle, verlassene Straße ein. Langsam steuerte er den schweren Bus über das holperige Kopfsteinpflaster und hielt vor dem einsamen Haus.

»Ich denke, das ist keine gute Idee, Sam.« Ich hatte nicht vor, auch nur einen Fuß in seine Wohnung zu setzen.

»Vertrau mir! Ich hab nur nach einem ruhigen Ort gesucht, an dem wir uns unterhalten können. Überall in der Stadt ist es laut und hell.«

Das stimmte – es gab kaum eine Stelle weit und breit, von der aus ich den Sternenhimmel sehen konnte. Die Gegend hier hingegen war vergleichsweise geradezu dörflich. Außer am Wochenende, dann schwärmten die Massen in das gegenüberliegende Fabrikgebäude, um drei Tage lang durchzutanzen.

Bis vor Kurzem hätte ich Sam blind vertraut, aber im Moment konnte ich sein Verhalten nur schwer einschätzen. Auf keinen Fall durfte er mich noch mehr verletzen. Ich schwor mir, mich nicht in seinen Augen oder seinen Lippen zu verlieren oder von meinen Gefühlen beeinflussen zu lassen. Zur Not würde ich mit der Bahn nach Hause fahren. Dann schnallte ich mich ab und folgte ihm.

Das Treppenhaus war dunkel wie immer, denn die Lampen wurden bestimmt schon seit Jahren nicht mehr repariert. Irgendwann würde wahrscheinlich auch dieses letzte Haus abgerissen und die Werkstätten nebenan dem Erdboden gleichgemacht. Alles Alte und Einfache verschwand nach und nach aus dieser Stadt und musste dem Neuen weichen. Sam ging an seiner Wohnungstür vorbei und stieg die Treppen bis ins Dachgeschoss hinauf. Er kramte nach seinem Schlüsselbund und öffnete die kleine Holztür, die auf den Dachboden führte. Durch eine Luke fiel schwach das Mondlicht herein, und ich erkannte ein riesiges Sammelsurium an Möbelstücken verschiedenster Epochen, die einsam und vergessen von ihren Besitzern zurückgelassen worden waren. Eine Leiter führte hinaus aufs Dach.

»Nach dir.« Er bedeutete mir, ich solle hochklettern.

Oben angekommen, stellte ich fest, dass noch richtig viel Platz war, bevor die schräg angebrachten Dachschindeln begannen. Hier hätte man glatt einen Garten anlegen können, mit Ausblick auf Berlin.

Sam stand mittlerweile hinter mir.

»Das ist der Vorteil, wenn man in einem Haus ohne exklusive Dachgeschosswohnung lebt. Alle haben etwas davon, nicht nur die Betuchten, die es sich leisten können.«

»Außer Kurt. Kaum vorstellbar, dass er je auch nur einen Fuß auf die Leiter gesetzt hat.«

Mein Bruder hatte wahnsinnige Höhenangst und wäre eher gestorben, als auf ein Dach zu klettern.

»Stimmt, ich bin hier eigentlich meistens allein.«

»Und? Gehört das auch zu deinem Standardprogramm? Irgendwelche Mädchen mit dieser exklusiven Aussicht zu beeindrucken?«

Sam sah mich lange an. »Nicht irgendwelche. Nur dich«, flüsterte er.

»Sag so was nicht! Ich meine, wo soll denn dieses Spiel hinführen? Du bist der beste Freund meines Bruders, gehörst praktisch zur Familie und bist mein Lehrer. Wir werden in nächster Zeit auf jeden Fall miteinander zu tun haben, also verstehe ich nicht, was du beabsichtigst. Du kannst mich doch echt nicht so verarschen wollen. Das sieht dir nämlich überhaupt nicht ähnlich.« Ich setzte mich auf den Boden aus Bitumen und wartete darauf, dass er mir antwortete.

Sam starrte in die Nacht hinaus, dann setzte er sich im Schneidersitz vor mich und ergriff meine Hände. Sacht strich er mir über die Finger. Nach dieser Berührung hatte ich mich seit vier Tagen gesehnt. Seit einer Unendlichkeit. Es war so einfach für ihn, mich aus der Fassung zu bringen. Ich musste mich schützen.

Ich entzog ihm meine Hände und legte sie in den Schoß.

Sein Gesichtsausdruck wirkte verzweifelt. »Du hast recht. Mit allem. Nur eins stimmt nicht – dass ich mit dir spiele.« Er ließ den Kopf sinken, und das Haar fiel ihm ins Gesicht. »Und genau das ist es, warum du mich vergessen sollst. Auf der Rückfahrt ist mir bewusst geworden, was ich eigentlich von dir verlange, was ich dir eigentlich antue …« Er sah mich wieder an. Seine blauen Augen suchten meinen Blick. »Ich nehme dir deine Freiheit, fessele dich an mich. Und habe dir doch nichts zu bieten. Ich will nicht, dass du deine Zeit mit mir verschwendest, besser gesagt damit verschwendest, auf mich zu warten, bis du mit der Schule fertig bist. Zwei Jahre sind eine Ewigkeit, wenn ich dir nicht zeigen darf, was ich für dich empfinde. Die letzten Tage waren eine Ewigkeit.«

Er griff wieder nach meinen Händen, und diesmal entzog ich sie ihm nicht. Wir brauchten beide diesen winzigen Körperkontakt.

»Es war unerträglich, dich gehen zu lassen, obwohl ich doch so verrückt nach dir bin. Und dann heute … als ich dich mit Milo sah, eure Vertrautheit … da spürte ich … dass ich nur eines wollte. Ich wollte an seiner Stelle sein.«

Sams Gefühle verwirrten mich. Versuchte er mir zu sagen …

»Ella. Ich. Liebe. Dich.« Mit rauer Stimme beantwortete er meine ungestellte Frage.

Ich schluckte.

»Ich kann und will es nicht ändern, es ist eine Tatsache. Wie glücklich wäre ich, wenn ich dir meine Zuneigung offen vor allen zeigen könnte.«

»Sam …« Meine Stimme zitterte.

Ich war überwältigt von seinen Worten, alles war anders. Und dennoch hatte sich nichts verändert.

»Tatsache ist doch, dass die Gegebenheiten immer noch die gleichen sind und du recht hast. Ich würde auf dich warten, mich an dich fesseln. Und ich würde daran verzweifeln. Ich bin daran schon verzweifelt, und ich fühle mich nicht stark genug.« Die Kehle wurde mir eng, und ich schloss die Augen. »Es tut so weh, aber ich hoffe, es lässt mit der Zeit nach.«

Alles in mir wollte ihn, aber meine Worte waren die richtigen.

Er legte mir eine Hand an die Wange und fuhr mir mit dem Daumen über die Lippen. Ich schmiegte mich in seine Berührung, und eine Träne bahnte sich ihren Weg. Sam wischte sie behutsam weg, dann nahm er mich in die Arme, und wir hielten uns eine kleine Unendlichkeit lang fest umschlungen.

Nach einer Weile ließ er mich los. »Komm, ich bring dich nach Hause.«

»Nein, ich nehme die S-Bahn. Wir sehen uns morgen, okay?« Steifbeinig erhob ich mich und bewegte mich langsam zur Leiter.

Er seufzte, akzeptierte aber, dass ich jetzt allein sein wollte. »Bis morgen«, sagte er leise und sah mir nach, bis mich die Dunkelheit des Dachbodens verschluckte.

Ich ging die verlassene Straße entlang, unter der S-Bahnbrücke hindurch, und folgte den Gleisen nach rechts bis zum Bahnhof. Das grelle, kalte Licht schmerzte in den Augen, aber ich musste nicht lange auf die nächste Bahn warten. Es waren nur vier Stationen, und ich zog mir keinen Fahrschein. Selbst wenn ich Geld dabeigehabt hätte, wäre ich die kurze Strecke wahrscheinlich schwarzgefahren. Die Stadt zog rasend schnell an mir vorüber. Sam liebte mich. Ich liebte Sam. Wie sollte ich dieses Gefühl abschalten? Würde es schwächer werden, wenn ich ihm nicht nachgab? Das konnte ich mir nicht vorstellen.

Wie in Trance stieg ich an meinem Bahnhof aus. Mein Kopf war leer. Ich lief den Weg nach Hause. Es tat gut, denn im Augenblick war ich nur dazu fähig, einen Fuß vor den anderen zu setzen.

Auf unserem Hof saßen nur noch meine Eltern und unterhielten sich leise. Mein Vater hatte den Arm um meine Mutter gelegt, und sie lehnte sich mit einem Glas Rotwein an ihn. Ich ging noch kurz zu ihnen.

»So, ich hab Milo heil zu Hause abgeliefert. Ob er's noch bis in sein Bett geschafft hat, wage ich zu bezweifeln.«

»Es tut mir leid, geht's ihm gut?« Schuldbewusst blickte mich mein Vater an.

»Keine Ahnung, aber ich glaube nicht, dass er morgen zur Schule kommt. Ihr solltet ihn nur ein bisschen aufmuntern und nicht bis zur Besinnungslosigkeit abfüllen.«

»Ja …« Mein Vater gähnte ausgiebig. »Es kommt nicht wieder vor. Was ist jetzt eigentlich mit euch? Seid ihr zusammen … du und Milo?«

Ich schnappte nach Luft. Nicht mein Vater jetzt auch noch! »Nein! Wie kommt ihr alle denn darauf? Ist das heute die Frage des Tages? Wir sind Freunde. So wie eh und je.«

»Ich dachte ja nur … es wirkte eben so auf mich«, beschwichtigte mich mein Vater. »Aber hätte doch sein können. Kennst du nicht das schöne Lied von der Klaus-Lage-Band?«

Ich schüttelte nur den Kopf.

Zu allem Überfluss fing er jetzt auch noch an zu singen. *»Tausendmal berührt, tausendmal ist nichts passiert. Tausend und eine Nacht und es hat zoom gemacht.«*

»Ist bei uns nicht Mama für irgendwelche schrägen Songinterpretationen zuständig?« Ich drehte mich um, und mit einem mürrischen »Nacht« verließ ich den Hof.

Er konnte ja nicht ahnen, wie gut das Lied zutraf, nur eben nicht auf Milo, sondern auf Sam …

Am Freitagmorgen, nach einer unruhigen Nacht, zog ich mir müde die Decke über den Kopf und spielte mit dem Gedanken, die ersten beiden Sportstunden ausfallen zu lassen. Ich hatte noch eine Sportbefreiung und konnte sowieso nur herumsitzen. In dem Fall hätte ich Sam jedoch erklären müssen, wo ich war, und dann hätte er zwei Möglichkeiten gehabt, um zu reagieren. Entweder er würde mich reglementieren, und das wollte ich nicht, oder er würde mein Fehlen nicht ahnden, was einer Sonderbehandlung gleichkam, und das wollte ich erst recht nicht. Also machte ich mich schlaftrunken auf ins Badezimmer.

Der Himmel war grau, als ich mich auf mein Rad schwang, und es tröpfelte leicht. Doch schon bald goss es wie aus Kübeln, und ich fühlte mich wie ein nasser Hund, als ich die Turnhalle erreichte. Klasse, wäre ich doch nur im Bett geblieben! Ich beschloss, wieder nach Hause zu fahren und mich umzuziehen. Der restliche Schultag war trocken wohl besser zu ertragen. Ich wendete gerade mit meinem Rad, als Herr Feldmann mir entgegenrannte.

»Guten Morgen, Fräulein Winter. Sie waren schon auf dem richtigen Weg, wollen Sie nicht mit reinkommen?«

»Äh, eigentlich wollte ich gerade ...«

»Na, nun schließen Sie mal Ihr Rad an und kommen mit rein, bevor Sie hier draußen noch aufweichen.«

Er rannte weiter, ohne dass ich ihm meine Sportbefreiung mitteilen konnte. Ich verfluche den Tag schon jetzt.

Völlig durchnässt schloss ich mein Fahrrad an. Es roch nach Herbst, und mir war kalt. Der Sommer verabschiedete sich nun endgültig. In der Turnhalle zog ich nur meine Schuhe aus und lief über das knarrende Parkett. Ich ging rüber zu Cora, die im Spagat auf dem Boden saß und dabei auch noch entspannt mit den anderen plauderte. Von Sam war nichts zu sehen. Kaum dachte ich an ihn, wurde ich nervös. Eigentlich war er ja ununterbrochen in meinem Kopf, aber jetzt wurde mir gerade bewusst, dass er heute seit einer gefühlten Ewigkeit wieder als Lehrer vor mir stand.

»Hey, Ella, willst du so etwa Sport mitmachen?« Cora riss mich aus meinen Gedanken.

»Hi, Cora. Nein, ich hab doch noch eine Sportbefreiung … wegen dem verstauchten Knöchel.« Ich setzte mich zu ihr auf den Boden. »Wie machst du das nur?« Ich deutete auf ihre Verrenkungen.

»Tja, ich bin halt sehr gelenkig. Sieht man mir gar nicht an, oder?«

Ich schüttelte den Kopf. »Du bist der Mister Fantastic des Sportkurses.«

Sie verzog die Mundwinkel. »Dann wäre ich lieber Susan Storm oder noch besser Mystique von den X-Men. Jeder weiß doch, dass Blau meine Lieblingsfarbe ist.« Sie grinste mich an.

Ich versuchte, mir Cora nackt und blau von Kopf bis Fuß vorzustellen, als Sam zu uns herüberkam. Sein Haar war zu einem unordentlichen Zopf zusammengebunden, und sein Piercing fehlte. Tiefe Schatten lagen unter seinen Augen. Alle Mädchen ringsum verstummten sofort und genossen offensichtlich seinen Anblick. Es gab kaum eine, die gegen ihn immun zu sein schien. Zum Glück wussten sie alle nicht, dass er von innen mindestens genauso schön war wie von außen. Ich schüttelte den Gedanken ab, denn schließlich hatte ich kein exklusives Abonnement auf seine Gefühle.

»Du zitterst ja total«, bemerkte Cora.

»Ich bin ja auch klatschnass und hab nix zum Umziehen dabei«, flüsterte ich zurück.

»Du kannst meinen Pullover haben, er liegt oben auf meinem Platz. Häng das nasse Zeug über die Bänke, vielleicht trocknet es ja in der Zwischenzeit.«

»Okay, danke. Wenn mich der Feldmann vorhin nicht abgefangen hätte, wäre ich auch wieder nach Hause gefahren.«

Wir unterbrachen unser Gespräch, als Sam die Stimme erhob.

»Guten Morgen, die Damen. Offensichtlich waren die wenigen Herren hier so viel geballter Frauenpower nicht gewachsen und haben alle Hebel in Bewegung gesetzt, den Kurs noch zu wechseln. Aber keine Sorge, ich bleibe Ihnen erhalten.«

Herr Feldmann räusperte sich lautstark.

»Ähm, ich meinte natürlich, *wir* bleiben Ihnen erhalten.«

Sie nickten sich grinsend zu.

»Eigentlich wollten wir heute die Weitsprunganlage benutzen, bevor sie endgültig von den streunenden Katzen als Klo zweckentfremdet wird. Aber vermutlich ist es in Ihrem Sinn, wenn wir bei diesem Wetter auf Volleyball umsteigen. Ella, du kannst uns beim Feldaufbau helfen, die anderen laufen sich bitte warm.«

Alle rappelten sich stöhnend auf und joggten los. Ich ging zu Sam und Herrn Feldmann hinüber.

»Also, ich müsste erst mal meine nassen Klamotten loswerden, ist das in Ordnung?!«

»Wenn Sie sowieso nicht mitmachen können, hätte ich an Ihrer Stelle heute Morgen verschlafen«, flüsterte der Feldmann und zwinkerte mir verschwörerisch zu.

Ich rollte mit den Augen. »Ja, das dachte ich mir auch, und dann sind Sie mir über den Weg gelaufen.«

Ich ließ die beiden stehen und stieg die Treppe zur Umkleide hoch.

Coras Pullover war nicht zu übersehen. Er hing in seinem grellen Grün am Haken und schrie geradezu nach Aufmerksamkeit. Ob sie wohl ein Problem damit hätte, wenn ich während der Sportstunde auch noch ihre Cordhose anzog? Die war zu allem Überfluss knallrot. Egal, ich wollte einfach nur aus meinen nassen Sachen rauskommen, die mir kalt am Körper klebten. Ich hoffte, dass die Heizung funktionierte, und drehte sie voll auf, um meine Klamotten zum Trocknen drüberzuhängen. Ein Knacken in den Rohren signalisierte mir, dass sie sich langsam erwärmte. Mühsam schälte ich mich aus meiner Jeans und meinem T-Shirt und breitete alles über dem Heizkörper aus. Ich griff nach den bunten Sachen und schlüpfte hinein. Sie rochen nach Cora, irgendwie ökobiomäßig. Die Hose war mir viel zu groß, und ich zog den Gürtel aus meiner Jeans, damit sie mir nicht in die Kniekehlen rutschte.

Ich sah aus wie ein Clown.

Ich hatte sicher in den Augen vieler einen miserablen beziehungsweise nicht vorhandenen Modegeschmack, aber so konnte selbst ich mich nicht unter die Leute trauen. Ich beschloss, dass das Netz auch ohne mich aufgebaut werden konnte, und wollte den Rest der Stunde hier oben aussitzen. Ich hätte noch so schön im Bett liegen können …

Aus meiner Tasche kramte ich mein Buch, setzte mich auf den Boden und lehnte den Rücken an den Heizkörper. Sofort versank ich in der Geschichte und bemerkte erst beim dritten Kapitel, dass Sam im Türrahmen stand. Überrascht blickte ich auf.

»Wie lange stehst du schon da?«

»Lange genug, um mindestens drei Eigenschaften an dir zu bemerken, die ich vorher nicht kannte.«

»Und die wären?« Jetzt war ich neugierig geworden. Hoffentlich grunzte ich nicht beim Lesen.

»Also erstens knabberst du dir die Fingernägel ab.«

Das stimmte. Deswegen trug ich auch so gut wie nie Nagellack.

»Zweitens wackelst du die ganze Zeit mit den Füßen, als würdest du Musik hören, und ich wüsste gern, welcher Song in deinem Kopf herumschwirrt.«

Das hatte ich tatsächlich noch nicht bemerkt.

»Und drittens?«, fragte ich ihn.

»Und drittens wusste ich gar nicht, wie ausgezeichnet dir rote Hosen und grüne Pullover in XL stehen.«

Klasse, er machte sich mal wieder über mich lustig.

»Ach so, und ich dachte, dir ist vielleicht aufgefallen, dass du dich in der Mädchenumkleide befindest und geradezu drauf aus bist, dass man uns erwischt.«

»Erwischen? Wobei?« Seine Augen blitzten herausfordernd.

Ich seufzte und tat so, als würde ich mich wieder in mein Buch vertiefen, was bei seiner Anwesenheit natürlich unmöglich war.

»Tatsächlich wollte Frank ... äh ... Herr Feldmann, dass ich mal nach dir sehe. Er dachte, du brauchst vielleicht Hilfe.«

»Hilfe? Wobei?«, fragte ich beiläufig.

»Also, ich wollte dir helfen, aus deinen nassen Klamotten rauszukommen, und mich auf den neuesten Stand deiner Unterwäsche bringen.« Er nahm mir das Buch aus der Hand und grinste mich frech an. Dann zog er mich vom Boden hoch. Sein Gesicht war meinem ganz nahe.

»Vorhanden«, flüsterte ich.

»Was?« Er blinzelte abwesend.

»Na, der neueste Stand meiner Unterwäsche.«

Er legte mir die Hände auf die Hüften, die in Coras Pullover praktisch nicht vorhanden waren, und schob mich langsam, aber zielstrebig in den Waschraum, wo eine einsame Dusche, seit Jahren unbenutzt, vor sich hin rostete.

Ich stand mit dem Rücken an der gefliesten Wand, genau unter der Dusche, und es hätte mich nicht gewundert, wenn sie in diesem Moment angegangen wäre und Coras Klamotten auch noch nass geworden wären.

Sams Lippen waren so nahe, ich wollte sie unbedingt berühren, sie schmecken. Er sah mir in die Augen, direkt in die Seele. Ich atmete schwer. Er war wie der Gipfel eines Berges – immer wenn ich in seiner Nähe war, bekam ich kaum Luft und hatte eisige Hände und Füße.

»Sam, wir sollten ...«

»Du hast recht«, unterbrach er mich. »Wir sollten dich unbedingt aus diesem Zelt befreien.« Er griff unter den Bund des Pullovers und zog ihn mir in einer fließenden Bewegung über den Kopf.

Nicht, dass ich mich gewehrt hätte.

Sam sah mich an. »Du bist wunderschön, egal, was du trägst.«

So das war's, mehr konnte ich nicht ertragen. Ich stellte mich leicht auf die Zehenspitzen, und ohne ihn aus den Augen zu lassen, berührte ich mit den Lippen ganz zart seinen Mund. Ich spürte sofort, wie unsere Körper sich nach mehr sehnten. Sam griff in mein feuchtes Haar, zog mich eng zu sich heran, und wir versanken in einem tiefen Kuss. Ich spürte die kalten Fliesen auf meiner Haut, als er mich gegen die Wand presste, doch ich fror nicht mehr. Zum ersten Mal seit Tagen fühlte ich mich wieder lebendig, aus meiner Starre befreit. Ich brauchte Sam zum Atmen. Es war, als würde sich ein Knoten in meiner Brust lösen. Ich griff unter sein T-Shirt und glitt mit den Fingern über seine Haut. Er stöhnte leise und hob mich mit einem Ruck hoch, sodass ich ihn mit den Beinen umklammern konnte. Unsere Lippen ließen nicht voneinander ab, unsere Körper verschmolzen miteinander.

Plötzlich hörte ich ein Geräusch und öffnete die Augen. Im Spiegel an der gegenüberliegenden Wand sah ich gerade noch Marlene verschwinden.

»Scheiße.« Keuchend schob ich Sam von mir weg.

»Wer war das?«, fragte Sam mit dunkler Stimme. Er trat beiseite und raufte sich das Haar. Sein Gesicht war kreidebleich, sein Blick leer.

»Ich glaube, Marlene«, flüsterte ich kaum hörbar. »Scheiße, Scheiße, Scheiße!« Meine Stimme wurde lauter.

Sam hob die Brauen. »Also Scheiße, richtig? Hm, diesmal stimme ich dir ausnahmsweise zu.« Er nahm meine Hand und küsste mir sanft die Fingerspitzen. Dann verließ er fluchtartig den Waschraum.

Verzweifelt rutschte ich an den Fliesen hinunter und zog mir den Pullover wieder über.

Würde Marlene für sich behalten, was sie gesehen hatte? Wohl kaum. Konnte ich sie darum bitten? Ich musste es versuchen, aber wir waren nicht so gut befreundet, dass ich ihr einfach so vertraute.

Jetzt befanden wir uns genau in der Situation, die wir unbedingt vermeiden wollten. Selbst wenn Marlene dem Feldmann oder der Schulleitung nichts erzählte, konnte sie den Mund womöglich nicht halten, und früher oder später würde es die Runde machen. Dann wüsste die ganze Schule Bescheid. O Gott, ich ruinierte Sams Karriere, bevor sie überhaupt begonnen hatte! Dafür verachtete ich mich, und ihm ging es bestimmt nicht anders.

Ich kehrte in die Umkleide zurück und nahm meine klammen Sachen von der Heizung. Geistesabwesend wechselte ich die Klamotten, schnappte meine Tasche und mein Buch und stieg langsam die Treppe hinunter. Unten zog ich mir die Schuhe an und warf einen verstohlenen Blick in die Turnhalle. Sam sah ich nicht, dafür aber Marlene, die sich gerade mit zwei anderen Mädchen unterhielt. Scheiße. Ich wollte nur noch weg. Am besten, ich verließ die Schule oder die Stadt … oder lieber gleich das Land. Ich stürmte zur Tür raus und schwang mich auf mein Rad. Es nieselte nur noch leicht, was mir die Entscheidung, den restlichen Schultag zu schwänzen, wesentlich erleichterte. Eine Weile fuhr ich ziellos durch die Straßen, doch als sich der Himmel über mir wieder bedrohlich verdunkelte, schlug ich den Weg zu Milos Haus ein. Ich war mir ziemlich sicher, dass er nicht in der Schule war. Wahrscheinlich schlief er nach dem gestrigen Abend sogar noch. Kaum hatte ich an seiner Tür geklingelt, wurde diese auch schon stürmisch aufgerissen, und Emma stand vor mir. Sofort wirbelte sie um mich herum und zog mich ins Innere des Hauses. Ihre Fröhlichkeit war echt kaum zu ertragen.

»Was machst du denn hier?«, fragte ich überrascht.

»Ich hab erst zum dritten Block, und da dachte ich …«

Nur in T-Shirt und Boxershorts schlurfte Milo verschlafen die Treppe herunter. »… da dachte ich mir, geh doch mal den Milo wecken«, beendete er ihren Satz. »Aber da ihr anscheinend beide die gleiche Idee hattet, standen meine Chancen wohl eh nicht so gut, heute durchzupennen.« Er sah wirklich fertig aus.

»Nö«, trällerte Emma und steckte den Kopf auf der Suche nach etwas Essbarem in den Kühlschrank.

Ich setzte mich an die Küchentheke auf einen Barhocker und beobachtete Milo, wie er sich griesgrämig mit der Espressomaschine abmühte. Er machte nicht den Eindruck, als habe er das Ding schon jemals bedient.

Seufzend stand ich auf und schob ihn beiseite. »Lass mich mal machen und setz dich hin! Besser noch – wasch dich und putz dir die Zähne! Du hast 'ne tierische Fahne. Oder zieh dir wenigstens was an.«

»Ich kann mich nicht erinnern, euch eingeladen zu haben. Also müsst ihr mich wohl so ertragen.« Er hob einen Arm und schnupperte unter den Achseln. »Okay, okay, ich kann mich selbst riechen. Ich gehe wohl doch lieber duschen. Aber ich kann nicht garantieren, dass ich lange aufrecht stehen kann.«

»Gute Entscheidung«, pflichtete Emma ihm bei, während sie den halben Inhalt des Kühlschrankes auf der Arbeitsplatte ausbreitete. »Wenn du in fünfzehn Minuten nicht wieder in der Küche bist, schicken wir einen Pflegeservice hoch, der nach dir sieht.«

Ich sah sie fragend an.

»Was denn? Ich hab eben einen Bärenhunger. Kurt und ich haben die ganze Nacht …«

»O Gott, Emma! Zu viel Information!«, stöhnte ich.

»Wusstest du, dass er bis letzte Nacht noch Jungfrau war?«

Ich verdrehte die Augen. »Gewusst hab ich's nicht, aber geahnt. Und mehr will ich auch wirklich nicht darüber wissen, okay?«

Ich konnte mir kaum vorstellen, dass es im Sinn meines Bruders war, dass sein bisheriges – nicht vorhandenes – Liebesleben von uns thematisiert wurde.

»Schon gut, schon gut«, beschwichtigte mich Emma. »Ist ja kaum zum Aushalten mit eurer Laune.«

Ich suchte im Schrank nach Tassen und machte uns dreien einen Espresso, der Tote aufwecken konnte. Also genau das Richtige für Milo.

Der erschien kurz darauf, frisch geduscht und mit nassen Haaren, in Jeans und weißem T-Shirt, wieder bei uns in seiner durchgestylten Küche.

»Die Sonne geht auf. Na? Fühlst du dich wieder wie ein Mensch?«, stichelte Emma.

Ich streckte ihm die Espressotasse entgegen, und er leerte sie in einem Zug.

»Aaah! Jetzt ja. Gibt es hier noch irgendwas zu essen?«

Übertrieben gestikulierend pries Emma ihre Beute aus Milos Kühlschrank wie in einer Dauerwerbesendung an. »Heute haben wir folgendes Tagesangebot für Sie, das Sie sich auf keinen Fall entgehen lassen sollten. Labberigen Toast mit Schinken, Käse aus der Tube … Warum gibt's so widerliches Zeug eigentlich immer nur bei so reichen Schnöseln? Außerdem Biomangojoghurt, eine gute Handvoll Blaubeeren und für besonders Schnellentschlossene ein fast leeres Nutellaglas.«

Sie schaffte es tatsächlich immer wieder, Milo und mich aus unserer trübseligen Stimmung herauszuholen. Die beiden machten sich Toast, und Emma quetschte sich tatsächlich den Käse aufs Brot.

»Bah!« Angewidert verzog sie nach dem ersten Bissen das Gesicht. »Möchte echt mal wissen, wer auf so 'ne Scheißidee kommt, und warum kauft das überhaupt jemand?«

»Tja, wir wissen halt nicht, wohin mit unserer Kohle.« Milo

grinste breit und biss herzhaft in seinen Schinken-Tubenkäse-Toast.

Emma seufzte erleichtert. »Er ist wieder da, der gute alte Milosevic.«

Sie wusste genau, dass er es nicht leiden konnte, wenn sie ihn so nannte, doch heute schien es ihm nichts auszumachen. Ich knabberte still ein paar Blaubeeren. Der Espresso wärmte kaum, und ich sehnte mich nach trockenen Klamotten. Emma schob Milo ihren Toast hinüber und machte sich über den Joghurt her.

Fragend sah sie mich an. »Was ist'n eigentlich los mit dir? Und warum schwänzt du überhaupt die Schule? Das sieht dir gar nicht ähnlich.«

Ich zuckte mit den Schultern und starrte an ihr vorbei. Der Regen prasselte mittlerweile geräuschvoll gegen das Küchenfenster. »Bin gerade nicht in Stimmung für Schule. Außerdem bin ich vorhin klitschnass geworden und hatte keine Lust, mir den restlichen Tag den Arsch abzufrieren.«

»Das ist ja auch kein Wunder bei deinem knochigen Hintern. Hier, da hilft nur das.« Sie hielt mir die Käsetube unter die Nase.

»Mach dich ruhig lustig, aber dich wird noch das gleiche Schicksal ereilen«, sagte ich und wies in Richtung Fenster.

»Du kannst trockene Sachen von mir haben«, unterbrach Milo unser Rumgezicke. »Such dir einfach oben was aus meinem Schrank raus.«

Das ließ ich mir nicht zweimal sagen.

Im Dachgeschoss angekommen, wurde mir bewusst, dass ich das letzte Mal hier oben gewesen war, als wir miteinander geschlafen hatten. Es schien eine Ewigkeit her zu sein, und seitdem war einfach so viel passiert. Unwillkürlich drängte sich wieder die Sorge um Sam in den Vordergrund. Ich hätte lieber in der Schule bleiben und Marlene bitten sollen, doch bitte nichts zu sagen. Stattdessen war ich feige abgehauen. Wahrscheinlich machten die Gerüchte inzwischen schon die Runde, und Sam musste sich allein verantworten. Aber ich konnte jetzt unmöglich zurück, dazu war ich einfach nicht in der Lage.

Ich schüttelte mich und warf einen Blick in Milos Schrank. Sofort fiel mir eine graue Jogginghose entgegen. Ich kramte mir noch ein schwarzes Shirt raus und wechselte die Kleidung.

»Du gibst in meinen Klamotten eine bessere Figur ab als ich.«

Ich drehte mich überrascht zu Milo um, der gerade die letzte Stufe zu seinem Zimmer hochstieg.

»Ich soll dir von Emma Tschüss sagen. Sie ist gerade wieder los zur Schule, hatte sogar eine Regenjacke dabei und war der Meinung, einer von uns müsse sich ums Abi kümmern.«

Wir grinsten uns an.

»Ach, und danke, dass du mich gestern nach Hause gebracht hast.« Verlegen kratzte er sich am Kopf.

»Das war ich dir ja wohl schuldig, wenn ich dich schon mit meinem Vater und Nikos allein gelassen habe. Allerdings habe ich auch nicht damit gerechnet, dass sie dich so abfüllen.«

Ich ließ mich rückwärts auf sein Bett fallen.

»So viel war das auch gar nicht, ich vertrage wahrscheinlich nur nichts. Na, jedenfalls hätte ich ohne dich wahrscheinlich nicht nach Hause gefunden.«

»Haben deine Alten wenigstens schon geschlafen, oder musstest du dich mit denen noch rumschlagen?«

»Nein, ich bin gleich unten auf der Couch weggepennt, und im Morgengrauen hab ich mich dann hochgeschlichen.« Er ließ sich neben mich plumpsen.

Auf dem Rücken liegend, starrten wir an die Decke.

Ich drehte den Kopf zu Milo hinüber und seufzte. »Mit uns ist im Moment echt nicht viel los, oder?«

»Das kannst du laut sagen.«

»Mit uns ist ...«, setzte ich laut an, bis er mir mit einer Hand den Mund zuhielt.

»Mann, Ella, du musst nicht immer alles wörtlich nehmen!«

»Tu ich das?«, nuschelte ich durch seine Finger hindurch.

Als er immer noch keine Anstalten machte, die Hand wegzunehmen, biss ich ihm leicht in den Mittelfinger. Im gleichen Moment, als er seine Hand wegzog, beugte er sich über mich und legte seine Lippen auf meinen Mund.

»Spinnst du?« Ich stieß ihn weg und sprang vom Bett auf. Hektisch kramte ich meine Sachen zusammen und rannte die Treppe hinunter.

»Ella, warte doch, es tut mir leid!«

Ich hielt inne und sah zu ihm hoch. Mein verstauchter Knöchel meldete sich mit schmerzhaftem Stechen.

»Ich dachte nur …«

»Was dachtest du?«, unterbrach ich ihn. »Sende ich etwa solche Signale für dich aus? Und was ist mit Lina? Du bist offensichtlich verdammt schnell über sie hinweggekommen.«

»Ich dachte nur … ich bin unglücklich, und du siehst in letzter Zeit auch nur noch traurig aus. Und da könnten wir doch …«

»… die Silvesternacht wiederholen?«, brachte ich seinen Satz zu Ende.

»Du fandest es doch auch schön, oder?«

»Ja, aber es war eine einmalige Sache, und wenn du hier so was abziehst, bereue ich es noch, und das will ich nicht.«

Zerknirscht sah er mich an. Ich stieg langsam die letzten Stufen hinunter und verließ das Haus. Draußen hatte der Regen aufgehört, und mit Milos Jogginghose und T-Shirt schwang ich mich aufs Rad. Ich wollte noch nicht nach Hause, sondern musste erst den Kopf frei kriegen. In letzter Zeit war wirklich jeder Tag eine gefühlsmäßige Katastrophe. Wenn sowieso schon jeder dachte, ich sei in Milo verknallt, war es ja kein Wunder, dass er das auch annahm. Ich musste unbedingt noch mal mit ihm reden. Wenn ich mich beruhigt hatte. Und ich musste mit Marlene reden. Ich wusste nur noch nicht, was ich sagen sollte. Wie gern hätte ich Emma um Rat gefragt, aber in dem Fall hätte ich ihr ganz schön viel erklären müssen, und wahrscheinlich wäre sie dann auch noch sauer auf mich geworden. Ich sah auf meine Uhr. Es war erst kurz nach zwölf. Ich beschloss, an diesem Tag wenigstens eine sinnvolle Aufgabe zu erledigen und mich um die Freitagabendlasagne zu kümmern. Ich hielt vor dem Supermarkt und vertraute darauf, dass ich in Milos Klamotten um diese Uhrzeit keinen Bekannten über den Weg lief.

Da ich nie daran dachte, mir einen Einkaufswagen zu nehmen, war ich in kürzester Zeit mit Unmengen an Gemüse beladen. Kürbis, Tomaten, frischer Spinat, Stangensellerie, Möhren …

»Soll ich dir vielleicht was abnehmen?«

Sam stand mir gegenüber, nur einen Apfel in der Hand.

»Äh ja, nein. Was machst du hier?«

Er befreite mich von den Möhren und dem Kürbis. »Einkaufen, was sonst? Ich muss erst wieder zum fünften Block in der Schule sein. Und du?«

»Eigentlich wollte ich heute die Welt erobern, aber dann hat es angefangen zu regnen. Mit anderen Worten – ich schwänze.« Verlegen lächelte ich ihn an.

»Hm, das dachte ich mir schon. Soll ich dich bei deinem Tutor entschuldigen? Das ist doch die Auerbach, oder?«

»Nein, nicht nötig. Ich bin schon achtzehn, und außerdem sollst du meinetwegen nicht noch mehr Ärger bekommen.«

Wir gingen langsam zu den Kassen.

»Das mit Marlene habe ich geregelt.«

»Ach ja? Und wie?« Ich konnte mir schlecht vorstellen, wie man sie zum Schweigen bringen konnte.

Grinsend zog er eine Augenbraue hoch. »Ich erzähle es dir, wenn wir hier raus sind.«

Wir standen eine gefühlte Ewigkeit lang an der Kasse, und als ich endlich bezahlt und das ganze Zeug irgendwie verstaut hatte, fand ich es richtig schön, mit Sam so etwas Banales zu machen wie einkaufen zu gehen. Das war eine willkommene Abwechslung zu dem dramatischen Kinoprogramm, das wir in den letzten zwei Wochen durchgezogen hatten.

Beim Rausgehen wanderte sein Blick einmal an mir hoch und runter. »Dein Outfit überrascht mich heute echt immer wieder.«

»Ach das?« Ich zupfte an der schlabberigen Hose. »Das gehört mir auch nicht.«

Ich schloss mein Fahrrad ab. Seins stand nur ein paar Meter entfernt, aber es war mir vorhin gar nicht aufgefallen. Schweigend schoben wir die Räder zu einer kleinen Parkanlage und setzten uns auf die Rückenlehne einer nassen Parkbank.

Ich seufzte schwer. »Also, wie hast du das mit Marlene geregelt?«, erinnerte ich ihn. »Hast du sie in einen Hinterhalt gelockt und lebendig unter der Turnhalle begraben?«

»So drastische Mittel waren nicht nötig.«

»Was dann … hast du ihr Schweigesex angeboten? Ich wette, darauf wäre sie eingegangen.« O Mann, die Idee fand ich schlimmer als die erste!

Entgeistert sah er mich an. »Denkst du, ich bin käuflich?«

»Nein.«

»Ich hab ihr gesagt, wie es ist.«

Na toll, was sollte ich mir darunter vorstellen? »Ich weiß noch nicht mal selbst, wie es ist, da ist mir Marlene ja jetzt um einiges voraus.« Ich kaute auf der Unterlippe herum und wartete darauf, dass er sich endlich deutlicher ausdrückte.

»Okay, ich habe ihr nicht ganz die Wahrheit gesagt. Ich sagte ihr, dass ich dich liebe …«

Mein Herz zerbrach in tausend Stücke. Mir wurde schlecht, und ich bekam kaum Luft.

Sam sah mir meine Verzweiflung offenbar sofort an und griff nach meiner Hand.

»Ella, hör mir zu! *Das* war die Wahrheit. Ich habe nur gelogen, als ich ihr sagte, dass wir schon ewig zusammen sind, also bevor ich Referendar an unserer Schule wurde. Ich hatte gehofft, das würde die Situation entschärfen.«

Zusammen sind.

»Das wird sie dir nicht abnehmen. Außerdem kann man das hier schlecht als *zusammen sein* bezeichnen.«

»Dann wechsle ich eben die Schule. Uns wird schon eine Lösung einfallen.«

Ich schüttelte den Kopf. »Nicht wegen mir.«

»Ella, hast du nicht verstanden? Ich liebe dich. Ich will mit dir zusammen sein.«

Das war genau das, was ich wollte. Nichts anderes. Nur Sam. Aber nicht so. Er sollte nichts wegen mir aufgeben. Das hatte ich mir schon in der Höhle geschworen und danach immer und immer wieder.

»Sam, du würdest es irgendwann bereuen, und das könnte ich nicht ertragen.«

Ich erhob mich von der Bank und stellte mich vor ihn. Dann nahm ich sein Gesicht in meine Hände. Er hatte wieder diesen Dreitagebart, den ich so an ihm liebte, und küsste ihn.

»Machst du mit mir Schluss?«, fragte er leise.

»Wir haben doch noch gar nicht angefangen.«

»Ist es wegen Milo?«

»Wie kommst du darauf?«

»Es sind bestimmt seine Klamotten, die du trägst. Meine sind es jedenfalls nicht, und ich merke, wie er dich ansieht. Wahrscheinlich kennt er dich tausendmal besser als ich.«

»Milo ist mein bester Freund, und er ist im Moment nicht sehr glücklich. Aber wer ist das schon? Und du hast recht, er kennt mich gut.«

»Er will mehr von dir.«

Ich atmete tief durch. »Er kann nicht mehr wollen, als er schon hatte.«

Sam verstand sofort und nickte mit einem bitteren Lächeln. »Nichts ruiniert gute Stimmung so perfekt wie die Realität.«

Ich wurde sauer. »Mir ist nicht bekannt, dass ich dir darüber Rechenschaft ablegen müsste. Ich hatte mit ihm mein erstes Mal und er mit mir seins. Ich frage dich auch nicht, mit wem du alles schon in die Kiste gesprungen bist, und das waren bestimmt nicht wenige. Du hast ja wohl gemerkt, dass ich keine Jungfrau mehr war.«

Sam stand auf und musterte mich mit durchdringendem Blick. »Ich weiß, du musst dich nicht vor mir rechtfertigen. Aber eins ist mir auch klar.« Seine Stimme klang ganz ruhig. »Milo will dich, und ich will dich. Nur du weißt nicht, was du willst. Aber du hast recht, wir haben noch gar nicht angefangen, und so ist es wahrscheinlich auch am besten.« Er legte seine Hand kurz an meine Wange, dann stieg er auf sein Rad und fuhr davon.

»Ich weiß genau, was ich will«, flüsterte ich ihm hinterher, während sich meine Augen mit Tränen füllten.

So fühlte sich also verlieben und dann auf Löschen klicken an. Wie gern hätte ich meine Gefühle auch einfach so gelöscht!

11

Die Nacht legte einen Verband auf die Wunden des Tages, doch pünktlich am nächsten Morgen riss alles von Neuem auf. Ich wusste nicht, wie lang die Leiter sein musste, um aus diesem Loch herauszukommen.

Den Samstag verbrachte ich als Vertretung meiner Mutter im Blumenladen. Meine Eltern waren übers Wochenende zu meinen Großeltern gefahren und ganz froh, dass ich zu Hause blieb und mich um Pixie und den Laden kümmerte. Ich ging nicht ans Telefon, schaltete mein Handy aus und den Computer nicht an. Am Sonntag erledigte ich alle Hausaufgaben und kraulte den restlichen Tag meiner Katze den Bauch. Sam, Milo und Emma – sie alle verbannte ich aus meinem Kopf.

Die folgenden zwei Wochen existierte ich zwar, aber ich lebte nicht. Ich ging nicht zum Sportunterricht, und in den Pausen suchte ich mir eine ruhige Ecke im Schulgebäude. Die restliche Zeit verbrachte ich in meinem dunklen Zimmer. Mit zugezogenen Vorhängen war die Welt leichter zu ertragen. In den Nächten hatte ich das Gefühl zu ersticken und wachte nach kurzem, unruhigem Schlaf im ersten Morgengrauen wieder auf. Jeder Tag war der schlimmste meines Lebens – bis zum nächsten Morgen. Neuer Tag, gleiche Scheiße.

Am Freitag wollte ich den ersten Block ausfallen lassen, aber meine Mutter machte mir einen Strich durch die Rechnung.

Unbarmherzig zog sie mir die Decke weg. »Ella, jetzt reicht es mir. Ich möchte wissen, wer der Arsch ist, der dich so unglücklich macht. Seit Tagen läufst du wie ein Zombie herum.

Emma ruft ständig an, weil sie sich Sorgen macht. Du sprichst nicht, du isst nicht. Was zum Teufel ist los mit dir?« In ihren Augen stand Verzweiflung.

Ich stand auf und schlurfte an ihr vorbei ins Bad.

»Falls du mal Interesse hast, einer Toten gegenüberzustehen, dann sieh in den Spiegel!«, rief sie mir hinterher.

Ich zog die Tür zu und schloss ab.

Sie hatte recht – ich befand mich in einem erbärmlichen Zustand. Meine Haare hatte ich schon ewig nicht mehr gekämmt, sondern nur zu einem verfilzten Zopf im Nacken zusammengebunden. Ich war mir nicht so sicher, ob sich das Haargummi überhaupt noch lösen ließ. Wahrscheinlich half da nur noch die Schere. Ich hatte keinerlei Farbe im Gesicht und dunkle Ringe unter den Augen, und dass ich noch dünner war als sonst, machte sich als Erstes an meinen praktisch nicht mehr vorhandenen Brüsten bemerkbar. So mochte ich mich nicht mal selbst, obwohl ich doch genau dieses Bild forciert hatte. Die Angst zu versagen, den Ansprüchen in der Schule nicht gerecht zu werden, und der Druck, immer Bestleistungen erbringen zu wollen, das alles fraß mich auf. Aber meinen Körper kontrollieren zu können, gab mir Sicherheit. So wenig wie möglich zu essen, gab mir ein Gefühl von Unabhängigkeit und Eigenständigkeit. Mein Spiegelbild bewies, dass es ein sehr trügerisches Gefühl war. Trotzdem putzte ich mir nur schnell die Zähne, schlüpfte in meine Klamotten und verschwand aus der Wohnung, ohne mit meiner Mutter ein weiteres Wort zu wechseln. Ich wusste, dass es ihr gegenüber unfair war, aber was sollte ich ihr denn sagen? Dass ich mich gerade in einem Universum existenzieller Einsamkeit befand? Ich war echt reif für eine Therapie.

Nichts auf der Welt – auch nicht meine Mutter – hätte mich heute dazu gebracht, am Sportkurs teilzunehmen. Stattdessen fuhr ich zu meinem Bruder. Ich war mir sicher, dass ich Sam dort nicht antraf.

In Jeans und mit freiem Oberkörper öffnete Kurt mir grinsend die Tür.

»Ella, was machst'n du hier?« Sein Grinsen verschwand und wich sichtlicher Besorgnis.

»Ich wollte nur meinen großen Bruder besuchen. Hast du jemand anderes erwartet?«

Ich ging an ihm vorbei und ließ mich in den abgeranzten, gemütlichen Sessel fallen.

Kurt trat ans Fenster und zündete sich eine Zigarette an. »Du weißt schon, dass sich alle Sorgen um dich machen, oder? Unsere Eltern, Emma ...«

»Und du?«, fragte ich leicht amüsiert.

Er blies den Rauch aus. »Ich nicht. Du weißt doch, dass ich mir nie über irgendwas Sorgen mache.« Er grinste leicht verlegen und trommelte mit den Fingern auf die Oberschenkel.

»Mir geht's gut, ich hab nur gerade ein kleines seelisches Tief, das hat doch jeder mal.«

Er nickte verständnisvoll, schnippte seine Kippe aus dem Fenster und setzte sich mit seiner Kaffeetasse auf den Tisch.

»Und? Was steht heute so auf deinem Tagesplan?«, fragte ich ihn. »Die Weltherrschaft an dich reißen? Das Cover des Kerrang! Magazines zieren?«

»Also, eigentlich wollte ich heute mal gar nichts machen, verstehst du? So richtig den ganzen Tag lang nix tun.«

»Aber?«

»Nun ja ... dann hab ich mir einen Kaffee gemacht ...« Er grinste breit und setzte die Tasse an die Lippen.

»Ehrlich, Kurt, du bist noch fauler als der Typ, der die japanische Flagge entworfen hat.«

Er sprang vom Tisch herunter. »Ich beweise dir das Gegenteil und mache dir höchstselbst auch einen Kaffee.«

Im Vorbeigehen strubbelte er mir durch das verfilzte Haar.

»Wie sieht's aus, kommst du morgen zu unserem Konzi?«

Er setzte Wasser auf und spülte eine dreckige Tasse ab.

»Was? Morgen schon?«

Vor ein paar Wochen noch wollte ich das Ereignis um nichts in der Welt verpassen.

»Hat das zur Folge, mit anderen Menschen in Kontakt zu kommen? Dann ist das im Moment nicht so mein Ding.«

»Nein, nur mit uns – und dem Türsteher.«

Mit uns. Dazu gehörte genau der Mensch, den ich nicht sehen wollte. Oder besser gesagt – nicht sehen durfte.

Kurt hielt mir eine dampfende Tasse unter die Nase, deren Duft nach frischem Kaffee mich aus meinen Grübeleien riss.

»Wann und wo?« Ich verbrannte mir die Zunge.

»Wir spielen als zweites, gegen zweiundzwanzig Uhr. Gleich gegenüber im *pogopit*.« Er wies aus dem Fenster.

»Na, wie praktisch, dann habt ihr es ja nicht weit zur After-Show-Party mit euren Groupies.«

Eine bekannte Stimme erklang im Hintergrund. »Ich bestehe darauf, das einzige Groupie auf dieser Party zu sein.« Emma hatte unbemerkt die Wohnung betreten und stand nun mit den Händen in den Hüften hinter mir. Sie sah zauberhaft aus mit ihrem Minikleid in verschiedenen Grüntönen und roten Dr. Martens.

»Aah, jetzt weiß ich, wen du vorhin erwartet hast. Ich störe mal nicht weiter, muss eh zur Schule.« Träge erhob ich mich aus dem Sessel.

»Hau doch nicht ab, El! Wo warst du die letzten Tage? In der Schule habe ich dich nicht gesehen, und du gehst nie ans Telefon …«

O nein, das alles hatte ich heute schon mal gehört! Ich verdrehte die Augen. »Sorry, ich war einfach nicht gut drauf und hatte tierisch viel für die Schule zu tun. Nicht sauer sein, okay?« Ich ging zu Kurt und gab meinem großen Bruder einen Kuss auf die Wange. »Bis morgen. Vielleicht.«

»Warte, ich komme mit! So wie ich die Jungs kenne, ist der Kühlschrank entweder leer oder voll mit ungenießbarem Fraß.

Ich besorge uns besser noch was zum Frühstück.« Dann wandte sie sich an Kurt. »Ich gehe kurz zum Bäcker, und wenn ich wiederkomme, ist der Tisch gedeckt.«

Er grinste sie frech an. »Ich weiß nicht, wie du beides gleichzeitig schaffen willst. Das würde ja an Zauberei grenzen.«

Sie streckte ihm die Zunge raus und schwebte an mir vorbei in Richtung Wohnungstür.

»Dein Bruder ist unmöglich.«

Wir stiegen zusammen die Treppen hinunter.

»Ich weiß«, seufzte ich.

»Ich kann ihn echt nicht leiden – aber ich liebe ihn sehr.«

Ich blieb stehen. »Das ist schön. Ich freue mich total für euch beide. Wirklich.«

Emma drückte mich. »Danke. Ich dachte schon, du hast ein Problem damit ...«

Ich schüttelte den Kopf. »Ehrlich gesagt seid ihr im Moment das Erfreulichste in meinem Leben.«

Plötzlich schlug sich Emma mit der flachen Hand vor die Stirn. »Du meine Güte, das hätte ich ja fast vergessen!«

Ich sah sie fragend an.

»Ich schmeiß heute Abend 'ne Party. Meine Mutter ist nicht da. Obwohl ... es würde sie sowieso nicht stören. Also, kommst du?«

Ich nagte an der Unterlippe. »Ich weiß nicht.«

»Ach, komm schon, das wird bestimmt lustig!«

»Muss ich irgendwas mitbringen?«

»Nur gute Laune.« Emma strahlte mich an.

»Hm, dann kann ich nicht kommen.«

Sie schubste mich leicht. »Ich zähle auf dich. Milo kommt auch. Ach was, eigentlich kommt die gesamte Oberstufe.«

Wir verabschiedeten uns, und ich sagte weder zu noch ab. Aber ich wusste mit Sicherheit, dass ich nicht auf der Party erscheinen würde.

Die Schule überstand ich, ohne Sam oder Milo über den Weg

zu laufen. Dafür hatte ich Cora am Hals, die sich unerklärlicherweise nicht von meiner miesen Laune abschrecken ließ. Irgendwann musste ich das wieder bei ihr gutmachen, denn sie war wirklich ein netter Mensch. Nachmittags kroch die Sonne hinter den Wolken hervor und ermöglichte dem Sommer ein kurzes Comeback. Ich nutzte die warmen Strahlen und fuhr bis zur Spree. Am Ufer las ich weiter in meinem Buch und skizzierte danach die Umrisse eines Zementwerks im Licht der untergehenden Sonne. Auf Emmas Party ließ ich mich nicht blicken.

Die Nacht war wieder schlimm, aber Pixie hing schlafend über meiner Hüfte und ließ mich nicht allein. Morgens stupste sie mich schon um fünf Uhr wach; ihr war es egal, dass Wochenende war und ich erst gegen drei Uhr eingeschlafen war. Zufrieden schnurrend kuschelte sie sich in meinen Arm und ließ sich von mir die Ohren kraulen. Katze müsste man sein. Da meine Mutter samstags auch im Laden sein musste, beschloss ich, das Frühstück vorzubereiten. Leise zog ich mich an und machte mich auf den Weg zum Bäcker. Außer ein paar Hundebesitzern war auf der Straße niemand unterwegs. Nur vor dem Bäcker saßen schon einige Touris auf den Stufen und beendeten gerade die Nacht. In der einen Hand hielten sie Bier und in der anderen Kaffee in Pappbechern.

Wir gingen immer zum gleichen Bäcker; er hatte noch eine eigene Backstube, die Brötchen schmeckten – wie meine Eltern zu sagen pflegten – wie seinerzeit im Osten, und das Baguette hieß hier Kaviarbrot. Ich bestellte sechs Schrippen und drei Mohnhörnchen, drängte mich an den betrunkenen Spaniern vorbei und ging dem Sonnenaufgang entgegen.

Zu Hause deckte ich den Tisch, fütterte Pixie und weckte meine Eltern mit der lauten Kaffeemaschine.

Mein Vater kam in die Küche. »Halleluja, es geschehen noch Zeichen und Wunder!«, rief er theatralisch aus. »Sieh nur, Jenny, unsere Tochter ist von den Toten auferstanden! Und das größte Wunder – sie hat Frühstück gemacht.«

Meine Mutter ging mit zerzausten Haaren und missbilligendem Blick an ihm vorbei, gab mir einen Kuss auf die Wange und betrachtete mich leicht besorgt. »Konntest nicht mehr schlafen, was?«

Ich schüttelte den Kopf und setzte mich mit angezogenen Beinen auf einen Stuhl.

Sie seufzte, sagte aber weiter nichts.

Obwohl ich keinen Appetit hatte, nahm ich ein Mohnhörnchen und zupfte mir ein Stück davon ab.

Meine Mutter sah mich über den Rand ihrer Tasse hinweg an. »Kurt hat erzählt, dass du heute zu seinem Konzert kommst.«

»Mal sehen, ich hab noch so viel für die Schule zu tun ...«

»Ach was, das wirst du doch bis heute Abend schaffen! Und morgen ist auch noch ein Tag.«

»Außerdem hast du die Intelligenz deines alten Herrn geerbt, da darfst du dir ruhig mal eine Lernpause gönnen und feiern gehen«, mischte sich nun auch mein Vater ein.

»Geht ihr doch hin, er ist schließlich euer Sohn.« Ich hatte wirklich keinen Bock auf diese Diskussion.

Meine Mutter strahlte übers ganze Gesicht. »Weißt du was? Das mach ich auch.« Sie wandte sich an meinen Vater. »Was ist mit dir, Liebling, kommst du mit?«

Er sah sie an, als hätte sie nicht mehr alle Kekse in der Dose. »Ich bezweifle, dass man mich in solch exklusive Etablissements wie das *pogopit* überhaupt reinlässt.«

»Ach, komm schon, mach dich nicht älter, als du bist!« Sie kraulte ihn unterm Kinn, als wäre er die Katze.

»Geht ruhig ohne mich. Wenn ich die Klassenarbeiten kontrolliert habe, ist meine Laune sowieso im Keller.«

»Na gut, dann eben nur wir zwei.« Sie klatschte in die Hände und freute sich wie ein kleines Kind.

Es würde mich wirklich nicht wundern, wenn sie heute Abend mit grünen Haaren und schwarz geschminkten Lippen vor mir stünde ...

Ich schluckte. Mein Hals fühlte sich plötzlich an, als hätte ich eine Schellfischallergie, nur nicht gegen Fisch, sondern gegen das Leben. Meine Mutter wollte auf Teufel komm raus, dass ich unter Menschen kam und etwas unternahm.

»Okay, aber glaub bloß nicht, dass ich Spaß haben werde!« Ich stand vom Frühstückstisch auf, verschwand in meinem Zimmer und machte Hausaufgaben, bis sich mein Vater ins Arbeitszimmer zurückzog und meine Mutter den Laden öffnen musste.

In Englisch musste ich ein Referat über Salman Rushdie vorbereiten, das lenkte mich eine Zeit lang ab, aber irgendwann ließ meine Konzentration nach. Immer wieder schlichen sich Gedanken über den bevorstehenden Abend in meinen Kopf.

Wenn ich ehrlich war, wollte ich gern zu Kurts Konzert, und bisher hatten sie ja auch nicht besonders oft die Möglichkeit gehabt, vor Publikum zu spielen. Das durfte ich mir eigentlich nicht entgehen lassen, und vielleicht würde es mir sogar gefallen.

Na gut, ich beschloss erst gegen zweiundzwanzig Uhr hinzugehen und mit dem letzten Song zu verschwinden. Ich fühlte mich wie Aschenputtel, nur ohne Happy End. Und so wie ich im Moment aussah, war wahrscheinlich ich es, die nicht am Türsteher vorbeikam. Ich brauchte dringend eine Dusche, einen Friseur und neue Klamotten, aber die Dusche musste wohl fürs Erste ausreichen.

Ich blockierte das Badezimmer so lange, bis mein Vater ungeduldig an die Tür trommelte und mir vorwarf, ich wolle, dass er sich in die Hosen pinkelte. Schnell wickelte ich mich in ein Handtuch und gab das dampfende Bad frei.

Meine Haare waren die totale Katastrophe. Fluchend stand ich vor dem Spiegel im Flur und versuchte verzweifelt, das Chaos auf meinem Kopf zu bändigen. Nun rächte sich schmerzhaft, dass ich mich seit Tagen nicht gekämmt hatte.

»Verdammt, jetzt reicht's!«, schrie ich mein Spiegelbild an.

Mein Vater kam, sichtlich erleichtert, aus dem Bad und musterte mich verdutzt. Ich stürmte an ihm vorbei und kramte nach der riesigen Schere.

»Was hast du vor?«

»Wonach sieht's denn aus? Ich schneide mir die Haare ab, ich bekomme sie einfach nicht durchgekämmt!« Mit diesen Worten teilte ich mein Haar in zwei Hälften und setzte die Schere an.

»Spinnst du?« Er riss mir die Schere aus der Hand. »Lass mich mal ran!«, sagte er, führte mich an den Schultern in die Küche und drückte mich auf einen Stuhl. »Wusstest du, dass ich auch mal lange Haare hatte? Auf dem Gebiet bin ich sozusagen Experte.«

Natürlich wusste ich das. Es gab noch viele Fotos von damals, auch davon, wie er sich wegen einer verlorenen Wette den Kopf kahl geschoren hatte und, weil gerade Hochsommer war, ein total braun gebranntes Gesicht und eine weiße Glatze hatte. Auf den Bildern sah er absolut bescheuert aus.

Vorsichtig entwirrte er meine Haare. Sanft und ohne Hektik kämmte er eine Strähne nach der anderen durch und erzählte mir Geschichten von früher, die ich alle schon kannte, die ich mir aber noch tausendmal öfter anhören konnte. Es dauerte bestimmt zwanzig Minuten, bis alle Knoten gelöst waren und mir das Haar weich am Rücken hinabfiel.

»So, fertig.« Er atmete tief durch. »Jetzt kannst du dich wieder in der Öffentlichkeit blicken lassen. Äh, nicht dass du das nicht vorher auch schon konntest. Ich meinte damit nur …«

Ich grinste und überlegte kurz, ihn ein wenig zappeln zu lassen. »Schon gut, Papa. Ich weiß, wie du das meinst.« Ich nahm ihm die Haarbürste aus der Hand und drückte ihm einen Kuss auf die Wange. »Danke, jeder sollte so einen Vater haben wie dich.«

Theatralisch fasste er sich ans Herz und seufzte. Ich rollte nur mit den Augen und verschwand in meinem Zimmer.

Dabei hatte ich das ernst gemeint. Sam hätte so einen Vater gebraucht.

Als ich unentschlossen vor meinem Schrank stand, war ich drauf und dran, meinen Vater auch noch als Experten für mein Outfit hinzuzuziehen. Ich sah auf die Uhr. Es war noch nicht mal sechzehn Uhr. Ich hatte noch sechs Stunden Zeit und machte mir jetzt schon Gedanken darüber, was ich abends anziehen sollte. Ich musste mir echt ein Hobby zulegen. Dann entschied ich mich für meine graue Jeans und ein kurzes rot kariertes Hemd. Zum ersten Mal seit Tagen schaltete ich mein Handy an. Ich hatte mehrere Anrufe verpasst und fünf ungelesene Nachrichten; sie waren allesamt von Milo und Emma. Ohne sie gelesen zu haben, schaltete ich das Handy wieder ab und ertappte mich dabei, wie ich mir insgeheim wünschte, Sam hätte sich bei mir gemeldet. Zwar hatte ich ihm nie meine Telefonnummer gegeben, und er hatte mich auch nie danach gefragt, aber es konnte nicht so schwer sein, sie herauszufinden. Zumal er mit meinem Bruder unter einem Dach lebte. Dann eben nicht.

Von Salman Rushdie hatte ich für heute genug, es sei denn *Bridget Jones* lief im Fernsehen. Also beschloss ich, den Wochenendeinkauf zu übernehmen. Meine Mutter musste jeden Moment nach Hause kommen und wäre wahrscheinlich froh, wenn das schon erledigt wäre.

Ich ließ mir im Supermarkt viel Zeit, und als ich voll bepackt wieder zu Hause ankam, wunderte ich mich über die Stille in unserer Wohnung. Offensichtlich waren alle ausgeflogen. Ich verstaute gerade den Einkauf, als ich die Stimme meiner Mutter vernahm.

»Ella, Schatz, kannst du mal bitte kommen?«

Ich fand sie im Schlafzimmer – die Vorhänge waren zugezogen – auf ihrem Bett liegend.

Sie stöhnte leise. »Mir geht's so richtig gar nicht gut«, jammerte sie. »Kannst du mir den Waschlappen noch mal kalt machen?« Sie nahm den Lappen von der Stirn und hielt ihn mir entgegen.

»Was ist denn los?«

»Migräne!«, nuschelte sie in ihr Kissen. »Papa ist schon zur Apotheke und holt mir Tabletten. Bei dir ging ja nur die Mailbox ran.«

Ups. »'Tschuldigung, aber ich hatte mein Handy auch gar nicht dabei.«

»Du bist echt der einzige Teenager, der ohne sein Smartphone das Haus verlässt. O Gott, mir ist kotzübel!«

Ich ging in die Küche, hielt den Waschlappen unter kaltes Wasser und kramte eine größere Plastikschüssel aus dem Schrank.

»Hier.« Ich stellte die Schüssel auf den großen Stapel Zeitschriften neben ihrem Bett. »Falls du es nicht bis zum Klo schaffst.«

Sie legte sich den kühlen Lappen über die Augen. »Das wird wohl doch nichts mit uns beiden heute Abend.«

Ich jubelte innerlich.

»Ist doch nicht so schlimm. Ich muss eh noch so viel für mein Referat machen.«

Ich freundete mich mit dem Gedanken an, Salman Rushdies schauspielerisches Talent bei *Bridget Jones* zu analysieren – auch wenn er nur einen Dreißigsekundenauftritt hatte – und den Abend vor der Glotze zu verbringen.

»Nix da. Du gehst auf jeden Fall zum Konzert, und morgen will ich einen ausführlichen Bericht, wie es war.« Sie stöhnte wieder und beugte sich vorsorglich über die Schüssel.

»Du solltest nicht so viel sprechen.« Ich ging in die Küche und füllte ein großes Glas mit Leitungswasser, als mein Vater zur Tür hereinkam.

Ich drückte ihm das Glas in die Hand. »Hier. Und sag ihr, sie soll schlafen und nicht für andere die Abendgestaltung planen.«

Er sah mich nur leicht amüsiert an und verschwand im Schlafzimmer.

Zum Abendessen schoben wir uns nur eine Tiefkühlpizza in den Ofen und machten der Vollwertigkeit wegen noch einen Salat dazu. Meine Mutter meldete sich nicht mehr aus dem Off und schlief dank des Schmerzmittels.

Kurz nach einundzwanzig Uhr sah mein Vater auf die Uhr. »Willst du dich nicht langsam mal losmachen?«

»Nö, eigentlich nicht.« Ich gähnte ausgiebig.

Er hob eine Augenbraue und legte die Stirn in Falten. »Ich finde, wenigstens einer aus der Familie sollte Kurt bei seinem Auftritt unterstützen. Und Sam.«

Meine Wangen begannen zu glühen.

»Ich kann dich auch gern hinbringen und wieder abholen«, fügte er hinzu.

Jetzt war ich es, die komisch guckte. »Sehr witzig. Mit was denn, mit dem Rad?«

»Zum Beispiel. Oder mit der S-Bahn.«

»Nein danke, das bekomme ich schon allein hin.«

»Na, dann ist ja alles geklärt.« Er stand vom Tisch auf. »Viel Spaß und mach dir keine Sorgen um den Abwasch, darum kümmere ich mich«, sagte er gönnerhaft.

»Ja, oder der Geschirrspüler.«

Ich ging ins Bad, wusch mir das Glühen aus dem Gesicht, trug Lipgloss auf, stopfte mir einen Zwanziger in die Hosentasche und verließ fluchtartig die Wohnung, damit ich es mir nicht noch anders überlegen konnte.

Die Sonne war längst untergegangen, und das Licht an meinem Rad funktionierte nicht. Allerdings war die Stadt so hell erleuchtet, dass ich nicht übersehen werden konnte. Wenn ich schnell fuhr, konnte ich den Weg in zwanzig Minuten schaffen, aber ich hatte es nicht eilig. Frischer Wind strich mir sanft über das Gesicht, und obwohl ich mittlerweile unter chronischem Schlafmangel litt, fühlte ich mich im Moment erstaunlich wach.

Punkt zweiundzwanzig Uhr bog ich in die kleine Straße ein.

Wo es sonst wie ausgestorben war, standen nun etliche Leute herum oder saßen auf dem Bordstein. Ich musste eine Weile suchen, bis ich noch einen freien Platz für mein Fahrrad unter einer kaputten Laterne fand. Vor dem mit Brettern zugenagelten Eingang saßen zwei bullige Typen auf Barhockern. Zögernd blieb ich vor ihnen stehen. Der eine kaute intensiv auf seinem Kaugummi herum und wackelte ununterbrochen mit einem Bein. Wer weiß, auf was der drauf war ... Er sah mich provozierend an.

»Ist'n bisschen spät, Kleine. Darfst du überhaupt noch allein draußen sein?«

»Nein, deswegen ist es ja das Beste, ihr lasst mich schnell rein.«

»Ist voll. Ein andermal vielleicht«, sagte der andere.

»Was? Aber mein Bruder tritt heute hier auf. Ich muss da rein.«

»Aha, dein Bruder also.« Sie grinsten sich an.

Die taten ja gerade so, als wollte ich in den Backstagebereich von irgendeiner berühmten Band gelangen.

»Was du nicht sagst. In welcher Band spielt denn dein Bruder? Vielleicht stehst du ja auf der Gästeliste.«

Verdammt, ich wusste noch nicht mal den Namen und konnte nicht fassen, dass es in diesem abgeranzten Schuppen überhaupt so etwas wie eine Gästeliste gab.

»Äh, wer spielt denn heute alles?« Ich hoffte, den Namen intuitiv zu erraten.

»Siehst du, Mädel? Bist nicht die Erste, die heute auf diese Tour an uns vorbeikommen will. Nix zu machen.«

»Ihr wisst schon, dass ihr nur Türsteher vor dem *pogopit* seid und nicht vor dem *CBGB*.«

»Ich hätte da 'ne Idee. Du bekommst Einlass bei mir, Baby. Nachher, wenn meine Schicht zu Ende ist.«

Sie lachten dreckig.

Okay, mit diesen zwei Prolls wollte ich nicht weiter diskutieren! Ein Toastbrot hatte mehr Verstand als die beiden zusammen.

»Das ist mir echt zu blöde«, sagte ich, mehr zu mir selbst. Ich hatte wirklich kein Problem damit, wieder nach Hause zu fahren.

»Was hast du gerade zu mir gesagt?« Der eine sprang aggressiv von seinem Hocker auf.

»Zu dir? Bestimmt nichts.« Ich wich einen Schritt zurück.

Doch der Typ kam immer näher.

»Hältst dich wohl für sehr schlau, hä?«

Ich roch sein penetrantes Aftershave und seinen Bieratem.

Plötzlich wurde er nach hinten gerissen, und Kurt und Sam drückten ihn gegen die Wand.

»Weil sie's ist«, zischte Sam ihn an. »Und ich möchte echt mal wissen, was du als Unbeteiligter überhaupt zum Thema Intelligenz beizutragen hast.«

Kurt drückte ihm zwei Finger, zwischen denen er eine glühende Zigarette hielt, auf die Brust. »Boah, Alter, du gehst mir schon den ganzen Abend so was von auf den Zünder! Lass deine dreckigen Pfoten von meiner Schwester, oder du brauchst ab morgen keine Zahnbürste mehr!«

Der Qualm kroch dem Kerl in die Augen. Sein Kollege saß die ganze Zeit auf seinem Hocker und betrachtete ungerührt die Szene. Dann ließen sie den Türsteher los und wandten sich zu mir um. Kurt legte mir einen Arm um die Schultern und führte mich Richtung Eingang.

»Und noch was, ihr Pfeifen.« Er schnippte seine Kippe weg. »Sie steht auf der Gästeliste. Ihr solltet eure Türpolitik dringend mal überdenken!«

Damit ließen wir die beiden stehen. Der eine schien sich zu amüsieren, der andere schnaubte wütend. Ich hoffte, dass er sich wieder einkriegte, denn noch mehr Ärger brauchte ich heute wirklich nicht.

Wir stiegen eine schmale Treppe hinab und gelangten in einen engen, dunklen Gang. Die Wände und der Boden waren schwarz gestrichen und verschluckten alles Licht. Kurt lief voraus, ich ging in der Mitte, und Sam war hinter mir. Mein Nacken kribbelte. Der Weg kam mir endlos vor, denn immer wieder bogen wir in den nächsten verwinkelten Flur ab, ständig begleitet vom Klang dumpfer Musik.

»Sag mal, dich kann man echt nicht allein lassen, oder?« Kurt drehte sich zu mir um, aber ich konnte sein Gesicht kaum erkennen.

»Du hast Glück, dass Kurt einen frühen Tod sterben möchte und zur Beruhigung noch 'ne Kippe brauchte«, sagte Sam.

»Siehst du, Alter? Rauchen rettet Leben. Das sollten die mal auf die Packung schreiben.«

Ich verdrehte die Augen, wohl wissend, dass sowieso niemand Notiz davon nahm. »Quatsch. Hätte ich gewusst, wie euer Bandname ist, hätten die zwei Vögel mich bestimmt reingelassen.«

Kurt schüttelte den Kopf. »Glaube ich nicht. Ich denke, der hatte ganz andere Pläne mit dir.«

Ein Schauer durchfuhr mich.

»Und? Wie heißt ihr denn nun eigentlich?«, versuchte ich abzulenken.

Kurt blieb stehen, und ich lief fast in ihn hinein. Dann räusperte er sich. »Mylady, vor Ihnen stehen, und Sie werden gleich in den wundervollen Genuss kommen, sie live zu erleben – Greensleeveterror!«, verkündete er stolz.

»Greensleeveterror?« Ich ließ den Namen auf mich wirken.

»Greensleeveterror!«, wiederholte Sam.

»Wie seid ihr denn darauf gekommen?« Ich fand den Namen absolut cool.

»Na ja, du kennst doch noch die Bayer, oder?«

»Eure alte Musiklehrerin?«

»Genau die.«

»Ist die nicht mittlerweile in Rente?«

Kurt fing an zu singen. »*Alas my love, you do me wrong ...*«

Sam lachte. »Die Bayer hat uns in der Neunten bestimmt ein halbes Jahr lang mit diesem Lied terrorisiert, bis es wirklich niemand mehr aus dem Kopf bekam. Unsere Klasse litt damals noch ein Jahr später unter einem tierischen Ohrwurm.«

»... *and whohoo but youhuu has greensleeves*«, beendete Kurt seinen Minnegesang.

»Wow, ich finde den Namen echt genial.« Trotz der Dunkelheit erkannte ich das Strahlen in ihren Gesichtern.

»Finde ich auch; wir sollten ihn uns tätowieren lassen.«

»Ohne mich. Ich brauche nicht noch mehr Schmerzen und Narben«, stieß Sam düster hervor.

Kurt seufzte. »Schon gut, musst ja nicht gleich losheulen. War auch nur so 'ne Idee.«

Ich räusperte mich. »Na toll, jetzt hab ich den gleichen Ohrwurm.«

»Komm, wir verpassen dir einen neuen!«, sagte Kurt, und wir setzten uns wieder in Bewegung.

Endlich gelangten wir durch einen Rundbogen in einen großen Raum, der komplett aus Backstein bestand. Wir befanden uns in einem gigantischen Kellergewölbe. Gleich rechts von uns erstreckte sich eine in Neonlicht getauchte lange Bar, an der sich einige Leute versammelt hatten, und an den Säulen mitten im Raum standen hier und da vereinzelt Pärchen.

»Ich dachte, es ist voll!« Es war wirklich ein Trauerspiel. Vor einem solch kleinen Publikum sollten die beiden spielen?

»Wart's nur ab! Willst du was trinken?« Sam nickte in Richtung Bar.

Ich schüttelte den Kopf.

Kurt ging weiter zu einer Metalltür und stieß sie auf. Schlagartig drang laute Musik von draußen zu uns herein. Ich folgte ihm, stieg eine Treppe hinauf und fand mich inmitten eines zauberhaft beleuchteten Hofs. Es war laut und rappelvoll. Seitlich saßen so viele Leute auf einer aus Holzbohlen zusammengezimmerten Tribüne, dass ich jeden Moment mit ihrem Zusammenbruch rechnete. Die Beleuchtung schien nur aus Lichterketten zu bestehen. Vorn auf der Bühne spielte gerade eine sechsköpfige Band. Es war eine Mischung aus Ska, Reggae und Hip-Hop und hörte sich richtig gut an. Plötzlich schob sich die Menge vor mir auseinander, und Emma bahnte sich einen Weg zu uns. Sie sah fantastisch aus. Sie trug eine enge schwarze Lederhose und ein schwarzes T-Shirt, auf dem in weißen Buchstaben *Greensleeveterror* stand.

»Na toll, du wusstest anscheinend über den Namen Bescheid.«

Emma legte einen Arm um Kurts Hüfte. »Wir haben Sex, er konnte es mir nicht verheimlichen.«

Kurt lief rot an. Sie konnte ihn so leicht aus der Fassung bringen.

Verlegen sah ich zu Sam hinüber. Wie gern hätte ich auch eine solche Wirkung auf ihn gehabt, aber im Prinzip war ich das genaue Gegenteil von Emma. Ich schüttelte den Gedanken ab und hoffte, dass meine Gefühle nicht die Oberhand gewannen.

»Ihr seid ja ganz schön weit mit dem Marketing, wenn es schon Bandshirts von euch gibt.«

»Ich glaube, so konsumorientiert werden die beiden nie sein.« Emma strahlte mich an. »Das ist eine Sonderanfertigung in limitierter Auflage. Beschränkt auf zwei Stück.«

Hinter ihrem Rücken zog sie ein schwarzes Stück Stoff hervor und hielt es mir hin.

»Eins für dich und eins für mich.«

»Wahnsinn Emma, du bist die weltbeste Freundin!« Ich drückte sie an mich. »Danke.«

»Ja, und du bist die weltschlechteste. Oder warst du gestern doch noch auf meiner Party, und ich hab dich vor lauter Gästen nicht bemerkt?«

Schuldbewusst schüttelte ich den Kopf.

»Jaja, schon gut. Zum Glück bin ich nicht nachtragend. Vielleicht schmiere ich es dir noch das eine oder andere Mal aufs Butterbrot, aber ich bin nicht nachtragend. Und jetzt komm mit aufs Klo, du musst dich umziehen.«

Sie packte meine Hand und zerrte mich hinter sich her. Widerstand war zwecklos, entweder ich folgte ihr, oder sie hätte mich einfach am Boden mitgeschleift.

»Sag mal …« Ich musste fast brüllen, damit sie mich hörte. »Du trägst doch nicht wirklich eine echte Lederhose, oder?«

Sie drehte sich um und durchbohrte mich mit einem missbilligenden Blick. »Für wen hältst du mich eigentlich? Glaubst du, ich ziehe mir die Haut eines Tiers an? Sogar meine Doc Martens sind vegan.«

Ja, das dachte ich mir schon.

Irgendwann hatten wir endlich in dem dunklen Labyrinth das Klo gefunden. Während Emma ihren Pferdeschwanz straff zog und sich den Pony richtete, streifte ich mir das T-Shirt über. Es passte perfekt.

Emma nickte zufrieden. »Ja, dann nichts wie los! Sonst verpassen wir noch alles. Wusstest du, dass die halbe Schule anwesend ist?«

»Ich wette, alles Mädchen.«

Sie nickte. »Lauter Fangirls von Kurt und Sam.«

Ich verzog das Gesicht. Eigentlich hatte ich keine Lust auf einen Abend mit lauter Leuten, mit denen ich sonst auch nichts zu tun haben wollte.

Die Klospülung rauschte, und Marlene kam zu uns ans Waschbecken. Sie kramte in ihrer Tasche und zog sich in knalligem Rot die Lippen nach.

Emma beobachtete sie dabei verächtlich. »Ich hätte mich wirklich gefreut, wenn die alle wegen der guten Musik hier wären und nicht um Kurt und Sam sabbernd anzuschmachten.« Sie drehte sich um und verließ den Raum.

Marlenes Spiegelbild grinste mich hämisch an. »Ich hab gehört, Herr Bender steht auf Schülerinnen ... Vielleicht versuch ich auch mal mein Glück.«

Damit ließ sie mich stehen und verschwand zur Tür hinaus.

Nicht zu fassen. Was für eine Schlange. Am liebsten hätte ich ihr das dümmliche Grinsen aus dem Gesicht gewischt. Ich hatte ja geahnt, dass man ihr nicht über den Weg trauen konnte. Panik stieg in mir hoch. Sie würde tatsächlich dafür sorgen, dass Sam seinen Job verlor. Was dachte sie sich eigentlich in ihrer hohlen Birne?

Obwohl, traf das nicht genauso auf mich zu? War ich doch der Grund, weshalb wir jetzt so tief im Schlamassel steckten. Eigentlich sollte ich die Schuld nicht bei Marlene suchen, trotzdem fühlte ich mich hilflos ihrem Spiel ausgeliefert.

Gedankenverloren irrte ich durch die verwinkelten Flure. Ich hätte zu Hause bleiben und mir das ganze Theater ersparen sollen. Wahrscheinlich lief ich zweimal im Kreis, aber letzten Endes fand ich doch den Weg zurück zur Bar. Ich wollte gerade zur Metalltür hinausgehen, als mich eine bekannte Stimme zurückhielt.

»Ella, warte mal!« Mit einer Bierflasche in der Hand saß Milo am Tresen.

Zögernd ging ich zu ihm hinüber.

»Gehst du mir aus dem Weg?« Er sah mich verzweifelt an.

»Nein, ja. Ach, ich weiß auch nicht ...« Ich konnte ihm nicht in die Augen blicken.

»Das mit neulich tut mir leid.« Er fummelte an dem Etikett der Bierflasche herum.

»Schon gut, Milo. Ich war wahrscheinlich auch nicht ganz unschuldig daran und hab ein bisschen überreagiert.« Ich wollte nicht mehr, dass die Sache zwischen uns stand. Ich brauchte meine Freunde.

»Alles wieder okay?«

»Alles wieder okay!«

Erleichtert nahm er mich in die Arme. »Komm, ich lade dich auf einen Tequila ein.«

»Nein du, lass mal! Seit wann trinken wir denn Hartalk?«

Eigentlich trank ich so gut wie gar keinen Alkohol.

»Ich dachte, du hättest nach dem Ouzogelage erst mal genug.«

»Hab ich auch, aber da ich weiß, dass du kein Bier magst, trinken wir jetzt einen Versöhnungstequila.«

Ich fand, wir konnten uns auch ohne Tequila versöhnen, stimmte aber seufzend zu.

Dem Typen an der Bar war Milos Alter egal, und er servierte uns prompt zwei Doppelte. »Lecken, trinken, zutschen!«, lautete seine knappe Anweisung.

Milo streute sich Salz auf die Hand, leckte es ab, trank und biss in die Zitrone.

Ich schüttelte nur den Kopf und stürzte das Zeug einfach hinunter.

Ich stöhnte auf. In meinem Hals brannte es wie Feuer. »Bah!«

Ich nahm mir die Zitronenscheibe und biss hinein, aber das machte es auch nicht besser. »Ehrlich, das muss ich nicht noch mal haben.« Ich schüttelte mich lachend. »Kommst du mit? Ich will Kurts Auftritt nicht verpassen.«

Ich zog Milo vom Barhocker und schleifte ihn hinter mir her zur Tür. Sofort machte sich der Alkohol in meinem Kopf bemerkbar. Ich spürte, dass mein Körper auf Hochprozentiges nicht vorbereitet war und der mickrige Salat vom Abendessen kaum eine Grundlage bot. Ich schwankte leicht, als ich die Metalltür öffnete.

»Huch, Ella, du verträgst ja noch weniger als ich!« Er umfasste meine Hüften und schob mich die Treppe hoch.

In dem Moment nahm ich Sams wunderbar wütende Stimme wahr. »*My scars won't ever fade away*«, brüllte er immer und immer wieder ins Mikro, während Kurt sich die Seele aus dem Leib trommelte. Seine Stimme war wie eine Explosion. Alles um mich herum tanzte und hüpfte ausgelassen. Mir wurde ganz schwindelig. War nur mir bewusst, wie tief Sam damit in seine Welt blicken ließ, wie sehr er seine Gefühle preisgab? Die verzerrte Gitarre klang noch nach, während die Menge in tosenden Jubel ausbrach. Ich drängelte mich weiter nach vorn durch und hoffte, Emma zu finden. Ich stellte mich auf die Zehenspitzen und hielt suchend nach ihr Ausschau, bis ich sie irgendwann an der Seite ganz vorn auf der Tribüne stehen sah. Sie hielt eine Kamera in der Hand und filmte alles. Bis dorthin wollte ich mich nicht durch die Menge rempeln und blieb, wo ich war. Als der nächste Song begann, hatte sich Milo endlich zu mir durchgekämpft. Wortlos hielt er mir seine Bierflasche hin, und ich nahm einen kleinen Schluck.

»Die sind ja der Wahnsinn!«, brüllte er mir ins Ohr. »Warum hast du eigentlich nichts von dem musikalischen Talent geerbt?«

Grinsend hob ich die Schultern und setzte die Flasche an die Lippen, froh, endlich wieder den alten, stichelnden Milo an meiner Seite zu haben.

»Ich hab mal irgendwo gelesen, dass alle guten Gene nur an die Erstgeborenen weitergegeben werden«, fuhr er fort.

»Und was ist dann bei dir schiefgegangen? Du bist doch Einzelkind, oder?« Ich streckte ihm die Zunge raus.

Er legte mir einen Arm um die Schultern und entriss mir die Flasche.

Ich wandte mich wieder der Bühne zu. Kurt hatte mittlerweile sein T-Shirt ausgezogen und arbeitete sich mit glänzendem Oberkörper an seinem Schlagzeug ab. Sams Haare klebten ihm im Nacken und an der Stirn. Er hatte nur die Ärmel seines Shirts bis zur Schulter hochgekrempelt. Seine Muskeln waren angespannt, und die Sehnen an den Unterarmen traten hervor. Der Rhythmus wurde immer schneller, die Menge tobte, während Kurt und Sam alles von sich und ihren Instrumenten forderten, bis der Song jäh im Höhepunkt endete. Augenblicklich ertönte frenetischer Applaus. Kurt hob sein T-Shirt vom Boden auf und wischte sich damit den Schweiß aus dem Gesicht, Sam fuhr sich mit dem Oberarm über die Stirn. Danach spielten sie drei Coversongs. Einen von den White Stripes, danach von den Black Keys, und den dritten hatte ich bei Sam schon mal im Auto gehört. Also allesamt von Zweimannbands. Die Leute hüpften, tanzten und bejubelten jeden einzelnen Song. Es war Wahnsinn, welche Energie die beiden verbreiteten.

»Der nächste Song heißt *Dead End*«, verkündete Sam und sorgte damit augenblicklich für Stille.

Zuerst ertönten nur seine Gitarre und seine tiefe Stimme. *»Losing you isn't a loss.«* Sein Blick schweifte über die Menge hinweg. Dann setzte das Schlagzeug ein. Mein Magen krampfte sich zusammen.

Dich zu verlieren, ist kein Verlust.

Wie Säure breiteten sich seine Worte in meinem Körper aus. Galten sie mir? Die Bühne verschwamm vor meinen Augen, und ich konnte kaum dem Text folgen, bis er rotzig den Refrain ins Publikum schleuderte.

»You're like ice, and I burn.
It's a Dead End
There is no way, no U-Turn
It's a Dead End.«

Sackgasse.

Alles, was er sang, ergab Sinn, aber umso mehr schmerzte es. Meine Kehle war wie zugeschnürt, und ich griff nach Milos Flasche. Mir war zwar schon schwindelig, aber ich wollte an dem Zustand nichts mehr ändern. Milo legte mir den Arm wieder um die Hüften und stützte mich.

»Ich will nach Hause«, lallte ich leicht.

»Das ist unser letzter Song – *Heavy Heart*«, ertönte es von der Bühne.

»Den noch, dann gehen wir, okay?«

Ich legte den Kopf an seine Schulter und schloss die Augen. Alles drehte sich, und ich öffnete sie schnell wieder.

In diesem Moment erkannte ich die Blondine, die schon die ganze Zeit links vor mir auf und ab sprang. Es war Sarah, Sams Ex.

Der Song war im Gegensatz zu den anderen schon fast ruhig.

*»I'm in the dark
You're the light
Your glow hits my heart.«*

Ich beobachtete Sarah. Ihre Augen leuchteten.

*»Still fighting my ghosts
I treat you the worst
'Cause you love me the most.«*

Beim Klang seiner warmen Stimme strahlte ihr Gesicht.

*»Your voice fills my room with love
I want to be so much for you
Though I'll never be enough.«*

Waren die beiden wieder zusammen?

*»I'm afraid he's so much more for you
My heart feels too heavy to carry
Don't let me be a chapter.«*

Waren sie je getrennt? War es ihr Lied?

»I want to be the book.«

Das Herz schmerzte mir in der Brust. Er hatte sich entschieden, und obwohl ich die ganze Zeit wusste, dass es für uns keinen Weg gab, zog es mir den Boden unter den Füßen weg. Ich konnte mir einfach nicht vorstellen, dass es für die beiden einen Weg geben sollte. Sie waren zu verschieden.

Mit einem immer leiser werdenden Summen beendete er das Stück. Ich war mir sicher, er hatte es für sie gesungen.

Mein Herz fühlte sich auch zu schwer an, als dass ich es tragen konnte.

Alle ringsum applaudierten. Milo steckte zwei Finger in den Mund und pfiff ohrenbetäubend. Sams und Kurts Auftritt war ganz klar ein voller Erfolg, und sie hatten an diesem Abend bestimmt viele Fans gewonnen, nicht nur weibliche. Ich hätte mich für sie freuen sollen, aber Freude war kein Gefühl, zu dem ich gerade fähig war. Ich trank den letzten schalen Schluck Bier und starrte in den Himmel. Die Leute wandten sich langsam von der Bühne ab und bewegten sich gemächlich in Richtung Bar, um sich in der Pause, bis die nächste Band anfing, mit Getränken einzudecken. Emma stand mittlerweile auf der Bühne und drückte Kurt und Sam gleichzeitig. Sie sahen total erledigt und überglücklich aus. Sam löste sich aus der Umarmung, sprang vorn vom Podest herunter und steuerte direkt auf uns zu. Eigentlich wollte ich mich umdrehen und abhauen, fühlte mich aber wie erstarrt.

»Willst du noch zu deinem Bruder? Oder wollen wir gehen?«

»Gehen. Ich glaube, das Bier war schlecht.« Mir war schleierhaft, warum man so was trinken musste.

Milo grinste. »Ich weiß genau, wie du dich fühlst, aber lass uns noch kurz warten, bis die Treppe nicht mehr so verstopft ist.«

Ich nickte nur. Zu mehr reichte es nicht.

Ein blonder Schopf schob sich in mein Blickfeld, und Sarah fiel Sam stürmisch um den Hals. Er lächelte verlegen.

Ich wollte mich nur noch übergeben.

Ich beobachtete, wie sie mit seinem Ohrläppchen spielte, und schnappte hörbar nach Luft.

»Alles okay?« Milo verstärkte den Griff um meine Taille. Mit weit aufgerissenen Augen starrte Sam zu uns herüber. Ich drehte mich um und ging. Milo folgte mir. Rücksichtslos kämpfte ich mich an der Menge vorbei, die die Treppe und die Bar verstopfte. Im Hintergrund hörte ich meinen Namen rufen, aber ich achtete nicht darauf. Ich musste hier raus, und das möglichst ohne irgendwo hinzukotzen. Ich lief durch die verwinkelten schwarzen Gänge und wusste, dass Milo die ganze Zeit hinter mir war. Es war schon schlimm genug, dass ich kaum etwas sehen konnte, aber jetzt fühlte ich mich auch noch wie auf einem schwankenden Schiff.

»Verdammt, wie kommt man aus diesem Scheißladen bloß wieder raus?«, fluchte ich.

Mir war so schlecht, alles drehte sich. Ich blieb stehen und stützte mich an der Wand ab.

»Hast du heute schon was gegessen?«, fragte mich Milo halb besorgt, halb tadelnd.

»Nicht viel«, stöhnte ich.

»Na, dann ist es ja kein Wunder, dass du das bisschen Alkohol nicht verträgst.«

Ich lehnte den Kopf an seine Schulter – er war einfach zu schwer. Wo wollte ich noch mal hin? Ich wollte hier an Ort und Stelle einschlafen. Mein Körper zeigte mir deutlich, was er von dem Schlaf- und Nahrungsmangel der letzten Wochen hielt. Meine Lider wurden ganz schwer, aber immer wenn ich die Augen schloss, wurde mir total schwindelig.

»Sorry, dass ich so durchgeschrubbt bin«, nuschelte ich leise.

»Ist schon gut, komm her!« Er nahm mich in die Arme und strich mir über das Haar.

Ich seufzte, froh darüber, dass jemand auf mich aufpasste und ich hier nicht allein abstürzte.

Milo legte mir eine Hand unter das Kinn und hob meinen Kopf.

Nach kurzem Zögern berührte er meine Lippen, und ich spürte seine Zunge.

Sofort wandte ich den Kopf ab. »Bitte nicht, Milo! Ich dachte …« Doch mehr konnte ich nicht sagen, denn sein Mund verschloss mir schon wieder die Lippen. Ich riss mich zusammen und stieß ihn mit aller Kraft, die ich noch aufbringen konnte, von mir weg.

»Ich sagte *Nein* und dachte, du hättest das kapiert!«, schrie ich ihn an.

Am liebsten wäre ich fortgelaufen, aber das machte ich in letzter Zeit ständig, und das brachte mich nicht weiter. Ich musste die Situation hier endlich klären, auch wenn ich dafür eine zerstörte Freundschaft in Kauf nehmen musste. Plötzlich war ich hellwach.

»Ella, bitte!« Milos Stimme klang flehend. »Ich bin verliebt in dich.«

Ich schüttelte den Kopf. Nein, nein, nein, nein, nein. Wie konnte er nur alles kaputtmachen?

»Es ist aber so. Ich dachte, du fühlst das Gleiche wie ich. Warum sonst lässt du so viel Nähe zwischen uns zu?«

»Weil wir Freunde sind.« Ich kämpfte mit den Tränen.

»Seit unserer gemeinsamen Nacht will ich kein Freund mehr sein. Ich will *dein* Freund sein. Merkst du das denn nicht?!«

»Mein Herz gehört einem anderen«, flüsterte ich.

»Wem?«, fragte er mit belegter Stimme.

»Das kann ich nicht sagen.«

»Das glaube ich dir nicht, Ella. Du musst doch was für mich empfinden, sonst hättest du nicht mit mir geschlafen.«

»Ihr habt *was*?«, ließ sich Emmas Stimme in der Dunkelheit vernehmen.

O Gott, konnte es noch schlimmer werden?

»Alter, hör auf, meine Schwester zu bedrängen!«

Ja, es konnte.

»Leute, könnt ihr uns bitte allein lassen? Das geht nur Milo und mich etwas an.«

»Das finde ich nicht.«

Ich konnte es zwar nicht sehen, aber ich ahnte, dass Emma gerade die Arme verschränkte.

»Ich finde, es geht mich sehr wohl etwas an, wenn ihr gerade dabei seid, unsere Freundschaft zu zerstören. Wie konntet ihr nur miteinander vögeln?«

Ich wurde sauer. »Mach mal halblang! Keiner von uns hat je etwas dazu gesagt, wenn du wieder mit 'nem neuen Typen aufgetaucht bist. Wir wissen alle, dass du mit denen nicht nur Händchen gehalten hast. Und jetzt spielst du dich hier auf wie ein verklemmter Moralapostel!« Ich lallte leicht, brachte die Worte aber trotzdem noch in der richtigen Reihenfolge heraus.

»Wenigstens wissen die Typen immer, woran sie bei mir sind. Ich spiele nicht mit deren Gefühlen.«

»Ich spiele nicht mit Milos Gefühlen. Wir wussten beide, dass es eine einmalige Sache war.«

»Das konnte nicht funktionieren.« Emmas Stimme wurde ruhiger.

»Ja, das weiß ich jetzt auch.« Ich wandte mich an Milo. »Es tut mir leid, ich ... ich würde es gern ungeschehen machen.«

»Ich nicht«, sagte er bitter und ging fort.

»Milo, bitte warte!«, rief Emma ihm hinterher, bevor sie sich wieder zu mir umwandte. »Siehst du? Du hast alles kaputt gemacht. Kannst du nicht einmal zu deinen Gefühlen stehen? Ständig verschließt du dich und dein Herz, niemand weiß, was in dir vorgeht. Seit Wochen rennst du wie ein Häufchen Elend herum, bloß weil du dir nicht eingestehen willst, dass du in Sam verknallt bist.«

Das saß.

»Ich bin nicht in Sam verknallt«, sagte ich leise. »Ich liebe ihn.«

Hätte ich das auch zugegeben, wenn ich nüchtern gewesen wäre? Wahrscheinlich nicht.

»Was?« Kurt war geschockt. »Läuft da was zwischen euch?«

»Und wenn? Hättest du ein Problem damit?« Sam trat zwischen uns.

Ich hatte keine Ahnung, wie lange er das Schauspiel schon beobachtet hatte. In seinen dunklen Klamotten war er so gut wie unsichtbar.

»Alter! Sie ist praktisch deine Schwester.«

»Nein, ist sie nicht. Sie ist deine Schwester.«

Lieber Gott! War diese miese Seifenoper wirklich mein Leben?

Ich beschloss, nicht mehr mitzuspielen.

»Verstehst du jetzt, warum ich mein Herz verschließe, Emma? Weil das hier alles keinen Sinn ergibt.« Langsam bewegte ich mich rückwärts in Richtung Ausgang. »Ihr solltet lieber euren Auftritt feiern. Es war wirklich ein tolles Konzert.«

Ich ließ die drei stehen und suchte den Weg nach draußen.

Tief durchatmend trat ich auf die Straße. Die Laternen überzogen alles mit orangefarbenem Licht. Es roch nach Regen. Gegenüber auf dem Bordstein saßen zwei Mädchen, eine weinte und die andere versuchte sie zu trösten. Mehrere Grüppchen standen herum, hielten Bierflaschen in den Händen und lehnten sich an parkende Autos. Ich zog mir das Hemd über und ging zu meinem Fahrrad. Ich war mir nicht sicher, ob ich fahren konnte, aber irgendwie musste ich ja nach Hause kommen. Ich sah auf meine Uhr. Es war noch nicht mal Mitternacht. Also, Aschenputtel hatte einen besseren Abgang hingelegt, aber hätte sie damals Chucks in Größe vierzig getragen, wäre ihr der Prinz wahrscheinlich auch nicht hinterhergerannt.

In meinen Hosentaschen kramte ich nach dem Schlüssel, doch ich konnte ihn nirgends finden. Handy, der Zwanzigeuroschein – alles noch da, nicht aber der verdammte Schlüssel.

»Verdammter Mist!«, fluchte ich. Hatte sich denn echt die

ganze Welt gegen mich verbündet? In meinem Horoskop stand heute sicher, dass ich lieber im Bett hätte bleiben sollen. Ich war so müde, ich wollte nicht mal mehr bis zum Bahnhof laufen und sah mich um. Weit und breit kein Taxi in Sicht. Seufzend machte ich mich auf den Weg. Eins der beiden Mädchen weinte noch immer, als ich hinter den beiden vorbeikam. Mir wurde wieder schwindelig, und die Straße schien sich unendlich in die Länge zu ziehen. Vor dem Hauseingang von Kurt und Sams Wohnung blieb ich stehen. Das grüne Tor stand einladend offen. Wäre doch nur alles so wie früher gewesen! Dann hätte ich einfach reingehen können, und niemand hätte ein Problem gehabt, wenn ich dort übernachtet hätte. Aber alles war so kompliziert, und in mir breitete sich ein übermächtiges Gefühl der Einsamkeit aus. Ich hatte es mir mit allen verdorben. Milo hatte ich vor den Kopf gestoßen, Emma – nur weil sie die Wahrheit aussprach – vergrault, und Sam wollte ich am liebsten nie wieder unter die Augen treten. Kurt schon gar nicht, obwohl ich fand, er sollte schleunigst seine Attitüde des großen Bruders ablegen.

Hinter mir hörte ich grölende Stimmen. Auf noch mehr unliebsame Begegnungen konnte ich gut verzichten. Zumal ich den Ärger heute anscheinend magnetisch anzog. Ich stolperte in den Eingang und versank in der schützenden Dunkelheit. Und plötzlich wusste ich, wo ich Zuflucht fand. Nicht bei Kurt, nicht am Bahnhof mit seinen grellen Lichtern, nicht bei meinen Eltern.

Langsam stieg ich im Dunkeln die Stufen hinauf, bis ich im Dachgeschoss angekommen war. Zu meiner Erleichterung stand die kleine Holztür offen. Natürlich stolperte ich über die winzige Türschwelle. Die Dachluke war geschlossen, wahrscheinlich damit es nicht hineinregnen konnte. Konzentriert setzte ich einen Fuß vor den anderen auf die Leiter und fand meinen Einfall, angetrunken auf ein Dach zu klettern, doch nicht mehr so prickelnd. Trotzdem schaffte ich es, die Luke anzuheben und wegzuschieben. Ich suchte mir einen Platz auf der anderen Seite, weg vom Licht der Straßenlaternen, legte mich auf den Rücken und starrte in den Himmel. Die Wolkendecke war dicht und ließ keinen Stern durchblitzen. Mir wurde wieder schwindelig und schlecht. Ich drehte mich auf die Seite und rollte mich zusammen. Meine Hände versteckte ich unter dem Hemd und schlief leise stöhnend ein.

12

Als ich wieder aufwachte, war immer noch tiefste Nacht, doch irgendetwas war anders. Ich lag in eine Wolldecke eingekuschelt. Ich schreckte hoch. Vor mir saß Sam.

»O Gott!«, keuchte ich.

»Nein, nur ich.« Er sah müde aus, grinste aber breit. »Wie geht's dir? Hast du deinen Rausch ausgeschlafen?«

Mir dröhnte der Kopf, mein Mund war trocken, und mein Magen krampfte sich zusammen.

»Ich weiß nicht.« Meine Stimme war kaum hörbar.

»Hier.« Er öffnete mir eine Flasche Wasser und hielt sie mir hin.

Dankbar nahm ich sie entgegen und trank einen kleinen Schluck.

»Ich wollte nicht, dass der Abend so ausgeht.« Verlegen sah ich an ihm vorbei. »Ich hätte nicht zu eurem Konzert kommen sollen, aber Kurt wollte …«

»Du warst der einzige Mensch, für den ich gespielt habe«, unterbrach er mich. »Welchen Sinn hätte es dann wohl gehabt, wenn du nicht gekommen wärst?«

»Sarah war doch da …« Ich klang bitterer als beabsichtigt.

Er zog eine Augenbraue hoch. »Sarah und ich, wir haben uns nicht im Streit getrennt, sondern weil wir einfach wussten, dass wir nicht zusammenpassen. Ich behaupte nicht, dass sie meine beste Freundin ist, aber auf jeden Fall sind wir noch freundschaftlich verbunden.«

»Du bist mir keine Erklärung schuldig, und es geht mich auch gar nichts an.«

»Ella, muss ich dich erst abfüllen, damit du mir sagst, was du wirklich denkst?«

Schon bei dem Gedanken daran wurde mir wieder schlecht.

»Heute hast du endlich mal allen gesagt, was du denkst und fühlst.«

»Ja, und was habe ich davon?«

»Dass alle wissen, woran sie bei dir sind. Die kriegen sich schon wieder ein.«

»Da bin ich mir nicht so sicher. Was ist mit dir und Kurt? Ich wollte keinen Keil zwischen euch treiben.«

»Mach dir keine Sorgen! Der regt sich bald wieder ab.«

Wie konnte er nur so entspannt sein? Er tat ja so, als beträfe ihn das alles gar nicht, als stünde seine Zukunft nicht auf dem Spiel.

»Ich verstehe dich nicht. Wie kannst du das alles so locker sehen?«

»Weil …« Vorsichtig beugte er sich zu mir vor. »Weil ich seit dieser Nacht endlich weiß …« Sein Gesicht kam ganz dicht an mich heran. »… wie es um dein Herz bestellt ist.«

Ich blinzelte und bemerkte, dass ich schon wieder den Atem anhielt. Doch bevor ich Luft holen konnte, fielen wir übereinander her. Auf dem Dach kniend, griff Sam in mein Haar und zog mich zu sich heran. Fordernd prallten unsere Lippen aufeinander. Ich atmete ihn ein und hatte das Gefühl, in Flammen zu stehen. Meine zittrigen Finger glitten unter sein T-Shirt, wollten seine Haut spüren. Sein Kuss wurde sanfter, zärtlicher, als wäre sein erster Hunger gestillt. Er griff nach meinen Händen und verschränkte sie mit seinen Fingern. Einzelne Regentropfen fielen vom Himmel. Er stand auf und zog mich hoch. Langsam tastete sich sein Mund an meinem Kiefer entlang, den Hals hinunter.

Plötzlich, als würde sich der Himmel öffnen und alles rauslassen, goss es in Strömen. Die Wassertropfen, die auf das Dach prasselten, bildeten Blasen. In wenigen Sekunden waren wir nass bis auf die Knochen. Sams T-Shirt klebte ihm am Körper, das Haar hing ihm strähnig ins Gesicht. Ich zog ihn wieder an mich und vergrub meine Finger in seiner Haut. Dann riss ich ihm das T-Shirt über den Kopf.

»Ich dachte, ich helfe dir aus den nassen Klamotten«, murmelte ich und lächelte ihn an.

Während er an meiner Unterlippe knabberte, öffnete er einen Knopf nach dem anderen von meinem Hemd und schob es mir über die Schultern.

Er hielt inne.

»Das war der schönste Moment heute Abend, als ich dich in der Menge mit unserem Namen auf der Brust entdeckte. Da hatte ich wieder Hoffnung.« Seine Stimme bekam einen schmerzhaften Klang. »Bis ich sah, wie Milo dir einen Arm um die Hüften legte.«

Ich nahm sein Gesicht in beide Hände. »Da ist nichts, mir ging's nicht gut, und er hat mich nur gehalten.«

»Du weißt, dass es für ihn nicht nichts ist.«

Ich nickte und ließ ihn los. Der Regen nahm nicht ab; wie eine kalte Dusche prasselte er auf uns herunter.

»Was ist mit dir und Sarah?«

»Da ist auch nichts.«

»Aber ich hatte das Gefühl, du hättest den letzten Song nur für sie gesungen.«

Er sah mich entsetzt an. »Wie kommst du darauf?«

»Sie hat so gestrahlt und sah so verzückt aus und der Text … und dann bist du gleich danach zu ihr gegangen.«

Er nahm meine Hände und sah mir voller Verzweiflung tief in die Augen. »Warum hast du keinen Blick auf die Bühne geworfen? Mich angesehen? Dann hättest du gemerkt, dass es dein Lied war.«

»Mein Lied?«, flüsterte ich.

Er schloss meinen Mund mit seinen Lippen. Seine Zunge strich mir über die Zähne.

Mein Lied.

Nass bis auf die Haut schmiegten wir uns aneinander. Mit den Fingern fuhr ich an seinem nackten Rücken entlang und spürte die Narben. Immer drängender küssten wir uns. Unsere nassen Jeans rieben aneinander. Er ergriff meinen Oberschenkel und presste sich gegen meinen Unterleib.

»Was ist das nur, dass wir ständig nass sind?«, keuchte er.

»Ich werde eben schnell feucht, wenn ich dich sehe.«

Ups, hatte ich das wirklich gesagt? In seiner Gegenwart passierte es mir immer öfter, dass die Worte aus mir herauskamen, ohne vorher mein Gehirn zu streifen. Völlig ungefiltert.

Er lächelte schief, aber sein Blick war wild und hungrig. Dann hob er mich hoch und setzte mich erst vor der Dachluke wieder ab.

»Komm mit zu mir, Ella! Ich halte es keine Sekunde länger mehr aus.«

Ich zögerte. »Was ist mit Kurt und Emma?«

»Keine Sorge! Die sind bei ihr.« Er kletterte voraus.

Ich folgte Sam mit wackeligen Beinen. Auf der vorletzten Stufe der Leiter hielt er mich fest und schmiegte sich von hinten an mich. Sanft schob er mein Haar beiseite, küsste und knabberte sich an meinem Nacken entlang. Ich bekam Gänsehaut und stöhnte leise. Mit den Händen fuhr er mir über den Rücken, die Hüften und den Po bis zwischen meine Beine. Oh. Mein. Gott. Mein ganzer Körper stand unter Spannung.

»Mach weiter so, und wir schaffen es nicht mehr bis zu dir.« Ich versuchte, meine Stimme unter Kontrolle zu behalten.

»Damit kann ich leben.« Mit den Fingern schlüpfte er vorn unter den Bund meiner Jeans.

Seufzend gab ich mich seiner Berührung hin. Egal, wo und wie. Ich wollte ihn. Sofort. Ich drehte mich vorsichtig um. Sam küsste mein Schlüsselbein, während er den Knopf meiner Jeans öffnete. Langsam glitt er mit den Lippen an meinem Körper hinab. Sein Kopf wanderte immer weiter hinunter. Er schob mein T-Shirt hoch und küsste meinen Bauch. Vor mir kniend machte er sich daran, mir die Jeans auszuziehen. Ich hielt ihn am Kinn fest und sah ihm in die Augen. »Was auch immer du vorhast, bitte nicht auf dieser wackeligen Leiter!«

Langsam erhob er sich, umfasste meine Oberschenkel und trug mich behutsam durchs Treppenhaus bis zu seiner Wohnung. Ich schmiegte mich mit dem Gesicht an seinen Hals und fühlte mich einfach nur geborgen. Er schloss die Tür auf, und während er die Lippen wieder auf meinen Mund presste, trug er mich in sein Zimmer und legte mich sanft auf seiner Matratze ab. Kurz hielt er inne.

»Willst du lieber schlafen?«, flüsterte er.

»Wie kann ich schlafen, wenn du in meiner Nähe bist?« Ich zog ihn wieder zu mir heran und verschmolz mit seinem Körper.

Am nächsten Morgen weckte mich mein dröhnender Schädel. Sobald ich die Augen aufschlug, wurde mir schwindelig, und mein Magen rebellierte. Mit einer Hand vor dem Mund rannte ich ins Bad und beugte den Kopf über die Kloschüssel. Sam folgte mir und hielt mein Haar zusammen. Mein Bauch verkrampfte total und gab nur bittere Magensäure frei.

»O Gott, ich glaube mir fehlt das Gen, das den Alkohol abbaut!«, stöhnte ich. Ich fühlte mich elend. »Ich hab's wohl auch nicht anders verdient.«

Sam legte mir eine Hand auf den Rücken. »Wenn alle Menschen kriegen würden, was sie verdienen, würde man uns vermutlich in Käfige pferchen, quälen, töten und dann auffressen.«

Ich erhob mich langsam und sah ihn im Spiegel an. »Super. Jetzt fühle ich mich doch gleich viel besser.«

»Siehst du, wusste ich es doch.« Sanft küsste er meine Schulter.

Ich spülte mir den Mund mit Wasser aus. »Hast du zufällig noch eine Ersatzzahnbürste?«

»Du kannst meine benutzen. Unsere Gästezahnbürsten sind bei dem vielen Damenbesuch draufgegangen.« Er drückte mir seine Zahnbürste in die Hand und verließ schelmisch grinsend das Bad.

Ich putzte mir die Zähne und bemühte mich, die Kopfschmerzen so gut es ging auszublenden. Die vergangene Nacht war einfach zu schön gewesen, um sie mir von einem Kater verderben zu lassen. Zwar war ich kreidebleich im Gesicht, aber allein beim Gedanken daran röteten sich meine Wangen, und eine unbeschreibliche Hitze stieg in mir auf. Meine Lippen waren geschwollen, und mein Körper fühlte sich an wie nach einem Marathon. Mit Händen und Lippen hatte Sam meinen gesamten Körper erkundet, und ich spürte noch immer seine Haut auf meinen Fingerspitzen. Bis in die frühen Morgenstunden war an Schlaf nicht zu denken gewesen. Erst nachdem wir zusammen geduscht hatten, schliefen wir eng verschlungen ein. Ich konnte mir nicht vorstellen, jemals wieder ohne ihn zu schlafen.

Ich kehrte in Sams Zimmer zurück, aber er war nicht da. Schnell zog ich mir mein Greensleeveterror-Shirt über und ging in die Wohnküche. Nur mit seiner Jeans bekleidet, goss er gerade zwei Tassen Kaffee auf. Dann drückte er mir in die eine Hand einen Joghurtbecher, in die andere ein Glas mit einer sprudelnden Flüssigkeit.

»Erst essen! Dann kannst du das Aspirin trinken.«

Ich setzte mich auf die Arbeitsplatte und suchte auf dem Becher nach dem Verfallsdatum. Tadelnd schüttelte er den Kopf.

»Was denn? Bei euch weiß man doch nie ... Von meiner Oma habe ich auch immer nur abgelaufene Schokolade geschenkt bekommen.«

Er kam zu mir herüber und drängte sich zwischen meine Oberschenkel.

»Du Ärmste«, raunte er gegen meine Lippen. »Wie willst du dieses Kindheitstrauma jemals aufarbeiten?«

»Du kannst mir doch dabei helfen«, antwortete ich flüsternd, stellte den Joghurtbecher beiseite und verschränkte meine Finger mit seinen. Sanft nahm ich seine Lippe mit dem Piercing zwischen die Zähne. Er schloss die Augen.

Plötzlich vernahmen wir ein lautstarkes Räuspern und schreckten auf. Hinter uns stand Kurt mit einem Blick, den ich nicht deuten konnte. Wir fuhren auseinander. Sam brachte möglichst viel Abstand zwischen uns und fuhr sich verlegen durchs Haar.

Kurt winkte ab. »Das ist jetzt auch egal. Ella, sind das deine Schlüssel? Emma hat sie gestern Abend gefunden.«

Ich fing das Schlüsselbund auf, das er mir zuwarf. Es gehörte tatsächlich mir.

Er ließ sich in den alten Sessel fallen und rieb sich über das Gesicht. Dann kramte er nach seinem Tabak und drehte sich eine Zigarette. »Ich kann unsere alten Herrschaften also beruhigen und ihnen sagen, dass mit dir alles in Ordnung ist, oder?«

Ich schlug mir mit der flachen Hand gegen die Stirn. »O verdammt! Die habe ich total vergessen. Ich rufe sie gleich an.«

»Schon gut.« Er zündete sich die Kippe an und stellte sich ans offene Fenster. »Nachdem Bender gestern so schnell abgerauscht ist, habe ich mir so was schon gedacht und behauptet, dass du bei uns pennst.«

»Danke.« Verlegen rührte ich mit dem Löffel den Joghurt um.

Ich brauchte dringend das Aspirin.

Kurt musterte Sam mit vorwurfsvollem Blick. »So. Du und meine Schwester also. Alter, was ist bloß in euch gefahren? Und wie lange läuft das schon?«

»Das geht dich überhaupt nichts an, Kurt!«, mischte ich mich ein.

»Seit der Kursfahrt«, erwiderte Sam vollkommen ruhig.

Kurt schnappte nach Luft. Dann nickte er, als hätte ihn gerade der Blitz der Erkenntnis getroffen. Er schnippte die Kippe aus dem Fenster, setzte sich wieder in den Sessel und raufte sich die Haare. »Scheiße, Mann!«

Mir drehte sich nach drei Löffeln der Magen um. Ich griff nach dem Glas mit der Brausetablette und stürzte es in einem Zug hinunter. Wortlos schüttelte ich mich.

»Scheiße, Mann!«, wiederholte Kurt, lauter diesmal, und sprang auf.

Mir schien, als würde ich bei einem Einmannstück zuschauen.

»Ich meine, wie stellt ihr euch das vor? Wie soll es weitergehen? Ich dachte, wir drei sind wie Geschwister. Wie wollt ihr das unseren Alten erklären? Und was die Schule betrifft …«

»Das sind Fragen, die wir selbst noch nicht beantworten können«, unterbrach ihn Sam. »Abgesehen von dem Thema Geschwister. Denn als Schwester betrachte ich Ella schon ewig nicht mehr.«

Kurt hob abwehrend die Hände. »Schon gut. Macht, was ihr wollt! Ich bin der Letzte, der euch im Weg steht. Dann ist es eben so. Aber du …« Er deutete auf mich. »Du solltest echt mit Emma reden, die fühlt sich nämlich ganz schön ausgeschlossen.«

Ich nickte stumm. Hatte er uns gerade indirekt sein Einverständnis gegeben? Oder wollte er sich – wie meistens – einfach nur aus der Sache raushalten? Ich rutschte von der Arbeitsplatte und ging in Sams Zimmer, um mich anzuziehen. Meine Jeans war immer noch klamm und scheuerte unangenehm auf der Haut. Gerade wollte ich mir Hemd und Schuhe schnappen, als Sam die Tür hinter sich schloss.

»Alles okay?« An die Tür gelehnt blieb er stehen. »Du willst gehen?« Sein Blick verdüsterte sich.

Ich atmete tief durch. »Ich muss nachdenken.«

»Worüber?«

»Ehrlich, Sam, wenn sich mein Bruder schon so viele Gedanken über uns macht, wie reagieren erst alle anderen darauf? Und du weißt, das sieht ihm eigentlich gar nicht ähnlich.«

»Mir ist egal, was die anderen denken.«

»Das sollte dir aber nicht egal sein. Jedenfalls nicht, solange du alles aufs Spiel setzt, wofür du die letzten Jahre so hart gearbeitet hast. Wie können wir beide immer wieder die gleichen Fehler machen und andere Resultate erwarten?«

»Für mich ist das hier kein Fehler. Für mich bist du das einzig Richtige.« Er kam langsam auf mich zu und nahm mich in die Arme.

Ich atmete seinen vertrauten Geruch ein. Dann hielt ich ihn auf Abstand und blickte zu Boden, damit mein Entschluss nicht ins Wanken geriet. »Ich muss nach Hause«, sagte ich mit belegter Stimme.

Sacht hob er mein Kinn an und zwang mich, in seine blauen Augen zu blicken. »Es spielt keine Rolle, wohin du gehst, wenn es bedeutet, dass du mich verlässt. Bedeutet es das?«

Ich sah in sein schönes, verzweifeltes Gesicht, bis ich nicht mehr standhielt. Schwer atmend schloss ich die Lider.

Sam ließ mich los, und ich verließ die Wohnung.

Draußen schossen mir Tränen in die Augen, und die Straße verschwamm. Mit zittrigen Händen öffnete ich mein Fahrradschloss. Mein Kreislauf arbeitete heute eindeutig gegen mich.

»Ella! Warte mal!« Kurt rannte hinter mir her.

Schluchzend warf ich mich an seine Brust und heulte sein T-Shirt voll. Er legte die Arme um mich und tätschelte mir unbeholfen den Rücken.

»Komm, ich fahr dich nach Hause. Wir schmeißen dein Rad einfach hinten in den Bus, in Ordnung?«

»In Ordnung.« Mit dem Ärmel wischte ich mir die Tränen aus dem Gesicht.

Während der Fahrt drehte Kurt die Musik laut und trommelte mit den Fingern unablässig auf das Lenkrad ein. Es war

Sonntag, auf den Straßen gab es kaum Verkehr, und Kurt kam in neuer Rekordzeit vor meiner Haustür zum Stehen. Er schaltete die Musik auf Hintergrundlautstärke und wandte sich zu mir um.

»Nun hör schon auf, so traurig zu gucken, sonst bleibt dein Gesicht noch so stehen!«, versuchte er mich aufzuheitern.

Ich seufzte. »Warum muss alles immer so kompliziert sein?«

Er schnaubte. »Was? Du glaubst, das mit dir und Bender ist kompliziert? Frag mich mal! Ich hab mich in eine Frau verliebt, die mir nie im Leben englisches Frühstück machen wird.«

Ich konnte nicht anders, als über seine gespielte Entrüstung zu lachen. »Ich wette, dafür hat sie andere Qualitäten.«

»Das hat sie. Und jetzt raus mit dir, sonst brauche ich mich bei ihr heute nicht mehr blicken lassen!«

Er zerrte mein Rad von der Ladefläche, strich über den Sattel und drückte mich mit einem Arm an sich.

»Kopf hoch! Das kriegen wir schon alles irgendwie hin.«

Ich lächelte schwach. »Danke. Mach's gut.«

»Mach's besser.« Er stieg ins Auto und raste davon.

Den restlichen Sonntag verschlief ich, und erst gegen Abend fühlte ich mich langsam wieder wie ein Mensch. Meine Mutter hatte währenddessen meinen Vater den ganzen Tag von einem Flohmarkt zum nächsten geschleift, und als sie wieder nach Hause kamen, verschanzte er sich sofort in seinem Arbeitszimmer. Hin und wieder vernahmen wir durch die geschlossene Tür entnervtes Stöhnen oder entsetzte Ungläubigkeit angesichts des begrenzten Horizonts seiner Schüler.

Meine Mutter lachte. »Von Mal zu Mal denkt er, dass sie immer blöder werden. Ist es nicht niedlich, wie er sich über die Siebtklässler aufregt? Aber noch schlimmer findet er die Achten. Ginge es nach deinem Vater, sollten die ein Jahr pausieren und praktischen Unterricht machen, bis sie wieder normal denkende Menschen sind.«

»Meiner Meinung nach war ich in der Achten gar nicht so schrecklich.«

»Ha, das denkst du! In Wirklichkeit konnten wir keinen geraden Satz mit dir reden. Du und Emma, ihr wart damals einfach nur albern, kaum zum Aushalten.« Sie verdrehte die Augen.

Ich sollte Emma unbedingt anrufen.

»Hier, Süße, ich hab dir was vom Flohmarkt mitgebracht.« Sie legte mir ein Buch in den Schoß. »Das ist hundertundein Jahre alt und hat nur fünf Euro gekostet.«

»War anscheinend kein Bestseller«, sagte ich scherzhaft, denn es sah aus wie neu. Der Leineneinband schien völlig unversehrt, keine Seite war ausgerissen, sogar das Exlibris klebte noch auf dem Vorsatzblatt. Heutzutage überstanden es die meisten Taschenbücher kaum, ein einziges Mal durchgelesen zu werden. »Platons *Gastmahl*. Danke, das ist perfekt für meinen Philosophiekurs.« Ich freute mich wirklich und strich vorsichtig über den Buchrücken.

»Und? Wie war das Konzert?«

»Was?« Fragend sah ich meine Mutter an.

»Na, Kurts und Sams Auftritt.«

»Ach so.« Für mich war der gestrige Abend fast Lichtjahre entfernt. »Toll. Wirklich toll.«

Dem erwartungsvollen Blick meiner Mutter nach zu urteilen, war ihr diese Aussage nicht genug.

»Es war der Wahnsinn. Du hast echt was verpasst, aber weißt du was? Emma hat alles mit der Kamera aufgenommen. Das müsst ihr euch auf jeden Fall angucken.«

Ich musste mich unbedingt bei Emma melden.

»Und warum hast du nicht angerufen und uns Bescheid gesagt, dass du bei deinem Bruder übernachtest? Wir haben uns Sorgen gemacht.«

»Äh ... ich hab's vergessen, weil ... mir ging es nicht so gut.«

Sie setzte sich neben mich und legte mir eine Hand auf die

Stirn. »Du siehst auch ganz blass aus. Du wirst doch nicht etwa krank werden?«

»Ehrlich gesagt fühle ich mich nur so schlecht, weil ich gestern was getrunken hab. Aber es war nicht mal ein ganzes Bier.« Den Tequila verschwieg ich lieber. »Ich glaube, ich hab eine Alkoholintoleranz oder so was. Gibt es das überhaupt?«

Meine Mutter lachte. »Das gibt es tatsächlich. Dein Onkel Thomas hat das auch. Kann nicht mal ein halbes Bier trinken, ohne am nächsten Tag mit Migräne im Bett zu liegen. Du armes Kind – ein Leben in Abstinenz! Was für ein Erbe!« Lachend stand sie auf und klopfte mir leicht auf den Oberschenkel. »Glaub mir, es gibt Schlimmeres!«

Das fand ich allerdings auch.

Ich sendete Emma endlich eine SMS und bat sie, sich mit mir morgen nach dem ersten Block am Pfuhl zu treffen. Dann half ich beim Abendessen; das war besser, als auf mein Telefon zu starren und auf eine Antwort zu warten. Ich kümmerte mich um die Ofenkartoffeln mit Rosmarin, während meine Mutter einen Dip aus Quark und Kräutern anrührte.

Anhand des Geruchs erkannte mein Vater offenbar, dass es Zeit war, sein Arbeitszimmer zu verlassen, und setzte sich frustriert an den Tisch. »Manchmal frage ich mich wirklich, wozu ich jeden Morgen aufstehe, wenn doch nichts bei der Jugend hängen bleibt.«

»Vielleicht musst du deinen Unterricht einfach interessanter gestalten.«

Bei dem Blick, den ich daraufhin kassierte, verstummte ich gleich wieder. Zum Glück klingelte das Telefon. Mein Vater sprang auf und ging ran.

»Ah, guten Abend, mein Lieber!« Er hielt die Sprechmuschel zu und flüsterte an uns gewandt »Es ist Sam.«

Ich merkte, wie mir die Hitze ins Gesicht schoss.

»Wie geht es dir? Ich hab schon gehört, dass euer Auftritt ein voller Erfolg war.«

…
»Ja. Aha.«
…
»Okay, na, das klingt ja wirklich …«
…
»Ach, was ich noch fragen wollte! Sag mal, du hast doch auch eine achte Klasse …«
…
»Und, wie machen die sich so?«
…
»Hm, super also. Arbeiten richtig gut mit. Vor allem die Mädchen …«

Ich verschluckte mich, und meiner Mutter fiel eine Kartoffel in den Quark, als wir beide gleichzeitig laut loslachten.

»Ja, das dachte ich mir schon«, kicherte sie. »Vielleicht sollte dein Vater sich die Haare wachsen lassen, damit seine Schüler besser aufpassen.«

»Oder fünfzehn Kilo abnehmen«, flüsterte ich ihr zu.

»Und zwanzig Jahre jünger sein …«

Mein Vater funkelte uns böse an, und meine Mutter versuchte ein ernstes Gesicht zu machen, was ihr aber absolut nicht gelang.

»Nein, nichts. Die beiden sind nur albern … wie immer«, sagte er zu Sam.
…
»Ella? Ja, na klar.«
…
»Ja, bis bald. Mach's gut.«

Er reichte mir den Hörer. »Hier, für dich.«

Kurz zögerte ich und merkte, dass ich rot wurde. Ich erhob mich vom Tisch und verschwand in meinem Zimmer.

»Hi.«
»Hi.«
Schweigen.

»Ich wollte deine Stimme hören«, sagte er leise.

»Ach, Sam.« Ich seufzte.

Schweigen.

»Warum bist du vorhin so schnell gegangen?«

Meine Stimme war nicht mehr als ein Flüstern. »Weil ... weil ... es musste sein.«

Wie sollte ich ihm das jetzt erklären, ohne dass er schreiend davonlief? Ich versuchte es trotzdem.

»Ich liebe deine Nähe so sehr, dass ich Angst habe, ohne dich nicht mehr ... existieren zu können.«

Genauer gesagt *wusste* ich, dass es so war. Jede Sekunde ohne ihn bereitete mir schon fast körperliche Schmerzen.

»Ella?«

»Ja?«

»Tust du mir bitte einen Gefallen? Du musst mehr essen.«

Das konnte ich nicht versprechen. Ich aß schon immer sehr wenig, und zurzeit merkte ich, dass das wenige Essen langsam an meine Substanz ging. Aber ich fühlte immer einen dicken Kloß im Hals, an dem kaum etwas vorbeiging.

»Bitte, Ella, von dir ist kaum noch was übrig. Was kann ich tun?«

»Nichts. Ich gebe mir Mühe, und außerdem esse ich gerade.«

»Gut.« Er klang erleichtert. »Dann störe ich dich nicht weiter.«

Ich wollte nicht, dass er auflegte.

»Bis morgen ...« Es klang fast wie eine Frage.

»Ja. Sam ...?«

»Ja?«

»Es war schön, deine Stimme zu hören.« Dann legte ich auf.

In der Küche setzte ich mich wieder vor meinen Teller und stocherte lustlos in den mittlerweile kalten Kartoffeln herum. »Was wollte er denn?«, fragte meine Mutter.

Ich hätte ihm meine Handynummer geben sollen. Warum hatte ich seine nicht? Ständig schrottete oder verlor er sein Telefon. So oft, dass nicht einmal mehr meine Mutter die aktuellste Nummer abgespeichert hatte.

»Huhu, Erde an Ella!«

»Was?« Abwesend hob ich den Kopf.

Sie musterte mich eindringlich und sah irgendwie besorgt aus, dann schüttelte sie nur kurz ihre Locken. »Nichts, Schatz. Schon gut, ich war nur mal wieder neugierig.«

»Was wollte er denn nun?«, fragte jetzt mein Vater.

»Ähm ... er wollte ... er wollte mich nur daran erinnern, dass ab morgen meine Schonfrist in Leichtathletik vorbei ist ... und ich mein Sportzeug nicht vergessen soll.«

»Na, das nenne ich ja mal aufmerksam. Vielleicht sollte ich auch jeden Abend alle meine Schüler anrufen und ihnen sagen, dass sie ihr Mathebuch einpacken sollen.«

»Schick doch lieber eine Rundmail! Das wäre einfacher.« Ich war genervt und wollte mich nicht weiter unterhalten.

Meine restlichen Kartoffeln schob ich zurück aufs Blech, stellte Teller und Besteck in den Geschirrspüler und verließ die Küche. Aus den Augenwinkeln nahm ich noch wahr, wie meine Mutter meinem Vater leicht gegen den Oberarm boxte, schenkte den beiden aber weiter keine Beachtung.

Obwohl es erst zwanzig Uhr war, packte ich schnell meine Schulsachen ein, verschwand unter der Dusche und rollte mich eine Stunde später in meinem Bett zusammen. Pixie kroch zu mir unter die Decke und kuschelte sich an mich. Trotzdem fand ich keinen Schlaf. Vielleicht lag es daran, dass ich den kompletten Nachmittag verpennt hatte, aber insgesamt war ich so übermüdet, dass ich eigentlich eine ganze Woche hätte durchschlafen können. Ich grübelte einfach zu viel über mich und Sam nach. Ständig kreisten meine Gedanken nur um ihn. Wenn er nicht bei mir war, fühlte ich mich nicht komplett, und wenn ich meinen Gefühlen nachgab, hatte ich Angst, welchen Preis er dafür zahlen musste.

Ich knipste meine Lampe wieder an und las noch ein wenig in Platons *Symposion*, bevor ich in einen unruhigen Schlaf fiel.

Ich träumte von Sam. Von wem sonst. Er kniete vor mir und strich mir über das Gesicht. Es fühlte sich so real an, dass ich aufwachte. Mir blieb fast das Herz stehen.

Vor meinem Bett kniete tatsächlich eine dunkle Gestalt. Es war Sam. Völlig überrascht setzte ich mich auf und blickte ihn ungläubig an. Er roch nach kühler Herbstluft und Regen; die Kapuze seiner offenen schwarzen Sweatjacke umrahmte sein Gesicht. Ich zog sie ihm vom Kopf, mehr um mich zu vergewissern, dass ich nicht träumte. Ich träumte nicht. Meine Finger krallten sich in den Kragen seines T-Shirts und zogen ihn zu mir heran. Sein Gesicht war feucht und kalt. Ich schloss die Augen, spürte seinen Atem, und ein Kribbeln breitete sich vom Bauch über meinen ganzen Körper aus. Ganz leicht öffnete ich den Mund und legte ihn sanft auf seine Lippen. Unser Atem ging schwer, und obwohl wir uns kaum berührten, spürte ich Sam mit solch einer Intensität, dass mir fast wieder schwindelig wurde. Sanft biss er mir in die Unterlippe und fuhr mir mit der Zunge über die Zähne. Augenblicklich schloss ich jeden Abstand zwischen uns und küsste ihn fordernd. Zittrig zog ich ihm die Jacke aus, ließ sie zu Boden fallen und zog ihn zu mir aufs Bett. Mit den Fingern zeichnete er meinen Oberkörper nach, während ich seinen Geschmack tief in mich einsog.

Ganz langsam löste er seine Lippen von meinem Mund. Über mich gebeugt, unsere Gesichter ganz nahe, stützte er sich neben mir ab.

»Hi.« Er lächelte leicht.

»Hi«, flüsterte ich. »Was machst du hier?«

Diese Frage war durchaus berechtigt, immerhin stand er ja mitten in der Nacht vor meinem Bett.

»Schätze, ich kann ohne dich nicht schlafen.« Er strich mir eine Strähne aus dem Gesicht.

»Dann tu's nicht.« Ich zerrte meine Decke unter uns hervor

und breitete sie über uns. Sam legte den Kopf auf meine Brust und schmiegte sich an mich. Meine Hände vergrub ich in seinem Haar.

»Wie bist du überhaupt hier reingekommen?« Nachdem er jetzt hier war, fühlte ich mich so ruhig, dass ich nicht einmal befürchtete, meine Eltern könnten irgendwas bemerken.

»Ich hab mir Kurts Schlüssel ausgeliehen … er weiß es nur nicht. Emma übernachtet wieder bei uns, und da hielt ich es nur für fair, wenn ich auch bei dir sein kann. Hab meine Schuhe vor eurer Tür stehen gelassen und mich einfach reingeschlichen. Zwischen zwei und vier Uhr befinden sich die meisten Menschen in ihrer Tiefschlafphase.«

»Das hätte auch schiefgehen können. Mein Vater steht durchaus nachts vor dem Kühlschrank und nimmt einen kleinen Snack zu sich.«

»Vielleicht solltest du dir das auch angewöhnen.« Seine Finger glitten vorsichtig unter mein T-Shirt und fuhren langsam über jede einzelne Rippe.

Ich seufzte leise.

»Ich glaube, Platons Theorie von den Kugelmenschen stimmt. Mit dir fühle ich mich wie einer.«

»Wie ein Kugelmensch? Ich glaube, dieser Begriff passt so gar nicht zu dir.«

»Er passt zu uns. Mit dir bin ich vollkommen. Wenn ich von dir getrennt bin, fühle ich mich wie zerrissen, und mir fehlt etwas – du fehlst mir. Und ich habe das tiefe Bedürfnis, wieder ganz zu sein. Du bist mir so vertraut, und ich möchte keinen Augenblick ohne dich sein.« Ich griff nach seiner Hand und verschränkte unsere Finger miteinander. »Platon sagt, obwohl die körperliche Liebe uns zueinandertreibt, möchte die Seele mehr. Sie will mit ihrem Gegenstück eins werden, eins bleiben. Im Leben und über den Tod hinaus.«

»Das klingt wunderschön.« Er hob den Kopf und sah mir tief in die Augen. »Ich bin dein Gegenstück.«

Sam küsste mich sanft, dann nahm er mich in die Arme, und ich kuschelte mich in ihm ein. Gleich danach fiel ich in einen tiefen, ruhigen Schlaf.

Als der Wecker unbarmherzig und viel zu früh klingelte, war Sam verschwunden. Hatte ich nur geträumt? Nein, da war ich mir sicher. Ich richtete mich auf und sah mich um, konnte aber auch seine Jacke nirgends entdecken. Dafür lag neben meinem Kopfkissen eine Packung M & Ms. Ich atmete tief durch und musste lächeln. Ich war glücklich und fühlte mich nach dieser Nacht endlich stark genug, um den Tag zu überstehen. Und mich um Emma zu kümmern.

Für Milo reichte es noch nicht.

13

Als ich mit meinem Rad zur Schule fuhr, schien die Sonne vom Himmel, als ob sie den Sommer noch nicht weiterziehen lassen wollte. Zum ersten Mal seit Wochen hatte ich Kraft und wusste, dass ich diesen Tag bewältigen konnte. Ich vertrieb das nagende Gefühl, dass es falsch war, was wir taten. Wie konnte etwas falsch sein, wenn es sich so richtig anfühlte? So vollkommen.

Nach Mathe ging ich zum Pfuhl und hoffte, Emma würde noch kommen. Als ich schon enttäuscht aufgeben wollte, kam sie mit zwei überschwappenden Kaffeebechern in den Händen angerannt.

»Sorry, ich war noch kurz im Supermarkt und beim Bäcker.« Sie hielt mir einen Becher hin, und ich war froh, dass sie mir anscheinend nicht allzu böse war.

»Ich schwöre dir, vor mir in der Schlange stand ein Typ, der sah original aus wie Robert Pattinson. Sogar die Kassiererin hat ganz glasige Augen bekommen.«

»Und? Hast du ihm deine Nummer gegeben?«

»Na, hör mal, ich bin vergeben! Vielleicht hätte ich ihm deine Nummer geben sollen … ach nein, du bist ja auch vergeben. Oder?« Sie nahm einen Schluck und sah mich über den Kaffeebecherrand mit großen Augen und hochgezogenen Brauen an.

Ich seufzte laut. »Em, es tut mir leid, dass ich dich da so außen vor gelassen habe. Aber ich wusste selbst nicht, wie ich mit der Situation umgehen sollte.«

»Und jetzt weißt du's?«

Ich schüttelte den Kopf. »Nein. Eigentlich hat sich immer

noch nichts geändert. Sam gefährdet seine Existenz als Lehrer, mit Milo hab ich's total versaut, und du und Kurt seid bestimmt auch …«

Emma fiel mir ins Wort. »Das mit dir und Sam würde ich niemals verurteilen. Im Gegenteil, ich finde ihr passt perfekt zusammen. Aber ich fühle mich von dir und Milo hintergangen. Vielleicht nicht mal weil ihr miteinander geschlafen habt, sondern vielmehr deshalb, weil ihr daraus so ein Geheimnis gemacht habt. Und wenn du nicht aus der Sache mit dir und Sam so ein Geheimnis gemacht hättest, wäre vielleicht einiges anders gelaufen oder für dich einfacher zu ertragen gewesen. Dann wärst du in den letzten Wochen nicht so unglücklich gewesen, und ich hätte nicht rätseln müssen, was mit dir los ist.« Sie atmete kurz durch, dann sprudelte es weiter aus ihr heraus. »Damit will ich ja nicht sagen, dass du ein Interview für die Schülerzeitung geben solltest, aber mir hättest du vertrauen können. Ich meine, dazu sind doch Freunde da, oder?«

Ich nickte stumm.

»Und ich will jede kleinste Kleinigkeit von dir hören. Von dir und Milo. Von dir und Sam. Und dann müssen wir zusehen, dass wir das mit Milo wieder einrenken. Ich bin nämlich nicht bereit, einen von euch beiden zu verlieren.« Sie nahm einen großen Schluck Kaffee. »Aber jetzt muss ich zu Physik.« Sie rappelte sich hoch, ergriff meine Hand und zog mich auf die Füße. »Wir treffen uns morgen nach der Schule, scheißegal, was du vorhast, und dann erzählst du mir alles von A bis Z!«

»Ja, da komme ich jetzt wohl nicht mehr drumherum.«

»Nö, keine Chance.«

Wir stiegen gerade die Stufen zum Haupteingang hinauf, als Cora aus der Tür stürmte.

»Bio fällt aus!«, rief sie mir zu. »Ist das nicht cool?!«

»Ihr Glücklichen.« Emma seufzte schwer. »Und ich hab jetzt bei der alten Sperling.« Als stünde sie vor ihrer eigenen Hinrichtung, schlurfte sie die Treppe hoch. »Wusstet ihr eigent-

lich schon, dass die Frau seit zwanzig Jahren die gleiche Frisur trägt?«
»Ist das die mit dem Vokuhila?«, fragte mich Cora.
»Jip, genau die. Die ist mir dieses Jahr zum Glück erspart geblieben. Bei der versaut man sich wirklich seinen Notendurchschnitt.«
»Und? Was fängst du mit der Freistunde an?«
Das wusste ich plötzlich ganz genau. »Ich glaube, ich laufe mal vor zur Hauptstraße und suche mir einen Schlüsseldienst. Ich muss mir meine nachmachen lassen.«
»Oh, kann ich mitkommen? Ich muss noch zu dm.«
»Na klar.«
Als wir die laute Straße erreichten, suchte ich zuerst nach einem Laden, der Zweitschlüssel anfertigte. Ich fand einen kleinen Schuster, der es in einer halben Stunde erledigen wollte. Um die Wartezeit zu überbrücken, schob ich Cora ins nächstbeste Café. Das wollte ich schon längst mal machen; sie war immer so nett zu mir, trotz meiner meist miesen Laune. Cora bestellte sich einen Tee und ein Stück Apfelkuchen. Ich nahm dasselbe.

Wie immer verging die Zeit mit ihr wie im Flug. Sie redete ununterbrochen. Cora war jemand, dem musste man nur einen kleinen Stichpunkt zuwerfen, und schon war ihr Redefluss nicht mehr zu stoppen. Manchmal mochte ich das, weil ich nichts zur Konversation beitragen musste, außer ab und zu ein Wort einzuwerfen oder zustimmend zu nicken. Dann konnte ich nebenbei irgendwie abschalten und entspannen. Manchmal nervte es mich aber kolossal. Heute amüsierte es mich, und ich schob ihr noch mein Stück Kuchen hin.

»Willst du das wirklich nicht mehr?«, fragte sie mit vollem Mund. »Du kannst dir das leisten, im Gegensatz zu mir.«

»Iss nur, Hänsel!« Ich grinste breit.

Cora lachte, verschluckte sich und hustete laut. Ich schluckte gerade so meinen Tee runter, bevor er mir aus der Nase schießen konnte.

Nachdem ich bezahlt hatte, holten wir die neuen Schlüssel ab und schlenderten danach noch durch die Gänge des Drogeriemarkts.

In der Sporthalle angekommen, schloss ich mich in der Toilette ein. Aus einem Blatt Papier bastelte ich einen Briefumschlag, wickelte mein langes, dünnes Lederarmband vom Handgelenk ab, fädelte es durch die Schlüssel, legte diese in den Umschlag und klebte ihn mit einem Stück Tesafilm zu.

Als ich mich zusammen mit den anderen umzog, wusste ich, dass mir die Begegnung mit Sam heute nicht schwerfiel. Ich fühlte noch seine Nähe von letzter Nacht und spürte nicht mehr dieses Stechen in der Brust. Nur mein Atem ging immer noch unruhig beim bloßen Gedanken an ihn. Bevor ich die Turnhalle betrat, klopfte ich an die Tür des Lehrerzimmers.

»Ja«, ertönte Sams Stimme, und ich betrat den Raum.

Er schrieb gerade etwas in seinen Kalender. Als er mich sah, klappte er ihn geräuschvoll zu, und ein Lächeln huschte über sein Gesicht.

»Hi.«

»Hi.«

Ich bemerkte, dass wir beide unsere Hände zu Fäusten ballten. Warum ich das tat, wusste ich ganz genau. Damit ich erst gar nicht in Versuchung kam, ihn zu berühren.

»Ich wollte dir nur was geben.« Ohne zu zögern, drückte ich ihm den Umschlag in die Hand.

Dann ging ich zu den anderen und setzte mich neben Cora auf die Bank. Marlene war zum Glück nicht da, aber selbst sie hätte mir heute nicht die Laune verdorben.

»So, die Damen, Sie laufen sich jetzt erst mal ein paar Runden ein. Danach Erwärmung und Dehnung und dann Hochsprung. Allez hopp!« Der Feldmann klatschte in die Hände, und wir erhoben uns – die meisten von uns ziemlich träge.

Ich lief neben Cora, die wieder pausenlos auf mich einredete.

»Sag mal«, schnaufte ich, »kriegst du dabei kein Seitenstechen?«

»Nein, ich habe die perfekte Atemtechnik. Da kann ich quatschen und laufen. Ich könnte wahrscheinlich nebenbei noch singen und essen. Alles gleichzeitig.«

Sam betrat die Turnhalle und schmiss die Musikanlage an.

»Vielleicht hast du ja Kiemen«, scherzte ich.

»Würde mich nicht wundern. Bin sowieso schon ein Freak.«

»Wie kommst du denn darauf? Lass dir das bloß nicht von irgendwem einreden!«

»Nein, wirklich. Ich hab einen Halswirbel zu viel. Siehst du?« Sie streckte und drehte den Hals. »Schwanenhals.«

Ich musste laut loslachen und blieb unvermittelt stehen. Sam, der offenbar dicht hinter uns war, rannte direkt in mich rein. Wir konnten uns gerade noch so halten, damit wir nicht umfielen.

»Sorry!«, kicherte ich und rieb mir die Schulter. »Aber ich bekomme Cora als sterbenden Schwan einfach nicht aus dem Kopf.«

Wir liefen nebeneinander weiter; die Musik dröhnte laut aus den Boxen.

»Ich hoffe, das kann ich heute Nacht ändern«, flüsterte er kaum hörbar.

Dann joggte er in die Mitte und half dem Feldmann beim Aufbau der Hochsprunganlage. Ich bemerkte das Lederband um Sams Hals. Meine Schlüssel lagen verborgen unter seinem T-Shirt auf seiner nackten Brust.

Ich lief rot an.

Diesen Abend war ich zu praktisch gar nichts zu gebrauchen. Mein Herz raste, ich zitterte und war kaum aufnahmefähig. Ich fühlte mich, als hätte ich wahnsinniges Lampenfieber oder irgendwelche Entzugserscheinungen oder beides gleichzeitig. Das konnte einfach nicht gesund sein.

Zu allem Überfluss dachten meine Eltern überhaupt nicht daran, ins Bett zu gehen. Mein Vater war nachmittags schon auf der Couch kurz eingenickt, und meine Mutter hatte sich spätabends noch schwarzen Tee gekocht und war jetzt wie angeknipst. Ich hingegen lag schon seit geraumer Zeit auf meinem Bett und konzentrierte mich auf mein Buch, wobei ich kläglich scheiterte. Irgendwann gab ich auf. Ich machte das Licht aus, kroch unter die Decke und versuchte meine Atmung zu beruhigen.

Als ich wieder hochschreckte, lauschte ich auf Geräusche in der Wohnung. Totale Stille.

Doch dann sah ich einen dunklen Schatten, der sich im Sessel unter meinem Fenster abzeichnete.

»Warum kommst du nicht zu mir?«, fragte ich.

»Ich wollte dich nicht wecken«, sagte Sam.

Ich stieg aus dem Bett, ging auf ihn zu und ließ mich langsam auf seinem Schoß nieder.

»Ich habe aber auf nichts anderes gewartet«, flüsterte ich und schloss den Abstand zwischen unseren Lippen. Ein tiefes Seufzen entfuhr mir. Seit vierundzwanzig Stunden hatte ich mich nach dieser Berührung gesehnt. Sam offenbar auch. Sanft biss er mir in die Unterlippe. Er wusste genau, wie sehr ich das mochte. Vorsichtig tastend drang er mit der Zunge in meinen Mund ein, und ich inhalierte seinen Atem. Ich wollte nie wieder damit aufhören. Teils fordernd, teils forschend brachte mich dieser Kuss fast um den Verstand. Mein Verlangen, ihn ganz zu spüren, wurde immer größer. Ich löste mich von seinen Lippen und zog ihm das T-Shirt über den Kopf.

»Ich liebe diese Haare«, flüsterte ich und strich mit den Fingern über den feinen Streifen vom Bund seiner Jeans zum Bauchnabel. »Ich liebe dich.«

Mir wurde bewusst, dass ich das Sam so noch nie gesagt hatte. Er wusste um meine Gefühle, aber diese drei Worte hatte ich ihm gegenüber bisher kein einziges Mal ausgesprochen.

»Ella …« Er stockte. Seine blauen Augen leuchteten, und ich spürte, dass seine Atmung schneller ging. Er nahm meine Hand und führte sie an die Lippen. Sanft küsste er meine Fingerspitzen, dann zog er mich an sich. »Du bist der erste Mensch, der … ich hatte keine Ahnung, wie gut sich das anfühlt.« Er vergrub das Gesicht an meiner Brust.

Da wurde mir klar, dass er zum ersten Mal geliebt wurde, dass ihm vor mir noch nie jemand diese drei Worte gesagt hatte. Ich hätte heulen können. Ich schmiegte mich fest an ihn und nahm ihn in die Arme. Meine Hände lagen auf seinem Rücken, berührten seine Narben. »Ich liebe dich, Sam.«

»Ich liebe dich.« Seine Lippen wanderten an meinem Hals entlang, über meinCed Kinn, bis sie meinen Mund fanden. Augenblicklich spürte ich, wie sich die Erregung in meinem ganzen Körper ausbreitete. Mit zittrigen Fingern öffnete ich den Knopf seiner Jeans.

Sam hielt meine Hände fest. »Was hast du vor?!«

»Ich will dich ganz spüren.« Es klang schon fast verzweifelt.

Langsam fuhr er an meinem Kiefer entlang bis zur Vertiefung unter meinem rechten Ohr. Seine Finger umklammerten noch immer meine Hand.

»Nicht hier. Nicht jetzt.« Seine Stimme war nicht mehr als ein Flüstern.

Geschmeidig erhob er sich mit mir aus dem Sessel und trug mich zum Bett.

»Was hast *du* vor?«

»Na, ich bringe dich ins Bett, was sonst? Wir müssen bald wieder aufstehen.«

Ich machte ein enttäuschtes Gesicht.

Sam legte sich neben mich und nahm mich in die Arme. Ich legte den Kopf an seine nackte Brust und sog seinen Geruch tief in mich ein. Meine Finger wanderten über seinen Körper, und ich fühlte, wie erregt er war. Trotzdem griff er wieder nach meiner Hand und hielt sie fest.

Leise stöhnte er. »Ella, mach's mir nicht so schwer! Ich werde den Teufel tun und hier mit dir schlafen. Sosehr ich mir das auch wünschen würde. Aber ich fühle mich schon mies genug, dass wir deine Eltern so hintergehen. Nicht auszudenken, dass sie uns in ihrer eigenen Wohnung beim Sex erwischen und auf diese Weise die Sache mit uns herausfinden.«

Oh. Daran hatte ich gar nicht gedacht. Immer wenn Sam in meiner Nähe war, vergaß ich alles um mich herum. Er hatte recht, und beim Gedanken an meine Eltern, die zwei Türen weiter schliefen, verflog meine Lust augenblicklich.

Ich sah zu ihm auf und küsste ihn. »Habe ich dir schon gesagt, dass ich dich liebe?«

»Jetzt schon das dritte Mal.«

Ich konnte das Lächeln in seinem Gesicht erkennen.

»Das werde ich dir ab sofort so oft sagen, bis es dir zu den Ohren rauskommt.«

»Das geht gar nicht. Davon bekomme ich nie genug.«

Ich zog mein T-Shirt aus und schmiegte mich wieder an ihn. Mit einer Hand strich er mir sanft über den nackten Rücken.

»Schlaf schön, Ella!« Er vergrub das Gesicht in meinem Haar.

»Träum süß! Ich liebe dich.«

Ich liebe dich.

Am nächsten Nachmittag wartete Emma schon bei den Fahrradständern auf mich. Mit einem leichten Lächeln tippte sie gerade eine SMS in ihr Handy ein. Wahrscheinlich schrieb sie meinem Bruder. Wir hatten uns den ganzen Tag noch nicht gesehen, aber ich nahm an, dass sie sich in den Pausen um Milo kümmerte. Auch Sam war ich nicht mehr begegnet, seit er sich Punkt fünf aus meinem Zimmer geschlichen hatte.

Emma schob ihr Telefon in die Hosentasche und umarmte mich.

»Okay, zu dir oder zu mir?«

»Zu dir.«

Bei ihr angekommen, schmissen wir unsere Sachen im Flur ab und gingen gleich in die gemütliche Küche. In der Mitte stand ein großer runder Holztisch, daneben ein altes Sofa. Ich setzte mich mit angezogenen Beinen auf einen wackeligen Stuhl, während Emma sämtliche Schränke nach etwas Essbarem durchforstete.

»Verdammt!«, fluchte sie laut. »Warum gibt es in diesem Haushalt eigentlich nie was zu essen?« Sie stemmte die Hände in die Hüften und drehte sich zu mir um. »Also, von A bis Z lautete die Ansage. Schieß los und lass ja nix aus!«

In einem hohen Küchenschrank entdeckte sie eine Packung Cornflakes und stellte sie zusammen mit zwei Schüsseln auf den Tisch.

Ich bemerkte, dass ich an den Nägeln kaute, und atmete tief durch. »Ich weiß nicht, wo ich anfangen soll.«

»Na, am besten am Anfang.« Sie ließ die Cornflakes in die Schale rieseln und hielt sie mir hin.

Ich schüttelte den Kopf. »Also, Milo ... und ich ... und Silvester.«

Emma starrte mich mit offenem Mund an. »Silvester?! So lange läuft das schon?«

»Da läuft nichts. Jedenfalls nicht seit Silvester.«

»Milo sieht das anscheinend anders ...«

»Willst du jetzt alles hören oder nicht?«

»Okay, okay. Ich sage nichts mehr.«

»Also ... ich hatte ihm ja diesen albernen Gutschein geschenkt, und in jener Nacht haben wir ihn eben eingelöst. Es war nur einmal, und ich hatte bis vor Kurzem auch das Gefühl, dass er damit gut klarkam.«

»Und? Wie war's?«

»Na ja, es war ja für uns beide das erste Mal. Es war schön, aber nichts im Vergleich zu den Gefühlen, die Sam in mir auslöst.«

Emma ließ den Löffel sinken und grinste mich breit an. »Dich hat's ja ganz schön erwischt!«

Ich fuhr mir durch die Haare und stützte den Kopf in den Händen ab. »Total. Emma, ich liebe ihn, und ich weiß nicht, wie es weitergehen soll. Marlene hat uns erwischt, und ich habe Angst, dass Sam seinen Job verliert und sein Staatsexamen nicht machen darf. Und das mit Milo bringt das Fass zum Überlaufen. Ich versteh das auch gar nicht. Immerhin war er doch gerade noch mit Lina zusammen …«

»Sieht ganz so aus, als müssten wir Marlene einen Maulkorb verpassen, und Milo braucht offenbar dringend eine neue Freundin. Vielleicht sollten wir die beiden miteinander verkuppeln.«

»Nicht dein Ernst, oder? Doch nicht mit dieser doofen Planschkuh! Es reicht mir schon, dass sie sich an Sam heranmachen will.«

»Und das mit dir und Sam läuft seit der Kursfahrt, hat Kurt gesagt.«

Ich nickte. »Ich konnte es dir im Krankenhaus einfach nicht erzählen. Da wusste ich ja selbst noch nicht, wie es mit uns weitergeht.«

»Also lief da doch was zwischen euch in der Höhle. Ich wusste es«, triumphierte sie.

Ich stand auf und holte mir ein Glas Wasser. »Wir haben uns geküsst.«

»Uuuund?«

»Was willst du hören? Dass wir wild übereinander hergefallen sind?«

»Na, das wäre doch schon mal was.«

»Damit haben wir gewartet, bis wir wieder aus der Höhle raus waren. War ein bisschen kalt dort unten.« Ich kicherte verlegen.

Dann berichtete ich Emma von unserer Nacht im Freibad und von der gemeinsamen Rückfahrt. Von der Zeit danach. Vom Glücklich- und Unglücklichsein. Alles, bis zur letzten Nacht.

Und sie erzählte mir endlich, wie sie mit Kurt zusammengekommen war, davon, dass sie nachts in der kleinen Pension in sein Zimmer geschlichen war und ihn einfach so geküsst hatte.

»Ich hatte solchen Schiss, abgewiesen zu werden. Sonst zeigen mir die Typen immer, wenn sie was von mir wollen, aber bei deinem Bruder war ich mir total unsicher.«

»Kann ich mir vorstellen. Wetten, dass sich Kurt bis heute nicht getraut hätte, wenn du nicht auf ihn zugegangen wärst?«

»Dass er so zurückhaltend ist, finde ich gerade süß an ihm. Außer im Bett, da kann ...«

Abwehrend hob ich die Hände. »Stopp! Keine Bettgeschichten über meinen Bruder! Da will ich echt nicht mit reingezogen werden.«

Wir lachten. Es tat gut, dass ich mich endlich mal wieder mit Emma ausquatschen und alles mit ihr teilen konnte. Ich versprach ihr hoch und heilig, sie in Zukunft immer ins Vertrauen zu ziehen. Sie ihrerseits schwor, alles über Sam und mich für sich zu behalten und mir keine Details über Kurts und ihr Liebesleben zu erzählen.

Was Milo betraf, waren wir immer noch nicht schlauer, und ob Marlene eine Gefahr für Sams Zukunft darstellte, konnten wir auch nicht sagen. Aber es war unheimlich erleichternd, dass ich nicht mehr alles mit mir allein ausmachen musste.

»Alles klar.« Ruckartig erhob sich Emma und klatschte in die Hände. »Besuchen wir doch unsere Männer! Ich hab Sehnsucht nach Kurt.«

Ich sah auf die Uhr. Es war nach sechs. »Ich weiß nicht. Wird das jetzt so 'n Pärchentreffen?«

»Keine Panik! Auf so was stehe ich auch nicht. Bevor wir irgendwelche spießigen Spieleabende veranstalten, stürze ich mich lieber in eine Affäre. Nein, ich bin dafür, dass ich Kurt mit zu mir nehme und dir das Feld ... oder besser gesagt die Wohnung überlasse. In Ordnung?«

»Das klingt gut. Ich glaube nicht, dass Sam noch eine Nacht

bei mir übersteht. Er hat in den letzten drei Tagen kaum Schlaf abbekommen.«

Tadelnd schüttelte Emma den Kopf. »Soso, und ich soll dich also mit meinen Bettgeschichten verschonen.«

»Ja, aber nur, weil mein Bruderherz darin vorkommt.«

Ich rief meine Eltern an und sagte Bescheid, dass ich bei Emma schlief. Emma schickte Kurt eine Nachricht, dass wir auf dem Weg zu ihm und Sam waren.

Es fühlte sich total merkwürdig an. So offiziell. Ich befürchtete, Sam könne das alles zu schnell gehen. Mein Magen rebellierte.

Als wir ankamen, öffnete Kurt die Tür.

»Hi, ihr zwei!«, begrüßte er uns. Mich umarmte er, und Emma bekam einen innigen Kuss. Dann wandte er sich wieder an mich. »Sam ist noch nicht da, aber keine Sorge, er besorgt uns nur was zu essen. Wir waren heute nicht auf Damenbesuch eingestellt.«

Ich grinste. »Euer Kühlschrank ist nie auf Gäste eingestellt.«

»O Gott, ich glaube, das wird doch so ein verspießertes Doppeldate!«, zischte mir Emma mit zusammengebissenen Zähnen zu.

»Befürchte ich auch«, flüsterte ich zurück.

»Ich kann's kaum erwarten, verheiratet zu sein und eine Affäre zu beginnen.«

»Das hab ich gehört«, mischte mein Bruder sich ein. »Solange ich nicht dein Ehemann, sondern dein Liebhaber bin, geht das klar.«

Emma schenkte ihm ihr zauberhaftestes Lächeln, und ich ließ mich in meinen Lieblingssessel fallen.

»Duhu, Kurt«, flötete sie, »wie wär's, wenn du heute mal wieder bei mir schläfst? Meine Mutter hat Nachtschicht und sowieso nichts dagegen.«

Kurt blickte von ihr zu mir und wieder zu ihr. Ich gab mir alle

Mühe, einen völlig ahnungslosen und unschuldigen Gesichtsausdruck aufzusetzen.

Er rollte mit den Augen. »Schon gut, ich hab's kapiert. Aber wir warten noch auf die Pizza, dann können wir los.«

Emma lachte und zwinkerte mir zu. Kurt schüttelte nur den Kopf und zündete sich eine selbst gedrehte Zigarette an.

In dem Moment drehte sich auch schon der Schlüssel in der Wohnungstür. Mein Herz raste. Wie würde er auf mich reagieren, wenn wir nicht allein waren?

Sam blieb kurz im Türrahmen stehen und sah mir in die Augen. Dann durchquerte er mit langen Schritten den Raum, drückte Emma im Vorbeigehen die Pizzaschachteln in die Hände und beugte sich zu mir herunter. Er verlor keine Zeit, küsste mich, hob mich aus dem Sessel und trug mich, ohne den Mund von meinen Lippen zu lösen, in sein Zimmer. Mit dem Fuß trat er die Tür zu.

Das war die wahrscheinlich schönste Begrüßung meines Lebens.

Ich vernahm noch Emmas gedämpftes Lachen, als sie und Kurt die Wohnung verließen. Gleich darauf lagen wir auch schon auf Sams Matratze, fielen buchstäblich übereinander her und rissen uns gegenseitig die Klamotten vom Leib. Alles, was sich seit letzter Nacht angestaut hatte, brach sich nun Bahn.

Ich wollte ihn so sehr. Und er mich.

»Du hast mir gefehlt«, keuchte er mit rauer Stimme, während seine Lippen über meinen Körper glitten. Ich vergrub die Hände in seinem Haar. Was für ein berauschendes Gefühl! Wie konnte ich jemals genug davon bekommen? Es war unvorstellbar.

Mit den Fingern zeichnete ich die Konturen seines Körpers nach. Er bebte.

»Gott, ich halt's nicht mehr aus!«, stöhnte Sam und tastete unter der Matratze nach den Kondomen. Er drehte sich auf den Rücken und öffnete die Verpackung mit den Zähnen.

»Warte!« Ich nahm ihm das Kondom aus der Hand und setzte mich auf ihn. Meine Hände zitterten leicht. »Ich hab das noch nie gemacht. Also sag, wenn ich dir wehtue!«

Sam nahm mein Gesicht in beide Hände und strich mir mit dem Daumen über die Lippen. Dann richtete er sich leicht auf und küsste mich, während ich ihm vorsichtig und ziemlich nervös das Kondom überstreifte.

Mit leuchtenden Augen umfasste er meine Hüften, und ich ließ mich langsam auf ihn niedersinken.

Auch in dieser Nacht schliefen wir kaum. Nachdem wir wieder zusammen geduscht hatten, gingen wir in die Küche. Es war dunkel, nur der Mond schien hell durch das riesige Fenster.

»Ich hoffe, Kurt hat uns wenigstens eine Pizza dagelassen«, meinte Sam.

Ich goss mir Leitungswasser in ein Glas, setzte mich auf die Arbeitsplatte und beobachtete ihn. Er hatte sich nur eine Jeans übergezogen, und das feuchte Haar hing ihm ins Gesicht. Ich konnte mich nicht an ihm sattsehen. Ich trug sein T-Shirt und meine Unterhose.

»Tadaa!«, rief Sam, als er den Pizzakarton auf dem alten Sessel entdeckte. Er kam zu mir und hielt ihn mir unter die Nase. »Abendessen.«

»Bäh, kalte Pizza!« Ich schüttelte mich. »Ich hab sowieso keinen Hunger.« Jedenfalls nicht auf Pizza.

Er drängte sich zwischen meine Beine. »Immer noch nicht?«, flüsterte er und küsste meinen Mundwinkel. »Das müssen wir unbedingt ändern.«

Er nahm mir das Glas aus der Hand und stellte es beiseite. Dann zog er mir das T-Shirt aus.

Ich schlang die Beine um seine Hüften und zog ihn fest zu mir heran. Ich spürte, wie erregt er war. Es war kaum zum Aushalten.

»Also, auf intellektueller Ebene scheint unsere Beziehung

wohl nicht zu basieren«, keuchte ich und öffnete die Knöpfe seiner Jeans.

»Nein.« Er biss mir in die Lippe. »Ich bin im Moment völlig mit der körperlichen ausgelastet.«

Aus seiner Hosentasche zauberte er ein weiteres Kondom.

Völlig erschöpft lagen wir irgendwann auf seinem Bett und aßen die kalte Pizza. Sie noch mal in den Ofen zu schieben, wäre zu anstrengend gewesen.

»Wir müssen wenigstens deinen Eltern von uns erzählen«, sagte Sam plötzlich. »Je länger wir es geheim halten, umso mieser fühle ich mich dabei ihnen gegenüber. Außerdem bin ich nicht bereit, auch nur eine weitere Nacht ohne dich zu verbringen.«

Mir ging es genauso, aber ich konnte beim besten Willen nicht sagen, ob es danach besser würde. »Ich weiß nicht ... Was ist, wenn sie total anti reagieren? Gegen uns sind? Damit könnte ich nicht umgehen.«

»Das werden wir dann sehen. Oder ist es dir nicht ernst mit uns?«

Entgeistert starrte ich ihn an. »Meinst du, ich sage *Ich liebe dich* einfach so dahin? Meinst du, das hat nichts zu bedeuten? Ich will nichts anderes, als mit dir zusammen sein, und bereue zutiefst, dass ich mir das nicht schon viel früher eingestanden habe.«

»Das hätte vielleicht auch nichts geändert.« Er senkte den Kopf.

»Wie meinst du das?«

»Ich trage meine Gefühle für dich jetzt schon so lange mit mir herum und habe es nie gewagt, sie dir zu zeigen.«

»Warum nicht?«, flüsterte ich mit belegter Stimme.

»Aus Angst.« Sam sah mir in die Augen. »Angst vor diesen starken Gefühlen. Angst, nicht gut genug für dich zu sein. Angst, dich zu verletzen. Angst, verletzt zu werden. Ich bin ein Feigling, Ella. Ich habe es mir immer einfach gemacht und mich nur auf Frauen eingelassen, für die ich nichts empfunden habe.« Er schluckte. »Aber dir gehört mein Herz. Du bist alles für mich. Ich weiß, das klingt wie ein kitschiges Liebeslied, aber so ist es nun mal.«

Ich konnte nicht behaupten, dass ich gegen diese Worte immun war. Im Gegenteil, es war vermutlich das Schönste, was mir je gesagt worden war. Ich gab ihm einen langen Kuss. »Okay, dann sagen wir es ihnen. Gleich morgen.« Je schneller wir es hinter uns gebracht hatten, umso besser.

»Morgen kann ich nicht, aber wir müssen es so bald wie möglich tun.«

Ich gähnte und schmiegte mich müde an seine Brust. Die Nacht war schon bald wieder vorüber.

The Specials und der Duft von Kaffee weckten mich am nächsten Morgen. Wie spät war es eigentlich? Ich sprang aus dem Bett, schlüpfte schnell in meine Klamotten und ging in die Wohnküche. Sam stand an der Arbeitsplatte, nippte an einer Tasse und las in einem Hefter. Er trug – wie meistens – eine schwarze Jeans, ein ausgeblichenes schwarzes T-Shirt und hatte wunderbar zerzaustes Haar.

»Morgen. Wie spät ist es?«

»Kurz nach sieben.« Er lächelte mich an, gab mir einen Kuss und reichte mir eine Tasse mit dampfendem Kaffee.

»Ehrlich, daran könnte ich mich echt gewöhnen.« Sofort verbrannte ich mir die Zunge an dem heißen Zeug.

»Also, ich könnte mich an unsere Nächte gewöhnen.« Sanft biss er mir in die Unterlippe. »Kann ich dich zum Frühstück einladen? Unser Kühlschrank gibt nichts her.« Seine Lippen wanderten schon wieder an meinem Kiefer entlang in Richtung Ohr.

Bevor ich mich schon wieder in seiner Berührung verlor, riss ich mich zusammen und schnappte nach Luft. »Ich kann nicht. Ich muss zum ersten Block in der Schule sein. Du nicht?«

Er ließ immer noch nicht von mir ab und schüttelte nur sanft den Kopf.

Plötzlich kam ich wieder in der Realität an. »Verdammt!« Ich schlug mir mit der flachen Hand gegen die Stirn. »Heute muss ich ja mein Referat in Englisch halten. Ich muss los. Jetzt.«

Ich rannte ins Bad, putzte mir schnell mit Sams Zahnbürste die Zähne und zog dabei hüpfend meine Schuhe an.

»Fahr mal runter, Ella! Du kommst schon noch rechtzeitig. Ich muss zwar erst halb zehn dort sein, aber ich kann dich fahren.«

»Nein!«, rief ich panisch. »Ich muss nach Hause. Ich brauche meinen Rechner mit der PowerPoint und meine Aufzeichnungen.«

Jetzt verstand er. »Alles klar. Ich bringe dich zur Schule und hole dann dein Zeug. Zu welchem Block brauchst du es?«

»Zum zweiten, aber ...«

»Nichts aber! Ich hab doch deine Schlüssel. Finde ich alles in deinem Zimmer?«

Ich nickte. »Auf dem Schreibtisch.«

»Gut. Dann lass uns losfahren und versprich mir, dass du dir noch was zu essen besorgst.« Er zog mich an sich und sah mir tief in die Augen. »Bitte.«

14

Nach Bio blickte ich mich suchend auf dem Hof um. Gerade als ich mich ärgerte, dass wir keinen Treffpunkt ausgemacht hatten, sah ich Sam auf mich zukommen.

»Hier.« Er reichte mir meinen Laptop und die Karteikarten.

Erleichtert atmete ich auf. »Danke, ich muss unbedingt noch mal die Stichpunkte durchgehen.«

Mit einem Mal verfinsterte sich seine Miene, und er sah über mich hinweg. Ich folgte seinem Blick und drehte mich um. Hinter uns stand Milo und beobachtete uns. Ich konnte seinen Ausdruck kaum deuten. Er wirkte enttäuscht, gekränkt, aber auch wütend.

Es hätte mich nicht gewundert, wenn sich unser Schulhof in eine verlassene Westernkulisse verwandelt hätte, vor der Steppenläufer durch die Szenerie rollten.

»O Gott!« Ich schüttelte den Kopf und verdrehte die Augen. »Werdet jetzt bloß nicht albern!«

Ich ließ die beiden stehen und suchte mir ein ruhiges Plätzchen, damit ich mich noch ein bisschen auf den Vortrag konzentrieren konnte. Was mir natürlich nicht gelang. Ich wollte nicht, dass Sam und Milo wegen mir verrücktspielten. Wie hatte es überhaupt so weit kommen können? Jahrelang war ich neben Emma praktisch unsichtbar gewesen, und jetzt, da ich endlich mein Herz verschenkt hatte, wurde alles kompliziert. Ich hätte es so gern einfach gehabt. Dass mein bester Freund sich für mich freute. Dass ich meinen Eltern sagen konnte, wen ich liebte. Dass ich mir keine Sorgen um Sams Zukunft machen musste. Aber so war es nicht.

Mein Handy vibrierte. Es war eine SMS von einer Nummer, die ich nicht kannte.

Viel Glück s.

Endlich hatte ich seine Telefonnummer. Wenn wir zusammen waren, hatte ich nie danach gefragt. Da war mein Hirn sowieso immer im Ruhemodus und überließ meinem Herzen und meinem Körper die Oberhand.

Ich sendete ihm ein X zurück.

Dann raffte ich mich auf und ging zum Englischkurs.

Das Referat lief super und brachte mir vierzehn Punkte ein. Wenn ich etwas wirklich konnte, dann war es die Ausarbeitung und das Halten von Vorträgen. Es machte mir einfach Spaß, obwohl ich immer ein wenig aufgeregt war, vor dem ganzen Kurs zu sprechen.

Nachmittags ging ich nur kurz nach Hause, um die Bücher für den nächsten Tag einzupacken und schnell zu duschen. Ich legte einen Zettel in die Küche, auf dem ich notiert hatte, dass ich wieder bei Emma übernachten würde. Dann radelte ich zu Sam. Der Himmel über Berlin war eine einzige graue Wolkendecke, und ich konnte es kaum erwarten, endlich bei ihm zu sein und die ganze Welt außen vor zu lassen.

Ich klopfte an seine Tür, aber niemand öffnete. Keine Sekunde lang hatte ich damit gerechnet, dass er nicht da war, und spielte kurz mit dem Gedanken, ihm eine SMS zu schicken. Doch ich wollte ihm nicht gleich hinterhertelefonieren, nachdem ich gerade erst seine Nummer bekommen hatte, und beschloss, einfach zu warten. Aus meiner Tasche kramte ich mein Buch und setzte mich auf die oberste Stufe. Mit der Zeit wurde es jedoch immer dunkler, und ich hatte Schwierigkeiten, die einzelnen Wörter zu entziffern. Ich drückte den Lichtschalter über meinem Kopf, aber es blieb dunkel. Natürlich. Seit zwei Jahren gab es hier kein Licht. Warum dann also heute? Ich sah auf mein Handy. Es war mittlerweile kurz vor acht; ich saß hier nun schon seit fast zwei Stunden. Solange ich lesen konnte, hatte es mich nicht gestört, aber jetzt wurde ich langsam ungeduldig. Ich packte mein Buch wieder ein und erhob mich seufzend, als ich Schritte im Treppenhaus hörte. Ich hoffte, dass es Kurt oder Sam war. Es war mein Bruder.

Überrascht sah er auf. »Was machst'n du hier? Nein. Sag nichts. Schon klar.« Er drückte mich leicht an sich und schloss die Wohnungstür auf. »Weiß Bender, dass du auf ihn wartest?«

Ich war überrascht. »Äh … nein. Wieso?«

»Heute ist doch Mittwoch, stimmt's?« Im Flur ließ er seine Tasche fallen und ging in die Küche.

Ich folgte ihm. »Ja. Und?«

Kurt öffnete den Kühlschrank und spähte stirnrunzelnd hinein. »Da kommt er immer ziemlich spät und …« Er stockte.

»Was und?« Ich sah ihn fragend an.

Er schüttelte die blonden Haare. »Das soll er dir lieber selbst erklären.«

»Wie soll ich denn das verstehen?«

»Ella, du kannst von mir aus hier auf ihn warten, aber ich will jetzt einfach nur was essen und unter die Dusche. Ich muss gleich wieder los.« Er wirkte erschöpft.

»Tut mir leid. Ich wollte dich nicht stören.«

»Du störst doch nicht. Ich stehe im Moment nur ziemlich unter Zeitdruck. Uni, die Forschungsgruppe, Bandproben und …«

»… und Emma«, beendete ich seinen Satz.

Er nickte und rieb sich mit den Händen über das Gesicht.

»Sie hat wohl dein gut strukturiertes Leben ganz schön durcheinandergebracht.«

»Ja, das hat sie. Aber ich gewöhne mich allmählich dran.«

Er streifte sich die Straßenschuhe ab und verschwand im Badezimmer. Ich fläzte mich in den Sessel und widmete mich wieder meinem Buch, doch jedes gelesene Wort verschwand, bevor meine Augen es an das Gehirn weiterleiten konnten. Was meinte Kurt mit seinen Andeutungen? Ich wusste, dass es keinen Sinn hatte, ihn noch mal darauf anzusprechen. Mein Bruder mischte sich ungern in fremde Angelegenheiten. Ich musste also auf Sam warten. Geräuschvoll klappte ich das Buch zu und ging zum Kühlschrank. Es war schon fast albern, ihn mit Strom zu versorgen, so leer war er. Zwei Eier, ein Rest Käse, zwei Zwiebeln, die schon wieder neu austrieben. Die Eier waren zwar schon über das Verfallsdatum hinaus, aber für Spiegelei musste es noch gehen. Ich hackte die Zwiebeln klein und briet sie in einer Pfanne an. Danach schlug ich die Eier in einer kleinen Schale auf und roch daran, bevor ich sie hinzufügte. Den Käse schnitt ich in dünne Scheiben und legte ihn zum Schmelzen darüber. Ich fand noch eine offene Packung Toastbrot und schmiss zwei Scheiben in den Toaster. Als alles fertig war, kam Kurt frisch geduscht aus dem Bad.

»Boah, dich schickt der Himmel! Ich bin schon fast am Verhungern.«

»Wer sagt denn, dass ich für dich gekocht habe?«, fragte ich ihn lachend.

Enttäuscht verzog er das Gesicht.

Ich hielt ihm den Teller hin. »Natürlich ist das für dich.«

Sofort machte er sich über die Spiegeleier her. Hätte ich ihm das Essen wieder weggenommen, hätte er mich wahrscheinlich angeknurrt.

»Am besten, wir tauschen«, schlug ich vor. »Ich ziehe hier ein, und du ziehst wieder zu unseren Eltern. Da wirst du wenigstens regelmäßig ernährt.«

Er musterte mich mit hochgezogenen Brauen. »Das hilft bei dir anscheinend auch nichts. Willst du die andere Hälfte?«

Ich schüttelte den Kopf. Heute Morgen war ich Sams Bitte nicht nachgekommen, hatte mir nichts zum Frühstück besorgt und außer einem Apfel auch sonst nichts gegessen. Mein Magen knurrte, aber ich achtete nicht darauf.

Er betrachtete mich mit tadelndem Blick. »Du weißt schon, dass du viel zu dünn bist.«

»Kurt, bitte!« Ich wollte nicht darüber reden. Mit niemandem. Ich wusste, dass ich viel zu wenig aß, aber ich fühlte mich gut damit.

Schlecht fühlte ich mich gut.

Ich sah auf mein Handy. Halb neun. »Wann kommt Sam denn immer so mittwochs?«, versuchte ich abzulenken.

Kurt zuckte mit den Schultern. »Keine Ahnung«, sagte er mit vollem Mund. »Willst du nicht lieber wieder nach Hause fahren? An deiner Stelle würde ich ihn heute lieber in Ruhe lassen.«

»Warum? Was meinst du damit? Ich verstehe echt nicht, was heute anders sein soll als an anderen Tagen.«

Kurt hob abwehrend die Hände. »Ich muss los. Danke, dass du mich mal wieder vor dem Hungertod bewahrt hast.« Er gab mir einen fettigen Kuss auf die Stirn.

»Iiih, Kurt! Wasch dich!« Ich wischte mir mit dem Ärmel über die Stirn.

Grinsend zog er sich die Schuhe wieder an, schnappte seine Tasche und ging zur Tür. »Du bleibst also hier?«

Ich nickte.

»Okay, mach's gut.«

»Mach's besser.«

Er öffnete die Tür, und Sam stand im Hausflur. »Hi, Alter«, begrüßte Kurt ihn und rannte die Treppe hinunter. »Bin auch schon wieder weg.«

Sam schloss die Tür hinter sich und lehnte den Kopf dagegen. Er sah völlig fertig aus. Dunkle Schatten lagen unter seinen Augen. Er hatte mich anscheinend noch nicht bemerkt.

»Hi«, sagte ich leise.

»Was machst du denn hier?« Seine müde Stimme klang ganz dunkel.

»Auf dich warten.« Jetzt fand ich auch, dass das keine so gute Idee gewesen war. Ich hätte auf Kurt hören sollen.

»Du hättest vorher anrufen sollen.«

»Das sagt ausgerechnet jemand, der sich nachts in mein Zimmer schleicht.«

Er rang sich zu einem Lächeln durch, aber es erreichte seine Augen nicht.

Ich nahm meine Tasche und atmete tief durch. »Dann gehe ich wohl lieber wieder.«

Obwohl mir das sehr schwerfiel.

Als ich an ihm vorbeigehen wollte, hielt er mich am Arm fest. »Geh nicht! Ich finde es schön, wenn du bei mir bist. Es … es ist heute nur nicht mein Tag.«

»Weil heute Mittwoch ist?«

Er seufzte leicht. »Ja, weil heute Mittwoch ist.«

Ich stellte mich auf die Zehenspitzen und berührte ganz leicht seine Lippen. Ich wollte, dass er seine Sorgen vergaß, auch wenn ich nicht wusste, was ihn bedrückte. Er öffnete leicht den Mund und ließ mich weiter zu ihm vordringen. Langsam regte sich etwas in ihm, als ob er aus einer Starre erwachte. Er griff in mein Haar und erwiderte den Kuss. Erst zurückhaltend, doch schon bald immer fordernder. Es fühlte sich an, als wolle er sich von irgendetwas befreien. Seine Hände wanderten an meinem Nacken entlang, am Rücken hinunter und umfassten meinen Po. Mit einem Ruck hob er mich hoch und presste mich gegen die Wand. Heftig atmend löste er die Lippen von meinem Mund und lehnte den Kopf an meine Stirn.

»Ella, du bist leicht wie eine Feder. Hast du heute schon was gegessen?«

Ich schüttelte den Kopf.

Er zog scharf die Luft ein und ließ mich langsam auf den Boden gleiten.

»Setz dich hin!«, befahl er. »Du bewegst dich erst wieder, wenn du was gegessen hast.«

»Tja, das sieht wohl schlecht aus. Die letzten Eier hab ich Kurt in die Pfanne gehauen.«

»Keine Sorge, ich finde schon noch irgendwas.«

»Na, dann viel Erfolg!« Im Schneidersitz nahm ich wieder im Sessel Platz und verschränkte bockig die Arme. Ich wollte nichts essen. Ich wollte da weitermachen, wo wir eben aufgehört hatten.

Sam setzte einen großen Topf mit Wasser auf und kramte aus einem Schrank eine Packung Spaghetti hervor. »Wusste ich's doch«, sagte er triumphierend. »Du kannst nicht nur von Luft und Liebe leben.«

Konnte er meine Gedanken lesen? »Wenn du in meiner Nähe bist, brauche ich nicht mal mehr Luft«, sagte ich leise, mehr zu mir selbst.

Sam kam langsam zu mir herüber und kniete vor mir nieder. Sanft nahm er mein Gesicht in beide Hände. »Ich will mir nicht um dich auch noch Sorgen machen müssen. Verstehst du?«

»Das musst du nicht«, flüsterte ich.

»Doch. Das beweist du mir jeden Tag aufs Neue.«

Über wen oder was machte er sich sonst noch Sorgen?

»Hast du Angst, dass das mit uns rauskommt?«

»Nein.« Er erhob sich wieder und kehrte an den Herd zurück. Aus Ketchup, Wasser und Mehl rührte er eine Soße an.

Schweigend beobachtete ich ihn.

Als das Wasser endlich kochte, gab er die Spaghetti hinein und drehte sich, an die Arbeitsplatte gelehnt, wieder zu mir um.

Ich musterte ihn von oben bis unten.

Seine Haare waren wie immer lässig zerzaust, er war unrasiert – was ich so liebte – und kaute unbewusst auf seinem Piercing herum. Über seinem üblichen schwarzen T-Shirt trug er das langärmelige dunkelblaue Hemd, das ich sehr an ihm mochte. Seine schwarzen Docs hatte er immer noch nicht ausgezogen. Ich wollte keine Spaghetti. Ich wollte ihn. Langsam stand ich auf.

Sam hob eine Augenbraue. »Ella, nein! Ich weiß genau, was du vorhast. Aber du bleibst sitzen, bis du was gegessen hast.«

Ich ließ mich nicht abhalten. »Woher willst du wissen, was ich vorhabe?«

»Ich sehe es deinen Augen an.«

Mit den Fingern glitt ich unter sein T-Shirt und strich ihm über den Bauch.

Er schloss die Augen.

Ich fuhr am Bund seiner Jeans entlang und knabberte an seinem Piercing.

Er stöhnte leise.

Dann schob ich ihm das Hemd von den Schultern.

Er ließ es geschehen.

Langsam glitt ich an ihm hinunter und löste die Knoten seiner Schuhe.

Er schlüpfte aus ihnen heraus.

Ich erhob mich wieder und küsste ihn.

Seine Reaktion kam sofort. Er hob mich hoch und schaltete den Herd ab. »Wir essen später!« Gierig küssten wir uns, während er mich in sein Zimmer trug. Dort legte er mich aufs Bett und zog sich dabei das T-Shirt über den Kopf. Dann knöpfte er meine Jeans auf, befreite mich davon und zog mir die Socken aus. Mein kurzes kariertes Hemd riss er einfach auf.

»Ich hoffe, du kannst nähen«, keuchte ich.

»Für dich kann ich alles.«

Ich war verloren. Ich richtete mich auf und suchte seine Lippen, während ich mit zittrigen Fingern seine Hose aufknöpfte. Den Rest erledigte er. Wir saßen auf seinem Bett. Das Einzige, was ich noch am Leib trug, war mein aufgerissenes Hemd. Sanft schob er es mir über die Schulter, strich mir das Haar auf die andere Seite und küsste sich meinen Hals entlang bis zur Vertiefung unter meinem Ohr. Mein ganzer Körper bebte und war vollkommen mit Gänsehaut überzogen. Ich griff nach dem Kondom – mittlerweile kannte ich mich gut aus –, riss die Packung auf und streifte es ihm über. Dann hob er mich auf seinen Schoß.

Mit Sam entdeckte ich völlig neue Seiten an mir. Wilde Seiten. Empfindungen, die ich vorher nicht gekannt hatte. Ich begehrte und wurde begehrt. Mit ihm konnte ich mich völlig fallen lassen. Ich spürte jeden einzelnen Muskel meines Körpers, jeden Zentimeter Haut. Und ich spürte ihn. Seine Nähe war mir so vertraut geworden, so lebensnotwendig. Als ergäbe alles nur mit ihm einen Sinn.

Gegen dreiundzwanzig Uhr saßen wir wieder in der Küche, vor uns zwei große Teller mit Ketchupspaghetti.

»Schmeckt gar nicht mal so gut, wie es aussieht«, spottete ich, während ich die Spaghetti mit der Gabel eindrehte. »Du weißt schon, dass es nicht gut ist, so spät noch zu essen, oder?«

Sam hob eine Augenbraue. »Heute nehme ich keine Beschwerden bezüglich meiner Kochkünste entgegen, und ich esse lieber spät als gar nicht. Und weil ich annehme und hoffe, dass du in Zukunft öfter hier bist, sorge ich ab sofort für einen vollen Kühlschrank.«

Wenn es nach mir ginge, würde ich nur noch hier sein. Bei ihm.

Als wir wieder in seinem Bett lagen, schmiegte sich Sam mit der Brust an meinen Rücken. Wie in der Höhle, als ich jede Stelle, an der sich unsere Körper berührten, so intensiv wahrgenommen hatte. Und auch diesmal vergrub er das Gesicht in meinem Haar.

»Vielleicht ist der Mittwoch doch nicht mehr so ein Scheißtag«, flüsterte er müde.

Ich hätte gern erfahren, was ihn belastete, aber jetzt wollte ich ihn einfach nur schlafen lassen. »Erzähl es mir morgen, ja?«

»Ja …«, nuschelte er schläfrig.

Wieder weckten mich laute Musik und frischer Kaffeeduft. Ich streckte mich auf der Matratze aus und öffnete langsam die Augen. Ich sah mich in Sams Zimmer um. Es war zwar absolut spartanisch eingerichtet und sah aus wie nach einem Bombenanschlag in Pakistan, aber ich liebte dieses Chaos und fühlte mich schon fast zu Hause. Ich sah auf mein Handy, es war kurz nach sechs. Leise stöhnend rappelte ich mich auf, zog mich an und ging in die Küche. Sam saß am Tisch und arbeitete einen ganzen Stapel Blätter durch.

»Du bist offensichtlich doch ein Morgenmensch«, stellte ich fest.

»Eigentlich nicht, aber meine Freundin hat mich die halbe Nacht davon abgehalten, die Tests durchzusehen.«

Freundin.

Ich setzte mich auf seinen Schoß. »Meinst du etwa mich?«, fragte ich unschuldig.

Er gab mir einen sanften Kuss. »Du tust es schon wieder.«

Seufzend stand ich auf und goss uns beiden eine Tasse Kaffee ein. Dann setzte ich mich zu ihm und nahm das oberste Blatt vom Stapel. Es war von einem Achtklässler. *Raumerweiterung und Landgewinnung in Japan* stand dort in Schönschrift geschrieben.

Ich nippte an meinem Kaffee. »Der hier macht es dir einfach mit dem Korrigieren. Name, Datum, Überschrift. Das war's.«

Sam atmete tief durch. »Ja, und er ist nicht der Einzige. Ganz schön frustrierend. In Zukunft sage ich die Tests vorher an.«

Ich sah ihn tadelnd an. »Überraschungstest? Fieser Herr Bender! Passen Sie bloß auf, dass Sie sich nicht unbeliebt machen! Da hilft Ihr gutes Aussehen dann auch nichts mehr.«

Er lehnte sich über den Tisch. »Soso, du findest mich also gut aussehend.«

Ich verdrehte die Augen. »Du weißt genau, dass ich das finde, und jetzt hör auf, dich selbst abzulenken!«

»Und du iss was! Ich war schon beim Bäcker und hab Croissants und Marmelade besorgt.«

Ich hatte gar nicht bemerkt, dass er schon draußen gewesen war.

»Ich nehme mir eins mit, okay? So früh am Morgen kriege ich beim besten Willen nichts runter.«

Ich gab ihm einen flüchtigen Kuss und verschwand im Bad, bevor er mit mir weiter diskutieren konnte.

Wir fuhren zusammen mit dem Fahrrad zur Schule. Kurt hatte den Bus.

»Erzählst du mir jetzt, was du gegen den Mittwoch hast?«, fragte ich ihn, während ich neben ihm herradelte.

Sein Mund verzog sich zu einem schmalen Strich. »Nein«, antwortete er knapp.

Ich wurde langsamer und hielt unvermittelt an. »Warum nicht?« Meine Stimme klang vorwurfsvoll.

Er kehrte um, fuhr zu mir zurück und blieb mit verschränkten Armen vor mir stehen. »Weil ich darüber nicht gern rede.« Seinem Tonfall nach wollte er das Gespräch anscheinend beenden, aber ich ließ nicht locker.

»Hast du nicht vorhin gesagt, ich sei deine Freundin? Ich finde, dann kannst du doch über alles mit mir reden. Außerdem male ich mir sonst die schlimmsten Dinge aus, die du mir verheimlichen könntest …«

»So? Was denn zum Beispiel?« Er sah mich herausfordernd an.

»Na, zum Beispiel …« Ich überlegte kurz. »Zum Beispiel, dass du mittwochs immer in einer Tierzerhackstückelungsfabrik arbeitest und kleine Küken vergast oder … oder dass du mittwochs immer als Sexsklave für eine perverse, reiche Siebzigjährige herhalten musst.«

Jetzt musste er grinsen. »Das Wort Tierzerhackstückelungsfabrik existiert nicht, Ella. Und ist in deinen geheimen Fantasien die Siebzigjährige pervers pervers oder pervers reich?«

Ich schmollte. »Beides.«

»Komm, lass uns weiterfahren! Wir sind spät dran.«

Widerwillig trat ich in die Pedale.

Sam sah mich von der Seite an und atmete tief durch. »Mittwochs ist immer Besuchstag.«

Ich verstand nicht und blickte ihn fragend an.

»Jeden Mittwoch besuche ich meinen Vater.«

»Du tust *was?*« Ich machte eine Vollbremsung und stand wieder.

Er schüttelte missbilligend den Kopf. »So kommen wir echt nicht voran. Hätte ich gewusst, dass du alle zweihundert Meter anhältst, wäre ich eine Stunde früher losgefahren.«

»Warum besuchst du ihn, nach allem was er dir angetan hat?« Ich war fassungslos.

»Das verstehst du nicht.« Er klang gereizt. »Es ist Teil der Therapie.«

»Was denn für eine Therapie?«

»Ich besuche meinen Vater jeden Mittwoch im Krankenhaus.« Sam sah an mir vorbei, starrte ins Leere. »In der Psychiatrie.«

»Oh. Seit wann ist er denn dort?«

Wir fuhren langsam weiter.

»Im Juli wurde er schon zum dritten Mal eingeliefert. Diesmal, weil er eine Sozialarbeiterin angegriffen hatte.«

»Und warum tust du dir das an und gehst dorthin?«

»Er ist mein Vater. Ich habe lange gebraucht, bis ich mich dazu bereit erklären konnte. Aber es ist wichtig für den Verlauf der Therapie, mit den Angehörigen zu sprechen. Ich habe diese Gesprächstermine nie mit ihm zusammen, das könnte ich einfach nicht. Mittlerweile sind sie aber auch für mich wichtig und helfen mir beim Aufarbeiten. Es gibt noch so viel, das mich blockiert...«

Die nächste Ampel schaltete auf rot, und wir hielten an. Ich nahm Sams Gesicht in beide Hände und küsste ihn. Mehr konnte ich im Moment nicht tun oder sagen.

Er schenkte mir ein schiefes Lächeln.

Fünf vor acht kamen wir bei den Fahrradständern an. Ringsum hetzten die Schüler ins Gebäude.

»Okay. Bis gleich.« Er fuhr sich nervös durchs Haar.

»Bis gleich.« Wann immer das sein sollte. »Ach, und Herr Bender: Keine gemeinen Überraschungstests!«

Er grinste. »Merk ich mir.« Dann rannte er in Richtung Turnhalle.

Keine Berührung. Kein Kuss. Kaum auszuhalten.

In der Pause traf ich Emma am Pfuhl. Donnerstags hatte ich zwei Freistunden, die ich eigentlich mit Milo verbringen konnte, aber das fiel ja offensichtlich aus.

»Und? Wie geht's ihm?«, fragte ich Emma.

Sie zuckte mit den Schultern. »Nicht so toll. Er hat sich da in irgendwas verrannt.« Sie verzog mitleidig das Gesicht.

»Ich habe ihm nie irgendwelche Hoffnungen gemacht oder etwas vorgespielt.« Irgendwie hatte ich das Bedürfnis, mich zu verteidigen.

»Na ja, du hast mit ihm geschlafen.«

»Und was ist mit Lina?«

»Darüber ist er weg. Er hat sich eingestanden, dass sie nur ein Lückenfüller gewesen war. Insgeheim hatte er immer noch gehofft, du würdest ihn irgendwann erhören.«

»Scheiße.«

»Kannst du laut sagen.«

Diesmal verzichtete ich darauf.

»Ich weiß echt nicht, wie sich das wieder einrenken soll. Wir können doch nicht so tun, als sei nichts gewesen. Das funktioniert bestimmt nicht.« Ich vergrub den Kopf zwischen den Knien.

»Ihr müsst das klären und miteinander reden.«

»Will er denn auch?« Meine Unterlippe begann zu zittern. »Ich vermisse ihn. Als Freund. Und ich hab Angst, dass wir keine Freunde mehr sein können.«

Emma nahm mich in die Arme. »Ich weiß. Aber wenn ihr nicht miteinander redet, findet ihr das nie heraus und entfernt euch nur immer weiter.«

Ich runzelte die Stirn. »Seit wann bist du denn zur Kummerkastentante mutiert?«

»Ich will nur, dass wir wieder das unschlagbare Trio sind. Also alles reiner Eigennutz. Ich habe nämlich überhaupt keinen Bock, ständig zwischen euch beiden hin- und herzupendeln.«

»Also gut.« Ich erhob mich träge von der Wiese. »Ich fahre zu ihm.«

Ich wusste nur noch nicht, wann es dazu käme.

Die Nacht verbrachte ich wieder in meinem eigenen Bett. Nur mit Pixie. Sam und Kurt hatten Bandprobe, und Sam wollte sein Glück nicht noch weiter herausfordern, bevor wir meinen Eltern nicht von uns erzählt hatten. Außerdem nutzte ich die Gelegenheit, endlich meine Hausaufgaben zu erledigen, die ich in den letzten Tagen vor mir hergeschoben hatte. Ich vermisste Sam, aber ich hatte mittlerweile so viel Schlaf nachzuholen, dass mir die Augen zufielen, sobald ich im Bett lag.

Am nächsten Morgen konnte ich es kaum erwarten, den Tag zu beginnen. Ich stand schon sehr früh auf, duschte ausgiebig, gab mir Mühe, meine Haare zu bändigen, und stand ewig vor dem Kleiderschrank, nur um doch wieder zu Jeans, T-Shirt und kariertem Hemd zu greifen.

War es tatsächlich erst eine Woche her, als ich, völlig lebensunfähig, von meiner Mutter aus dem Bett gezerrt worden war und mich nichts und niemand zum Sportunterricht hatten bewegen können? Ich fühlte mich wie ausgewechselt und hatte endlich wieder genügend Energie.

Verträumt stand ich in der Küche vor unserer Kaffeemaschine. Mit dem Daumen fuhr ich mir über den Mund, als könnte ich dabei Sams Lippen spüren. Ich sehnte mich nach ihm. Nicht nur nach seinen Berührungen oder seinem Körper. Ich sehnte mich nach seiner Ruhe, seiner zurückhaltenden Art und seinem viel zu seltenen Lächeln. Nach der Sicherheit, die er ausstrahlte, denn bei ihm fühlte ich mich geborgen. Und ich liebte das Gefühl, das er in mir auslöste, wenn er sein Begehren zeigte. Ich liebte ihn.

»Du musst schon auf den Knopf drücken, wenn das was werden soll.« Mein Vater riss mich aus den Gedanken.

»Was?«

Er schüttelte den Kopf, schob mich beiseite und bediente die Maschine. Als die Tasse voll war, reichte er sie mir und bereitete sich selbst einen Kaffee zu.

»Was ist bloß los mit dir? Man könnte meinen, du bist verliebt, so verträumt, wie du gerade hier herumstehst.«

»Papa!« Wieso nur hatte er immer so feine Antennen? »Ich weiß echt nicht, wovon du redest.« Ich rollte mit den Augen.

»Schon gut, dann eben nicht ... Autsch!« Er hatte sich an dem heißen Kaffee die Zunge verbrannt.

Geschah ihm recht. »Was macht ihr beide am Wochenende?« Ich betete, dass meine Eltern irgendetwas vorhatten, damit mir noch eine Schonfrist blieb.

»Nichts Bestimmtes. Warum? Willst du uns etwa loswerden?« Er probierte wieder einen Schluck aus seiner Tasse.

»Nein.« Obwohl ... der Gedanke war gar nicht mal so schlecht. »Nur so.«

Mein Vater stürzte den Kaffee in einem Zug runter und klopfte mir auf die Schulter. »Danke für das erquickende Gespräch. Jetzt weiß ich endlich wieder, was im Leben meiner Tochter so abgeht. Ich würde ja gern noch weiter mit dir reden, aber ich muss leider, leider los. Nullte Stunde.« Er sah ganz wichtig auf seine Uhr und zwinkerte mir zu.

So wie jede reife Achtzehnjährige sich an meiner Stelle verhalten hätte, streckte ich ihm die Zunge raus.

Nachdem mein Vater endlich aus der Wohnungstür verschwunden war, ließ ich mich aufs Sofa sinken. Ich hatte immer noch gute fünfundvierzig Minuten Zeit, bevor ich losmusste. Ich nahm mir Zettel und Stift und begann zu schreiben. An Milo.

Lieber Milo ...

Ich strich die Anrede sofort durch.

Milo ...

Nein, das ging auch nicht.
Ich sparte mir die Anfangsfloskeln und schrieb mir einfach von der Seele, was ich ihm sagen wollte.

Es tut mir leid, wie alles gekommen ist. Das wollte ich nicht. Niemals.

Du bist mein bester Freund, und ich liebe Dich, aber nicht auf die Art und Weise, wie Du es Dir vielleicht wünschst. Ich verstehe ehrlich gesagt nicht, wie Du Deine Gefühle für Lina so schnell abschalten konntest, und habe eigentlich immer noch die Hoffnung, dass das mit mir nur eine Kurzschlusshandlung war. Bitte sag, dass es so ist.

Wenn ich könnte, würde ich unsere gemeinsame Nacht wieder rückgängig machen. Nicht, weil es nicht schön war, sondern einfach nur, damit alles wieder so ist wie früher.

Ich brauche Dich. Als Freund. Und ich vermisse Dich.
Sehr sogar.
Ella x

Ich faltete das Blatt zweimal zusammen und schob es in die Hosentasche. Alles Weitere wollte ich ihm persönlich sagen. Wenn er mir die Chance dazu gab.

Ich machte mich ganz in Ruhe auf den Weg zur Schule. So viel Zeit hatte ich die letzten sechs Jahre nicht gehabt, immer war ich im letzten Augenblick ins Klassenzimmer gestürzt. Ich war eine notorische Zuspätkommerin, da ich das Aufstehen meist bis zum letzten Moment hinauszögerte. Diesmal fuhr ich gemütlich auf meinem Rad, Kopfhörer auf den Ohren, und sang laut die absolut nicht jugendfreien Texte von Tenacious D mit, Kurts Lieblingsband. Der Himmel über Berlin war grau, aber in mir schien die Sonne.

Trotzdem war ich nicht die Erste, denn es gab tatsächlich Schüler, die noch früher dran waren. Einige aus den jüngeren Jahrgängen spielten sogar Tischtennis. Ich schloss gerade mein Fahrrad ab, als Milo angefahren kam. Er suchte sich einen Platz so weit wie möglich von mir entfernt und würdigte mich keines Blickes. Ich atmete tief durch und ging langsam auf ihn zu.

»Hi«, sagte ich leise.

Er nickte nur.

»Milo, können wir nicht …«

Er ging an mir vorbei und ließ mich stehen. Blödmann.

Ich folgte ihm und drückte ihm den Brief in die Hand.

»Was ist das?« Er blieb stehen.

»Ein Blatt Papier. Mit Buchstaben.«

Milo faltete es auseinander, überflog es kurz und stopfte es in die Jackentasche.

»Okay.« Er ging einfach weiter.

Okay? Das war alles?

»Okayyy??? Mehr hast du mir nicht zu sagen?«

Er zuckte mit den Schultern. »Nein. Mehr habe ich dir im Moment nicht zu sagen.« Seine Stimme klang schneidend, aber seine Augen waren traurig.

»Alles klar.« Enttäuscht wandte ich mich von ihm ab und ging zur Turnhalle.

Dort saß schon Cora auf dem Treppenabsatz, den Kopf über einen Hefter gebeugt. Ich setzte mich neben sie.

Sie seufzte laut. »O Mann, ich bekomme den Bau einer neuromuskulären Synapse einfach nicht in meinen Schädel! Ich kann nicht mal meine Schrift entziffern. Was soll das denn hier heißen?« Sie wies mit dem Finger auf ein Wort.

Ich sah in ihre Aufzeichnungen. »Acetylcholinesterase.«

In dem Moment fiel es mir wie Schuppen von den Augen.

»O nein, heute ist doch nicht etwa die Bio-LEK?«

»Ja, sicher, was glaubst du denn, warum ich das Zeug noch irgendwie in meinen Kopf bekommen will?«

Verflucht! Wie konnte ich das nur vergessen?

Nachdem ich mein Sportzeug angezogen hatte, verbrachte ich die restlichen zehn Minuten mit Lernen und beschloss dann einfach, Sam die Schuld zu geben, falls ich in der LEK schlecht abschnitt. Mit diesem Gedanken stopfte ich mein Biobuch wieder zurück in die Tasche und begab mich voller Vorfreude runter in die Turnhalle.

Der Feldmann läutete die Stunde ein; Sam war noch nicht da. »So, die Damen, Herr Bender ist krank und fällt leider für längere Zeit aus. Also brauche ich zwei Freiwillige, die mir mit der Hochsprunganlage helfen …«

Krank? Wieso war er krank? Was hatte er? Und warum hatte er mir nicht Bescheid gegeben? Ein Bild tauchte vor meinem inneren Auge auf, wie er fiebernd auf seiner Matratze lag. Ich sprang auf.

»Vielen Dank, Fräulein Winter. Findet sich noch jemand?«

»Äh … nein, ich muss kurz auf Toilette.«

Einige Mädchen fingen an zu kichern.

Ich rannte in die Umkleidekabine und kramte mein Handy hervor.

wie geht es dir? ist alles in ordnung?

Ungeduldig wartete ich auf eine Antwort. Nichts. Vielleicht ging es ihm ja so schlecht, dass er gar nicht antworten konnte. Ich wollte zu ihm.

Langsam stieg ich die Treppe wieder runter, an deren Ende der Feldmann schon auf mich wartete.

»Herr Feldmann, ich fühle mich überhaupt nicht gut. Magen-Darm glaube ich. Kann ich ins Sekretariat, mich abmelden?« Dann würde ich mir auch Bio ersparen.

Er räusperte sich und strich sich den Schnauzbart glatt. »Ella, ich möchte mich kurz mit Ihnen unterhalten.« Er steuerte auf das Lehrerzimmer zu, hielt mir die Tür auf und bat mich, Platz zu nehmen.

Mit ernstem Blick setzte er sich auf den Stuhl mir gegenüber und verschränkte die Hände. Dann atmete er tief durch. »Sie sollen wissen, dass es Samuel gut geht und Sie sich keine Sorgen machen müssen.«

Ich war erleichtert, aber ... »Wieso erzählen Sie mir das?«
»Weil ich Bescheid weiß. Über Sie und Samuel.«
Oh. Verdammt.

Ich war kurz davor, aus dem Raum zu stürmen und mir Marlene zu greifen. »Glauben Sie mir, Marlene will nur böses Gift versprühen, das stimmt alles nicht ...« Ich war verzweifelt.

»Marlene hat nichts damit zu tun«, versuchte er mich zu beruhigen. »Er hat es mir selbst erzählt, und ich habe ihm geraten, sich bis zu den Herbstferien krankschreiben zu lassen, bis wir wissen, wie es weitergehen soll.«

Wie es weitergehen soll? Dachte er etwa, das mit mir und Sam war nur ein kurzes Intermezzo, nichts Ernstes?

Er schien meine Gedanken zu erraten und legte mir eine Hand auf den Arm.

»Wie es hier in der Schule weitergehen soll. Es ist ja wohl klar, dass er Sie nicht unterrichten darf, aber wir wollen jetzt auch nichts überstürzen. Ich wollte nur, dass Sie sich nicht unnötige Sorgen machen.« Er erhob sich von seinem Stuhl. »Wie Sie vielleicht wissen, bin ich so etwas wie ... sagen wir mal, ein väterlicher Freund von Samuel und freue mich für ihn. Und für Sie. Sie sind beide alt genug, und den Rest kriegen wir schon geregelt. Und nun machen Sie, dass Sie rauskommen!«

Ich stand auf. »Danke«, sagte ich ganz leise und wusste nicht, wie ich mich fühlen sollte.

Den restlichen Tag grübelte ich darüber nach, warum Sam schon so bald mit dem Feldmann über uns gesprochen hatte. Und warum hatte er mich nicht wenigstens vorgewarnt? Außer in Bio, da zerbrach ich mir den Kopf über Neurotransmitter und wie bestimmte Synapsengifte zu Krämpfen, ja, sogar bis zum Herzstillstand führen konnten. Eigentlich lief alles ganz gut. Bis auf drei Tatsachen. Ich hatte Sam den ganzen Tag noch nicht gesehen. Mittlerweile wusste ein Lehrer über uns Bescheid. Milo wollte immer noch nichts mit mir zu tun haben.

Nach der Schule fuhr ich nach Hause, obwohl mir das schwerfiel, aber ich wollte nicht schon wieder unangemeldet bei Kurt und Sam auf der Matte stehen. Zumal er mir bisher noch nicht auf meine SMS geantwortet hatte. Das machte mich unsicher. Vielleicht wurden ihm erst jetzt die Konsequenzen bewusst, und er bereute die Sache mit uns. Nein. Ich wischte den Gedanken fort. Er brauchte wahrscheinlich wirklich nur etwas Ruhe, um den Kopf klar zu bekommen. Ich erlebte ja, wie es mir erging. Nichts ringsum war mir noch wichtig. Ich kreiste nur um ihn, und alles andere schob ich beiseite, beachtete ich kaum. Gesund konnte das nicht sein, und schlecht für meinen Notendurchschnitt war es außerdem.

Langsam stieg ich die vier Stockwerke zu unserer Wohnung hoch. Auf der obersten Stufe saß Sam mit einem Buch in der Hand. Als ich seinem warmen Blick begegnete, fiel sofort sämtliche Anspannung von mir ab. Mir wurde augenblicklich leicht ums Herz, und ich fühlte mich wieder vollständig. Er stand auf, kam mir entgegen und gab mir einen langen Kuss. Ich spürte, dass er sich nach dieser Berührung genauso gesehnt hatte wie ich.

»Tut mir leid«, sagte er, nachdem sich unsere Lippen voneinander gelöst hatten.

»Was tut dir leid? Der Kuss oder dass ich dich seit vierundzwanzig Stunden nicht zu Gesicht bekommen habe? Oder weil du mich nicht vorgewarnt hast, dass der Feldmann Bescheid weiß?«

»Alles außer dem Kuss.«

»Warum hast du es eigentlich so eilig, deine Karriere zu ruinieren?«

»Ich habe nicht vor, irgendwas zu ruinieren, und das geht nur mit Ehrlichkeit. Ich will dieses eine Mal alles richtig machen. Frank ist mein Mentor, ihn kann ich um Rat fragen. Seine Meinung ist mir wichtig.«

Ich ergriff Sams Hand. »Komm erst mal mit rein! Ich habe wirklich keinen Bock, das alles hier im Hausflur zu besprechen.«

Ich schloss die Tür auf, froh darüber, dass meine Eltern nicht da waren und uns noch ein wenig Zeit blieb. Ich schmiss meine Sachen ab und wurde nervös. Ich konnte ja wohl schlecht hier über ihn herfallen, obwohl ich nichts lieber getan hätte. Und außerdem mussten wir reden. Eine nervöse Unruhe erfasste mich, und ich klemmte mir fahrig das Haar hinter die Ohren.

»Setz dich!« Ich deutete auf einen Küchenstuhl. »Willst du was trinken?«

Er schüttelte den Kopf.

Gut. Dann eben nicht. Ich ging zur Spüle und füllte ein Glas mit Leitungswasser.

»Ella. Was ist los?«

»Nichts.« Ich hielt so viel Abstand zu ihm, wie es der Raum zuließ.

»Du bist sauer«, stellte er fest.

Ich sah ihn erschrocken an. Wie konnte er so etwas annehmen? »Nein ... ja ... na gut, du hättest mich ruhig anrufen können, aber ...«

»Ich weiß«, unterbrach er mich. »Ich hab mein Handy gestern im Probenraum liegen gelassen, und die Schlüssel sind bei Kurt. Aber der ist heute den ganzen Tag in der Uni ...«

»Ist schon okay. Ehrlich gesagt bin ich nur etwas aufgeregt, weil ich ahne, dass du hier in meiner Küche sitzt, weil du mit meinen Eltern reden willst ... und weil es mir schwerfällt, meine Finger von dir zu lassen, weil du hier so in meiner Küche sitzt.«

Ergaben meine Worte gerade irgendeinen Sinn?

»Du hast recht. Kurt weiß Bescheid, Frank weiß es, und

nächste Woche habe ich ein Gespräch mit der Schulleitung. Es ist also an der Zeit, es deinen Eltern zu sagen. Ich will keine Versteckspiele. Und jetzt möchte ich, dass du, bis sie kommen, deine Finger nicht von mir lässt.«

Kurz spielte ich mit dem Gedanken, ihm auf den Schoß zu springen, hielt mich dann aber doch zurück.

»Der Feldmann hat gesagt, du darfst mich nicht mehr unterrichten.«

Er nickte. »Ja, das stimmt.«

»Aber ich bin schon achtzehn.«

»Das hat nichts mit dem Alter zu tun. Zwischen Lehrer und Schülern besteht ein Abhängigkeitsverhältnis, davon bin ich als Referendar nicht ausgenommen. Soll heißen, eine gerechte Benotung wäre dann ausgeschlossen. Ich könnte dich zu gut bewerten oder aber, falls das mit uns schiefgeht, zu schlecht. Ich wäre nicht objektiv.«

»Falls das mit uns schiefgeht?«

Er grinste mich an. »Nun ja, für den Fall, dass du es noch nicht bemerkt hast, sind du und deine Finger immer noch am anderen Ende der Küche und nicht bei mir. Das könnte sich tatsächlich negativ auf deine Zensuren auswirken.«

Ich ging langsam zu ihm hinüber, setzte mich auf seinen Schoß und biss ihm in die Unterlippe. Er schloss die Augen und legte den Kopf in den Nacken.

»Was hast du vor?«, flüsterte ich.

»Mit dir?« Seine Finger glitten unter mein Hemd.

Ich schüttelte den Kopf und versuchte mich auf meine Frage zu konzentrieren. »Nein, welche Entscheidung willst du treffen? Ich schätze mal, du hast zwei Möglichkeiten, oder?«

Er sah mich an. »Schulwechsel oder keine gemeinsamen Kurse mit dir.« Sanft fuhr er mir mit dem Daumen über die Lippen. »Ich weiß es nicht, aber ich habe ja noch ein bisschen Zeit, darüber nachzudenken. Nur nicht jetzt.«

Er zog mich fester an sich und küsste mich. Fordernd. Sofort breitete sich dieses wundervolle Kribbeln in meinem Körper aus. Seine Hände fuhren an meinem Rücken entlang, und ich vergrub meine Finger in Sams Haar. Seine Lippen wanderten über meinen Hals, und seine Finger glitten langsam immer weiter hinab, bis sie meinen Po umfassten und mich noch fester gegen ihn pressten. Ich spürte, wie erregt er war. Ich glitt unter sein T-Shirt, musste seine Haut spüren. O Gott, ich war kurz davor, hier mit ihm zu schlafen! Auf diesem Stuhl. In der Küche meiner Eltern.

»Warte!« Ich schnappte nach Luft und spürte seinen hungrigen Blick.

»Nicht hier.«

Sam erhob sich mit mir und verließ die Küche. Wenn ich noch länger mit diesem Mann zusammen war, verlernte ich womöglich das Laufen.

Ich biss ihm ins Ohrläppchen. »Auch nicht in meinem Zimmer! Gar nicht, Sam. Meine Eltern kommen jeden Augenblick zurück, und wenn sie uns so sehen, kannst du dir jede Erklärung sparen.«

Er ließ mich runter, gab mich aber noch nicht frei. Ganz langsam lösten sich unsere Körper voneinander. Alles andere wäre so schmerzhaft gewesen wie ein zu schnell abgerissenes Pflaster.

»Okay ...«, flüsterte er an meinen Lippen. »... ich hätte jetzt doch gern etwas zu trinken.«

Wir gingen wieder in die Küche. Ich machte uns einen Kaffee, und dann warteten wir.

Sam auf seinem Stuhl. Ich so weit von ihm entfernt wie nur irgend möglich.

15

Während ich mich an die Vorbereitung der obligatorischen Freitagabendlasagne machte, saß Pixie gemütlich auf Sams Schoß und ließ sich die Ohren kraulen.

»Schlaue Miezekatze«, sagte ich zu ihr. »Du weißt, was gut ist.«

»Ein Wort von dir reicht, und sie muss den Platz für dich räumen.«

»Ich teile gern.«

Pixie schnurrte geräuschvoll.

Ich suchte sämtliches Gemüse zusammen, das sich in der Küche und auf dem Balkon auftreiben ließ – Zucchini, Paprika, Tomaten, Champignons, einen kleinen Kürbis. Dann fing ich an zu schnippeln.

Sam ging ins Wohnzimmer und schaltete den CD-Player an. *Bone Machine* von den Pixies erklang. Ich kannte das Album mittlerweile auswendig; meine Mutter hörte es, seit ich denken konnte. Dann suchte er sich ein großes Messer und schnitt den Kürbis klein.

»Ich mag das«, sagte ich, während ich ihn bei der Arbeit beobachtete.

»Was?«

»Das hier. Du, ich und so was Belangloses wie Essenmachen. Ich weiß auch nicht, aber irgendwie hoffe ich, dass es öfter so sein kann. So einfach. Ohne das ganze Gefühlschaos oder die Angst, dass das mit uns beiden nicht richtig ist.«

Wir sahen uns an.

»Du denkst immer noch, dass das hier …« Er wies mit dem Finger auf mich und dann auf sich. »… nicht richtig ist?«

»Nein, so meine ich das nicht. Ich …«

Sam legte das Messer weg und kam mir ganz nahe.

»Wie kann das falsch sein?«, flüsterte er und streifte zärtlich meine Lippen.

In dem Moment drehte sich ein Schlüssel in der Tür, und wir fuhren auseinander. Mein Herz klopfte bis zum Hals, und ich hätte mich am liebsten versteckt, nur um dem anstehenden Gespräch zu entgehen.

Es war mein Vater.

»Oh. Hallo, ihr Lieben! Sam, schön dich zu sehen!«, begrüßte er uns und gab mir einen Kuss auf die Wange.

Ich bekam keinen einzigen Ton heraus. Sam lächelte kaum merkbar, und ich spürte seine Anspannung. Das machte mich irgendwie noch nervöser. Ich wischte mir die verschwitzten Hände an der Hose ab und widmete mich wieder dem Gemüse.

Mein Vater sah mir über die Schulter. »Mmh … was gibt's denn heute?«

Ich blickte ihn verständnislos an. »Papa, heute ist Freitag. Was gibt es jeden Freitag bei Familie Winter, seit … ich weiß nicht … seit die Auflaufform erfunden wurde?«

»Lasagne«, antwortete er brav. »Mit Fleisch?«

»War keins im Kühlschrank.«

Er zog ein enttäuschtes Gesicht und ging ins Bad. Ich atmete tief durch und sah, dass auch Sam aufseufzte. Wir mussten lachen und kümmerten uns weiter ums Essen.

Irgendwann gesellte sich mein Vater wieder zu uns. Er hatte zwei Bierflaschen in der Hand; eine davon reichte er Sam. Dann ließ er sich stöhnend wie ein alter Mann am Tisch nieder. »Komm, setz dich!«, forderte er ihn auf.

»Gleich. Ich helfe Ella noch ein bisschen.« Mit dem Messer öffnete Sam die Bierflasche. »Ich mag das.«

Ich nahm das Grinsen in seiner Stimme wahr, verkniff mir aber jede Reaktion.

»Wie läuft es in der Schule?«

»Gut«, antworteten wir beide gleichzeitig und viel zu hastig.

»Schön.« Mein Vater nahm einen langen Zug aus der Flasche und überlegte sich wahrscheinlich schon seine nächste Frage.

»Und? Was gibt's sonst so Neues?«

»Nichts.« Wieder kam die Antwort von Sam und mir im gleichen Augenblick. Wir sahen uns an, und schon rutschte er mit dem Messer an dem harten Kürbis ab, und mir fiel vor Schreck die Tomate aus der Hand und rollte über den Küchenboden.

Mein Vater verschluckte sich fast an seinem Bier. »Ehrlich, Leute, mit der Nummer könnt ihr bald im Zirkus auftreten.«

»Du blutest ja«, stellte ich fest.

»Nicht so schlimm«, wiegelte Sam ab und hielt die Hand unter fließendes Wasser.

»Ich besorge dir ein Pflaster«, brummte mein Vater und erhob sich, ohne Sams Einwände zur Kenntnis zu nehmen.

Als er außer Hörweite war, nahm ich Sams Hand und drückte ein Stück Küchenkrepp auf den Schnitt. »Ich glaube, wir verschieben das Ganze erst mal.«

»Auf keinen Fall! Wir ziehen das durch. Heute.«

»Ja, aber so, wie wir drauf sind, sollten wir lieber die Messer weglegen, sonst können wir gleich den Notarzt rufen.«

»Wer muss den Notarzt bestellen?« Mein Vater kam mit einer beachtlichen Auswahl an Pflastern zurück. »Zeig mal her! So schlimm kann es doch gar nicht sein.«

Ich verdrehte die Augen. »Nichts, schon gut Papa. Und die da...« Ich deutete auf eine der Packungen. »... kannst du gleich wieder in der Schublade verstauen. Das sind Blasenpflaster für die Füße. Wann kommt eigentlich Mama?«

Mein Vater sah auf die Uhr. »Sie müsste jeden Moment da sein. Evelyn schließt heute den Laden.«

Ich schob das Gemüse in eine große Pfanne und briet es an.

Sam gab sich geschlagen und ließ sich von meinem Vater verarzten.

»Wie geht es deinem Vater?«, hörte ich ihn fragen.

Sams Lippen verzogen sich zu einem schmalen Strich. »Nicht gut.«

»Hast du das Gefühl, die Therapie hilft?«

Ich rang nach Luft. »Du weißt davon?«, fragte ich ungläubig. »Wie kommt es eigentlich, dass alle Bescheid wissen, nur mir sagt keiner was?«

»Wenn ich darum gebeten werde, Stillschweigen zu bewahren, dann halte ich mich in aller Regel daran. Und offensichtlich weißt du ja mittlerweile auch, wo sich sein Vater momentan aufhält.«

»Könntet ihr bitte aufhören, über dieses Thema zu reden? Ihr wisst, wie sehr ich das hasse.« Sam war kreidebleich geworden.

Mich nervte die Musik total. Als ich ins Wohnzimmer stapfte, um die Anlage abzuschalten, kam meine Mutter zur Wohnungstür herein.

»Mmh, der herrliche Duft kommt tatsächlich aus unserer Wohnung! Hallo, Süße.« Sie streifte sich die Schuhe von den Füßen, hängte ihre Jacke auf und gesellte sich zu den anderen in die Küche. Mein Vater bekam einen Kuss und Sam eine herzliche Umarmung.

Ich schichtete die Lasagne in die Form und schob sie in den Ofen.

Jetzt war er wohl gekommen, der Augenblick der Wahrheit. Alle waren da, das Essen schmurgelte vor sich hin, also gab es keinen Grund, die Sache noch weiter hinauszuzögern. Sogar Pixie legte sich quer über den Esstisch und schien nichts verpassen zu wollen. Meine Mutter holte sich aus dem Schrank ein Weinglas und goss sich aus einer offenen Flasche Weißwein ein. Dann blieb ihr Blick auf Sams Schuhen hängen, die er sich immer noch nicht ausgezogen hatte. Sie sah von ihm zu mir und wieder zu ihm.

»Schatz, setz dich lieber hin! Unsere Kinder möchten uns was sagen.«

»Ich sitze doch«, antwortete er verdutzt.

»Gut so. Also schießt los!« Sie hob eine Augenbraue und ein wissendes Lächeln huschte über ihr Gesicht.

»Äh, ich … wir … Woher weißt du, dass wir euch was zu sagen haben?«, fragte ich überrascht.

»Mütterlicher Instinkt.« Sie nippte an ihrem Wein.

»Aha … o Mann …« So musste man sich fühlen, wenn man vor Gericht stand und in allen Punkten schuldig war.

Sam stand auf und stellte sich neben mich. »Keine Sorge, Ella«, flüsterte er und nahm meine Hand. Dann wandte er sich an meine Eltern und brachte es hinter uns.

»Ich liebe Ella. Über alles. Ihr müsst wissen, dass sie für mich der wichtigste Mensch ist und dass ich nicht mehr ohne sie sein kann.« Er machte eine kurze Pause. »Und ich wünsche mir, dass ihr das irgendwann akzeptieren könnt. Wir haben selbst viel zu lange dafür gebraucht.«

Mein Vater machte den Eindruck, als verstünde er nur Bahnhof.

»Und du?«, fragte mich meine Mutter.

»Ich liebe ihn.« Meine Stimme war nicht mehr als ein Flüstern.

Nun waren unsere Erklärungen wohl auch bei meinem Vater angekommen, denn er verschluckte sich an seinem Bier und bekam einen elenden Hustenanfall.

»Aber … aber …«, stotterte er. »Wir sind doch … eine Familie. Ihr beide seid schon fast Geschwister.«

Meine Mutter verdrehte die Augen. »Sei nicht albern, Jens! Sie sind keine Geschwister.«

»Aber wir wollten Sam in Pflege nehmen. Wenn es nach uns gegangen wäre, hätten wir ihn adoptiert.«

»Da habt ihr ja noch mal Glück gehabt.« Sie zwinkerte uns zu.

»Und außerdem … du bist ihr Lehrer. Du machst dich strafbar. Wirf doch deine Zukunft nicht einfach weg!«

Sam fand seine Stimme wieder. »Ella ist achtzehn. Es reicht also, die Kurse oder die Schule zu wechseln. Und bis ich mich entschieden habe, welchen Weg ich wähle, bin ich beurlaubt.«

»Schlaft ihr miteinander?«

Nun verschluckte sich meine Mutter und fing laut an zu husten. »Das ist jetzt nicht dein Ernst«, sagte sie vorwurfsvoll. »Also, erstens geht dich das überhaupt nichts an. Und zweitens – natürlich schlafen sie miteinander. Beobachte doch nur ihre Körpersprache! Sie sind wie zwei Magneten. Und außerdem möchte ich dich nur daran erinnern, wie wir in ihrem Alter waren. Mit zwanzig war ich schon mit Kurt schwanger.«

»O mein Gott, ihr verhütet doch hoffentlich! Nimmst du die Pille?«

»Was? Ich? Nein. Ich hab auch nicht vor, irgendwelche Hormone zu schlucken.« Ich konnte es nicht fassen, dass er mich tatsächlich so etwas fragte.

»Aber …«

»Jens, jetzt reicht's!« Meine Mutter verlor die Geduld. »Noch ein Wort, und *du* musst dir über Verhütung nie wieder Gedanken machen.«

Mein Vater stand auf und schlich wie ein geprügelter Hund in sein Arbeitszimmer.

»Wahnsinn! Hast du auch das dringende Bedürfnis, dir dein Hirn mit Seife auszuspülen, damit bloß nichts von diesem Gespräch hängen bleibt?«, fragte ich Sam voller Verzweiflung.

»Ja, bin dabei.«

»Es tut mir leid, aber macht euch keine Sorgen! Er braucht immer etwas länger, um sich an neue Situationen zu gewöhnen.« Meine Mutter drückte uns beide an sich. »Ich freue mich so sehr für euch. Ich wusste schon lange, dass ihr zwei füreinander bestimmt seid.«

Wir sahen sie überrascht an.

»Und woher wusstest du, dass wir es euch heute sagen wollten?«, fragte ich.

»Sams Schuhe.«

Ich verstand nicht.

Sie schüttelte lächelnd den Kopf. »Ihr seid der beste Beweis dafür, dass Liebe den Verstand beeinträchtigt. Wenn es anders wäre, hättet ihr daran gedacht, dass ich montags immer zum Großmarkt fahre und dass mir Schuhe in Größe dreiundvierzig nachts um drei vor unserer Tür auffallen. Ich war drauf und dran, dein Zimmer zu stürmen. Die ganze Woche hatte ich gehofft, dass du mir erzählst, zu wem die ausgelatschten Treter gehören, aber da kann man ja bis zum Tag des Jüngsten Gerichts warten, bis du mal was preisgibst.« Sie bedachte mich mit leicht vorwurfsvollem Blick, wandte sich dann aber an Sam und lächelte sanft. »Wegen dir war Ella also so unglücklich.«

Er nickte. »Ich wollte nie, dass sie meinetwegen leidet.«

»Ich weiß, aber manchmal passiert es trotzdem. Passt gut auf euch auf, versprecht mir das! Ihr seid beide ganz besondere Menschen, und ich liebe euch.«

»Danke, Mama.« Mir kamen fast die Tränen. »Die Lasagne dürfte in zwanzig Minuten fertig sein«, nuschelte ich dann und versuchte, das Thema damit zu wechseln.

»Ich schätze mal, ihr wollt nicht hierbleiben und mitessen, oder?«

Ich schüttelte den Kopf. »Nein, aus irgendeinem Grund ist die Stimmung hier heute nicht so prickelnd.« Ich lächelte verlegen.

»Na dann, vielen Dank, dass ich heute nicht mehr kochen muss.«

Als wir auf die Straße traten, dämmerte es bereits.

»Und? Fühlst du dich jetzt besser?«, fragte ich mit leicht sarkastischem Unterton.

Sam atmete tief durch und überlegte kurz. »Ja.«

»Was?! Ich bin wahnsinnig enttäuscht über die Reaktion meines Vaters.«

»Es war immerhin eine Reaktion. Ich bin froh, dass wir nicht mehr Verstecke spielen müssen. Und Jenny haben wir auf unserer Seite, das reicht mir fürs Erste.«

Er gab mir einen Kuss, legte mir einen Arm um die Schultern und führte mich zu seinem Bus. »Und jetzt lade ich dich zum Essen ein. Es kann nicht sein, dass du alle anderen versorgst und selbst nichts isst.«

Wir stiegen ein, und Sam ließ den Motor an.

»Können wir nicht lieber zu dir?«, maulte ich.

»Nein«, sagte er bestimmt. »Und danach bringe ich dich wieder nach Hause.«

»Was? Wieso? Ich will bei dir bleiben. Und ich hab erst recht keine Lust, meinen Vater heute noch mal zu sehen.«

»Ella, erstens können wir Kurt nicht ständig aus unserer Bude vertreiben, und zweitens muss ich nachdenken. Und wenn du in meiner Nähe bist, bin ich zu keinem klaren Gedanken fähig.«

Schon wieder eine Nacht ohne ihn. Ich konnte nicht anders, ich fühlte mich irgendwie abgeschoben.

Sam nahm meine Hand. »Was willst du essen? Du bestimmst.«

»Ich hab keinen Hunger.« Jetzt hatte ich nicht mal mehr Appetit.

Er sah mich ernst an. »Warum tust du dir das an?«

»Was denn?«

»Warum quälst du deinen Körper so?«

Ich sah aus dem Fenster. Es hatte sich langsam eingeschlichen, dass ich immer weniger Essen brauchte, um einen Tag zu überstehen. Und irgendwie war es das Einzige in meinem Leben, worüber ich noch die Kontrolle hatte. Dachte ich zumindest.

»Sieh mich bitte an!«, bat er.

Ich blickte in seine blauen Augen.

»Ella, ich glaube, du brauchst Hilfe.«

Ich entzog ihm meine Hand. »Ich glaube, du lässt mich am besten hier raus.«

Sam schüttelte verständnislos den Kopf, dann bremste er leicht ab und wendete den Bus.

»Was hast du vor?«, fragte ich ihn.

»Ich bringe dich nach Hause.« Er blickte stur auf die Straße.

»Das musst du nicht. Ich kann von hier aus auch zu Fuß gehen.«

»Wenn ich schon nicht dafür sorgen kann, dass du dich anständig ernährst, sorge ich wenigstens dafür, dass du heil nach Hause kommst.« Seine Stimme klang bitter.

»Es tut mir leid«, flüsterte ich, aber er reagierte nicht darauf.

Wir schwiegen uns an, bis wir meine Straße erreichten.

Sam sah an mir vorbei in Richtung Haustür. »Ich hab's mir anders überlegt. Wir fahren besser doch zu mir.«

Ein Blick aus dem Beifahrerfenster genügte, um seinen Sinneswandel zu erkennen.

Im Eingang zu unserem Haus stand Milo.

»Nein, halt an!«

»Bitte geh nicht!«, versuchte Sam mich zurückzuhalten.

»Ich muss. Ich will meinen besten Freund wiederhaben.«

»Dann tu, was du nicht lassen kannst.« Er schnallte mich ab, und in seinen Augen spiegelte sich Enttäuschung wider.

Ich hatte ihn verletzt. So konnte ich unmöglich gehen.

»Sam ... ich ...«

»Schon gut. Sehen wir uns morgen?«

»Wenn du willst.«

Er atmete tief ein. »Natürlich will ich. Immer.«

Er beugte sich zu mir herüber und gab mir einen langen, sanften Kuss, und nur das Gefühl von Milos Blick im Nacken hielt mich davon ab, dass ich mich vollends in ihm verlor.

Ich stieg aus dem Bus aus und sah ihm nach, wie er davonfuhr. Dann drehte ich mich um und ging zögernd auf Milo zu.

»Willst du zu mir?«

»Ich bin noch unentschlossen.«

»Ich finde, ich habe dir die Entscheidung gerade abgenommen, aber falls es für den Fortgang des Gesprächs wichtig ist, dass dein Finger die Klingel bedient, kann ich auch gern erst mal hochgehen.«

Milo rieb sich über den Nasenrücken. »Nein, es geht auch ohne Klingeln. Ich hab's nicht so mit irgendwelchen Zwängen.«

Ich schloss die Haustür auf, und er folgte mir schweigend in den Flur.

»Lass uns auf den Hof gehen, bei uns herrscht im Moment dicke Luft.«

»Bei euch? Kaum vorstellbar.«

»Tja, das kommt in den besten Familien vor.« Ich wollte nicht weiter darauf eingehen und setzte mich auf eine Bank. »Immer noch unentschlossen?« Ich wurde nervös und hatte Angst, wohin sich unser Treffen entwickeln würde.

»Du weißt doch, das bin ich immer. In jeglicher Hinsicht.« Er lächelte leicht. »Nur bei dir war ich es ausnahmsweise mal nicht.« Er sprach ganz leise.

»Milo, das ergibt doch alles keinen Sinn. Bedeutet das, dass unsere Freundschaft in den letzten Jahren nur eine Lüge war?«

Er raufte sich nervös die dunklen Locken. »Nein, aber seit wir ... du weißt schon, na ja ... seitdem ist es für mich alles ... irgendwie anders.«

»Ernsthaft, an dir ist wirklich ein Mädchen verloren gegangen! Bist du sicher, dass du nicht schwul bist?« Ich rempelte ihn leicht an.

»Todsicher. Auch wenn es für dich am einfachsten wäre. Aber für mich ist das alles auch nicht gerade einfach.«

»Ich weiß.« Wir drehten uns im Kreis. »Das bedeutet, wir haben alles kaputtgemacht, bloß wegen so ein bisschen Sex.«

Ich merkte, dass meine Unterlippe zitterte. Darauf lief es doch hinaus. Wir konnten beide nicht aus unserer Haut. Ich konnte keine Gefühle erzwingen, und Milo konnte seine nicht abstellen.

»Ella, gibst du uns nicht noch eine Chance?«

Ich zuckte zusammen. Offensichtlich war es immer noch nicht zu ihm durchgedrungen, für wen mein Herz schlug.

»Ich bin mit Sam zusammen. Ich liebe ihn.«

Ich sah, wie sehr ihn meine Worte verletzten, aber es ging nicht anders.

Er nickte leicht mit dem Kopf. »Das erklärt natürlich, warum er dir vorhin die Zunge in den Hals gesteckt hat«, versuchte er zu scherzen. »Du und Sam also?! Ich weiß nicht … ist er nicht ein bisschen zu alt für dich?«

Ich sah ihn ungläubig an. »Ich könnte schwören, wir hatten so ein Gespräch vor nicht allzu langer Zeit wegen Lina.«

»Ja, aber Sam ist doch bestimmt fünf Jahre älter als du und außerdem dein Lehrer.«

»Es sind nur knapp vier Jahre, und das Lehrerproblem hat sich seit heute erledigt.«

»Du und Sam«, wiederholte er sich. »Wie kann das sein? Du hast ihn nie auch nur erwähnt.«

»Im Prinzip habe ich ihn schon immer geliebt, es bisher nur erfolgreich vor mir und allen anderen verdrängt.«

»Tja, gegen ihn hab ich wohl echt keine Chance.« Milo starrte auf seine Füße.

Ich schüttelte den Kopf. Nein, das hatte er nicht.

»Willst du wirklich mit so einem alten Typen zusammen sein … Ich meine, hast du mal gesehen, was der für einen Bartwuchs hat?«

Verträumt lächelnd nickte ich nur.

Er atmete tief durch und setzte dann ein schelmisches Grinsen auf. »Na schön, wenn ich bei dir nicht landen kann, versuche ich es eben bei deiner Mutter. Was dagegen?«

Innerlich jubelte ich – der gute alte Milosevic war wieder zurück.

»Nur zu, versuch dein Glück! Ich glaube, deine Chancen stehen heute gar nicht mal schlecht, so sauer, wie sie auf meinen Vater ist.«

»Echt jetzt?« Er war sichtlich entsetzt. »Nicht dein Ernst! Du gehst wohl über Leichen, nur um mich loszuwerden.«

»Nein, Milo, normalerweise wäre ich strikt dagegen, dass meine Mutter deine MILF ist, aber …«

»… aber als Mittel zum Zweck …«

Ich starrte in den Himmel. »Ich will einfach nur, dass es wie früher ist. Du, Emma und ich, das unschlagbare Trio, unkompliziert. Einfach Freunde.«

»Denkst du, ich wollte, dass es so kommt? Ich hab's nicht drauf angelegt.«

»Und was ist mit Lina?«

Milo hob die Schultern. »Ich glaube, ich mochte sie mehr als sie sich selbst. Wie soll ich so etwas auffangen, wenn wir uns nur am Wochenende sehen können?«

»Meinst du, man kann erst Liebe geben, wenn man sich selbst liebt?« Bei wem war es mit der Selbstliebe schon so weit her? Bei mir jedenfalls nicht.

»Keine Ahnung, aber wenn bei ihr schon nach so kurzer Zeit nichts mehr von den anfänglichen Glücksgefühlen übrig ist, dann kann ich wohl nicht der Richtige sein. Hat 'ne Weile gedauert, mir das einzugestehen. Außerdem hab ich überhaupt keine Lust, dass sie ständig mit mir Schluss macht, bloß weil sie gerade ihre Tage hat. Das brauche ich echt nicht.«

Ich legte ihm einen Arm um die Schultern. »Es tut mir leid«, sagte ich leise. »Wir finden bestimmt noch die Richtige für dich.«

Er sah mich an. »Mit anderen Worten – du bist es nicht.«

Ich schüttelte kaum merklich den Kopf.

Er seufzte und erhob sich schwerfällig von der Bank, griff nach meinen Händen und zog mich hoch. Dann nahm er mich in die Arme. Ich erstarrte. Hatte er immer noch nicht aufgegeben?

»Ist schon gut. Mach dich locker!« Er hielt mich wieder auf Abstand und lächelte leicht. »Ich hab's ja kapiert. Du und Sam.«

»Milo, wie viele Menschen gibt es auf der Welt?«

»Über sieben Milliarden. Warum?«

»Und zwei davon sind meine Freunde. Ich glaube nicht, dass ich auch nur einen davon entbehren kann. Bitte ... bleib mein Freund!«, flehte ich ihn schon fast an.

»Wie könnte ich anders?«, flüsterte Milo.

Dann verließ er den Hof.

Am Samstag half ich meiner Mutter im Blumenladen. Evelyn hatte frei, und ich wollte im Moment sowieso keine einzige Minute mit meinem Vater allein verbringen. Wir hatten uns seit unserem Gespräch nicht mehr gesehen. Meine Mutter hatte mit einigem Erstaunen festgestellt, dass ich die Nacht zu Hause verbracht hatte, aber weiter keinen Kommentar abgegeben, wofür ich ihr sehr dankbar war. Ich vermisste Sam, war mir jedoch nicht sicher, wie er gerade auf mich zu sprechen war. Die Arbeit im Laden war mir eine willkommene Ablenkung, mich nicht zu sehr meinen Grübeleien hinzugeben. Ich fegte gerade die Blätter und Stiele zusammen, die sich rings um meine Mutter auftürmten, während sie einen kunstvoll gebundenen Strauß für eine ältere Dame in Papier einwickelte. Als die Frau zur Tür rausging, drehte sich meine Mutter zu mir um und sah mich schon fast vorwurfsvoll an.

»Was ist los, Ella? Du weißt, ich mag es sehr, wenn du mir hilfst, aber hast du nicht gerade was Besseres vor?«

»Nö, hab ich nicht.«

Sie verschränkte die Arme. »Du verlässt jetzt sofort diesen Laden und gehst zu deinem Freund. Verstanden?! Ich hab mich schließlich nicht umsonst mit deinem Vater verkracht.«

»Ich will nicht, dass ihr euch wegen uns streitet. Geh du lieber nach Hause und versöhn dich wieder mit ihm!«

»Mach dir mal um uns keine Sorgen! Ich bin mir ziemlich sicher, wenn ich heute Nachmittag nach Hause komme, stehen schon Blumen von der Konkurrenz auf dem Küchentisch.« Sie zwinkerte mir vielsagend zu. »Und jetzt sieh zu, dass du hier rauskommst!«

Ich stellte den Besen in die Ecke, schnappte mir meine Jacke und gab meiner Mutter einen Kuss auf die Wange.

Fünfzehn Minuten später, definitiv in neuer Rekordzeit, fuhr ich mit meinem Rad durch das grüne Eingangstor. Ich nahm zwei Stufen auf einmal und stand völlig außer Atem vor der Wohnungstür, die mal wieder nur angelehnt war. Ich brauchte nur einzutreten, doch ich zögerte. Das Herz schlug mir bis zum Hals. Würde das jemals aufhören und sich beruhigen, wenn ich in Sams Nähe war? Mit einem Mal wurde die Tür aufgerissen, und Kurt stand vor mir. Er hatte eine Kippe im Mund und schulterte sich gerade seinen Rucksack auf.

»Na, Gott sei Dank.« Er schob mich zur Tür rein und sich hinaus. »Wird auch langsam Zeit. Bender hat eine Laune. Echt nicht zum Aushalten.«

»Vielleicht sollte ich dann besser wieder gehen.« Mein Mund wurde ganz trocken.

»Auf keinen Fall. Er ist nicht zu ertragen, wenn ihr euch nicht seht. Ach, übrigens: Er duscht gerade.« Kurt wackelte anzüglich mit den Augenbrauen. »Ich fahre jetzt zu Emma, vielleicht duscht sie ja auch gleich.« Er grinste mich breit an.

»Na, dann grüß schön!« Ich knallte die Tür hinter ihm zu. »Wenn du daran dann noch denken kannst.«

Vor dem Badezimmer blieb ich stehen und hörte das Wasser rauschen. Diesmal zögerte ich nicht; ich konnte und wollte auch gar nicht anders. Leise öffnete ich die Tür und schlüpfte hinein. Ohne ein Wort zu sagen, zog ich meine Klamotten aus und wünschte mir dabei, dass es schon dunkler wäre und ich meinen mageren Körper nicht bei vollem Tageslicht zeigen müsste. Aber mittlerweile kannte Sam jeden Zentimeter von mir; es hatte also keinen Sinn, wenn ich mich versteckte. Ich atmete kurz durch, dann zog ich den grauen Duschvorhang beiseite. Sam stand mit gesenktem Kopf und dem Rücken zu mir und ließ das Wasser an sich hinabregnen. Der Anblick seiner Narben versetzte mir einen Stich. Ich stieg zu ihm in die Dusche und berührte mit den Fingerspitzen sanft seine Haut. Erschrocken zuckte er zusammen, entspannte aber sogleich, griff nach meiner Hand und zog mich fest an sich. Das Wasser prasselte warm auf uns herab.

»Ich hatte Angst, dich zu verlieren«, sagte er mit rauer Stimme.

»Niemals«, flüsterte ich und küsste sein Schulterblatt.

Er drehte sich zu mir um und sah mir in die Augen, und ich erkannte in dem Schmerz darin, dass er wirklich Angst hatte.

»Ich liebe dich, Sam. Niemals müsste ich eine Entscheidung zwischen dir und Milo treffen. Er ist mein bester Freund, schon lange, und es ist mir wichtig, dass er es auch weiterhin bleibt.«

»Aber du hast mit ihm geschlafen.«

»Das ist nichts im Vergleich zu dem, was ich mit dir habe, was ich mit dir fühle.« Ich merkte, dass ich zitterte.

Sam drehte das Wasser ein wenig heißer. »Das hoffe ich.« Seine Lippen strichen kaum spürbar über meine. Sanft biss er mir in die Unterlippe und entlockte mir ein leises Stöhnen. Seine Hände glitten an meinem Rücken entlang, umfassten meinen Po.

»Wir sind schon wieder nass«, hauchte ich gegen seine Lippen.

»Warum mit einer lieb gewonnenen Tradition brechen?«

Er griff nach meinem Oberschenkel und zog mich dicht an sich heran.

»Bitte nicht hier! Meine erste Oberschenkelhalsfraktur will ich mit fünfundachtzig bekommen und dann nie wieder aufstehen.«

»Okay.« Er legte die Stirn an meine. »Ist Kurt schon weg?«

»Ja.«

Ohne zu zögern, stellte er das Wasser ab, packte mich und trug mich, nass wie wir waren, durch die Wohnung in sein Zimmer. Sanft legte er mich auf seinem Bett nieder. Seine Lippen wanderten über meinen Körper, und mit den Fingern fuhr er über die Innenseite meines Schenkels. Ich streckte mich ihm entgegen; jede Faser meines Körpers wollte, dass er nie damit aufhörte. Doch bevor sich mein Verstand wieder endgültig verabschiedete, hatte ich noch einen kurzen hellen Moment.

»Sam«, keuchte ich. »Ich wollte eigentlich mit dir reden.«

Er hielt inne.

»Obwohl ich in diesem Moment am besten verstehe, was du gestern damit meintest, dass du nicht nachdenken kannst, wenn ich in deiner Nähe bin ...«

Sam stützte sich auf den Unterarmen rechts und links von mir ab. Aufgrund der Hitze, die von uns ausging, waren wir mittlerweile schon fast völlig trocken. Nur ein dünnes Rinnsal aus Schweiß bahnte sich einen Weg an seiner Brust entlang. Ich fuhr es mit dem Finger nach.

»... aber du hast gesagt, dass du keine Nacht mehr ohne mich verbringen willst. Ehrlich gesagt war ich nur deshalb einverstanden, meinen Eltern von uns zu erzählen. Und kaum ist das erledigt ...«

»Ich weiß. Es tut mir leid«, flüsterte er. »Ich dachte wirklich, ich käme so eher zu einem Ergebnis. Aber Fakt ist – wenn du nicht bei mir bist, denke ich morgens als Erstes an dich, ich denke nachts als Letztes an dich und die ganze verdammte Zeit dazwischen auch.«

Ich strich ihm das Haar aus dem Gesicht. »Wir können zusammen überlegen, wie es weitergehen soll. Du musst das nicht mit dir allein ausmachen.«

»Schätze, da sind wir uns ziemlich ähnlich, oder?« Er schenkte mir sein schiefes Lächeln.

Ich nickte und fuhr ihm mit einem Finger über den Bauch. Sofort breitete sich Erregung in uns aus. Ich sah ihn unschuldig an. »Wenn du die Schule wechselst, sind bestimmt alle Mädchen sauer auf mich, und ich muss untertauchen und mir eine neue Identität zulegen.«

»Wieso?«

»Wieso wohl?« Meine Fingerspitzen erkundeten ihn weiter. Zentimeter für Zentimeter. »Ich kenne ein paar, die fühlen sich nach dem Unterricht höchstens dahingehend inspiriert, die Schule sofort hinzuschmeißen. Davon ist aber nichts mehr zu spüren, sobald sie mit leuchtenden Augen vor dir sitzen. Nach einem Block bei dir kannst du die Putzkolonne durchschicken, um die Sabberspur wegzuwischen.« Ich atmete tief durch. »Sie stehen einfach alle auf dich.«

Sam setzte ein entrüstetes Gesicht auf. »Ich bin schockiert, Ella. Wie sexistisch! Bin ich für euch bloß ein reines Objekt der Begierde?« Er schüttelte übertrieben den Kopf und seufzte. »Ich fühle mich ... irgendwie missbraucht.«

Ich musste lachen. »Auch von mir?«

Er wurde wieder ernst und betrachtete mich, als sähe er mich zum ersten Mal. In meinem Bauch kribbelte es, als wären tausend Ameisen unterwegs, und ich vergaß zu atmen. Seine Lippen legten sich auf meine, und als ich Sams Zunge schmeckte, war mir, als hätte nie zuvor etwas meinen Mund berührt. Seine Hand glitt zu meiner Taille. Ich fühlte mich, als würde er mich zum Tanz ausführen. Er küsste mich, als wäre es das erste Mal, das letzte Mal und alle Küsse dazwischen. Ich hätte nicht mehr bis drei zählen können, so sehr brachte es mich um den Verstand. Schwer atmend löste er seine Lippen von mir. »Missbrauch mich!«, keuchte er. »Jederzeit.«

Mit einer energischen Bewegung schob ich ihn von mir herunter und setzte mich rittlings auf ihn.

Das ließ ich mir nicht zweimal sagen.

Es dämmerte bereits, und wir lagen schon seit Stunden auf Sams Bett und redeten. Ich erzählte ihm alles über Milo und mich; ich wollte nicht, dass etwas zwischen uns stand oder dass er sich in seinem Kopfkino irgendwas zusammenreimte. Und er erzählte mir – wenn auch widerwillig – ein wenig davon, was seine Seele bedrückte. Es machte ihm sehr zu schaffen, dass er nicht einfach mit dem Kapitel seiner Kindheit und Jugend abschließen und seinen Vater links liegen lassen konnte. Und dass jeden Mittwoch seine Wunden aufs Neue aufgerissen wurden. Aber er wusste auch, dass nichts besser werden würde, wenn er alles Erlebte in eine Schublade stecken und nie wieder öffnen würde. Es wäre immer noch da.

»Hast du nie das Bedürfnis, deine Mutter zu finden?«, fragte ich ihn.

»Nein, sie wusste, bei wem sie mich zurücklässt.« Seine Stimme klang verbittert.

»Ich dachte, dein Vater wurde erst so, weil sie euch verlassen hat.«

»Jähzornig war er schon immer. Sie ist ja nicht ohne Grund gegangen. Aber durch den Alkohol wurde er absolut unberechenbar. Und weil er sein Leben nicht mehr im Griff hatte, machte er meines zur Hölle.« Sein Blick verdunkelte sich. »Ich habe Angst, dass zu viel von ihm in mir steckt.«

Ich erschrak und sah ihm unverwandt in die Augen. »Sam, so darfst du nicht denken. Du bist perfekt, so wie du bist. Du bist einfühlsam, liebevoll, ruhig, für andere da, ein wunderbarer Freund; es gibt so viel Gutes, was dich ausmacht und wofür ich dich liebe.« Ich hauchte ihm einen Kuss auf die Lippen.

»Und ich dachte, du stehst auf mich, weil ich so ein hervorragender Liebhaber bin.« Er lächelte mich schief an.

Ich verdrehte die Augen. »Ja, das bist du. Aber das muss ich dir wohl nicht mehr bestätigen. Die Reaktionen meines Körpers haben dir das mittlerweile schon ausreichend signalisiert.«

Wir verschränkten unsere Hände ineinander, und ich legte den Kopf auf seine Brust.

»Aber am meisten liebe ich dein Lächeln. Es wärmt mich von innen.«

»Ich liebe dich«, flüsterte Sam.

Ich war wohl eingeschlafen, denn als ich wieder zu mir kam, war ich allein in seinem Zimmer. Ich zog mir eins seiner Hemden über und fand ihn in der Küche. Natürlich nur in Jeans, bereitete er einen Salat zu.

»Ich glaube, du hast absichtlich nur so wenig an, damit ich die Finger nicht von dir lassen kann«, machte ich mich bemerkbar.

»Nein, das liegt nur daran, dass du mein einziges sauberes Hemd trägst.«

»Soll ich es ausziehen?« Langsam öffnete ich den obersten Knopf.

Sam legte das Messer beiseite und zog mich an sich. »Hm ... ich weiß nicht, was mir besser gefällt. Du in meinem Hemd oder lieber ganz ohne ...« Er küsste die Kuhle unter meinem Ohr. Doch schon im nächsten Moment wandte er sich mit einem breiten Grinsen von mir ab. »Nein. Erst essen wir.«

»Du hast es wirklich wahr gemacht.« Erstaunt betrachtete ich die Unmengen frischer Lebensmittel. Sogar der Kühlschrank war voll. Orangensaft, Milch, Käse, Joghurt ...

»Alles mit gültigem Haltbarkeitsdatum«, scherzte er.

Ich streckte ihm die Zunge raus und klaute mir eine Kirschtomate, das Erste, was ich heute aß. Dann zerpflückte ich den Salat und wusch die jungen Spinatblätter, während Sam das Fleisch in die Pfanne legte.

»Wow, Rindersteak! Wer hat, der kann, was?«

»Für dich ist mir nix zu teuer.« Er wendete die Steaks und schob sie danach in den Ofen.

»O mein Gott! Ich rieche Fleisch.«

Das war Kurt, der – außer wenn es um tierische Eiweiße ging – Atheist war. Er und Emma standen mitten in der Küche.

»Für mich hast du noch nie gekocht. Du liebst meine Schwester wohl mehr als mich«, brachte er mit gespielter Entrüstung vor.

Sam seufzte. »Schon gut. Ihr könnt ja mitessen.«

»Aber nur, wenn ihr euch mehr anzieht«, grinste Emma.

Kurt zog seinen Pullover aus. »Von mir aus könnt ihr so bleiben. Hauptsache, ich kriege was vom Fleisch ab.«

Geschwisterlich überließ ich meinem Bruder das Steak, der dafür – natürlich völlig selbstlos – auf den Salat verzichtete. Danach nötigte Emma ihn dazu, mit ihr den Abwasch zu machen. Die beiden waren ein herrlicher Anblick. Wie er ihr erst mit hängendem Kopf hinterhertrottete und sie dann trotzdem die ganze Zeit zum Lachen brachte, obwohl er nebenbei seiner Hasstätigkeit Nummer eins nachging. Abtrocknen.

»Ach, ich hab ja noch was für dich!« Sam sprang auf und verschwand in seinem Zimmer. Als er zurückkam, drückte er mir eine winzige CD in die Hand. »Die wollte ich dir eigentlich schon gestern geben, aber dazu kam ich nicht mehr.«

»Was ist das?«, fragte ich.

»Eine Mini-CD. Da ist nur Platz für einen Song drauf. Deinen Song.«

Kurt kam zu uns herüber und schob sich das karierte Geschirrtuch in die Gesäßtasche. »Alter, nicht so laut! Wenn Emma das sieht, will sie noch, dass ich ihr auch so was mache.«

»Was sollst du mir machen?« Sie stand hinter ihm und legte ihm das Kinn auf die Schulter.

Mein armer Bruder! Er konnte mir schon fast leidtun. Aber nur fast.

»Ich besitze die erste Greensleeveterror-CD«, strahlte ich sie an.

»Wahnsinn. Na los, schmeiß sie rein!«

Ich drehte die CD in der Hand und war mir nicht sicher, ob sie überhaupt funktionierte.

Kurt nahm sie mir ab, schaltete die Anlage ein und grummelte dabei vor sich hin. »Das kann ich im Leben nicht toppen.«

Sam setzte sich dicht hinter mich wieder auf den Boden und zog mich zu sich heran. Ich kuschelte mich mit dem Rücken an seine Brust und wartete gespannt auf den Beginn des Songs.

Und dann erklang endlich Sams Gitarre, und seine Stimme setzte mit einem leisen, tiefen Summen ein. Kurts Schlagzeug folgte. Nur leicht, als würde es vom Wind gestreift.

I'm in the dark
You're the light
Your glow hits my heart

Diesmal wusste ich, dass seine Worte mir galten. Ich bekam eine Gänsehaut, und meine Augen wurden feucht.

Still fighting my ghosts
I treat you the worst
'Cause you love me the most

Sam lehnte sich vor und flüsterte mir ins Ohr. »Das haben wir vorgestern für dich bei unserer Probe aufgenommen.«

Ich wusste gar nicht mehr, was ich sagen oder fühlen sollte, so überwältigt war ich und lauschte andächtig *meinem* Lied, um auch ja kein Wort und keinen Akkord zu verpassen.

Don't let me be a chapter
I want to be the book.

Er war schon längst mehr als nur ein Kapitel.

Als der Song endete, schniefte ich laut und wischte mir verlegen über die Augen. »Danke. Das ist wirklich das Schönste, was ich jemals bekommen habe.«

»Ja, und wenn die beiden irgendwann mal reich und berühmt sind und du dringend Kohle benötigst, kriegst du bestimmt 'nen guten Preis auf ebay dafür.« Emma gab Kurt einen Kuss und kraulte ihm das Kinn. »Wir wissen doch alle, dass Sam die besseren Texte schreibt.«

Kurt nickte. »Ja, er hat's so richtig drauf, den ganzen Schmerz rauszurotzen.«

»Siehst du, eine Scheißkindheit kann manchmal richtig von Vorteil sein«, sagte Sam und vergrub das Gesicht in meinen Haaren.

Kurt schob eine andere CD in die Anlage und gab mir meine zurück. »Ich weiß nicht ...«, sagte er und setzte sich auf die alte Couch, auf der sich Emma schon lang ausgestreckt hatte. Sie legte ihm den Kopf in den Schoß. »... also, da bin ich doch froh, dass wir so behütet aufgewachsen sind und ich nicht in Songs verarbeiten muss, dass meine Eltern nie an meinen Geburtstag gedacht haben.«

Ich sah Sam an. »Das ist nicht dein Ernst, oder? Deine Eltern haben deine Geburtstage vergessen?«

Er nickte leicht. »Doch. Als ich dreizehn war, bekam ich das erste Mal nach sieben Jahren wieder ein Geschenk. Es war von euch.«

»Apropos Geschenk und bevor die Stimmung hier endgültig kippt ...«, lenkte Emma uns ab. »Wir müssen uns langsam mal was für Milos Achtzehnten einfallen lassen.«

»Das ist doch noch über einen Monat hin«, erwiderte ich.

»Wie wär's, wenn wir eine Überraschungsparty für ihn schmeißen?«

»Mit wie vielen Gästen? Drei?« Ich bezweifelte, dass das ein guter Plan war.

»Hast du einen besseren Vorschlag?«

Ich schüttelte den Kopf. Um ehrlich zu sein, fiel mir überhaupt nichts ein, und ich wollte die Planung lieber noch ein bisschen vor mir herschieben.

»Ich hab eine Idee«, mischte Sam sich ein. »Wie wär's mit einem Gutschein?« Er grinste mich frech an.

Emma lachte laut los und verschluckte sich dabei. »Au ja, der

Witz war gut.« Sie streckte eine Hand aus und klatschte sich mit Sam ab.

Ich steckte den Kopf zwischen die Knie. »Macht euch ruhig über mich lustig!«

»Hä? Ich kapiere gerade echt nicht, worum es hier geht«, sagte Kurt.

»Schon gut, Schatz.« Emma bekam sich vor Lachen gar nicht wieder ein. »Ich erklär's dir später.«

Ich funkelte sie an. »Einen Teufel wirst du tun! Emma, ich warne dich. Und du auch nicht!« Ich drehte mich zu Sam um, dessen ganzer Oberkörper vibrierte. Er grinste von einem Ohr zum anderen. Es war einfach ansteckend, und ich stimmte mit ein. Nur Kurt wunderte sich immer noch, aber ich ahnte, dass Emma ihm schon noch alles detailreich erklären würde. Verhindern konnte ich es sowieso nicht.

Wir redeten und lachten bis tief in die Nacht hinein. Und irgendwann schliefen wir, so wie wir waren, an Ort und Stelle ein.

War gar nicht so schlimm, so ein Pärchenabend.

16

Emma und mir fiel es mehr als schwer, die beiden am nächsten Morgen zu verlassen, aber es musste sein. Wir hatten noch so viel für die Schule zu tun, da üblicherweise die meisten Tests und Klausuren in der letzten Woche vor den Ferien angesetzt waren.

Zu Hause hockte ich über meinem Mathebuch und widmete mich wohl oder übel der verfluchten Differenzialrechnung. Mein Vater und ich hatten inzwischen schon wieder ein paar Sätze miteinander gewechselt, aber nur belangloses Zeug und kein Wort darüber, was uns wirklich durch den Kopf ging. Im Verdrängen waren wir beide gut.

Montagmorgen passte das Wetter perfekt zu meiner Stimmung. Grau und verregnet. Die Aussicht auf eine Matheklausur und im Regen zur Schule zu fahren, war nicht gerade berauschend. Und das Schlimmste war, dass ich Sam den ganzen Tag nicht sehen würde.

Missmutig schloss ich auf dem Hof mein Rad ab, schob es zum Tor hinaus und bekam schlagartig gute Laune.

Auf der Straße – in zweiter Reihe – stand Sam an seinen Bus gelehnt und wartete auf mich.

»Ihr persönlicher Fahrdienst. Stets zu Diensten«, strahlte er mich an.

Sofort schloss ich mein Fahrrad an der nächsten Laterne wieder an, ging zu ihm und gab ihm einen langen Kuss. »Was machst du hier? Willst du nicht lieber ausschlafen?«

»Während mein Gegenstück im Regen zur Schule fahren

muss? Was wären wir denn dann für ein Kugelmensch? Und jetzt steig ein!« Er hielt mir die Tür auf. »Wir brauchen bei dem Scheißverkehr bestimmt länger als mit dem Rad.«

Sam hatte recht. Wir standen an jeder Ampel und kamen nur schleppend vorwärts. Es störte mich nicht im Geringsten, umso mehr Zeit hatten wir schließlich miteinander.

»Was machst du eigentlich in den Ferien?«, fragte er mich.

Ich zuckte mit den Schultern. »Nichts Bestimmtes. Meine Mutter kann es sich nicht leisten, den Laden zu schließen, und ich hab sowieso keine Kohle, um wegzufahren.«

Außer um meine Großeltern zu besuchen, verließen wir in den Herbstferien eigentlich so gut wie nie die Stadt.

»Sehr schön. Hast du dann vielleicht Lust, die zwei Wochen bei mir zu verbringen?« Er nahm meine Hand in seine. »So komplett. Tag und Nacht.«

»Urlaub bei dir?!«

»Ja. Oder ist dir meine Gegend ein zu gefährliches Pflaster?«

»Ich wäre nirgends lieber, aber ich weiß nicht, was Kurt dazu sagen würde.« Oder mein Vater.

»Das erfahren wir, wenn wir es ihm erzählen. Also ... ja?«

»Ja!« Ich strahlte ihn voller Vorfreude an. Die Aussicht auf vierzehn Tage nur mit Sam war berauschend.

Mittlerweile waren wir nur noch zwei Kreuzungen von der Schule entfernt.

»Du kannst mich hier schon rauslassen«, sagte ich. »Immerhin bist du krankgeschrieben, da wär es doch blöd, wenn man dich hier sähe.«

»Es ist vielmehr eine Beurlaubung, also kann ich dich bis vor die Tür fahren. Oder ist es dir etwa peinlich, mit mir gesehen zu werden?!«

»Auf jeden Fall. Wer will schon mit seinem Lehrer gesehen werden? Lehrer sind alt und öde und ...«

Unvermittelt riss er das Lenkrad herum und bog in die nächste Seitenstraße ab. Nach wenigen Metern hielt er an, löste gleichzeitig unsere Gurte und zog mich zu sich heran. Unsere Lippen prallten sofort aufeinander. Seine Finger vergruben sich in meinen Haaren, während meine langsam unter sein T-Shirt glitten. Er hob mich auf seinen Schoß, umklammerte mit den Händen meinen Po und presste mich fest an sich.

»… und was?!«

»… und …« Ich atmete heftig. »… und … heiß … und … absolut erregend … und … unersättlich.«

»Viel besser«, murmelte er und fuhr mit den Zähnen an meinem Unterkiefer entlang. »Und jetzt ab in die Schule!« Mit einem breiten Grinsen hob er mich von seinem Schoß.

»O Gott! Warum tust du mir so was an? Jetzt kann ich bestimmt keinen klaren Gedanken mehr fassen.«

»Dann hab ich ja mein Ziel erreicht«, lachte er selbstzufrieden.

Ich verdrehte die Augen, stieg mit völlig zerzausten Haaren aus dem Bus und knallte, so gut es ging, die Tür zu.

Nachdem ich Mathe hinter mich gebracht hatte, traf ich mich in der Pause mit Emma und endlich auch wieder mit Milo. Wir gingen ins hintere Treppenhaus und setzten uns dort in der obersten Etage auf die Stufen. Draußen war es einfach zu nass, und hier kam so gut wie nie jemand vorbei.

»Und wie lief es?«, fragte Emma.

»Geht so. Ich glaube, mehr als neun Punkte werden es nicht.«

»Das sagst du immer, und dann kriegst du doch wieder vierzehn.«

»Diese Klausur wäre jedenfalls geschafft, bleiben nur noch zwei.« Ich verzog das Gesicht.

»Ich hab dieses Mal echt Glück gehabt. Keine einzige Klausur in dieser Woche«, sagte Milo. »Dafür erwartet mich danach das Grauen.«

Ich sah ihn fragend an. »Warum?«

»Weil ich mit meinen Alten zehn Tage auf so 'nem Kreuzfahrtschiff übers Mittelmeer schippern muss.«

»Oh, du armes Bonzenkind!« Emmas Mitleid hielt sich in Grenzen. »Vielleicht triffst du ja dort die Frau deiner Träume.«

»Mit Sicherheit sind auf dem Kahn nur Rentner.«

»Kannst du nicht sagen, dass du nicht mitwillst?«, schlug ich vor.

Er schüttelte den Kopf. »Es ist sozusagen mein *Geburtstagsgeschenk*.« Er untermalte seine Worte mit Anführungszeichen. »Ich meine, wenn sie mir schon eine Reise schenken wollen, hätten sie mich doch wenigstens fragen können, wo ich hinwill, und nicht, wo sie hinwollen. Ich hoffe, wir sinken gleich am ersten Tag, damit ich nicht lange leiden muss.«

»Hier.« Emma reichte ihm ihren Schokoriegel. »Du brauchst ihn nötiger als ich.«

Wir mussten lachen, und Milo biss genüsslich ein Stück ab.

»Also, meine Mutter hat schon vor einem Jahr oder so einen Wellnessurlaub irgendwo an der Nordsee für uns gebucht. Aber ich hab ihr einfach gesagt, dass ich da jetzt auf keinen Fall mitfahren kann. Oder kannst du dir vorstellen, dich auch nur einen Tag von Sam zu trennen, Ella?«

Ich sah verlegen von ihr zu Milo und schüttelte den Kopf.

»Siehst du? Kann ich auch nicht. Also mich von Kurt trennen. Jedenfalls fährt sie nun mit meiner Tante, und ich hab sturmfrei.« Sie klatschte in die Hände.

»Na, das ist doch perfekt, wie sich bei euch alles zum Guten fügt«, grummelte Milo vor sich hin.

»Mann, Milo! Eine Kreuzfahrt zu machen, ist echt nicht das Leiden Christi«, sagte sie wenig taktvoll.

»Emma!«, zischte ich sie an.

»Nein, schon gut«, wiegelte er frustriert ab. »Ich verhalte mich einfach weiter so, als wäre alles in Ordnung, also unterbrich mich dabei nicht, okay?«

Cora kam die Treppe hoch und setzte sich, leicht außer Atem, zu uns. »Wir haben wieder Ausfall, Ella. Die Auerbach fehlt immer noch.«

»Super. Ich sollte mir wirklich mal angewöhnen, am Vertretungsplan vorbeizugehen.«

»Hey, Vokuhila ist auch nicht da«, ergänzte Emma. »Dann muss ich ja nicht allein hier rumhängen.«

Milo schickte ein Stoßgebet an die Decke und schnappte sich seine Tasche. »Ist wohl heute einfach nicht mein Tag. Viel Spaß noch.« Er stieg die Treppe hinunter.

»Danke!«, rief Emma ihm hinterher. »Und denk dran – jeder nur ein Kreuz!«, zitierte sie aus *Das Leben des Brian*.

»Warte, Milo!« Ich sprang auf und lief ihm nach.

»Was?!« Er war schon im Gang eine Etage tiefer.

»Sei nicht sauer auf sie, bloß weil sie glücklich ist!«

»Ich bin nicht sauer, weil *ihr* glücklich seid. Ich kann es im Moment nur schwer ertragen.«

»Und ich kann es nicht ertragen, dass es dir schlecht geht.«

Er seufzte und sah an mir vorbei. »Wie war das noch mal? Sieben Milliarden Menschen? Wozu braucht ihr da eigentlich noch mich?«

Seine Worte stachen mir ins Herz.

»Das ist unfair.« Ich schluckte. »Ich hasse es, dass du so was sagst.«

Er ließ den Kopf hängen. »Sorry, ich brauche wohl einfach noch ein bisschen Zeit.«

»Ich weiß«, sagte ich leise und griff nach seinem Handgelenk.

Schrill läutete die Schulglocke.

»Ich muss los.« Er löste sich von mir.

»Ich weiß«, wiederholte ich mich und sah ihm nach, bis er hinter einer Tür verschwand.

»Seid ihr zusammen? Du und Milo?«, fragte mich Cora geradeheraus, als ich mich wieder zu ihr setzte.

»Wer? Ich? Nein.«

»Wieso?«, wollte Emma wissen.

Cora setzte einen verträumten Blick auf und seufzte. »Ach, nur so … ich wollte es einfach bloß wissen. Er ist wirklich süß.«

»Ja, das ist er«, stimmte ich zu.

Emma rückte dichter an Cora heran. »Hast du am einunddreißigsten Oktober schon was vor?«

»Woher soll ich das heute bereits wissen?«

»Wir planen nämlich eine Überraschungsparty für Milo.«

»Ach was«, mischte ich mich ein. »Ich wusste gar nicht, dass das schon beschlossene Sache ist.«

»Solange du keinen besseren Vorschlag hast, kannst du es als beschlossen betrachten.« Sie wandte sich wieder an Cora. »Und du bist hiermit herzlich eingeladen.«

»Ich glaube, das lässt sich einrichten«, erwiderte sie freudestrahlend.

Der Freiblock ging viel zu schnell vorüber, gefolgt vom Sportunterricht, der für alle Beteiligten wenig befriedigend verlief. Ohne Sam war es einfach nicht dasselbe. Wie ich feststellen musste, anscheinend für niemanden.

Als ich jedoch die Turnhalle verließ und den alten, dreckigen schwarzen Bus entdeckte, machte mein Herz einen Hüpfer, und alle Anspannung fiel von mir ab.

Sam ließ es sich trotz meiner Proteste bezüglich seines ökologischen Fußabdrucks nicht nehmen, mich die nächsten Tage morgens und nachmittags zu fahren. Und ich genoss jede einzelne Sekunde mit ihm.

Emma hatte es geschafft, Cora jedes Mal abzupassen, und so verbrachten wir von nun an die Pausen zu viert. In ihrer Gegenwart riss sich Milo auch zusammen und benahm sich nicht ständig wie ein wandelndes Arschloch. Unsere Gesamtstimmung verbesserte sich jedenfalls im Lauf der Woche ungemein.

Mittwochabend packte ich meine Schulsachen für den nächsten Tag zusammen und fuhr zu Sam. Ich wollte nicht, dass er nach der Therapie allein war. Meine Mutter war damit einverstanden, und meinem Vater wurde langsam klar, dass er sowieso nichts ändern konnte.

Kurt ließ mich in die Wohnung. Er war schon wieder auf dem Sprung und musste noch zur Uni.

Ich setzte mich mit meinem Philosophiehefter in den alten Sessel, um mich auf die Klausur am nächsten Tag vorzubereiten. Hier ließ es sich leicht lernen. Die beiden besaßen noch nicht mal einen Fernseher, der mich hätte ablenken können.

Als ich das nächste Mal auf die Uhr sah, war es schon nach neun Uhr. Müde rieb ich mir die Augen. Ich bezweifelte zwar, dass Sam auf die Idee kam, bei mir zu Hause aufzutauchen, sendete ihm vorsichtshalber aber eine SMS.

bin bei dir x

Ich wartete noch über eine Stunde, aber er kam weder nach Hause, noch reagierte er auf meine Nachricht. Draußen rauschte mittlerweile schon fast ohrenbetäubend der Regen. Ich hoffte, dass es ihm gut ging.

Irgendwann war ich einfach zu müde, und mir war kalt, also putzte ich mir die Zähne und kuschelte mich in Sams Zimmer unter seine Decke. Ich wählte noch mal seine Nummer, aber es meldete sich nur die Mailbox. Dann schlief ich ein.

Lautes Gepolter weckte mich. Sams Fahrrad war umgekippt, als er es an die Wand lehnen wollte.

»Scheiße!«, fluchte er, ließ es aber liegen und stieg darüber hinweg.

»Geht's dir gut?«, fragte ich ihn.

Er erschrak kurz. »Ella? Was machst'n du hier?«

»Ich hab auf dich gewartet. Hast du meine SMS nicht bekommen?«

Umständlich kramte er sein Handy aus der Jeans – er war klitschnass – und warf einen Blick darauf. »Hab den Ton ausgestellt.« Dann sank er an der Wand nach unten. »Tut mir leid.« Seine Stimme klang so leise und matt, als hätte er zum Reden keine Kraft mehr.

Meine Augen hatten sich inzwischen an die Dunkelheit gewöhnt, und ich konnte sein Gesicht erkennen. Er sah völlig erschöpft aus; das Haar hing ihm ins Gesicht, und dennoch erkannte ich die dunklen Ringe unter seinen glasigen Augen. So fertig hatte ich ihn noch nie erlebt, und er machte den Eindruck, in seinen durchnässten Klamotten gleich im Sitzen an der Wand einzuschlafen.

Ich stand auf, ging zu ihm, schnürte ihm die Stiefel auf und zog sie ihm von den Füßen. Dann seinen Pullover, sein klammes T-Shirt, die Hose. Er ließ alles widerstandslos geschehen. Als er nur noch seine Boxershorts anhatte, half ich ihm auf und führte ihn zum Bett.

»Tut mir leid, dass du mich so sehen musst.«

Ich zog ihn an mich. »Nein.« Meine Stimme war nur ein Flüstern. »Dir muss nichts leidtun.«

Er beugte sich über mich und sah mich an. Sein Körper war eiskalt, und aus seinen Haaren tropfte der Regen. »Hast du heute schon was gegessen?«

Ich gab ihm keine Antwort, denn ich wusste, dass sie ihm nicht gefallen hätte.

Er wusste es auch so. Ich erkannte es an dem hilflosen Ausdruck in seinen Augen.

Sam legte seine Lippen auf meine. Er schmeckte nach Alkohol. Seine Zunge suchte meine. Erst sanft, bald drängend. Es lag so viel Schmerz in diesem Kuss. So viel Verlangen. So viel Verzweiflung.

Dann nahm er sich von mir, was er brauchte.

Und ich gab es ihm.

Gerade noch rechtzeitig kam ich am nächsten Morgen in der Schule an. Ich hatte es nicht übers Herz gebracht, Sam aufzuwecken, und mich leise aus der Wohnung geschlichen.

Nachmittags verließ ich mies gelaunt nach vier Blöcken das Schulgebäude. Zu meiner Überraschung saß Sam auf dem Fahrradständer, an dem mein Rad lehnte. Ich blieb stehen und ließ den ungewohnten Anblick auf mich wirken. Sein hellblaues

Hemd war bis oben zugeknöpft, das Haar gekämmt. Und zu meinem Leidwesen war er frisch rasiert. Nervös zappelte er mit den Beinen.

»Wow! Du siehst sehr ... offiziell aus«, begrüßte ich ihn.

Er verzog das Gesicht. »Gut. Ich habe gleich den Termin mit der Schulleitung.«

»Soll ich auf dich warten?«

Er schüttelte den Kopf. »Nicht nötig.«

Er sah müde aus und wirkte sehr nervös. Ich hätte ihn so gern berührt, in die Arme genommen, geküsst ... aber das wagte ich nicht vor den vielen anderen.

»Soll ich heute Abend noch bei dir vorbeikommen?«, fragte ich ihn.

Offensichtlich gefiel ihm der körperliche Abstand zwischen uns beiden genauso wenig wie mir, denn er verhakte seinen Zeigefinger mit meinem kleinen Finger.

»Wir haben heute Probe, da sind Kurt und ich nicht vor Mitternacht zu Hause.«

Enttäuschung breitete sich in mir aus.

»Aber ich ruf dich nachher an. In Ordnung?« Dann gab er sich einen Ruck, stand auf und ging.

Das reichte mir nicht.

Ich sah mich nach seinem Fahrrad um, konnte es aber nirgends entdecken. Also suchte ich die Gegend um das Schulgebäude so lange ab, bis ich seinen Bus fand. Ich setzte mich in den Hauseingang, vor dem er parkte, und erledigte dort meine Hausaufgaben für den nächsten Tag. Es war auf jeden Fall besser, hier auf ihn zu warten, statt zu Hause ungeduldig das Telefon anzustarren. Als ich mit allem fertig war, stöpselte ich mir meine Kopfhörer in die Ohren und beobachtete die Menschen, die an mir vorbeieilten.

Es dauerte fast anderthalb Stunden, bis Sam endlich wieder auftauchte. Als er mich bemerkte, wurden seine Gesichtszüge augenblicklich weicher. Ich stand auf und blieb vor ihm stehen.

Er sagte nichts, sondern küsste mich einfach nur. Sanft, zart, lange, irgendwie erleichtert.

»Das hätte durchs Telefon nur halb so gut funktioniert«, hauchte er gegen meine Lippen.

»Und? Wie war's?«

»Ich hätte lieber einen Termin bei der Darmspiegelung gehabt, als dieses Gespräch zu führen.«

»So schlimm?«

Er schloss den Bus auf, hievte mein Rad auf die Ladefläche, und wir stiegen ein.

»Mir wurde auf nicht sehr subtile Art und Weise klargemacht, dass es wohl besser für alle Beteiligten wäre, wenn ich diese Schule verlasse.«

Wir hatten beide geahnt, dass es darauf hinauslaufen würde, aber jetzt, da es wirklich so weit war, stürzten sämtliche Schuldgefühle wieder auf mich ein.

»Es tut mir leid. Du weißt, ich wollte nie, dass es so endet.«

Wir hielten an einer roten Ampel.

»Es ist aber nicht das Ende. Es ist vielmehr ein Anfang. Ich finde es ehrlich gesagt auch gar nicht so schlimm, an einer Schule zu unterrichten, an der man mich nicht noch als Schüler kennt. Und ... wir können zusammen sein.« Er griff nach meiner Hand. »Das ist alles, was ich will.«

Ich lächelte. Ja, das war auch alles, was ich wollte.

Wir hielten in zweiter Reihe vor meiner Haustür. Ich schnallte mich ab und stieg auf seinen Schoß. Auf meinen Lieblingsplatz. Mit den Fingern strich ich ihm über die glatt rasierte Wange, fuhr ihm durch die Haare und zerzauste sie.

»Ich liebe dich«, flüsterte ich.

Freitagnachmittag verabschiedeten Cora, Emma und ich uns überschwänglich von Milo, dem dieser Auftritt höchst unangenehm war.

Die letzten Tage hatten Cora und ich unsere Freistunden

damit verbracht, ihm eine sinkende Mini-*Titanic* zu basteln – Emma war für den Eisberg zuständig –, und heute überreichten wir ihm das Gebilde feierlich.

»Ihr habt echt einen Knall«, sagte er nur und drückte uns, eine nach der anderen, fest an sich.

Cora lief rot an.

Ein hässlicher Porsche SUV hielt neben uns.

Milo kratze sich verlegen am Kopf. »Okay, ich muss dann mal los. Wir fahren gleich zum Flughafen.«

Seine Eltern machten sich nicht einmal die Mühe, auszusteigen und seine Freunde zu begrüßen. Sie blieben einfach hinter ihren getönten Scheiben sitzen. Ignorante Schnösel. Das wäre bei meiner Familie unvorstellbar gewesen. Sie hätten uns gleich vollgequatscht. Das konnte zwar manchmal auch ganz schön nerven, war mir aber im Endeffekt doch tausendmal lieber.

Wir zogen unsere weißen Taschentücher hervor und winkten ihm theatralisch zum Abschied.

Er grinste und schüttelte den Kopf. »Wenn ich wiederkomme, suche ich mir Freunde, die nicht so peinlich sind.«

»Ja, mach das! Falls du wiederkommst«, sagte Emma.

»Und nicht vergessen«, rief ich ihm hinterher, »Frauen und Kinder immer zuerst!«

Danach radelte ich zum Laden meiner Mutter.

Ich hatte es bis heute hinausgeschoben, ihr zu sagen, dass ich die Ferien bei Sam verbringen wollte. Es war nicht so, dass ich ihre Erlaubnis dafür brauchte, aber einfach so vor vollendete Tatsachen wollte ich sie auch nicht stellen. Außerdem hatte ich versprochen, ihr im Laden zu helfen, da Evelyn in der ersten Woche Urlaub hatte und mit ihren Kindern wegfuhr.

Als ich ankam, waren gerade zwei Kunden im Geschäft. Meine Mutter winkte mir lächelnd zu. Während sie einen opulenten Strauß aus weißen Lilien und blauen Disteln band, sammelte ich von draußen und drinnen die leeren Blumenkübel ein und reinigte sie, damit sich dort keine Bakterien sammeln konnten. Irgendwann gesellte sich meine Mutter zu mir und machte uns einen Kaffee.

»Alles in Ordnung?«, fragte sie mich.

Ich zuckte mit den Schultern. »Sam muss die Schule verlassen«, sagte ich knapp, ohne meine Tätigkeit zu unterbrechen.

»O nein! Wirklich?«

»Jip. Er hatte gestern das Gespräch mit der Schulleitung. Aber wir wussten es ja schon vorher …« Aus Angst, meine Schuldgefühle würden sich sonst ins Unermessliche steigern, sah ich ihr nicht in die Augen.

»Ist er sauer?«

»Auf mich?« Ich schüttelte den Kopf. »Nein. Er hat mich gefragt … ob ich … die Ferien bei ihm verbringen will.«

»Bei ihm oder mit ihm?« Sie goss den Kaffee auf.

»Beides.«

»Und? Willst du?«

Ich lächelte verlegen. »Natürlich … oder hast du was dagegen?«

»Ich? Wie kommst du denn darauf? Pack gefälligst deine Sachen und sieh zu, dass du wegkommst! Und nimm genug Kondome mit!« Sie kniff ein Auge zu.

Ich drückte meine Mutter fest an mich. »Danke, Mama. Ich helfe dir trotzdem im Laden, wie versprochen.«

»Schon gut. Ich lass mir was anderes einfallen. Zur Not schleppe ich Papa mit her. Der darf dann die Rosen abdornen.«

»Nein, wirklich. Das brauchst du nicht.«

»Ganz sicher?«

Ich nickte.

»Na gut. Montag, Mittwoch und Freitag?«

»Geht klar.«

Ich blieb, bis sie den Laden dichtmachte, half bei der Schaufensterdeko, trug abends die Blumen von draußen herein und fegte noch einmal durch.

Zu Hause packte ich ein paar Klamotten zusammen und hätte Pixie am liebsten auch mitgenommen. Meine Mutter wünschte mir schöne Ferien. Mein Vater wirkte zwar leicht zerknirscht, wagte es aber nicht, irgendeinen Einspruch zu erheben.

Gegen zehn erreichte ich mein Feriendomizil.

17

Das Wochenende verbrachten wir – ohne auch nur einmal vor die Tür zu kommen – ausschließlich im Bett. Ich stand höchstens auf, um ins Bad zu gehen, während Sam gelegentlich den Kühlschrank plünderte. Der war so voll, dass ich befürchtete, er wolle mich die nächsten zwei Wochen mästen.

Montag setzte er mich vormittags bei meiner Mutter ab. Er selbst hatte ein Treffen mit der Seminarleitung und dem Feldmann. Zusammen wollten sie den Schulwechsel besprechen. Es war für mich nur schwer zu ertragen, dass Sam jetzt solche Scherereien hatte. Genau das hatte ich nie gewollt. Und ich wusste, dass es ihm schwerfiel, sich von seinem Mentor zu trennen. So ein Vertrauensverhältnis würde er zu keinem anderen jemals aufbauen können.

Am frühen Abend holte er mich wieder ab, doch es ging nicht nach Hause, sondern nach Osten, raus aus der Stadt.

»Wohin fahren wir?« Ich hatte absolut nichts gegen einen Ausflug einzuwenden. Seit über einem Monat hatte ich Berlin schon nicht mehr verlassen.

»Ins Grüne oder ins Blaue. Ganz, wie du willst.«

»Ich finde beides gut.« Ich schaltete den CD-Player an, legte die Füße auf die Armatur und machte es mir gemütlich.

Auch Sam wirkte entspannt.

Die Sonne stand bereits unter dem Horizont, doch ihr Restlicht reichte aus, um die immer spärlicher besiedelte Landschaft zu beleuchten. Mittlerweile waren wir schon über eine Stunde unterwegs.

»Wenn du noch ein bisschen weiterfährst, landen wir bald in Polen«, bemerkte ich irgendwann.

»Das ist so in etwa mein Ziel.« Er steuerte den Bus auf immer schlechter ausgebaute Straßen.

»Ich hab nicht mal meinen Ausweis dabei.«

Wir bogen in einen Feldweg ein – rechts und links erstreckte sich nur Weidefläche – und fuhren bis an dessen Ende. Vor uns versperrte ein Deich den Weg.

»So, weiter geht's nicht. Dahinter fließt die Oder, und dahinter beginnt Polen.«

Ich sprang aus dem Bus und stieg auf den Deich. Der Ausblick war wunderschön. Rötlich schimmerte der Himmel über dem breiten Fluss. Der Pegel musste ziemlich hoch sein, denn einige Bäume und Teile der Wiese standen unter Wasser. In der Ferne vernahm ich das vereinzelte Blöken von Schafen. Ansonsten nichts. Stille. Ich atmete tief durch.

Sam stand mittlerweile neben mir. »Wenn wir nicht Mittwoch schon wieder zurück sein müssten, wäre ich mit dir zu unserer Höhle gefahren.«

Entgeistert starrte ich ihn an.

»Natürlich mit anständiger Ausrüstung.«

»Das klingt verlockend.« Ich blickte in den immer dunkler werdenden Himmel. »Aber dieser Ort hier hat einen Vorteil …«

»Wir sehen die Sterne«, sprach er meinen Gedanken aus.

»Wir sehen die Sterne.« Ich seufzte zufrieden.

Dann saßen wir noch eine Weile auf dem Deich, betrachteten den Fluss und genossen die Ruhe.

Irgendwann sprang er auf. »So. Zeit zum Abendessen. Wie ich dich kenne, hast du seit heute Morgen nichts mehr gegessen.«

Da hatte er recht, aber ich erwiderte nichts darauf.

Er nahm meine Hand, kehrte mit mir zum Bus zurück, öffnete die hinteren Türen und zog eine Leiter heraus.

»Du hast eine Leiter eingepackt?!«

»Sicher.« Er grinste und lehnte sie an den Wagen.

Dann holte er die dünne Matratze hervor und reichte sie mir.

»Ist ein bisschen spät, um euer Müllauto aufzuräumen«, stichelte ich.

»Ja, lach nur! Aber ich verspreche, dir wird gleich vor lauter Kitschigkeit der Atem stocken.« Er kletterte die Leiter hinauf. »Gib mir mal die Matratze!«

Ich reichte sie ihm hoch, so gut es ging, und er schob sie auf das Dach und verkeilte sie mit der Reling.

»Und jetzt den Schlafsack und die Decke!«

Ich suchte auf der Ladefläche alles zusammen und warf es ihm zu.

Gleich darauf kletterte er wieder herunter. »Ladys first!«

Ich stieg die Leiter hoch. »Ich wette, es fängt gleich an zu regnen.«

»Ich wette dagegen.« Er folgte mir mit einer Pizzaschachtel in der Hand und einem Rucksack auf dem Rücken.

»Du hast sogar das Wetter abgecheckt?«

»Hab ich. Es wird eine wolkenlose Nacht.«

Ich richtete meinen Blick zum Himmel hinauf. Tausende Sterne und die goldene Sichel des abnehmenden Mondes zeichneten sich in der Dunkelheit ab. »Atemberaubend!«

»Sag ich doch.« Ganz leicht berührte er meine Lippen.

»Wüsste ich es nicht besser, käme mir der Verdacht, dass du mich verführen willst.« Ich schloss die Augen.

»Genau das habe ich vor.«

Ich stellte das Atmen ein.

Unerträglich langsam glitt er zu meinem Ohrläppchen und wieder zurück zum Mundwinkel.

»Ich bin dir schon längst verfallen«, keuchte ich, zog ihn an mich und atmete ihn ein.

Ich spürte keine Kälte. Nur Sam. Und über uns der Nachthimmel. Keine Sekunde lang wich sein Blick von mir, und seine Augen strahlten so intensiv wie die Sterne.

Wie konnte es sein, dass ich bei jeder seiner Berührungen, bei jedem Blick immer wieder alles ringsum vergaß? Ich nahm nichts anderes wahr. Nur ihn. Er löste Gefühle in mir aus, die mir vorher fremd gewesen waren. Lust, Begierde, das Verlangen nach Nähe. Näher als nah. Eins sein. Er war alles, was ich brauchte. Alles, was ich wollte. Und zu erkennen, dass ich dasselbe in ihm auslöste, dass sich meine Empfindungen in ihm spiegelten, war berauschend.

»Wie kann es sein, dass ich dich so sehr liebe?«, fragte ich ihn, als wir auf dem Rücken liegend die Sternbilder am Himmel suchten. Ich erwartete keine Antwort darauf.

»Schon vergessen? Ich bin ein Teil von dir, du kannst also gar nicht anders.«

»Bedeutet das, ich muss jeden Teil von mir lieben? Magst du alles an dir?«

Hätte ich meinem Bruder diese Frage gestellt, hätte er sofort mit einem überzeugten Ja geantwortet.

»Ich mag alles an mir, wovon du Besitz ergriffen hast«, sagte er leise. »Durch dich fühle ich mich wertvoller.«

»Du bist wertvoll, weil du bist, wie du bist.«

»Aber erst durch dich weiß ich, wie es ist, geliebt zu werden ... und zu lieben. Ich hatte keine Ahnung, dass ich dazu fähig bin. Alle Gefühle, die du in mir weckst, möchte ich dir tausendfach zurückgeben.« Er beugte sich über mich und küsste mich.

»Das tust du«, flüsterte ich. Plötzlich hatte ich das tiefe Bedürfnis, ihn nie mehr allein zu lassen. »Darf ich dich am Mittwoch begleiten?«

»Wohin?«

Ich zögerte kurz. »Zu deinem Vater.«

Sam schwieg.

»Ich meine nicht, dass ich dabei sein will. Aber ich möchte

mitkommen und auf dich warten. Und danach tun wir das, was auch immer du tun musst.«

»In Ordnung.« Seine Stimme klang rau.

Es überraschte mich, dass er keine Einwände erhob.

»Deine Antwort kommt nur so schnell, damit du es dir nicht noch mal anders überlegen kannst, stimmt's?«

»Du kennst mich gut. Aber jetzt lass uns nicht mehr über Mittwoch reden. Das ist noch weit weg.«

Ich verschränkte meine Hand mit seiner. »Es ist eine fast perfekte Nacht. Danke.«

Er hob eine Augenbraue. »Wieso nur *fast*?«

»Na, du hast die Kissen vergessen.« Ich lächelte ihn an.

Spontan legte er mir einen Arm unter den Kopf. »Ich bin dein Kissen.«

»Perfekt«, sagte ich und kuschelte mich an seine Brust.

Obwohl wir unter dem Schlafsack und der Decke eng aneinander-geschmiegt lagen, fror ich nachts entsetzlich. Als Sam mein Zittern bemerkte, zog er aus seinem Rucksack einen Kapuzenpullover und dicke Socken für mich hervor. So eingepackt, schlief ich, bis ich in der ersten Morgendämmerung erwachte.

Dies war schon immer der magischste Moment des Tages. Als wäre ich allein auf der Welt. Als wären jedes Geräusch, jeder Windhauch nur für mich bestimmt. Das liebte ich schon früher bei unseren Radtouren am meisten. Mit dem ersten Tageslicht aus dem Zelt zu krabbeln und alles in mich aufzusaugen, bevor der Rest der Welt erwachte.

Ich kletterte vom Bus und stieg auf den Deich.

Dicker Nebel lag über dem Fluss und den Wiesen. Die Bäume am gegenüberliegenden Ufer wirkten wie gemalt. Einzelne Strahlen der rot aufgehenden Sonne bahnten sich ihren Weg durch die Schwaden hindurch. Ich versuchte mir jedes Detail einzuprägen.

»Brauchst du vielleicht das hier?« Sam legte mir sein Kinn auf die Schulter und hielt mir eine Schachtel hin.

»Was ist das?«

»Mach's auf! Ich weiß, dass du in diesem Moment genau das und nichts anderes haben willst.«

»Das, was ich haben will, passt nicht in diese Kiste und steht genau hinter mir.«

Ich ahnte, dass er mit den Augen rollte.

»Nun mach schon auf!«, sagte er ungeduldig und küsste meinen Hals. Sein Bart kratzte mich endlich wieder; ich liebte dieses raue Gefühl.

Neugierig öffnete ich die Schachtel. Darin lag ein hochwertiger A5-Zeichenblock, eine Schatulle mit Kohlestiften in verschiedenen Stärken, ein Knetradiergummi und sogar Fixierspray. Er hatte recht, es war wirklich genau das, wonach mir gerade der Sinn stand.

Ungläubig sah ich ihn an. »Du hast wirklich nichts dem Zufall überlassen, wie?«

Er schüttelte den Kopf. »Nein. Ich habe geahnt, dass es dir bei diesem Anblick in den Fingern kribbelt.«

»Das ist perfekt. Du bist perfekt.« Voller Freude fiel ich ihm um den Hals. »Und jetzt hör gefälligst auf damit, so perfekt zu sein! Wie soll ich dir das alles zurückgeben?«

»Du bist alles, was ich will. Mehr brauche ich nicht«, sagte er leise. »Und jetzt fang den Nebel ein! Ich besorge uns Frühstück.«

Ich setzte mich sofort auf den Boden und legte mir den Block auf die Knie. »Du weißt schon, dass zum Fixieren auch Haarspray für neunundsechzig Cent reicht, oder?«, rief ich ihm hinterher. »Hast dich ganz schön ausnehmen lassen.«

»Ich weiß.« Er stieg in den Bus und startete den Motor. »Aber wie war das noch mal? Wer hat, der kann.«

Wir verbrachten den ganzen Tag auf dem Deich, ohne dass uns auch nur eine Menschenseele begegnete. Sam hatte sein Longboard dabei und beobachtete mich amüsiert bei meinen ersten Fahrversuchen. Die Sonne schien ununterbrochen, und erst gegen Abend packten wir unsere Sachen zusammen und fuhren in die Stadt zurück.

Wie versprochen holte Sam mich am nächsten Tag im Blumenladen ab, damit ich ihn begleiten konnte. Wir fuhren mit dem Rad bis zur Spree und von dort immer am Wasser entlang. Wäre unser Ziel kein Krankenhaus gewesen, hätte es fast ein schöner Ausflug sein können.

»Bist du sicher, dass du anderthalb Stunden auf mich warten willst?«, fragte Sam, als wir dort ankamen. Er war schon die ganze Zeit total nervös und auf der Fahrt nicht sonderlich gesprächig gewesen.

»Ich würde überall ewig auf dich warten«, versicherte ich ihm, während wir unsere Räder anschlossen. »Und außerdem bin ich durchaus in der Lage, mich allein zu beschäftigen. Schließlich hab ich mein Skizzenbuch dabei, und findest du nicht auch, dass die dort drüben ein tolles Motiv abgeben?« Lächelnd wies ich auf drei Männer, die vor der Lungenklinik standen. Rauchend. Im Bademantel.

»So wird Kurt auch irgendwann enden«, bemerkte Sam trocken.

»Bloß nicht.« Schockiert riss ich die Augen auf. »Obwohl ... in so einem Bademantel könnte ich ihn mir gut vorstellen ... okay, du hast recht. Er wird so enden.«

Hand in Hand schlenderten wir zum Eingang. Sam schien es nicht eilig zu haben und den Termin so lange wie möglich hinauszögern zu wollen.

»Nun hau schon ab, damit ich endlich das Elend dort drüben festhalten kann!«

»Alles klar ... bis nachher.« Er gab mir einen zarten Kuss.

»Bis gleich. Ich bin hier, wenn du fertig bist«, sagte ich und setzte mich auf eine Bank.

»Ja, das bin ich dann definitiv.« Sam straffte die Schultern und schien sich innerlich Mut zuzusprechen.

Dann verschwand er in dem grauen Gebäude.

Mir war schon klar, dass er diese Besuche bisher auch ohne mich hinter sich gebracht hatte, aber es war mir so wichtig, einfach nur für ihn da zu sein. Auch wenn ich keine Hilfe darstellte. Er sollte spüren, dass er nicht mehr allein war.

Ich atmete tief durch, schlug mein Skizzenbuch auf und widmete mich den drei Rauchern.

Es war ein Bild des Grauens. Der eine trug nur ein OP-Hemdchen und Badelatschen und hielt sich an seinem Infusionsständer fest, an dem eine Pumpe und ein Beutel mit einer klaren Flüssigkeit hingen. Trotzdem zündete er sich schon die nächste Zigarette an. Der Typ im rot-blau gestreiften Bademantel saß auf einem Rollator und hustete ganz jämmerlich bei jedem Zug. Der Dritte im Bunde trug einen grauen Bademantel und tarnte sich darin auch ganz gut. Seine grauen Haare waren am Hinterkopf ganz platt gelegen, ansonsten standen sie wirr ab. Sein Gesicht war aschfahl und faltig. Sie starrten alle aneinander vorbei und redeten kein Wort miteinander. Jeder war allein. Mit sich. Mit seinem Schicksal. Mit seiner Zigarette.

Kurt sollte unbedingt mit dem Rauchen aufhören.

Mit wenigen Strichen fing ich die frustrierende Stimmung ein und wusste in diesem Moment, dass das Blatt bald meinem Bruder gehören würde.

Als ich die Zeichnung beendet hatte, war erst eine halbe Stunde vergangen. Ziellos spazierte ich über das Krankenhausgelände. Es herrschte reges Treiben. Menschen kamen und gingen. Man begrüßte und verabschiedete sich, es wurde geweint und gelacht. An diesem Ort lagen Freud und Leid dicht beieinander.

Ich kam an einem umzäunten kleinen Spielplatz vorbei. Er war leer. Ich öffnete das quietschende niedrige Tor und setzte mich auf eine Schaukel. Die Sonne ging gerade unter, und es wurde merklich kühler. Fröstelnd zog ich mir die Ärmel meines Pullovers über die klammen Finger und schaukelte leicht hin und her. Nicht so wie früher als Kind, immer höher und höher, bis es nicht mehr weiterging und mein Magen auf und ab hüpfte, bis ich in hohem Bogen absprang und jedes Mal den Rand vom Sandkasten zu erreichen versuchte. Meine Mutter hatte sich immer die Augen zugehalten, weil sie befürchtete, ich könne mir beim Aufprall sämtliche Zähne ausschlagen. Aber außer dass ich fast täglich mit blutigen Knien nach Hause kam, passierte nie etwas.

Mir war nie etwas passiert. Meine Familie hatte mich immer beschützt. War immer für mich da gewesen.

Warum hatten Sams Eltern ihn nicht vor jeglichem Unheil bewahrt? Ihm nicht Sicherheit und Geborgenheit gegeben? Ihm hatte niemand die zerschundenen Knie verarztet. Nein. Seine Eltern waren verantwortlich – für jede einzelne Wunde, ob sichtbar oder unsichtbar. Und trotzdem war er jede Woche hier und sprang über seinen Schatten.

Das Quietschen des Tors riss mich aus meinen Gedanken »Erster!«, schrie ein Junge mit roten Haaren.

»Gar nicht. Wer als Erster auf der Wippe ist, hat gewonnen«, krakeelte der andere. Er war einen Kopf kleiner und deutlich jünger.

So schnell er konnte, stürmte er zur Wippe und setzte sich darauf.

Der Größere rannte zur anderen Seite und hangelte sich auf den Sitz. Dann lehnte er sich nach hinten, bis er ganz langsam den Boden erreichte.

Nun hing der Kleine oben fest und zappelte mit den Beinen. »Lass mich runter, Marlon!«, plärrte er.

»Na, was willst du jetzt machen, du ADHS-Kind?«

»Mama sagt, ich hab kein ADHS.«

»Blödmann, du weißt doch noch nicht mal, wie man das buchstabiert.«

»Jungs, kommt da runter! Ich will endlich nach Hause«, rief eine Frau über den Zaun. Offensichtlich die Mutter.

Der Rothaarige stieg langsam und mit fiesem Grinsen im Gesicht von seinem Sitz. Dann ließ er die Wippe plötzlich los, und sein Bruder knallte auf den Boden. Heulend rannte der Kleine zu seiner Mutter, die nur genervt die Augen verdrehte.

»Entzückende Kinder.« Sam ließ sich auf der Schaukel neben mir nieder.

Ich hatte ihn gar nicht bemerkt. »Schon fertig?«, fragte ich ihn überrascht.

»Fix und fertig.« Er fuhr sich durchs Haar und rieb sich über die Augen. »Die Therapie dauert immer eine Stunde, danach hab ich noch dreißig Minuten mit meinem Vater. Aber er hatte mir heute nichts zu sagen und ich ihm auch nicht. Hab ihm einfach nur die Sachen gegeben, um die er mich letzte Woche gebeten hatte.« Er nahm meine Hand und holte Schwung. »Warum soll ich bei ihm meine Zeit absitzen, wenn ich doch mit dir hier schaukeln kann?«

Und dann schaukelten wir. Genauso wie früher. Immer höher und höher, bis mein Magen auf und ab hüpfte und ich in hohem Bogen absprang und am Rand des Sandkastens landete.

Sam sprang hinterher. »Das war auf jeden Fall schon mal viel besser als die bisherigen Mittwoche. Und? Was willst du jetzt machen?«

»Ich? Nichts. Mach einfach das, was du sonst auch immer machst. Nur dass ich diesmal dabei bin.«

Ein zweifelnder Ausdruck huschte kurz über sein Gesicht, verschwand aber sofort. »Okay.« Er reichte mir seine Hand und half mir auf.

Sam führte mich durch die ganze Stadt zurück, ohne mir zu sagen, wohin es ging. Er schlug zwar irgendwann seine Richtung ein, trotzdem kamen wir nicht in die Nähe seiner Wohnung. Zwischendurch fragte ich mich, ob er tatsächlich das Gleiche machte wie sonst auch oder ob er einen anderen Plan verfolgte. Unterwegs hielt er an einem Späti und kaufte zwei Bier. Wie schon auf der Hinfahrt redeten wir kaum. Anscheinend war er in Gedanken immer noch bei seinem Vater oder dem vorangegangenen Gespräch, denn zwischen seinen Augen hatte sich eine tiefe Sorgenfalte gebildet. Ich beschloss, ihn nur zu begleiten und einfach zuzuhören, falls er sich irgendwann öffnen wollte.

Schon bald kamen wir in eine reine Wohngegend. Keine Geschäfte, kaum Menschen auf der Straße. Wir bogen in einen dunklen Fußweg ab, das Licht der Stadt ließen wir hinter uns. Rechts stand Baum an Baum, und auf der linken Seite erstreckte sich so etwas wie eine Weide. Mehr konnte ich in der Dunkelheit nicht ausmachen.

»Aha, heute ist es also so weit. Du willst mich im Wald verscharren«, scherzte ich.

»Wusstest du eigentlich, dass dieses Gelände früher von der Städtischen Irrenanstalt genutzt wurde?«

»Ich wusste nicht mal, dass es diesen Ort gibt.«

»Mittlerweile ist es ein Park, aber die Psychiatrie gibt es immer noch.«

»Na toll. Warum ist dein Vater nicht hier? Dann hätten wir uns die Stunde Fahrt sparen können.«

»Sie hat keinen sonderlich guten Ruf.«

Nach einer Weile hielt Sam mitten auf dem Weg an. Ich sah mich um, konnte aber beim besten Willen nicht erkennen, was er hier wollte.

»Ab hier müssen wir zu Fuß gehen.«

Wir kraxelten eine Böschung hinauf. Oben angekommen, versperrte uns ein Bauzaun den Weg, aber Sam hob ihn an und öffnete ihn einen Spaltbreit. Offensichtlich hatte er ein ganz bestimmtes Ziel vor Augen. Auf der anderen Seite mussten wir den Hang wieder hinunterschlittern. Ich suchte Halt, was in der Dunkelheit jedoch aussichtslos war, und rutschte mehr oder weniger hilflos bergab. Am Fuß der Böschung fing Sam mich mit beiden Armen auf, sonst wäre ich womöglich gegen den nächsten Baum geprallt.

»Jetzt geht es nur noch über diesen Zaun, dann sind wir da.«

Sam drückte den völlig ausgeleierten Maschendrahtzaun mit der Hand nach unten, und wir stiegen einfach darüber hinweg.

Und dann standen wir vor einem total verwahrlosten Schwimmbecken.

»Du hast wohl ein Faible für Freibäder.«

»Nur wenn wir sie für uns allein haben.« Er nahm meine Hand. »Aber das hier ist wohl eher eine Ruine.«

Die gesamte Anlage war noch einmal durch einen Zaun gesichert, aber Sam wusste genau, wo wir durch ein Loch hineinschlüpfen konnten.

Das Schwimmbad war wirklich eine Ruine. Die Kacheln im Becken waren teilweise herausgebrochen und lagen am Boden. Aus den Startblöcken wuchsen junge Birken, und die Leiter zum Sprungturm fehlte. Dennoch steuerte Sam genau darauf zu.

Ich warf ihm einen zweifelnden Blick zu. »Äh, vergiss es! Da komme ich im Leben nicht hoch.«

»Na sicher.« Er verschränkte die Hände und hielt sie mir so hin, dass ich mit einem Fuß hineinsteigen konnte. »Du hast gesagt, du bist dabei, wenn ich das mache, was ich immer mache. Also …«

»Schon gut. Wo ist eigentlich deine Leiter, wenn man sie mal braucht?« Ich stieg in seine Hände, fand mit den Unterarmen Halt auf der unteren Plattform und hievte den Rest von mir umständlich hinterher. »Und wie willst du hochkommen? Gibt es hier irgendwo einen schnauzbärtigen Bademeister, der dir unter die Arme greift?«

Sam sprang hoch, hielt sich mit den Fingern fest, zog sich mit einem Klimmzug nach oben, stützte sich auf und stand im Nullkommanichts grinsend neben mir.

»Angeber«, zischte ich nur. »Du studierst Sport, also musst du so was können.«

»Weiter geht's!« Er deutete auf das oberste Sprungbrett.

Ich seufzte, und wir wiederholten das ganze Spiel. Oben setzten wir uns ganz vorn an den Rand und ließen die Beine über dem Abgrund baumeln.

»Das machst du also immer«, stellte ich fest.

»Ja. Hier sitze ich. Stundenlang.«

»Immer allein?«

»Nach so einem Termin ist es genau das Richtige. Ich kann dann nicht unter Menschen sein, Small Talk halten oder mich Kurts Ergüssen aussetzen. Dann will ich nicht lächeln müssen oder freundlich sein.« Er öffnete die beiden Bierflaschen und reichte mir eine.

Ich nahm sie, hatte aber nicht vor, auch nur einen Schluck zu trinken. Schon bei dem Gedanken daran bekam ich Kopfschmerzen. Ich legte mich auf den Rücken und starrte in den Himmel. Obwohl es heute wolkenlos war, waren nur wenige Sterne zu erkennen. »Warst du früher schon hier, wenn ... wenn es dir schlecht ging?«

Er nickte. »Diesen Ort hab ich vor Jahren für mich entdeckt. Schon mit dreizehn habe ich meine Sorgen von hier oben in das Becken geschmissen.« Er zögerte. »Sonst hätte ich das Leben nicht durchgestanden.«

Ich richtete mich auf und legte ihm eine Hand auf den Rücken.

»Wahrscheinlich sieht es dort unten nur so schlimm aus, weil ich alle meine Lasten ins Becken geworfen habe.«

»Gehst du eigentlich zu diesen Gesprächen, weil du hoffst, dass dein Vater sich irgendwann ändert?«

»Nein. Gewünscht habe ich mir das schon. Eine intakte Familie, einen Vater, der mich unterstützt, wenn ich ihn brauche, eine Mutter, die mich tröstet. Aber das ist längst vorbei. Jetzt geht es mir nur noch darum, heil aus der ganzen Sache rauszukommen, damit ich in der Lage bin, Liebe und Fürsorge zu geben, auch wenn ich das alles selbst nie erhalten habe.«

»Das kannst du mit Sicherheit, das fühle ich jeden Tag.« Ich lehnte den Kopf an seine Schulter.

»Deine Eltern haben viel aufgefangen. Ich weiß nicht, wie ich ohne sie drauf wäre.«

»Ich glaube, es sind nicht die Umstände, die dich zu dem machen, der du bist. Es ist dein Herz. Sonst hätte sich Kurt nie mit dir angefreundet. Meine Eltern hätten dich nicht in unserer Familie aufgenommen, und ich … na ja, du weißt schon …«

»Was?«

»… ich hätte dich nicht angehimmelt … seit dem Moment, als du in unser Leben getreten bist.«

»Das hast du all die Jahre gut verborgen.«

»Jip, darin bin ich gut.«

Er sah mir in die Augen. Ernst, irgendwie verzweifelt. »Was verbirgst du noch, Ella?«

»Wie meinst du das?« Ich konnte seinem Blick nicht standhalten und musste blinzeln.

»Wir reden immer nur über mich. Über meine Scheißvergangenheit, über meine Zukunft. Ich habe das Gefühl, dass du dich dabei völlig vergisst. Ist es meine Schuld, dass du immer weniger wirst, Ella? Du bist so verdammt dünn.«

Ich schüttelte nur den Kopf. Mir missfiel die Richtung, in welche sich das Gespräch entwickelte, und ein dicker Kloß saß mir plötzlich in der Kehle.

»Ich mache mir einfach Sorgen. Verstehst du das denn nicht?!«

»Das musst du nicht. Ich habe alles im Griff.« Ich wusste, dass das nicht der Wahrheit entsprach. Spürte ich doch, dass ich immer schwächer wurde und oft müde war. Manchmal wurde mir schwindelig, und mir war ständig kalt. Auch jetzt zitterte ich.

Sam bemerkte es, zog sein Hemd aus und legte es mir um die Schultern. Dann setzte er sich hinter mich und zog mich an sich. »Ich bin für dich da«, flüsterte er mir ins Ohr. »Ich hoffe, das weißt du.«

Im ersten Moment umhüllten mich seine Worte mit einem Gefühl der Geborgenheit, doch dann ergriff ein anderer Gedanke Besitz von mir. »Was ist, wenn du nur mit mir zusammen bist, weil du ein krankhaftes Helfersyndrom hast?«, brach es aus mir heraus.

Sam schnaubte. »Das ist jetzt nicht ernst gemeint, oder?«
Ich zuckte nur mit den Schultern.
Er schüttelte den Kopf. »Wie kommst du nur auf so was?«
»Ich weiß nicht ... aber bevor ich in diese Höhle fiel, hattest du doch auch keine Augen für mich ... hast mich nie wirklich angesehen ... ich verstehe eben nicht, warum du so plötzlich solche Gefühle für mich haben solltest.«

»So plötzlich? Ella, was ist, wenn ich derjenige war, der dich immer ansah, während du den Blick abgewendet hast? Was ist, wenn ich Angst vor meinen Gefühlen für dich hatte, Angst, dass ich dich nicht verdient hätte? Wie gern wäre ich schon vor zwei oder drei Jahren so mutig gewesen und hätte dir gesagt, dass ich nie mehr von deiner Seite weichen will. Ich liebe dich, und ich weiß das so genau, weil ich nie für einen anderen Menschen so empfunden habe. Natürlich will ich dich beschützen, das habe ich mir schon vor Jahren geschworen.«

Ich sah ihn fragend an.

»Kannst du dich noch an die Radtour in Dänemark erinnern?«

»Wie könnte ich die vergessen? Wir haben schließlich zehn Tage zusammen in einem Zelt geschlafen.«

»Ja, und trotzdem hast du kaum ein Wort mit mir geredet.«

»Ich war gerade zwölf und hatte diese furchtbare neue Zahnspange. Ich wollte lieber sterben, als in deiner Gegenwart den Mund aufzumachen.«

»Also, ich fand dich mit Zahnspange echt niedlich. Na jedenfalls ... weißt du noch, wie der tote Wal dort am Strand lag?«

Ich nickte und hatte sofort den beißenden Geruch in der Nase, den uns der Wind damals noch kilometerweit hinterhertrug. »Es stank bestialisch, und die Innereien lagen frei. Trotzdem versammelten sich die Leute um ihn und machten wie bescheuert Fotos.«

»Nur du standest abseits ... und als ich sah, wie dir still die Tränen runterkullerten, da habe ich mir geschworen, dich nie zu verletzen und immer für dich da zu sein.«

»Ich war eben schon immer zu nahe am Wasser gebaut.« O Gott, wie peinlich, dass er sich überhaupt noch daran erinnerte! »Du hast wahrscheinlich nicht nur ein Helfersyndrom, sondern auch noch Mitleid.«

»Und was ist das hier?« Er schob meine Haare beiseite und fuhr mit den Lippen an meinem Nacken entlang.

Ich erschauerte. »Ich weiß nicht ... vielleicht ...« Mein Verstand schaltete jeden Moment ab. »... vielleicht ... Mitleidssex.«

Er hielt unvermittelt inne. »Wenn ich mit dir schlafe, empfinde ich vieles, aber mit Sicherheit kein Mitleid.« Er stand auf. »Und jetzt komm! Du bist eiskalt. Fahren wir nach Hause.«

Es stimmte. Ich war völlig durchgefroren. Wahrscheinlich waren es auch nicht mehr als sechs oder sieben Grad, und mir klapperten hörbar die Zähne. Da half auch die Bewegung nichts, als wir wieder vom Sprungturm hinunterkletterten.

Er musterte mich besorgt und bemühte sich, mir die Finger zu wärmen. »Okay, ich weiß, wie dir wieder warm wird.«

Er kletterte an der Seite die Leiter ins trockene Schwimmbecken hinunter.

»Was hast du vor?«

»Komm runter, dann zeige ich es dir!«

Ich kletterte hinterher.

Sam verschränkte seine Finger mit meinen. »Dieser Ort war immer nur Zuflucht an schlechten Tagen mit wirklich miesen

Gefühlen. Heute nicht. Heute bist du bei mir. Und wenn du bei mir bist, kann es mir nicht schlecht gehen.« Ganz sanft legte er seine Lippen auf meine. »Gibst du mir dein Handy?«

Ich zog es aus meiner Hosentasche und reichte es ihm, ohne nach dem Grund zu fragen.

Er scrollte auf dem Bildschirm herum. »Es wird Zeit, das Becken mit etwas Gutem zu füllen.« Dann legte er das Handy ab und griff nach meinen Händen.

Im selben Moment erklang *Songbird* von Oasis. Sam grinste und begann damit, mich wie wild herumzuwirbeln. Er schob mich von sich und zog mich wieder heran, ließ eine Hand los und drehte mich, immer und immer wieder. Drehen, wirbeln, eng aneinander, auseinander. Er war völlig ausgelassen, und ich spürte nichts mehr von seinen Sorgen. Zwei Minuten lang, bis mir total schwindelig und heiß war und ich lachend und erschöpft in seinen Armen lag.

»Ist dir jetzt warm?«

Ich schüttelte den Kopf. »Noch nicht genug.« Dann küsste ich ihn.

Freitag half ich meiner Mutter wieder im Laden, war aber schon froh, wenn Evelyn ab Montag endlich zurück wäre.

»Das Wetter soll morgen noch mal schön sein«, sagte meine Mutter, als wir gerade den kleinen Transporter ausluden und die frischen Blumen ins Geschäft trugen.

»Aha. Danke für die Info.«

Sie verdrehte die Augen. »Ich meinte damit, dass wir mit euch abgrillen wollen.«

»Abgrillen, die Zweite«, murmelte ich vor mich hin.

»Was?«

»Nichts, nichts. Es ist erst Anfang Oktober, ich schätze mal, das wird nicht euer letzter Grillabend.«

»Kommt ihr nun oder nicht?«

Ich wusste, dass meine Eltern diese Abende liebten. »Natürlich komme ich, aber Kurt müsst ihr schon selbst fragen, der ist gerade zu Emma ausgewandert.«

»Kurt weiß längst Bescheid. Ich meinte dich und Sam.«

Ich schluckte. »Ich weiß nicht … ich glaube, das ist kein so guter Plan. Weiß Papa davon?«

»Keine Sorge, es war sein Vorschlag.« Sie sah mich erwartungsvoll an. »Also … ?«

»Das wird bestimmt total krampfig.«

»Ach, komm schon, Ella, gib dir einen Ruck! Es ist doch nur ein Grillabend, da kommen auch noch andere Leute.«

»Schon gut. Ihr könnt mit mir rechnen. Und Sam frage ich auch, aber ich kann nichts versprechen.«

Sam musste keine Sekunde lang darüber nachdenken, sondern sagte sofort zu.

»Ich lass deinen Vater doch nicht am ausgestreckten Arm hängen, wenn er mir die Hand reicht«, sagte er abends. »Du weißt, ihr seid die einzige Familie, die ich habe.«

Am nächsten Morgen fühlte ich mich jedoch gar nicht gut, und das lag nicht am bevorstehenden Grillabend.

»Ich glaube, ich werde krank«, sagte ich und zog mir die Decke über den Kopf.

»Und ich glaube, du willst dich vor heute Abend drücken.«

»Das habe ich gar nicht nötig«, widersprach ich beleidigt. »Wenn ich nicht hingehen wollte, täte ich es auch nicht.«

Sam kroch zu mir unter die Decke und fühlte meine Stirn. »Hm, also Fieber hast du nicht.«

»Noch nicht«, maulte ich. Aber ich hatte Kopf- und Halsschmerzen und fühlte mich total schlapp.

Sam kümmerte sich den ganzen Tag um mich, versorgte mich mit Tee, kochte mir eine widerliche Dosensuppe und zwang mich auch noch, sie zu essen. Er spielte leise auf seiner Akustikgitarre, bis ich eingeschlafen war. Am späten Nachmittag wachte ich wieder auf. Er hatte sich in der Zwischenzeit eine kleine Stelle auf seinem zugemüllten Schreibtisch freigeschaufelt und saß vor dem Laptop. Ich sah, dass er gerade seinen Lebenslauf bearbeitete.

»Ohne mich wärst du nicht in dieser Situation«, sagte ich leise mit kratziger Stimme.

Er klappte den Rechner zu und legte sich zu mir. »Ohne dich wäre alles egal.« Sanft strich er mir die Haare aus dem Gesicht. »Wie geht es dir? Soll ich anrufen und Bescheid geben, dass wir doch nicht kommen?«

Ich schüttelte den Kopf und rappelte mich langsam auf. »Nicht nötig. Mir geht's schon wieder besser. Aber das liegt bestimmt nicht an dieser ekelhaften Suppe.«

»Bist du sicher? Wir müssen da nicht hin.«

»Ja, sicher. Ich verschwinde nur noch kurz im Bad, dann können wir los.«

Nachdem wir die ganze Strecke mit dem Fahrrad zurücklegen mussten, weil mein Bruder den Bus hatte, fühlte ich mich jedoch elender als zuvor.

Sam sah mich besorgt an. »Wir hätten doch zu Hause bleiben sollen.«

»Wir müssen ja nicht lange bleiben. Kurz Hallo sagen, was trinken, und dann hauen wir wieder ab.« Ich zog meine Jacke enger um mich.

Als wir den Hof betraten, legte er einen Arm um mich. Diese kleine Geste zeigte allen Anwesenden, dass wir zusammengehörten. Ich schlang ihm einen Arm um die Hüfte.

Kaum hatten wir alle begrüßt, klopfte mein Vater Sam leicht auf die Schulter und zog ihn von mir fort.

Ich nahm mir aus einem Kasten eine kleine Colaflasche, setzte mich auf die quietschende alte Hollywoodschaukel, die seit Jahren niemand mehr benutzte, aus Angst, sie könne jeden Moment zusammenbrechen, und ließ den Blick über den Hof schweifen.

Sam und mein Vater saßen auf einer Bank und unterhielten

sich. Beide hatten die Beine von sich gestreckt und die Füße gekreuzt. In den Händen hielt jeder eine Bierflasche.

Kurt und Emma standen mit Nikos am Grill und lachten laut.

»Ich hab so große Zahnlücken, statt Zahnseide benutze ich Geschirrhandtücher«, gab dieser lauthals zum Besten, während er sich mit einem Schaschlikspieß in den Zähnen herumstocherte.

Emma prustete los. »Ja. Und statt Zahnstocher ganze Baumstämme.«

Sie bekamen sich gar nicht wieder ein und übertrumpften sich gegenseitig mit den absurdesten Zahnreinigungsideen.

Um den großen Gartentisch saßen lauter Nachbarn, mit Kindern auf dem Schoß oder ohne, und unterhielten sich angeregt. Von meiner Mutter war nichts zu sehen, sie war wahrscheinlich oben und holte Würstchennachschub.

Aus den Augenwinkeln beobachtete ich Sam. Er nickte gelegentlich und hatte ein leichtes Lächeln im Gesicht. Mein Vater sah auch fröhlich aus, zog ihn am Nacken zu sich heran und klopfte ihm freundschaftlich auf die Schulter. Es erleichterte mich ungemein, dass die beiden sich wieder wie früher verhielten. Bevor die Sache mit mir und Sam alles irgendwie kompliziert gemacht hatte.

Ich nippte an meiner Cola, aber die Flüssigkeit brannte mir so im Hals, dass ich sie kaum hinunterschlucken konnte. Sogar das Sitzen wurde mir zu anstrengend, und ich rollte mich auf der kurzen, klapprigen Schaukel zusammen. Zitternd zog ich mir die Kapuze über die Ohren. Ich fühlte mich richtig krank und wollte eigentlich nur noch ins Bett.

Sam kam zu mir herüber und ging vor mir in die Hocke. Mit einer Hand fühlte er meine Stirn. »Okay, jetzt hast du wirklich Fieber. Du bist total heiß.«

»Danke, du auch.« Ich lächelte schwach.

»Komm, ich bring dich nach Hause!« Er half mir auf.

Meine Mutter kam zu uns. »Alles in Ordnung?«, fragte sie.
»Ella hat Fieber. Besser, wir fahren.«
»Ihr wollt fahren? Das ist doch Unsinn. Du hast hier ein Bett!«, erklärte sie bestimmt. Dann wandte sie sich an Sam. »Bring sie hoch, und du kannst natürlich auch hier schlafen. Du weißt, dass wir nichts dagegen haben, oder?«
Er nickte stumm.
Der Aufstieg in die vierte Etage erschien mir kaum zu bewältigen. Stöhnend wollte ich die Treppe in Angriff nehmen, doch Sam kam mir zuvor, hob mich hoch wie ein kleines Kind, legte sich meine Arme um den Hals und die Beine um die Hüften und trug mich bis nach oben. Ich bettete den Kopf an seine Schulter.
»So hätte ich es auch bis zu dir geschafft«, versuchte ich zu scherzen.
Er schloss die Tür auf, durchquerte die ganze Wohnung und legte mich in meinem Zimmer aufs Bett. Dann half er mir aus Jacke und Schuhen und stopfte mich unter die Decke.
»Was hat mein Vater zu dir gesagt?«, fragte ich zitternd und mit klappernden Zähnen.
»Er wollte sich entschuldigen, aber das war nicht nötig. Ich hab nie erwartet, dass er Freudensprünge macht, wenn er erfährt, was ich für dich empfinde. Und er hat gesagt, dass ich auf dich aufpassen soll und dass du das Beste bist, was mir je passieren konnte. Aber das brauchte er mir auch nicht zu sagen, das weiß ich längst.« Er gab mir einen Kuss auf die Stirn und setzte sich im Schneidersitz in den Sessel unter meinem Fenster. »Außerdem hat er mir ein Vorstellungsgespräch an seiner Schule besorgt.«
Ich schnappte nach Luft. »Das klingt doch toll! Wirst du hingehen?«
»Natürlich. So eine Chance mitten im Schuljahr lasse ich mir nicht entgehen. Soll ich dir noch einen Tee machen?«
»Nein ... Sam?«

»Ja?«

»Du musst nicht hierbleiben, du kannst ruhig nach Hause fahren.«

»Ich lass dich doch nicht allein, wenn es dir schlecht geht. Sag Bescheid, wenn dein Fieber so hoch ist, dass ich dich mit einem nassen Handtuch abkühlen darf.«

Ich hörte das Grinsen in seiner Stimme.

»Und jetzt versuch zu schlafen, ich bin hier, wenn du mich brauchst.«

»Danke«, nuschelte ich schwach. »Ich liebe dich.«

Die Nacht war einfach nur furchtbar. Mein Hals fühlte sich an, als würde ein Messer darinstecken, ich hatte Schüttelfrost, mein ganzer Körper tat weh, und zu allem Überfluss kam ein Husten dazu, bei dem mir jedes Mal die Brust zu zerreißen drohte.

Aber für Sam war es wahrscheinlich auch schlimm. Er wärmte mich, wenn mir kalt war, legte mir einen nassen Lappen auf die Stirn, wenn ich schwitzte, und gab mir immer wieder zu trinken. Zwischendurch unterhielt er sich gedämpft mit meinen Eltern, die ständig besorgt ins Zimmer kamen. Nur manchmal kauerte er sich im Sessel zusammen und versuchte ein wenig zu schlafen.

Am nächsten Morgen ging es mir kein bisschen besser. Mein Vater kam herein. »Okay, Sam. Wir übernehmen jetzt. Fahr nach Hause und schlaf eine Runde! Aber vorher frühstückst du noch mit uns.« Damit verließ er wieder mein Zimmer.

»Er hat recht«, krächzte ich. »Am Ende steckst du dich noch an.«

Sam betrachtete mich mit besorgtem Blick. »Es tut mir leid. Ich bin schuld, dass es dir so schlecht geht.«

Hustend schüttelte ich den Kopf.

»Doch. Ich hätte dich nie diesen kalten Nächten aussetzen dürfen.«

Ich versuchte zu lächeln. »Das war es mir wert.«

Montag schleppte mein Vater mich in aller Frühe zum Arzt, welcher mir – nach über einer Stunde zermürbender Wartezeit – eine akute Bronchitis diagnostizierte. Ich konnte also nur weiter im Bett liegen bleiben, bis das Fieber weg war.

Als wir nach Hause kamen, wartete Sam bereits vor unserer Haustür.

»Und, wie lautet der Befund? Darf ich dich endlich wieder mitnehmen? Immerhin waren zwei Wochen Ferien bei mir ausgemacht.«

Ich warf meinem Vater einen flehenden Blick zu.

»Schon gut. Meinetwegen macht, dass ihr wegkommt. Aber nur, wenn du sie fährst.«

Wie zum Beweis zog Sam den Autoschlüssel aus der Hosentasche.

»Na dann, lass dich richtig gesund pflegen!« Mein Vater drückte mich kurz an sich. »Und wenn was ist, du weißt ja, wo wir wohnen.«

Ich nickte schwach. »Bis Sonntag.«

Dann machten wir uns auf den Weg.

Kaum bei ihm angekommen, steckte Sam mich sofort wieder ins Bett. Ich wollte mich schon beschweren, da kroch er zu mir unter die Decke und nahm mich in die Arme. Ich legte ihm den Kopf auf die Brust und atmete seinen vertrauten Geruch ein. So ließ es sich aushalten. Wir hatten uns gerade erst vierundzwanzig Stunden nicht gesehen, und schon litt ich unter Entzugserscheinungen.

»Wie konnte ich nur jemals ohne dich leben?«, flüsterte ich.

Er vergrub das Gesicht in meinen Haaren. »Unvorstellbar, dass es jemals anders war und je wieder sein könnte.«

Ja. Das war es.

Ich fühlte mich nicht nur extrem zu ihm hingezogen – das war natürlich unbestreitbar –, sondern auch absolut mit ihm verbunden. Eins. Ich konnte hier für immer mit ihm liegen, und nichts würde mir fehlen.

Wir redeten. Wir schwiegen. Wir hörten Musik. Sam las mir aus einer völlig zerfledderten Ausgabe von *Der Fänger im Roggen* vor. Das Buch hatte ich in der Schule bisher nur auf Englisch gelesen. Manchmal schliefen wir kurz ein. Aber ganz gleich, was wir auch taten, unsere Körper suchten ununterbrochen Kontakt.

Am nächsten Tag fühlte ich mich ein wenig besser. Das Fieber war gesunken, und damit schwanden auch die Gliederschmerzen. Durch den starken Husten fühlte sich mein Brustkorb jedoch wie zerfetzt an.

»Ich glaube, Jenny hat damals, als ich so krank war, irgendwas zum Einreiben mit eingepackt.« Sam sprang auf und ging ins Bad. »Und mach dich schon mal obenrum frei!«, rief er mir zu. »Das wollte ich schon immer mal sagen.«

»Vielleicht hättest du lieber Medizin studieren sollen…«

Noch bevor ich mein T-Shirt ausziehen konnte, stand er mit einer Salbentube in der Hand im Türrahmen und beobachtete mich schon fast lüstern.

Ich hingegen fühlte mich kraftlos und hochgradig unattraktiv. Seit drei Tagen hatte ich mir die Haare nicht mehr gekämmt, und geduscht hatte ich seitdem auch nicht mehr.

»Sieh mich nicht so an! Ich bin krank und…«

»… und absolut hinreißend.«

Ich verdrehte nur die Augen.

Er quetschte sich etwas von der Salbe auf die Finger und beugte sich über mich. Dann legte er seine Hände auf meine Brust.

Ich atmete tief ein.

Der scharfe Geruch von Eukalyptusöl stieg mir in die Nase, und unter Sams Berührungen entspannte mein verkrampfter Körper augenblicklich.

»Ist dir schon aufgefallen, dass wir seit vier Tagen keinen Sex mehr hatten? Ich wusste gar nicht, dass du das so lange aushalten kannst.«

»Oh, du hast keine Ahnung, wie schwer mir das fällt! Besonders wenn du so vor mir liegst.« Behutsam glitten seine Finger über meinen Oberkörper.

In dem Moment klingelte sein Telefon.

Erst machte er den Eindruck, als wolle er gar nicht drangehen, als er aber die Nummer auf dem Display sah, wischte er sich die Hände an der Jeans ab, nahm den Anruf entgegen und verließ den Raum.

18

»Das war die Klinik.« Er war kreidebleich. »Sie möchten, dass ich vorbeikomme. Jetzt.«

»Hat man dir den Grund genannt?«

Er schüttelte den Kopf. »Es wird wohl kaum etwas Erfreuliches sein.«

Sam stand im Zimmer, irgendwie unschlüssig, was er nun tun sollte.

»Zieh dich an und fahr!«, forderte ich ihn auf.

»Ich weiß nicht … ich kann dich doch nicht allein lassen.«

»Doch, das kannst du. Ich bin nämlich schon ein großes Mädchen.«

Er seufzte, schob sein Handy in die Hosentasche und nahm sein Rad von der Wand. Ich stand auf, ging mit wackeligen Beinen zu ihm und legte ihm eine Hand an die Wange.

»Wenn du wiederkommst, bin ich frisch geduscht, und wir machen da weiter, wo wir eben aufgehört haben.«

»Ich kann's kaum erwarten.« Lächelnd nahm er meine Hand und küsste sie.

Aber in seinen Augen erkannte ich, dass er schon ganz weit weg war.

Es war elf Uhr, als er losfuhr.

Ich kochte mir Tee, duschte, zog mir frische Klamotten an, las *Der Fänger im Roggen*, hörte Musik, kochte mir neuen Tee, las das Buch komplett durch, durchforstete die CD-Sammlung, wurde unruhig.

Ab 15 Uhr lag mein Handy ununterbrochen neben mir.

17 Uhr. Nichts. 19 Uhr. Nichts. 20 Uhr. Nichts.
Um 21 Uhr schrieb ich ihm eine SMS.
geht's dir gut? ist alles in ordnung?
Ich ahnte, dass er den Ton wieder ausgestellt hatte, trotzdem starrte ich ständig auf mein Telefon. Als könnte ich damit irgendetwas beschleunigen.

Unruhig tigerte ich in der Wohnung hin und her, überlegte, Kurt anzurufen und ihn zu bitten, mich zur Ruine zu fahren. Gestern hatte er sich den Bus wieder abgeholt, und mein Fahrrad stand bei mir zu Hause.

Warum verstand Sam nicht, dass er seine Sorgen nicht allein tragen musste? Dass ich ihm etwas davon abnehmen wollte? So gut es ging.

Kurz vor 23 Uhr piepte mein Handy. Es war eine Nachricht. Von Sam.
nein
Mehr nicht.
Kurz darauf piepte es erneut.
nichts ist in ordnung. bitte geh nach hause. dein zuhause. sofort.
Ich las die Nachricht immer und immer wieder, aber die Buchstaben ergaben für mich einfach keinen Sinn. Es war, als wäre ich Legasthenikerin.
Ich schrieb.
was ist los? bitte komm zu mir.
Er reagierte nicht darauf.

Ich konnte unmöglich darauf warten, dass er mir erst irgendwann in den nächsten zwei Stunden antworten würde. Ich zog Schuhe und einen Pullover an, ließ die Wohnungstür hinter mir ins Schloss fallen und rannte los.

Die Straße – in orangefarbenes Laternenlicht getaucht – nach links bis zum Ende. Unter der Brücke hindurch, in die nächste Straße, die durch Industriegebiet und immer an den Gleisen entlangführte. Quer über den Parkplatz eines Supermarkts und über die vierspurige Bundesstraße. Sämtliche Straßen und Wege waren leer. Nichts und niemand hielten mich auf. Kein Auto, keine Menschen, weder meine Beine noch das Stechen in der Brust oder meine pfeifenden Bronchien. Ich musste zu ihm. Und ich wusste genau, wo ich ihn fand. Den großen Bahnhof ließ ich rechts von mir liegen und nahm, nachdem ich die Gleise umgangen hatte, den kürzesten Weg. Ich lief durch Wohnanlagen und abgesperrte Baustellen, bis ich endlich, nach ungefähr zwanzig Minuten, einen von mehreren Eingängen der Parkanlage erreichte. Nun musste ich noch genau ans andere Ende. Keuchend stützte ich mich mit vorgebeugtem Oberkörper auf den Knien ab und rang nach Luft. Ich nahm all meine Kräfte für den restlichen Weg zusammen und rannte weiter. Immer wieder sah ich mich um, damit ich die Stelle nicht verpasste, an der ich die Böschung hochklettern musste. Doch das war gar nicht nötig. Ich wusste sofort, wann ich richtig war. Sams Rad stand dort. Ich sah auf mein Handy. Halb zwölf. Und er hatte mir nicht geantwortet. Mit letzter Kraft schleppte ich mich die Böschung hinauf und blieb immer wieder an Zweigen hängen, die mir störrisch den Weg versperrten. Der Bauzaun war noch aus seiner Verankerung gehebelt, und ich konnte einfach so hindurchschlüpfen. Auf der anderen Seite rutschte ich unkontrolliert ab. Meine Beine zitterten unaufhörlich, als ich über den Maschendrahtzaun kletterte, aber dann hatte ich es endlich geschafft. Völlig erschöpft stand ich vor dem alten Schwimmbecken. Gegenüber – ganz oben auf dem Sprungturm – saß Sam, den Kopf zwischen den Knien. Regungslos. Abwesend.

»Sam.« Die Stimme versagte mir.

Kraftlos ließ ich mich auf den Startblock mit der Nummer sechs sinken und hustete mir die Seele aus dem Leib. Es hörte sich an, als würde ich bellen, und mir tat jeder einzelne Muskel im Oberkörper weh. In meinem Mund breitete sich der metallische Geschmack von Blut aus. Ich hatte mir zu viel zugemutet; mein Körper spielte nicht mehr mit.

Ich spürte eine Hand auf dem Rücken.

»Warum bist du gekommen?« Seine Stimme klang schneidend, abweisend und passte so gar nicht zu seiner sanften Berührung.

»Weil du nicht zu mir gekommen bist«, krächzte ich.

»Kannst du nicht einmal auf mich hören?«

Ich schüttelte den Kopf, immer noch nach vorn gebeugt und laut japsend.

»Ich hatte gesagt, du sollst nach Hause gehen.« Er hockte sich auf den Startblock neben mir.

»Wieso? Was ist passiert?«

Sam schwieg.

»Bitte!«, flehte ich. »Sprich mit mir!«

»Ich will nicht darüber reden. Ich will, dass du gehst.«

Da konnte er lange warten.

»Kannst du mich nicht einfach allein lassen?«

Ich bewegte mich keinen Zentimeter und blickte ihm stur in die Augen.

Wütend funkelte er mich an. »Du willst es echt nicht anders haben, oder?«, stieß er kalt hervor.

Ich biss mir auf die Lippen, bis sie aufplatzten. »Was habe ich dir getan?«

»Nichts.« Er wirkte resigniert. »Aber du tust nie das, worum ich dich bitte.«

Langsam verzweifelte ich. Wie konnte er nur so sein? Warum wies er mich ab, stieß mich von sich?

Ich gab mir Mühe, meine Stimme zu dämpfen, Ruhe zu bewahren. »Sam. Was ist passiert? Warum solltest du ins Krankenhaus kommen?«

Kurz haderte er mit sich. »Du lässt nicht locker, wie?«

Ich schüttelte den Kopf.

Er atmete tief durch.

»Auf der Station meines Vaters liegt ein paar Zimmer weiter eine Frau. Ich habe keine Ahnung, wegen welcher Psychoprobleme. Aber zusätzlich hat sie auch noch COPD – eine Lungenkrankheit, die früher oder später wahrscheinlich tödlich endet. Sie ist starke Raucherin, hat diese Scheiße also nicht völlig grundlos am Hals. Na, jedenfalls bekommt sie regelmäßig eine Sauerstofftherapie. Mit reinem Sauerstoff. Und der Schlauch steckt ihr schon in der Nase, und das Gas strömt schon aus … und die Alte steckt sich einfach eine Kippe an. Es kommt zur Explosion, und sie ist so schwarz im Gesicht wie Lehrer Lämpel, nachdem Max und Moritz ihm Schießpulver in die Pfeife gestopft haben.«

Bei der Vorstellung musste ich schon fast lachen, aber Sams Gesichtsausdruck hielt mich davon ab. »Und was hat das Ganze mit dir zu tun?«, fragte ich.

»Sie hat dabei so schwere Verbrennungen erlitten, dass sie in ein anderes Krankenhaus verlegt werden musste. Und das Chaos auf der Station hat mein Alter genutzt …« Er sprach nicht weiter.

»Für was? Ist er abgehauen?«

»Kann man so sagen.« Sam lachte bitter. »Er hat sich umgebracht.«

Ich versuchte, seine Worte zu verarbeiten, sie langsam zu mir durchdringen zu lassen. »Nein«, flüsterte ich nur.

Er nickte stumm, und ich erkannte in seinen Augen, dass es für ihn in dem Moment, als er die Worte laut aussprach, zu einer unveränderbaren Wahrheit geworden war.

Ich empfand kein Mitleid, kein Mitgefühl für seinen Vater. Es war vielmehr Wut darüber, dass er Sam diese Last nun auch noch aufbürdete, nach allem, was er ihm schon angetan hatte.

»Es ist meine Schuld«, sagte Sam leise.

»Niemals! Das darfst du dir nicht einreden!«

»Doch. Es ist so. Weißt du noch, als ich letzte Woche bei ihm war?« Er erwartete keine Antwort auf seine Frage. »Da saßen wir in seinem Zimmer. Stumm. Hatten uns nichts zu sagen, und er starrte die ganze Zeit nur an die verdammte Decke. Als ich dachte, es hat sowieso keinen Sinn, noch zu bleiben, bin ich aufgestanden und wollte gehen, und da sagte er plötzlich, einfach so, ohne den Blick von der Decke zu nehmen, er sei nicht bereit zu lieben – sei es nie gewesen. Toll, dachte ich. Als ob ich das all die Jahre nicht genügend zu spüren bekommen hätte. Ich ging zur Tür raus und fragte ihn nur: ›Wenn du nicht bereit bist für die Liebe, kannst du dann bereit fürs Leben sein?‹ Ich stellte ihm die alles entscheidende Frage, und er hat sie heute Morgen mit Nein beantwortet.« Sam vergrub das Gesicht in den Händen. »Hat sich einfach mit dem Gürtel von seinem Scheißbademantel, den ich ihm hatte mitbringen sollen, am Türgriff seines Schranks aufgehängt.«

Nicht Sams Worte schockierten mich, sondern die Tatsache, dass er sich für den Tod seines Vaters schuldig fühlte. Das durfte nicht sein. Ich erhob mich, wollte ihn berühren, doch er wehrte mich ab.

»Nicht. Jetzt weißt du, was passiert ist. Und nun geh endlich!«
»Nein, ich will bei dir bleiben. Du bist nicht schuld. Du bist nicht allein. Ich bin für dich da«, sagte ich verzweifelt.
»Du willst mir helfen? Du kannst dich doch nicht mal um dich selbst kümmern.« Seine Stimme klang völlig emotionslos.
»Wieso sagst du so etwas?« Ich ließ mich auf den kalten Stein zurücksinken.

Sam sprang auf. »Sieh dich doch nur an! Du verhungerst vor meinen Augen. In meinen Armen.« Er schüttelte den Kopf und starrte zu Boden. »Ich kann das nicht mehr«, sagte er ganz ruhig. »Ich sehe nicht noch einem Menschen dabei zu, wie er sich kaputtmacht.«

Und dann verließ er mich.

Ohne ein weiteres Wort.
Ohne eine Berührung.
Ohne sich umzudrehen.

Ich brach zusammen.
Einatmen. Ausatmen.
Mehr ging nicht.

Ich wusste nicht, wie lange ich so dasaß. Ich war zu erschöpft, zu kaputt. Wie erstarrt. Die Kälte war mir mitten ins Herz gekrochen und hatte sich von dort über meinen gesamten Körper ausgebreitet.

»Ella!« Aus weiter Entfernung hörte ich gedämpft jemanden meinen Namen rufen.

Ich reagierte nicht, war wie blockiert.

»Ella!«

Ich hörte wie durch Watte.

Eine Hand rüttelte an meiner Schulter. Mein Bruder stand dicht neben mir. Erst jetzt drang seine Stimme zu mir durch.

»Ella, was machst du hier … und wo ist Bender?«

Ich sah ihn nur an, hatte keine Antwort auf seine Fragen.

»Kannst du mich nach Hause bringen?« Ich war den Tränen nahe. »Ich schaffe es nicht allein.«

»Sicher.« Er half mir vorsichtig hoch. »Aber warum, zum Teufel, ist Bender nicht bei dir?«

»Ich glaube … er … es fühlt sich so an … er hat mich verlassen.«

»Was?« Er musterte mich ungläubig. »Das kann nicht sein. Er liebt dich.«

Völlig steif gefroren ließ ich mich von Kurt zum Bus führen.

»Wie kommst du überhaupt hierher?«, fragte ich ihn.

»Ich hab eine Nachricht von ihm bekommen, darin stand: *hol deine Schwester ab!* Und 'ne Wegbeschreibung.«

Ich bekam plötzlich Angst. »Du musst unbedingt zu ihm, Kurt! Er darf jetzt nicht allein sein.«

»Hast du 'nen Knall? Für diese Aktion hau ich ihm höchstens eine aufs Maul. Dich mitten in der Nacht einfach so zurückzulassen.« Wütend schüttelte er den Kopf.

»Bitte, du verstehst das nicht. Er braucht dich jetzt.«

Mein Bruder sah mich an, als sei ich nicht zurechnungsfähig.

»Sein Vater ist tot.«

Kurt entglitten die Gesichtszüge. »Verdammt!«

Er schob mich ins Auto, rannte auf die andere Seite und schwang sich hinter das Lenkrad. »Ich bringe dich zu Emma. Okay?«

Ich nickte nur.

Er startete den Motor und raste los.

Unterwegs wurde ich von einem Hustenanfall nach dem anderen geschüttelt und spürte, wie das Fieber zurückkehrte. Seufzend warf Kurt seine gerade angezündete Zigarette aus dem Fenster.

Vor der Haustür wartete Emma schon auf uns; Kurt hatte sie während der Fahrt angerufen. Sie nahm mich in die Arme und gab ihm einen Kuss. Dann fuhr er weiter.

In ihrer Wohnung angekommen, brachte sie mich sofort in ihr Bett. Zitternd vergrub ich mich unter der Decke.

»Deine Decke riecht irgendwie nach Kurt«, stellte ich fest.

Sie legte sich neben mich und strich mir vorsichtig eine einzelne Haarsträhne aus dem Gesicht.

So oft hatte ich hier schon übernachtet. Wir hatten Filme geguckt, nächtelang gequatscht, gelästert, gelacht.

Heute war Emmas Zimmer ein Zufluchtsort für mich. Ein Ort, an dem ich mich mit meinen Gefühlen und Ängsten einfach nur verstecken wollte.

»Was ist passiert?«, flüsterte sie.

»Sams Vater hat sich umgebracht.«

»Dieser Feigling!«, rief sie zornig.

Emma wusste nicht viel über Sams Vergangenheit, aber ihre Worte drückten genau das aus, was ich auch dachte.

»Und er will mich nicht mehr.« Meine Worte gingen in einem Hustenanfall unter.

»Das glaube ich nicht, El. Er ist bestimmt nur durcheinander.«

Ich schüttelte den Kopf und schloss die Augen. »Nein. Er hat mich aufgegeben, hat uns aufgegeben.« Eine Träne fand ihren Weg durch meine geschlossenen Lider.

»Das glaube ich nicht. Er hat nur Augen für dich. So wie er dich ansieht, auf diese Art will jedes Mädchen angesehen werden. Er ist verrückt nach dir. Und du nach ihm.«

»Ich weiß«, schluchzte ich, und alle Tränen, die ich bis dahin zurückgehalten hatte, brachen sich Bahn.

Emma hielt mich tröstend in den Armen, und ich heulte ihr T-Shirt voll, bis ich irgendwann in einen unruhigen Schlaf fiel.

Am nächsten Morgen wurden wir durch Sturmklingeln an der Wohnungstür geweckt. Es war meine Mutter.

»Gott sei Dank. Geht's dir gut?«, fragte sie, als sie ins Zimmer stürmte.

Ich wollte antworten, bekam aber nur ein Krächzen heraus. Meine Stimme hatte den Geist aufgegeben.

Das kam mir ganz gelegen.

Abgesehen davon, ging es mir körperlich eigentlich ganz gut. Ich hätte nach der letzten Nacht mit einer fetten Lungenentzündung gerechnet, aber ich konnte aufstehen, ohne zusammenzubrechen.

In meinem Innern dagegen sah es ganz anders aus. Dort zerquetschte mir eine Mischung aus Angst, Verletzung, Verzweiflung und Sehnsucht die Brust.

»Kurt hat uns angerufen. Papa ist jetzt bei ihnen und versucht zu helfen, aber Sam macht total dicht.«

Ich war erleichtert, dass sie ihn nicht alleinließen, auch wenn er unbedingt alles mit sich selbst ausmachen wollte. So war es nie, und so würde es auch niemals sein. Ich hatte mir geschworen, immer für ihn da zu sein, und würde zu meinem Versprechen stehen, auch wenn er mich nicht mehr wollte. Das Gleiche galt für meine Familie.

Ich ging ins Badezimmer. Mein Spiegelbild sah so aus, wie ich mich fühlte. Zum Kotzen. Ich setzte mich auf den Badewannenrand und starrte die geschlossene Tür an. Sie war von oben bis unten mit einer Motivfolie beklebt. Palmen, weißer Sandstrand, türkisfarbenes Meer. Auf dem Toilettendeckel prangten Muscheln und Seesterne. Das hatte ich noch nie verstanden. Was hatte das Klo mit einer karibischen Insel zu tun? Ich atmete tief durch und ging zu meiner Mutter und Emma in die Küche.

»Hier, Süße! Tee mit Honig. Wenn du den trinkst, hast du bald wieder eine Stimme.« Sie reichte mir eine Tasse.

»Danke«, krächzte ich und hockte mich auf einen Stuhl.

Meine Mutter und meine beste Freundin sahen mich besorgt an.

»Was ist?« Ich wollte ihr Mitleid nicht.

»Lass ihm etwas Zeit, Ella! Wir wissen alle, dass er dich liebt. Er wird zu dir zurückkommen«, versuchte meine Mutter mich zu beruhigen.

Ich wusste es besser. Er hatte nicht nur mit mir Schluss gemacht, weil er gerade seinen Vater verloren hatte und damit nicht klarkam, sondern auch wegen mir. So, wie ich war, konnte er mich nicht ertragen. Ich konnte es ja selbst kaum. Aber ich konnte und wollte nichts daran ändern. Ich konnte und wollte nichts essen. Nicht an dieser Stelle auch noch scheitern.

Irgendwann brachte meine Mutter mich nach Hause. Obwohl sie mich eigentlich nicht allein lassen wollte, fuhr sie in ihren Laden, um Evelyn abzulösen. Ich war froh, dass ich meine Ruhe hatte. Ich wollte allein sein. Außer Sam wollte ich niemanden um mich haben. Und der wollte mich nicht.

Abends kam mein Vater zurück. Er hatte meinen Rucksack mit meinen paar Klamotten dabei.

»Tut mir leid, Schatz«, sagte er hilflos, als er ihn mir gab.

»Wie geht es ihm?« Das war alles, was ich wissen wollte.

Er setzte seine Brille ab und rieb sich die Augen. »Nicht gut.

Er blockiert total, aber es ist okay. Wer kommt damit schon einfach so klar?«

»Versprich mir, dass du dich um ihn kümmerst!«

»Versprochen. Ich habe schon mit der Klinik telefoniert, um zu erfahren, wie es jetzt weitergeht, aber die wollten mir keine Auskunft geben. Vermutlich haben die eine Scheißangst, dass Sam eine Dienstaufsichtsbeschwerde gegen die Stationsleitung einreicht.«

»Hat er das denn vor?«

»Ach, Quatsch. Ich glaube, es ist noch nicht einmal bis zu ihm durchgedrungen, dass er für alle Formalitäten verantwortlich ist. Es gibt keine Verwandten; alles bleibt an ihm hängen. Angefangen bei der Auswahl der Urne und der Beerdigung bis zur Wohnungsauflösung.«

Darüber hatte ich bisher noch gar nicht nachgedacht. »Wie soll er das allein bewältigen?«

»Keine Sorge, wir helfen ihm dabei. Ich hab schon mit deiner Mutter besprochen, dass wir die Kosten für die Bestattung übernehmen. Die könnte er nicht aufbringen, und alles andere kriegen wir auch geregelt. Wir sind doch seine Familie.«

»Danke, Papa.« Ich gab ihm einen Kuss auf die Wange.

Er drückte mich fest an sich. »Das wird schon wieder«, flüsterte er. »Ich meine ... das mit euch.«

In den nächsten Tagen versuchte ich meine Gefühle zu verschließen und niemandem zu zeigen, wie schlecht es mir wirklich ging. Ich wollte keine Aufmerksamkeit, sondern dass sich alle auf Sam konzentrierten. Das war für mich die einzige Möglichkeit, ihn zu unterstützen. Indem ich ihm nicht noch mehr Probleme bereitete. Indem ich mich nicht aufdrängte und unbedingt zurückgewinnen wollte. Obwohl es das Einzige war, was ich mir wünschte. Ihn.

Ich zog mich völlig zurück. Nur zum Abendessen fand ich mich in der Küche ein, um so wenigstens aus zweiter Hand zu erfahren, wie es ihm ging. Ich vermisste ihn furchtbar, und es war unerträglich zu erfahren, was er gerade durchmachte, ohne ihm zur Seite stehen zu dürfen. Ich hätte alles für ihn getan. Alles.

Als einziger Angehöriger wurde Sam von der Polizei befragt, die routinemäßig bei jedem Suizid ermittelte. Außerdem wurde der Leichnam beschlagnahmt und würde durch die Staatsanwaltschaft erst wieder freigegeben, nachdem man die Ermittlungen eingestellt hätte. Da mittlerweile aber das Wochenende vor der Tür stand, würde vor Montag nichts passieren. So lange durften auch die persönlichen Habseligkeiten nicht mitgenommen werden. Allerdings glaubte ich nicht, dass sich Sam darum riss, die Koffer für seinen toten Vater zu packen. Meine Eltern hatten sich in der Zwischenzeit mit einem Bestattungsunternehmen in Verbindung gesetzt und unterstützten Sam, soweit er es zuließ.

Montag war ich wieder einigermaßen fit und musste in die Schule. Hätte ich gekonnt, wäre ich bis zu den Weihnachtsferien im Bett liegen geblieben. Alles war so sinnlos geworden.

Milo hatte die Kreuzfahrt überlebt, und Cora war in den Pausen ein fester Bestandteil unserer exklusiven kleinen Gruppe geworden. Obwohl, sie hatte Besseres verdient. Meine Stimmung – beziehungsweise meine totale geistige Abwesenheit – sorgte dafür, dass mich alle wie ein rohes Ei behandelten. Das war anstrengend. Für jeden von uns. Dagegen war der Sportunterricht die reinste Wohltat. Irgendwie – und ich tippte ganz stark auf Marlene – hatte sich herumgesprochen, dass unser äußerst beliebter Sportlehrer wegen mir die Schule hatte verlassen müssen. Ich wurde also mit Nichtbeachtung bestraft, was mir nur recht war. Marlenes Kommentare ließ ich an mir abperlen.

So wie die nächsten zwei Wochen.

Ich stand auf, ging zur Schule, kam nach Hause, schlief. Ich antwortete, wenn ich gefragt wurde, versuchte zu funktionieren. Ich hoffte, so würde niemand merken, dass ich ein Wrack war. Mit wenig Erfolg.

Da meine Eltern jede Unterhaltung über *ihn* beendeten, sobald ich den Raum betrat, erfuhr ich nur noch aus dritter Hand – wenn Emma erzählte, was Kurt erzählte –, wie es ihm ging. Offenbar lag der Leichnam seines Vaters nun schon seit bald zwei Wochen in dem Bestattungsunternehmen, aber er konnte sich einfach nicht entscheiden, wie er seinen Alten unter die Erde bringen sollte. Wäre es nach mir gegangen, hätte ich das Loch höchstpersönlich ausgehoben und ihn in einem Müllsack hineingeworfen, damit er endlich aus dem Leben seines Sohnes verschwand.

Aber es ging nicht nach mir.

Und eines lernte ich. Der Spruch, die Zeit heilt alle Wunden, war Schwachsinn. Im Gegenteil. Seit neunzehn Tagen hatte ich ihn nicht mehr gesehen, und es ging mir immer schlechter. Von Tag zu Tag. Ich war nur noch eine leere Hülle.

Er hatte mein Herz, es gehörte ihm. Meine Liebe war bedingungslos. Ohne Erwartungshaltung. Und unumkehrbar. Dass er diese Liebe nicht wollte, damit musste ich allein klarkommen.

Emma war mittlerweile völlig mit der Partyplanung ausgelastet. Ich war ihr dabei keine Hilfe, aber in Cora hatte sie eine engagierte Verbündete gefunden. Sie hatte sogar das Einverständnis von Milos Eltern bekommen, die Überraschungsparty in seinem Haus zu veranstalten. Vermutlich hatten sie wegen der Kreuzfahrt noch ein schlechtes Gewissen. Wenn Emma wollte, konnte sie sehr überzeugend sein, und niemand vermochte ihr dann etwas abzuschlagen. Wahrscheinlich hatte sie nicht erwähnt, dass so ziemlich die gesamte Oberstufe von ihr eingeladen worden war. Ich erklärte mich bereit, für die Verpflegung des Abends zu sorgen. Mit dem Rest wollte ich verschont bleiben.

Milo schien von alldem bisher nichts zu ahnen. Hoffentlich reichte es, ihm eine Torte zu backen, denn ein anderes Geschenk war mir immer noch nicht eingefallen. Und ehrlich gesagt machte ich mir darüber auch kaum Gedanken. Meine Mutter hingegen war nicht so ideenlos wie ich. Schon seit Tagen hing sie über ihrer CD-Sammlung und stellte Milo ein Mixtape mit den – ihrer Meinung nach – besten Songs der letzten achtzehn Jahre zusammen. Einen aus jedem Jahr. Ich hingegen hörte nur noch *Shadows* von Warpaint – das aber in Dauerschleife.

Am Wochenende kümmerte sie sich mit mir um das Catering. Meine Eltern hatten bei einer ihrer Radtouren zwei riesige Kürbisse direkt vom Feld geklaut – offensichtlich fiel das für sie in die Kategorie Mundraub. Nun kochten wir Unmengen an Kürbissuppe und froren sie bis Donnerstag ein. Außerdem buken wir um die fünfzig Muffins und einen gigantischen Kuchen, der wie ein Friedhof aussah. Ich versank völlig in der Arbeit, schaltete den Kopf ab und ließ nur noch meine Hände machen.

»Der Termin für die Beerdigung steht endlich«, sagte meine Mutter, während sie den klebrigen Teig in die Muffinförmchen löffelte.

»Mhm«, brummte ich abwesend.

»Am vierten November.«

»Was ist am vierten November?«

Sie sah mich an und zog die Augenbrauen hoch. »Na, die Beerdigung! Sag mal, kriegst du eigentlich noch irgendwas um dich herum mit?«

Da hatte sie mich erwischt. Ich hob die Schultern. »Nicht wirklich.«

»Ella, wir machen uns Sorgen um dich.« Meine Mutter legte den Löffel beiseite und runzelte die Stirn.

O nein. Auf solch eine Unterhaltung hatte ich überhaupt keine Lust. »Das braucht ihr nicht. Ich komme schon klar«, log ich.

Sie seufzte. »Du weißt, dass du mit mir über alles reden kannst, nicht wahr?«

Ich nickte stumm. Das wusste ich. Aber was würde das ändern?

Ich widmete mich weiter meiner Friedhofstorte. »Geht ihr hin?«, fragte ich irgendwann beiläufig.

»Nur Papa und Kurt. Sam hat sich für eine anonyme Bestattung entschieden.«

»Und was bedeutet das?«

»Es gibt nur eine kleine Trauerfeier. Und da mussten wir schon viel Überzeugungsarbeit leisten, damit er dieser überhaupt zustimmte. Bei der Beisetzung selbst darf niemand zugegen sein. So kennt Sam auch die Stelle des Grabs nicht und muss sich nicht um die Pflege kümmern oder mit weiteren Kosten rechnen.«

Ich atmete tief durch. »Ich bin froh, wenn er das endlich überstanden hat.«

»Ich auch«, sagte ich und machte mich wieder an die Arbeit.

Ein ganzes Wochenende mit Kochen und Backen zu verbringen, war extrem anstrengend. Total erschöpft fiel ich ins Bett. Den Rest musste ich Mittwoch erledigen. Ich kuschelte mich an Pixie, die sofort laut schnurrte, und schlief wie ein Stein.

Träume hatte ich schon lange nicht mehr.

Obwohl Emma von allen absolute Geheimhaltung verlangte, ahnte Milo mittlerweile, dass wir etwas vorhatten.

»Ich warne euch«, drohte er uns morgens bei den Fahrradständern. »Wenn ihr auf Facebook gepostet habt, dass ich eine Party schmeiße und Donnerstag tausend fremde Leute vor meiner Tür stehen, hat sich das hier …« Er fuchtelte mit dem Zeigefinger zwischen sich und uns hin und her. »… erledigt. Und zwar für immer.«

»Ach, komm schon, Milosevic!« Emma klimperte mit den Wimpern. »Du weißt doch ganz genau, dass wir nicht bei Facebook sind.«

Cora räusperte sich. »Also … ich schon.«

»Echt? Cool. Ich schick dir nachher gleich mal 'ne Freundschaftsanfrage.« Milo grinste von einem Ohr zum anderen.

Ich schüttelte verständnislos den Kopf. »Ihr seid echt zu bescheuert ... ihr steht euch doch gegenüber. Könnt ihr nicht im wirklichen Leben Freunde sein?« Diese ganze Social-Media-Selbstdarstellung nervte mich einfach nur. Eigentlich nervte mich im Moment alles und jeder.

»Na klasse«, sagte er herablassend. »Ich hab mich schon gefragt, wann wir endlich dran sind.«

»Womit?« Ich hatte nicht den blassesten Schimmer, wovon er sprach.

»Seit Tagen betrittst du den Schulhof mit einem Gesichtsausdruck, als würdest du überlegen, wen du wohl heute als Erstes scheiße findest.« Er funkelte mich herausfordernd an. »Anscheinend sind wir jetzt an der Reihe.«

»Was willst du mir denn damit sagen?«

»Vielleicht dass du nicht die Einzige bist, der es schlecht geht, und dass es mir langsam reicht, dass du hier jeden Tag miese Stimmung verbreitest und jeder aufpassen muss, was er von sich gibt.« Allmählich redete er sich in Rage. »Du drehst dich nur um dich selbst, und wir drehen uns auch nur um dich. Doch das schnallst du gar nicht.«

Obwohl ich wusste, dass er recht hatte, verletzten mich seine Worte. Das wollte ich jedoch nicht zugeben, und auf irgendwelche morgendlichen Psychoanalysen von Milo konnte ich im Moment gut verzichten. »Das ist mir jetzt echt zu blöd«, sagte ich nur leise und ließ die drei stehen.

Genervt stapfte ich davon und sorgte dafür, dass ich ihnen auch den restlichen Tag nicht mehr über den Weg lief. Es machte mich traurig, dass Milo und ich nicht einfach wieder normal miteinander umgehen konnten. Aber nichts war so, wie es früher gewesen war. Wir alle hatten uns verändert.

Dienstag fingen Emma und Cora mich nach der Schule ab.

Emma hakelte sich bei mir unter. »Wir gehen shoppen. Jetzt.«

»Schön für euch. Viel Spaß.«

»Ich sagte *wir*. Das schließt dich mit ein. Cora braucht dringend ein Halloweenkostüm, und ich wette, du hast auch noch nichts.«

»Nehmt's mir nicht übel, aber ich bin wirklich nicht in Stimmung, mich zu verkleiden.«

»Du bist in letzter Zeit für gar nix mehr in Stimmung«, maulte Emma.

»Nun zier dich nicht so!«, bettelte Cora. »Du kannst mich wenigstens beraten und musst ja nichts kaufen.« Sie setzte einen Hundeblick auf, bei dem ich nicht anders als nachgeben konnte.

»Na schön! Ich komme mit. Irgendwer muss dich ja vor Emma und ihren durchgeknallten Ideen schützen. Am Ende überzeugt sie dich noch davon, bei der Party als Streichholz aufzukreuzen.«

Wir fuhren ins Humana, ein riesiges Secondhand-Kaufhaus, wo es wirklich die übelsten Klamotten gab, aber manchmal fand man auch ein echtes Schmuckstück. Am meisten mochte ich dort den muffigen Geruch. Alles roch irgendwie nach Keller.

Wir überhäuften Cora mit den schrägsten Kostümen, aber den Vogel schoss sie selbst mit einem Kürbiskostüm ab.

»Zieh das sofort wieder aus!«, befahl Emma. »Das macht dick.«

»Noch dicker ... das geht doch gar nicht. Außerdem ist es das einzige Teil, das mir passt. Für alles andere müsste ich in den nächsten achtundvierzig Stunden mindestens fünfzehn Kilo abnehmen.« Sie sah auf ihre Uhr und seufzte. »Ich glaube, das schaffe ich nicht mehr.«

»Wir finden schon noch was für dich. Ich hab auch schon eine Idee.« Emma tauchte wieder zwischen den unzähligen Kleiderständern ab.

Kürbis-Cora ließ resigniert den Kopf hängen. »Ich glaube, ich komme doch lieber nicht zu der Party ... ich passe ja nicht mal in meine eigenen Klamotten.«

»Dann also doch als Streichholz«, versuchte ich zu scherzen.

»Das könntest *du* vielleicht, aber bei mir laufen dann alle schreiend weg.« Sie schälte sich aus ihrem orangefarbenen Ganzkörperkostüm. »Mein Körper ist das Schlimmste, das mir je passiert ist.«

Ich konnte unmöglich mit ansehen, wie Coras Laune immer weiter in den Keller sank. Sie hatte zwar keine Modelmaße, aber ich fand sie trotzdem schön mit ihren tollen langen Locken und den süßen Grübchen.

Ich seufzte. »Sieh mich an! Der Mann, den ich liebe, hat mich verlassen, weil er mich, so wie ich aussehe, nicht ertragen kann.«

Cora kaute auf ihrer Unterlippe. »Reden wir hier gerade von dem Bender? Ich meine ja nur, weil ihr alle aus dem Thema so ein Geheimnis macht ...«

Ich nickte stumm.

»Wusste ich's doch!«, triumphierte sie. »Schon bei der Kursfahrt habe ich so was geahnt. Also musste er wirklich wegen dir gehen?«

Ich nickte wieder, wollte das Thema aber unbedingt beenden.

Ein Aufschrei übernahm das für mich.

»O mein Gott!«, schrie Emma. »Weiße Mary Janes.« Total aufgeregt stürzte sie auf uns zu und hielt ein Paar sehr, sehr alt aussehende Schuhe in der Hand.

Und das beschrieb den Zustand noch ziemlich wohlwollend.

»Okay, eigentlich wollte ich ja als Emily von Corpse Bride gehen, aber jetzt ...« Sie wedelte mit den Schuhen. »Na, kommt ihr drauf?« Sie sah uns erwartungsvoll an. »Ich gebe euch einen Tipp – der Name bleibt gleich.«

Und da sah ich sie genau vor mir. »Emily the Strange!«, rief ich. »Das ist perfekt, Emma.«

»Ja, finde ich auch.« Sie grinste. »Und dafür gehst du als Corpse Bride. Passt sowieso viel besser zu dir.«

»Vergiss es! Ich gehe als Ella.«

»Na ja, das ist auch gruselig.« Sie streckte mir die Zunge raus. »Aber ich habe das perfekte Kleid. Das wäre Frevel, wenn es nicht zum Einsatz käme.«

»Okay, okay«, gab ich nach. »Aber ich lasse mich auf keinen Fall von dir blau anmalen.«

Emma zog eine Schnute.

»Auf keinen Fall! Verstanden?«

»Schon gut ... Halloweenbanausin«, grummelte sie vor sich hin.

»Aber ich hab immer noch nichts«, meldete sich Cora zu Wort.

»Doch. Hier.« Emma drückte ihr einen riesigen Stoffberg in die Arme. »Und dazu ... die hier.« Sie hielt eine sehr aufreizende rote Korsage hoch.

»Nie! Im! Leben!« Cora riss die Augen weit auf.

»Und ob«, widersprach Emma energisch. »Milo weiß noch nichts davon, aber er wird als Sweeney Todd gehen, und du wirst seine Mrs. Lovett.«

»Genial«, stimmte ich ihr zu. »Los, probier's an!«

Cora wirkte nicht überzeugt, zog dann aber den Vorhang der Umkleidekabine hinter sich zu.

»Da hilft alles nichts!«, rief sie nach einer Weile. »Wenn ich einen flachen Bauch haben will, muss ich alle meine Organe entfernen.«

»Blödsinn. Lass mich mal ran!« Emma zog den Vorhang zurück und machte sich daran, Cora in der Korsage festzuschnüren.

»Ist es normal, dass ich keine Luft mehr bekomme?«, stöhnte sie.

»Völlig normal. Das wirst du ja wohl ein paar Stunden aushalten, oder?«, spottete Emma. »So, fertig.« Zufrieden betrachtete sie ihr Werk.

Cora drehte sich um, und mir fiel die Kinnlade herunter.

»Wow, was für ein Dekolleté!«, platzte es aus mir heraus.

»Ja, oder? Und seht mal, ich hab sogar eine richtige Taille.« Sie drehte sich freudestrahlend um die eigene Achse.

Ich war froh, dass die beiden mich zum Mitkommen überredet hatten. Es lenkte mich ab, und ich hatte schon lange nicht mehr so viel Spaß gehabt. Ich freute mich sogar schon ein kleines bisschen auf die Party.

19

Ich war unfassbar müde, nachdem ich Mittwoch bis tief in die Nacht das ganze Essen vorbereitet hatte. Ich kochte einen großen Topf Chili und füllte zwanzig kleine Gläser mit Bulgursalat. Zugeschraubt blieb der Salat im Kühlschrank frisch. An jedem einzelnen Glas befestigte ich noch eine Plastikgabel mit Klebestreifen, so konnte Milo sich später nicht über den Abwasch beschweren. Meine Mutter weigerte sich zunächst, die Gläser herauszurücken, die sie sammelte, um irgendwann Marmelade einzukochen. Doch wir beide wussten, dass dieser Tag nie käme. Zwischendurch hatte ich erst Emma und dann mich mehrfach verflucht, dass ich diese Aufgabe überhaupt übernommen hatte. Nur bei den Feinheiten der Friedhofstorte hatte ich richtig Spaß, obwohl es da schon auf zwei Uhr zuging.

Im Dämmerzustand nahm ich den Unterricht am nächsten Tag nur sehr eingeschränkt wahr. Milo bekamen wir gar nicht zu Gesicht; er machte krank und ging auch nicht ans Telefon. Wenn er hoffte, so seinen Geburtstag umgehen zu können, hatte er nicht mit Emma gerechnet. Ich befürchtete allmählich, dass wir nach dieser Überraschungsparty alle drei endgültig bei ihm unten durch waren.

Am Nachmittag holte mein Bruder mich und das ganze Essen ab und chauffierte mich zu Emma, die Cora gerade in ihr Kostüm presste. Kurt schüttelte nur den Kopf und verabschiedete sich für die nächsten zwei Stunden. Mit Halloween hatte er noch nie viel anfangen können.

Ich hatte mich so intensiv in die Vorbereitungen der Party

gestürzt, dass ich zu erledigt war, um noch Spaß daran zu haben. Bei Emma schien eher das Gegenteil der Fall zu sein. Sie war wie angeknipst, während ich ohne Weiteres die nächsten vierundzwanzig Stunden hätte durchschlafen können. Da halfen auch die Unmengen Kaffee nichts, die Emma uns einflößte. Sie war absolut in ihrem Element. In weniger als einer halben Stunde steckte sie Coras Locken hoch, schminkte sie aufwendig, drückte ihr noch ein Nudelholz in die Hand und verwandelte sie so in Mrs. Lovett. Dann musterte sie mich von oben bis unten. Ich befürchtete das Schlimmste – und sollte recht behalten.

Fast eine Stunde lang arbeitete sie sich an mir ab. Cora wurde zu ihrer Handlangerin degradiert, die ihr alles reichte, worum sie gebeten wurde.

Als Emma endlich mit mir fertig war und ich in den Spiegel blicken durfte, blieb mir fast die Luft weg.

Ich sah atemberaubend aus. Atemberaubend untot.

Meine Haut war blass und schimmerte blaugrau, die Augen wirkten riesig. Das Gesicht kam mir noch schmaler vor als sonst, und aufgemalte Knochen zierten meinen rechten Arm bis zu den Fingerspitzen. Als krönenden Abschluss hatte mir Emma noch ein Band mit schwarzen Rosen in die Haare geflochten. Das Kleid war einfach unglaublich. Die graue Spitze war völlig zerschlissen, und am Boden hing der Saum in Fetzen. Leider konnte auch die Korsage nicht über mein kaum vorhandenes Dekolleté hinwegtäuschen. Ich war froh, dass ich wenigstens meine Haarfarbe behalten durfte. Immerhin musste ich zugeben, dass Emma tolle Arbeit geleistet hatte. Aber irgendwie sah ich genauso aus, wie ich mich fühlte. Kaputt und verlassen.

Für sich selbst benötigte Emma nur wenige Minuten. Sie schlüpfte in eine schwarze Strumpfhose, aus einem langen schwarzen T-Shirt hatte sie sich ein schlichtes Kleid zusammengeschneidert. Dann puderte sie sich das Gesicht fast weiß, schwarzer Lidstrich, schwarze Lippen. Fertig. Alles war perfekt – bis auf die Tatsache, dass Emma Katzen nicht ausstehen konnte und Emily The Strange nie ohne sie durchs Leben gegangen wäre.

Inzwischen war Kurt wiederaufgetaucht und schleppte ohne Murren die vielen Getränke zum Bus. Die Sonne war bereits untergegangen, als wir uns für die kurze Strecke zu dritt neben ihn quetschten. Wenn er jetzt geblitzt worden wäre, was bei seinem Fahrstil jederzeit möglich war, hätte ich unbedingt das Foto haben wollen.

Wir parkten vor Milos Haus. Nur oben in seinem Zimmer – genauer gesagt, in seiner Etage – brannte Licht, ansonsten war es völlig dunkel.

»Würde mich nicht wundern, wenn er uns nicht mal die Tür öffnet. Hat einer von euch heute überhaupt schon mit ihm gesprochen?«, fragte ich mit einem unguten Gefühl in der Magengegend. Ich hielt die ganze Aktion immer noch für eine Schnapsidee.

»Also, ich habe ihn nicht erreicht. Vielleicht befindet er sich ja gerade in seiner ersten Midlife-Crisis«, meinte Emily The Strange. »So was soll's ja geben …«

»Mit achtzehn?«, mischte sich Kurt ein.

»Das nennt sich Quarterlife-Crisis.« Mrs. Lovett zupfte sich ihren ausladenden Ausschnitt zurecht. »Aber ich bezweifle, dass das auf Milo zutrifft.«

Das unheilvolle Grauen in Gestalt von uns dreien stapfte zur Haustür und klingelte. Nichts.

Emily The Strange klingelte Sturm. »Wahrscheinlich denkt er, wir sind irgendwelche aufdringlichen Gören, die Süßigkeiten abgreifen wollen.«

»Ich würde uns auch nicht aufmachen.«

Doch dann hörten wir schlurfende Geräusche, und Milo stand endlich vor uns.

»Süßes, sonst gibt's Saures!«, riefen wir gleichzeitig.

Emily The Strange und ich gaben ihm je einen dicken Kuss auf die Wange.

»Happy Birthday!« Ich drückte ihn fest an mich.

Cora hielt sich dezent zurück.

Verlegen wischte sich Milo den Lippenstift aus dem Gesicht. »Ähm ... Hallo, Emily!« Er musterte Emma. »Hallo, Emily!« Sein Blick fiel auf mich. »Hallo ...?« Fragend sah er zu Cora hinüber.

Sie hob die Schultern. »Mein Vorname ist nicht genau belegt, aber Sie dürfen mich Mrs. Lovett nennen.« Sie machte einen leichten Knicks.

Kurt kam mit zwei Bierkästen an. »Alles Gute, Alter!«, sagte er knapp und drängte sich an Milo vorbei ins Haus.

»Äh, danke. Aber was soll das hier werden?«

Entgegen ihrer Art grinste Emily The Strange breit. »Wir sorgen dafür, dass deine Nachbarn auch merken, dass du heute achtzehn geworden bist.«

»O nein!«, stöhnte Milo. »Ich hab's geahnt. Könnt ihr eigentlich nie das machen, worum man euch bittet?«

Ich biss mir auf die Lippen und schluckte. Diesen Satz hatte ich erst vor Kurzem gehört.

»Wir haben nichts auf Facebook gepostet«, versicherte Mrs. Lovett in aller Unschuld und ging ins Haus. Wir folgten ihr, während Milo kopfschüttelnd und irgendwie resigniert die Tür hinter uns schloss.

Emily The Strange sah auf ihr Handy und klatschte voller Tatendrang in die Hände. »Okay, wir haben nur noch eine knappe Stunde, bevor die anderen kommen. Ihr drei ...« Sie wandte sich an Kurt, Mrs. Lovett und mich. »... ihr tragt das ganze Zeug rein, und ich kümmere mich um unser Geburtstagskind.«

Das klang schon fast wie eine Drohung.

»Was soll das heißen? Wer kommt? Und worum willst du dich kümmern?« Milo klang leicht hysterisch.

»Keine Panik!«, versuchte sie ihn zu beruhigen. »Die Veränderung wird nur ganz dezent. Man wird es kaum bemerken.«

Ungläubig verzog er das Gesicht.

»Widerstand ist zwecklos«, sagte ich. »Sieh mich an!«

»Das tue ich.« Jetzt machte er tatsächlich einen leicht ängstlichen Eindruck.

Irgendwie tat er mir leid. Aber wenn Emma sich etwas in den Kopf gesetzt hatte, konnte ihm keiner mehr helfen. Ich folgte den anderen, um den Bus auszuladen.

»Habt ihr eigentlich auch nichtalkoholische Getränke besorgt?«, fragte ich misstrauisch, nachdem ich zwei Flaschen Rum auf dem Küchentresen abgestellt hatte.

Emily The Strange hatte Milo in ein weißes Hemd und eine Weste gezwängt und malte ihm gerade dunkle Schatten unter die Augen. Er hatte jede Gegenwehr aufgegeben und fügte sich hilflos in sein Schicksal.

»Ja, ein paar Säfte. Aber die brauche ich für den Cocktail.«

Wenigstens gab es Leitungswasser.

Emily The Strange kramte aus ihrer Tasche eine kleine Spraydose hervor.

»Vergiss es! Emma, ich warne dich! Du färbst mir nicht die Haare!« Milo wollte die Flucht antreten.

»Ach, nun hab dich nicht so! Nur eine weiße Strähne, sonst siehst du nicht aus wie Johnny Depp … äh … Sweeney Todd. Außerdem ist die Farbe auswaschbar, die wird nicht mal den ganzen Abend überstehen.« Sie näherte sich ihm wie einem verängstigten Tier.

Er gab nach. »Nur eine Strähne! Mehr nicht!«

»Versprochen.«

Sobald sie lossprühte, fing Milo fürchterlich an zu schreien und hielt sich die Hände vor die Augen.

Vor Schreck ließ Emma die Dose fallen. »Mist, Milo, was ist passiert?«, rief sie panisch.

Wir umringten ihn alle. Er hatte sich nach vorn gebeugt, die Hände krampfhaft vor dem Gesicht.

»Sag doch bitte was!«, flehte sie.

Ich legte ihm eine Hand auf den Rücken. »Komm, wir spülen dir die Augen mit Wasser aus.«

Er richtete sich ganz langsam auf, und seine Schmerzensschreie gingen in ein furchtbares Gelächter über. »Ihr solltet mal eure Gesichter sehen!« Er bekam sich gar nicht wieder ein und krümmte sich vor Lachen.

»Das ist überhaupt nicht witzig.« Emily The Strange schubste ihn unsanft.

»Gruselig.« Mrs. Lovett schüttelte sich. »Gebt ihm bloß kein Rasiermesser! Wer weiß, wozu er alles fähig ist.«

Ich ging ins Badezimmer seiner Eltern – während Milo lachte und Emma schimpfte – und kam mit dem Ladyshaver seiner Mutter zurück.

»Hier.« Ich drückte Milo das Teil in die Hand. »Der ist hinter Gittern – damit kannst du kein Unheil anrichten.«

Wie er so dastand, den rosa Rasierer seiner Mutter in der Hand, konnte Emily The Strange nicht länger sauer sein und stimmte in sein Gelächter ein. Doch dann musterte sie ihn wieder streng. »Und ab jetzt verhältst du dich den restlichen Abend über britisch! Verstanden?!«

»Aha. Das bedeutet?«

Sie zupfte so lange an seiner weißen Strähne herum, bis sie mit ihrem Gesamtwerk zufrieden war. »Melancholisch, mit einem Hauch Esprit.«

»Eigentlich war mir heute eher nach Lethargie mit einem Hauch Phlegma zumute.« Er streckte ihr die Zunge heraus.

Danach machte Kurt noch ein Foto von uns vieren, wobei Emma dafür sorgte, dass wir Cora und Milo in die Mitte nahmen. Wir gaben ein herrliches Bild ab.

So langsam trudelten die ersten Gäste ein. Mayas Haare waren nicht mehr pink, sondern türkis. Ansonsten sah sie aus wie eine Untote in Schuluniform. Graue Strickjacke, karierter Rock und Kniestrümpfe, dekoriert mit sehr viel Kunstblut.

»Wow, Ella, dein Kostüm ist ja echt der Hammer«, sagte sie, als sie sich zu mir gesellte.

»Danke, deins aber auch. Wo hast du denn Victor gelassen? Er kommt doch auch, oder?«

»Keine Ahnung. Ist mir ehrlich gesagt auch egal.« Sie setzte einen gleichgültigen Gesichtsausdruck auf.

»Habt ihr Zoff?« Eigentlich interessierte es mich nicht, aber ich wusste nicht, was ich sie sonst fragen sollte.

»Nö, wir haben einfach nichts mehr miteinander zu tun. Nach der Kursfahrt war auch gleich wieder Schluss.«

»Oh, das tut mir leid.«

»Braucht es nicht. Aber sag mal, stimmt es, was da gemunkelt wird …?«

Ich wusste genau, was jetzt kam.

»… dass wegen dir der Bender gehen musste und wir jetzt diesen schrecklichen Schukowski in Geo abbekommen haben?«

Ich schüttelte leicht den Kopf und hoffte, dass Maya durch all mein Make-up nicht bemerkte, wie ich rot anlief. »Der Bender und ich haben auch nichts miteinander zu tun.«

Nicht mehr.

»Ach so, na dann.« Sie winkte einigen Neuankömmlingen zu. »Wir quatschen später weiter, okay?«

Bloß nicht.

Ich nickte zustimmend, und dann ging sie, um die anderen zu begrüßen.

Wie schnell sich Gefühle verändern konnten … Vor zwei Monaten wirkten Victor und sie noch so verliebt, und jetzt war nichts mehr davon übrig.

Ich konnte mir nicht vorstellen, dass sich meine Gefühle in den nächsten zwei Monaten änderten, dass ich dann nichts mehr für *ihn* empfand. Aber hatte er überhaupt noch Gefühle für mich oder längst mit mir abgeschlossen?

Ich ging zu Emily The Strange, die den Kopf gerade in den riesigen Gefrierschrank steckte.

»Super«, sagte sie, als sie sich zu mir umdrehte. »Du darfst als Erste mein selbst gemachtes Eis probieren.«

»Soll ich mich jetzt geehrt oder wie ein Versuchskaninchen fühlen?«

»Das finden wir gleich heraus.« Sie hielt mir ein Eis am Stiel hin, nahm sich selbst eins und füllte weißen Rum in eine große Glasschüssel.

Ich kostete skeptisch von dem Eis. »O Gott, ist da Alkohol drin?«

Sie winkte ab. »Nur ein klitzekleines bisschen Wodka. Das ist Sex-on-the-Beach-Eis am Stiel.« Sie grinste mich an. »Schmeckt lecker, oder?«

»Schon.« Es schmeckte wirklich. »Aber ich vertrage doch keinen Alkohol.«

»Das bisschen ... da ist fast nur Saft drin ...«

»So wie in der Bowle, die du gerade anrührst?« Ich deutete mit hochgezogenen Augenbrauen auf den goldenen Rum, der dem Weißen in die Schüssel folgte.

»Das wird keine Bowle, das wird ein Zombie.« Sie öffnete eine Flasche Brandy und roch daran.

»Okay, das passt.« Ich lutschte weiter an meinem Eis. Es schmeckte wirklich lecker. »Ist dir schon mal aufgefallen, dass hier fast nur Zombies rumlaufen?«

Wir sahen in die Runde.

»Zombiekrankenschwester.« Ich deutete auf ein Mädchen, welches sich bei näherem Hinsehen als Marlene entpuppte.

»Das sind bestimmt die Arbeitsklamotten ihrer Mutter. Wer hat die überhaupt eingeladen?«

»Wenn du es nicht warst, muss sie sich selbst eingeladen haben.«

Wir kicherten. In dem Eis war wohl doch mehr Wodka, als Emily The Strange behauptet hatte.

»Und dort Zombieschulmädchen und Zombiecollegeboy.« Ich wies auf Maya, die gerade mit einem Typen aus der Zwölften den Time Warp tanzte.

»Ich hab noch einen. Kevin geht als Zombiepirat.«

Ich schüttelte den Kopf, während ich an meinem Eis leckte. »Nee du, ich glaube, der soll Jack Sparrow darstellen.«

»Trotzdem gruselig.«

»Den finde ich sogar ohne Verkleidung gruselig.«

»Kevin eben.«

Wir lachten beide los. Das Sex-on-the-Beach-Eis am Stiel wirkte bereits.

Milo kam zu uns, und Emma drückte ihm ein Eis in die Hand.

»Kennt ihr den schon?«, fragte er uns. »Warum mögen Zeugen Jehovas kein Halloween?«

Wir sahen ihn ahnungslos an.

»Sie mögen es einfach nicht, wenn fremde Menschen an ihrer Tür klingeln.« Er klopfte sich übertrieben heiter auf die Schenkel.

»O Mann, aus welcher verstaubten Ecke hast du denn den hervorgekramt? Iss lieber dein Eis, es tropft schon!«

»Hey, ich hab heute Geburtstag, also seid so höflich und lacht über meine Witze!«

»Nö, keine Chance. Aber ich bin so nett und halte Kevin davon ab, mit der Skulptur zu tanzen, die deine Alten Kunst nennen.« Sie schlängelte sich mit ihrem Eis durch das mittlerweile gut gefüllte Wohnzimmer.

Milo sah ihr hinterher. »Sag mal, kann es sein, dass sie mich mit Cora verkuppeln will?«

Ich zuckte mit den Achseln. »Schon möglich …«

Er seufzte. »Und dass sie mein Haus abfackeln will?«

Ich betrachtete die zweihundert Teelichter, die Emma überall entfacht hatte und die jetzt um die Wette flackerten. »Definitiv.«

Cora und Kurt kamen zu uns. Mein Bruder wirkte leicht verzweifelt, was wohl daran lag, dass meine redselige Freundin ihm ein Ohr abkaute.

»Na, amüsierst du dich auch gut?« Ich grinste ihn breit an.

»Ganz ausgezeichnet«, presste er zwischen zusammengebissenen Zähnen hervor. Es war ihm mehr als deutlich anzumerken, dass er sich nicht wirklich wohlfühlte. Doch plötzlich erhellte sich seine Miene.

»Hey, Ella, das ist unser Song! Lass uns tanzen!«

Entgeistert starrte ich ihn an, doch schon packte er mich an den Schultern und schob mich in Richtung Tanzfläche.

»Ich tanze doch nicht mit meinem Bruder!« Erfolglos versuchte ich mich seinem Griff zu entwinden. »Und seit wann ist das Titellied der Munsters unser Song?«

»Seit jetzt.« Er fing an, sich total albern nach der Musik zu bewegen. Mir blieb nichts anderes übrig als mitzumachen. Bei diesem Lied konnte jeder nur eine groteske Figur abgeben.

»Diese Playlist könnte glatt von unserer Mutter stammen«, stellte ich fest.

»Die ist von unserer Mutter.«

Das war irgendwie klar.

»Wie hältst du eigentlich das Gequatsche von Cora aus? Die redet ja ohne Punkt und Komma.«

»Ja, sie ist schon sehr … speziell, aber ich mag sie, so wie sie ist. Du solltest mal Emmas Eis probieren, dann erträgst du sie vielleicht leichter.«

»Das wäre möglicherweise die Lösung, aber ich bin heute euer Chauffeur, also verzichte ich lieber.«

»Du Ärmster, musst du echt den ganzen Abend lang hierbleiben?«

»Ich hab's Emma versprochen. Da muss ich jetzt wohl oder übel durch. Außerdem ist es hier ehrlich gesagt erträglicher als zu Hause. Sogar wenn deine Freundin mich ununterbrochen zutextet.«

Ich hörte sofort auf zu tanzen. »Warum? Was ist los, Kurt?« Er beantwortete meine Frage nicht.

»Du hast versprochen, dich um ihn zu kümmern.«

»Wie soll ich ihm helfen, wenn er sich nicht helfen lässt?«

Der Song endete, und *Monster Mash* setzte ein. Alle ringsum tanzten wie in *Pulp Fiction*, nur wir standen bewegungslos in der Mitte.

Kurt wirkte nachdenklich. »Und das Schlimmste ist, dass er diese beschissene Wohnungsauflösung nicht aus der Hand geben wollte und seit Tagen in seiner Vergangenheit rumwühlt. Manchmal bleibt er die ganze Nacht dort. Er trinkt zu viel, schläft kaum … es geht ihm wirklich schlecht. Und weißt du, worum er mich einzig und allein gebeten hat?«

Ich wehrte mich gegen die aufsteigenden Tränen.

»Dass ich auf dich aufpassen soll … mich um dich kümmern soll.« Er schüttelte den Kopf. »Das ist doch absurd, oder? Du sorgst dich nur um ihn, er sorgt sich nur um dich. Warum könnt ihr nicht einfach wieder zusammen sein?«

»Weil er mich nicht will«, sagte ich leise.

»Ich muss nicht Psychologie studieren, um zu erkennen, warum er so handelt. Warum er bisher immer nur oberflächliche Beziehungen ohne emotionale Bindung eingegangen ist. Er hat Angst, verletzt zu werden. So wie er es immer wieder erleben musste. Und du bist die Erste, die ihn wirklich verletzen könnte. Und umgekehrt. Ich glaube, davor hat er noch größere Angst. Angst, es könne auch nur ein Funken von seinem Alten in ihm stecken.«

»Hör auf! Ich will das alles nicht hören.« Ich fühlte mich so hilflos. So nutzlos. Ich drehte mich um, ließ meinen Bruder stehen und wischte mir die verräterischen Tränen aus dem Gesicht.

»Du verschmierst dein ganzes Make-up«, stellte Emily The Strange tadelnd fest.

Ich schniefte. »Beschwer dich bei deinem Freund!« Ich sah

mich nach ihm um, aber er war verschwunden. Wahrscheinlich eine rauchen.

»Alles okay?«

Nein. Ich nickte.

»Na, dann ist ja gut. Hier.« Sie reichte mir ein großes Glas. »Du darfst den ersten Zombie probieren.«

»Willst du mich umbringen?«

»Nö. Wieso? Ich will nur, dass du dich ausnahmsweise mal amüsierst. Und außerdem sind da lauter gesunde Sachen drin. Ananassaft, Granatapfel, Zitrone, Crushed Ice …«

»Ja, und Rum, Rum, Brandy und Rum.« Ich nahm ihr das Glas ab. Wenn ich das hier intus hatte, konnte ich ihn vielleicht für eine Weile vergessen. Einfach abschalten. Meine Gedanken, die sich um ihn drehten, auf stumm schalten. Ich nahm einen großen Schluck.

»Und?« Emily The Strange sah mich erwartungsvoll an.

»Lecker.«

»Prima. Kannst du kurz die Bar übernehmen? Einfach Eis in die Gläser und dann mit dem Zombie auffüllen.«

»Geht klar.« Ich nahm mir einen Strohhalm und zog beherzt an meinem fruchtigen Cocktail.

In der nächsten Stunde füllte ich fast alle Gäste mit Bier, Zombie und Eis am Stiel ab. Nachdem mein zweites Glas leer war, ließ ich meinen Blick durch den Raum schweifen. Die Stimmung wurde immer ausgelassener, die Musik dröhnte laut, Mrs. Lovett ließ Sweeney Todd keine Chance, auch nur einen Tanz auszulassen, und mein Bruder und Emma knutschten auf der Terrasse. Wenn die so weitermachten, brauchten sie demnächst ein Zimmer. Wahrscheinlich fehlte morgen die halbe Oberstufe in der Schule.

Der Zombie tat seine Wirkung. Zwei waren definitiv zwei zu viel. Für den restlichen Abend stieg ich lieber auf Leitungswasser um. Doch leider hatte das so gut wie keinen Effekt. Ich hatte das Gefühl, von Minute zu Minute betrunkener zu werden, und mir wurde schwindelig. Leicht torkelnd ging ich zu Milo, der sich offensichtlich von Cora absetzen konnte und nun auf den untersten Treppenstufen verschnaufte.

Ich ließ mich neben ihn plumpsen. »Deine Augen sind so blau wie ich«, lallte ich.

»Ich hab braune Augen. Bist du betrunken, Ella?«

»So was von ...« Ich legte den Kopf an seine Schulter.

»Hab ich mich eigentlich schon für die Torte bedankt?«, fragte er. »Damit hast du dich echt selbst übertroffen.«

»Und du hast sogar deinen eigenen Grabstein. Das kann nicht jeder von sich behaupten.«

Wir sagten eine Weile nichts, darauf gab es einfach nichts zu erwidern. Doch kurz darauf unterbrach er unser Schweigen.

»Sorry, dass ich in letzter Zeit so ätzend war.«

»Waren wir wohl beide«, nuschelte ich. Mir wurde allmählich übel.

Milo blickte zu Cora hinüber, die sich gerade mit einigen anderen lachend in der Küche unterhielt. »Sie mag mich, oder?«

»Mhm.«

»Ich weiß nicht. Irgendwie läuft das mit dem Verlieben bei mir zurzeit mächtig schief. Ich glaube, mir reichen erst mal die Erfahrungen der letzten Monate.«

»Wähl einfach eine unerreichbare Person, dann kann nichts passieren.«

»Haben wir doch schon.« Er sah mich an.

Ich seufzte, schloss die Augen und öffnete sie sofort wieder. Alles drehte sich.

Cora kam zu uns und zog Milo an beiden Händen von der Treppe hoch. »Was dagegen, wenn ich ihn mir kurz ausleihe?«

Ich schüttelte nur den Kopf, was jedoch keine gute Idee war. »Kannst ihn haben.«

Aber da waren sie schon längst auf der Tanzfläche verschwunden.

Schwerfällig erhob ich mich und suchte das Badezimmer. Es war verschlossen.

»Mist«, murmelte ich vor mich hin. In meinem zerfetzten Brautkleid stieg ich die Treppe bis in Milos Etage hinauf. Sein Bad war zum Glück frei. In der Hoffnung, ein wenig nüchterner zu werden, spritzte ich mir eiskaltes Wasser ins Gesicht. Es brachte rein gar nichts. Im Gegenteil, es ging mir immer schlechter, und ich verfluchte mich dafür, dass ich überhaupt etwas getrunken hatte. Ich musste dringend an die frische Luft. Völlig orientierungslos stolperte ich durch das riesige Haus. Wie kam man denn hier nur raus? Ich wusste nicht einmal mehr, in welcher Etage ich mich überhaupt befand.

Hand in Hand kamen mir Kurt und Emma auf der Treppe entgegen.

»Wonach suchst du denn?«, fragte mich Emma.

»Augenscheinlich nach einem Ausweg.« Meine Zunge war unfassbar schwer. »Äh ... Ausgang.«

»Im dritten Stock? Wie viel hast du getrunken?« Mein Bruder klang schon fast vorwurfsvoll.

»Nur swei Sombies.« Ich hielt fünf Finger hoch.

»Sei nicht so streng mit ihr! Sie ist schließlich alt genug.«

»Darum geht's doch gar nicht. Sie verträgt keinen Alkohol.«

»Ja, aber so viel hast du doch auch nicht getrunken, oder, El?«

»Du verstehst es einfach nicht. Ihr Körper kann Alkohol nicht abbauen.«

»Ich dachte, so was gibt's nur bei uns Asiaten.«

»Streitet nicht! Ich will nur hier raus.« Ich stolperte, und Kurt fing mich gerade so noch auf.

»Hey, was ist bloß los mit dir? Ich hätte dich echt für schlauer gehalten.«

»Ich will nur raus und nicht meinen IQ bestimmen.« Auf meinen Bruder gestützt, wankte ich die Treppe hinunter. »Mirissoschlecht.«

»Schon gut. Wir sind ja gleich draußen.« Er öffnete die Terrassentür.

Die kalte Luft war angenehm, änderte jedoch nichts an meinem Zustand. Ich legte mich auf den akkurat geschnittenen Zierrasen und hatte das Gefühl, Karussell zu fahren.

»O Gott …«, jammerte ich und drehte mich auf die Seite.

»Sollen wir sie nicht lieber ins Krankenhaus bringen? Vielleicht muss ihr ja der Magen ausgepumpt werden.« Emmas Stimme klang besorgt.

»Nein«, stöhnte ich.

»Du hast recht. Das Zeug muss raus. Wie viel hat sie denn intus?«

»Hm, nicht so viel. Aber das, was sie getrunken hat, hatte es in sich. Rum, Brandy, Wodka. Ella, kannst du dich nicht einfach übergeben?«

Ich konnte nicht mal mehr den Kopf schütteln.

»Na, dann eben auf die harte Tour …« Mein Bruder griff mir unter die Arme und zerrte mich mühsam hoch, bis ich auf dem Boden kniete. Dann steckte er mir kurzerhand die Finger in den Hals. Sie schmeckten nach Tabak. Ich musste augenblicklich würgen, und schwallartig erbrach ich den roten Cocktail.

»Wieso kotzt Ella auf den Rasen meiner Eltern?«, hörte ich Milo fragen.

Versammelte sich gerade die vollständige Partygesellschaft, um diesem Event beizuwohnen? Ich krümmte mich und würgte erneut.

»Der Rasen ist egal, Ella. Pass lieber auf das Kleid auf! Grasflecken und Grenadine – das kriege ich nie wieder raus.«

Ich spürte eine Hand auf dem Rücken, und behutsam wurde mir das Haar aus dem Gesicht gestrichen und zusammengehalten. Es war wie ein Déjà-vu-Erlebnis. Aber *er* konnte es nicht sein. Ich hob den Kopf und blickte in Coras besorgtes Gesicht.

»Danke«, sagte ich leise.

»Geht's wieder?«

Ich nickte und rollte mich vorsichtig auf dem Boden zusammen.

»Sie kann hier nicht liegen bleiben, es ist viel zu kalt.«

Die Kälte störte mich im Moment überhaupt nicht. Ich spürte sie kaum. Und ich war absolut nicht in der Lage, mich auch nur einen Millimeter zu bewegen.

Kurt schob mir die Arme unter die Kniekehlen und den Oberkörper, dann hob er mich hoch. Ich ließ es geschehen und schlang ihm die Arme um den Hals.

»Was mache ich hier eigentlich?« Ich schluchzte. »Ich will doch nichts weiter, als bei ihm sein. Ich brauche ihn.« Seinen Namen hatte ich schon so lange nicht mehr ausgesprochen, dass ich ihn nicht mehr über die Lippen brachte.

»Ich weiß«, sagte Kurt tröstend und trug mich zum Bus. »Ich fahr dich jetzt erst mal nach Hause, okay?«

»Okay«, schniefte ich.

Emma hielt die Beifahrertür auf, und Kurt setzte mich vorsichtig ab.

»In einer Stunde bin ich wieder zurück«, sagte er zu ihr und gab ihr einen Kuss.

»Bleib lieber bei Ella! Ich komme schon allein nach Hause. Zur Not kann ich auch hier schlafen.«

Milo nickte zustimmend. Wie mein Abschiedskomitee standen er, Cora und Emma neben dem Bus. Wahrscheinlich hatte ich ihnen die Party total versaut. Jetzt fühlte ich mich noch beschissener. Wenn das überhaupt möglich war …

Mein Bruder schnallte mich an und raste los.

Ich lehnte den Kopf gegen die kühle Fensterscheibe und dämmerte vor mich hin. Die Stadt zog an mir vorbei. Die Lichter der Straßenlaternen und Autos verschwammen streifenförmig vor meinen Augen. Irgendwann waren wir angekommen. Aber nicht bei mir.

»Was soll das?«, fragte ich ihn. »Warum bringst du mich hierher?«

»Ich kann dich in diesem Zustand unmöglich bei unseren alten Herrschaften abliefern. Du schläfst bei mir, und morgen bist du hoffentlich wieder einigermaßen vorzeigbar.«

»Aber ...«

»Er ist nicht da. Wahrscheinlich hängt er wieder die ganze Nacht in der Wohnung von seinem Alten rum.«

Ich sah zum Fenster hoch. Alles war dunkel.

»Du, Kurt, erzähl ihm bitte nicht, dass ich mich so abgeschossen habe!«, bat ich ihn, als wir langsam die Treppen hochstiegen.

»Mach ich nicht. Es geht ihn auch nichts an.«

»Richtig.« Es schmerzte, dass es so war.

In der Wohnung angekommen, legte ich mich sofort auf das alte Sofa.

»Willst du nicht lieber in meinem Bett schlafen?«

»Nein. Die Couch ist perfekt«, murmelte ich schläfrig und rollte mich ein. Ich war so fertig, dass ich weder die Schuhe noch das Kleid ausziehen konnte.

Schon fast fürsorglich deckte mein Bruder mich mit einer kratzigen Wolldecke zu. »Kommst du klar?«

Ich nickte mit geschlossenen Augen. »Fahr ruhig wieder zur Party! Mir geht's gut.« Das war zwar stark übertrieben, aber ich würde die Nacht zumindest überleben.

»Ganz sicher?«

»Ja. Hau ab ... und danke.« Die letzten Worte nuschelte ich nur noch und bekam nicht mal mehr mit, wie Kurt die Wohnung verließ.

20

Das Geräusch von Brot, das aus dem Toaster sprang, weckte mich am nächsten Morgen. Mein Bruder belegte die zwei Scheiben mit Salami und Käse, bevor er sie zusammenklappte. Er war komplett angezogen und hatte schon seinen Rucksack aufgeschultert.

»Wie spät ist es?« Mein Mund war trocken, meine Stimme rau, und in meinem Kopf setzte augenblicklich ein unerträgliches Hämmern ein.

»Gleich halb zehn.«

»Scheiße.« Ich stand auf, fiel aber sofort aufs Sofa zurück. Mein Kreislauf spielte nicht mit.

»Wusste ich's doch.« Er grinste. »Schule fällt heute wohl aus. Ich muss zur Uni. Wenn du so lange warten willst, fahr ich dich nachher nach Hause. Wenn nicht, such dir einfach was von mir zum Anziehen raus.«

»Ich lass mich doch nicht mit deinen Klamotten in der Öffentlichkeit blicken!«

Er zuckte mit den Schultern. »Dann eben nicht. Wenn dir dein Aufzug besser gefällt ...«

Ich sah an mir hinunter. Ich trug immer noch das fadenscheinige, zerlumpte Brautkleid. Und Chucks. Stöhnend hielt ich mir die Hände vor das Gesicht. Mir war eindeutig nicht mehr zu helfen. Wann war mein Leben eigentlich derart aus den Fugen geraten? Ich erkannte mich selbst kaum wieder. Seit ich mir meiner Gefühle für *ihn* bewusst geworden war, handelte ich völlig kopflos, hatte irgendwie den Halt verloren. Das musste endlich ein Ende haben. Ich wusste nur nicht wie.

»Ich muss los. Wo die Aspirin liegen, weißt du ja …« Er biss in seinen Toast, schnappte sein Rad und machte sich auf den Weg.

Ich blieb zurück. Mit dröhnendem Schädel. Ein neuer Tiefpunkt in meinem Leben.

Mühsam schlurfte ich ins Bad. Der Spiegel bewies, dass ich mich nicht nur erbärmlich fühlte, sondern auch so aussah. Ich hielt mein Gesicht unter den Wasserhahn, um die Schminke zu entfernen. Danach sah ich aus wie ein Pandabär. Ein Pandabär, der vor dem Traualtar stehen gelassen worden war. Das Haarband mit den schwarzen Rosen hatte sich über Nacht untrennbar mit meinen Haaren verfilzt. Ich riss und zerrte daran, aber es ließ sich nicht lösen. Zitternd sank ich auf die geschlossene Toilette und legte den Kopf auf das kühle Waschbecken.

»Nie wieder Zombie!«, stöhnte ich und wartete kurz, bis ich genug Energie gesammelt hatte, um mir mit dem Zeigefinger die Zähne zu putzen.

Ohne mich auch nur ein bisschen besser zu fühlen, sank ich wieder auf der Couch zusammen.

Erschrocken keuchte ich auf.

Er saß auf dem Fensterbrett und starrte mich schockiert an, als habe er soeben einen Geist gesehen oder eine Erscheinung gehabt.

Sofort sprang ich wieder auf und versuchte das schreckliche Pochen in meinem Kopf zu ignorieren. »Äh … ich wollte nicht … Sorry … ich bin schon weg«, stotterte ich und näherte mich der Wohnungstür.

»Warte.«

Ich erstarrte. Seine Stimme zu hören, das erste Mal seit fünfundzwanzig Tagen, war so schmerzhaft und doch so vertraut schön. Und kam für mich völlig unerwartet. Mein Atem ging immer schneller, und trotzdem bekam ich immer weniger Luft.

Mein Brustkorb fühlte sich an, als wäre er mit einem engen Gurt verschnürt worden.

Er kam auf mich zu, zu nahe, als dass ich es ertragen konnte.

»Geht es dir gut?«, fragte er mich.

Was meinte er damit? Jetzt im Moment? Im Allgemeinen? Fragte er nach meinem körperlichen Zustand? Nach meinem seelischen? Alles konnte ich mit Nein beantworten.

»Ja.« Ich war überfordert. »Alles ganz wunderbar.«

Er betrachtete mich mit ernster Miene. »Danach siehst du aber nicht aus.«

Ich musterte ihn. »Du auch nicht.«

Er war blass und abgemagert. Seine Wangenknochen traten deutlich hervor. Seine Augen wirkten stumpf und übernächtigt, mit dunklen Ringen und tiefen Schatten. Er war ungekämmt und unrasiert, und das schon seit Längerem.

»Komm, ich fahr dich nach Hause!«

Ich hatte es so satt, dass alle glaubten, ohne Hilfe käme ich nicht klar. Wann war das überhaupt passiert? Zugegeben, in letzter Zeit war ich echt durch den Wind, aber immer noch zurechnungsfähig.

Ich öffnete die Tür. »Ich finde den Weg schon allein.« Und ging hinaus.

»Ich weiß. Trotzdem …« Er folgte mir.

Draußen blickte ich in den Himmel. Der November hielt grau und verregnet Einzug.

Als wir auf der Straße standen, umklammerte er mit einer Hand meinen Oberarm und führte mich in Richtung Bus. Bei seiner Berührung zuckte ich zusammen. Er bemerkte es. Sobald wir im Auto saßen, steckte er den Schlüssel ins Zündschloss, startete den Motor jedoch nicht. Mit geschlossenen Augen und tief durchatmend lehnte er den Kopf gegen die Kopfstütze. Ich beobachtete ihn, seine Konturen, die ich am liebsten mit den Fingerspitzen nachgezeichnet hätte. Ich schnappte nach Luft. Es hatte sich nichts geändert. In seiner Gegenwart war ich immer noch verloren. In seiner Gegenwart fehlten mir immer noch die Worte. Alles, was ich sagen wollte, erschien mir so klein.

Er wandte sich zu mir um. »Es tut mir leid.«

»Was?« Mir versagte die Stimme.

»Dass ich dich in jener Nacht zurückgelassen habe. Aber ich konnte nicht anders.«

Ich schluckte. Seit drei Wochen versuchte ich diese Nacht zu vergessen. Vergeblich. »Das muss dir nicht leidtun.«

»Du sollst nur wissen, dass es nicht so enden sollte.«

Nicht so?

»Wie sollte es deiner Meinung nach denn enden? An der Entscheidung durfte ich mich ja nicht beteiligen.«

»Kannst du nicht einfach meine Entschuldigung annehmen?«

»Du brauchst dich nicht zu entschuldigen. Und überhaupt – was würde das ändern?«

»Ich würde mich besser fühlen.«

Wohl kaum. »Das glaube ich nicht. Du siehst total fertig aus, und das liegt mit Sicherheit nicht an mir.«

Er maß mich mit einem wütenden Blick. »Und was ist mit dir? Warum siehst du so kaputt aus? Und damit meine ich nicht dein Kleid und das verlaufene Make-up.«

Erst jetzt wurde mir bewusst, wie lächerlich ich auf ihn wirken musste. In diesem Scheißkleid. Aber es war mir egal. Ich stieg auf seinen Schoß und legte ihm die Hände auf die Brust. »Weil ich dich vermisse. Weil ich dich brauche. Weil du mir die Chance genommen hast, für dich da zu sein.«

»Tu das nicht!« Er umklammerte meine Handgelenke.

Ich konnte jetzt nicht mehr aufhören. Ihn zu berühren, war so, als wäre ich nach einer Unendlichkeit nach Hause gekommen. Mein Körper erwachte aus seiner Erstarrung. Ich beugte mich vor und berührte zaghaft seinen Mund. Seine Augen blitzten kurz auf, aber seine Lippen blieben hart, erwiderten meinen Kuss nicht.

»Bitte!«, flehte ich. »Nimm mich oder verlass mich, aber lass mich nicht so hängen!«

Wir sahen uns in die Augen. Mein ganzer Körper zitterte, vibrierte. Vor Kälte, vor Verlangen, vor Schwäche, vor Sehnsucht, vor Angst.

Er ließ meine Hände los.

Ich strich ihm über die Wangen, über den Bart, fuhr ihm durchs Haar. Ich wollte ihn küssen, aber die Angst vor Zurückweisung lähmte mich.

Doch ich spürte, dass sich etwas in ihm regte. Sein Atem ging schneller, seine Pupillen weiteten sich, bis seine Augen ganz dunkel wirkten. Seine Hände ballten sich zu Fäusten. Es war, als ob er in seinem Innern einen Kampf ausfocht. Ganz langsam lösten sich seine verkrampften Finger und glitten unter mein Kleid, berührten meine Oberschenkel, wanderten immer weiter.

Ich hatte mich so sehr nach seiner Nähe gesehnt, doch etwas war anders. Es waren seine Lippen, die sich meinen nicht öffneten, meine nicht suchten. Und sein intensiver Blick ließ keinen Zweifel. Dies war für ihn kein Sieg, sondern bedeutete eine Niederlage. Er hatte gegen das Verlangen verloren, das in seinem Körper tobte.

Das hatte ich auch. Schon längst.

Wir wehrten uns beide nicht dagegen, was jetzt kam. Vielmehr überrollte es uns wie eine Lawine.

Als wir völlig erschöpft voneinander abließen und er seine Jeans zuknöpfte, wusste ich, dass es für ihn ein Fehler gewesen war. Ich sah es ihm an. Schlagartig und unmittelbar setzte das Hämmern in meinem Kopf wieder ein.

Er startete den Motor.

»Nein, warte!«, bat ich ihn.

Er drehte den Schlüssel zurück. »Was?« Er starrte zur Frontscheibe hinaus.

Ich nagte an meiner Unterlippe. »Ich will nicht nach Hause … Ich will bei dir bleiben.«

Er atmete tief ein und sah mich an. Entschlossen.

»Bitte, Ella, das eben hatte nichts zu bedeuten! Es war ... nur Sex.«

Wie eine schallende Ohrfeige trafen mich seine Worte, hallten in meinem Kopf nach.

»Das glaube ich dir nicht.« Ich konnte nicht hinnehmen, dass er nichts mehr fühlte.

»Doch. Es war ein Fehler.« Er wandte sich zu mir um und blickte mir unverwandt in die Augen. »Eine tote Blume braucht kein Wasser. Es ist vorbei.«

Er ließ mich zurück. Das Feuer, das er in mir entfacht hatte, erlosch zu Asche. Was blieb, war eine oberflächliche Beziehung ohne emotionale Bindung. Ich hatte ihn verloren, schon vor fünfundzwanzig Tagen. Doch erst jetzt wurde es für mich zur Realität, erst jetzt hatte ich es begriffen. Sein Gesicht verschwamm vor meinen Augen.

Ich nickte, starrte ins Leere, wehrte mich gegen die Tränen. Fühlte mich wie ein Klischee, irgendwie abgegriffen und verschlissen.

»Zwei Tatsachen sind mir heute klar geworden«, sagte ich mit belegter Stimme. Meine Kehle war wie zugeschnürt. »Erstens – wenn man abends Zombie trinkt, fühlt man sich am nächsten Tag wie einer. Und zweitens – dass Menschen einen verlassen, obwohl sie tausendmal versprochen haben, es nie zu tun.«

Ich öffnete die Autotür, stieg aus und lief durch den Regen davon. Vorbei an den Menschen, die zur Arbeit, zur Uni oder zur Schule mussten, ignorierte ich die mitleidigen Blicke der Wartenden auf dem Bahnsteig. Nass von Kopf bis Fuß stieg ich in die nächste S-Bahn, suchte mir in der hintersten Ecke einen Platz und lehnte den Kopf ans Fenster. Unnachgiebig peitschte der Regen gegen die Scheibe. Ich hatte das Gefühl, mein Schädel müsse jeden Augenblick zerspringen, und war kurz davor, mich zu übergeben. Ich riss mich zusammen. Nur vier Stationen, drei Stationen, nur noch zwei, eine ...

»Die Fahrausweise, bitte!«

O nein. Mein Herz raste, in meinen Ohren rauschte das Blut. Wer auch immer in meinem Leben die Regie führte, hatte anscheinend kein Händchen für Happy Ends.

»Junge Dame?« Ein Mann, vielleicht Ende zwanzig mit Basecap und Gürteltasche beugte sich zu mir herüber. »Dürfte ich bitte Ihren Fahrausweis sehen?«

»Ich hab keinen«, sagte ich leise.

»Dann muss ich Sie bitten, mit mir auszusteigen.«

Ich blickte mich um und stellte erleichtert fest, dass ich sowieso hier rausmusste. Auf dem Bahnsteig sah ich, dass ich nicht die Einzige war, die herausgefischt worden war. Überall verteilten sich kleine Gruppen.

»Ich muss Ihre Personalien aufnehmen. Haben Sie Ihren Ausweis dabei?«

Ich schüttelte den Kopf, denn ich hatte gar nichts dabei. Kein Geld, keine Schlüssel, kein Telefon. Und schon gar keinen Ausweis.

Der Kontrolleur musterte mich von oben bis unten, meine ganze elende Erscheinung. Die Haare hingen nass an mir herunter, meine Augen waren verheult, mein Make-up verschmiert und mein Kleid kaputt und viel zu dünn. Ich fror jämmerlich.

»Brauchen Sie Hilfe?« Er musterte mich leicht besorgt.

Mit dieser Frage hatte ich nicht gerechnet. Stumm schüttelte ich den Kopf.

»Tja, also eigentlich müsste ich die Polizei rufen, um Ihre Personalien zu ermitteln ...«

Nicht das auch noch! Ich war kurz vorm Umkippen. Ich konnte einfach nicht mehr.

»... aber Sie machen auf mich den Eindruck, als könnten Sie das heute nicht auch noch verkraften. Ausnahmsweise drücke ich mal ein Auge zu.«

»Was?« Ungläubig hob ich den Kopf.

Aber er schien es ernst zu meinen. »Müssen Sie noch weit?«

»Nein ... ich bin da.«

»Gut, dann kommen Sie wohlbehalten nach Hause.« Er trat beiseite und gab damit den Weg frei.

Ich nickte. »Danke.« Meine Stimme war nur noch ein Flüstern.

Zu Hause angekommen, klingelte ich unten an der Haustür Sturm, aber niemand öffnete. Wie auch? Mein Vater war in der Schule, meine Mutter im Laden.

»Ella, wie siehst du denn aus?«, rief Ria. Vollgepackt mit Einkaufstüten, kam sie gerade die Straße entlang.

»Ich hab meine ganzen Sachen bei Milo vergessen.« Mit letzter Kraft versuchte ich, mir meine Verzweiflung nicht anmerken zu lassen.

»Na, komm erst mal mit zu mir!«

In ihrer Wohnung kochte sie mir einen griechischen Kaffee und wickelte mich in eine Decke ein.

»Hast du eine Kopfschmerztablette für mich?«, fragte ich.

»Natürlich. Ich hab welche, die sind so stark, die pusten dir den Schädel weg.«

»Perfekt. Dann brauche ich danach wohl nie wieder Schmerzmittel.« Ich nahm einen Schluck von dem heißen Kaffee. So wie er schmeckte, hatte Ria drei Esslöffel Zucker darin versenkt.

Keine zwanzig Minuten später klopfte es an der Tür, und meine Mutter kam herein. Ria hatte ihr wohl Bescheid gesagt.

»Ella, wie siehst du denn aus?«

Das bekam ich an diesem Tag anscheinend öfter zu hören. Langsam erhob ich mich von dem Küchenstuhl.

Mit großen Augen sah mich meine Mutter fragend an. »Was ist passiert? Ist alles in Ordnung?«

Ich nickte stumm, aber mein Kinn zuckte verräterisch.

»Ist es wegen Sam?«

Die Tränen, die daraufhin unaufhaltsam aus mir herausströmten, waren Antwort genug.

»Schsch, alles wird gut!« Sie nahm mich fest in die Arme.

Dann brachte sie mich in unsere Wohnung und ließ heißes Wasser in die Wanne laufen.

Sie strich mir das Haar aus dem Gesicht. »Süße, du nimmst jetzt erst mal ein Bad und beruhigst dich ein bisschen, ja? Ich will auch nicht wissen, warum du um diese Zeit nicht in der Schule bist.« Vorsichtig befreite sie mich endlich von dem Rosenhaarband. »Ich muss gleich zurück zum Laden. Kann ich dich allein lassen?«

Ich nickte und schälte mich langsam aus dem verdammten Kleid.

An der Badezimmertür drehte sich meine Mutter noch einmal zu mir um. »Ich komme heute Abend möglichst früh und bin dann für dich da. Nur für dich.« Sie schloss die Tür hinter sich.

Das Brautkleid glitt zu Boden, und ich stieg in die Badewanne. Das heiße Wasser brannte auf meiner eiskalten Haut und verschmolz mit dem Brennen in meiner Brust. In diesem Moment musste ich mir eingestehen, dass ich bis heute, tief in meinem Innern, einen kleinen Funken Hoffnung verspürt hatte, *er* werde zu mir zurückfinden. Wenn er ... wenn wir alles überstanden hätten. Wenn wieder Platz für mich in seinem Leben wäre. Doch diesen Funken hatte er vorhin ausgelöscht. Still kullerten mir heiße Tränen über die Wangen, aber ich wollte sie nicht spüren, nichts mehr fühlen.

Ich tauchte unter.

Und nicht wieder auf.

Isoliert, wie hinter Panzerglas, vergingen die nächsten Stunden, Tage, Wochen. Mit gebrochenem Herzen konnte man nicht weiterleben. Man musste. Musste zur Schule, musste funktionieren. Ich funktionierte schlecht. Nichts und niemanden ließ ich an mich heran und hatte selbst nichts zu geben. Ich fühlte mich unvollständig, war leer, nur eine Silhouette. Nichts ergab Sinn. Ohne *ihn*.

Ich nahm wahr, dass Kurt und mein Vater am Tag der Beerdigung bis tief in die Nacht bei ihm blieben, dass sie ihn nach wie vor unterstützten und dass er eine Woche später die neue Stelle als Referendar antreten konnte.

Ich nahm wahr, dass sich zwischen Milo und Cora ganz zart etwas anbahnte und dass Emma möglichst viel Zeit mit mir verbrachte, um mich aus meinem Loch herauszuholen.

Und ich nahm wahr, dass mein Körper rebellierte, aber ich war nicht fähig, irgendetwas dagegen auszurichten. Ich aß kaum. So wenig, dass mittlerweile meine Periode ausblieb. Und ich schlief kaum. Aber wie hieß es? Schlaf hilft nicht, wenn die Seele müde ist.

Was blieb einem Menschen wie mir, wenn er schon gefunden hatte, was er gesucht hatte, aber von seiner anderen Hälfte zurückgelassen wurde? Wenn er wusste, dass er nie wieder komplett würde? Ich hatte mein Gegenstück gefunden, meine verwandte Seele, den Menschen, von dem ich mich magnetisch angezogen fühlte, und trotzdem hatte es nicht funktioniert. Wir waren gescheitert. An den äußeren Umständen, an der Vergangenheit, am Leben, am Schicksal.

In einer jener schlaflosen Nächte, in denen mich nicht einmal der kuschelig warme Körper meiner Katze trösten konnte, wälzte ich mich stundenlang unruhig im Bett hin und her. Es war Mitte November, aber mir war unerträglich heiß, und ich hatte das Gefühl, kaum Luft zu bekommen. Obwohl Sonntag war und ich am nächsten Tag zur Schule musste, hielt ich es zu Hause einfach nicht mehr aus. Auf Zehenspitzen schlich ich mich aus der Wohnung, stieg auf mein Rad und fuhr los. Bisher hatte ich nie darüber nachgedacht, das alte Freibad noch einmal aufzusuchen, aber nun zog es mich irgendwie in diese Richtung. Als ob ich dort Trost fände. Der Zaun war ausgehebelt; ich machte mir jedoch keinerlei Hoffnung, *er* könne da sein. Ich wusste nicht mal, ob ich ihn sehen wollte. Ach, was machte ich mir eigentlich vor? Natürlich wollte ich ihn sehen, und natürlich war mir klar, dass es mir nicht guttat. Je weniger ich über ihn hörte, von ihm mitbekam, desto besser.

Doch ich brauchte mir darüber keine Gedanken zu machen. Er war nicht da; ich war völlig allein.

Ich hockte mich auf den Startblock mit der Nummer fünf und stöpselte mir meine Kopfhörer in die Ohren. Langsam scrollte ich meine Playlist herunter. Es waren zwei Lieder weniger darauf. *Songbird* und *Heavy Heart* fehlten. Ich konnte sie einfach nicht mehr hören. Ich drückte auf die Zufallswiedergabe, und *Big Jet Plane* erklang. Manchmal gab es Songs, in denen sich eine Zeile in meinem Kopf festsetzte, mich an einen bestimmten Moment, einen bestimmten Menschen erinnerte. Dieses Lied ließ mich in unsere gemeinsame Nacht an der Oder abtauchen, als es über uns nur die Sterne gegeben hatte. Es drückte all das aus, was *er* mich spüren ließ; seine Gefühle, die er für mich empfand, die er mir zeigte. Er hatte mir so viel gegeben, er hatte ein so warmes Herz. Ich fürchtete nicht, es könne zerfallen – wegen dem, was ihm widerfuhr. Es war nur gerade nicht stark genug, noch mehr zu ertragen. Er bedeutete mir so viel; immer noch all das, was er für mich war, als ich ihn hatte lieben dürfen. Das würde sich nie ändern.

Konnte ich mir vorstellen, ihn jemals mit einer anderen zu sehen? Dass er eine andere so berührte, wie er mich berührt hatte? Dass er Gefühle für eine andere hatte, die einst für mich bestimmt gewesen waren?

Niemals.

Der Song endete.

Ich wollte weinen, aber ich konnte nicht mehr. Hatte alle meine Tränen bereits vergossen. Ich löschte das Lied und starrte in die Nacht. Es war Vollmond, und ich sah den Hauch meines Atems. Ich musste ein Ende machen ... und neu starten. Alles andere war zu schmerzhaft. Das, was wir gehabt hatten, wollte ich bewahren und tief in mir verschließen. Für immer.

Mit seltsam befreitem Gefühl fuhr ich nach Hause. Die Straßen waren leer, und es war kurz vor drei, als ich leise die Wohnungstür aufschloss.

Ein Neustart bedeutete vor allem, *ihn* aufzugeben, mir Hilfe zu suchen, denn allein kam ich aus diesem Loch nicht mehr heraus und ... Ich suchte mir eine Schere und ging ins Bad.

Zögernd blickte ich in den Spiegel. War ich wirklich dazu entschlossen? Ich war.

Ich wollte das Haargummi lösen, ohne Erfolg. Seit zwei Wochen hatte ich mich nicht mehr gekämmt, mir das Haar nach dem Duschen immer nur schnell zusammengebunden. Ich atmete tief durch, setzte die Schere an und schnitt entschlossen den Zopf ab. Er fiel zu Boden.

Meine Mutter kam schlaftrunken ins Bad und war schockiert. »O mein Gott!« Doch sie fasste sich rasch wieder und war plötzlich hellwach. »Du hättest doch was sagen können, dann wär's wenigstens gerade geworden.«

»Wie? Ich soll um drei Uhr in euer Schlafzimmer marschieren und fragen, ob du mir die Haare schneidest?«

Sie gähnte. »Halb drei wäre besser gewesen, denn ich muss gleich zum Großmarkt.«

Ich betrachtete meine neue Frisur im Spiegel. Sie war krumm und schief, aber sie gefiel mir. Mein Haar war nur noch kinnlang und umrahmte mein Gesicht ganz wunderbar.

»Wenn Frauen sich die Haare abschneiden, bedeutet das meistens, dass sie einen neuen Lebensabschnitt beginnen, alte Lasten abwerfen, Türen schließen, neue öffnen.« Sie hob den Zopf auf.

Ich nickte und fuhr mir durchs Haar. Es fühlte sich gut an. Sehr gut.

»Aber weißt du …« Sie legte mir das Kinn auf die Schulter und sah meinem Spiegelbild in die Augen. »Türen müssen sich nie ganz schließen. Lass sie für die Liebe einen Spaltbreit offen!«

»Er hat immer einen Platz in meinem Herzen.«

»Ja, ich weiß«, sagte sie leise und nahm mich in die Arme.

Ich leistete meiner Mutter noch Gesellschaft, bis sie losmusste. Danach ging ich endlich ins Bett und schlief irgendwann ein.

Zwei Stunden später fuhr ich völlig übermüdet und gerädert zur Schule.

Emma war absolut entsetzt, als wir uns in der Pause im hinteren Treppenhaus trafen. »Ach, du Scheiße! Ich musste eben zweimal … ach, Quatsch … dreimal hinsehen, um dich zu erkennen.«

Wir setzten uns auf die oberste Stufe.

Milo und Cora schien mein neuer Look jedoch zu gefallen.

»Wow, du könntest glatt als Model durchgehen!« Cora war begeistert.

»Danke.« Ich lächelte verlegen und strich mir das Haar hinter die Ohren. Ich mochte das Gefühl, es war so leicht.

»Okay, ich muss los. Sehen wir uns nachher?« Diese Frage richtete Cora an Milo.

Er nickte nur und errötete leicht.

»Wo musst du denn hin?«, fragte ich sie, denn eigentlich hatten wir doch gleich zusammen Bio.

»Zur Schülerversammlung.«

Emma rollte mit den Augen. »Sag doch nicht so was! Da komme ich mir immer so unengagiert vor.«

»Das liegt daran, dass ihr unengagiert seid.« Cora machte sich lachend davon.

Milo sah ihr nach.

»Und?!«, meinte ich. »Emmas Verkupplungsversuche scheinen ja gefruchtet zu haben.«

»Ich weiß nicht, wovon du redest.« Er grinste mich herausfordernd an. »Aber wusstest du, dass dort, wo du hingekotzt hast, kein Gras mehr wächst?«

»Wir haben bald Winter, da wächst überhaupt nichts mehr. Wart's nur ab! Im Frühling wuchert dein Rasen an der Stelle so extrem, dass ihr eigens einen Gärtner einstellen müsst«, mischte sich Emma ein.

»Macht euch ruhig auf meine Kosten lustig!« Ich spielte die Beleidigte. »Aber was ist jetzt mit dir und Cora?«

»Seit wann interessiert dich, was bei uns abgeht?«

»Sei nicht unfair, Milo! Es ist doch schon schlimm genug, dass sie keine Haare mehr hat.«

»Zu deiner Info – ich hab immer noch genauso viele Haare wie gestern. Und bloß weil ich keine anderen Freunde hab, mit denen ich in den Pausen rumhängen kann, muss ich mir eure Gemeinheiten noch längst nicht reinziehen.« Ich fühlte mich irgendwie gemobbt.

»Doch, musst du.« Milo war unerbittlich.

Ich seufzte. »Okay. Es tut mir leid. Können wir nicht einfach so tun, als sei ich eine Weile nicht da gewesen?«

Einen kurzen Moment lang ließen sie mich zappeln, als müssten sie erst darüber nachdenken, ob das so gelten durfte.

Milo lehnte sich leicht an mich und lächelte. »Schön, dass du wieder da bist!«

»Ja. Finde ich auch.« Emma machte einen geradezu ernsten Eindruck. Ein seltener Anblick.

Ich war erleichtert und froh, dass ich genau diese beiden meine Freunde nennen durfte.

»Also?«, versuchte ich es zum dritten Mal. »Erzählst du mir jetzt endlich, was zwischen dir und Cora läuft?«

»Es ist irgendwie …« Er druckste herum. »… noch nicht so ganz … definiert.«

Ich verschluckte mich an meinem Wasser. »Wie bitte? Gehst du in Sachen Liebe jetzt wissenschaftlich vor?«

»Eher philosophisch, würde ich behaupten, wenn ich nach Aristoteles' Verständnis die Realdefinition anwende.«

»Klugscheißer.«

»Nö. Zwölftklässlerwissen.« Er grinste mich überheblich an. »Aber keine Sorge, da kommst du irgendwann auch noch hin.«

»Ich hätte gern ihre Grübchen«, schwärmte Emma.

»Äh … was?«, fragten Milo und ich gleichzeitig.

»Na, Coras Grübchen … ich steh total drauf. Du nicht?«

Milo wurde rot.

»Ich finde, du wurdest von der Natur schon genug begünstigt.« Ich wandte mich wieder an Milo, und wir setzten unsere Definition der Definition fort. »Wann gedenkst du denn eure Beziehung zu *definieren*?« Ich setzte das letzte Wort in Anführungszeichen.

Jetzt wurde er knallrot. »Heute Abend.«

»Oho! Und ich dachte, wir drei könnten heute Nachmittag mal wieder was zusammen unternehmen. Ich meine, nachdem unsere Ella wieder da ist …«

»Passe. Auf mich müsst ihr verzichten.«

»Ja, das dachte ich mir … dann nur wir beide, okay?« Erwartungsvoll sah mich Emma an.

»Sorry. Ich kann auch nicht … hab schon was vor.«

Emma machte ein enttäuschtes Gesicht. »Was denn?«

Glücklicherweise läutete in diesem Moment die Schulglocke das Ende der Pause ein. Ich wollte nicht darüber reden. Noch nicht.

Am Nachmittag ging ich seit geschlagenen zwanzig Minuten unschlüssig vor einem prachtvollen Mehrfamilienhaus aus der Gründerzeit auf und ab. Nervös drehte ich eine Visitenkarte zwischen den Fingern.

Meine Mutter hatte sie mir vor einigen Tagen weinend neben das Bett gelegt. Sie wirkte so hilflos und gleichzeitig wütend. Sie schrie mich an, ich solle doch endlich gegen sie rebellieren und nicht gegen mich selbst, indem ich nichts aß. Nur ... wie sollte ich je gegen diese Frau rebellieren? Sie gab mir nie einen Anlass dazu. Also blieb nur mein eigener Körper. Doch als sie so hilflos vor mir stand, begriff ich endlich, dass es schrecklich war, sich selbst kaputtzumachen. Dem eigenen Kind dabei zusehen zu müssen, ließ sich aber wahrscheinlich noch weniger ertragen. Ich wollte ... ich musste einen Ausweg aus dem Teufelskreis finden, in den ich geraten war.

Ich atmete tief durch und näherte mich der imposanten Eingangstür. Daneben hing ein Messingschild.

Dipl.-Psych. Eleonore Engel
Psychotherapeutische Praxis

Ich zögerte kurz, dann klingelte ich.

21

Es war Freitag – Nikolaus. Mein Vater stand fluchend im Flur und kramte schätzungsweise drei Kilo Nüsse aus seinen Schuhen. Ich bedauerte, dass meine Mutter das Spektakel nicht live miterleben konnte, aber sie war leider schon weg. Als Höhepunkt stieg mein Vater dann aber – wie jedes Jahr – in seine Stiefel und trat dabei in die Mandarine, die meine Mutter ihm immer in die Schuhspitze stopfte. Diese Show zog er tatsächlich jedes Jahr aufs Neue ab. Den Streich meiner Mutter vergaß er einfach in den zurückliegenden zwölf Monaten, und ich konnte mich stets auf eine herrliche Slapsticknummer am frühen Morgen freuen. Er enttäuschte mich wirklich nie.

Als ich nach vier Blöcken den Schultag endlich hinter mich gebracht hatte, wurde es auf dem Heimweg schon langsam dunkel. Emma erwartete mich bibbernd vor meiner Haustür, um mit mir zusammen die alljährliche Plätzchenbacksaison zu starten. Die begann bei uns traditionell am sechsten Dezember mit Zimtsternen.

Mein Vater zog sich in sein Arbeitszimmer zurück und überließ uns die Küche. Innerhalb kürzester Zeit verwandelten wir sie in ein Schlachtfeld.

»Kannst du bitte diese schreckliche Musik ausmachen?!« Emma hatte gerade die erste Ladung mit Eiweiß bepinselt und schob das Blech in den Ofen. »Da bekomme ich ja Depressionen.«

»Aber sie drückt genau das aus, was ich fühle.« Ich wollte nichts anderes hören als dieses wundervolle Album von Daughter. Meine Mutter hatte es mir vor Kurzem geschenkt, und es passte perfekt zu meiner Stimmung.

Emma seufzte. »Wird Zeit, dass du endlich mit deiner Therapie beginnst. Wann ist es eigentlich so weit?«

»Im Januar. Gestern kam die Kostenübernahme von der Krankenkasse.«

Nach langem Zögern hatte ich mich dazu durchgerungen, meinen Freunden davon zu erzählen und mir meine Probleme einzugestehen. Sie waren froh, dass ich etwas unternahm, denn auch sie machten sich schon lange Sorgen um mich. Es war nicht zu übersehen, dass ich immer schwächer wurde und mir oft schwindelig war. Trotzdem redete ich auch weiterhin nicht über dieses Thema. Ich konnte nicht. Und obwohl die Psychologin einen sympathischen Eindruck machte und ich mir vorstellen konnte, ganz gut mit ihr klarzukommen, hatte ich Angst. Ich hoffte, dass sie nicht gleich in der ersten Stunde mit einer bestimmten Frage startete. *So, Fräulein Winter, nun erzählen Sie mal, warum Sie nicht essen!* Denn darauf hatte ich keine Antwort. Aber vielleicht würden wir sie irgendwann gemeinsam finden.

Gedankenverloren rollte ich die nächste Portion Teig aus.

»Ich hoffe jedenfalls, die Therapie hilft dir«, unterbrach Emma das Schweigen. »Ich möchte, dass du endlich wieder fröhlich bist.«

Ich zwang mich zu einem Lächeln. »Mir geht's gut. Wirklich.« Manchmal fiel mir dieser Satz leichter, als in Worte zu fassen, was mir wirklich fehlte.

Sie hob eine Augenbraue. »El, wie lange kennen wir uns jetzt? Zehn Jahre? Zwanzig? Hundert? Lange genug, um zu wissen, dass du ununterbrochen reden kannst, wenn es dir gut geht, und dass du schweigst wie ein Grab, wenn du traurig bist. Bei der Stille, die von dir ausgeht ... O Mist, die Plätzchen!« Sie riss die Ofentür auf. »Hm, gehen die noch?«

Wir betrachteten die viel zu dunkel geratenen Zimtsterne.

»Gib sie meinem Vater, der isst alles! Und wir müssen nicht

befürchten, dass er uns nachher alle noch warm vom Blech wegisst.«

Emma schob die Plätzchen auf einen Teller und brachte sie meinem Vater ins Arbeitszimmer.

»Raubtierfütterung erfolgreich durchgeführt. Wo waren wir noch mal stehen geblieben?«

Ich setzte mich hin, legte lustlos das Nudelholz beiseite und zog die Knie an die Brust. »Weißt du, es ist wie ein Albtraum, und ich wache einfach nicht auf.«

Sie ging vor mir in die Hocke und betrachtete mich mitfühlend. »Das liegt daran, dass du nicht träumst.«

Ich musste lächeln. »Wie tiefsinnig, Emma! Und das von dir.«

»Ja, ich hab eben auch manchmal meine hellen Momente … und weißt du, was ich noch glaube?«

Ich schüttelte den Kopf.

»Wahre Gefühle gehen nicht einfach so weg.« Sie machte Anführungsstriche in die Luft. »Bloß weil es besser wäre, sie nicht mehr zu fühlen. Wenn Kurt jetzt mit mir Schluss machen würde, könnte ich sie auch nicht einfach abstellen.«

»So etwas könnte er dir nie antun! Aber was ist mit dir? Ihr seid jetzt schon über drei Monate zusammen, und sonst stößt du die Typen nach dieser Zeit doch immer ab wie eine Niere nach einer missglückten Organtransplantation.«

Sie übernahm das Nudelholz und rollte geschäftig den Teig aus. »Das mit ihm … ist irgendwie …« Sie hielt inne und sah mich an. »… irgendwie anders.«

In ihrem Blick erkannte ich, dass mein Bruder die Erfüllung ihrer Träume war. Keiner wusste, wie lange es halten würde, aber im Hier und Jetzt war es eine unbestreitbare Tatsache.

»Das ist schön«, seufzte ich. Ich freute mich wirklich für die beiden.

Sie passten einfach perfekt zusammen, waren beide so energiegeladen und bremsten sich nicht gegenseitig aus. Hoffentlich hielt ihre Beziehung – ich wünschte es ihnen.

Als wir die dritte Ladung – die Verbrannten nicht mitgezählt – aus dem Ofen zogen, kam meine Mutter nach Hause.

»Um Himmels willen ...« Sie schlug sich eine Hand vor die Augen. »Wie sieht's denn hier aus?«

»So wie immer, wenn Emma und ich backen.« Ich hielt ihr einen Zimtstern hin, um sie versöhnlich zu stimmen.

Es funktionierte. Mit einem Glas Rotwein setzte sie sich zu uns in die Küche. Sie wirkte müde und erschöpft.

»Wir machen hier gleich Ordnung und kümmern uns dann um die Lasagne.«

Emma nickte zustimmend.

»Lasst uns lieber Pizza bestellen! Ich hab keine Lust auf Abwaschen.«

»Wir räumen nachher auch den Geschirrspüler ein, du musst dich um nichts kümmern.«

»Das ist es ja eben. Das Scheißding ist seit gestern Abend kaputt.« Sie nahm einen großen Schluck aus ihrem Weinglas.

»Na ja, es gibt bestimmt Schlimmeres«, versuchte ich sie zu trösten.

Sie nickte. »Ja, bestimmt. Mir fällt nur im Moment wirklich nicht ein, was das sein könnte.«

Ich schüttelte lachend den Kopf. »O Mann, lass das bloß nicht die hungernden, obdachlosen Kinder dieser Welt hören!« Ich reichte ihr das Telefon und den Bestellzettel vom Lieferservice.

»Ich gebe euch einen mütterlichen Rat. Hände weg von Akademikern, sucht euch lieber einen Elektriker!« Sie wählte die Nummer und bestellte vier Pizzen.

Emma und ich fläzten uns im Wohnzimmer auf dem Boden; meine Mutter lag auf dem Sofa und hatte die Füße im Schoß meines Vaters abgelegt. Dieser machte sich gerade über die übrig gebliebenen Stücke meiner Pizza her.

Meine Mutter gähnte. »Wollt ihr nicht langsam los?«

»Äh ... nein. Wir haben nichts vor.«

»Ähm … doch.« Emma hüstelte verlegen und sah auf ihr Handy. »So spät schon? Wird tatsächlich Zeit, dass wir losmachen.«

Ich sah sie fragend an.

»Was denn? Du musst mal wieder was unternehmen, unter Leute kommen.«

»Finde ich auch«, sagte mein Vater kauend, während er sich das letzte Pizzastück in den Mund schob.

Das überraschte mich, denn er hielt sich meistens zurück und mischte sich nur äußerst selten ein. Auch über *ihn* verlor er in meiner Gegenwart nie ein Wort, und das, obwohl sie sich jeden Tag in der Schule sahen. Es war wie ein ungeschriebenes Gesetz, an das sich alle hielten. Ausnahmslos.

Ich verschränkte bockig die Arme. »Es ist schon nach neun, ich gehe heute nicht mehr aus dem Haus.«

Emma rappelte sich auf. »Wieso nicht? Musst du deine Depression babysitten? Wir gehen!«, erklärte sie entschlossen. »Wir machen dich noch ein bisschen hübsch – ich hab das ja nicht nötig –, und dann gehen wir feiern.«

»Ich wüsste nicht, was es zu feiern gibt.«

Währenddessen nippte meine Mutter an ihrem Wein und sah uns zu, als wären wir ihr privates Fernsehprogramm.

»Ach, komm schon!« Emma zog mich vom Boden hoch. »Mein Hintern ist schon ganz taub.«

»Der hat ja auch keine Ohren.«

»Ich meinte vom Rumsitzen.« Sie schob mich an den Schultern in mein Zimmer.

Meine Eltern winkten uns breit grinsend hinterher und kassierten dafür einen vernichtenden Blick von mir. Konnten sie nicht wie andere Erziehungsberechtigte sein und mir verbieten, noch rauszugehen?

Als Zeichen meines Unwillens legte ich mich sofort auf mein Bett. Emma interessierte das herzlich wenig. Wie eine Besessene stöberte sie in meinem alten Kleiderschrank herum.

»Dein Schrank gibt einfach nichts her.« Sie stemmte die Hände in die Hüften. »Hier, zieh das an!«, befahl sie und warf mir ein paar Klamotten zu.

»Was stimmt nicht mit dem Outfit, das ich jetzt trage?«

»Du meinst, abgesehen vom Mehl und Plätzchenteig?«

Ich betrachtete mein T-Shirt und musste feststellen, dass ich wirklich total eingesaut war.

»Mach hin, wir haben nicht ewig Zeit!« Sie tippte ungeduldig auf ihre imaginäre Uhr.

So langsam war ich genervt. »Verrätst du mir vorher noch, wo es hingeht? Sonst kannst du's gleich vergessen.«

»Na schön. Wir gehen ins *pogopit*, da ist heute Livemucke.« Unerbittlich zerrte sie mich an den Händen vom Bett hoch. »Ich will endlich mal wieder tanzen.«

»Kommt Kurt auch?«

Sie zögerte. »Ähm … ja … und Milo und Cora auch. Und jetzt beeil dich!«

Das konnte ja super werden. Ich zwischen zwei verliebten Pärchen.

Ich nahm die Klamotten, die Emma mir rausgesucht hatte, und verschwand im Bad. Mit ihrer Wahl konnte ich leben – blaue Jeans, graues T-Shirt und graue Sweatjacke. Das entsprach mir. Bloß nicht auffallen. Frustriert fuhr ich mir durchs Haar.

»Wir können.« Missmutig zog ich mir die Kapuze über die Ohren, als ich wieder vor Emma stand.

»Na endlich.« Sie hatte mittlerweile schon Schuhe und Jacke an.

»Viel Spaß«, wünschte uns meine Mutter. »Und passt auf euch auf!«

Eigentlich wollte ich lieber schlafen, als jetzt noch in der Kälte Fahrrad fahren. »Wollt ihr nicht mitkommen? Ihr habt bestimmt mehr Spaß«, sagte ich griesgrämig und zog mir die Handschuhe an.

Sie gähnte. »Nein danke. Ich und mein faltiger alter Arsch gehen jetzt ins Bett. Kommst du, Liebling?!«

»Meinst du damit etwa mich?« Mein Vater sah uns fragend an. »Ella, hat deine Mutter mich gerade einen faltigen alten Arsch genannt?« Er spielte den Entsetzten.

Ich verdrehte die Augen und zuckte ahnungslos mit den Schultern.

»Das würde ich doch nie sagen!« Sie gab ihm einen Kuss und zog ihn hinter sich her. »Macht's gut, Mädels!«

Ich winkte nur ab, und dann machten wir uns auf den Weg in die kalte Winternacht.

Völlig durchgefroren kamen wir beim *pogopit* an. Verstohlen warf ich im Vorbeifahren einen Blick zu seinem Fenster hinauf. Es war dunkel.

Auf der Straße standen mehrere Typen, die laut – mit einem wunderbar britischen Akzent – miteinander diskutierten. Emma ging an der kurzen Schlange vorbei und postierte sich direkt vor den Türstehern. Es waren zum Glück nicht dieselben wie beim letzten Mal, und erst auf den zweiten Blick erkannte ich, dass einer von ihnen eine Frau war. Eine sehr burschikose Frau.

»Hi. Wir stehen auf der Gästeliste.« Sie lächelte die beiden Einlasser freundlich an.

»Warum, zum Teufel, stehen wir auf der Gästeliste?«, zischte ich sie an.

»Bleib ruhig, El! Ich hab eben meine Connections.«

Sie nannte unsere Namen, und das Mannweib winkte uns durch.

»Emma! Wer spielt hier heute?« Ich war auf hundertachtzig, nein ... auf hundertneunzig.

Ohne mir zu antworten, pellte sie mich aus meiner Jacke und gab sie zusammen mit ihrem Mantel an der Garderobe ab. Dann zog sie sich ihren eng anliegenden schwarzen Pullover über den Kopf. Darunter kam ihr Greensleeveterror-T-Shirt zum Vorschein. Triumphierend sah sie mich an.

»Das tust du mir nicht wirklich an, oder?« Ich war drauf und dran, ihr die Freundschaft zu kündigen.

»Offensichtlich doch.« Sie schob mich weiter.

Ich blieb stehen, und sie fiel fast über mich drüber. Ich hatte nicht vor, auch nur einen Schritt weiter durch dieses dunkle Labyrinth zu gehen. Einige Leute drängten sich an uns vorbei, rempelten mich an.

»Das nervt echt.« Emma war sauer.

Aber ich noch viel mehr. Ich fühlte mich von ihr verraten.

»Dein Bruder spielt heute. Kannst du nicht wenigstens ihm zuliebe mitkommen?«

Ich schüttelte den Kopf. »Nein, kann ich nicht. Dazu bin ich noch nicht bereit.«

Sie legte mir die Hände auf die Schultern und atmete tief durch. »Dann lern es! Und zwar heute. Oder hasst du ihn so sehr?«

»Wen? Kurt?«

»Du weißt genau, wen ich meine.«

»Ich könnte ihn niemals hassen. Er bleibt immer ein Teil von mir.« Ich rutschte an der Wand hinunter, fühlte mich müde und erschöpft.

Emma hockte sich neben mich und legte mir einen Arm um die Schultern.

»Ich werde immer für ihn da sein ... auch wenn wir nicht mehr zusammen sind. Aber im Moment sind meine Gefühle viel zu stark. Damit kann ich einfach noch nicht umgehen.«

»Du schaffst das schon. Ich bin bei dir und weiche dir den ganzen Abend nicht von der Seite. Okay?!« Sie zog mich mit sich hoch. »Einer muss ja schließlich aufpassen, dass du dir nicht wieder die Kante gibst.«

»O Gott!«, stöhnte ich. »Erinnere mich bloß nicht daran!«

»Na komm, ich lade dich auf 'ne Cola ein.« Sie marschierte

los. »Das kann ich mir nur leisten, weil wir hier umsonst reingekommen sind. Die nächsten Getränke lassen wir uns einfach von Milo bezahlen.«

Ich folgte ihr. Vielleicht hatte sie ja recht. Am ehesten kam ich aus meinem Loch heraus, wenn ich mich endlich der Situation stellte. Allmählich sollte ich akzeptieren, dass es vorbei war. Wie hatte er gesagt? Gieß keine toten Blumen? Oder so ähnlich. Er hatte mich verlassen, und ich musste ihn ziehen lassen, auch wenn es mir das Herz brach. Er war mir zu wichtig, als dass ich ihn auch noch als Freund, als Teil unserer Familie verlieren wollte. Ich konnte nicht zulassen, dass sich gerade die Menschen, die ihm am wichtigsten waren, die ihm am nächsten standen, von ihm distanzierten. Wegen mir, wegen meiner Gefühle.

Ich atmete tief durch, als sich das Kellergewölbe vor uns öffnete. Das Herz schlug mir mittlerweile bis zum Hals.

Diesmal fand das Konzert drinnen statt. Es war brechend voll und roch nach einer Mischung aus Schweiß und Parfum. Im Hintergrund dudelte irgendwelche Musik; die kleine Bühne wurde gerade umgebaut. Emma und ich steuerten geradewegs auf die Bar zu. Nervös sah ich mich um und entdeckte Cora und Milo hinter einer der Backsteinsäulen. Sie küssten sich und wirkten wie in einer Blase. Als würden ringsum nicht fünfzig Leute stehen. Ich tippte Emma an.

»Na bitte, hat doch funktioniert!« Sie wirkte sichtlich zufrieden mit ihrer Kuppelarbeit.

Es dauerte eine Weile, bis der Barkeeper uns Beachtung schenkte, doch irgendwann nickte er uns freundlich zu.

Emma übernahm die Bestellung. »Für mich eine Cola und für meine Freundin einen Zombie.«

»Zwei Cola, bitte!«, widersprach ich. »Und sie zahlt.« Ich deutete auf meine treulose Freundin.

Als ich gerade mein Glas entgegennahm, drängte sich jemand zwischen uns und stützte sich mit der rechten Hand dicht neben meinem linken Arm am Tresen ab. Ich erkannte ihn sofort.

Er beugte sich zu Emma vor und sprach mit ihr leise, aber laut genug, dass ich es hören konnte. »Ist sie mitgekommen?«

Mir war sofort klar, dass er mich meinte, konnte aber nicht deuten, ob in seiner Stimme Missfallen mitschwang. Wenn dem so war, hatte er womöglich etwas gegen meine Anwesenheit. Vielleicht wollte er aber auch nur darauf vorbereitet sein, mir hier über den Weg zu laufen.

»Ja. Ist sie«, sagte ich, woraufhin er sich erschrocken zu mir umdrehte.

Emma verschluckte sich an ihrer Cola.

»Hi.« Ich versuchte ein zaghaftes Lächeln, das wahrscheinlich eher einer Grimasse glich.

»Hi.« Er sah mich mit großen Augen an. Intensiv.

In diesem Moment spürte ich genau, wie Cora und Milo sich fühlten. Alles ringsum löste sich auf. Es gab nur noch ihn und mich. Ich kniff die Augen zusammen.

Lass nicht zu, dass er das in dir auslöst!

Er schüttelte kurz den Kopf, als müsse auch er zur Besinnung kommen. »Du siehst ...«

»... anders aus«, half ich ihm, bevor er etwas Negatives über meine Frisur sagen konnte.

Er nickte. »Ich hab dich nicht erkannt. Du siehst wunderschön aus.«

Hatte er das gerade wirklich gesagt? Mein Herz geriet ins Stolpern.

Er nahm eine Strähne meines Haars und strich es mir hinters Ohr. Als wäre es das Normalste der Welt. Augenblicklich stellte ich das Atmen ein.

»Es tut mir leid«, sagte er leise. »Alles.«

Ich schluckte. »Hör auf, dich ständig bei mir zu entschuldigen! Das brauchst du nicht.«

Sein Blick glitt langsam über meinen Körper. Irrte ich mich, oder tat es ihm weh, mich zu sehen? Bereitete ihm mein Anblick Schmerzen?

»Stimmt es, dass du dir Hilfe gesucht hast?«

»Ja.« Es interessierte mich nicht, von wem er es wusste.

»Gut.« Mit einer Hand berührte er leicht meine Wange. Am liebsten hätte ich seine auch gespürt, seine unrasierte Haut in meinen Händen. Aber ich starrte ihn nur an. Wie eine Vollidiotin. Völlig regungslos.

»Alter, reiß dich los! Wir spielen gleich.« Kurt klopfte ihm unsanft auf den Rücken.

»Ich komme«, sagte er, ohne den Blick von mir abzuwenden. Dann gingen die beiden in Richtung Bühne.

»Was war das denn eben?« Emma starrte mich mit großen Augen und offenem Mund an.

Ich kam wieder zur Besinnung. »Ich weiß es nicht.«

»Also, ich glaube, dieses Kapitel ist noch nicht zu Ende geschrieben.« Sie lächelte mich vielsagend an.

Ich seufzte. »Doch, ist es … und es war bestimmt nicht sein bestes Kapitel … Aber ich hoffe, er kann irgendwann lächeln, wenn er zu den Seiten zurückblättert, in denen ich vorkomme.«

»Ach, Ella … ich fang gleich an zu heulen, wenn du so was sagst.« Sie nahm mich in die Arme und schniefte.

»Wehe, du wischst gerade deine Nase an mir ab!«, versuchte ich zu scherzen.

Sie lachte und fuhr sich mit dem Handrücken über das Gesicht.

Cora und Milo hatten mittlerweile ihre Mund-zu-Mund-Beatmung eingestellt, und wir gesellten uns zu ihnen.

»Hey, Ella, was trinkst du denn da? Soll ich dir einen Zombie bestellen?«, begrüßte mich Milo.

Ich rollte mit den Augen. »Wird das jetzt euer Running Gag? Zu deiner Info – ich habe vor, heute stocknüchtern zu bleiben.«

»Das sehen wir, wenn die Nacht vorüber ist.« Emma und er klatschten sich ab.

»Klappe jetzt!«, befahl ich, bevor meine Freunde sich endgültig auf mich einschossen.

Das Licht im Raum änderte sich. Außer der Bar mit ihren Neonröhren in Pink, Blau und Grün wurde nur noch die Bühne beleuchtet. Alles andere war in Dunkelheit getaucht. Greensleeveterror wurde angekündigt, und die beiden betraten unter Applaus die Bühne. Mit dem Rücken an eine der Säulen gelehnt, stellte ich mich auf die Zehenspitzen, um besser sehen zu können. Eine nervöse Unruhe überfiel mich, als stünde ich selbst dort vorn oder müsste gleich vor hundert Leuten eine Rede halten.

Ich beobachtete ihn. Wie er sich seine Gitarre umhängte, das Plek zwischen den Lippen. Er beugte sich über das Mikro und sagte etwas, aber ich verstand es nicht.

In meinen Ohren rauschte das Blut. Laut, tosend, durch nichts zu übertönen.

Kurt drosch auf sein Schlagzeug ein; ich hörte nichts. Nur ein beständiges Rauschen.

Er bearbeitete seine Gitarre, die Haare hingen ihm ins Gesicht. Immer zwei Schritte zurück und dann wieder nach vorn, die Lippen dicht am Mikrofon. Ich hörte nichts. Nur Pulsieren. Im Kopf. Im Bauch.

Meine Hände wurden feucht, Schweiß lief mir kalt den Rücken hinunter. Was war los mit mir? Hatte ich gerade eine Panikattacke? Oder vielleicht Schlimmeres? Herzinfarkt, Schlaganfall, Hörsturz, Hirnschlag?

Jemand rüttelte an meinem Arm. Langsam drang Emmas Stimme zu mir durch, und ich drehte mich zu ihr um.

»Was ist los mit dir? Du siehst furchtbar aus.« Mit weit aufgerissenen Augen starrte sie mich an. »Alles in Ordnung?«

Ich schüttelte den Kopf, konnte nicht sprechen.

»Komm mit!« Emma packte mich am Arm, bahnte sich einen Weg durch die tanzende Menge und führte mich zu den Toiletten.

Als ich mein Spiegelbild sah, erschrak ich. Meine Pupillen waren riesig, das Haar klebte mir feucht auf der Stirn. Meine Lippen waren so bleich wie meine Haut – sämtliches Blut war daraus gewichen. Schweiß lief mir am Hals entlang, und auf meinem grauen T-Shirt zeichneten sich dunkle Flecken ab.

Ich hielt die Hände unter den Wasserhahn und fuhr mir damit über den Nacken, wusch mir das Gesicht und ließ mir anschließend kaltes Wasser über die Handgelenke laufen.

»Geht's wieder?« Ich spürte Emmas Hand im Rücken.

»Ich glaube schon.« Ich stützte mich am Waschbecken ab.

»Das ist echt gruselig, Ella. Hat dir jemand was in die Cola gemischt?«

Ich strich mir die Haare aus dem Gesicht. »Ist wahrscheinlich nur mein Kreislauf«, versuchte ich sie und mich selbst zu beruhigen.

»Du hättest deinem Vater nicht so viel von deiner Pizza überlassen sollen«, sagte sie vorwurfsvoll und reichte mir meine Cola.

Ich trank einen großen Schluck und verdrängte das trockene Gefühl in der Kehle.

Emma rutschte an der gefliesten Wand hinunter und ließ sich auf dem siffigen Boden nieder. Ich setzte mich neben sie und streckte die Beine aus. Wie aus weiter Ferne dröhnte gedämpft die Musik.

»Du machst mir wirklich Angst, El.«

»Ich mir auch.« Ich schloss die Augen und lehnte den Kopf an die kühle Wand.

Eine Weile saßen wir nur da. Ich war dankbar, dass Emma einfach nur bei mir war und mich nicht volltextete.

»Wollen wir wieder? Sonst verpasst du alles.«

»Geh ruhig ohne mich!« Ich hielt es für gesünder, den Rest des Auftritts im Klo zu verbringen. Bei der nächsten Band standen die Chancen besser, keinen solchen Aussetzer zu bekommen.

»Nein. Du musst mit! Äh ... ich meine, ich will dich doch hier nicht alleinlassen.«

»Schon okay. Du musst dir wirklich keine Sorgen machen.«

»Dafür ist es so was von zu spät.« Sie nahm meine Hand. »Und jetzt komm! Wir können meinetwegen den restlichen Abend auf diesem Klo rumhängen, nur nicht jetzt.« Sie zog mich hinter sich her.

Ich folgte ihr durch die labyrinthartigen dunklen Gänge, vernahm immer lauter seine Stimme. Wir drängelten uns wieder durch, bis wir an unserem alten Platz bei Cora und Milo ankamen.

Die Gitarre hallte zerrend nach, und Kurt entlockte seinem Schlagzeug immer rascher werdende Wirbel, baute sich immer weiter auf, schneller, lauter, unnachgiebig. Schließlich entlud sich der Rhythmus in einem aggressiven Höhepunkt, bei dem gleichzeitig die Gitarre und der Gesang wieder einsetzten. Schon fast wütend brüllte er ins Mikro.

Die Menge tobte, hüpfte auf und ab und bewegte sich in Wellen vor und zurück. Ich war froh, dass ich geschützt an der Säule stand und niemand von hinten schieben konnte.

»Dein Freund hat schon wieder kein T-Shirt an!«, schrie ich Emma ins Ohr.

Sie lachte. »Ja, ich kann mich auch gar nicht sattsehen.«

Ich sah zu *ihm* hinüber. Er hatte nur die Ärmel seines T-Shirts hochgekrempelt. Mit gesenktem Kopf holte er alles aus seiner Gitarre heraus, brachte sie zum Beben, zum Erzittern. Das Haar hing ihm in die Stirn, Schweiß tropfte ihm ins Gesicht. Sein Hals glänzte. Ich spürte schon wieder meinen Herzschlag im Hals und starrte schnell auf meine Schuhe. Der Song endete, und ringsum brach tosender Applaus los. Das Publikum kreischte und pfiff. Die beiden hatten es geschafft – die Leute waren völlig aus dem Häuschen. Einige schleppten sich total erschöpft zur Bar.

»Dies war eigentlich unser letzter Song ...«

Enttäuschte Zwischenrufe wurden laut.

»... aber wir haben noch einen, der heute unbedingt gesungen werden muss.«

Kurt kam hinter seinem Schlagzeug hervor und wischte sich mit dem Shirt den Schweiß vom Gesicht. Dann stellte er einen Holzkasten neben das Mikrofon und ließ sich darauf nieder.

»Also, jeder, der diesen Typen hier kennt, weiß, dass er Cajonspieler in etwa so sehr verabscheut wie Bassisten.«

»Du hast Sitzmucke vergessen, Alter. Sitzmucke kann ich auch nicht leiden«, fiel Kurt ihm ins Wort. »Und das hier fällt definitiv in die Kategorie Sitzmucke.«

Ich vernahm vereinzeltes Gelächter.

»Okay, du hast recht. Aber hier ist heute ein Mädchen, das liebt diesen Song. Und wir beide lieben dieses Mädchen.«

Kurt hob abwehrend die Hände hoch. »Alter, halt mich da raus!«

Wieder Gelächter. Gehörte diese Show zu ihrem Bühnenprogramm? Langsam kroch wieder Panik in mir hoch.

»Schon gut, du liebst sie mehr wie eine Schwester.«

»Weil sie meine Schwester ist.« Kurt verdrehte die Augen und grinste.

Ich schluckte und lief wie eine überreife Tomate hochrot an. Sie zogen die Sache tatsächlich wegen mir ab. Ich spürte, wie sich Emmas Finger in meinem Oberarm festkrallten.

»Wusstest du davon?«, zischte ich mit zusammengebissenen Zähnen.

»Schon möglich.«

Deswegen hatte sie mich also so gedrängt, heute mitzukommen!

»Vielen Dank auch.«

»Gern geschehen. Immer wieder.« Sie zwinkerte mir zu.

Wie kam ich aus dieser Nummer nur wieder heraus? Niemand hatte mich gefragt, ob ich Teil davon sein wollte. Hätte sich doch nur die Erde vor mir aufgetan und mich verschluckt!

»Okay …« Er legte sich seine Akustikgitarre um. »Können bitte alle, die links von mir stehen, einen Schritt in diese Richtung machen und alle, die rechts stehen, einen Schritt zur anderen Seite? Ich will ihre Augen sehen.« Er teilte das Publikum wie Moses das Meer.

Eine schmale Gasse bildete sich. Bis zu mir. Ich stand vor der Säule, eingekesselt von meinen sogenannten Freunden.

Wir blickten uns an.

»Ich liebe dich, Ella. Ich habe nie damit aufgehört.«

Gleichzeitig erklangen die Gitarre und das Cajon. Ich erkannte das Lied sofort. Fünf Sekunden später setzte seine Stimme ein. Nicht mehr wütend, nicht brüllend, sondern voller Gefühl.

Er sang von der Liebe und dass er einen Song schreiben werde, um ihr all die Liebe zurückzugeben, die sie ihm schenke. Von besseren Tagen, die kommen würden, und dass er noch nie gespürt habe, so sehr von jemandem geliebt zu werden.

Ich hörte, wie einige Zuhörer im Publikum mitsangen – natürlich vorwiegend weibliche. Kurt lachte kopfschüttelnd auf und hatte – obwohl es so gar nicht seine Musik war – richtig Spaß an dem Auftritt.

Ich bekam alles mit. Auch dass Emmas Augen ganz glasig wurden und dass Milo hinter Cora stand. Die Arme um sie geschlungen, wiegten sie sich hin und her.

Und doch wandte ich kein einziges Mal den Blick von *ihm*. Und er nicht von mir.

Der Text endete, und sie ließen *Songbird* langsam ausklingen.

Sein Gesichtsausdruck war ernst, sehnsüchtig, verhalten … und ängstlich. Er spiegelte alles, was ich empfand.

Jubelnder Applaus schwoll an, und erst jetzt wurde mir bewusst, dass jeder in diesem Raum eine Reaktion von mir erwartete. Zumindest ihm war ich etwas schuldig. Er hatte mir vor versammeltem Publikum seine Liebe erklärt.

War das jetzt unser Happy End? Sollte ich zur Bühne stürmen und glückselig in seine Arme fallen? Sollten wir uns küssen? Vor allen anderen? Ich spürte, dass alle Augen auf mich gerichtet waren. Das Atmen fiel mir schwer, das Herz schlug mir bis zum Hals, und das Rauschen kehrte zurück. Ich war total überfordert.

Und trat die Flucht an.

Ich zwängte mich durch die schwitzende Menge, raus aus dem kuppelartigen Raum, hinein in die verwinkelten dunklen Gänge. Emma rief hinter mir her, aber ich blieb nicht stehen. Ich stieß die Eingangstür auf und prallte gegen den Türsteher.

»Holla, nicht so stürmisch, junge Dame!« Er hielt mich an den Armen fest, aber ich riss mich los und rannte weiter. Warum, wusste ich nicht. Wohin, wusste ich auch nicht. Einfach weiterrennen, bloß nicht denken. Nur dafür sorgen, genügend Luft durch die Lungen zu pumpen.

Eine Hand legte sich auf meine Schulter und zwang mich zum Innehalten. Bei der Berührung zuckte ich vor Schreck zusammen.

»Dein neuer Sportlehrer ... scheint es echt ... draufzuhaben ... so wie du rennst.« Seine Hand immer noch auf meiner Schulter, atmete er schwer keuchend und beugte sich nach vorn.

»Der Alte ...«, japste ich, »... war besser.«

Schweigend standen wir uns gegenüber. Hatten beide nur ein T-Shirt an. Keine Jacke, keinen Pullover – im Dezember. Er sah fertig aus, total kaputt. Gern hätte ich ihn berührt, getröstet, ihn gespürt, aber ich wusste nicht, wo das geendet hätte. Ich hatte das Gefühl, dass Minuten, vielleicht Stunden vergingen, ohne dass wir ein Wort sagten.

Irgendwann brach ich das Schweigen. »Es tut mir leid. Das war bestimmt nicht die Reaktion, mit der du gerechnet hast.«

»Du reagierst nie so, wie ich es erwarte. Ein Grund mehr, warum ich dich so toll finde.« Er legte mir eine Hand an die Wange.

Ich schmiegte mich hinein. »Sam.«

Seit sechzig Tagen hatte ich seinen Namen nicht mehr ausgesprochen, ihn nicht einmal zu denken gewagt.

Ich spürte, wie mein Kinn zitterte, merkte, dass Tränen in mir hochstiegen. Ich hasste es, vor ihm zu weinen, denn dann hätte ich mich so schwach gefühlt. Und schwach wollte ich nicht sein, das war ich nicht.

Erschöpft sank ich auf die Bordsteinkante, die Füße auf dem wenig befahrenen Kopfsteinpflaster. Die Laterne auf der gegenüberliegenden Straßenseite spendete schwaches orangefarbenes Licht. Der Wind wehte kalt durch mein dünnes Shirt.

Sam ging vor mir in die Hocke. »Ich wollte mir einreden, ich könnte es irgendwann schaffen. Nur ein Freund zu sein … aber ich will mehr. Ich will alles. Ich will dein Liebhaber und dein bester Freund sein.«

»Bitte«, flehte ich, »sag so etwas nicht!« Ich blickte auf den Boden. »Ich könnte es nicht ertragen, mit dir zusammen zu sein, bis du dich wieder gegen mich entscheidest.«

»Ella …«

»Nein. Wirklich. Ich hab es versucht. Ich habe mich so sehr bemüht, dich zu vergessen. Jeden verdammten Tag, mehr, als du dir vorstellen kannst. Und jetzt bin ich hier und kann mich immer noch an jede kleinste Einzelheit von dir erinnern. An deinen Geruch, an das Gefühl deiner Haut. Ich spüre dich immer noch mit jeder Faser.« Ich merkte, dass ich zitterte. Meine Finger waren rot vor Kälte.

Er nahm meine Hände und presste sie an die Lippen. »Mir geht es nicht anders. Wir haben uns länger als einen Monat nicht gesehen, nicht miteinander geredet, aber es gab keinen einzigen Moment, in dem du nicht vollständig Besitz von meinen Gedanken genommen hast. Es gibt auf dieser Welt nur einen Menschen, der der Ursprung meines größten Glücks oder meines überwältigendsten Schmerzes ist. Und das bist immer du. Du warst es die ganze Zeit.«

»Und warum wolltest du mich dann nicht mehr?«, flüsterte ich.

Kurz zögerte er, fuhr sich nervös mit den Händen über das Gesicht. »Es gibt da Seiten an mir, die du niemals sehen willst, niemals sehen sollst. Dunkle Seiten ... tief ... schwarz.«

Ich sah ihm an, dass er meine Reaktion fürchtete. Sanft strich ich ihm durch das Haar. »Vielleicht ist Schwarz genau die Farbe, die mir noch fehlt, um mein schönstes Bild zu vollenden.« Mittlerweile klapperte ich unkontrolliert mit den Zähnen.

Er zog mich vom kalten Boden hoch, und wir verschränkten unsere Hände miteinander. Waren uns ganz nah. Kein Blatt Papier passte mehr zwischen Sam und mich. Seine Augen strahlten endlich wieder in diesem wundervollen Blau. Mein Blick wanderte von seinen Augen zu seinen Lippen. Von seinen Lippen zu seinen Augen. In ihnen wollte ich mich verlieren. Immer und immer wieder.

»Es ist mir egal, wie kompliziert es sein wird – ich will immer noch nur dich. Ich liebe dich.« Ich stellte mich auf die Zehenspitzen und küsste ganz leicht seinen Mundwinkel.

Diesmal hatte ich keine Angst, abgewiesen zu werden, denn ich war mir sicher, dass er es genauso wollte wie ich, genauso brauchte. Ich spürte seine Hand im Nacken und seinen heißen Atem auf den Lippen. Ich hielt es nicht mehr aus. Zu lange schon sehnte ich mich danach. Fordernd küsste ich ihn, schmeckte seine Lippen, seine Zunge, spürte seinen Atem. Es war so schön, dass es schmerzte. Er hatte mir so sehr gefehlt. Seine Finger krallten sich in meinem T-Shirt fest, zogen mich enger an sich. Ich wollte mit ihm verschmelzen und mich nie wieder trennen. Ein Kribbeln breitete sich in meinem gesamten Körper aus. Mit den Fingerspitzen glitt ich ihm über den Rücken, fühlte endlich wieder seine Haut. Obwohl es hier draußen so kalt war, ging eine wahnsinnige Hitze von ihm aus.

Warum hatten wir uns nur so gequält, obwohl doch klar war,

dass einer ohne den anderen nicht sein konnte? Wir brauchten uns.

Völlig benommen und schwer atmend lösten wir die Lippen voneinander. Sam nahm mich in die Arme. Wärmte mich. Mein Kopf lag an seiner Brust. Es fühlte sich so vertraut an, so richtig.

Ich spürte Hoffnung. Dass wir es diesmal schaffen würden. Auch dass ich etwas in meinem Leben ändern, mich von meinen Zwängen befreien würde. Keiner von uns musste zerbrechen, um den anderen zu reparieren. Es reichte, dass wir uns hatten. Uns unserer Liebe sicher sein konnten.

Sam sah mich an, nahm mein Gesicht in beide Hände.

»Ich liebe dich, Ella.« Sanft legte er seine Lippen wieder auf meine, streifte sie ganz leicht. Ich spürte seinen Atem, nahm nichts wahr, nur ihn.

Und den Geruch von Schnee.

PLAYLIST ZUM MITHÖREN :)

1. Kapitel:	France Gall – Ella elle l'à
2. Kapitel:	Radiohead – Creep
5. Kapitel:	Leadbelly – Where Did You Sleep Last Night
6. Kapitel:	Oasis – Songbird
8. Kapitel:	Led Zeppelin – Whole Lotta Love
	Milky Chance – Stunner und Loveland
	Two Gallants – My Love Won't Wait
	Violent Femmes – Gone Daddy Gone
9. Kapitel:	Lynyrd Skynyrd – Simple Man
	The Clash – Rock the Casbah
10. Kapitel:	Klaus Lage Band – 1000 und 1 Nacht
11. Kapitel:	White Stripes – Dead Leaves and the Dirty Ground
	Black Keys – Little Black Submarine
	Two Gallants – Las Cruces Jail
13. Kapitel:	The Specials – A Message to You, Rudy
14. Kapitel:	Tenacious D – Kielbasa
15. Kapitel:	Pixies – Bone Machine
18. Kapitel:	Warpaint – Shadows
19. Kapitel:	The Munsters – Theme Bobby Pickett – Monster Mash
20. Kapitel:	Angus & Julia Stone – Big Jet Plane
21. Kapitel:	Daughter – Youth und Still

ICH DANKE ...

... meiner großen Liebe Jan. Seit ich sechzehn bin, bist du für mich da und glaubst an mich. Es tut mir leid, dass aus der Idee mit den Nasenwärmern nun doch nichts geworden ist, aber schreiben liegt mir irgendwie mehr als häkeln. Kliebe dir. Über alles.

... Lilith. Du bist meine absolute Lieblingstochter und ich möchte, dass die ganze Welt erfährt, was für ein herzlicher, liebenswerter, kreativer, talentierter und inspirierender Mensch du bist. Du kannst einfach alles – außer Slalom ;) ... obwohl, das könntest du wahrscheinlich auch noch.

... Vinnie – Klugscheißer, Schlaumeier, der Größte, der Schönste ... aka mein Sohn. Auch wenn du deine Intelligenz nicht von mir haben kannst, bin ich schon stolz darauf, dass wir dich so gut hinbekommen haben (du wirst jetzt mit Sicherheit sagen, dass es nicht an unserer Erziehung liegen kann). Dich habe ich dazu genötigt *Songbird* als Erster zu lesen und deine Meinung war ausschlaggebend, diese Geschichte überhaupt weiterzuschreiben.

... meiner Mutter. Dafür dass du deinen Enkelsohn einmal wöchentlich über Jahre hinweg mit Schnitzel versorgt hast, und er jetzt stattliche 1,90 m groß ist.

... meinem Vater. Dafür dass du deiner Enkeltochter ständig diese schrecklichen Readers Digest Heimatheftchen überhilfst, die mich letztendlich dazu inspiriert haben, das Höhlenkapitel zu verfassen.

... meiner Schwester Silke. Ohne all deine wundervollen

Notizbücher, die du mir in schöner Regelmäßigkeit schenkst, wäre ich aufgeschmissen.

... Therese, Dorothea, Lisa, Christiane & Andreas, Katrin & Alex, Victoria – ihr alle seid mir ständige Inspiration, habt mich unterstützt, euch mit mir gefreut oder auch einfach mal nur laut gekreischt.

... Ines. Für eine wunderbare neue Freundschaft.

... Friedel Wahren. Auch wenn mein Manuskript danach aussah, als hätte es meine Deutschlehrerin in den Fingern gehabt, und von 510 Seiten nur drei am Ende nicht komplett rot markiert waren, hat mir das Lektorat mit Ihnen sehr viel Spaß gemacht und war eine großartige Erfahrung. (Ich hoffe, Ihnen fällt auf, dass ich wenigstens in meiner Danksagung das Wort *überhelfen* eingebaut habe ;))

... der Jury des #newpipertalent Wettbewerbs. Dafür, dass ihr meiner Geschichte und mir diese Chance gebt und ich *Songbird* irgendwann im Buchladen liegen sehen kann. Unglaublich.

... allen auf Wattpad, die mich mit ihren unzähligen lieben, witzigen und mitfiebernden Kommentaren motiviert haben.